Ljudmila Ulitzkaja

Ergebenst, euer Schurik

Roman

Aus dem Russischen von
Ganna-Maria Braungardt

Carl Hanser Verlag

Die Originalausgabe erschien 2004 unter dem Titel
Iskrenne vaš Šurik bei Eksmo in Moskau.

1 2 3 4 5   09 08 07 06 05

ISBN 3-446-20665-5
© Ljudmila Ulitzkaja 2004
Alle Rechte der deutschen Ausgabe:
© Carl Hanser Verlag München Wien 2005
Satz: Filmsatz Schröter, München
Druck und Bindung: Ebner & Spiegel, Ulm
Printed in Germany

Ergebenst, euer Schurik

1

Der Vater des Kindes, Alexander Sigismundowitsch Lewandowski, ein Mann von dämonischem, leicht verschlissenem Äußeren, mit gebogener Nase und unbändigen Locken, die zu färben er mit über fünfzig aufgegeben hatte, war sehr früh als künftiges musikalisches Genie gehandelt worden. Mit acht Jahren ging er, wie Mozart, auf Konzertreisen, doch als er sechzehn war, geriet das Ganze ins Stocken, als wäre sein Erfolgsstern am Himmel erloschen; junge Pianisten von solider, aber keineswegs außergewöhnlicher Begabung überrundeten ihn, und er, der das Kiewer Konservatorium mit Auszeichnung absolviert hatte, wurde nach und nach zum Begleitpianisten. Als solcher war er unglaublich einfühlsam, präzise, ja einzigartig, er begleitete erstklassige Geiger und Cellisten, die sich sogar um ihn stritten. Aber sein Name stand eben immer in der zweiten Zeile. Auf Plakaten kam er bestenfalls als »Klavierbegleitung« vor, schlimmstenfalls nur mit zwei Buchstaben: »Kl.« Dieses »Kl.« war sein ganzes Unglück, ein ewiger Stachel in seiner Leber. In der Antike glaubte man, die Leber sei das Organ, das durch Neid am meisten leide. Natürlich glaubt niemand mehr an diese hippokratischen Albernheiten, doch Lewandowskis Leber neigte in der Tat zu Anfällen. Er hielt Diät, wurde von Zeit zu Zeit gelb, kränkelte und litt sehr.

Er lernte Vera Korn im besten Jahr ihres Lebens

kennen. Sie war soeben ins Theaterstudio von Taïrow aufgenommen worden, hatte noch nicht den Ruf der schwächsten Studentin erworben, genoß den interessanten, vielseitigen Unterricht und träumte von einer großen Rolle. Es waren die Jahre vor dem Niedergang des Kammertheaters. Der Landesvater und oberste Theatertheoretiker des Landes hatte das Theater noch nicht als »durch und durch bürgerlich« gebrandmarkt – das tat er erst einige Jahre später –, noch herrschte Alissa Koonen, und Taïrow erlaubte sich so »durch und durch bürgerliche« Streiche wie die Inszenierung der »Ägyptischen Nächte«.

Im Theater wurde Neujahr traditionell nach dem alten Kalender begangen, und zu den zahlreichen Vergnügungen, mit denen die erfinderischen Schauspieler sich im Januar 1935 diese lange Nacht vertrieben, gehörte ein Wettbewerb um das schönste Bein. Die Schauspielerinnen verschwanden hinterm Vorhang, dann hob jede ihn ein Stück an und demonstrierte keusch ihr namenloses Bein vom Knie bis zu den Zehenspitzen.

Die achtzehnjährige Vera drehte ihre Wade so, daß die akkurat gestopfte Stelle auf der Ferse nicht zu sehen war, und fiel fast in Ohnmacht von den süßen, prickelnden Gefühlen, als sie energisch hinterm Vorhang vorgezogen wurde und man ihr eine Schürze umband, auf der in großen silbernen Lettern stand: »Ich habe das reizendste Bein der Welt«. Außerdem wurde ihr ein in den Theaterwerkstätten eigens angefertigter Pappschuh voller Konfekt überreicht. Das alles wanderte in die unterste Schublade des Sekretärs ihrer Mutter Jelisaweta Iwanowna, die erstaunlich empfänglich war für den Erfolg ihrer Tochter auf einem Gebiet, das ihrer eigenen Vorstellung nach jenseits des Anstands lag – wo es, einschließlich der versteinerten Pralinen, jahrzehntelang ruhen sollte.

Lewandowski, der aus Petersburg zu einem Gastspiel in Moskau weilte, war von Taïrow persönlich eingeladen worden. Der aristokratische Gast wich Vera den ganzen Abend nicht von der Seite und beeindruckte sie zutiefst, und als der Ball vorbei war, verstaute er ihren prämierten Fuß eigenhändig in ihrem weißen Filzschuh – einer mit einem hohen Absatz versehenen kühnen Variation des russischen Filzstiefels – und brachte sie nach Hause in die Kamergerski-Gasse. Es war noch dunkel, träge fiel künstlich anmutender Schnee, die Straßenlaternen warfen gelbes Theaterlicht, und Vera fühlte sich wie eine Debütantin auf einer riesigen Bühne. Mit einer Hand hielt sie ihre in Zeitungspapier gewickelten Ausgehschuhe Größe fünfunddreißig an sich gepreßt, die andere ruhte selig auf Lewandowskis Arm, und er rezitierte ihr altmodische Gedichte eines in Ungnade gefallenen Dichters.

Noch am selben Tag fuhr er wieder in sein Leningrad und ließ Vera in völliger Verwirrung zurück. Er versprach, bald wiederzukommen. Doch Woche um Woche verging, und von Veras Herzenssehnsucht blieb nur ein bitterer Nachgeschmack.

Veras berufliche Erfolge waren gering, zudem hegte die Ballettmeisterin, die modernen Ausdruckstanz im Geiste von Isadora Duncan unterrichtete, eine heftige Abneigung gegen sie, nannte sie nur noch »reizendes Bein« und ließ ihr nicht den kleinsten Fehler durchgehen. Die arme Vera wischte sich die Tränen mit dem Zipfel eines altgriechischen Chitons aus der Textilfabrik Iwanowo ab und plagte sich mit dem Takt der ekstatischen Skrjabinschen Rhythmen, zu denen die Studentinnen trainierten, indem sie energisch Fäuste und Knie emporschleuderten, um die unergründliche Seele der rebellischen Klänge in Bilder zu übersetzen.

An einem der schlimmsten Tage dieses Frühlings

wurde Vera am Bühneneingang von Lewandowski abgeholt. Er war für zwei Wochen nach Moskau gekommen, um mehrere Konzerte mit einem exzellenten, weltberühmten Geiger aufzunehmen. In gewissem Sinne war dies die Sternstunde seines Lebens: Der Geiger, ein Musiker der alten Schule, brachte Lewandowski betonten Respekt entgegen und erinnerte sich sogar an dessen Ruhm aus Kindheitstagen. Die Aufnahmen liefen großartig. Zum erstenmal seit Jahren konnte das verletzte Selbstwertgefühl des Pianisten aufatmen, sich entspannen und entfalten. Das reizende Mädchen mit den schillernden graublauen Augen erbebte allein von seiner Gegenwart – so nährte eine Inspiration die andere.

Die junge Vera, die das ganze Studienjahr lang fleißig die Taïrowschen »emotional aufgeladenen Formen« studiert hatte, verlor in diesem Frühjahr endgültig das Gefühl für die Grenze zwischen Leben und Theater, die »vierte Wand« fiel, und fortan spielte sie das Stück ihres eigenen Lebens. Getreu den Ideen des hochverehrten Lehrers, der von seinen Schauspielern Universalität verlangte – vom Mysterienspiel bis zur Operette, wie er selbst sagte –, gab Vera für den gerührten Lewandowski die pathetische Naive.

Dank der gemeinsamen Bemühungen von Natur und Kunst entwickelte sich eine berauschende Affäre: Nächtliche Spaziergänge, intime Essen in den Séparées der renommiertesten Restaurants, Rosen, Champagner, heiße Zärtlichkeiten, die beiden Genuß bereiteten – vielleicht sogar mehr Genuß als das, was in der letzten Moskauer Nacht vor Lewandowskis Abreise geschah, als Vera endgültig vor den überlegenen Kräften des Gegners kapitulierte.

Der glückliche Sieger reiste ab und hinterließ Vera in einem süßen Nebel frischer Erinnerungen, aus denen sich allmählich das wahre Bild ihrer Zukunft herausschälte. Er hatte ihr bereits das ganze Elend seiner Ehe gebeichtet: die psychisch kranke Frau, die kleine Tochter mit einem Geburtstrauma, die herrische Schwiegermutter mit dem Wesen eines Feldwebels. Nie, niemals würde er diese Familie verlassen können. Vera war starr vor Entzücken: Wie edel er war! Sie wollte ihm unverzüglich ihr Leben opfern. Selbst wenn auf lange Trennungen nur kurze Begegnungen folgten, selbst wenn nur ein kleiner Teil seiner Gefühle, seiner Zeit, seiner Persönlichkeit ihr gehörten — der, den er selbst ihr zu widmen wünschte.

Allerdings war dies eine andere Rolle — nicht mehr die des verwandelten Aschenputtels, das auf gläsernen Absätzen im Licht dekorativer Lampen munter durch die nächtlichen Straßen klappert, sondern die der heimlichen Geliebten, die tief im Schatten steht. Anfangs dünkte sie sich bereit, diese Rolle bis ans Ende des Lebens zu spielen, ihres oder seines Lebens: ein paar langersehnte Begegnungen im Jahr, dazwischen finstere Löcher und gleichförmige sehnsüchtige Briefe. So ging es drei Jahre, und Veras Leben bekam den Beigeschmack von ödem weiblichem Unglück.

Ihre Schauspielkarriere endete, noch ehe sie recht begonnen hatte — man bat sie zu gehen. Sie verließ das Ensemble, blieb aber im Theater, als Sekretärin.

Im selben Jahr, neunzehnhundertachtunddreißig, unternahm sie auch den ersten Versuch, sich aus der zermürbenden Liebesbeziehung zu befreien. Lewandowski akzeptierte ihren Willen ergeben, küßte ihr die Hand und entschwand in sein Leningrad. Doch Vera hielt keine zwei Monate durch, bat ihn zu kommen, und alles begann von vorn.

Sie wurde immer dünner und, wie ihre Freundinnen meinten, häßlicher. Es zeigten sich die ersten Symptome ihrer Krankheit: Ihre Augen bekamen einen metallischen Glanz, mitunter saß ihr ein dicker Kloß im Hals, die Nerven gingen mit ihr durch, und selbst ihre Mutter begann Veras hysterische Anfälle ein wenig zu fürchten.

Es vergingen weitere drei Jahre. Teils auf Betreiben ihrer Mutter, teils aus dem Wunsch heraus, ihr, wie sie es nun sah, verpfuschtes Leben zu ändern, brach Vera erneut mit Lewandowski. Auch ihn zermürbte diese schwierige Affäre, er hätte sich nur nicht als erster zur Trennung entschlossen: Seine Liebe zu Vera war wirklich aufrichtig, ja erhaben – jedesmal, wenn er in Moskau war. Veras leidenschaftliche, affektierte Verliebtheit war Balsam für seine Seele. Diesmal schien die Trennung zu gelingen: Der ausbrechende Krieg brachte sie für geraume Zeit auseinander.

Zu der Zeit hatte Vera ihre triste Stelle als Sekretärin bereits verloren und den bescheidenen Beruf einer Buchhalterin erlernt, lief aber dauernd zu den Proben und probierte insgeheim so manche Rolle aus – besonders angetan hatte es ihr die der Madame Bovary. Ach, wenn Alissa Koonen nicht gewesen wäre! Damals glaubte sie, es könne sich noch alles wenden, eines Tages würde sie es sein, die in einem mit drei Rosenbuketts geschmückten Barègekleid auf der Bühne stehen und mit einem fremden Vicomte auf dem Gut Vaubyessard eine Quadrille tanzte. Diese Krankheit versteht nur, wer sie selbst durchgemacht hat. Ohne das Theater zu verlassen, versuchte Vera dennoch, von ihrer Theatersucht loszukommen; sie schaffte sich sogar einen Verehrer »aus dem Publikum« an, einen jüdischen Einkäufer, der so hirnlos wie tugendhaft war. Er machte ihr einen Heiratsantrag. Sie heulte eine ganze Nacht durch und wies ihn dann ab, indem sie ihm stolz erklärte, sie liebe einen anderen. Irgend etwas schien an Vera nicht zu stimmen, oder sie paßte einfach nicht ins Bild der Zeit – jedenfalls konnten ihr fragiles Äußeres, ihre innere Bereitschaft zu augenblicklicher Begeisterung und ihre seelische Subtilität, die eher aus Tschechows Zeiten stammten, in den heroischen Jahren des Krieges niemanden reizen. Nun, dann eben nicht! Aber ein Einkäufer – nein!

Bald folgte die Evakuierung nach Taschkent. Veras Mutter Jelisaweta Iwanowna, Dozentin an der Pädagogischen Hochschule, bestand darauf, daß ihre Tochter im Theater kündigte und mitfuhr.

Lewandowski wurde nach Kujbyschew evakuiert, seine unglückliche Familie blieb in Leningrad zurück und kam während der Blockade um. In Kujbyschew erkrankte er schwer, drei Lungenentzündungen hintereinander brachten ihn beinahe ins Grab, aber eine Krankenschwester, eine stämmige ortsansässige Tatarin, pflegte ihn gesund. Aus Einsamkeit und Schwäche heiratete er sie.

Als sich Vera und Lewandowski nach dem Krieg wiedertrafen, begann alles von vorn, wenngleich in etwas anderen Kulissen. Sie arbeitete nun im Drama-Theater als Buchhalterin. Anstelle von Alissa Koonen verehrte sie Maria Babanowa, besuchte jede ihrer Vorstellungen – sie lächelten sich im Flur sogar zu. Lewandowski holte Vera wie früher am Bühneneingang ab, und sie liefen über den Twerskoi-Boulevard zur Kamergerski-Gasse. Wieder war er in seiner Ehe unglücklich, wieder hatte er eine kränkelnde Tochter. Er war stark gealtert und noch ätherischer geworden, noch verliebter und noch tragischer. Ihre Affäre lebte mit neuer ozeanischer Elementargewalt auf, die Wellen der Liebe trugen sie in ungeahnte Höhen und rissen sie in abgrundtiefe Strudel. Womöglich war es genau das, wonach Veras Herz dürstete. In jenen Jahren träumte sie immer wieder denselben Traum: In einer ganz alltäglichen Situation, zum Beispiel beim Teetrinken mit ihrer Mutter am ovalen kleinen Tisch, entdeckte sie plötzlich, daß eine Wand im Zimmer fehlte, an deren Stelle gähnte die endlose Dunkelheit eines Zuschauerraums voller stummer, regloser Zuschauer.

Wie früher kam Lewandowski drei-, viermal im Jahr nach Moskau, übernachtete meist im Hotel »Moskwa«, und Vera eilte zu ihm. Sie hatte sich mit ihrem Schicksal abgefunden, und erst eine späte Schwangerschaft änderte den Lauf ihres Lebens.

Ihre Affäre währte lange, genau wie Vera es sich in ihrer Jugend prophezeit hatte – »bis zum Tod«.

2

Während der Schwangerschaft deutete alles auf ein Mädchen: Veras Bauch war nicht birnen-, sondern apfelförmig, das Gesicht weich aufgedunsen, körnige braune Pigmentflecke um die Augen, und die Bewegungen des Kindes waren sanft, nie grob. Alle rechneten fest mit einem Mädchen, vor allem Veras Mutter, Jelisaweta Iwanowna. Weit entfernt von jedem Aberglauben, bereitete sie sich frühzeitig auf die Geburt ihrer Enkelin vor, und obgleich sie sich nicht bewußt auf Rosa beschränkte, war am Ende fast die gesamte Babyausstattung rosa: Strampler, Windeln, selbst eine wollene Strickjacke.
Das Kind war unehelich, Vera nicht mehr jung – achtunddreißig. Doch diese Umstände hinderten Jelisaweta Iwanowna keineswegs, sich auf das bevorstehende Ereignis zu freuen. Sie selbst hatte spät geheiratet, ihre einzige Tochter mit fast dreißig zur Welt gebracht und schließlich mit drei Kindern als Witwe dagestanden: mit der sieben Monate alten Vera und zwei halbwüchsigen Stieftöchtern. Sie hatte sich irgendwie durchgeschlagen und die Mädchen großgezogen. Die ältere Stieftochter war dann neunzehnhundertvierundzwanzig aus Rußland emigriert und nicht zurückgekehrt. Die jüngere, mit ganzem Herzen der neuen Macht zugetan, hatte den Kontakt zur Stiefmutter, die noch der alten Ordnung anhing, also rückständig und gefährlich war, abgebrochen, einen sowjetischen Funktionär geheiratet und war

vor dem Krieg in einem Stalinschen Lager umgekommen.

Jelisaweta Iwanowna, durch ihre gesamte Lebenserfahrung zu Toleranz und Mut erzogen, erwartete das kleine Mädchen, den unerwarteten Familienzuwachs, mit offenem Herzen. Eine Tochter war Familie, eine Tochter war Freundin, eine Tochter war eine Stütze – darauf fußte auch ihr eigenes Leben.

Als statt des Mädchens ein Junge zur Welt kam, waren beide, Mutter und Großmutter, verwirrt: Dahin waren die heimlichen Pläne, das schöne Familienporträt, das ihnen vorgeschwebt hatte: Jelisaweta Iwanowna vor dem wunderschönen holländischen Kachelofen, die Hand auf der Schulter der vor ihr sitzenden Vera, und auf Veras Schoß ein reizendes lockenköpfiges Mädchen. Wie in dem Kinderrätsel: zwei Mütter, zwei Töchter und eine Großmutter mit Enkelin.

Das Gesicht des Kindes hatte sich Vera schon in der Entbindungsklinik genau angesehen, doch zu Hause wickelte sie es zum erstenmal aus und war unangenehm überrascht von dem, verglichen mit den winzigen Füßchen, riesigen knallroten Säckchen und dem augenblicklich in die Höhe schnellenden unziemlichen Zipfel. Während sie noch verwirrt dieses allbekannte Phänomen anstarrte, traf ein warmer Strahl ihr Gesicht.

»Na, so ein Schlingel«, sagte die Großmutter lachend und befühlte die Windel, die trocken geblieben war. »Paß auf, Vera, der wird immer trocken aus dem Wasser kommen.«

Der Säugling spielte mit seinem Gesicht, zusammenhanglos wechselten die Gesichtsausdrücke: Die Stirn legte sich in Falten, die Lippen lächelten. Er weinte nicht und gab nicht zu erkennen, ob es ihm gutging oder schlecht. Vermutlich fand er alles, was um ihn herum vorging, erstaunlich.

»Ganz der Großvater. Er wird mal ein richtiger Mann, schön und stattlich«, sagte Jelisaweta Iwanowna zufrieden.

»Manche Körperteile sind jetzt schon ziemlich üppig«, bemerkte Vera vielsagend. »Genau wie bei seinem Vater.«

Jelisaweta Iwanowna winkte ab. »Nein, nein, Vera, du hast keine Ahnung – das ist bei allen Männern der Korns so.«

Damit war ihre persönliche Erfahrung in dieser Frage erschöpft, und sie gingen zur nächsten über: Wie sie beide, zwei schwache Frauen, einen richtigen starken Mann großziehen sollten. Aus sentimentalen familiären Gründen stand der Name für das Kind fest: Alexander – Schurik, wie die beiden Frauen ihn sogleich nannten.

Vom ersten Tag an wurden die Pflichten aufgeteilt: Vera übernahm das Stillen und Jelisaweta Iwanowna alles übrige.

Sport, eine männliche Erziehung und keinerlei Verweichlichung – so definierte Jelisaweta Iwanowna die vorrangigen Aufgaben. Und tatsächlich, sobald der Nabel verheilt war, sorgte sie für die körperliche Ertüchtigung ihres Enkels: Sie ließ eine Masseurin kommen und verabreichte dem Kind täglich Abgüsse mit kühlem, abgekochtem Wasser. Um echte männliche Beschäftigungen zu gewährleisten, erstand sie im Kinderkaufhaus beizeiten ein Holzgewehr, Spielzeugsoldaten und ein Pferd auf Rädern. Mit Hilfe dieser schlichten Gegenstände beabsichtigte Jelisaweta Iwanowna dem Jungen den Kummer der Vaterlosigkeit zu ersparen – deren wahres Ausmaß sich binnen kurzem herausstellen würde – und ihn zu einem richtigen Mann zu erziehen: verantwortungsbewußt, fähig zu eigenständigen Entscheidungen, selbstbewußt – eben so, wie ihr verstorbener Mann gewesen war.

»Du mußt dir das Prinzip des maximalen Abstands antrainieren«, belehrte sie ihre Tochter einige Tage nach der Entlassung aus der Entbindungsklinik, weit vorauseilend. »Wenn das Kind größer ist, schließlich deine Hand losläßt und den ersten Schritt von dir weg tut, dann mußt du einen Schritt in die entgegengesetzte Richtung machen. Eine schreckliche Gefahr bei alleinerziehenden Müttern ist nämlich«, präzisierte Jelisaweta Iwanowna erbarmungslos, »daß sie mit dem Kind zu einer Einheit verschmelzen.«

»Was redest du da, Mama«, entgegnete Vera gekränkt, »das Kind hat schließlich einen Vater, und der wird sich an seiner Erziehung beteiligen.«

»Er wird soviel Nutzen bringen, wie ein Ziegenbock Milch gibt. Das kannst du mir glauben«, versicherte Jelisaweta Iwanowna energisch.

Das war um so kränkender für Vera, weil bereits abgesprochen und beschlossen war: In ein paar Tagen würde der glückliche Vater kommen, um sich endlich mit seiner Geliebten zu vereinen. In diesem Punkt gingen die Meinungen von Mutter und Tochter, die einander abgöttisch liebten, auseinander. Jelisaweta Iwanowna verachtete Veras Geliebten und hatte viele Jahre gehofft, ihre Tochter würde einen Besseren finden als diesen zartbesaiteten erfolglosen Künstler. Allerdings wußte sie aus eigener Erfahrung, wie schwer das Alleinsein für eine Frau war, besonders für eine Frau wie Vera, eine Künstlernatur, die für die Grobheit der heutigen Männer nicht geschaffen war. Nun, letztlich war irgendeiner besser als keiner.

»Ist ein Fräulein noch so fein, will es doch gevögelt sein«, knurrte sie nicht ganz passend. Sie liebte Sprichwörter und Redensarten und kannte eine Unmenge davon, sogar auf Latein. Eigentlich sehr streng in ihrer Sprache, benutzte sie mitunter derbe, obszöne Ausdrücke, wenn diese durch das phraseologische Wörterbuch geheiligt waren.

»Also weißt du, Mama«, sagte Vera empört, »das geht zu weit ...«

Jelisaweta Iwanowna besann sich. »Oh, entschuldige, entschuldige, ich wollte dich auf keinen Fall beleidigen.«

Trotz der Grobheit ihrer Mutter antwortete Vera mit einer Rechtfertigung: »Mama, du weißt doch, er ist auf Gastspielreise.«

Jelisaweta Iwanowna sah das betrübte Gesicht ihrer Tochter und lenkte ein: »Ach, zum Teufel mit ihm, Vera. Wir kriegen unseren Kleinen auch allein groß.«

Ihre Prophezeiung sollte sich erfüllen. Lewandowski verunglückte einen Monat nach der Geburt des kleinen Alexander. Von der ersten Begegnung mit seinem Sohn nach Leningrad zurückgekehrt, geriet er vor dem Moskauer Bahnhof unter ein Auto. Der betagte Vater war endgültig entschlossen gewesen, sich von seiner reckenhaften Sonja zu trennen, ihr und der Tochter die Leningrader Wohnung zu überlassen und nach Moskau zu ziehen. Die ersten beiden Punkte waren erfüllt. Nur zum Umzug kam Lewandowski nicht mehr.

Vera erfuhr von Lewandowskis Tod erst eine Woche nach der Beerdigung. Beunruhigt, weil er sich nicht meldete, versuchte sie einen Freund von Lewandowski zu erreichen, der über ihr Verhältnis Bescheid wußte, doch der war gerade verreist. Sie faßte sich ein Herz und rief bei Lewandowski zu Hause an. Sonja teilte ihr mit, daß er tot sei.

Die junge Mutter, »Spätgebärende«, wie man sie in der Klinik eingeordnet hatte, und alte Geliebte – zu der Zeit währte ihre Romanze bereits zwanzig Jahre – wurde unverhofft Witwe, noch bevor sie hatte heiraten können.

Der schwarzhaarige Knabe stopfte sich die geballte

Faust in den Mund, sog energisch daran, schnaufte, machte die Windeln voll und weilte im Zustand sorgloser Zufriedenheit. Der Kummer seiner Mutter scherte ihn nicht. Anstelle der versiegten Muttermilch bekam er nun verdünnte, leicht gesüßte Kuhmilch, die er bestens vertrug.

3

Gegen Mitte des zwanzigsten Jahrhunderts kamen Familienlegenden in Mode, was viele verschiedene Ursachen hatte, in erster Linie wohl den unterbewußten Wunsch, eine entstandene Lücke auszufüllen.

Soziologen, Psychologen und Historiker werden irgendwann herausfinden, warum so viele Menschen zur selben Zeit genealogische Nachforschungen anstellten. Nicht jeder konnte adlige Vorfahren ausgraben, doch auch Kuriositäten hatten ihren familiengeschichtlichen Wert – eine Großmutter etwa, die der erste Arzt in Tschuwaschien gewesen war, ein Mennonit niederländischer Abstammung oder, noch pikanter, ein Henker der Folterkammer Peters des Großen.

Schurik brauchte seine Phantasie nicht sonderlich anzustrengen – die Legende seiner Familie war überzeugend dokumentiert durch mehrere Zeitungsausschnitte aus dem Jahr neunzehnhundertsechzehn, eine wunderschöne Rolle dicken – und nicht etwa dünnen, wie Unwissende meinen – japanischen Papiers und ein auf faserigen blaßgrauen Karton geklebtes Foto von noch immer verblüffender Qualität. Das Foto zeigte einen kräftigen Mann mit schwerem, massigem Kinn auf dem Stehkragen eines vornehmen Hemdes – seinen Großvater Alexander Nikolajewitsch Korn, neben ihm den Prinzen Kotohito Kanin, den Cousin des Mikado, der eine lange Reise von Tokio nach Petersburg unternommen hatte, größtenteils auf der Strecke der Transsibirischen Eisenbahn. Korn, der technische Direktor der Eisenbahnverwaltung, ein Mann von europäischer Bildung und tadellosen Manieren, war der Chef dieses Sonderzuges gewesen.

Die Aufnahme war am neunundzwanzigsten September 1916 im Fotoatelier des Herrn Johansson auf dem Newski-Prospekt entstanden, wie die kunstvolle blaue Inschrift auf der Rückseite belegte. Der Prinz selbst machte leider nicht viel her: keine japanische Tracht, kein Samuraischwert. Ganz normale europäische Kleidung, ein rundes Gesicht mit schmalen Augen, kurze Beine – er sah aus wie ein x-beliebiger Chinese aus einer der Wäschereien, die es damals in Petersburg bereits gab. Von einem Wäschereichinesen unterschied ihn allerdings der undurchdringliche Hochmut, den die zu einem glatten Lächeln verzogenen Lippen keineswegs abmilderten.

Der mündliche Teil der Familienlegende, nacherzählt von Großmutter, enthielt Großvaters Erinnerungen: Das ausgiebige Teetrinken im Pullman-Sonderzug, während draußen tagelang die Taiga vorüberzog, schillernd im Herbstbunt der Laubbäume und im düsteren Dunkelgrün der Nadelbäume.

Der Großvater hatte eine hohe Meinung von dem japanischen Prinzen. Er hatte an der Sorbonne studiert, war ein kluger Kopf und ein freidenkerischer Snob. Sein Freidenkertum äußerte sich vor allem darin, daß er sich die für einen japanischen Aristokraten unerhörte Freiheit herausnahm, persönlichen, ja vertrauten Umgang mit Herrn Korn zu pflegen, der im Grunde nur Dienstpersonal war, wenn auch auf höchster Ebene.

Prinz Kotohito hatte acht Jahre in Paris gelebt, war ein großer Verehrer der neuen französischen Malerei, besonders von Matisse, und traf in Korn auf einen verständnisvollen Gesprächspartner, wie er in Japan keinen fand. Die »Goldfische« kannte Korn nicht, glaubte dem Prinzen aber aufs Wort, daß Matisse gerade in diesem Werk die deutlichsten Spuren seines aufmerksamen Studiums der japanischen Kunst offenbarte.

Korn war neunzehnhundertelf das letztemal in Paris gewesen, vor dem Krieg, als die »Goldfische« noch Rogen im Kopf des Malers waren, doch dafür hatte Matisse in jenem Jahr auf der Herbstausstellung ein anderes Meisterwerk präsentiert, seinen »Tanz«. An dieser Stelle ging Großmutter stets von Großvaters Berichten fließend über zu ihren eigenen Erinnerungen an jene letzte gemeinsame Auslandsreise, und Schurik, der die Bekanntschaft seines Großvaters mit einem japanischen Prinzen mühelos schluckte, sträubte sich innerlich zu glauben, daß seine Großmutter leibhaftig in Paris gewesen war, einer Stadt, deren Existenz eher ein Faktum der Literatur denn des Lebens war.

Großmutter bereiteten diese Erzählungen viel Vergnügen, und sie übertrieb es damit wohl ein wenig. Schurik hörte ihr brav zu und schaukelte in ungeduldiger Erwartung des längst bekannten Ausgangs der Geschichte sacht mit den Beinen. Er stellte nie zusätzliche Fragen, doch das verlangte Großmutter auch nicht. Mit den Jahren erstarrten ihre schönen Geschichten und lagen wohl als unsichtbare Knäuel zusammen mit den Fotos und der Papierrolle in der Schublade ihres Sekretärs. Die Schriftrolle war übrigens eine Urkunde, die bestätigte, daß Herr Korn den Orden der Aufgehenden Sonne verliehen bekommen habe, die höchste staatliche Auszeichnung in Japan.

Neunundsechzig erfolgte der große Umzug der Familie aus der Kamergerski-Gasse — Jelisaweta Iwanowna benutzte starrsinnig und prophetisch ausschließlich die alten Namen — in die Nähe des Belorussischen Bahnhofs, in die Nowolesnaja-Straße. In der neuen, unglaublich geräumigen und wunderschönen Dreizimmerwohnung zeigte die Großmutter ihrem fünfzehnjährigen Enkel zum erstenmal das Herzstück der Legende: Es lag in drei ineinandersteckenden Hüllen, deren oberste nicht original war – eine schmucklose Schatulle aus karelischer Birke. Dafür waren die beiden inneren echt japanisch, eine aus apfelgrünem Nephrit, eine aus Seide, graugrün schillernd wie das Meer im Winter. Darin ruhte er: der Orden der Aufgehenden Sonne. Der Schatz war tot und seines Ruhmes beraubt, übrig war nur noch das Edelmetallskelett, die vielen Brillanten aber, die seine Seele und strenggenommen seinen wesentlichen materiellen Wert ausmachten, fehlten, an sie erinnerten nur noch leere Fassungen.

»Die Steine haben wir aufgegessen. Die letzten sind für diese Wohnung draufgegangen«, informierte Jelisaweta Iwanowna ihren Enkel, der mit seinen fünfzehn Jahren einem einjährigen Schäferhundwelpen ähnelte, bei dem Körper und Pfoten bereits ausgewachsen, Brustkorb und männliches Auftreten jedoch noch unterentwickelt sind.

»Wie hast du sie denn da rausgekriegt?« Den jungen Mann interessierte mehr die technische Seite.

Jelisaweta Iwanowna zog eine Haarnadel aus ihrem hochgesteckten Zopf, fuchtelte damit in der Luft herum und erklärte: »Mit einer Haarnadel, Schurik, mit einer Haarnadel! Damit ließen sie sich prima rauspolken. Wie Weinbergschnecken.«

Schurik hatte zwar noch nie Schnecken gegessen, aber es klang überzeugend. Er drehte das Rudiment des Ordens hin und her und gab es zurück.

»Fünfzig Jahre ist dein Großvater nun schon tot. Und die ganzen Jahre hat er der Familie geholfen zu überleben. Diese Wohnung, Schurik, das ist sein letztes Geschenk an uns.« Mit diesen Worten steckte sie den Orden wieder in seine innere Hülle, dann in die zweite und packte ihn schließlich in die Holzschatulle. Die Schatulle schloß sie mit einem winzigen Schlüssel an einem ausgeblichenen grünen Bändchen ab, den Schlüssel legte sie in eine Teedose.

»Wie hat er denn geholfen, wenn er schon tot war?« hakte Schurik nach, die gelbbraunen Augen unter den runden Brauen weit aufgerissen.

»Also wirklich, du hast einen Verstand wie ein Fünfjähriger«, ärgerte sich Jelisaweta Iwanowna. »Aus dem Jenseits! Ich habe natürlich einen Stein nach dem anderen verkauft.«

Mit geübtem Handgriff steckte sie die Haarnadel wieder an ihren Platz und klappte den Sekretär zu.

Schurik ging in sein Zimmer, an das er sich noch nicht richtig gewöhnt hatte, und schaltete das Tonbandgerät ein. Musik heulte auf. Er mußte über das Gehörte nachdenken – es war wichtig, ergab aber zugleich überhaupt keinen Sinn, und bei Musik konnte er besser denken.

Sein Zimmer unterschied sich in der Größe kaum von der durch zwei Bücherschränke und ein Notenregal abgeteilten Ecke, in der er bislang gehaust hatte. Allerdings gab es hier eine Tür mit kleinem Kugelgriff, sie ließ sich richtig verschließen, wobei das Schloß sogar leise klackte, und das gefiel ihm so sehr, daß er, um den Effekt zu verstärken, noch ein Schild an die Tür hängte: »Ohne Anklopfen kein Eintritt«. Doch das verstand sich ohnehin von selbst. Mutter wie Großmutter respektierten seine männliche Welt von seiner Geburt an. Die männliche Existenz war für sie ein Rätsel, ja ein Mysterium, und sie beide warteten voller Ungeduld auf den Tag, da Schurik ein erwachsener Korn sein würde – ernst, zuverlässig, mit massigem, festem Kinn und

Macht über die dumme Umwelt, in der ständig alles zerbrach, zerfloß, kaputtging und nur mit männlicher Hand wieder repariert, überwunden oder gar neu geschaffen werden konnte.

4

Jelisaweta Iwanowna stammte aus der reichen Kaufmannsfamilie Mukossejew, die zwar nicht so berühmt war wie die Jelissejews, die Filippows oder die Morosows, doch ebenfalls durchaus erfolgreich und in ganz Südrußland bekannt.

Ihr Vater Iwan Mukossejew handelte mit Getreide, fast die Hälfte des gesamten Getreidegroßhandels von Südrußland lag in seiner Hand. Jelisaweta war die älteste von fünf Schwestern, die gescheiteste und zugleich die häßlichste: Sie hatte hervorstehende Kaninchenzähne, so daß sie den Mund nicht ganz schließen konnte, und ein kleines Kinn, dafür eine große, gewölbte Stirn, die das ganze Gesicht überschattete. Ihre Zukunft stand von vornherein fest: Sie würde ihre Nichten und Neffen großziehen. Das war nun einmal das Los alter Jungfern. Ihr Vater liebte sie, bedauerte sie wegen ihrer Häßlichkeit und schätzte ihren wendigen Geist und ihre Auffassungsgabe.

Je mehr Töchter geboren wurden, ohne daß ein Stammhalter in Sicht gewesen wäre, desto aufmerksamer richtete der Vater den Blick auf sie, und obgleich er strikt patriarchalische Ansichten vertrat, schickte er sie aufs Gymnasium. Während die jüngeren Töchter an Schönheit zunahmen, wurde die Älteste reicher an Wissen.

Nach der Geburt der fünften Tochter wurde ihre Mutter schwer krank und stellte das Gebären ein, und fortan kümmerte sich der Vater noch intensiver um Jelisaweta. Nach dem Abschluß des Gymnasiums schickte er sie an die einzige Handelsschule, die auch Mädchen nahm, nach Nishni Nowgorod.

Jelisaweta fuhr folgsam an die Handelsschule, kehrte aber bald zurück und erklärte dem Vater entschieden, die Ausbildung sei sinnlos, dort könne man nichts lernen, was nicht jeder Dummkopf ohnehin wisse, und wenn er in ihr wirklich eine gute Stütze haben wolle, dann solle er sie nach Zürich oder nach Hamburg schikken, denn dort lerne man wirklich etwas, und zwar nicht wie in grauer Vorzeit, sondern moderne wissenschaftliche Ökonomie.

Dunja, Mukossejews zweite Tochter, war bereits verheiratet. Natascha, die dritte, stand kurz davor, und die beiden jüngsten würden auch nicht lange sitzenbleiben: Sie erhielten eine anständige Mitgift und waren hübsch. Dunja hatte sich bereits ans Gebären gemacht, zum großen Verdruß ihres Vaters aber als erstes ein Mädchen bekommen. Solange die Töchter keinen Erben zur Welt brachten, lief alles wohl darauf hinaus, daß Jelisaweta das Geschäft in ihre starken Hände nehmen mußte. Kurzum – er schickte seine Tochter zur Ausbildung ins Ausland. Sie trat die Reise in die Schweiz an wie den Weg in die Ehe – von Kopf bis Fuß neu eingekleidet, mit zwei nach Leder duftenden Koffern, mit Wörterbüchern und Segenswünschen ausgestattet.

In Zürich entflammte sie für den neumodischen Beruf und verlor, trotz der gewichtigen Segenswünsche, den Glauben ihrer Vorfahren so unversehens und schmerzlos, wie man einen Schirm in der Straßenbahn vergißt, wenn der Regen vorbei ist. So verließ sie mit ihrer häuslichen Welt auch die angestammte Religion, die altbackene Orthodoxie, in der sie nur noch die Papierblumen, die goldenen Meßgewänder und den allumfassenden Aberglauben sah. Wie viele junge Leute ihrer Generation, und nicht die schlechtesten, wandte sie sich einer neuen Religion zu, die eine neue Dreifaltigkeit predigte: den schlichten Materialismus, die Evolutionstheorie und jenen »reinen« Marxismus, der sich noch nicht mit sozialen Utopien eingelassen hatte. Kurz, sie eignete sich, wie man damals meinte, progressive Ansichten an, schloß sich aber entgegen der weitverbreiteten Mode keiner revolutionären Bewegung an.

Nach einem Jahr Studium in Zürich fuhr Jelisaweta in den Ferien nicht etwa nach Hause, sondern trat eine Frankreichreise an. Es wurde eine kurze Reise: Paris bezauberte sie so sehr, daß sie nicht einmal bis zur Côte d'Azur kam. Sie schrieb ihrem Vater, sie werde nicht nach Zürich zurückkehren, sondern in Paris bleiben und französische Sprache und Literatur studieren. Der Vater war erzürnt, aber nicht allzu sehr. Inzwischen war der langersehnte Enkel geboren, und tief im Innern nahm er »Lisas Bockigkeit« als Beweis für die weibliche Minderwertigkeit und sagte sich, daß er umsonst für die älteste Tochter eine Ausnahme gemacht habe.

Nein, daß ein Weib häßlich ist, macht sie noch lange nicht zum Mann, entschied er. Spuckte aus und befahl seiner Tochter zurückzukehren. Strich ihr die Unterstützung. Doch Jelisaweta hatte es nicht eilig mit der Heimkehr. Sie studierte, nebenbei arbeitete sie – kurioserweise ausgerechnet in der Buchhaltung einer kleinen Bank. Das in der Schweiz erworbene Wissen erwies sich als äußerst nützlich.

Nach Rußland kehrte Jelisaweta erst drei Jahre später zurück, Ende neunzehnhundertacht, und zwar mit der festen Absicht, getrennt von der Familie ein eigenständiges Leben zu führen. Sie war inzwischen eine rundum europäisch emanzipierte Frau, sie rauchte sogar, doch da der französische Charme nicht auf sie abgefärbt hatte und sie gut erzogen war, fiel ihre Emanzipiertheit nicht weiter auf. Sie hätte gern französische Literatur unterrichtet, doch im Staatsdienst lehnte man sie ab, und Gouvernante wollte sie nicht werden. Nachdem sie eine Weile eine passende Arbeit gesucht und ein totales Fiasko erlitten hatte, nahm sie ein überraschendes Angebot an: Der Mann einer Gymnasiumsfreundin brachte sie in der Statistikabteilung des Verkehrsministeriums unter.

In jenen Jahren wurden die privaten Eisenbahnen endgültig in staatliche Verwaltung überführt, und der Mann, der dieses langjährige staatswichtige Projekt umsetzte, war Alexander Nikolajewitsch Korn. Jelisaweta Iwanowna wurde ihm untergeordnet, auf der bescheidenen Stelle einer Statistikerin. Bereits nach einem halben Jahr übertrug er die kompliziertesten Aufgaben, nämlich die Frachtbeförderung und die Ermittlung der Unterhaltskosten pro Werst, ausschließlich Jelisaweta Iwanowna. Niemand kannte sich mit Rubeln und Frachtkilometern so gut aus wie sie.

Der alte Mukossejew hatte sich in seiner Tochter nicht geirrt, ihre kaufmännischen Fähigkeiten waren überragend. Alexander Nikolajewitsch Korn, ein solider Witwer Mitte vierzig und Vater zweier Töchter, betrachtete die freundliche, nette Kollegin mit wachsender Sympathie, und im dritten Jahr machte er ihr einen Heiratsantrag. Dieser Umstand verdient ein Ausrufungszeichen. Keine ihrer hübschen Schwestern konnte von einer solchen Heirat auch nur träumen. Nach der Hochzeit löste sich Jelisaweta gänzlich von den diversen Ideen ihrer Jugend, absolvierte das Pädagogische Institut und widmete sich mit Erfolg der Pädagogik. Nicht, daß sie enttäuscht war von den Idealen ihrer Jugend, aber sie dünkten ihr plötzlich nicht recht schicklich, und was sie aus früheren Zeiten bewahrte, waren keine großen Prinzipien, sondern alltägliche Grundsätze: gewissenhaft und uneigennützig seine Arbeit verrichten, keine schlechten Taten begehen, wobei gut und schlecht sich ausschließlich am eigenen Gewissen orientierten, und gerecht sein gegenüber anderen. Letzteres hieß für sie, sich bei allem Tun nicht nur nach den eigenen Interessen zu richten, sondern auch die Interessen anderer zu berücksichtigen. Das hätte maßlos öde sein können, war aber dank Jelisawetwas Aufrichtigkeit und Natürlichkeit sehr lebendig. Korns Töchter gewannen sie lieb, ihr Verhältnis zueinander war gut und entspannt. Die kleine Halbschwester Vera wurde von den beiden Älteren abgöttisch geliebt.

Im Sommer 1917 starb Alexander Nikolajewitsch Korn überraschend, und Jelisaweta Iwanownas weibliche Waage von Freud und Leid blieb für immer ausgeglichen – die glücklichen Jahre ihrer Ehe konnte ihr niemand mehr nehmen. Alles Unglück, alle Widrigkeiten und Entbehrungen, die nach dem Tod ihres Mannes über sie hereinbrachen, schrieb sie viele Jahre lang seiner Abwesenheit zu. Selbst die kurz darauf folgende Revolution betrachtete sie als eine der unangenehmen Folgen seines Todes. Offenbar hatte er nicht ohne Grund oft ihre Naivität und natürliche Unschuld verspottet. Diese Eigenschaften behielt sie ihr Leben lang.

Sie besaß kaum Humor, und da sie um diese ihre Schwäche wußte, wiederholte sie ständig die gleichen Scherze und Bonmots. Der kleine Schurik hörte von ihr oft die kokette Erklärung: »Ich bin nie sprachlos. Ich unterrichte mehrere Sprachen.«

Sie war eine großartige Lehrerin, und ihre eigenwillige Methodik war für Kinder sehr reizvoll und für Erwachsene äußerst effektiv. Am liebsten arbeitete sie mit

Kindern, obgleich sie ihr Leben lang an einer Hochschule unterrichtete und trockene, uninteressante Lehrbücher schrieb.

Für ihren Privatunterricht stellte sie meist eine Gruppe von zwei, drei Kindern zusammen, oft unterschiedlichen Alters, denn sie erinnerte sich gut daran, wie toll es war, mit den Geschwistern gemeinsam zu lernen – aus Sparsamkeit wurde in ihrer Familie stets nur ein Lehrer für alle engagiert.

In der ersten Französischstunde brachte sie ihren Schülern bei, was »pinkeln«, »kacken« und »kotzen« auf französisch heißt, also Wörter, die man in einem anständigen Haus nicht benutzen durfte. Damit war Französisch vom ersten Tag an eine Art Geheimsprache für Eingeweihte. Für einen besonderen Zusammenhalt sorgte das Krippenspiel auf französisch, das Jelisaweta Iwanowna mit ihren Schülern im Laufe des ganzen Jahres erarbeitete. Diese Aufführung hatte etwas Subversives: Die russischen Machthaber, die sich stets in die innersten Belange ihrer Bürger einmischten, bekämpften das Christentum in jenen Nachkriegsjahren mit derselben Entschiedenheit, mit der sie in früheren Zeiten für dessen Verbreitung gestritten hatten und mit der sie es viele Jahre später erneut einführen sollten. Jelisaweta Iwanowna demonstrierte mit den Weihnachtsaufführungen ihre strikte Unabhängigkeit und ihren Respekt vor kulturellen Traditionen.

Schurik spielte darin im Laufe der Zeit alle Rollen. Die erste, das Jesuskind, das meist von einer in eine alte braune Decke gehüllten Puppe verkörpert wurde, bekam er mit drei Monaten. In der letzten Aufführung, ein halbes Jahr vor dem Tod seiner Großmutter, spielte er den alten Joseph, wobei er zum Entzücken der heiligen drei Könige, der Hirten und des Esels seinen Text witzig entstellte.

Der Unterricht fand stets bei Jelisaweta Iwanowna zu Hause statt, so daß Schurik, ob er nun eine besondere Begabung dafür hatte oder nicht, die Sprache zwangsläufig mitlernte: Das Zimmer in der Kamergerski-Gasse war zwar groß, aber es war ihr einziges. Er konnte sich nirgendwohin zurückziehen, und so hörte er immer dieselben Lektionen des ersten, zweiten und dritten Unterrichtsjahres. Mit sieben sprach er mühelos Französisch; als er älter war, konnte er sich nicht einmal mehr erinnern, wann er die Sprache eigentlich gelernt hatte. »Noël, Noël ...« war ihm vertrauter als das russische Lied vom Tannenbäumchen.

Als er zur Schule kam, begann die Großmutter, ihn in Deutsch zu unterrichten, das er im Gegensatz zu Französisch bewußt als Fremdsprache wahrnahm, und er lernte es ebenso mühelos. In der Schule hatte er keine Probleme, in seiner Freizeit spielte er auf dem Hof Fußball, trieb ein wenig Sport, trat zum großen Entsetzen seiner Mutter sogar in eine Boxsektion ein, zeigte aber keinerlei ausgeprägte Interessen. Fast bis zu seinem vierzehnten Lebensjahr war Vorlesen sein liebster häuslicher Zeitvertreib. Das Vorlesen übernahm natürlich die Großmutter. Sie las wunderbar, ausdrucksvoll und schlicht, und so verdöste er, neben seiner gemütlichen Großmutter auf dem Sofa liegend, den ganzen Gogol, Tschechow und den von Jelisaweta Iwanowna besonders geliebten Tolstoi. Später dann Victor Hugo, Balzac und Flaubert. Das war nun einmal der Geschmack von Jelisaweta Iwanowna.

Auch seine Mutter leistete ihren Beitrag zu seiner Erziehung: Sie ging mit ihm in gute Theateraufführungen und Konzerte, nahm ihn sogar zu begehrten Gastspielen mit – so sah er als kleiner Junge den großen Paul Scofield als Hamlet, was er mit Sicherheit vergessen haben würde, hätte Vera ihn nicht von Zeit zu Zeit daran erinnert. Und natürlich besuchte er die schönsten Neujahrsfeiern der Hauptstadt — im Haus des Schauspielers, im Theaterverein, im Haus des Films. Kurz — es war eine glückliche Kindheit.

5

Mutter und Großmutter, zwei breitflügelige Engel, standen stets zu seiner Linken und zu seiner Rechten. Diese Engel waren nicht fleisch- und geschlechtslos, sondern spürbar weiblich, und von klein auf bildete sich bei Schurik unbewußt das Gefühl heraus, das Gute an sich sei etwas Weibliches, das von außen kam und ihn, der im Zentrum stand, umgab. Zwei Frauen beschützten ihn von Geburt an, berührten hin und wieder mit der Hand seine Stirn – hatte er auch kein Fieber? In ihren seidigen Rockschößen barg er sein Gesicht, wenn er sich genierte; an ihre Brüste, die weiche, nachgiebige der Großmutter und die kleine, feste der Mutter, lehnte er sich vor dem Einschlafen. Diese Liebe kannte keine Eifersucht und keinen Kummer: Beide Frauen liebten ihn mit ihrer ganzen seelischen Kraft, wetteiferten darin, ihm zu dienen, wenn auch auf verschiedene Weise. Sie stritten nicht um ihn, sondern stärkten im Gegenteil sein Bestätigung heischendes Selbstbewußtsein. Aufrichtig und unisono lobten sie ihn, spornten ihn an, waren stolz auf ihn, freuten sich über seine Erfolge. Er dankte ihnen ihre Liebe mit vollkommener Gegenseitigkeit, und sie stellten ihm nie die sinnlose Frage, wen von ihnen beiden er mehr liebe.

Das Gespenst der Vaterlosigkeit, das sie beide einst gefürchtet hatten, kam gar nicht erst auf. Als er »Mama« und »Oma« sagen konnte, zeigten sie ihm ein Foto, auf dem der verstorbene Lewandowski unbestimmt lächelte, und sagten: »Papa«. Etwa sieben Jahre lang genügte ihm das vollauf, erst in der Schule bemerkte er eine gewisse Unvollständigkeit seiner Familie. Er fragte: »Wo?« und bekam die wahre Antwort: »Gestorben.« Schurik wußte, daß sein Vater Pianist gewesen war, und nahm das alte Klavier in der Wohnung als Zeugnis seiner früheren Anwesenheit.

Wenn für die harmonische Entwicklung eines Kindes tatsächlich zwei erzieherische Kräfte notwendig sind, eine männliche und eine weibliche, so sorgte wohl neben dem Klavier Jelisaweta Iwanowna mit ihrem starken Charakter und ihrer inneren Ruhe für diese Ausgewogenheit.

Die beiden Frauen bewunderten ihren hochgewachsenen, wohlgestalten Jungen und warteten mit Spannung auf die Zeit, da in seinem Leben die dritte, wichtigste Frau auftauchen würde. Beide glaubten, ihr Junge würde früh heiraten und ihre Familie bald wachsen und neue Triebe hervorbringen. Mit banger Neugier betrachteten sie Schuriks Klassenkameradinnen, die an seinem siebzehnten Geburtstag zappligen, geschlechtslosen Twist tanzten, und rätselten: Die vielleicht?

In der Klasse gab es wesentlich mehr Mädchen als Jungen. Schurik war beliebt, zu seinem Geburtstag am sechsten September war fast die gesamte Klasse eingeladen. Nach den Sommerferien hatten alle das Bedürfnis, sich auszutauschen. Außerdem war dieses zehnte Schuljahr ihr letztes vor dem Abitur.

Die braungebrannten Mädchen zwitscherten, lachten überlaut und quiekten, die Jungen standen mehr rauchend auf dem Balkon, als daß sie tanzten. Ab und zu gingen Jelisaweta Iwanowna oder Vera in das große Zimmer, eigentlich das der Großmutter, trugen ein neues Gericht auf und musterten verstohlen die Mädchen. In der Küche tauschten sie augenblicklich ihre Eindrücke aus. Sie waren einhellig der Meinung, daß die Mädchen furchtbar schlecht erzogen seien.

»Töne sind das, wie auf einem Vorstadtbahnhof, dabei sind es doch eigentlich kultivierte Mädchen«, seufzte Jelisaweta Iwanowna. Dann schwieg sie eine Weile, spielte mit den Spitzen ihrer runzligen Finger und bekannte irgendwie widerwillig: »Aber sie sind trotzdem ganz entzückend. Reizend ...«

»Ach was, Mama, das kommt dir nur so vor. Sie sind schrecklich vulgär. Ich weiß nicht, was du an ihnen reizend findest«, widersprach Vera empört.

»Die Blonde im blauen Kleid ist ganz reizend, Tanja Iwanowa heißt sie, glaube ich. Und die orientalische Schönheit mit den persischen Brauen, die Schlanke, die ist doch entzückend, finde ich.«

»Ach was, Mama, die Blonde, das ist nicht Tanja Iwanowa, das ist die Gurejewa, die Tochter von Anastassija Wassiljewna, der Geschichtslehrerin. Der fehlt doch jeder zweite Zahn, von wegen reizend, und deine orientalische Schönheit, also ich weiß nicht, was an der schön sein soll, sie hat einen Schnurrbart wie ein Gendarm. Ira Grigorjan, sag bloß, du erinnerst dich nicht an sie?«

»Schon gut, schon gut. Du redest ja wie ein Pferdehändler, Verotschka. Aber Natascha, Natascha Ostrowskaja, was hast du gegen die?«

»Deine Natascha, daß du Bescheid weißt, die geht seit der achten Klasse mit Gija Kiknadse«, bemerkte Vera mit einer Spur persönlicher Gekränktheit.

»Gija?« fragte Jelisaweta Iwanowna erstaunt. »Ist das nicht der komische kleine Dicke?«

»Natascha Ostrowskaja scheint das nicht zu stören.«

Jelisaweta Iwanowna wußte nicht, was Vera wußte: Schurik war seit der fünften Klasse heftig verliebt in Natascha, aber sie hatte dem komischen, schläfrigen Gija

37

den Vorzug gegeben, der meist schwieg, aber wenn er den Mund aufmachte, dann kugelten sich alle vor Lachen – mit seinem Witz konnte sich niemand messen.

Kurz – der Großmutter mißfielen die Mädchen zwar insgesamt, jedes einzelne jedoch fand sie reizend. Vera dagegen hielt Schuriks Schule für die beste in der ganzen Stadt und die Klasse für großartig, es waren ausschließlich Kinder kultivierter Eltern, das heißt, im Grunde mochte Vera sie alle, aber einzeln genommen fand sie an jedem Mädchen abstoßende Makel.

Schurik hingegen gefiel alles – im allgemeinen und im besonderen. Er hatte bereits im Vorjahr Twisten gelernt und mochte diesen komischen Tanz, der aussah, als ziehe man sich nasse, klebende Kleider vom Leib. Ihm gefiel auch die Gurejewa und Ira Grigorjan, selbst Natascha hatte er den Verrat verziehen, zumal Gija sein Freund war. Außerdem gefiel ihm die Obsttorte mit Schlagsahne, die seine Großmutter gebacken hatte. Und das neue Tonbandgerät, das er zum Geburtstag geschenkt bekommen hatte.

Alles weitere stand für Schurik bereits fest: Er wollte sich an der Philologischen Fakultät bewerben, an der Sektion für Romanistik und Germanistik. Wo auch sonst?

6

Gleich zu Beginn des letzten Schuljahres erwarb Schurik ein Abonnement für Literaturvorlesungen, die von den besten Universitätsdozenten gehalten wurden. Jeden Sonntag lief er in die Mochowaja-Straße in die Universität, belegte einen Platz in der ersten Reihe im Hörsaal und schrieb fleißig die hochinteressanten Ausführungen des winzigen alten Juden mit, der ein großer Kenner der russischen Literatur war. Diese Vorlesungen waren ebenso begeisternd wie nutzlos für die Abiturienten. Der Lektor verbreitete sich zum Beispiel eine geschlagene Stunde über das Duell in der russischen Literatur: über den Duellkodex, über die Konstruktion der Duellpistolen mit den geschliffenen Läufen, über die schweren Kugeln, die mittels kurzem Ladestock und Hammer in den Lauf getrieben wurden, über das Los, das in Form einer Silbermünze geworfen wurde, über die Mütze voller Kirschen und die Kirschkerne, die den Flug der Kugeln vorwegnahmen; über dichterische Erleuchtung und über die Kraft der Phantasie, lebendige Wirklichkeit zu erschaffen – kurz, über Dinge, die nicht das geringste zu tun hatten mit den obligaten Aufsatzthemen wie »Tolstoi als Spiegel der russischen Revolution« oder »Puschkin als Ankläger der zaristischen Selbstherrschaft«.

Rechts von Schurik saß Wadim Polinkowski, links von ihm Lilja Laskina. Beide hatte er gleich in der ersten Vorlesung kennengelernt.

Die kleine, auffällige Lilja in ihren spitznasigen weißen Schuhen und dem Lederminirock, der moralisierende Omas, amoralische Studentinnen und gleichgültige Passanten gleichermaßen umwarf, schüttelte wie ein Aufziehspielzeug ihren kurzgeschorenen, sich plüschig anfühlenden Kopf und zirpte unentwegt. Die Spitze ihrer langen Nase bewegte sich beim Sprechen kaum merklich auf und ab, die Wimpern ihrer häufig auf- und zuklappenden Lider bebten, und ihre kleinen Finger zerteilten, wenn sie nicht gerade an ihrem Halstuch oder ihrem Heft nestelten, rastlos die schwere Luft. Zudem hatte sie noch die kindliche Angewohnheit, gelegentlich flink in der Nase zu bohren.

Sie war von unglaublicher Anmut, und Schurik verliebte sich so heftig in sie, daß dieses neue Gefühl sämtliche früheren kleinen Verliebtheiten verdrängte. Dieses Hochgefühl der Sinne, wenn sogar die Glühbirnen heller zu leuchten scheinen, war ihm von Kindheit an vertraut. Er verliebte sich in jeden: in Großmutters Schüler, Jungen wie Mädchen, in Mamas Freundinnen, in Klassenkameradinnen und Lehrerinnen – doch nun verwandelte Liljas fröhliches Strahlen alles Frühere in konturlose Schatten.

In Polinkowski vermutete Schurik einen Rivalen, bis dieser eines Tages während der Vorlesung zu Liljas leergebliebenem Platz schaute und flüsterte: »Unser Äffchen ist ja heute gar nicht da.«

Schurik fragte erstaunt: »Äffchen?«

»Was ist sie denn sonst? Ein richtiges Äffchen, und krumme Beine hat sie auch.«

Daraufhin grübelte Schurik anderthalb Stunden über die weibliche Schönheit nach und verpaßte die feinsinnigen Gedanken des Lektors über die zweitrangigen Figuren in Tolstois Romanen – der kauzige Dozent fand stets einen Weg, möglichst weit vom Schulstoff abzuschweifen, in die Steinbrüche umstrittener Literaturwissenschaft.

An diesem Tag konnte er Lilja nicht nach Hause bringen, also lief Schurik mit Polinkowski von der Mochowaja bis zum Belorussischen Bahnhof. Er war schweigsam, noch beschäftigt mit der Verlegenheit, in die Polinkowski ihn mit seiner achtlosen Bemerkung über die reizende Lilja gestürzt hatte. Polinkowski seinerseits, der sich immer wieder die Schneeflocken aus den Locken schüttelte, versuchte mit Schuriks Hilfe sein eigenes Problem zu lösen. Er wußte nicht, welche Richtung er einschlagen sollte: sich an der Hochschule für Grafikdesign bewerben, wo sein Vater unterrichtete, oder an der Universität, oder sollte er überhaupt auf alles pfeifen und Geologe werden? Am Belorussischen Bahnhof forderte Schurik Polinkowski auf, noch kurz mit zu ihm zu kommen, und sie bogen in den Butyrski-Wall ein. Als sie die Eisenbahnbrücke über den halbverwilderten Bahndamm passierten, entdeckte Polinkowski, daß man über die Brücke zum Atelier seines Vaters gelangte, und er lud Schurik ein, sich dieses anzusehen. Aber Schurik wollte nach Hause, also verabredeten sie den Atelierbesuch für den nächsten Tag. Polinkowski schrieb ihm die Adresse auf ein Stück Papier, dann standen sie noch eine Weile auf dem Hof herum und gingen schließlich hinauf zu Schurik. Jelisaweta Iwanowna stellte ihnen ein Abendessen auf den Tisch, anschließend hörten sie in Schuriks Zimmer Musik – er besaß jede Menge Aufnahmen auf braunen Tonbändern. Polinkowski rauchte eine ausländische Zigarette und ging.

Den Rest des Abends rang Schurik mit sich, ob er Lilja anrufen sollte. Er besaß zwar ihre Telefonnummer, hatte sie bislang aber noch nie angerufen, ihre Beziehung beschränkte sich bisher darauf, daß er sie höflich bis zu ihrem Haus in der Tschisty-Gasse begleitete.

Auch am nächsten Tag, am Montag, ging ihm Lilja nicht aus dem Kopf, doch zu einem Anruf konnte er sich nicht entschließen, obwohl ihm ihre Telefonnummer immer wieder in den Sinn kam, sich geradezu aufdrängte. Gegen Abend war er davon so zermürbt, daß er sich Polinkowskis unverbindlicher Einladung vom Vortag entsann und das Haus verließ – zu einem Spaziergang, wie er seiner Mutter sagte.

Polinkowskis Zettel hatte er verloren, aber er wußte die Adresse noch, sie bestand aus lauter Dreien.

Die Ateliers waren gar nicht so dicht hinter der Brücke, er suchte ziemlich lange nach dem Haus mit den großen Fenstern, das ihm Polinkowski beschrieben hatte. Endlich hatte er sowohl das Haus als auch das richtige Atelier gefunden und klopfte an die spaltbreit offene Tür. Er trat ein – und erstarrte. Direkt vor ihm saß auf einem niedrigen Podest eine splitternackte Frau. Es waren nicht alle Details zu sehen, doch die hellblau geäderte weißrosa Brust in allen erschütternden Einzelheiten leuchtete wie ein Scheinwerfer. Um die Frau herum saßen rund zwei Dutzend Maler.

»Tür zu! Machen Sie die Tür zu! Es zieht!« schrie eine ärgerliche Frauenstimme Schurik an. »Warum kommen Sie denn zu spät? Setzen Sie sich und fangen Sie an.«

Eine schöne Frau in einem schwarzen Männerhemd, mit schwarzglänzendem Haar, das ihr in die Augen hing, wies unbestimmt hinter sich. Schurik gehorchte ihrer Geste und setzte sich in eine entfernte Ecke des Raums auf die unterste Sprosse einer Leiter. Alle zeichneten, schabten laut mit den Bleistiften übers Papier. Schurik konnte kaum denken. Er vermutete Polinkowski irgendwo hier im Raum, konnte aber den Blick nicht von der großen braunen Brustwarze wenden, die auf ihn gerichtet war wie ein Zeigefinger. Er fürchtete, die nackte Frau könnte aufsehen und entdecken, was mit ihm vorging.

42

Er begriff, daß er gehen mußte. Aber das war unmöglich. Er streckte die Hand nach einem Stapel gräulichen Papiers aus, der auf dem Boden lag, und schirmte sich mit einem Blatt vor den anderen ab. Sein Aufenthalt hier war fast ein Verbrechen, er rechnete jeden Moment damit, daß man ihn entlarvte und rauswarf. Doch er konnte sich nicht von der Stelle rühren. Sein Mund war abwechselnd wie ausgetrocknet oder übervoll mit flüssigem Speichel, den er wie beim Zahnarzt krampfhaft hinunterschluckte. Dabei stellte er sich vor, daß er zu der Frau ging, sie vom Podest hob und sie dort berührte, wo der Schatten besonders dicht war. Dieser süße Alptraum währte, so dünkte es Schurik, ewig. Endlich stand das Aktmodell auf, zog sich einen gelb-weinroten Flanellkittel an und entpuppte sich als nicht sonderlich junge, kurzbeinige Frau mit dicken Hamsterbacken und ohne den geringsten Zauber – wie eine x-beliebige Nachbarin aus ihrer früheren Gemeinschaftswohnung. Und das war wohl das Verblüffendste daran. Barg womöglich jede dieser Frauen, die im Flanellkittel mit angebrannten Teekesseln in die Gemeinschaftsküche kamen, unter ihrem Kittel so gewaltige Brustwarzen und so verlockende Falten und Schatten?

Die jungen und alten Maler packten ihre Blätter zusammen und brachen geschäftig auf. Polinkowski war nicht unter ihnen. Die schöne Frau im schwarzen Hemd nickte Schurik freundlich zu und sagte: »Bleib hier, du kannst aufräumen.«

Und er blieb. Stellte die Stühle hin, wo sie es verlangte, trug einen Teil hinaus in den Flur, rückte das Podest beiseite, und als er fertig war, lud sie ihn an einen wackligen kleinen Tisch und schob ihm eine Tasse Tee hin.

»Wie geht es Dmitri Iwanowitsch?« fragte sie.

Schurik stockte und murmelte etwas.

»Du bist doch Igor, oder?«

43

»Alexander«, brachte er heraus.

»Ach, ich war sicher, du bist Igor, der Sohn von Dmitri Iwanowitsch.« Sie lachte. »Wo kommst du denn her?«

»Ich bin nur zufällig ... Ich wollte zu Polinkowski«, stammelte Schurik und wurde puterrot. Er weinte fast. Sie denkt bestimmt, ich wollte bloß das Aktmodell sehen.

Die Frau lachte. Ihre Lippen hüpften, der dunkle Streifen kleiner Härchen über ihrer Oberlippe dehnte sich und zog sich zusammen, die schmalen Augen verengten sich zu Schlitzen. Schurik wäre am liebsten gestorben.

Dann hörte sie auf zu lachen, stellte ihre Tasse ab, trat zu ihm, umfaßte seine Schultern und preßte ihn mit kräftigen Armen an sich.

»Ach, du kleiner Dummkopf ...«

Durch den groben Stoff seiner Jacke fühlte er ihre festen großen Brustwarzen, die sich in seine Schulter bohrten, und dann spürte er die bodenlose, dunkle Tiefe ihres Körpers. Und einen leisen, kaum wahrnehmbaren Katzengeruch.

Das Erstaunlichste war, daß er Polinkowski nie wiedersah. Er kam nicht mehr zu den Vorlesungen. Offenbar war er in Schuriks Leben lediglich eine Hilfsfigur gewesen, ohne eigenständige Bedeutung. Viele Jahre später sagte Matilda Pawlowna in Erinnerung an ihre extravagante Improvisation zu Schurik: »Diesen Polinkowski hat es nie gegeben. Das war mein persönlicher Dämon, verstehst du?«

»Ich mache ihm keine Vorwürfe, Matjuscha«, entgegnete Schurik, inzwischen kein puterroter Jüngling mehr, sondern ein etwas blasser, wohlgenährter dreißigjähriger Mann, der bereits ein wenig älter aussah.

7

Kaum mehr als zwei Monate waren vergangen, seit die Geschichte mit Matilda begonnen hatte, aber wie sehr hatte sich seitdem alles verändert! Einerseits war Schurik noch immer derselbe: Er schaute in den Spiegel und sah ein ovales rosiges Gesicht mit einem Anflug von schwarzem Bartwuchs am Abend, eine gerade, ein wenig breite Nase mit Pünktchen in den erweiterten Poren, runde Augenbrauen, einen roten Mund. Breite Schultern, dünne Arme mit noch unterentwickelten Muskeln und schwere Füße. Eine unbehaarte flache Brust. Vom Boxen kannte er das Gefühl, wenn der ganze Körper sich sammelt, wenn kurz vorm Schlag alle Kraft in die Schulter fließt, in den Arm, in die Faust, wenn die Beine sich anspannen und der gesamte Körper bis zum kleinsten Muskel beteiligt ist an jeder zielgerichteten Bewegung: einem Schlag, einem Stoß, einem Sprung. Doch das waren Kinkerlitzchen, denn er wußte nun, daß man aus dem Körper einen Genuß ziehen konnte, der mit keinem Sport zu vergleichen war. Schurik betrachtete im beschlagenen Badspiegel respektvoll seine Brust und den flachen Bauch, in dessen Mitte unterm Nabel eine schmale Haarspur nach unten führte, und er legte ehrfürchtig die Hand auf seinen geheimnisvollen Schatz, dem sich der ganze Körper bis zur letzten Zelle unterordnete.

Natürlich war es Matilda gewesen, die diesen wunderbaren Mechanismus ausgelöst hatte, aber Schurik ahnte, daß er nie enden würde, daß es im Leben nichts Schöneres gab, und fortan sah er alle Mädchen, alle Frauen mit anderen Augen: Im Prinzip konnte jede von ihnen sein kostbares Werkzeug in Gang setzen. Bei diesem Gedanken schwoll das Geschlecht in seiner Hand, und er verzog das Gesicht, denn Montag war erst gestern gewesen, bis zum nächsten Mal mußte er also noch fünf Tage warten.

Dafür waren es bis zur nächsten Begegnung mit Lilja nur noch vier Tage. Die beiden Gefühle kamen sich nicht im geringsten in die Quere. Wie auch – wie könnte man die fröhliche, zierliche Lilja, die er sonntags nach der Vorlesung nach Hause brachte und mit der er anschließend stundenlang im hohen Flur ihres alten Hauses stand, wo er ihre kindlichen Finger in seinen heißen Händen wärmte und nicht wagte, sie zu küssen; wie könnte man sie vergleichen mit der großartigen Matilda, massiv und gelassen wie eine Almkuh, in der er jeden Montag restlos versank, immer montags, denn er kam nach ihrem Unterricht ins Atelier, half ihr die Stühle wegräumen und begleitete sie anschließend in ihre Einzimmer-Junggesellenbude ganz in der Nähe, wo ihre Katzenfamilie sie erwartete – drei große schwarze Katzen, die inzestuös miteinander verwandt waren. Matilda gab den Katzen Fisch, wusch sich die Hände, und während die Katzen gemächlich, ohne Hast, aber mit Appetit ihr Futter verzehrten, stärkte auch sie sich, ebenfalls ohne Hast und mit Appetit, mit Hilfe des vorzüglich dafür ausgestatteten jungen Mannes.

Dieser Junge war ein Geschenk des Zufalls, eine Augenblickslaune, sie hatte keineswegs beabsichtigt, sich mit ihm öfter als dieses eine Mal zu vergnügen. Aber die Sache zog sich irgendwie hin. Weder Lasterhaftigkeit noch Zynismus oder gar sexuelle Gier, die eine reife Frau in die ungeschickten Arme eines jungen Mannes treibt, waren Matilda eigen. Ihr nüchternes Wesen und ihr übermäßiges Interesse an der Arbeit hatten ihrem weiblichen Glück von Jugend an im Wege gestanden. Sie war einmal verheiratet gewesen, doch nachdem sie ihr erstes Kind verloren hatte und beinahe im Jenseits gelandet war, machte sich ihr Mann, ein Trinker, aus dem Staub und fand sich eines Tages bei ihrer Freundin. Sie trauerte ihm nicht sonderlich nach und führte fortan ein männliches Handwerkerleben: Sie knetete, formte, meißelte, bearbeitete Stein, Bronze und Holz. Bald gehörte sie zu der Handvoll Bildhauer, die mit Staatsaufträgen gut verdienten, und schuf ein ganzes Regiment von Kriegs- und Arbeitshelden. Wie ihre Mutter, eine Bäuerin aus Wyschni Wolotschok, arbeitete sie von Sonnenaufgang bis Sonnenuntergang, und zwar nicht aus Zwang, sondern aus einem inneren Bedürfnis heraus. Hin und wieder hatte sie Liebhaber – Künstler oder Handwerker, die ihr zuarbeiteten. Steinmetze, Eisengießer. Seltsamerweise geriet sie immer an Trinker, und jede Affäre wurde rasch zur immer gleichen Quälerei. Sie schwor ihnen ab und ließ sich doch wieder mit ihnen ein. Sie wußte bestens Bescheid über das Völkchen, das ständig um sie herum war, so daß sie in letzter Zeit gelernt hatte, einen Kerl rechtzeitig rauszuwerfen, bevor er sich anmaßte, sie am Morgen nach einer Flasche gegen den Kater zu schicken.

Dieser Junge kam jeden Montag, als wäre es so abgesprochen, dabei hatten sie nie irgend etwas vereinbart, und sie glaubte jedesmal, diesmal würde sie sich diese Laune zum letztenmal erlauben. Aber er kam immer wieder.

Kurz vor Silvester bekam Matilda eine schwere Grippe. Zwei Tage lag sie halb bewußtlos im Bett, umgeben von ihren beunruhigten Katzen. Schurik, der sie im Atelier nicht angetroffen hatte, klingelte an ihrer Wohnungstür. Es war natürlich Montag, kurz nach acht.

Er lief in die Bereitschaftsapotheke, kaufte einen harmlosen Hustensaft und Analgin, brachte den Katzendreck weg und wischte Küche und Bad. Die Katzen hatten während Matildas Krankheit ziemlich wild gehaust. Matilda ging es so schlecht, daß sie von Schuriks häuslichem Eifer kaum etwas wahrnahm. Am nächsten Tag kam er wieder, brachte Milch, Brot und Fisch für die Katzen. Alles mit einem unbestimmten Lächeln, ohne Matilda mit anstrengenden Gesprächen zu strapazieren.

Am Freitag war ihr Fieber gesunken, und am Sonnabend lag Schurik flach – der Virus hatte auch ihn erwischt. Am nächsten Montag kam er nicht.

Allzuviel ist ungesund, entschied Matilda mit einer gewissen Befriedigung. Dennoch vermißte sie ihn. Als er eine Woche später wieder auftauchte, fiel ihre Begegnung besonders herzlich aus, und Matilda belebte ihre wortlose Kommunikation im Bett durch ein liebevolles: mein Freund.

8

Nach Neujahr ging Schurik mit besonderem Eifer an die Vorbereitung auf die Aufnahmeprüfung für die Universität. Jelisaweta Iwanowna, die inzwischen pensioniert war, lernte mit ihm intensiv Französisch. Alles, was sie von Jugend an liebte, ging sie nun mit ihrem Enkel noch einmal durch. Sie war durchaus zufrieden mit Schuriks Leistungen. Er beherrschte die Sprache besser als viele Absolventen ihrer pädagogischen Hochschule. Sie ließ ihn lange Gedichte von Hugo auswendig lernen und altfranzösische Dichtung lesen. Er kniete sich hinein und fand Geschmack daran.

Als er später, bereits nach dem Studium, während der Olympiade eine junge Französin aus Bordeaux kennenlernte, die erste Ausländerin seines Lebens, war sie von seiner altmodischen Sprache total hingerissen. Erst lachte sie Tränen, dann küßte sie ihn ab. Wahrscheinlich klang er wie Lomonossow, hätte dieser neunzehnhundertsiebzig in der Akademie der Wissenschaften eine Rede gehalten. Dafür verstand Schurik das südfranzösische »Rollen« und den verkürzten Studentenslang der Französin kaum und mußte ständig nachfragen, was sie meinte.

Jelisaweta Iwanowna gab trotz ihres vorgerückten Alters noch immer Privatunterricht, hatte aber nicht mehr so viele Schüler wie früher. Doch an der Weihnachtsaufführung hielt sie fest. Allerdings war es Anfang Januar* so kalt, daß die Aufführung immer wieder verschoben wurde – auf den letzten Tag der Schulferien.

In der Mitte des Zimmers war kein Platz für den Baum, dort standen überall Stühle und Hocker, der Baum mußte in die Ecke, als wäre er bestraft worden. Dafür war es eine echte Tanne, behängt mit dem alten Baumschmuck, den Jelisaweta Iwanowna sorgsam aufbewahrte: eine Kutsche mit Pferdchen, eine Ballerina im Glitzerkleid und eine wunderbare gläserne Libelle, die Jelisaweta Iwanowna Weihnachten achtzehnhundertvierundneunzig von ihrer Lieblingstante geschenkt bekommen hatte. Unter dem Baum stand neben einem fadenscheinigen, vergilbten Väterchen Frost die Krippe mit der Jungfrau Maria im roten Seidenkleid, Joseph im Bauerngewand und anderen Wunderwerken aus Pappe.

Jelisaweta hatte etwas Besonderes, Weihnachtliches gebacken. Die ganze Wohnung, ja selbst das Treppenhaus roch nach Tannengrün und Pfefferkuchen. Auf einem großen Tablett lagen einzeln eingewickelte dünne Pfefferkuchenfiguren aus einem speziellen Honigteig, sie waren trocken, ein wenig scharf im Geschmack und oben mit weißem Guß bemalt. Jedem Stern, jedem Tannenbaum, jedem Engel und jedem Häschen war ein Zettel beigelegt, auf dem in Schönschrift ein naiver kleiner Spruch in französisch stand. Etwa: »In diesem Jahr steht Ihnen ein großer Erfolg bevor«, »Eine Sommerreise bringt eine überraschende Freude«, »Hüten Sie sich vor Rothaarigen«. Das Ganze nannte sich Neujahrswahrsagen.

Die Pfefferkuchen waren zu schön, um einfach weggefuttert zu werden, deshalb gab es zum Tee nach der Aufführung noch ganz gewöhnliche Kuchen und Kekse.

---

* In Rußland werden die kirchlichen Feiertage nach dem julianischen Kalender begangen, Weihnachten fällt auf den 6./7. Januar.

Jeder Teilnehmer durfte einen Gast mitbringen, meist waren es Geschwister, manchmal Klassenkameraden.

Vera besprach sich heimlich mit Jelisaweta Iwanowna und forderte Schurik auf, doch das Mädchen aus der Uni mitzubringen, das er jeden Sonntag so lange nach Hause begleitete. Das Verhältnis zu seiner Mutter war so beschaffen, daß er ihr zwar von Lilja erzählte, jedoch kein Wort über Matilda verlor.

Eine Woche lang redete Schurik sich heraus. Er mochte Lilja nicht zu einem Kinderfest einladen, er wäre mit ihr lieber in ein Café gegangen oder zur Party eines Klassenkameraden. Doch unter dem Druck seiner Mutter erzählte er Lilja schließlich beiläufig von der Aufführung, und sie rief mit überraschender Begeisterung: »Au ja, das will ich sehen!«

Damit war ihm der Rückzug abgeschnitten. Sie verabredeten, daß Schurik sie nicht abholen würde, denn er hatte vor der Vorstellung alle Hände voll zu tun.

Fast den ganzen Vormittag verbrachte er mit den Kleinen, renkte einem ungeschickten Engel den Flügel wieder ein, tröstete den weinenden Timoscha, der seine Rolle plötzlich als demütigend empfand und sich strikt weigerte, die Eselsohren anzulegen, die Jelisaweta Iwanowna aus grauen Wollstrümpfen genäht hatte. All diese »kleinen Wänster«, wie Schurik Großmutters Schüler nannte, liebten ihn abgöttisch, und manchmal, wenn Jelisaweta Iwanowna sehr hohen Blutdruck hatte und heftige Kopfschmerzen, übernahm er ihren Unterricht – zum großen Entzücken der Schüler.

Lilja kam allein. Vera öffnete ihr die Tür – und erstarrte: Vor ihr stand ein kleines Geschöpf mit einer riesigen weißen Mütze, und durch die schmuddeligen Fellzotteln, die ihr fast bis aufs Kinn fielen, blickten schwarz geschminkte Spielzeugäuglein, wie bei einem Plüschtier. Sie begrüßten sich. Das Mädchen nahm die riesige

Mütze ab. Vera konnte sich nicht enthalten zu sagen: »Sie sehen ja aus wie Filippok!*«

Das schlagfertige Mädchen lächelte breit. »Na, das ist nicht die übelste Gestalt in der russischen Literatur!«

Sie zog den schicken roten Reißverschluß ihrer viel zu leichten Jacke auf und stand in einem knappen schwarzen Kleid, übersät mit weißen Härchen von der Mütze, vor Vera. In dem großen, fast bis zur Taille reichenden Ausschnitt leuchtete ihr nackter magerer Rücken, ebenfalls mit Härchen bedeckt – ihrem eigenen zarten Flaum. Beim Anblick des bläulichen Kinderrückens verspürte Vera vor Mitleid und innerer Abwehr einen Stich ins Herz.

»Setzen Sie sich dort hinten in die Ecke, das ist ein gemütlicher Platz. Behalten Sie den Schal um, es zieht vom Fenster«, warnte Vera, aber Lilja stopfte den Schal in den Ärmel ihrer Jacke. »Schurik kommt gleich, er kümmert sich noch um die Kleinen.«

Vera zwängte sich durch die Kindermenge zu ihrer Mutter und flüsterte ihr ins Ohr: »Dieses Mädchen von Schurik könnte glatt die Herodias spielen.«

Jelisaweta Iwanowna, die bereits einen scharfen Blick auf Lilja geworfen hatte, widersprach: »Nein, eher die Salome. Aber weißt du, Vera, sie ist sehr apart, sehr...«

»Ach was, Mama« – Vera war plötzlich verärgert. »Sie ist nichts weiter als ein freches kleines Biest. Wer weiß, aus was für einer Familie sie stammt.«

Vera erfaßte eine heftige Abneigung gegen dieses kurzgeschorene kleine Luder.

Aber Lilja spürte diese Abneigung nicht, im Gegenteil, sie saß in ihrer Ecke, und ihr gefiel alles: der Duft nach Tannengrün und Pfefferkuchen, die Privataufführung mit einem Hauch von Adelsleben, wie sie es aus der

---

* Titelgestalt einer Kindergeschichte von L. Tolstoi

russischen Literatur kannte, und auch die beiden »komischen Ömchen«, wie sie Schuriks beide Elternteile sogleich nannte — die zierliche Vera Alexandrowna mit dem in zerknitterter Spitze steckenden langen faltigen Hals und dem altmodischen grauen Haarknoten und die massige Jelisaweta Iwanowna, die ihre Spitze auf andere Weise um den Hals drapiert und das gekrauste Haar zu einem noch altmodischeren Knoten gesteckt hatte.

Vera hämmerte kräftig auf die harten Tasten des Klaviers ein, so daß das trockene Klacken ihrer Finger durch die Melodien der französischen Weihnachtslieder drang, aber die Kinder sangen ganz rührend, und die Aufführung lief erstaunlich reibungslos, niemand vergaß etwas, keiner fiel hin oder verhedderte sich in seinem Kostüm, und der heilige Joseph glänzte mit einer Improvisation: Als es Zeit war für die Flucht nach Ägypten, klemmte er sich den Esel mit den Strumpfohren, die Jungfrau Maria, die furchtsam rittlings auf dem minderjährigen Tierchen saß, und die alte braune Decke, die das Jesuskind darstellte, unter die Arme, und alle quietschten, lachten und sprangen auf. Schließlich zog Schurik seinen Mantel aus, nahm die Nylonglatze ab — die einzige echte Theaterrequisite, von Vera eigens für diesen Zweck aus der Kostümwerkstatt entnommen —, raffte die restlichen Kostüme zusammen und brachte sie weg. Beim Tee saßen alle um den elektrischen Samowar, aßen mit halbherziger Aufmerksamkeit die selbstgebackenen Kuchen und warteten ungeduldig auf das versprochene Wahrsagen.

Jelisaweta Iwanowna, rosig und feucht wie frisch gebadet, steckte die Hand unter eine Serviette und zog die Pfefferkuchen mit den Zetteln hervor. Auch die Erwachsenen kamen an die Reihe. Lilja hielt ebenfalls die Hand auf. Das »Ömchen« sah sie freundlich an, murmelte etwas auf französisch und zog für sie den größten Pfefferkuchen hervor. Lilja wickelte ihn aus. Es war ein Schäfchen, übersät mit Spiralen aus weißem Zuckerguß. Auf dem Zettel stand: »Eine neue Wohnung, ein neues Leben, ein neues Los.« Lilja zeigte Schurik den Zettel und sagte: »Da, siehst du ...«

9

Liljas Eltern, achtunddreißig Jahre alt, waren lebenslustige jüdische Mathematiker – mit Kanu, alpinen Skiern und Gitarre. Ihre Mutter fluchte dauernd fröhlich, ihr Vater trank gern. Worauf er sich allerdings nicht verstand. Dennoch konnte er auf diesen Volkssport nicht verzichten, also schleppte seine Frau bisweilen ihren leichenblassen, nach Erbrochenem riechenden Mann nach Hause, steckte ihn ins Bad, beschimpfte ihn harmlos und komisch, schleifte ihn dann, nackt und in ein Handtuch gewickelt, ins Zimmer, legte ihn ins Bett, deckte ihn zu, flößte ihm Tee mit Zitrone und Aspirin ein und sagte dabei: »Was für einen Russen gesund ist, ist für einen Juden der Tod.«

Das war zwar ein Plagiat, schon Leskow hatte dieses Sprichwort irgendwo aufgeschnappt und zitiert, aber trotzdem komisch.

Obendrein waren sämtliche Papiere für die Ausreise eingereicht, beide hatten gekündigt, und seit mehreren Monaten war die Familie hysterisch aufgekratzt: Eine Mischung aus Vorfreude, Heiterkeit und Angst. Niemand wußte, ob man sie rauslassen, ihren Antrag ablehnen oder sie überhaupt einsperren würde. Der Vater hatte ein paar kleine Sünden auf dem Kerbholz: Er hatte irgendwo irgendwas veröffentlicht, etwas unterschrieben, sich zu irgendwas geäußert. Der lange Abschied von Rußland und von den liebsten Freunden dauerte bereits ein Jahr.

Mal fuhren sie Hals über Kopf nach Leningrad, oder sie nahmen Lilja aus der Schule und schleppten sie nach Samarkand, dann wieder entdeckten sie irgendwelche Verwandten in der Ukraine und luden sie zum Abschied ein, und eine ganze Woche lang stapften durch ihre Wohnung zwei dicke alte Jüdinnen von so provinzieller Art, daß es kaum zu fassen war – eine Mischung aus Scholem Alejchem und antisemitischen Parodien.

Lilja konnte sich nicht entscheiden, ob es noch lohnte, die Aufnahmeprüfung für die Universität abzulegen. Daß man sie nicht nehmen würde, war ohnehin klar, dennoch wollte sie sich gern selbst prüfen und es wenigstens versuchen. Aber vielleicht wurde sie ja angenommen – das wäre noch unsinniger. Ihre Mutter riet ihr ab – laß das sein, lern lieber die Sprache, das ist wichtiger für dich. Sie meinte natürlich Hebräisch. Ihr Vater fand, sie solle die Prüfung machen, und sagte in der Nacht, damit Lilja es nicht hörte, zur Mutter: »Laß sie ihre eigene Erfahrung machen, ihr geht es viel zu gut. Soll sie ruhig durchfallen, das stärkt ihre jüdische Identität.«

Nach Neujahr erlahmte Liljas Eifer, sie pfiff auf die Prüfungsvorbereitungen, schwänzte die Schule und entwickelte eine Leidenschaft für sinn- und ziellose Spaziergänge durch das morgendliche Moskau. Schurik dagegen bügelte die Dreien in Mathe und Physik aus und polierte die Fächer auf, in denen ihm Prüfungen bevorstanden.

Im Frühjahr nahm Vera Urlaub, sie wollte sich mehr um den Jungen kümmern. Doch das war völlig überflüssig: Schurik entfaltete eine erstaunliche Disziplin, lernte viel und hörte wenig Ella Fitzgerald. Eine Nachhilfelehrerin für russische Sprache und Literatur kam ins Haus, und zweimal die Woche fuhr Schurik zu einem Geschichtslehrer. Die Reifeprüfung legte er beinahe mit

»Sehr gut« ab, zur großen Verblüffung seiner Mathe- und Physiklehrer. Die Schule lag hinter ihm, noch eine letzte Anstrengung, und er hatte es geschafft. Doch zu Veras Verdruß ging er jeden Abend weg und kam erst wer weiß wann nach Hause. Die meisten Abende verbrachte er mit Lilja. Ein paar mit Matilda. Aber das behielt er für sich.

Manchmal besuchte Lilja Schurik. Diverse geheimnisvolle Zeichen deuteten darauf hin, daß die Ausreisegenehmigung für ihre Familie kurz bevorstand, und das verlieh ihrer Beziehung eine besondere Intensität: Es war klar, daß sie sich für immer trennten. Vera war Lilja gegenüber inzwischen etwas milder gestimmt, fand sie jedoch noch immer überdreht und unernst. Aber charmant.

Fast jeden Abend gingen sie durch Moskau spazieren. Manchmal fuhren sie in einen Bezirk, den sie nicht kannten, wie Lefortowo oder Marjina Roschtscha, und Lilja, mit ihrem Abschiedsblick sehr sensibel geworden, lehrte Schurik sehen, was sie selbst früher auch nicht wahrgenommen hatte: ein Haus, das auf den Hinterbeinen hockte wie ein alter Hund, die blinde Kurve einer versandeten Straße, einen alten Baum mit der ausgestreckten Hand einer Bettlerin. Sie verloren sich in den Durchgangshöfen des Bezirks Samoskworetschje, landeten plötzlich auf der menschenleeren Uferstraße oder entdeckten hinter zwei langweiligen Häusern eine wunderschöne kleine Kirche mit einem erleuchteten Souterrainfenster, und Lilja weinte aus unerklärlicher Angst vor dem Unbekannten, vor der ersehnten Abreise; sie lehnten sich an einen morschen Zaun oder setzten sich auf eine gemütliche Bank und küßten sich süß und gefährlich. Lilja ging dabei weit forscher vor als Schurik, und sie bewegten sich unaufhaltsam auf eine Grenze zu, wenn nicht gar auf ein Ziel. Schuriks Erfahrung reichte aus, um ihn vom letzten Schritt abzuhalten, doch die Zärtlichkeiten des Mädchens bereiteten ihm einen neuen Genuß, ganz anders als der, den er bei Matilda fand. Im übrigen war beides wundervoll, das eine behinderte das andere nicht. Lilja, dünn und ohne Brust, war keineswegs knochig, sondern fest und muskulös, überall, wohin seine Finger vordrangen. Er ertastete auch die feuchte Gegend, wo die Oberfläche sich nach innen wölbte und bei deren Berührung Lilja leise winselte wie ein Welpe.

Weit nach Mitternacht erreichten sie ihre Haustür. Wie immer brannte im ersten Stock noch Licht. Nach einem letzten spitzen Aufschrei wischte Lilja sich die feuchten Hände ab, strich sich den Rock glatt und rannte hinauf, zu den tadelnden Blicken der Mutter und dem Knurren des Vaters. Meist saßen noch die letzten, bis zum Morgen nicht weichenden Gäste da.

Im Juli begannen die Aufnahmeprüfungen. Lilja bewarb sich erst gar nicht – sie träumte bereits von anderen Ufern: Donau, Tiber, Jordan ... Schurik bekam im Aufsatz ein »Gut«, in Geschichte ein »Sehr gut«. Das war ein passables Ergebnis, denn ein »Sehr gut« im Aufsatz gab so gut wie niemand. Nun hing alles von der Sprachprüfung ab. Wenn er in Französisch ein »Sehr gut« erhielt, hatte er bestanden.

Am Tag der Prüfung fehlte sein Name in der Liste der Prüflinge. Er ging zur Aufnahmekommission, wo eine dichte Menge aufgeregter junger Leute die hochgradig gereizte Sekretärin umlagerte. Es stellte sich heraus, daß man ihn in die Liste der Abiturienten eingetragen hatte, die in Deutsch geprüft wurden, weil in seinem Schulzeugnis Deutsch als Fremdsprache vermerkt war. Verwirrt versuchte Schurik zu erklären, daß er bei der Bewerbung darum gebeten habe, in die Französischgruppe eingetragen zu werden, daß das so abgesprochen sei und er sich auf Französisch vorbereitet habe. Doch die ältliche Sekretärin, deren neues Gebiß schlecht saß und klapperte, fuhr verzweifelt mit der Zunge in der Mundhöhle herum und hörte ihm nicht zu. Sie steckte bis zum Hals in Arbeit, ihr Mund brannte und tat weh, und ohne sich auf lange Erklärungen einzulassen, zischte sie ihn an, er solle die Prüfung ablegen, für die er auf der Liste stand, und ihr nicht auf den Geist gehen.

Wären seine Mutter oder seine Großmutter mitgekommen, wäre alles anders gelaufen. Sie hätten die Sekretärin überredet, Schuriks Namen auf die andere Liste zu setzen, oder ihn gezwungen, in die Deutschprüfung zu gehen. Was machte es schon, daß er sich darauf nicht eigens vorbereitet hatte! Schließlich hatte Jelisaweta Iwanowna mit ihm nicht umsonst die deutschen Verben gepaukt! Aber Schurik hatte entschieden »nein« gesagt, und sie waren zu Hause geblieben, denn sie respektierten sein männliches Wort.

Nun verließ er das magische Gebäude in der Mochowaja, genau wissend, daß er niemals dorthin zurückkehren würde. Es war ein wunderschöner Juli, die Luft war erfüllt von Blumenduft und Sonnenstaub. Eine durchgedrehte Stadtbiene kreiste um Schuriks Kopf, er verscheuchte sie mit einer heftigen Handbewegung und zerkratzte sich dabei schmerzhaft die Nase. Es war alles so ärgerlich! Er ging die Wolchonka hinunter, am Puschkinmuseum vorbei, bog an der Schwimmhalle zum Ufer ab und lief in beschwingtem, federndem Gang die Uferstraße entlang zu Liljas Haus. Schurik wußte, daß die Laskins am Vortag die langersehnte Ausreisegenehmigung bekommen hatten. Lilja war allein in der Wohnung, abgesehen von dem Berg schmutzigen Geschirrs vom gestrigen gewaltigen Besäufnis. Ihre Eltern klapperten diverse Instanzen ab – sie mußten in kürzester Frist eine Unmenge Papiere beibringen. Auch das gehörte zur verhöhnenden Ausreiseprozedur: Die Genehmigung wurde jahrelang hinausgezögert, und dann bekam man eine Woche Zeit bis zur Abreise.

Noch ehe Lilja eine Frage stellen konnte, erzählte Schurik ihr von seinem überraschenden Scheitern. Sie wedelte mit den Armen und plapperte wie wild drauflos: Komm, schnell, wir müssen was unternehmen, ruf sofort deine Mutter an, deine Großmutter muß gleich hin zur Aufnahmekommission. Was für ein Blödsinn, was für ein Blödsinn, warum bist du nicht zur Deutschprüfung gegangen?

»Auf Deutsch hab ich mich nicht vorbereitet«, sagte Schurik achselzuckend.

Er umarmte sie. Ihr Wortschwall war versiegt, sie weinte. Da begriff Schurik, daß er viel mehr verlor als die Universität – er verlor diese Lilja, alles verlor er. In einer Woche fuhr sie weg, für immer, und es spielte überhaupt keine Rolle mehr, ob er die Aufnahmeprüfung bestanden hatte oder nicht.

»Ich rufe niemanden an, ich gehe nirgends hin«, sagte er in ihr kleines Ohr.

Ihr Ohr war naß von verwischten Tränen. Sie flossen reichlich, auch sein Gesicht wurde naß. Der Grund dieser Tränen war riesengroß und nicht zu beschreiben. Besser gesagt, es gab viele Gründe, und Schuriks verpatzte Prüfung war das letzte Steinchen dieser Lawine.

»Fahr nicht weg, Liletschka«, flüsterte er. »Wir heiraten, und du bleibst hier. Warum willst du weg?«

Er wurde in drei Monaten achtzehn, sie in einem halben Jahr.

»Ach, mein Gott, das hätten wir früher, jetzt ist alles zu spät.« Lilja weinte, preßte sich mit ihrem ganzen kleinen Körper an seine Brust, an seinen Bauch. Die nur flüchtig angenähten Knöpfe ihres aus zwei Kopftüchern genähten weißen Kittels sprangen ab, er spürte mit den

60

Fingern sämtliche zarten Muskeln auf ihrem schmalen Rücken. Sie zog ihn zielstrebig zum Sofa, wobei sie ununterbrochen weiter sinnlos vor sich hin plapperte: Vera Alexandrowna anrufen, zur Aufnahmekommission, noch ist nicht alles verloren ...

»Doch, es ist alles verloren, Liletschka!« Schurik preßte ihre vom Kater zerkratzten Kinderhände mit den abgekauten Fingernägeln und den rauhen Stellen, die sie irgendwie noch vom Winter behalten hatte, und vermochte nicht auszudrücken, welche Gefühle diese Hände, ihre schwachen krummen Beinchen und das unter ihren stachligen Haaren hervorlugende abstehende Ohr in ihm auslösten. Er stammelte: »Du bist so ... Du bist etwas ganz Besonderes, und das Beste an dir sind deine Hände, deine Beine, deine Ohren ...«

Sie lachte, wischte sich die Tränen ab.

»Ach, Schurik! Das sind doch meine schlimmsten Makel – die krummen Beine und die abstehenden Ohren! Ich hasse meinen Papa dafür, die hab ich von ihm geerbt, und du sagst – das ist das Beste.«

Schurik hörte ihr nicht zu, er streichelte ihre Beine, nahm die winzigen Füße in seine Hände und preßte sie an seine Brust.

»Ich werde jedes einzeln vermissen – deine Hände, deine Beine, deine Ohren.«

So entdeckte Schurik ganz zufällig ein geheimnisvolles Gesetz der Liebe: Bei der Wahl des Herzens sind die Makel von größerer Anziehungskraft als die Vorzüge – als ausgeprägteste Merkmale der Individualität. Doch er nahm diese Entdeckung gar nicht wahr, und Lilja hatte noch das ganze Leben vor sich, um es zu verstehen.

Lilja zog die Beine an und drehte sich um, preßte den Rücken an Schuriks Brust. Nun lag seine Hand an ihrem Hals, er spürte das Pochen ihrer Adern links und rechts – rasch und perlend, wie ein kleiner Bach.

»Fahr nicht weg, Liletschka, fahr nicht ...«

Die Nachbarin, gerade von der Arbeit gekommen, klopfte an die Tür und rief: »Lilja! Lilja! Bist du eingeschlafen? Euer Teekessel ist verschmort!«

Der Teekessel – lachhaft! Ihr ganzes Leben verschmorte! Die Aufnahmeprüfung war schon vergessen.

Die weiteren Ereignisse entwickelten sich so stürmisch, daß Schurik später nur mit Mühe ihre Reihenfolge rekonstruierte.

Jelisaweta Iwanowna, die standhaft den Tod ihres Mannes, ihrer geliebten Stieftochter und ihrer Schwestern, die Evakuierung und alle möglichen Entbehrungen verkraftet hatte, konnte den unbedeutenden Mißerfolg mit Schuriks Prüfung nicht ertragen. Noch am selben Abend wurde sie mit einem Herzanfall ins Krankenhaus gebracht. Der Anfall weitete sich zum Infarkt aus.

Vera, ihr Leben lang daran gewöhnt, sich ihren subtilen und erhabenen Gefühlen ungestört hinzugeben, litt sehr. Ihr fiel alles aus der Hand, sie wurde mit nichts recht fertig. Sie kochte eine Brühe für ihre Mutter, wobei sie die ganze Zeit vor dem brodelnden Topf stand und auf das Ende der Prozedur wartete, und kurz bevor sie ins Krankenhaus aufbrechen wollte, fiel ihr ein, daß sie vergessen hatte, Eau de Cologne zu kaufen. Bis sie es besorgt hatte, war die Besuchszeit bereits vorbei, und sie mußte eine widerwärtige Pflegerin mit einer beträchtlichen Summe bestechen, um dennoch eingelassen zu werden. Und so war es jeden Tag.

Jelisaweta Iwanowna hing am Tropf, war kreidebleich und wollte nicht sterben. Besser gesagt, sie wußte, sie durfte ihre liebe, aber so furchtbar hilflose Tochter (sie warf einen Blick auf die trübe Brühe, die Vera nicht einmal gesalzen hatte) und Schurik, der wegen dieses albernen Rückschlags total durchgedreht hatte – in diesem

Punkt schätzte Jelisaweta Iwanowna die Lage völlig falsch ein –, nicht verlassen. Sie vermutete, der Junge sei in eine Depression verfallen. Anders konnte sie sich den ungeheuerlichen Umstand, daß er sie kein einziges Mal im Krankenhaus besuchte, nicht erklären.

Schurik aber war die ganze Woche mit Packen und Verabschieden beschäftigt. Den letzten Tag verbrachte er auf dem Flughafen Scheremetjewo und half beim Gepäckaufgeben. Dann kam der Augenblick, da Lilja die Treppen hinaufstieg, wohin er nicht mehr durfte. Er winkte ihr zu einem kleinen Fenster im ersten Stock, sie war bereits im Ausland, und schließlich flog sie ab, entzog ihm endgültig ihre krummen Beine und ihre abstehenden Ohren.

Als er am Abend nach Hause kam, nahm er endlich wahr, was ihn die ganze Woche nicht erreicht hatte – daß Großmutter einen Herzinfarkt erlitten hatte und es sehr ernst um sie stand. Schurik war entsetzt von seiner eigenen Gefühllosigkeit: Wie hatte er die ganze Woche keine Zeit finden können, seine Großmutter zu besuchen? Nun war bereits Abend und die Besuchszeit längst vorbei. In der Nacht schlief er wie ein Toter, erschöpft vom Schlafmangel der letzten Tage. Am nächsten Morgen um acht kam ein Anruf aus dem Krankenhaus: Jelisaweta Iwanowna war gestorben. Im Schlaf.

Liljas Abreise verband sich in Schuriks Erinnerung so fest mit dem Tod, daß er sogar vor Großmutters Sarg einige Anstrengung aufbringen mußte, um die seltsame Überlagerung zu verscheuchen: Ihn dünkte, Lilja würde begraben.

10

Und dann kam der Morgen nach der Beerdigung, der Leichenschmaus war vorbei, die hilfsbereiten Nachbarinnen hatten das Geschirr abgewaschen, die geborgten Stühle waren zurückgebracht – geblieben war ein blitzsauberes Heim, randvoll mit der Abwesenheit eines Menschen, der nicht mehr war.

Unter dem Stuhl im Flur fand Vera die Tasche, die jemand aus dem Krankenhaus gebracht hatte. Darin eine Tasse, einen Löffel, Toilettenpapier und diverse eher unpersönliche Dinge. Und eine Brille. Eine Sonderanfertigung, die fast zwei Monate in Anspruch genommen hatte. Perfekt angepaßt an Mutters altersträube Augen – auf der ganzen Welt gab es kein zweites Paar Augen, auf das diese gewölbten Gläser im jugendlich grauen Rahmen gepaßt hätten. Die Brille in der Hand, fragte sich Vera abwesend: Was tun damit? Die Kleidungsstücke auf dem Regal – das Wolltuch, der Kittel, der riesige BH, eine Sonderanfertigung, alles war angefüllt mit Mutters Geruch; die schwarze turbanartige Strickmütze, in der außer dem Geruch noch ein paar dünne weiße Haare hafteten – wohin mit all dem? Am besten möglichst weit weg, damit sich das Auge nicht ständig schmerzhaft daran stieß, das Herz nicht weh tat, aber zugleich war es unmöglich, die mütterliche Wärme, die noch in diesen Sachen steckte, aus der Hand zu geben.

Das ganze Zimmer, ja selbst die Luft darin, war voller

Spuren, die ihr Körper hinterlassen hatte. Hier hatte sie gesessen. Hier, auf der Sessellehne, lag ihr Arm. Die geschwollenen Füße in den alten Absatzschuhen hatten auf dem roten Teppich schon vor Zeiten eine kahle Stelle hinterlassen: Ein halbes Jahrhundert lang hatte sie mit dem Fuß auf den Boden geklopft, um ihren Schülern die richtige Betonung beizubringen. Seit dem kürzlichen Umzug lag der Teppich anders, und an der neuen Stelle unterm Tisch, wo sie mit ihren gewichtigen Beinen aufgestampft hatte, war noch keine neue kahle Stelle entstanden.

Ein entsetzlicher Gedanke durchfuhr Vera: Sie war immer Tochter gewesen, nur Tochter. Ihre Mutter hatte sie gegen alle Widrigkeiten des Lebens abgeschirmt, sie angeleitet, gelenkt, ihren Sohn großgezogen. So kam es, daß selbst ihr eigener Sohn nicht Mama zu ihr sagte, sondern Verotschka. Sie war vierundfünfzig Jahre alt. Aber in Wirklichkeit? Ein kleines Mädchen. Ein kleines Mädchen, das das Erwachsenenleben nicht kannte. Wieviel Geld brauchten sie im Monat zum Leben? Wie wurde die Miete bezahlt? Wo stand die Nummer des Zahnarztes, bei dem immer Mama die Termine gemacht hatte? Und vor allem, das Wichtigste: Was sollte nun aus Schurik werden, aus seinem Studium? Nach dem skandalösen Reinfall hatte Mama ihn an ihrer pädagogischen Hochschule unterbringen wollen.

Vera drehte weiter mechanisch Mamas Brille in der Hand. Ein Häuflein Telegramme lag vor ihr. Beileidsbekundungen. Von Schülern, von Kollegen. Wohin damit? Wegwerfen ging nicht, aufbewahren war unsinnig. Ich muß Mama fragen, dachte sie flüchtig – ein gewohnter Gedanke. Ganz tief im Innern war sie gekränkt: Warum gerade jetzt, wo ihre Anwesenheit so wichtig wäre? Die Prüfungen gingen bald los. Sie mußte jemanden vom Lehrstuhl anrufen, Anna Mefodijewna oder Galja ...

Alles Mamas Schüler. Und Schurik war so seltsam, wie versteinert – saß in seinem Zimmer, die Musik beleidigend laut aufgedreht ...

Schurik aber konnte mit keiner noch so lauten Musik das ungeheure Schuldgefühl betäuben, das in ihm den Verlust selbst übertönte. Er war in Erstarrung gefallen wie eine Larve, die sich verpuppt, bevor sie eines Tages aufplatzt und ein erwachsenes Geschöpf aus ihr schlüpft.

Vera war am Vormittag gegen zehn ins Theater gegangen, Schurik saß in seinem Zimmer mit dem melancholischen Elvis Presley und der tödlichen Situation, die er nicht mehr ändern konnte: Er, Schurik Korn, war nicht zur Prüfung gegangen, war kleinmütig gewesen, war zu Lilja gerannt, ohne den beiden Frauen, die verrückt waren vor Sorge, Bescheid zu sagen, hatte damit im Grunde die Großmutter in den Herzinfarkt getrieben und sie dann aus unerklärlichem Leichtsinn und totaler Idiotie nicht im Krankenhaus besucht, und nun war sie tot, und das war ganz allein seine Schuld. Diese moralischen Reaktionen liefen ab wie etwas Biochemisches – irgendetwas in ihm veränderte sich, sein Stoffwechsel oder die Zusammensetzung seines Blutes. So saß er bis zum Abend, ließ immer wieder Presley laufen, und schließlich hatte sich »Love me, tender« so tief in sein Bewußtsein eingebrannt, daß es sein Leben lang immer die Erinnerung an die Großmutter und seine glückliche, von ihrer Anwesenheit erhellte Kindheit wachhielt.

Er war Jelisaweta Iwanownas geliebter Enkel gewesen und ihr Lieblingsschüler, zugleich aber auch ein Opfer ihrer geradlinigen Pädagogik: Von klein auf war er an den Gedanken gewöhnt, daß er, Schurik, ein guter Junge war, stets gut handelte und nie schlecht, und wenn ihm doch einmal eine schlechte Tat unterlief, dann mußte er sie sofort als solche erkennen, um Verzeihung bitten und wieder ein guter Junge werden. Aber nun war sie nicht mehr da, er konnte sie nicht mehr um Verzeihung bitten!

Gegen Abend kam Vera aus dem Theater, sie aßen die Reste vom Leichenschmaus, dann sagte Schurik: »Ich geh mir die Beine vertreten.«

Es war Montag. Vera hätte ihn gern gebeten zu bleiben. Sie fühlte sich so unglücklich. Aber um ihr Unglück vollkommen zu machen, mußte er gehen und sie allein lassen. Also sagte sie nichts.

Schurik traf Matilda äußerst besorgt an: Sie hatte am Morgen ein Telegramm bekommen, daß ihre Tante in Wyschni Wolotschok gestorben sei, und wollte am nächsten Tag hinfahren. Sie hatte zu der Tante von Kindheit an kein besonders gutes Verhältnis gehabt, und nun war es ihr peinlich, daß sie sie so wenig geliebt, so wenig Mitgefühl für sie gehabt hatte. Das einzige, was sie noch für sie tun konnte, war, ihr einen üppigen Leichenschmaus auszurichten. Sie hatte den ganzen Tag sämtliche Läden der Umgebung abgeklappert, hauptstädtische Wurst und Mayonnaise gekauft, Wodka, Hering und die von allen begehrten kubanischen Apfelsinen. Schurik erwähnte gleich auf der Schwelle den Tod seiner Großmutter, und Matilda schlug die Hände zusammen.

»Na so was! Ein Unglück kommt selten allein!«

Als sie Schuriks kummervolles Gesicht sah, weinte sie endlich um ihre Tante, eine unglückliche, neidische Person mit schwierigem Charakter. Auch Schurik weinte. Die unkomplizierte Matilda riß den Metallverschluß von einer Wodkaflasche ab und füllte zwei Gläser.

Die Tränen, der lauwarme Wodka und der grob aufgeschnittene, ungeputzte Hering, dessen Anblick Jelisaweta Iwanowna empört hätte – es paßte alles zusammen. Sie leerten geschäftig jeder ein Glas, und Schurik kam seiner Mannespflicht nach, gewissenhaft und feurig, und irgendwie brachte das beiden Erleichterung, ihn durchfuhr sogar flüchtig das Gefühl, er sei ein guter Junge und habe eine gute Tat vollbracht – war das nicht seltsam?

Auch Matilda ging es besser, nachdem sie ein halbes Dutzend Tränen aus fremdem Anlaß vergossen hatte. Was nun in voller Größe vor ihr stand, war das Katzenproblem: Wer sollte sich um sie kümmern? Ihre Nachbarin, eine nette kinderreiche Ingenieurin, die das manchmal übernahm, war mit den Kindern in ein Ferienheim gefahren, eine andere Freundin, eine Malerin, war Asthmatikerin und bekam von Katzen augenblicklich Anfälle. Auch alle anderen möglichen Kandidaten entfielen: Der eine war krank, der nächste wohnte zu weit weg. An Schurik hatte sie gar nicht gedacht, doch nun bot er selbst an, sich um die Katzenfamilie zu kümmern.

Die schwarzen Katzen Dussja, Konstantin und Morkowka, die zugleich die Enkelin ihrer Mutter war, waren Menschenhasser, machten aber bei Schurik aus unerfindlichen Gründen eine Ausnahme – sie begrüßten ihn stets freundlich und zogen sogar die Krallen ein, wenn sie auf seinen Schoß sprangen. Matilda gab Schurik den Wohnungsschlüssel und versah ihn mit einigen unkomplizierten Anweisungen.

Am nächsten Morgen brachte Schurik Matilda auf deren Bitte zum Zug, dann fuhr er in die Universität und holte seine Bewerbungsunterlagen wieder ab. Er wollte sie in die pädagogische Hochschule bringen, dort war die Bewerbungsfrist noch nicht abgelaufen, doch als er seine Papiere in der Hand hielt, begriff er, daß er keinen von Großmutters ehemaligen Kollegen sehen wollte und überhaupt keine Lust hatte auf die pädagogische Hochschule. Er brachte seine Unterlagen in die erstbeste Hochschule in der Nähe seiner Wohnung. Das war das Mendelejew-Institut, fünf Minuten Fußweg von zu Hause.

Dann ging er in das Fischgeschäft auf der Gorkistraße

und kaufte zwei Kilo Kabeljauklein. Die klugen Katzen saßen wie drei ägyptische Statuen im Flur, drei glänzende schwarze Säulen. Konstantin kam auf Schurik zu, neigte den lackschwarzen Kopf und stupste mit der Stirn gegen dessen Bein.

11

Schuriks totales Desinteresse für die Prüfungsergebnisse trug die besten Früchte. Ohne besondere Vorbereitung bestand er mit Anstand Mathematik, Physik und Chemie. Er hatte geradezu phantastisches Glück: Er bekam immer genau die Fragen, die er sich am Tag zuvor angesehen hatte. Am zwanzigsten August fand er seinen Namen auf der Immatrikulationsliste.

Das Institut hatte keinen besonders guten Ruf, es rangierte hinter dem Erdöl-Institut und dem anspruchsvollen für Chemie-Technologie, ja sogar hinter dem Institut für Chemieanlagenbau. Dafür galt es als liberal: Die Leitung war lasch, die Komsomolorganisation schwach, der Lehrstuhl für Gesellschaftswissenschaften, der an der Universität so großes Gewicht hatte, spielte hier eine bescheidene Rolle, und die Parteileitung hatte zwar das Sagen, saß aber nicht ständig allen im Nacken.

Den Wert dieses Liberalismus wußte Schurik aus Unerfahrenheit noch nicht zu schätzen, er besuchte einfach wie alle anderen die Vorlesungen, schrieb mit und schaute sich eifrig um, beäugte seine Kommilitonen und den Lehrprozeß, der sich so sehr von dem unterschied, was er von der Schule her kannte.

Sehr umfangreich war das Programm in anorganischer Chemie. Besonders gefielen ihm die Laborstunden. Anfangs lernten sie ganz elementare Dinge: mit Reagenzgläsern arbeiten, ein Glasröhrchen über einer Gasflamme biegen, eine Lösung abgießen und den Satz filtern. Es lag ein eigenartiger Zauber in der augenblicklichen Erwärmung eines Reagenzglases, wenn man zwei kalte Lösungen zusammengoß, in der Farbveränderung oder der überraschenden Verwandlung einer durchsichtigen Flüssigkeit in eine blaue, geleeartige Masse. Für all diese kleinen Ereignisse gab es eine streng wissenschaftliche Erklärung, doch Schurik wähnte hinter jeder Erklärung überdies ein verborgenes Geheimnis der persönlichen Beziehungen der Stoffe zueinander. Jeden Moment konnte der Stein der Weisen oder ein anderer Alchimistentraum des Mittelalters sich auf dem Grund eines Reagenzglases absetzen.

Bei den Laborarbeiten war er einer der Ungeschicktesten. Dafür staunte und freute er sich wie kein anderer über die kleinen chemischen Wunder, die unter seinen Händen ständig geschahen.

Die meisten Studenten hatten sich nicht allein deshalb für dieses Institut entschieden, weil es so schön nah war. Sie kannten sich bereits aus in ihrer Chemie, hatten spezielle Arbeitsgemeinschaften besucht, an Olympiaden teilgenommen. Neben diesen Chemiefans studierten hier auch relativ viele Juden, die an der Uni durchgefallen waren, verhinderte Physiker und Mathematiker mit hohem Intellekt und großen Ambitionen. Die Liberalität des Instituts äußerte sich unter anderem darin, daß man dort Juden aufnahm. Schurik mit seinem unrussischen Familiennamen wurde oft für einen Juden gehalten, daran war er seit seiner Schulzeit gewöhnt und protestierte nicht einmal dagegen.

Für die Laborstunden wurden die Studenten in Gruppen und Untergruppen eingeteilt, an manchen Aufgaben arbeiteten sie abends. Bester Chemiker ihrer Gruppe war Alja Togussowa, eine Kasachin mit dünnen, unterentwickelten Beinen, die nur an einem einzigen Punkt zusammentrafen – an den Knöcheln. Dafür bewältigte sie mit ihren klugen kleinen Händen alle Aufgaben spielend und so schnell, daß sie bereits fertig war, während die anderen noch die Anleitung studierten. Sie hatte vor dem Studium zwei Jahre im Chemielabor eines Betriebes gearbeitet – Alja war »delegiert«: Der Chemiebetrieb in Akmolinsk zahlte ihr ein Stipendium. Sie begriff alles im Fluge, und der Seminarleiter behandelte sie deutlich anders als die anderen – wie einen erfahrenen Soldaten unter Rekruten.

Das zweite Mädchen hieß Lena Stowba. Sie hatte ein schönes, etwas derbes Gesicht unter einem dunkelblonden Pony, der die niedrige Stirn bedeckte, einen delphinförmigen Leib und gerade, stämmige Beine mit kräftigen Fesseln. Sie war schweigsam und unfreundlich und rauchte in jeder Pause unter der Treppe ihre teuren Femina-Zigaretten. Alle wußten, daß sie aus Sibirien stammte und ihr Vater dort ein großer Parteibonze war. Beide Mädchen kamen aus der Provinz, Alja war von allem begeistert, Lena düster und mißtrauisch. Sie verdächtigte die Moskauer irgendwelcher geheimer Sünden und versuchte ständig, sie zu überführen. Beide lebten im Wohnheim.

Der Dritte in ihrer Laborgruppe war der Moskauer Shenja Rosenzweig, mit dem Schurik sich sofort anfreundete. Der neue Freund war ein jüdisches Wunderkind, hatte es aber, gehandicapt durch seine Nationalität, nicht an die mathematische Fakultät der Universität geschafft. Er war rothaarig, sommersprossig, noch nicht ganz ausgewachsen und sehr sympathisch. Auf ihm ruhte alle Hoffnung in Sachen Mathematik. Als schwerste Prüfung des ersten Halbjahres galt nämlich nicht die anarchische, eigenwillige Chemie, sondern die mathematische Analyse, logisch und klar.

Die Vorlesungen hielt ein wilder kleiner Mann mit

zerzauster Mähne und tief auf der höckrigen Nase sitzender Brille. Alle wußten, daß man bei ihm übel dran war – er gab nur Dreien, und selbst die nicht gleich beim erstenmal. Rosenzweig, der sich für ein großes Mathe-As hielt, bot an, sie alle auf die Prüfung vorzubereiten. Zusammengedrängt saßen sie in Schuriks kleinem Zimmer, und Shenja unterwies sie in der kniffligen Mathematik.

Hin und wieder schaute Vera zu ihnen herein und fragte mit sanfter, kraftloser Stimme, ob sie vielleicht Tee wollten. Dann brachte sie welchen: Auf einem Tablett standen vier Tassen, jede auf einer Untertasse, auf einem kleinen Teller mit Blumenmuster lag Zwieback, und die Zuckerdose war eindeutig aus Silber und ganz dunkel – mit Zahnpulver poliert, hätte sie ausgesehen wie neu.

12

Alja Togussowa war die Tochter einer russischen Verbannten und eines verwitweten Kasachen. Ihre Mutter, Galina Iwanowna Lopatnikowa, war noch vor dem Krieg als Vierjährige nach Kasachstan gekommen. Ihr Vater, ein Parteifunktionär der untersten Ebene, war irgendwie in den berühmten Fall der Ermordung Kirows verwickelt. Er vermoderte im Gefängnis, bald darauf starb auch ihre Mutter. Galina erinnerte sich kaum an ihre Eltern, mit sieben steckte man sie in ein Kinderheim, und ihr ganzes Leben war eine einzige Fron und gleichgültiges Überleben. Die gesamte Kindheit hindurch war sie ständig krank. Doch merkwürdig: Während die starken Kinder starben, überlebte sie, die Schwache. Es schien, als könnten die Krankheiten, die sich in ihr ansiedelten, nicht genügend Saft aus ihr ziehen, so daß sie eingingen, während Galina weiterlebte. Aus dem Heim kam sie an eine Berufsschule, lernte Stukkateurin, erkrankte bald an Tuberkulose und lag erneut im Sterben, aber offenbar verschmähte der Tod ihre schwachen Gebeine, der Prozeß kam zum Stehen, die Kaverne vernarbte. Aus dem Krankenhaus entlassen, wurde sie Putzfrau auf dem Bahnhof. Sie schlief im Wohnheim, in einem Bett mit einem anderen Mädchen, deren Eltern ebenfalls Verbannte waren.

Als Togus Togussow, ein vierzigjähriger Rangierer aus dem Depot von Akmolinsk, sie nach dem Tod seiner Frau zu sich nahm, besserte sich ihre Lage in einer Hinsicht: Sie hatte nun einen festen Wohnsitz. Alles andere blieb wie gehabt: Hunger, Kälte und noch mehr Arbeit. Galina erwies sich als ungeschickt und für die Hausarbeit wenig geeignet: Alles, was die Heimkindheit sie gelehrt hatte, war äußerste Genügsamkeit, Unterwürfigkeit und klagloses Dulden – sie war nicht einmal fähig, eine Suppe zu kochen. Galina konnte nur den vollgespuckten Bahnhofsboden wischen. Mit Togussows heranwachsenden Söhnen kam Galina schon gar nicht zurecht, so daß er sie zu seinem Vater schicken mußte, in den entlegenen Mugodsha-Kreis.

Togussows kasachische Sippe hielt ihn für einen Nichtsnutz, und seine Heirat mit einem russischen Mädchen bestätigte sie darin endgültig. Auch er selbst war ein wenig enttäuscht: Seine Frau gebar ihm kein blondes Mädchen, wie er es sich gewünscht hatte, sondern ein schwarzhaariges mit schmalen Augen – eine richtige Kasachin. Sie nannten sie Alija – Alja. Dafür hatte Togussow in anderer Hinsicht Glück: Kurz nach Aljas Geburt wurde er Zugbegleiter. Für diese Stellen zahlte man normalerweise hohe Bestechungssummen. Seit die Eisenbahnlinie zwischen Turkestan und Sibirien in Betrieb genommen war, zog es die Kasachen zu diesem neuen Beruf, der einen idealen Übergang vom Nomadenleben zur Seßhaftigkeit bot.

Togussow, glücklich mit seinen Reisen und reich geworden durch den in diesem Gewerbe üblichen Schwarzhandel mit Wodka, Lebensmitteln und Kunstgewerbeartikeln, legte sich eine weitere Familie in Taschkent zu und mehrere kurzzeitige Freundinnen auf allen seinen Strecken. Nach Akmolinsk kam er nur selten, ließ einen halben Hammel da, ein Stück teure Seide oder märchenhafte Bonbons für seine Tochter und verschwand erneut für Monate. Galina hätte sogar auf den Gedanken kommen können, daß er sie endgültig verlassen hatte, wäre sie fähig gewesen, darüber nachzudenken. Aber sie konnte nicht denken. Dafür bedurfte es einer inneren Kraft, und die reichte bei ihr nur für die Gedanken ans Essen, an Schuhe und Heizmaterial. Für so etwas wie Liebe hatte sie schon gar keine Kraft, zumal es um sie herum nichts gab, das diese Liebe hätte auslösen können. Ihre Tochter Alja rief in ihr nur eine schwache Gefühlsregung hervor. Das Kind war, ganz anders als die Mutter, allzu aktiv, es zerrte an ihr, der Erschöpften, und die Liebe, die das Mädchen ihr mit seinen zupackenden kleinen Händen abnötigte, zermürbte Galina noch mehr.

Die letzten beiden Sommer, da Togussow noch mehr oder weniger regelmäßig nach Akmolinsk kam, verbrachte Alja bei ihrem kasachischen Großvater, der sein Leben lang in den Steppen zwischen den Mugodsha-Bergen und dem Aral herumgezogen war, auf einer geheimnisvollen Route, die bestimmt war von den Jahreszeiten, der Windrichtung und dem Wachsen des Grases, das die durchziehenden Herden zertrampelten. Die heftigen Bauchschmerzen, von blutigem Durchfall verkrustete Wäsche, den Gestank der Jurte, den beißende Qualm, die bösartigen und häßlichen älteren Kinder, die sie aus irgendeinem Grund ständig hänselten und verprügelten – das alles behielt Alja für sich, ebenso wie ihre Mutter Galina ihr nie von ihrer Heimkindheit erzählt hatte.

Nach Stalins Tod wurde die Verbannung allmählich aufgehoben. Galina Iwanowna hätte nach Leningrad zurückkehren können, aber dort hatte sie niemanden. Zumindest wußte sie nichts davon. Wo hätte sie also hingehen sollen? Sie hatte sich mit den Jahren hier gut eingerichtet: Ein Elf-Quadratmeter-Zimmer am Stadtrand von Akmolinsk, gleich am Bahnübergang, ein Bett, ein Tisch, ein Teppich – alles von ihrem Mann, dazu ihre Arbeit als Putzfrau auf dem Bahnhof, wo es noch einen schönen Zuverdienst gab: die leeren Flaschen, die großzügige Reisende hinterließen.

Bis Alja zur Schule kam, nahm die Mutter sie mit auf den Bahnhof, dort hockte sie sich hin und beobachtete begierig die Menschen, die in Schüben ankamen und dann irgendwohin verschwanden. Anfangs starrte sie ohne jeden Verstand und sah nur eine gesichtslose Herde, die den Schafen in der kasachischen Steppe glich, doch dann lernte sie einzelne Gesichter unterscheiden. Besonders faszinierten sie die Russen – sie hatten einen anderen Gesichtsausdruck, waren anders gekleidet und trugen keine Bündel oder Säcke, sondern Aktentaschen und Koffer, und ihre Schuhe waren aus Leder und glänzten wie frischgewaschene Galoschen. Meist waren es Männer, doch hin und wieder kamen auch Frauen – sie trugen keine Kopftücher und Wattejacken, sondern Hüte, Mäntel mit Fuchskragen und Schuhe mit hohen Absätzen. Diese Russinnen waren ganz anders als ihre Mutter.

Die kleine Alja verbrachte auf dem Bahnhof viele Stunden in tiefer Selbstvergessenheit, wie ein buddhistischer Betrachter des weisen Himmels oder des ewigfließenden Wassers. Sie vermochte weder Fragen zu stellen noch Antworten zu geben, nur eines hegte sie in sich, während sie neben der Mülltonne auf dem Boden hockte: Eines Tages würde sie Absatzschuhe anziehen, einen Koffer in die Hand nehmen und von hier wegfahren, egal wohin. In ein anderes Leben, von dem sie kühn träumte. Vielleicht brodelte in ihr dasselbe Blut, das ihren Vater ins Gewirr der Bahnlinien getrieben hatte, ins Menschengewimmel, in den Geruchsmix nach überhitztem Eisen, feuchter Kohle und dreckigen Eisenbahntoiletten, wo alles ganz nach seiner Fasson war, ein Leben voller Möglichkeiten: teuren Kognak trinken mit Offizieren, einer ertappten Schwarzfahrerin Unsummen abknöpfen, eine Menge Geld verdienen, lügen, daß sich die Balken biegen, rechtlose Reisende verhöhnen ... Zehn Jahre lang genoß Togussow sein Eisenbahnerglück, im elften aber wurde er von zwei verwegenen Männern, die er nachts auf der Fahrt von Urgentsch nach Kos-Syrt in seinem Dienstabteil beherbergt hatte, betrunken gemacht, ausgeraubt und aus dem Zug geworfen. Teure Bonbons bekam Alja nun rund zehn Jahre nicht mehr zu sehen.

Ihre Mutter schulte sie ein, und anfangs sah Alja noch keinerlei Zusammenhang zwischen den besonderen, glücklichen Fremden und den Krückstöckchen, die sie widerwillig in ihr Heft malte, doch am Ende der zweiten Klasse überkam es sie wie eine Erleuchtung. Fortan lernte sie wie besessen und verlangte ihren Fähigkeiten — ob sie groß oder klein waren, spielte keine Rolle — das Äußerste ab und steigerte ihre Leistungen immer weiter, ihre Zensuren wurden von Jahr zu Jahr besser, so daß sie in die Oberstufe versetzt wurde, während die meisten Mädchen nach der siebten Klasse eine Lehre anfingen.

Sie schloß die Schule mit einer Silbermedaille ab. Ihre Chemielehrerin und Klassenleiterin Jewgenija Lasarewna, eine Verbannte aus Moskau, die ebenfalls in Kasachstan hängengeblieben war, beschwor Alja, nach Moskau zu fahren und sich an der chemischen Fakultät der Universität zu bewerben.

»Glaub mir, das ist eine ebenso seltene Begabung wie Klavierspielen oder Mathematik. Du hast ein Gespür für Strukturen«, sagte Jewgenija Lasarewna begeistert.

Alja wußte selbst, daß ihr Gehirn sich gut entwickelt hatte: Ausgestattet mit dem visuellen Gedächtnis des Großvaters, der mit einem flüchtigen Blick am veränderten Umriß seiner Herde das Fehlen eines einzigen Schafs bemerkte, prägte sie sich mühelos chemische Formeln ein, ihre verzweigten Strukturen mit all den Ringen und freien Radikalen.

»Nein, noch nicht, ich fahre in zwei Jahren«, sagte Alja entschieden, ohne jede weitere Erklärung.

Jewgenija Lasarewna winkte ab: In zwei Jahren würde alles verloren sein, vom Winde verweht.

Alja ging in einen Produktionsbetrieb, arbeitete im Labor. Jewgenija Lasarewna brachte sie bei einer ehemaligen Schülerin unter. Zwei Jahre lang arbeitete Alja hart wie ein Sträfling, auf anderthalb Stellen, zwölf Stunden am Tag. Sie sparte das Geld für die Fahrkarte zusammen, kaufte sich eine blaue Wolljacke, einen schwarzen Rock und Absatzschuhe. Hundert Rubel blieben noch als Reserve. Aber das Wichtigste: Außer den zwei Jahren Praxiserfahrung besaß sie eine Delegierung von ihrem Betrieb, wenngleich nicht an die Universität, sondern ans Mendelejew-Institut, an die technologische Fakultät. Sie war nun ein »nationaler Kader«. Die Mutter, soeben wegen ihrer Knochentuberkulose Invalidenrentnerin geworden, bat sie zu bleiben, sie könne doch hier in Akmolinsk studieren, an der pädagogischen Hochschule, wenn sie so aufs Lernen versessen sei. Sie rüstete sich bereits zum Sterben und versprach der Tochter, sie nicht lange aufzuhalten. Doch das überhörte Alja schlichtweg.

Die Absatzschuhe an den nackten Füßen, in der Hand den Koffer voller Lehrbücher, stieg sie in einen Zug. Schon auf dem Weg zum Bahnhof hatten die harten Schuhe ihr die Hacken wundgescheuert. Aber das spielte keine Rolle: Mit sich selbst hatte sie noch weniger Erbarmen als mit ihrer Mutter.

Bereits im Zug entschied sie kategorisch, nie wieder nach Kasachstan zurückzukehren. Sie hatte Moskau noch nicht gesehen, doch sie wußte bereits, daß sie für immer dortbleiben würde.

Der Glanz der Hauptstadt übertraf all ihre Träume

und Phantasien. Der Kasaner Bahnhof, der Inbegriff von Hektik, Gedränge und Schmutz, von den Moskauern als Kloake der Stadt verachtet, schien Alja wie der Vorhof des Paradieses. Sie trat hinaus auf den Bahnhofsplatz – die Pracht der Stadt verblüffte sie. Sie stieg hinunter in die Metro und erstarrte: Das Paradies war nicht im Himmel, sondern unter der Erde. Sie fuhr bis zur Station Nowoslobodskaja, und die schäbigen bunten Glasmosaike der Metrostation wurden zum größten Kunsterlebnis ihres Lebens. Eine halbe Stunde stand sie tränenüberströmt andächtig vor den Wandbildern, bevor sie wieder ans Tageslicht hinauffuhr. Oben war sie zunächst enttäuscht: Den weißen Marmorpalast säumten von allen Seiten schlichte kleine Häuser, nicht schöner als in Akmolinsk. Während sie noch die unscheinbare Kreuzung betrachtete, wehte ein süßer Brotgeruch sie an, ebenso märchenhaft und festlich wie das bunte Glas.

Die Bäckerei war auf der anderen Straßenseite, schräg gegenüber von der Metro. Ein altes eingeschossiges Gebäude. Sie folgte der Duftwelle. Im Laden leuchteten blauweiße Kacheln, und auch das war eine Pracht. Die Bäckerei war in der Tat gut, sie hatte einmal dem Kaufmann Filippow gehört; in der alten Backstube im Keller arbeitete sogar noch ein Bäcker, der vor der Revolution als Junge am Backofen angefangen hatte.

In der Bäckerei duftete es so intensiv, daß man meinte, die Luft in Scheiben schneiden und essen zu können. Brot gab es so viel, daß das Auge gar nicht alles aufnehmen konnte. Es sah phantastisch aus, und Alja argwöhnte, es sei bestimmt so teuer, daß sie es sich nicht leisten konnte. Aber es kostete genauso viel wie in Akmolinsk. Sie kaufte gleich ein Weißbrot, ein Milchbrötchen und ein flaches Roggenbrot. Sie biß von allem ab, obwohl es ihr leid tat, die Schönheit zu beschädigen. Vom Weißbrot rieselte Mehl, so fein und weiß, wie sie es in Kasachstan nie gesehen hatte. Noch nie im Leben hatte ihr etwas so gut geschmeckt wie dieses Brot.

Mit ihrem bleischweren Koffer mußte sie alle zehn Schritte verschnaufen, bis sie endlich das Institut erreichte. Dort nahm man rasch ihre Papiere entgegen und gab ihr eine Einweisung fürs Wohnheim. Sie hatte Mühe, es zu finden – es lag im Bezirk Krasnaja Presnja, ziemlich weit entfernt von der Metro. Als sie alle Formalitäten erledigt und einen Platz in einem Vierbettzimmer zugewiesen bekommen hatte, schob sie den verhaßten Koffer unter das Eisenbett und eilte auf den Roten Platz, um den Kreml und das Leninmausoleum zu sehen, Mekka und Kaaba dieses Teils der Welt.

Es war ein großer Tag in ihrem Leben: Sie hatte gleich drei Weltwunder erlebt. Ihre Seele hatte das Heiligtum der Kunst geschaut, von betrunkenen Handwerkern nach den Entwürfen gewissenlos schludernder Künstler aus buntem Glas gefertigt; ihr Körper hatte das Heiligtum eines unvergeßlichen Geschmacks erfahren (die Eroberer des Neulands in den kasachischen Steppen, Verbannte und nach Heldentaten dürstende angeworbene Komsomolzen, bekamen erdgraues, feuchtes Brot zu essen); und der unsterbliche Geist hatte sie vor der roten Mauer des großen Tempels in göttliche Höhen erhoben. Halleluja!

Wer hätte es gewagt, ihr an diesem Tag den Glauben zu zerstören? Wer hätte ihr mehr bieten können? Ihre Zimmernachbarinnen im Wohnheim hätten ihre Begeisterung womöglich nicht geteilt, doch sie bewahrte ihre großen Empfindungen in der Stille ihres Herzens.

Alles lief genau so, wie sie es sich vorgenommen hatte. Sie bestand die Prüfungen wesentlich besser, als es für die Immatrikulierung notwendig gewesen wäre. Im Wohnheim hatte sie nicht nur ein Bett, sondern auch einen Nachtschrank dazu, auf der Etage gab es Dusche und

Toilette sowie eine Gemeinschaftsküche mit einem Gasherd. Das alles stand ihr rechtmäßig zu. Über die Reagenzgläser und Kolben hinweg betrachtete sie ihre Kommilitonen. Sie schienen alle wundervoll, wie Ausländer – schön, gut gekleidet, wohlgenährt. Am besten gefiel ihr Schurik Korn. Eines Tages kam sie sogar in seine Wohnung. Das war die oberste Etage des Paradieses. Nun wußte Alja genau, daß alles erreichbar war. Man mußte nur dafür arbeiten. Und sie arbeitete. Und war zu allem bereit.

13

Vera war nach dem Tod ihrer Mutter stark gealtert, fühlte sich aber zugleich als Waise, und da dies ein vorzugsweise kindlicher Zustand ist, hatte sie quasi mit ihrem studierenden Sohn getauscht und ihm die Rolle des Älteren überlassen. Sämtliche Alltagsprobleme, die zuvor Jelisaweta Iwanowna unauffällig gelöst hatte, lasteten nun auf Schurik, und er nahm es widerspruchslos und ergeben hin. Die Mutter schaute ihn von unten herauf an, berührte mit ihrer blassen Hand seine Schulter und sagte zerstreut: »Schurik, wir bräuchten etwas zu essen ... Schurik, irgendwo war doch das Heft für die Stromzahlungen ... Schurik, hast du vielleicht meinen blauen Schal gesehen ...«

Immer zögernd, mit unbestimmten Worten.

Sie legte nach wie vor jeden Monat ihr Buchhaltergehalt in die mit Gobelinstoff bezogene Schatulle auf Jelisaweta Iwanownas Tisch. Schurik bemerkte als erster, daß dieses Geld bei weitem nicht ausreiche, und Mitte September begann er Großmutters ehemalige Schüler zu unterrichten. Außerdem erhielt er ein Stipendium.

Nach den Vorlesungen ging er in den nächstgelegenen Laden, kaufte Pelmeni, Kartoffeln und Äpfel, ohne die seine Mutter nicht leben konnte, bezahlte Gas- und Stromrechnung und fand den Schal, der in den Spalt zwischen Wand und Schuhschrank gerutscht war.

Einmal in der Woche kaufte er Kabeljauklein und

brachte es zu Matilda. Er wartete auf Briefe von Lilja. Es kamen keine.

Silvester rückte näher, das erste Silvester ohne Jelisaweta Iwanowna, ohne Weihnachtsfeier, ohne Pfefferkuchen-Wahrsagen, ohne Großmutters großzügige, überraschende Geschenke und, wie es aussah, auch ohne Tannenbaum. Zumindest wußte Vera nicht, wo man eine Tanne herbekam, wer sie ins Haus bringen sollte und wie der stachlige Baum schließlich in dem von Jelisaweta Iwanowna sorgsam gehüteten alten Ständer landete, wo er mit speziellen Keilen befestigt wurde, die ebenfalls in einer speziellen Schachtel aufbewahrt wurden.

Jelisaweta Iwanownas Fehlen machte sich im Laufe der Wochen und Monate immer schmerzlicher bemerkbar, besonders in dieser Woche vor Silvester, die in früheren Jahren stets voller heiterer Spannung gewesen war, voller Vorbereitungen – fast jeden Tag waren Schüler gekommen, um ihre französischen Lieder und Gedichte aufzupolieren, und Vera setzte sich abends, wenn sie von der Arbeit kam, ans Klavier, begleitete die Kinder, sprach dabei vom unvergessenen Lewandowski und schüttelte am Ende jeder musikalischen Phrase unwillkürlich den Kopf, wie er es einst getan hatte; die Kinder sangen laut und falsch, Jelisaweta Iwanowna, die Oberlippe streng über die schlecht sitzende Zahnprothese gestülpt, klopfte mit dem Fuß auf den alten Teppich, im Backofen wurden Apfel- und Apfelsinenstückchen für das Gebäck getrocknet, in der Wohnung breitete sich der Duft nach Zimt und Apfelsinen aus, vermischt mit dem ebenfalls vorfestlichen Bohnerwachsgeruch.

»Ach, Schurik, wo steht eigentlich die Telefonnummer von Alexej Sidorowitsch?«

Alexej Sidorowitsch war der Fußbodenpfleger, den Jelisaweta Iwanowna seit undenklichen Zeiten zweimal im Jahr hatte kommen lassen, vor Weihnachten und vor

Ostern, aber er besaß kein Telefon und wohnte außerhalb von Moskau, in Tomilino, sie hatte ihm immer eine Postkarte mit dem gewünschten Termin geschickt. Die Adresse hatte sie im Kopf, in ihrem Adreßbuch stand er nicht.

Den dunklen, trägen Dezember vertrug Vera von klein auf schlecht: Sie holte sich Erkältungen, hustete, bekam Depressionen, die man damals einfach Schwermut nannte. Normalerweise kümmerte sich Jelisaweta Iwanowna ab November verstärkt um ihre Tochter, verabreichte ihr eine Mixtur aus irgendwelchen Kräutern mit Honig, kochte ihr Tee aus Wegerich oder Helenenkraut, stellte ihr morgens ein Glas Rotwein hin.

Dieser Dezember, der erste ohne ihre Mutter, war für Vera besonders schlimm. Sie weinte viel, sogar im Schlaf. Wenn sie aufwachte, hatte sie große Mühe, mit diesen eigenwilligen Tränen fertig zu werden. Auch während der Arbeit stiegen ihr bisweilen Tränen in die Augen und ein erstickender Kloß in den Hals. Sie wurde immer dünner, die Röcke rutschten ihr um die dürren Hüften, so daß die jungen Schauspielerinnen sie löcherten, was für eine Diät sie mache. Es war natürlich keine Diät, sondern die Schilddrüse, die seit ihrer Jugend vergrößert war und nun gewaltige Hormonmengen ins Blut schüttete, weshalb Vera sich schlapp fühlte, weinte und unruhig war. Da die Symptome voll und ganz ihrem Wesen entsprachen – Weinerlichkeit, Unsicherheit, rasche Ermüdung –, wurde die Krankheit lange nicht erkannt. Ihre Freundinnen machten Andeutungen, sie sehe nicht gerade blendend aus, sehr erschöpft.

Nur Schurik empfand ihre Schönheit, verblaßt und kläglich wie eine alte Porzellantasse oder der Flügel eines verendeten Schmetterlings, als immer rührender.

Schurik liebte sie abgöttisch. Die vorausschauende Jelisaweta Iwanowna hatte ihn in der festen Überzeugung erzogen, daß seine Mama ein ganz besonderer Mensch sei, eine Künstlernatur, die bei einer nichtigen Arbeit weit unter ihrem Niveau verkümmerte, und zwar aus einem einzigen Grund: Ein künstlerischer Beruf verlangt die ganze Persönlichkeit, Vera aber habe sich für ein anderes Los entschieden – ihn, Schurik, großzuziehen. Ihm habe sie ihre künstlerische Karriere geopfert. Das müsse er, Schurik, gebührend würdigen. Und das tat er.

Nun, nach der entsetzlichen Geschichte mit der Großmutter, hatte er panische Angst um seine Mutter. Er fühlte sich für sie verantwortlich, nicht eben wie ein Vater für sein Kind, doch wie ein älterer Bruder für seine kleine Schwester. Diese Fürsorge war nicht abstrakt und theoretisch, sondern durchaus praktisch, und sie kostete viel Zeit.

Schurik hatte es schwer. Trotz der problemlosen Immatrikulation war das Studium für ihn mühselig. Er neigte zweifellos mehr zu den Geisteswissenschaften, und die Leichtigkeit, mit der er sich Fremdsprachen aneignete, erstreckte sich in keiner Weise auf andere Fächer. Gegen Ende des ersten Semesters hatte er in allen Fächern große Lücken, er bestand nur knapp die Testate und war ständig auf die Hilfe von Alja und Shenja angewiesen. Sie gaben ihm Nachhilfestunden, erledigten mitunter auch die Aufgaben für ihn. Er hatte die Semesterprüfungen zwar noch nicht endgültig vermasselt, war aber voller düsterer Vorahnungen. Das einzige Fach, in dem er glänzte, war Englisch. Das Versehen, das die indirekte Ursache für den Tod seiner Großmutter geworden war, hatte eine Fortsetzung gefunden: Wieder wurde er in die falsche Sprachgruppe einsortiert. Als er seinen Namen auf der Liste »Englisch – Fortgeschrittene« entdeckte, ging er nicht einmal ins Dekanat, um den Irrtum zu klären. Er besuchte einfach den Englischunterricht, und erst am Ende des Semesters merkte die Lehrerin, daß einer ihrer Studenten wegen eines Versehens in drei Monaten das komplette Schulprogramm in Englisch absolviert hatte und mit dem neuen Stoff bestens zurechtgekommen war.

In früheren Zeiten hatte Vera in Schuriks Begleitung ausnahmslos jede gute Theaterpremiere, jedes gute Konzert besucht. Wenn sie jetzt mit Schurik dergleichen unternehmen wollte, lehnte er manchmal ab: Er hatte kaum Zeit. Er mußte viel lernen, besondere Schwierigkeiten bereitete ihm die Chemie – sie schien ihm wirr, verzwickt und bar jeder Logik.

Für Schurik hatte sich mit einem Schlag alles verändert. Nur eines war noch wie im Vorjahr – die montägliche Matilda. Wobei sich die Montage manchmal auch auf andere Wochentage ausweiteten. Da Vera einsame Abende nur schwer ertrug, döste Schurik über seinen Lehrbüchern und wartete, bis es elf wurde und Mama ihr Schlafmittel nahm, ließ in seinem Zimmer ein kleines Licht brennen und leise Musik laufen und schlich in Socken, die Schuhe in der Hand, zur Wohnungstür, deren Angeln er eigens geölt hatte, damit sie nicht quietschten, zog im Hausflur die Schuhe an und rannte die Treppe hinunter, dann über den Hof und über die Eisenbahnbrücke – zu Matilda.

Er schloß mit seinem eigenen Schlüssel auf, der ihm nicht als Zeichen ihrer Liebesbeziehung, sondern als Zeugnis der Freundschaft ausgehändigt worden war, an jenem Tag, als Matilda ihm das erstemal ihre Katzen anvertraut hatte. Von der Tür aus sah er das breite weiße Bett, die auf üppigen Kissen ruhende Matilda im weiten weißen Nachthemd, den lose geflochtenen Nachtzopf auf der Schulter und ein dickes, in Zeitungspapier eingeschlagenes Buch in der Hand, umgeben von den drei schwarzen Katzen, die in den bizarrsten Posen auf ihrem ausgestreckten Körper schliefen. Matilda lächelte dem

Bild entgegen, das sich ihr bot: dem rotwangigen Jüngling in der kurzen Sportjacke und mit Schnee im dichten Haar. Sie wußte, daß er den ganzen Weg gerannt war, wie ein Tier zur Tränke, und sie wußte, er wäre nicht nur zwanzig Minuten gelaufen, sondern auch die ganze Nacht, vielleicht sogar eine Woche, um sie so schnell wie möglich zu umarmen, denn sein Hunger war jung, animalisch, und sie fühlte sich bereit, ihn zu stillen.

Manchmal überlegte sie, daß es nicht übel wäre, den Jungen ein wenig anzulernen, denn auch im Bett schien er noch immer zu rennen, er ließ sich keine Zeit für ausgiebige Zärtlichkeit, für Sanftheit, für zartes Kosen. Am Ziel angelangt, riß er sich augenblicklich von ihr los, seufzte, sah auf die Uhr, zog sich rasch an und lief fort. Sie ging zum Fenster und sah, wie er über den Hof auf die Straße rannte und dann zwischen den Häusern verschwand.

»Er eilt zu seiner Mama«, spottete sie gutmütig. »Ich sollte mich nicht zu sehr an ihn binden.«

Sie fürchtete Anhänglichkeit, fürchtete den Preis dafür. Sie war es gewohnt, daß man für alles zahlen mußte.

14

Dieses Silvester sollte traurig werden: So hatte Vera es beschlossen. Sie stimmte sich auf ein erhabenes Moll ein, holte die Mendelssohn-Noten hervor und übte die Zweite Sonate. Sie hatte keine besonders hohe Meinung von ihren Fähigkeiten als Pianistin, aber der einzige Zuhörer, mit dem sie an diesem Silvesterabend rechnete, war der Wohlgesinnteste auf der Welt.

Ihre Schauspielerseele lebte fort. Das alte Stück ihres Lebens war dahin, abgespielt, und nun suchte sie sich aus dem, was sie zur Hand hatte, ein neues zusammen. Zu Mendelssohn paßte das schwarze Kleid, hochgeschlossen, aber mit durchsichtigen Ärmeln, angemessen für eine Pianistin. Und Schwarz stand ihr. Bürgerliche Konventionen – daß man das neue Jahr nicht in Schwarz begrüßte – ignorierte sie. Die Tafel würde bescheiden sein: ohne Mamas Piroggen, die aussahen wie Mäuse, alle vollkommen gleich, wie vom Fließband, ohne Mamas Bowle im stilechten russischen Silberkübel. Wo war der eigentlich abgeblieben – sie mußte Schurik danach fragen. Kleine belegte Brote. Nun, vielleicht ein paar Tortelets aus der Kantine des Theatervereins. Apfelsinen. Und eine Flasche trockenen Sekt. Mehr nicht. Nur für uns zwei.

Ich werde Mamas Schal über den Sessel hängen, und der aufgeschlagene Stendhal soll so daliegen wie damals, als sie ins Krankenhaus gebracht wurde. Und ihre

Brille. Und den Tisch decken wir für drei. Ja, für uns drei.

Es kam Vera überhaupt nicht in den Sinn, daß Schurik womöglich eigene Pläne hatte. Ihm waren bei dem bevorstehenden Fest wie immer gleich mehrere Rollen zugedacht: Page, Gesprächspartner und begeistertes Publikum. Und natürlich die des Mannes – im höheren Sinne. Im allerhöchsten Sinn.

Schurik aber war nicht nach Feiern zumute. Am Silvestermorgen hoffte er, endlich das Testat in anorganischer Chemie zu schaffen. Er klopfte genau in dem Augenblick an die Tür des Assistenten Chabarow, als dieser gerade mit seinem Laboranten ein Hundertgrammglas verdünnten staatseigenen reinen Sprits gekippt hatte.

Dies war bereits Schuriks dritter Versuch. Wenn er seinen Schein heute nicht bekam, würde man ihn nicht zu den Semesterprüfungen zulassen. Unsicher blieb er an der Tür stehen. Alja, seine Lehrerin und treue Anhängerin, lugte hinter seinem Rücken hervor.

»Was willst du denn hier, Togussowa?« fragte Chabarow, der ihr wegen ihrer exzellenten Leistungen das Testat ohne jede Prüfung erteilt hatte.

»Ach, nichts«, stammelte Alja verlegen.

»Ihr habt wohl nichts zu tun, Kinder«, brummte Chabarow gutmütig. Der Sprit kam gerade in seinem Körper an, in ihm und um ihn herum wurde es warm und angenehm. Chabarow war ein beginnender Alkoholiker, und Schurik hatte zufällig die besten Augenblicke seines wellenartig wechselnden Zustands erwischt. Schurik löste die gestellte Aufgabe auf Anhieb und falsch. Chabarow fand das lustig, er lachte, gab ihm eine neue Aufgabe und ging in den Vorbereitungsraum zu seinem treuen Laboranten, um nachzulegen. Eine Viertelstunde später kam er zurück, fand Schurik, den er längst vergessen hatte, vor der von Alja gelösten Aufgabe sitzen, stellte ihm den Seminarschein aus, zwinkerte ihm zu und drohte ihm mit dem Finger.

»Du hast keinen blassen Schimmer, Korn!«

Im Flur packte Schurik Alja und schwenkte sie herum, wobei er ihre kunstvolle Frisur zerdrückte.

»Hurra! Bestanden!«

Alja war im siebten Himmel – der Flur war brechend voll, und alle sahen, wie Schurik sie herumschwenkte. Das war er, der Beweis dafür, daß ihre hartnäckigen Bemühungen die ersten Früchte trugen! Seine ihr zugewandte Freude und ihre zerdrückte Frisur demonstrierten allen, daß zwischen ihnen etwas war. Die Annährung begann, und sie war bereit, weiter hart zu arbeiten, um den Hauptpreis zu erringen.

Sie strich sich den verrutschten Dutt zurecht, fuhr hastig über den Kragen ihrer blauen Jacke, über den Rocksaum, zupfte an der Wade am Strumpf und zog ihn hoch.

»Gratuliere«, sagte sie und zuckte geziert mit der Schulter.

In diesem Augenblick war sie beinahe hübsch, sie sah ein wenig aus wie eine Japanerin auf einem der Hochglanzkalender, die in diesem Jahr in großer Zahl nach Rußland gelangt waren.

»Ich danke dir vielmals«, entgegnete Schurik, noch immer strahlend ob seines Glücks.

Er lädt mich bestimmt ein, entschied sie.

Aus irgendeinem Grund hatte sie sich in den Kopf gesetzt: Wenn er bestand, würde er sie auf jeden Fall zur Silvesterfeier zu sich nach Hause einladen. Schon seit Tagen waren alle ganz geschäftig, legten zusammen, kauften ein, erörterten, bei wem sie sich treffen wollten. Besonders wichtig war das für alle, die im Wohnheim lebten: Die strenge Heimleitung ahndete Besäufnisse und jegliche Ausschweifungen, die an diesem Tag natürlich unvermeidlich waren. Alle Auswärtigen wünschten sich, in ein richtiges Moskauer Zuhause eingeladen zu werden.

Schurik nahm die vollgekritzelten Blätter aus den Hosentaschen und packte sie in seine Aktentasche, während Alja neben ihm stand und fieberhaft überlegte, was sie sagen könnte, um diesen günstigen Moment zu nutzen. Ihr fiel nichts Klügeres ein als die Standardfrage: »Wo feierst du heute?«

»Zu Hause.«

Damit stockte das Gespräch, mehr war aus ihm nicht herauszuholen, und aufdrängen wollte Alja sich nicht.

»Ich muß noch einen Baum kaufen, ich hab's meiner Mutter versprochen«, vertraute Schurik ihr an und setzte schlicht und endgültig hinzu: »Ich danke dir, Alja. Ohne dich hätte ich nicht bestanden. Also, ich geh dann ...«

»Ja, ich muß auch los.« Alja nickte hochmütig und ging, rhythmisch mit ihrem strohigen schwarzen Schopf wippend und mutig die bösen Tränen der Enttäuschung unterdrückend.

Im Wohnheim liefen die Zurüstungen auf Hochtouren: Aljas Zimmernachbarinnen bügelten, nähten, bemalten sich mit deutscher Schminke aus dem gemeinsam gekauften Schminkkästchen, wuschen Rouge und Lidschatten wieder ab und trugen alles neu auf. Sie wollten zur Silvesterfeier in die Patrice-Lumumba-Universität, forderten Alja aber nicht auf mitzukommen. Alja legte sich ins Bett und zog die Decke über den Kopf.

»Was ist los, bist du krank?« fragte Lena Stowba und betrachtete im Spiegel ihr eirundes Auge.

»Ich hab Bauchschmerzen. Ich wollte eigentlich zu Korn, aber ich geh wohl nicht hin.« Alja verzog das Gesicht. Wenn sie genau in sich hineinhörte, rumorte es in ihrem Bauch tatsächlich.

»Ach«, entgegnete Lena, spuckte auf die Wimperntusche und verteilte sie konzentriert mit der Bürste, »mich hat er auch eingeladen, aber ich hab keine Lust.«

Alja lauschte auf ihren Bauch – er tat weh. Um so besser. Warum log Lena? Oder war das nicht gelogen?

Lena saß in weißer Unterwäsche auf einem Stuhl, eins ihrer schönen strammen Beine um das Stuhlbein geschlungen, die Augen weit aufgerissen, damit keine Wimperntusche hineinlief. Sie gehörte zu den Reichen, bekam von zu Hause Geld geschickt, zweimal war ihre Mutter schon zu Besuch gekommen und hatte Delikatessen mitgebracht, die man normalerweise selbst in Moskau nicht zu sehen kriegte.

Kurz nach neun gingen die Mädchen und hinterließen ein totales Chaos – aus dem Schrank gerissene Kleider, ein eingeschaltetes Bügeleisen, Lockenwickler und Wattebäusche mit roten und schwarzen Spuren. Da endlich weinte Alja.

Nachdem sie eine Weile geheult hatte, tröstete sie sich auf die gewohnte Weise, indem sie sich selbst liebkoste. Ihre Brüste waren klein und fest wie unreife Birnen. Ihr Bauch, früher eingefallen, zwischen hervorstechenden Hüftknochen und gewölbtem Venushügel, war nun durch das Moskauer Brot glatt geworden. Ihre Taille war schlank, und der Rest war ebensogut wie bei anderen – außen weicher Samt, innen glatte Seide.

Sie stand auf und betrachtete sich im staubigen Spiegel: Die einzelnen Details ihres Gesichts waren gar nicht übel, aber sie waren achtlos zusammengefügt – schmale, längliche Augen, man konnte sie durchaus noch etwas verlängern, dennoch standen sie ein wenig zu eng beieinander. Die Nase war leicht eingedrückt, wie bei ihrem Vater, aber nicht schlimm. Doch der Abstand zwischen Nasenspitze und Oberlippe war zu gering. Sie schob die Oberlippe ein Stück vor, indem sie die Zunge darunter schob – so sah es besser aus. Die deutsche Schminke lag noch da, und sie bemalte sich, großzügig mit dem fremden Gut – schräge Brauen und einen schwarzen Rahmen um die Augen. Wischte alles ab, malte sich noch einmal an. Trotzdem ähnelte sie weniger der molligen Kalenderjapanerin als vielmehr deren Samurai-Vater.

Dann probierte sie fremde Kleider an. Im Wohnheim war es üblich, die Kleider auszutauschen und abwechselnd zu tragen. Die Habe der Mädchen war kläglich, aber für Alja mehr als genug. Obgleich ihr von Lenas Sachen nichts paßte, inspizierte sie mit kühlem Blick, ohne Neid, die Blusen und Kleider. So eins würde sie sich auch kaufen: weinrot, aus Seide, aber so ein gestreiftes niemals – die Usbekinnen auf dem Basar trugen gestreifte Kleider. Und Stiefel würde sie sich kaufen. Ganz hohe. Nach Neujahr hatte sie eine Putzfrauenstelle am Lehrstuhl in Aussicht. Sie würde Geld verdienen und sich etwas leisten.

Aus dem Spiegel sah ihr zwar keine Schönheit entgegen, aber auch nicht mehr Alja Togussowa. Ein anderes, neues Gesicht. Sie erkannte sich kaum wieder. Kleingeld fürs Telefon lag in einer Ecke im Nachtschrank. Zum Schluß entdeckte sie noch ein Parfümfläschchen. Sie schüttelte es und bediente sich davon. Das Parfüm hieß »Vielleicht«. Sie nahm ein paar Zweikopekenstücke und ging hinunter, telefonieren.

15

Kurz nach zehn war Vera mit ihrem wohlüberlegten asketischen Tischarrangement fertig. Sie hatte die Servietten, die noch Mama gestärkt hatte, umständlich zur schwierigen Schwalbenschwanzform gefaltet und einen auf die Schnelle geflochtenen Kranz aus grünem und goldenem Papier um den Kerzenfuß gelegt. Düster, aber feierlich. Unter den Baum, den Schurik mit großer Mühe beschafft hatte und der noch nicht ganz aufgetaut war, legte sie ihr Geschenk für den Sohn – einen dünnen Rollkragenpulli aus Wolle, den sie in den kommenden Jahren immer wieder stopfen sollte. Doch dann rief sie Schurik und sagte: »Nimm dir dein Geschenk lieber jetzt gleich! Am Silvesterabend sollte man etwas Neues tragen!«

Schurik wickelte das Päckchen aus.

»Klasse! Stark!«

Er küßte Vera und zog den alten hellblauen Pulli aus. Der neue war dunkel, in edlem Marengo, und gefiel Schurik sehr. Auch er hatte ein Geschenk für seine Mutter – ein prächtiges Nachthemd, für das sein gesamtes letztes Stipendium draufgegangen war, ein Ungetüm aus knisterndem rosa Nylon. Die Frauen hatten sich im Kaufhaushof darum geprügelt, und da hatte auch er eins gekauft. Bereits in jenen Jahren offenbarte sich seine besondere Gabe, teure, unsinnige Geschenke zu wählen, die immer unpassend waren und stets den Eindruck erweckten, er verschenke etwas, das zu Hause rumgelegen hatte, um es loszuwerden. Aber Vera stand die Enttäuschung noch bevor, sie legte das Geschenk erst einmal beiseite, bis die Stunde dafür gekommen war.

Als Vera mit dem Tisch fertig war, schloß sie sich im Badezimmer ein, um mit ein paar Handgriffen zwar keine neue Jugend zu erlangen, aber zumindest die Gewißheit, alles für ihre Erhaltung getan zu haben. Da klingelte das Telefon. Schurik ging ran. Veras Chefin Faina Iwanowna wollte sie sprechen. Als sie hörte, daß Vera zu Hause war und sie zu zweit feiern würden, sagte sie entschieden: »Wunderbar! Wunderbar! Ich melde mich später noch mal.«

Sie meldete sich eine Stunde später, und zwar direkt an der Wohnungstür. Groß, mit rotem Gesicht, in schneebedecktem Persianer und einer ebensolchen Mütze kam sie herein wie ein bartloses Väterchen Frost, das die Geschenke aus seinem Schultersack in zwei gewichtige Einkaufstaschen gepackt hatte.

Vera rief: »Ach! Faina Iwanowna! Das ist ja eine Überraschung!«

Faina Iwanowna warf den schweren Pelzmantel bereits in Schuriks Arme, schälte die gewaltigen Füße aus den Stiefeln und strich sich das lackverklebte Haar zurecht.

»Ich wollte euch überraschen! Na los, begrüßt euren Gast!«

Sie war so zufrieden mit ihrem abenteuerlichen Einfall, daß sie weder Schuriks erstaunt hochgezogene Brauen noch Veras resignierte Geste bemerkte, mit der sie ihrem Sohn bedeutete: Tja, da kann man nichts machen! Ihr kam gar nicht in den Sinn, daß ihre Kollegin sich über ihren Besuch womöglich nicht freute. Sie bückte sich, wühlte in einer der beiden großen Taschen und ächzte: »Verdammt, ich hab die Schuhe vergessen! Die schicken neuen Ausgehschuhe!«

»Schurik, hol bitte die großen Pantoffeln«, bat Vera.
»Welche, Verussja?«
Schurik in seinem neuen Pulli, hochgewachsen, frisch rasiert, füllte den gesamten Türrahmen.

Faina war entzückt. Noch ein Paar Schulterklappen und ein Dutzend Jährchen drauf ... Sie hatte eine heillose Schwäche für Militärs. Einen eigenen, für ein richtiges Eheleben, hatte sie allerdings bisher nicht ergattert, immer nur welche auf Zeit, unzuverlässige Besucher. Doch was macht den eigentlichen Charme eines Militärs aus? Natürlich die Zuverlässigkeit. Aber was ist schon zuverlässig an einem Liebhaber? Mit ihrem jetzigen hatte Faina sich endlich zu den drei großen Sternen und der hohen Persianermütze eines Obersten hochgedient, und er, äußerst agil, kam zu ihr wie zum Dienst, zweimal in der Woche, ließ sich jedoch nie endgültig festnageln. Auch heute nicht: Erst hatte er gesagt, er würde Frau und Kinder über die Feiertage zu ihren Eltern nach Smolensk schicken, dann hatte er um acht angerufen und ihr trocken erklärt, seine Tochter sei krank geworden und alles fiele aus. Er könne nicht kommen.

Faina schmiß einen Teller auf den Fußboden, vergoß vier Wuttränen und rief Vera an. Dann nahm sie ihre sämtlichen Festtagsspeisen einschließlich der selbstgebackenen Piroggen – handfester als Veras kunstvolles Arrangement mit einer halben Olive und einem Petersilienzweig – und erschien bei Vera. So mußte sie nicht allein zu Hause sitzen, und für die arme Vera war es eine Überraschung. Eine Überraschung für Faina aber war Schurik – noch vor kurzem war er in Seidenhemd und mit Schleifchen ins Theater ausgeführt worden, manchmal an der Hand seiner aristokratischen Großmutter, und nun war aus dem schüchternen Knaben unversehens ein junger Stier geworden. Er roch noch nach Milch, war aber schon ganz und gar ein Mann: Große, breite Schultern ... In dieser Hinsicht hatte Faina auch immer Pech – selbst groß und kräftig, erwischte sie stets Mickerlinge, egal, ob Unteroffizier oder Oberst.

Faina schaufelte Gläser und Päckchen aus der Tasche, stellte den schmalen Küchentisch damit voll und plapperte dabei: »Nein, was für eine gute Idee! Ich hab mir gedacht, ihr seid allein und ich bin allein. Vitka ist doch heute ins Winterlager gefahren! Aber wir brauchen ja auch keinen weiter! Habt ihr mal eine große Schüssel?«

Schurik holte eifrig eine große Schüssel aus dem Büfett. Ihm gefiel alles: die Idee seiner Mutter, Silvester mit traurigen Erinnerungen zu verbringen, streng und erhaben, und auch Fainas Absicht, eine opulente Tafel auszurichten.

Kaum hatten sie die Piroggen und Salate ausgepackt, da klingelte erneut das Telefon. Es war Alja Togussowa.

»Schurik! Ich steh vorm Institut. Stell dir vor, die Mädchen sind weggegangen und haben die Zimmerschlüssel mitgenommen, und der Heimleiter ist nicht da. Ich kann nicht rein. Hast du was dagegen, wenn ich zu dir komme?« Sie kicherte ein wenig unsicher.

»Aber nicht doch, Alja, was für eine Frage! Soll ich dich abholen?«

»Nicht nötig, ich kenne ja den Weg. Ich komme allein.«

Alja hatte nicht vom Institut aus angerufen, sondern von der Metro. Bereits zehn Minuten später stand sie vor der Tür. Vera Alexandrowna schrie erneut leise auf. Im ersten Augenblick glaubte sie, vor ihr stünde Lilja Laskina: ein kleines, dick geschminktes Mädchen, den Mund fast bis zu den Ohren angemalt. Schurik wieherte gutmütig los.

»Na, du hast dich ja rausgeputzt, ich hätt dich fast nicht erkannt!«

Sie warf rasch den alten Mantel ab, präsentierte sich

im fremden weinroten Kleid, um die Taille einen breiten Gürtel, in den sie auf die Schnelle noch ein zusätzliches Loch gebohrt hatte, und richtete sich das zu einem Knoten hochgesteckte strohige Haar.

»He, du siehst aus wie eine Japanerin, ehrlich!« Schurik hätte nichts Besseres einfallen können. Genau das wollte die Kasachin Alja Togussowa – aussehen wie eine Japanerin.

Während sie noch im Flur standen, flüsterte Vera Faina zu: »Eine Kommilitonin von Schurik. Aus seiner Seminargruppe. Sie ist Beststudentin, aus Kasachstan. Sie war schon oft hier, sie lernen zusammen für die Prüfungen.«

»Ja, mein Gott! Ich bitte Sie! Sie werden ihm scharenweise nachlaufen, so, wie er aussieht! Wissen Sie, Sie müssen ihn noch ein paar Jährchen zurückhalten, dafür sorgen, daß er nicht zu früh heiratet. Meiner, der ist erst dreizehn, aber schon einssiebzig groß. Mit achtzehn ist er bestimmt zwei Meter. Und schon jetzt rufen dauernd Mädchen an. Aber ich finde, sie sollen sich erst mal austoben, solange sie noch jung sind.«

Faina Iwanowna war klug, in gewisser Weise sogar talentiert. Sie hatte als Kassiererin angefangen und sich zur Hauptbuchhalterin hochgearbeitet. Im Theater genoß sie große Autorität, der Direktor und der Intendant hatten ein wenig Angst vor ihr wegen irgendwelcher Manipulationen. Vera wußte wegen ihrer bescheidenen Position und ihres angeborenen Widerwillens gegen Unredlichkeit darüber nicht genauer Bescheid, ahnte jedoch: Sie stahlen. Dennoch empfand Vera eine Art Respekt für ihre Chefin: Klar, sie war vulgär und hatte keine Manieren, dafür aber einen Kopf wie eine Rechenmaschine, und sie war geschickt. Auch jetzt hatte sie vollkommen recht: Natürlich, eine zu frühe Heirat konnte einem das ganze Leben ruinieren. Gott sei Dank war das Mädchen vom letzten Jahr, Lilja Laskina, ausgereist, sonst hätte er sie tatsächlich geheiratet, der kleine Dummkopf.

»Einen Jungen muß man noch mehr behüten als ein Mädchen«, sagte Faina Iwanowna und schnalzte mit der Zunge, und tief im Herzen stimmte Vera ihr zu.

Das alte Jahr verabschiedeten sie, wie es sich gehört, mit Sekt.

»Der Fernseher! Wir müssen doch den Fernseher einschalten!« Aufgeregt sah Faina Iwanowna sich um. Es gab keinen Fernseher.

Faina Iwanowna war verblüfft. »Was denn? Kein Fernseher, in unserer Zeit?«

Sie mußte ohne Breshnew und ohne die beliebten Silvestersendungen »Blaues Licht« und »Karnevalsnacht« auskommen. Um zwölf schlug Großmutters Wanduhr, und sie stießen an. Nun kamen Fainas opulente Speisen zum Einsatz. Vera stocherte nur mit der Gabel darin herum – der geplante Abend war verdorben. Töricht und sinnlos brannten die Kerzen, matt leuchteten die Lichter am Baum, denn Faina hatte mit dem Ausruf: »Ich hasse Schummerlicht!« den Kronleuchter angeschaltet. Mit ihrem kräftigen Rücken zerknitterte sie Jelisaweta Iwanownas altersmürben Schal, als sie sich in deren Sessel fallenließ. Sie schob das leere Gedeck beiseite, das Großmutters Anwesenheit symbolisierte, und aß mit großem Appetit. Knirschend zermalmte sie Hühnerknochen.

»Bei mir sind die Hühnchen immer ganz weich, ich mariniere sie vorher.«

Sie sieht aus wie eine Löwin, bemerkte Vera Alexandrowna zum erstenmal in den zwanzig Jahren ihrer Bekanntschaft. Warum ist mir das früher nie aufgefallen? Die beiden Falten quer über der Stirn, die weit auseinanderstehenden Augen, die stumpfe, breite Nase. Selbst die Haare sind nach hinten gekämmt, über den Löwennacken.

»Iß doch, Mädchen, iß.« Faina Iwanowna machte sich nicht die Mühe, sich den Namen des kleinen Flittchens zu merken. Ihre Wut auf den Oberst war nicht verraucht, sie war sogar heftiger geworden, aber auch verwegener. Sie hatte eine Idee. »Wo ist hier bei euch das Telefon?«

Sie ging hinaus in den Flur und wählte eine Nummer. Sie rief ihn nie zu Hause an, er wußte nicht einmal, daß sie seine Nummer besaß. Eine Frau hob ab.

»Hallo? Bin ich da richtig bei Oberst Korobow? Ein Telegramm aus dem Verteidigungsministerium.«

»Tolja! Tolja!«, quäkte die Frauenstimme. »Ein Telegramm aus dem Ministerium! Einen Augenblick!«

Doch Faina Iwanowna ignorierte die unterdrückte Aufregung der Frau am anderen Ende der Leitung und fuhr fort: »Das Oberkommando wünscht Oberst Korobow alles Gute zum Neuen Jahr und gratuliert zur Beförderung. Ab fünfzehnten Januar ist er Chef des Wehrbezirks Magadan. Sekretärin Podmachajewa.«

Dann warf sie den Hörer auf die Gabel. Na und? Das ganze Leben war Theater! Ihre Stimmung besserte sich spürbar.

»Warum eßt ihr denn nicht?« Sie selbst hatte auf einmal großen Hunger, und sie tat Schurik Salat und ein Stück Fisch auf. »Vera Alexandrowna! Warum essen Sie denn nichts? Ihr Teller ist ja ganz leer! Schurik, schenk ein!«

Schurik wollte eine neue Flasche Sekt öffnen.

»Nein, nein, lieber Kognak.«

Sie hatte alles mitgebracht – auch Kognak und Konfekt.

Wenn sie bloß bald gingen, dachte Vera gequält. Dann wären wir endlich allein, könnten an Mama denken. Alles verdorben, alles verdorben. Eine unglaubliche Frechheit, einfach ohne Einladung aufzukreuzen, mit diesem fürchterlichen Essen, von dem man dauernd aufstoßen muß und Sodbrennen bekommt, wenn nicht gar eine Magenverstimmung.

Alja stieß mit allen an und trank. Ach, sie schwebte geradezu! Wenn ihre Freundinnen in Akmolinsk sie jetzt sehen könnten! In Moskau, in einer solchen Wohnung! Im Seidenkleid! Schurik Korn, ein Klavier, Sekt ...

Früher hatte sie nie getrunken. Wenn ihr etwas angeboten wurde, hatte sie abgelehnt. Im Betrieb tranken alle, und sie fürchtete sich immer vor den betrunkenen Männern, sie wußte, wie so etwas ausging: Arme auf den Rücken, Rock über den Kopf, und schon kriegte man was zwischen die Beine geschoben. Ihre Halbbrüder und die Jungs in der Baracke hatten sie sich ein paarmal auf diese Weise geschnappt. Auch im Labor – letztes Jahr am Ersten Mai hatten sie eine Art Feier, und hinterher waren der Wirtschaftsleiter und der leitende Laborant Sotkin in der Garderobe über sie hergefallen. Jetzt aber war ihr so wohl, empfand sie so süßes Begehren!

Ach, darum hat mir also der Bauch wehgetan, erriet sie. Das ist es, weshalb alle trinken, schloß sie ein wenig voreilig. Die Mädchen sagen, es ist schön. Vielleicht stimmt das ja? So ein Glückstag! Ich werde bekommen, was ich will, entschied Alja und starrte Schurik mit blanken Augen an.

Schurik aß ungerührt – was kümmerten ihn die Pläne anderer? Er hatte seinen eigenen: Er war für zwei Uhr morgen, nein, schon heute mit Matilda verabredet. Den Tag hatte sie bei Freundinnen verbracht, gedachte aber gegen Abend zurück zu sein. Wegen der Katzen natürlich. Schurik wollte zu ihr, nachdem er mit Mama traurig und erhaben ins neue Jahr geschritten war.

»Wollen wir tanzen?« schlug Alja leise vor.

»Aber das Tonbandgerät ist in meinem Zimmer. Soll

ich es holen?« Schurik war ebenso begriffsstutzig wie Alja ungeschickt.

»Ach, gehen wir doch rüber«, entgegnete Alja und errötete unter dem spöttischen Blick von Faina Iwanowna.

»Gut«, willigte Schurik ein und wischte sich den Mund mit einer gestärkten Serviette, die Alja nicht anzurühren wagte.

»Klar, sollen sie ruhig ein bißchen tanzen«, sagte Faina gehässig, doch das bemerkte niemand.

Die Kinder gingen, und Faina erzählte Vera in einem Anfall von Offenheit von manipulierten Verträgen mit Bühnen- und Kostümbildnern und frisierten Abrechnungen – Dinge, die diese gar nicht wissen wollte.

In Schuriks Zimmer war kein Platz zum Tanzen: Zwischen Liege, Schreibtisch und zwei Schränken blieb nur ein schmaler Gang, in dem Alja sich zu wehmütigen Bluesklängen mit ihrer ganzen Magerkeit an Schurik preßte. Schurik staunte, wie sehr sie ihn an Lilja erinnerte: fragile Rippen, eine feste Brust. Aber Lilja hatte getanzt wie eine Zigeunerin, diese dagegen stampfte plump herum und trat sich selbst auf die Füße. Als er sie enger an sich preßte, offenbarte sich ein erstaunlicher Umstand: Die dünnen Beine waren irgendwie seitlich befestigt, dazwischen gähnte eine Leere, der Weg stand weit offen, und das Ding, der Venushügel, schien in der Luft zu hängen, ein wenig vorgewölbt. Er hob den Kleidersaum an, nur so, um zu sehen, wie das ging, und war verblüfft: Der Slip ließ sich mühelos beiseite schieben, sein Finger rutschte geradewegs in die warme Höhle. Mit einer geschickten Bewegung, einer Art kleinem Sprung, saß Alja fest auf ihm. Sie war ganz leicht, sie wog fast nichts, wie Lilja. Er stöhnte: Lilja ... Keine Schenkel, keinerlei überflüssiges Fleisch. Nur das eine, Notwendige. Ganz anders als bei Matilda, ganz anders ...

Der Blues mit den gedehnten Saxophonklängen störte

kein bißchen. In dem Augenblick, als Schurik das Leichtgewicht gegen den Schrank lehnte, die Knöpfe aus den engen Knopflöchern polkte und alles ganz von selbst geschah, ertönte im Flur eine fordernde Stimme: »Schurik, einen Augenblick bitte!«

Es war nicht Mama, es war Faina Iwanowna.

»Ja, ja, gleich«, antwortete Schurik, brach jäh ab, zuckte zurück, hob das fremde Mädchen von sich herunter und setzte es auf den Schreibtisch. Die dunkle Seide klebte statisch aufgeladen an ihrer Brust, und er bestaunte zum erstenmal das kunstvolle Gebilde der weiblichen Natur: Im schwachen Licht der zur Wand gedrehten Schreibtischlampe schauten ihn die roten Blütenblätter einer offenen Blume an ...

»Ich bin gleich wieder da«, flüsterte Schurik heiser und stopfte die Knöpfe in die engen Knopflöcher der neuen Hose zurück.

Im Flur zog Faina Iwanowna sich gerade an. Sie hatte sich schon in ihre Stiefel gezwängt. Die abgemagerten Taschen lagen friedlich auf dem Boden, wie zwei Hunde zu Füßen ihrer Herrin.

»Schurik, setz bitte Faina Iwanowna in ein Taxi«, bat Mama.

Schurik nickte. »Ja, klar.« Was blieb ihm anderes übrig.

»Unser Hof ist so dunkel. Er soll mich lieber bis zur Haustür bringen, und dann fährt er mit demselben Taxi zurück.«

»Ja, ja, selbstverständlich«, stimmte die erleichterte Vera ihr freudig zu.

Es war kurz nach zwei, die Silvesterfeiern waren noch in vollem Gange. Sie bekamen sofort ein Taxi. Der Zufall wollte es, daß das Haus von Faina Iwanowna sich genau gegenüber von Aljas Wohnheim befand. Faina Iwanowna bezahlte den Taxifahrer und ließ ihn abfahren, sehr zum Erstaunen von Schurik, der noch immer unter der magnetischen Wirkung der Blume unter dem weinroten Kleid stand.

Der Hof war keineswegs dunkel, aber das registrierte Schurik nicht. Er trug in einer Hand die beiden leichten Taschen, auf seinem anderen Arm lag ein schwerer, in Persianer gehüllter Arm. Sie fuhren mit dem Fahrstuhl hinauf. Faina Iwanowna öffnete die Tür, ließ Schurik vorangehen und schloß wieder ab. Ihr Plan beinhaltete zwei Punkte. Punkt eins – ein Anruf.

»Leg kurz ab, tu mir den Gefallen.« Während er noch unschlüssig herumstand, zog sie rasch den Mantel aus, wählte eine Telefonnummer und drückte Schurik den Hörer in die Hand. »Bitte Anatoli Petrowitsch an den Apparat und sag: Faina Iwanowna läßt ausrichten, zwei Karten für die Vorstellung ›Viel Lärm um nichts‹ sind ihm sicher. Hast du verstanden? ›Viel Lärm um nichts.‹ Sind ihm sicher.«

Eine Männerstimme meldete sich: »Hallo?«

»Anatoli Petrowitsch? Faina Iwanowna läßt ausrichten, zwei Karten für die Vorstellung ›Viel Lärm um nichts‹ sind Ihnen sicher.«

»Was?« brüllte die Stimme.

»Zwei Karten ...«

Faina Iwanowna drückte mit dem Zeigefinger sanft auf die Gabel. Und lächelte rätselhaft.

»Und jetzt« – das war Punkt zwei ihres Neujahrsprogramms –, »jetzt zeige ich dir ein kleines Spiel ...«

Sie nahm seine Hand, packte seinen Zeigefinger, ließ ihre harte Zunge zwischen den gespitzten Lippen hervorschnellen und leckte ihm die Fingerspitze.

»Keine Angst, es wird dir gefallen ...«

Die Löwin hatte Eigenschaften, von denen Schurik, durch seine montäglichen Erfahrungen immerhin ein wenig gerüstet, nichts geahnt hatte. Es kamen keinerlei

Assoziationen auf: Solche Spiele kannte er nicht. Nach einer halben Stunde, als er die Orientierung im Raum und in den eigenen Gefühlen vollkommen verloren hatte, verspürte er einen brennenden, prickelnd die Wirbelsäule durchströmenden Genuß. Über ihm hing etwas unglaublich Vergrößertes, das mit der trockenen Blume, zu der er noch vor kurzem gestrebt war, nichts gemein hatte außer dem Geruch. Es war der namenlos anziehende Geruch des weiblichen Körpers, und er erfuhr, daß der Geruch auch einen Geschmack hatte. Sein vertrautes Werkzeug befand sich, seiner Macht vollkommen entzogen, in feuchter, lebhafter Umklammerung und wurde gebissen, gekaut, gesaugt. Er zögerte verwirrt, wie ein Schwimmer vor dem Sprung in ein unbekanntes Gewässer. Er bekam einen Stoß, zuckte zurück. Irgendwie wollte er nicht dorthin, hatte Angst. Er vernahm ein langes, samtiges Knurren. Am anderen Pol der Welt geschah etwas Unbeschreibliches, von dem er wünschte, es möge nie enden. Es gab kein Zurück, und er stürzte sich hinein ins Joch. Der Geschmack war verblüffend: Zugleich scharf und milchigsauer, zart und vollkommen unschuldig.

Plötzlich wußte er, woran ihn das Ganze erinnerte – an die raffinierte, ungeheuerliche Kritzelei, die er vor vier Jahren an der Wand der öffentlichen Toilette Puschkinstraße Ecke Stoleschnikow-Gasse lange betrachtet hatte. Oben hatte seine Großmutter auf ihn gewartet.

Erst am Morgen war Schurik wieder zu Hause. Vergehend vor Abscheu gegen sich selbst, log er ziemlich glatt, der Taxifahrer sei auf dem Rückweg von Faina Iwanowna mit einem anderen Wagen zusammengestoßen, und er habe als Zeuge drei Stunden auf dem Milizrevier rumsitzen müssen und nicht einmal anrufen dürfen.

Vera, total erschöpft vom eingebildeten Verlust, winkte ab. »Ach, du wärst sowieso nicht durchgekommen, wir haben die ganze Nacht sämtliche Krankenhäuser und Leichenschauhäuser abtelefoniert.«

Sie glaubten ihm aufs Wort.

Vera war zufrieden, den verlorenen Sohn wiederzuhaben.

Die gemeinsamen Tränen und Aufregungen der Silvesternacht hatten Vera Alexandrowna und das Chemietalent einander nähergebracht. Vera verzieh Alja ihr unscheinbares Aussehen und die provinzielle Ausdrucksweise. Ein herzensgutes Mädchen, resümierte sie. Gott sei Dank ist alles gut ausgegangen.

Sie warf einen flüchtigen Blick in den Spiegel – selbst im dämmerigen Flur sah ihr Spiegelbild kläglich aus: geschwollene Lider, dunkle Ringe unter den Augen; die molligen Grübchen um den Mund, die Lewandowski einst so gerührt hatten, waren zu schlaffen Falten geworden.

»Bring Alja nach Hause und komm schnell zurück«, bat Vera.

Sie hatte Bauchschmerzen von Fainas Speisen und wollte ins Bett, noch mehr aber wollte sie endlich mit ihrem Sohn allein zusammensitzen, ohne fremde, überflüssige Menschen.

Schurik brach erneut dorthin auf, woher er gerade gekommen war. Der Schlüssel zu Aljas Zimmer hing in einem vergitterten Kasten hinterm Pförtnertresen. Die Pförtnerin war nicht da – das war eine Chance.

»Gehen wir rauf?« fragte Alja bemüht spielerisch.

»Und die Mädchen?« versuchte Schurik sich herauszuwinden.

Alja wurde rot. Noch ein Schritt, und sie war entlarvt: Sie hatte ihre Schwindelei von gestern total verdrängt. Aber weder Erdbeben noch Hochwasser oder Feuer hätten sie jetzt von ihrem Vorhaben abgebracht. Sie nahm den Schlüssel aus dem Kasten und griff nach Schuriks

Arm. Es gab für ihn kein Entkommen. Sie stiegen hinauf in den zweiten Stock. Aljas Zimmernachbarinnen verknüpften gerade ihr Schicksal mit dem afrikanischer Studenten des Patrice-Lumumba-Instituts, und zwar auf deren Territorium, und unter diesen Umständen mußte Schurik kapitulieren. Die trockene kasachische Blume öffnete sich für ihn einige Minuten, und am Ende waren beide zufrieden: Er, weil er ihre Erwartungen nicht enttäuscht hatte, und sie, weil sie irrtümlich annahm, sie hätte einen großen Sieg errungen.

Die einzige, die er nicht belügen mußte, war Matilda, die in der Silvesternacht in ihrem Bett vorm Fernseher eingeschlafen war und erst am Morgen bemerkt hatte, daß Schurik nicht gekommen war. Als er zwei Tage später auftauchte, ein wenig verlegen wegen des gebrochenen Versprechens, lachte sie nur.

»Mein lieber Freund, das ist doch nicht der Rede wert!«

16

Nach Neujahr wurde der Frost noch grimmiger. Es war ein ungewöhnlich schneearmer Winter, der Wind fegte kleinkörnigen Griesel gegen Wände und Zäune, und überall lagen Brachen und Rabatten als nackte, schwarze Flächen bloß. Vera, die am Winter das Weiß und die trügerische Reinheit liebte, litt unter der Kälte und der winterlichen Dunkelheit, die diesmal nicht durch erhabene Schneefälle, Schneewehen und schneebeladene Bäume aufgehellt wurde. In diesem ersten Winter nach dem Tod ihrer Mutter kränkelte Vera besonders anhaltend: Erkältungen und Anginen wechselten einander ab. Zu den üblichen Beschwerden gesellten sich sonderbares Herzrasen, heftige Schweißausbrüche, die sie überfielen wie einen Schmied in einer heißen Werkhalle, und rätselhafte Hitze- und Kältewallungen, die sie eigentlich längst hinter sich zu haben glaubte. Dazu noch diverse wandernde Schmerzen: in der Schläfe, im Magen, in den großen Zehen ... Ihr gesamter Organismus war in Aufruhr, bockte und schrie: Mama! Mama!

Um Jelisaweta Iwanownas weitreichende Bekanntschaften und überall verstreute Beziehungen zu aktivieren, blätterte Schurik auf Veras Bitten Großmutters zerfleddertes Adreßbuch durch und fand unter L – Labor eine gewisse Marina Jefimowna, Leiterin eines biochemischen Labors. Ihre Tochter, eine frühere Studentin von Jelisaweta Iwanowna, hatte ihr von deren Tod erzählt, und sie bemühte sich um Schurik und Vera, als wären sie für sie mehr als Verwandte – als sei es für sie und ihr Labor eine besondere Ehre, die Untersuchungen vornehmen zu dürfen. Als sie am nächsten Tag in das große Labor voller Licht und Glas kamen, befragte Marina Jefimowna, eine kleine Person mit dem Gesicht eines Stummfilmstars, Vera lange nach kleinsten Details ihres Befindens, schaute ihr unters Augenlid, berührte ihre Fingerspitzen. Dann hielt sie das Reagenzglas mit dem Blut gegen das Licht, schüttelte es wie ein Weinverkoster den Wein und nickte bestätigend.

Einige Tage später rief sie an, teilte mit, es sei nichts Schlimmes, aber ein bestimmter Wert liege an der Obergrenze, und überhaupt sei eine Untersuchung im Institut für Endokrinologie angeraten.

Marina Jefimowna kümmerte sich auch sogleich selbst darum, telefonierte herum, vereinbarte Termine. Sie gehörte wie Jelisaweta Iwanowna zu jenen hilfsbereiten Menschen, die jeder mochte, und ihre Netze waren weit gespannt. Der Drüsenspezialist, zu dem Marina Jefimowna Vera schickte, gehörte zur selben Gattung, und Schurik, der seine Mutter bei ihren Arztbesuchen stets begleitete, sollte noch oft staunen über die zahlreichen Freunde und Freunde der Freunde seiner Großmutter – wie ein Geheimbund oder ein Klosterorden erkannten sie einander auf Anhieb und halfen sich gegenseitig. Nach irgendeinem nicht zu definierenden Merkmal gehörten sie zu einem großen »Wir«. Jeder von ihnen belegte eine Zeile in Großmutters Adreßbuch, in dem sie nicht alphabetisch geordnet waren, sondern vollkommen willkürlich: Manchmal nach dem Anfangsbuchstaben ihres Berufs – Apothekerin, Friseuse, Datschavermieterin, manchmal nach dem Anfangsbuchstaben ihres Vor- oder Familiennamens, manchmal auch, wie die Schreibkraft Tatjana Iwanowa, nach der Straße, in der sie wohnten. Vielleicht hatte Jelisaweta Iwanowna ja für ihr Ordnungsprinzip einen besonderen Code gehabt, aber Schurik konnte ihn nicht entschlüsseln. Und jeder, der in Großmutters Adreßbuch stand, besaß offenbar ein ebensolches Buch, rief irgendwo an und wurde nie abgewiesen – so bildeten sie eine Welt für sich, in der einer dem anderen half.

Die meisten Telefonnummern begannen mit Buchstaben – dieses Vorkriegssystem war erst in den fünfziger Jahren abgeschafft worden. Bei seinen Anrufen stieß Schurik in der Regel auf Menschen, die er nicht kannte, die jedoch stets bereit waren zu helfen. Eine gewisse »Apothekenlenotschka« zum Beispiel jammerte und schluchzte lange und aufrichtig, erklärte Schurik, was für ein außergewöhnlicher Mensch seine Großmutter gewesen sei, und brachte ihnen dann sämtliche benötigten Medikamente ins Haus, zeigte Schurik, wie man Tausendgüldenkraut richtig aufbrühte, und schenkte Vera eine Bernsteinkette, die heilsam auf die kranke Schilddrüse wirken sollte.

Die Drüsenspezialistin Brumstein aus dem Adreßbuch der Labor-Marina war übrigens nicht so freundlich wie die meisten Menschen aus Großmutters Adreßbuch. Dennoch empfing die magere, nahezu kahlköpfige majestätische Brumstein Vera außer der Reihe, studierte lange die Laborbefunde, hörte Veras Herz ab, maß den Puls, drückte an ihrem Hals herum, war äußerst unzufrieden und bat sie, noch eine weitere Untersuchung vornehmen zu lassen, und diese werde nur bei ihnen im Institut gemacht.

Als Vera schon nach der Türklinke griff, sagte sie mürrisch: «Der Isthmus ist verengt, die Drüsenlappen sind vergrößert. Besonders links. Eine Operation ist jedenfalls unumgänglich. Die Frage ist nur, wie dringend sie ist.»

Mit überraschender Entschiedenheit lehnte Vera eine Operation ab. Sie wollte es zunächst mit Homöopathie versuchen. Die Homöopathie war zwar nicht direkt verboten, galt aber als ein wenig anrüchig – wie abstrakte Kunst, avantgardistische Musik oder jüdische Abstammung. Ein Homöopath stand ebenfalls in Großmutters Adreßbuch; sie fuhren ans äußerste Ende von Ismailowo und fanden in einer halbverfallenen Bretterhütte einen mürrischen bärtigen Doktor, der sofort eine altmodische Höflichkeit entfaltete, als sie den Namen Jelisaweta Iwanowna erwähnten. Er kritzelte diverse magische Worte und Kreuze auf ein kleines vergilbtes Blatt Papier, nahm hundert Rubel – ein ungeheuer hohes Honorar! – und küßte Vera zum Abschied die Hand.

Am nächsten Tag holte Schurik seiner Mutter die erste Ration weißer Schächtelchen aus einer speziellen Apotheke. Bald erschien auf Veras Gesicht ein neuer, konzentrierter Ausdruck – die Lippen ein wenig vorgewölbt, die Augen geschlossen, lutschte sie die rauhen weißen Pillen. Überall in der Wohnung lagen kleine Pappschachteln herum – Thuja, Apis, Beladonna ... Sie nahm die Schachtel zwischen zwei Finger, schüttelte sie – die Pillen klebten leicht aneinander – und schüttete sich die Kapseln auf die schmale Hand: eins, zwei, drei ... Ihre Hände erinnerten an spanische Gemälde: spitz zulaufende Finger, zarte Falten an den langen Gliedern. Und zwei Lieblingsringe – einer mit einem kleinen Brillanten, einer mit einer großen Perle.

Schuriks unbeholfene Fürsorge war süßer als die von Jelisaweta Iwanowna: Er war ein Mann. Äußerlich hatte er keinerlei Ähnlichkeit mit Lewandowski, eher mit seinem Großvater Korn, aber er besaß lockiges, dichtes Haar wie sein Vater und große Hände mit schönen Fingernägeln, und die Zärtlichkeit, mit der er die Schultern seiner Mutter umfaßte ... An Schuriks Seite unglücklich zu sein war überraschenderweise viel schöner als früher, als Mutter noch lebte.

Jelisaweta Iwanowna hatte sich nicht aufs Unglücklichsein verstanden, vielleicht, weil ihre Energie ihr keine Zeit gelassen hatte, über so abstrakte, wenig handfeste Dinge wie Glück nachzudenken, aber sie hatte ihre Tochter innig geliebt und deren melancholische Trauer und ihre Verletztheit ob unverdienter Kränkungen mit Respekt behandelt, weil sie diese für eine Äußerung ihrer sensiblen Seele und ihres unverwirklichten Talents hielt. Auch Lewandowski hatte stets darunter gelitten, daß er zu sensibel war. Überhaupt war seelisches Leiden in Veras Augen ein Privileg. Der Gerechtigkeit halber sei gesagt, daß sie in den schlimmsten Jahren der Evakuierung, in Schmutz und Kälte des winterlichen Taschkent, die Lasten des Alltags relativ leicht ertragen und dafür lieber unter anderen Dingen gelitten hatte: dem Ende ihrer Künstlerkarriere und dem Verlust von Lewandowski — der sich zwar später als ein zeitweiliger herausstellte, ihr damals jedoch als etwas Endgültiges erschienen war.

Niemand außer Jelisaweta Iwanowna konnte einschätzen, welches Opfer es für Vera bedeutet hatte, ihr halbes Leben einer nichtigen Buchhaltertätigkeit zu widmen. Die Frage, für wen oder wofür dieses Opfer gebracht wurde, stellte niemand — das verstand sich von selbst. Schurik wurde seinerzeit mit sanftem Vorwurf von der Großmutter immer wieder daran erinnert, um seine Liebe zu Vera zu stimulieren. Nun, nach Großmutters Tod, übertrieb Schurik die Größe dieses Opfers noch mehr. So schwebte über Veras akkurat hochgestecktem, griechisch anmutendem alterndem Haar ein unsichtbarer Heiligenschein.

In den Abendstunden fand Vera täglich Zeit, eine Weile im Durchgangszimmer zu sitzen. In den ausladenden, vom Leib ihrer Mutter eingedellten Sessel gekuschelt, öffnete sie die Schreibtischschubladen, kramte in alten Briefen, die nach Jahren geordnet waren, in Quittungen über die Bezahlung irgendwelcher Dienstleistungen und in zahllosen Fotografien, vor allem von ihr selbst. Die besten Fotos hingen in labilen Rahmen, die man nicht anfassen durfte, über dem Schreibtisch an der Wand: Vera in Theaterkostümen. Die schönste, leider allzu kurze Zeit ihres Lebens.

Wenn Schurik sie in dieser melancholischen Haltung antraf, verging er vor zärtlichem Mitleid und Schuldgefühl: Er wußte, daß er eine große Künstlerkarriere verhindert hatte. Stürmisch legte er seine Arme um die mädchenhaften Schultern seiner Mutter und flüsterte: »He, Verussja, he, Mamotschka ...«

Und Vera echote: »Mamotschka, Mamotschka ... Wir beide sind nun ganz allein auf der Welt ...«

17

Schurik war überzeugt, seine Großmutter sei wegen der unglaublichen Gedankenlosigkeit gestorben, die ihn erfaßt hatte, als er Lilja nach Israel verabschiedete. Sein Erwachsenenleben begann mit dunklen Anfällen von Herzensangst, die ihn mitten in der Nacht weckten. Sein innerer Feind, sein wundes Gewissen, sandte ihm von Zeit zu Zeit realistische, unerträgliche Träume, die um ein Hauptthema kreisten: seine Unfähigkeit — oder Ohnmacht —, seiner Mutter zu helfen, die ihn brauchte.

Mitunter waren diese Träume ziemlich verworren und verlangten nach Deutung. So träumte er einmal von der nackten Alja Togussowa: Sie liegt auf dem Eisenbett in ihrem Wohnheimzimmer, seltsamerweise in den weißen Schuhen, die Lilja Laskina letztes Jahr getragen hatte, nur sind sie nun stark abgenutzt und voller schwarzer Risse. Er steht am Kopfende des Bettes, ebenfalls nackt, und weiß, daß er jetzt in sie eindringen muß, denn sobald er das tut, verwandelt sie sich in Lilja, und das möchte Alja unbedingt, und von ihm hängt es ab, ob die Verwandlung gelingt. Zahlreiche Zeugen — die Mädchen aus Aljas Zimmer, darunter Lena Stowba, der Mathematikprofessor Israilewitsch und Shenja Rosenzweig — stehen um das Bett herum und warten auf die Verwandlung von Alja in Lilja. Überdies weiß er genau: Wenn das passiert, läßt Israilewitsch ihn die Matheprüfung bestehen. Das alles wundert niemanden, merkwürdig ist nur, daß Matildas schwarze Katzen auf dem Nachtschränkchen neben Aljas Bett sitzen. Alja sieht ihn mit ihren japanisch geschminkten Augen erwartungsvoll an, und er ist bereit, durchaus bereit, sich anzustrengen, um aus der kläglichen Hülle von Alja die wunderbare Lilja schlüpfen zu lassen. Doch da klingelt das Telefon – nicht im Zimmer, aber irgendwo in der Nähe, vielleicht im Flur, und er weiß, es ist ein Anruf aus dem Krankenhaus, er soll zu seiner Mutter kommen, und er darf keinen Augenblick zögern, denn sonst passiert mit Vera dasselbe wie mit seiner Großmutter ... Alja wackelt mit den spitzen Schuhen, die Zuschauer äußern Unmut angesichts seiner Zaghaftigkeit, doch er weiß, daß er sofort losrennen muß, rennen, solange das Telefon noch klingelt ...

Die Wirklichkeit reagierte auf den Traum – im Briefkasten lag ein Brief von Lilja. Aus Israel. Für Schurik der einzige, den er je erhielt. Für Lilja der letzte von mehreren, die sie abgeschickt hatte. Sie schrieb, er helfe ihr sehr, mit sich selbst klarzukommen. Sie ahne schon lange, daß ihre Briefe ihn nicht erreichten, überhaupt wisse in Israel niemand, nach welchen Gesetzen sie zirkulierten, warum manche Leute regelmäßig Post bekamen, andere dagegen nie, dennoch schreibe sie, Lilja, an ihn einen Brief nach dem anderen – als Tagebuch ihrer Emigration.

»Seit unserer Familienkatastrophe liebe ich sie alle beide noch mehr. Vater schreibt mir ständig und ruft sogar an. Mama ist sauer, daß ich noch Kontakt zu ihm habe – aber ich finde nicht, daß er sich mir gegenüber schuldig gemacht hat, und sehe nicht ein, warum ich so etwas wie weibliche Solidarität zeigen soll. Natürlich tut sie mir furchtbar leid, trotzdem freue ich mich für ihn. Seine Stimme klingt so glücklich. Schwachsinn, das alles. Die Sprache ist umwerfend. Gegen Hebräisch ist

Englisch todlangweilig. Anschließend werde ich noch Arabisch lernen. Unbedingt. Ich bin die beste Schülerin im Ulpan. Es ist eine fürchterliche Misere, daß du nicht hier bist. Es ist so dumm, daß du kein Jude bist. Arje ist sauer auf mich, er sagt, ich schlafe zwar mit ihm, aber lieben würde ich dich. Und das ist wahr.«

Schurik las den Brief gleich vorm Briefkasten. Eine Botschaft aus dem Jenseits. Jedenfalls galt der Brief nicht ihm, sondern einem anderen, der in einem anderen Jahrhundert gelebt hatte. In diesem vergangenen Jahrhundert waren auch die herrlichen Spaziergänge durch die nächtliche Stadt und die Literaturvorlesungen versunken – sie waren zu schön gewesen, um Alltag zu werden. Real dagegen war die in der Nase kribbelnde Chemie. In der Vergangenheit geblieben war auch die Großmutter, die, je weiter sie sich zeitlich entfernte, immer größer wurde; in ihrem Schatten gab es keine Hitze und keine Kälte, nur wohlgefällige Lüfte. Plötzlich erfaßte Schurik hier vor der grünen Briefkastenreihe zwischen Erdgeschoß und erstem Stock ein blitzartiger, heißer Abscheu gegen alles: In erster Linie gegen sich selbst, dann gegen das Institut, gegen die Flure und Labortische, gegen die vom Geruch nach Urin und Chlor durchtränkten Toiletten, gegen sämtliche Lehrfächer und Dozenten, gegen Alja und ihre starren, fettigen Haare mit dem sauren Geruch, den er plötzlich in der Nase hatte. Er schüttelte sich, ihm brach sogar der Schweiß aus – und schon war es wieder vorbei.

Er steckte den Brief ein und rannte ins Institut: Die Semesterprüfungen standen vor der Tür, der Frühling stand vor der Tür, wieder hatte er die anorganische Chemie und die Laborstunden schleifen lassen, sich auch noch nicht um die Datscha gekümmert, die Großmutter Jahr für Jahr gemietet hatte, teils, weil er in Großmutters Adreßbuch die Dienstnummer der Vermieterin nicht gefunden hatte, teils aus schlichtem Zeitmangel. Dabei wußte jeder: Eine Datscha mietete man im Februar, im März war nichts Vernünftiges mehr zu kriegen.

Er lief ins Institut, und Liljas Brief lag ihm auf der Seele wie das Frühstück im Magen – unleugbar und tief drinnen. Die beiden Dinge, die Lilja ihm mitgeteilt hatte – die Scheidung ihrer Eltern und daß sie einen Freund namens Arje hatte – berührten ihn gar nicht. Ihn berührte der Brief selbst – beinahe physisch: Dieses Blatt Papier, auf dem etwas in ihrer Handschrift stand, bewies zweifelsfrei, daß es sie gab, daß sie nicht spurlos weg war wie Großmutter. Bisher hatte er immer das Gefühl gehabt, sie seien beide in dieselbe Richtung entschwunden. Doch der Brief in seiner Tasche – wie gern machen wir uns etwas vor! – deutete scheinbar darauf hin, daß auch Großmutter einen Brief schicken könnte von dort, wo sie jetzt war.

Schurik dachte diesen Gedanken nicht zu Ende, dieses angenehme Gefühl kleidete sich nicht in Worte, die man einem anderen hätte mitteilen können. Würde Mama etwa dieses vage, schöne Gefühl verstehen? Sie würde es nur seiner Freude über Liljas Brief zuschreiben.

Er schob also alles Vage, Unkonkrete beiseite und lebte weiter vor sich hin, ging ins Institut, legte Prüfungen ab und schaffte es sogar, nebenbei etwas Geld zu verdienen – mit den von Großmutter geerbten Französischstunden. Das Geld, über das Großmutter nie ein Wort verloren hatte, schmolz in unglaublichem Tempo dahin und zwang ihn, sich darüber Gedanken zu machen. Für Schurik war vollkommen klar, daß dies seine Sorge war, nicht die seiner schwachen, zarten Mutter.

Im nächsten Jahr werde ich mehr Schüler nehmen, entschied er. Kindern Französisch beizubringen gefiel ihm wesentlich besser, als Chemie zu pauken. Er besuchte zwar die Seminare und absolvierte seine Laborstunden, verließ sich aber immer mehr auf Alja, und sie legte sich für ihn ins Zeug, schrieb sogar ihre Aufzeichnungen aus den Vorlesungen, die er häufig schwänzte, für ihn ab.

Alja, die an jenem denkwürdigen Neujahrsmorgen Schurik bekommen und in ihrer Unerfahrenheit die notgedrungene Geste männlicher Höflichkeit für einen gewaltigen weiblichen Triumph gehalten hatte, merkte ziemlich rasch, daß ihr Erfolg doch nicht allzugroß war, aber sie durfte diese Neujahrseroberung nicht dem Selbstlauf überlassen, im Gegenteil, damit der zarte Trieb wuchs und gedieh, mußte sie viel und hartnäckig daran arbeiten. Dieser Gedanke war für sie nichts Neues – das hatte sie schon als kleines Mädchen erkannt, als sie entdeckte, daß es auf der Welt einige Frauen gab, die Absatzschuhe trugen, während die Mehrheit, zu der auch ihre Mutter gehörte, im Winter in Filz- und im Sommer in Gummistiefeln herumlief. Kurz – das Leben war ein Kampf, nicht nur um höhere Bildung. Natürlich gefiel ihr Schurik sehr, womöglich war sie sogar in ihn verliebt, doch alle diese romantischen Emotionen waren nicht zu vergleichen mit der extremen Spannung, die sich aus der Summe der zu lösenden Aufgaben ergab: Hochschulabschluß plus Schurik samt der ihm rechtmäßig zustehenden Hauptstadt. Alja fühlte sich zugleich als Raubtier, das seine Beute verfolgt, und als Jäger, der auf ein seltenes Wild gestoßen ist, das einem nur einmal im Leben über den Weg läuft – wenn man Glück hat.

Aljas Anspannung speiste sich noch aus einem weiteren Umstand: Auch Lena Stowba hatte in jener Silvesternacht ihr Glück gefunden – den Kubaner Enrique, einen gutaussehenden dunkelhäutigen Studenten der Patrice-Lumumba-Universität. Er hatte sie zum Tanzen aufgefordert, und unter den Klängen von »Bessame mucho« schoß eine ganze Schar molliger Knaben – Amors, Cupidos und andere geflügelte Wesen – ihre Pfeile auf das hochgewachsene Paar, und der weiße Körper der von Natur aus trägen Lena erwachte, strebte dem mit sämtlichen Organen tanzenden Kubaner entgegen, und die gesamte Vorbereitungsphase, die manchmal recht lange dauert, verlief im Zeitraffer – eine Stunde vor Mitternacht begonnen, endete sie für Lena um zwei Uhr morgens am ersten Tag des neuen Jahres glücklich in den kräftigen dunkelhäutigen Armen.

Obgleich der zweiundzwanzigjährige junge Mann Kubaner war und kein Neuling in der Liebe, war auch er hingerissen von dem ihm widerfahrenden weißblonden Wunder. Die Völkerfreundschaft feierte einen Triumph: Im März fühlte Lena sich eindeutig schwanger, und der verliebte Kubaner erkundigte sich nach den Formalitäten für eine Heirat mit einer russischen Staatsbürgerin.

Nun bemühten sich ihre Freunde in beiden Wohnheimen – in der Presnja und in Beljajewo – für ein Plätzchen zu sorgen, wo die Verliebten ihre Gefühle regelmäßig realisieren konnten, doch das war nicht so einfach: Die Mendelejewschen Zerberusse, bejahrte Pförtnerinnen und verkniffene Heimleiterinnen, waren unbeugsam, und da Enriques Teint sich sichtlich abhob von dem der übrigen, frostrosigen Besucher, wurde pünktlich um elf Uhr abends laut an die Tür geklopft, und die hochmoralische Heimleiterin forderte alle Fremden auf, das Frauenwohnheim zu verlassen. Lena warf sich ihren Persianermantel über, ein taktloses Geschenk ihrer Mama, der sibirischen First Lady, das sich in der studentischen Armut ziemlich grotesk ausnahm, und brachte den Geliebten zur Metrostation »Krasnopresnenskaja«, wo sie sich verabschiedeten, mit Körper und Seele trauernd. Das Wachpersonal bei Lumumbas war loyaler, verlangte aber den Ausweis zu sehen, was allerlei Unannehmlichkeiten zur Folge haben konnte, sogar mit der Miliz.

Alja, erwärmt von der täglichen Hitze dieser Affäre, mußte zwangsläufig besorgt sein ob Schuriks äußerst mäßigen Bestrebens, ihre herzlichen Beziehungen vollauf zu realisieren. Obwohl er sogar über eigenen Wohnraum verfügte, lud er sie nie zu sich ein. Nichts in Aljas Leben ließ sich vergleichen mit den schwarzweißen Leidenschaften von Lena und Enrique. Das war kränkend. Alja blieben weiterhin nur die gemeinsamen Laborstunden, das Mittagessen in der Mensa, die gemeinsamen Prüfungsvorbereitungen und bei den Vorlesungen ein Platz an Schuriks rechter Seite – für den sie meist selbst sorgte. Alja wunderte sich auch ein wenig über die Trägheit, mit der Schurik studierte – sie selbst war eine erfolgreiche Studentin und arbeitete obendrein nebenbei. Zur halben Putzfrauenstelle war inzwischen noch eine halbe Stelle als Laborassistentin gekommen. Sie arbeitete abends, es blieb nicht einmal Zeit fürs Kino. Aber Schurik lud sie ohnehin nie ein: Er verbrachte die Abende gewöhnlich mit seiner Mutter. Alja rief ihn gelegentlich abends an, doch um ihn zu Hause aufzusuchen, bedurfte es einer besonderen Begründung – zum Beispiel, daß sie ein Lehrbuch abholen müsse oder eine Aufgabensammlung. Eines Abends rief sie ihn vom Lehrstuhl aus an und sagte, sie habe ihr Portemonnaie verloren; sie wollte zu ihm kommen, doch er lief sofort zu ihr und brachte ihr Geld.

Ihre Liebesbeziehung köchelte auf Sparflamme: Einmal bat Alja ihn, ihr eine Dreiliterbüchse gestohlener Farbe aus dem Institut ins Wohnheim zu tragen. Es war Vormittag, die Zimmernachbarinnen waren nicht da. Alja umschlang mit ihren braunen Armen Schuriks Hals,

121

schloß die Augen und öffnete den Mund ein wenig. Schurik küßte sie und tat, was von ihm erwartet wurde. Mit Freuden.

Ein anderes Mal kam Alja zu Schurik nach Hause, als Vera bei irgendeiner medizinischen Behandlung war, und erhielt einen weiteren gewichtigen Beweis dafür, daß ihre Beziehung zu Schurik ein Liebesverhältnis war, mehr als reine Freundschaft oder Komosolzenkameradschaft.

Natürlich sah sie den deutlichen Unterschied zwischen ihrer gemäßigten Affäre und den Leidenschaften, die zwischen der früher so phlegmatischen Lena und ihrem kastanienbraunen Enrique loderten. Aber Schurik war ja auch kein schwarzer Kubaner, sondern ein Weißer aus der Nowolesnaja-Straße. Und Alja hatte den Verdacht, daß Kuba, wenngleich Ausland, ein bißchen so ähnlich war wie Kasachstan. Allerdings wollte der Kubaner heiraten, während Schurik nie davon sprach. Andererseits – Lena war immerhin schwanger. Aber auch Alja könnte schließlich ... Doch an diesem Punkt fragte sie sich verwirrt: Was ist wichtiger – Studium oder Heiraten?

Anfang April verkündete Stowba, sie hätten im Hochzeitspalast die Eheschließung beantragt.

Die Mädchen waren begeistert: Lange hatten sie befürchtet, Enrique könne Lena verlassen, und auf sie eingeredet, sie solle abtreiben, doch sie hatte nur große Augen gemacht und ihr hellblondes Haar geschüttelt. Sie vertraute ihm. So sehr, daß sie sogar ihrer Familie von der bevorstehenden Heirat schreiben wollte. Nur eines beunruhigte die Freundinnen: daß das Kind schwarz sein würde. Aber Lena beruhigte sie: Enriques Mutter sei fast weiß, sein älterer Bruder, der von einem anderen Vater stamme, einem amerikanischen Polen, sei sogar blond, nur sein Vater sei schwarz. Dafür war der schwarze Vater ein enger Freund von Fidel Castro, er hatte mit ihm zusammen gekämpft. Das Kind könne also durchaus auch weiß werden, es sei ja beinahe ein Viertelblut. Die Mädchen schüttelten den Kopf und bedauerten sie insgeheim: Besser, er wäre Russe. Dabei mochten sie Enrique: Er war ein fröhlicher, netter Junge. Obgleich er genau wie Lena aus einer Parteibonzenfamilie stammte, war er nicht so eingebildet wie seine Geliebte – er lief tänzelnd und singend durchs Leben, und die ewig schläfrige Lena, die sich vom ersten Tag an in ihrem Studienjahr unbeliebt gemacht hatte, war durch ihre – aus der Sicht von Rassenfanatikern – zweifelhafte Affäre allen sympathischer geworden.

Einen weiteren Monat später, kurz vor der geplanten Heirat, geschah etwas, das Lena sehr beunruhigte: Enrique wurde in die Botschaft bestellt und aufgefordert, sofort nach Hause zurückzukehren. Er war im letzten Studienjahr, stand nur wenige Monate vor dem Diplom und versuchte, die Abreise hinauszuschieben – zumal seine Braut immerhin schwanger war. Er bemühte sich um ein Gespräch mit dem Botschafter, mit dem er dank der gehobenen Stellung seines Vaters beinahe vertraut war. Diesmal allerdings empfing der Botschafter ihn nicht.

Ende April flog Enrique nach Havanna. In einer Woche wollte er zurück sein. Doch er kam nicht – weder nach einem Monat noch nach zwei Monaten. Alle waren überzeugt, daß er das arme Mädchen schlicht reingelegt hatte, und bedauerten Lena, während sie vor Wut über dieses Mitleid innerlich schäumte: Sie war sicher, daß er sie nicht verlassen hatte; nur besondere Umstände konnten ihn zum Bleiben gezwungen haben. Die allgemeine Anteilnahme war demütigend, sein Schweigen seltsam. Andererseits wußte man ja, daß die Post aus Kuba sehr unregelmäßig ankam: Mal ging sie nur fünf Tage, mal anderthalb Monate.

Lenas Eltern hatten sich gerade mit dem Gedanken abgefunden, eines Tages schwarze Enkelkinder zu hüten – diese Nachricht war für die Mutter besonders schlimm gewesen, den Vater hatte die hohe Stellung des künftigen Schwiegersohns halbwegs getröstet –, und nun mußte die arme Braut ihren strengen Eltern mitteilen, daß der Bräutigam verschwunden war.

Das ganze erste Studienjahr brodelte vor Empörung. Lena hielt nur ihre Hoffnung aufrecht. Kurz vor den Maifeiertagen suchte ein ziemlich häßlicher glatzköpfiger junger Mann sie im Institut auf, ein Kubaner, ein Freund von Enrique. Er war Doktorand an der Universität, Zoologe oder Meeresbiologe. Der Glatzkopf ging mit Lena hinaus auf die Straße und erklärte ihr auf einer Parkbank, Enriques älterer Bruder sei von Kuba nach Miami geflohen, Enriques Vater verhaftet, und wo Enrique sich befand, wisse niemand, zu Hause sei er nicht. Möglicherweise habe man ihn von der Straße weg verhaftet.

Die stolze Lena sah sich weit lieber als indirektes Opfer eines politischen Prozesses denn als sitzengelassene Braut. Ihre Eltern hätten vielleicht die andere Variante vorgezogen. Jedenfalls war der Nachkomme eines der politischen Führer des kubanischen Volkes, mit dem man sich noch irgendwie hätte abfinden können, nun zu einem geächteten Bastard mutiert.

Die Meinungen der Chemiestudenten gingen auseinander: Die Liberalen wollten Geld sammeln für die Ausstattung des Babys und es zum Regimentssohn erklären, die Konservativen meinten, Lena müsse aus dem Institut, aus dem Komsomol und überhaupt aus allem ausgeschlossen werden, und die Radikalen fanden, die beste Lösung sei eine ehrliche Abtreibung.

Alja, Halbblut und Halbwaise, war voller Mitgefühl für die vor kurzem noch so glückliche, erfolgreiche Lena.

Sie freundete sich mit der hochmütigen Zimmergenossin an und wurde zur Vertrauten ihrer Geheimnisse und Hoffnungen. Schurik, dank Alja über alle Wendungen der dramatischen Geschichte informiert, war ebenfalls voller Mitgefühl für die arme Lena Stowba.

18

Veras Schilddrüse ignorierte die Homöopathie und vergrößerte sich rasant: Vera bekam Erstickungsanfälle. Erneut war von einer Operation die Rede. Vera sträubte sich mit letzter Kraft. Einmal mußte bei einem akuten Anfall der Notarzt gerufen werden – die Ärtzin gab Vera eine Spritze, und der Anfall war sofort vorbei. Sie schöpfte Mut.

»Siehst du, Schurik, die Spritzen helfen doch. Warum also gleich unters Messer?«

Sie hatte furchtbare Angst vor einer Operation, das heißt, weniger vor der Operation als vor der Vollnarkose. Sie glaubte, sie würde nicht wieder aufwachen.

Ihr nächster Anfall fiel unglücklicherweise in eine Zeit, die Schurik, lautlos aus dem Haus entwichen, »hinter der Brücke« verbrachte, bei Matilda.

Kurz nach eins in der Nacht klopfte Vera an Schuriks Zimmertür. Sie konnte kaum sprechen. Schurik reagierte nicht. Sie öffnete die Tür: Sein Bett war noch nicht einmal aufgeschlagen.

Wo kann er bloß sein, dachte Vera verständnislos und ging sogar hinaus auf den Balkon, nachsehen, ob er vielleicht dort rauchte. Sie wußte, daß alle jungen Männer hin und wieder rauchten. Es vergingen weitere zehn Minuten, eine Tablette und die üblichen Hausmittel wie Inhalieren mit heißem Wasserdampf halfen nicht, die Atemnot hielt an. Sie war in einem schrecklichen Zustand, und mit kaum hörbarer Stimme rief sie selbst den Notarzt an.

Der Notarzt kam ziemlich schnell, nach etwa zwanzig Minuten, zufällig dasselbe Einsatzteam wie kurz zuvor. Die schnurrbärtige ältere Ärztin, die schon letztens auf sofortige Einweisung ins Krankenhaus gedrängt hatte, schrie Vera lautstark an und befahl ihr, augenblicklich ihre Sachen fürs Krankenhaus zu packen. Vera, durch Schuriks Abwesenheit vollkommen aus dem Geleis geworfen, weinte lautlos und schüttelte den Kopf.

»Dann schreiben Sie eine Erklärung, daß Sie einen Krankenhausaufenthalt ablehnen. Dafür übernehme ich keinerlei Verantwortung!«

Als Schurik den Krankenwagen vor dem Haus stehen sah, traf ihn beinahe der Schlag. Im Nu war er die Treppe hinaufgerannt in den vierten Stock. Die Tür stand einen Spalt offen.

Vorbei! Mama ist tot, dachte er entsetzt. Was habe ich getan!

Aus dem großen Zimmer drangen laute Stimmen. Vera lebte, halbliegend ruhte sie in Großmutters Sessel. Ihre Atmung war bereits wieder zufriedenstellend. Bei Schuriks Anblick strömten ihre Tränen erneut. Sie schämte sich ein wenig vor der Ärztin, aber gegen die Tränen war sie machtlos – sie kamen von der Schilddrüse.

Mit einem gewaltigen Satz war Schurik am anderen Ende des Zimmers, und ohne sich vor der Ärztin und dem Mann im uniformähnlichen Anzug zu genieren, packte er seine Mutter und küßte sie ab.

»Verussja, verzeih mir! Ich tu's nicht wieder! Ich bin ein solcher Idiot! Verzeih mir, Mamotschka!«

Was er »nicht wieder« tun wollte, wußte er selbst nicht. Es war lediglich seine übliche kindliche Reaktion: Ich werde nichts Böses mehr tun, nur Gutes, ich will ein guter Junge sein und Mama und Großmutter nicht mehr enttäuschen.

Die schnurrbärtige Ärztin, die ihn eigentlich hatte ordentlich anbrüllen wollen, war nun besänftigt und gerührt. So etwas sah man nicht oft. Wie er sie küßte, ohne sich zu genieren! Ihr den Kopf streichelte ... Was mochte er wohl angestellt haben, daß er so außer sich war?

»Ihre Mutter muß ins Krankenhaus. Sie sollten sie überzeugen.«

»Verussja!« sagte Schurik flehend. »Wenn es nun mal wirklich sein muß.«

Vera war mit allem einverstanden. Na ja – natürlich nicht ganz.

»Also gut, bitte! Aber dann zur Brumstein.«

»Schieben Sie es nicht zu lange auf. Die Spritze wirkt nur ein paar Stunden, danach könnte sich der Anfall wiederholen«, wandte sich die Ärztin nun freundlicher an Schurik.

Die Mediziner gingen. Eine Erklärung war unausweichlich. Noch bevor Vera ihm die Frage stellte, wußte Schurik: Nein, nein und nochmals nein! Um nichts in der Welt konnte er seiner Mutter sagen, daß er bei einer Frau gewesen war.

»Ich war spazieren«, erklärte er fest.

»Was? Mitten in der Nacht? Allein?« fragte Vera verständnislos.

»Ich wollte ein Stück laufen. Also bin ich spazierengegangen.«

»Wo?«

»Da« – Schurik wies in die bewußte Richtung. »Richtung Timirjasewka, über die Brücke.«

»Na, schon gut, schon gut«, kapitulierte Vera. Sie war erleichtert, obwohl an dieser nächtlichen Abwesenheit irgend etwas nicht stimmte. Aber sie wußte, daß Schurik sie nie belog. »Komm, wir trinken eine Tasse Tee, und dann versuchen wir noch ein bißchen zu schlafen.«

Schurik ging den Teekessel aufsetzen. Es wurde bereits hell, die Vögel zwitscherten.

»Das nächste Mal sag Bescheid, wenn du aus dem Haus gehst.«

Doch das nächste Mal kam nicht so bald. Die kahlköpfige Brumstein war im Urlaub, die Einweisung übernahm deren rechte Hand Ljubow Iwanowna. Angesichts der Dringlichkeit der Operation sollte diese auch nicht die versierte Brumstein selbst ausführen, sondern ebenfalls Ljubow Iwanowna, eine trotz der kleinen Narbe der akkurat operierten Hasenscharte hübsche Blondine mittleren Alters mit einem leichten Sprachfehler.

»Wo sind Sie normalerweise in Behandlung?« fragte Ljubow Iwanowna vorsichtig, während sie Veras geschwollenen Hals abtastete.

»In der Poliklinik des Theatervereins«, antwortete Vera stolz.

»Verstehe. Da haben Sie gute Phoniater und Traumatologen«, sagte die Ärztin knapp und verächtlich.

»Halten Sie eine Operation für unumgänglich?« fragte Vera schüchtern.

Ljubow Iwanowna errötete so heftig, daß die Narbe auf ihrer Oberlippe dunkel anlief.

»Vera Alexandrowna, die Operation ist dringend. Sehr dringend.«

Vera verspürte Übelkeit und fragte mit versagender Stimme: »Habe ich Krebs?«

Ljubow Iwanowna wusch sich die Hände, ohne vom Waschbecken aufzusehen, trocknete sie anschließend lange ab und sagte noch immer nichts.

»Wieso denn gleich Krebs? Ihr Blutbild ist in Ordnung. Die Schilddrüse ist diffus, stark vergrößert. Neben dem diffusen toxischen Kropf befindet sich linksseitig ein Knoten. Vermutlich gutartig. Aber wir werden keine Biopsie mehr vornehmen. Die Zeit ist knapp. Sie haben Ihre Krankheit sträflich vernachlässigt. Doktor Brumstein hatte Ihnen gleich zu einer Operation geraten – hier steht es: empfohlen ...«

»Aber ich war bei einem Homöopathen in Behandlung.«

Die unauffällige Narbe auf der Oberlippe der Ärztin schwoll erneut an.

»Wenn ich was zu sagen hätte, ich würde Ihren Homöopathen vor Gericht stellen.«

Bei diesen Worten spürte Vera ihre Kehle noch mehr anschwellen und ganz eng werden.

Wenn Mama noch lebte, wäre alles anders. Und überhaupt wäre das alles nicht passiert, dachte sie.

Dann bat Ljubow Iwanowna Schurik in ihr Sprechzimmer, und Vera setzte sich im Flur auf den von Schurik angewärmten klebrigen Stuhl.

Die Ärztin erzählte Schurik dasselbe wie Vera, ergänzte aber noch, daß es eine ziemlich schwere Operation sei, doch sie mache sich vor allem Sorgen um die postoperative Betreuung. Die tauge im Krankenhaus nichts – er solle sich besser eine private Pflegerin suchen. Besonders für die ersten Tage.

Wenn Großmutter noch lebte, wäre alles anders – wie so oft dachte der Sohn dasselbe wie seine Mutter.

Drei Tage später wurde Vera operiert. Ihre düsteren Vorahnungen bestätigten sich zum Teil. Zwar verlief die Operation durchaus erfolgreich, doch die Narkose vertrug Vera tatsächlich schlecht. Vierzig Minuten nach Beginn der Operation blieb ihr Herz stehen – das des jungen Anästhesisten vor Angst beinahe ebenfalls. Sie spritzten Adrenalin. Das ganze Team schwitzte Blut und Wasser. Die Operation dauerte über drei Stunden, und anschließend war Vera zwei Tage lang ohne Bewußtsein.

Sie lag auf der Intensivstation. Ihr Zustand galt als kritisch, aber nicht als hoffnungslos. Schurik saß auf der Treppe vorm Eingang zur Intensivstation, in die niemand hineindurfte, und nahm nichts von allem wahr, was man zu ihm sagte. Zwei Tage saß er dort, in tiefster Trauer und mit großen Schuldgefühlen.

Er war versunken in ein unentwegtes Zwiegespräch mit Vera. Am meisten konzentrierte er sich darauf, sie ständig vor sich zu sehen, in allen Einzelheiten: Das Haar, das er als dicht in Erinnerung hatte – wie sie es nach dem Waschen kämmte und, auf der kleinen Fußbank vor der Heizung sitzend, trocknete. Im Laufe der Zeit war das Haar schütter geworden, der Knoten ein wenig kleiner, das dunkle Nußbraun verblaßt und schmutziggraue Strähnen aufgetaucht, wie von einem fremden Kopf – erst an den Schläfen, dann überall. Die wundervollen länglichen Augenbrauen, ein dichtes Dreieck, das fadendünn auslief. Das braune Muttermal auf der Wange, rund wie ein Nagelkopf.

Mit verzweifelter, beinahe physischer Anstrengung hielt er sie fest: die geliebten kleinen Hände, die aufwärts gebogenen Fingerspitzen, die schmalen Füße; neben dem rechten großen Zeh war ein Ballen gewachsen, ein häßlicher Ballen. Nur nicht loslassen, nur keine Ablenkung ...

Eine Krankenschwester fragte, ob sie ihm einen Tee bringen solle.

Nein, nein – er schüttelte nur den Kopf. Er glaubte, sobald er aufhörte, so fest, so intensiv an sie zu denken, würde sie sterben.

Am Ende des zweiten Tages – er hatte das Zeitgefühl verloren, er aß nicht, trank nicht, ja ging wohl nicht einmal zur Toilette, saß nur wie versteinert auf der Treppe, inzwischen auf einem Stuhl, den man ihm herausgebracht hatte – trat Ljubow Iwanowna zu ihm und reichte ihm einen weißen Kittel.

Er erkannte sie nicht gleich, begriff aber sofort, was er mit dem Kittel sollte, und schlüpfte in den feuchten Stoff mit den zusammenklebenden Ärmeln.

»Tamara, Fußschützer«, befahl Ljubow Iwanowna, und eine Krankenschwester drückte ihm zwei braunweiße kleine Säcke in die Hand, in die er ungeschickt seine Schuhe mitsamt den tauben Füßen stopfte.

»Nur eine Minute«, sagte die Ärztin, »und dann fahren Sie nach Hause. Sie müssen hier nicht sitzen. Schlafen Sie ein bißchen, kaufen Sie Mineralwasser und eine Zitrone, und kommen Sie morgen wieder.«

Er hörte sie nicht. Durch die offene Tür sah er seine Mutter. In ihrer Nase steckten Schläuche und schlängelten sich über die Brust, weitere Schläuche führten von ihrem Arm zu einem Gestell. Der bläulichblasse Arm lag auf dem Laken. Auch im Hals, der mit etwas Weißem verbunden war, steckte ein dünner roter Gummischlauch. Ihre Augen waren offen, sie erkannte Schurik und lächelte.

Schurik stockte der Atem an der Stelle, an der seine Mutter aufgeschnitten worden war: Es war seine Schuld, ja, alles war seine Schuld! Als Großmutter im Krankenhaus im Sterben lag, war er mit Lilja durch Geschäfte gerannt und hatte Räucherwurst gekauft, die dann die Zollbeamten kassierten, und Matrjoschkas, die schließlich in einem Hotel in der kleinen Stadt Ostia bei Rom liegenblieben.

Als Großmutter im Krankenhaus im Sterben lag, schürte er das Feuer seiner ungesühnten Schuld weiter, da hast du dich mit Lilja in Hausfluren und dunklen Ecken rumgedrückt. Und jetzt: Seine Verussja, so klein, so dünn, war halbtot, und er, ein ekelhaft gesunder Stier, ein geiler Bock, ein Vieh ... Während sie fast erstickte, hatte er Matilda gevögelt. Der heftige Abscheu gegen sich selbst warf einen unangenehmen Schatten auf die an seinem Verbrechen eigentlich völlig unschuldigen Frauen Lilja und Matilda.

Oh, nie wieder, schwor er sich. Ich werde nie wieder ...

Er kniete sich neben das Bett und küßte die welken Finger.

»Na, wie geht es dir, Verussja?«

»Gut«, antwortete sie lautlos – sprechen konnte sie noch nicht.

Es ging ihr tatsächlich gut: Sie stand unter Schmerzmitteln, hatte die Operation hinter sich, und direkt vor ihr hockte lächelnd der verweinte Schurik, ihr lieber Junge. Dabei ahnte sie nicht einmal, was für einen gewaltigen Sieg sie soeben errungen hatte. Im Inneren eine Idealistin und Schauspielerin, hatte sie seit ihrer Jugend viel über die Spielarten der Liebe nachgedacht und war zu der Ansicht gelangt, die höchste Form der Liebe sei die platonische – wobei sie irrtümlich jede Liebe, die sich nicht unter der Bettdecke abspielte, für platonisch hielt. Der vertrauensselige Schurik, dem diese Konzeption von klein auf präsentiert wurde, war in allem den vernünftigen Erwachsenen gefolgt – Großmutter und Mama. Irgendwie verstand es sich von selbst, daß in ihrer außergewöhnlichen Familie, in der alle einander erhaben und selbstlos liebten, die platonische Liebe regierte.

Und nun sah Schurik mit entsetzlicher Klarheit, wie er die »höchste« Liebe um der »niederen« willen verraten hatte. Anders als die meisten Menschen, besonders junge Männer, die in eine solche Situation geraten, versuchte er nicht einmal, sich eine psychologische Selbstverteidigung zurechtzulegen, sich selbst ins Ohr zu flüstern, daß er vielleicht irgendwo schuldig war, aber irgendwo auch wieder nicht. Im Gegenteil, er zinkte seine Karten gegen sich selbst, so daß seine Schuld klar und zweifelsfrei zutage trat.

Auf dem Heimweg kam Schurik zu sich, taute auf aus dem scheintoten, fischartigen Zustand, in dem er die letzten zwei Tage verbracht hatte. Er registrierte, daß die unerträgliche Hitze inzwischen vorbei war, nun fiel ein leichter, grauer Regen, es war mitten an einem Werktag, in der Luft lag die Seligkeit der selbstgenügsamen dürftigen Natur: Der Geruch nach feuchtem Laub und Fäulnis kam von den vorjährigen Haufen, die als raschelnde Decke am Rand der verwilderten kleinen Grünanlage lagen. Schurik atmete das Luftgemisch der schmutzigen Stadt ein: eine Prise junges, frisches Grün, eine Prise altes Laub, eine Prise nasse Wolle.

Vielleicht ist Gott ja doch irgendwo? dachte er plötzlich, und wie aus dem Boden gestampft stand eine geduckte kleine Kirche vor ihm. Vielleicht war sie auch zuerst aufgetaucht, und dann war ihm der Gedanke in den Sinn gekommen? Er blieb stehen – sollte er hineingehen? Eine kleine Seitentür wurde geöffnet, und eine geschäftige, bäuerlich aussehende alte Frau mit einer Schüssel in der Hand lief über den Hof zu einem Anbau.

Nein, nein, hier nicht, entschied Schurik. Wenn er hier wäre, hätte Großmutter es gewußt.

Schurik beschleunigte seine Schritte, rannte fast. Ein nie gekanntes Glücksgefühl stieg in ihm auf, zur Hälfte bestehend aus Dankbarkeit gegen wen auch immer – Mama lebte, liebste Mamotschka, alles Gute zum Geburtstag, zum Internationalen Frauentag, zum Feiertag der Werktätigen, zum Siebten November, alles Gute, alles Gute ... Rot auf Himmelblau, Gelb auf Grün, rubinrote Sterne auf Dunkelblau, sämtliche hundert Karten, die er an Mama und Großmutter geschrieben hatte, vom fünften Lebensjahr an. Das Leben ist wunderschön! Alles Gute!

Zu Hause stellte Schurik sich unter die kalte Dusche – heißes Wasser gab es aus irgendeinem Grund nicht, und das kalte, das direkt aus der noch nicht erwärmten Erde kam, war eisig. Er wusch sich, fror, stieg aus der Wanne – da klingelte das Telefon.

»Schurik!« schallte es aus dem Hörer. »Endlich! Keiner weiß Bescheid. Ich rufe schon den dritten Tag an. Was ist passiert? Wann? In welchem Krankenhaus?«

Es war Faina Iwanowna. Er erklärte es ihr, so gut er konnte, ein wenig verworren.

»Kann man sie besuchen? Und was braucht sie?«

»Mineralwasser, haben sie gesagt.«

»Gut. Das bringe ich dir. Ich bin im Theater, der Wagen ist gleich hier, ich komme vorbei.«

Und bums – hatte sie aufgelegt. Augenblicklich klingelte das Telefon erneut. Es war Alja. Sie stellte dieselben Fragen, nur mit dem Unterschied, daß sie kein Mineralwasser hatte, dafür Unterricht bei den Abendstudenten – ihre halbe Stelle als Laborantin –, der bis elf dauerte.

»Danach komme ich gleich zu dir«, versprach sie freudig, er konnte nicht einmal mehr sagen: Vielleicht lieber morgen?

Faina erschien eine Stunde später, er hatte gerade noch Tee trinken und dazu ein Stück hartes Brot und eine Büchse Fleisch, die er im Büfett entdeckt hatte, essen können. Faina stellte die schicke ausländische Plastiktüte mit vier Flaschen Mineralwasser an der Tür ab.

»Gleich besprechen wir beide alles«, sagte sie langsam, wobei sich ihr schöner, lasterhafter Mund ihm näherte.

Nein, nein, nein, sagte sich Schurik entschieden.

Der Mund kam immer näher, erfaßte seine Lippen,

die süße, ein wenig seifige Zunge kroch unter seinen Gaumen und fuhr gewandt in seinem Mund herum.

Schurik konnte nichts dagegen tun – alles in ihm strebte diesem prachtvollen, vulgären Weib entgegen.

Gegen elf piepste die Klingel, dann noch einmal. Kurz darauf klingelte das Telefon, dann pochte jemand schüchtern an die Tür. Doch von dort, wo Schurik sich gerade befand, hätten ihn nicht einmal die Posaunen von Jericho wegholen können.

Am nächsten Tag sagte er zu Alja, und das war fast die Wahrheit: »Ich habe zwei Tage nicht geschlafen. Ich bin ins Bett gefallen und war sofort weg.«

Kaum jemandem war das Lügen so sehr verhaßt wie Schurik.

19

In diesen Sommerwochen – sechs im Krankenhaus und etliche danach – eignete sich Schurik im Schnellkurs eine ganz neue Wissenschaft an, vergleichbar mit der Pflege eines Neugeborenen: von Milch, Brei und selbstgemachtem Quark über das Abkochen von Sonnenblumenöl, das die Nähte geschmeidig macht, bis zu Kompressen und Waschungen. Das Wichtigste an dieser Wissenschaft aber war die konzentrierte Aufmerksamkeit, mit der eine Mutter ihr Erstgeborenes umsorgt. Das einzige, was ihm erspart blieb, waren die Windeln.

Schurik hatte nun einen unglaublich leichten Schlaf: Kaum setzte Vera einen Fuß aus dem Bett auf den Boden, schon rannte er in ihr Zimmer – was ist los? Er hörte die Bettfedern leise quietschen, wenn sich ihr leichter Körper von einer Seite auf die andere drehte, er bekam mit, wenn sie ein Glas abstellte, wenn sie hustete. Es war jene besondere innere Verbindung – zwischen Mutter und Kind –, die Vera selbst eigentlich nie erlebt hatte, weil Jelisaweta Iwanowna, um ihre durch die Geburt und das erlittene Unglück geschwächte Tochter zu schonen, diesen Part auf sich genommen und Vera lediglich das Stillen überlassen hatte. Selbstverständlich war ihr Teil keineswegs rein dekorativ gewesen: Vera hatte sehr kleine Brustwarzen mit engen Milchgängen, die Milch floß schlecht, sie mußte stundenlang abpumpen, die Brust schmerzte ... Aber es war Jelisaweta Iwanowna gewesen, die mit dem Baby im selben Zimmer schlief, aufstand, sobald es Laut gab, es wickelte, badete und zu gegebener Zeit frisch gewindelt an Veras Brust legte.

Das alles konnte Schurik nicht wissen, aber seine Stimme nahm den besonderen Ton an, in dem Frauen mit ihrem Baby sprechen. Er besann sich sogar wieder auf den Kosenamen, den er als Zweijähriger seiner Mutter gegeben hatte: Weil er noch nicht Verussja sagen konnte wie Großmutter, hatte er sie Ussja, Ussenka genannt.

Finanziell herrschte vollkommene Unsicherheit. Das heißt, das Geld war schlicht alle. Ein Stipendium erhielt Schurik nicht mehr, er hatte die Semesterprüfungen im Frühjahr zwar einigermaßen bestanden, nur in Mathe war er durchgefallen, und die Nachprüfung war erst im Herbst. Allerdings bekam Vera dank ihrer langen Dienstjahre auch während der Krankschreibung fast ihr volles Gehalt weiter. Schuriks Haupteinnahmequelle war versiegt: In den Sommermonaten kamen keine Schüler, alle verbrachten die Ferien außerhalb der Stadt. Großmutter hatte in dieser Zeit immer ein, zwei Gruppen von Abiturienten unterrichtet.

Einmal erschien Faina, als Schurik nicht da war, und brachte Geld vom Gewerkschaftskomitee. An dem Tag, als das Gewerkschaftsgeld alle war, fand Vera unter einem Papier auf dem Boden der Schublade von Großmutters Sekretär zwei Sparbücher. Beide zusammen hätten für ein Auto gereicht – eine ungeheure Summe. In einem Sparbuch lag eine Vollmacht für den Enkel, im anderen eine für die Tochter.

Mit leiser, nach der Operation noch schwacher Stimme sagte Vera zu Schurik fast dasselbe, was er einst von seiner Großmutter gehört hatte: »Großmutter hilft uns aus dem Jenseits überleben.«

Die überraschende Erbschaft verhinderte die drohende Verarmung ihrer Familie. Schurik erinnerte sich sofort daran, was die Großmutter ihm vor langer Zeit erzählt hatte, und an das Skelett von Großvaters japanischem Orden mit den schwarzen Löchern, in denen einst Diamanten gefunkelt hatten. Das war ganz Großmutters Art – sie hatte Gespräche über Geld für unschicklich gehalten, die Erörterungen ihrer Freundinnen, wer wieviel verdiente – ein beliebtes Küchenthema –, widerwillig gemieden und stets großzügig Geld ausgegeben, wobei sie auf ganz eigene Weise Nötiges von Überflüssigem, Notwendiges von Luxus unterschied, und es obendrein fertiggebracht, eine derart riesige Summe für ihre Kinder zurückzulegen. Es waren erst drei Jahre vergangen, seit sie in diese Wohnung gezogen waren. Nein, fast vier. Dabei war für den Kauf der Wohnung bestimmt alles Ersparte draufgegangen, sonst hätte sie niemals die letzten Steine verkauft. Schwer zu verstehen, das alles.

Am nächsten Morgen ging Schurik mit Ausweis und Vollmacht zur Sparkasse und hob die ersten hundert Rubel ab. Er beschloß, richtig üppig einzukaufen. Und das tat er – er erstand auf dem Tischino-Markt jede Menge Lebensmittel und gab alles bis auf die letzte Kopeke aus. Vera lachte über seine Gutsherrenmanieren und aß eine halbe Birne.

Überhaupt war sie in prächtiger Stimmung – der Schatten, der in den letzten Jahren über ihrem Leben gelegen hatte, war, wie sie nun wußte, von den giftigen Molekülen gekommen, die ihre übergeschnappte Schilddrüse abgesondert hatte. Nun aber, zum erstenmal seit dem Tod ihrer Mutter, lebte Vera wieder auf und dachte oft an ihre jungen, glücklichen Jahre im Taïrow-Studio. Als hätte man ihr mit dem Stück ihrer vergrößerten Schilddrüse auch die zwanzigjährige Müdigkeit entfernt. Sie machte auf einmal Fingerübungen, die sie vor langer Zeit von Lewandowski gelernt hatte – sie riß am letzten

Glied, als wollte sie einen Deckel abreißen, drehte jeden einzelnen Finger hin und her, dann ließ sie Hände und Füße kreisen und schüttelte sie anschließend aus.

Einige Wochen nach ihrer Entlassung aus dem Krankenhaus bat sie Schurik, den alten Koffer mit der von Jelisaweta Iwanowna handschriftlich gefertigten Inhaltsliste vom Hängeboden zu holen. Sie entnahm ihm einen verwaschenen blauen Chiton und ein Stirnband und vollführte nun jeden Morgen zu Musik von Debussy und Skrjabin Verrenkungen, die eine Mischung aus der Bewegungslehre von Jaques-Dalcroze und der von Isidora Duncan darstellten — so war dieses revolutionäre Fach Anfang des Jahrhunderts unterrichtet worden. Sie nahm seltsame Posen ein, erstarrte darin und freute sich, daß ihr Körper sich der modernistischen Musik fügte.

Schurik warf hin und wieder einen Blick durch die offenen Türflügel und bewunderte sie: Sie schleuderte die schlanken Arme und Beine aus dem Chiton heraus, und ihr Haar, nun nicht mehr zu einem Knoten gebunden — während ihrer Krankheit hatte sie es abschneiden lassen, so daß es sich gerade noch im Nacken zusammenbinden ließ —, folgte fliegend jeder ihrer mal fließenden, mal abrupten Bewegungen.

Vera war noch nie dick gewesen, doch in den letzten Jahren, ausgezehrt von den bösartigen Hormonen, hatte sie kindliche vierundvierzig Kilo gewogen, so daß ihre Haut ihr zu groß geworden war und stellenweise in schlaffen Falten herabhing. Nun aber nahm sie trotz der Gymnastik stetig zu, jede Woche ein Kilo. Bei fünfzig angelangt, wurde sie unruhig.

Schurik nahm an all ihren Sorgen Anteil. Er machte ihr Frühstück und Mittag, begleitete sie auf ihren Spaziergängen, holte ihr Bücher aus der Bibliothek, manchmal auch aus der für ausländische Literatur, wofür sie noch Großmutters Leserausweis besaßen. Sie verbrachten viel Zeit zusammen. Vera spielte wieder Klavier. Während sie in Großmutters Zimmer musizierte, lag Schurik mit einem französischen Buch in der Hand auf dem Sofa, las aus alter Gewohnheit vor allem Großmutters Lieblingsbücher: Mérimée, Flaubert ... Hin und wieder stand er auf und holte eine Leckerei aus der Küche – die ersten Erdbeeren vom Markt oder Kakao, den Vera neuerdings wieder liebte wie in ihrer Kindheit.

Vera ihrerseits kümmerte sich nicht um die Sorgen ihres Sohnes und bemerkte gar nicht, daß neben dem Mérimée ein Lehrbuch für französische Grammatik lag. Und daß seine Kommilitonen ein Betriebspraktikum absolvierten, während er zu Hause saß und mit ihr die Wonnen ihrer Genesung teilte.

Schurik war zur Pflege seiner Mutter vom Betriebspraktikum freigestellt und einem der Institutslabore zugeteilt worden, wo man ihn absolut nicht brauchte; er ließ sich alle zwei, drei Tage dort blicken, fragte, ob es etwas zu tun gäbe, und ging wieder seiner Wege. Auch Alja absolvierte ihr Praktikum nicht in einem Chemiebetrieb, sondern im Dekanat. Dort nahm sie in einem günstigen Moment Schuriks Papiere aus dem Schrank, und er bewarb sich, ohne seiner Mutter ein Wort davon zu sagen, für ein Abendstudium an Großmutters armseliger Hochschule. Für ein Fremdsprachenstudium. Die Chemie konnte er nicht mehr sehen und nicht mehr riechen, und er dachte nicht daran, die Nachprüfung in Mathematik abzulegen.

20

Inzwischen hatten sich die schlimmsten Befürchtungen des glatzköpfigen Kubaners bestätigt: Enrique war tatsächlich verhaftet worden, und es bestand keine Hoffnung auf seine baldige Rückkehr.

Im Hochsommer kam Lenas Mutter aus Sibirien. Sie brachte ihr einen Haufen Geld und erklärte, der gute Name ihres Vaters habe Vorrang, deshalb könne sie in diesem Zustand nicht nach Hause kommen. Zu viele Leute wollten ihrem Vater übel, und in der Stadt kursierten ohnehin schon gemeine Gerüchte. Kurz, sie müsse ihr Kind hier in Moskau zur Welt bringen, und mit einem unehelichen Kind sei ihr der Weg nach Hause versperrt. Sie solle sich hier eine Wohnung oder ein Zimmer mieten, finanziell würden die Eltern sie natürlich weiterhin unterstützen. Am besten wäre allerdings, sie gäbe das uneheliche Kind in ein Heim.

Lena schwebte inzwischen längst nicht mehr in den Wolken, doch mit einem solchen Schlag hatte sie nicht gerechnet. Aber sie zeigte Beherrschung: Sie nahm das Geld und bedankte sich, ohne sich auf weitere Diskussionen mit der Mutter einzulassen.

Sie hatte eine kühne Idee, in die sie Alja einweihte: In ihrer Schulzeit war ihr eine schreckliche Geschichte passiert, über die in der Stadt viel geredet wurde. Sie ging damals in die siebte Klasse, viele Jungen drehten sich nach ihr um, und ein Zehntkläßler, Gena Ryshow, verliebte sich unsterblich in sie. Schlimmer noch: er wäre beinahe daran gestorben. Er lief ihr nach, verfolgte sie geradezu, doch sie hatte damals einen anderen Verehrer, der hübscher war, und wies Gena ab. Das heißt, sie ließ sich nicht von ihm nach Hause begleiten. Und der arme Verliebte hängte sich auf, allerdings erfolglos. Er war überhaupt ein Pechvogel. Er wurde aus der Schlinge gezogen, wiederbelebt und an eine andere Schule versetzt, aber die Liebe erlosch nicht. Gena schickte Lena unverdrossen Briefe. Nach dem Schulabschluß ging er nach Leningrad, an die Akademie der Kriegsmarine. Er schrieb ihr bereits das vierte Jahr und sandte ihr Fotos, die den jungen Seemann mal mit Matrosenmütze, mal mit glatt zurückgekämmtem Haar zeigten, das Gesicht stolz und dümmlich. In seinen Briefen äußerte er die Überzeugung, sie würde ihn eines Tages doch heiraten, und er werde sich bemühen, sie glücklich zu machen. Er deutete an, daß seine Karriere bereits lief wie geschmiert, und wenn sie noch ein wenig wartete, würde sie es nicht bereuen. »Ich wollte deinetwegen sterben, und nun lebe ich nur für dich.«

Lena erwog alles hin und her und entschied: Also gut, mochte es sein. Sie schrieb ihm einen Brief, in dem sie von ihrer gescheiterten Hochzeit erzählte und von dem Kind, das Anfang Oktober geboren werden sollte.

Als Gena das nächstemal Ausgang hatte, reiste er an. Am frühen Morgen. Alja war noch nicht zu ihrem Job bei der Aufnahmekommission gegangen, konnte also beim Frühstück einen Blick auf ihn werfen.

Er trug eine flotte Uniform und sah gar nicht übel aus: hochgewachsen, wenn auch schmalschultrig und knochig. Seine Augen waren grün, sozusagen wie Meereswellen. Er nestelte an seinem Taschentuch herum und blieb bis auf ein gelegentliches Hüsteln stumm. Alja trank rasch ihren Tee aus und ließ die beiden allein, obwohl ihre Arbeit erst zwei Stunden später begann.

Als Alja weg war, schwieg Gena weiterhin, auch Lena schwieg. Sie hatte in ihrem Brief alles gesagt, und was sie nicht geschrieben hatte, konnte er nun sehen: Sie hatte stark zugenommen, war aufgedunsen, das milchweiße Gesicht war durch rostbraune Flecke auf der Stirn, um die Augen und über der Oberlippe entstellt. Nur ihr schwer herabfallendes aschblondes Haar sah aus wie früher. Er war verwirrt.

»So steh'n die Dinge, Gena«, sagte sie lächelnd, und da erkannte er sie endlich, und seine Verwirrung verging, wich der Überzeugung, daß er gesiegt hatte. Es war ein langersehnter und überraschender Sieg, wie plötzlich vom Himmel gefallen, wenngleich nicht unbefleckt.

»Schon gut, Lena, kann alles passieren im Leben. Du wirst es nicht bereuen, daß du dich mir anvertraust. Ich werde dich und dein Kind immer lieben. Du mußt mir nur versprechen, daß du den Kerl, der dich verlassen hat, nie wiedersiehst. Blöd, so was zu sagen in meiner Lage, aber ich bin furchtbar eifersüchtig. Das weiß ich«, bekannte er.

Lena dachte nach. Sie hatte in ihrem Brief keine Einzelheiten geschildert und begriff jetzt, daß es besser wäre, ihm das Übliche vorzulügen: Er wollte mich heiraten, hat mich reingelegt ... Aber das brachte sie nicht fertig.

»Gena, die Geschichte ist nicht so einfach. Mein Bräutigam ist Kubaner, das mit uns beiden war eine große Liebe, nicht bloß so. Er mußte zurück nach Hause und wurde eingesperrt, wegen seines Bruders. Sein Bruder hat dort irgendwas angestellt. Alle sagen, sie lassen ihn nun nie mehr hierher.«

»Und wenn doch?«

»Dann weiß ich nicht«, gestand Lena ehrlich.

Da zog der Seemann sie an sich – der Bauch war im Weg, auch das fleckige Gesicht störte, aber trotzdem war sie noch dieselbe Lena Stowba, sein Sonnenschein, sein Stern, seine Einzige, und er küßte sie, pickte mit seinen trockenen Lippen wahllos auf ihr herum; ihr leichter heller Sommerkittel klaffte auseinander, entblößte eine richtige Brust und einen weiblichen, runden Bauch, und er stürmte voran, öffnete die seitlichen Knöpfe seiner albernen schwarzen Schlaghose ohne Schlitz und ergriff Besitz von seinem Traum. Der Traum drehte ihn in eine für eine Schwangere zuträgliche Position, lag ergeben auf der Seite und sagte sich: Egal, egal, es ist der einzige Ausweg.

Dann gingen sie auf den Roten Platz, anschließend fuhren sie mit dem Bus auf die Leninberge, die Universität besichtigen. Er war zum erstenmal in Moskau und wollte auch noch auf die Volkswirtschaftsausstellung, doch Lena war erschöpft, und sie kehrten zurück ins Wohnheim.

Um Mitternacht bestieg er den »Roten Pfeil« nach Leningrad. Lena brachte ihn zum Bahnhof. Sie waren sehr zeitig da. Fürsorglich wollte er sie dauernd nach Hause schicken – immerhin war es schon spät. Aber sie ging nicht.

»Gib acht auf dich und das Kind«, sagte er zum Abschied.

Da fiel ihr ein, daß sie ihm ein Detail bisher verschwiegen hatte.

»Gena, es wird braun sein. Vielleicht auch schwarz.«

»Wie meinst du das?« fragte der frischgebackene Bräutigam verständnislos.

»Na ja, ein bißchen wie ein Negerbaby«, erklärte Lena. Sie wußte ja, wie schön ihr Kind sein würde.

Da ertönte das Abfahrtssignal, der Zug ruckte an und trug das erschütterte Gesicht von Gena Ryshow, das hinter dem Zugbegleiter mit der Uniformmütze hervorlugte, immer weiter weg.

Gena – auf seine Weise ein anständiger Mensch – rang lange mit sich, bevor er Lena schrieb: Ich bin ein schwacher Mensch, außerdem beim Militär, und da sind die Leute rauh – Spott und Demütigungen wegen eines schwarzen Kindes würde ich nicht aushalten. Verzeih mir.

Doch das hatte Lena bereits auf dem Bahnhof verstanden. Sie erzählte alles ihrer Freundin Alja. Auch das Widerlichste: daß sie ihn nicht abgewiesen, daß sie ihn rangelassen hatte. Sie heulten beide vor Demütigung. Am unerträglichsten aber war, daß niemand an irgend etwas die Schuld trug. Es hatte sich einfach so ergeben.

21

Diese Variante hatte sich Jelisaweta Iwanowna als Alternative und Reserve überlegt. Sie war überzeugt gewesen – sollte Schurik es an der Universität nicht schaffen, würde sie ihn jederzeit an ihrer Hochschule unterbringen können. Durchfallen konnte er in keinem einzigen Fach, und ein knappes Scheitern an der philologischen Fakultät der Universität war für ihre läppische Hochschule wie eine Ehrenurkunde. Jetzt, nach einem Jahr am Mendelejew-Institut, wußte Schurik selbst, daß er sich ins falsche Metier begeben hatte.

Er bewarb sich für ein Abendstudium. Er stand in einer Reihe mit Mädchen, die an der Uni bereits durchgefallen waren, und lauter Jungen mit dicker Brille – einer hatte statt der Brille einen Stock: Er hinkte merklich. Ein klägliches Häuflein, kein Vergleich zu den Studienbewerbern an der Universität.

Das junge Mädchen, das die Papiere entgegennahm, erschöpft von der Hitze und der endlosen Schlange, ignorierte Schuriks hier wohlbekannten Familiennamen, und er atmete erleichtert auf: Er liebte die Unabhängigkeit, er hatte sich schon voller Widerwillen vorgestellt, wie Großmutters ehemalige Kolleginnen – Anna Mefodijewna, Maria Nikolajewna und Galina Konstantinowna – angerannt kommen, ihn abküssen und ihm über den Kopf streichen würden.

Die Französischprüfung nahm eine ältere Dame mit

schiefem, gelbgefärbtem Dutt ab. Sie wurde allseits gefürchtet: Sie war die Vorsitzende der Prüfungskommission und wütete am schlimmsten von allen. Schurik hatte keine Ahnung, daß diese Dame ebenjene Irina Petrowna Kruglikowa war, die sich rund zehn Jahre um Jelisaweta Iwanownas Professorenposten bemüht hatte. Sie schaute flüchtig auf seinen Prüfungsbogen und fragte auf französisch: »Sind Sie verwandt mit Jelisaweta Iwanowna Korn?«

»Sie ist meine Großmutter. Sie ist letztes Jahr gestorben.«

Das wußte die Dame natürlich.

»Ja, ja ... Sie fehlt uns sehr. Sie war eine großartige Frau.«

Dann fragte sie ihn, warum er sich für ein Abendstudium bewerbe. Er erklärte es ihr: Seine Mutter habe eine schwere Operation hinter sich, er wolle arbeiten, damit sie in Rente gehen könne. Aus Höflichkeit antwortete Schurik auf französisch.

»Ich verstehe«, knurrte die Dame und stellte ihm eine ziemlich schwierige Grammatikfrage.

»Großmutter meinte, diese Form sei seit Maupassant ausgestorben«, verkündete Schurik mit einem unangemessenen strahlenden Lächeln, um anschließend die Frage sachkundig zu beantworten.

In Irina Petrownas Kopf wirbelten die Gedanken durcheinander. Sie steckte ihren Bleistift in ihr filziges Haarnest und kratzte sich den Kopf. Jelisaweta Iwanowna war ihre Feindin gewesen. Aber das war lange her, nun war sie tot. Irina Petrowna hatte viel dazu beigetragen, daß Jelisaweta Iwanowna in Rente ging, doch nachdem sie ihren Platz eingenommen hatte, mußte sie überraschend feststellen, daß viele Kollegen am Lehrstuhl Jelisaweta Iwanowna nicht deshalb besonders mochten, weil sie die Chefin war, sondern aus einem anderen Grund, und diese Erkenntnis war äußerst unangenehm.

Der Junge sprach ausgezeichnet Französisch, aber man konnte jeden durchfallen lassen. Sie wußte nicht recht, wie sie sich entscheiden sollte.

»Nun, die Sprache hat Ihre Großmutter Ihnen beigebracht. Wenn Sie alle Prüfungen hinter sich haben, kommen Sie zu mir an den Lehrstuhl, ich bin bis zum fünfzehnten da. Dann überlegen wir uns etwas wegen einer Arbeit für Sie.«

Sie griff nach dem Prüfungsbogen und schrieb mit einem Füllfederhalter mit goldener Feder ein »Sehr gut« hinein. Ja, diese Entscheidung war richtig, geradezu genial. Sie pustete wie eine Schülerin auf das Papier und sagte, wobei sie Schurik direkt in die Augen sah: »Ihre Großmutter war ein hochanständiger Mensch. Und eine hervorragende Fachkraft.«

Zwei Wochen später hatte Irina Petrowna Schurik eine Arbeitsstelle besorgt – in der Leninbibliothek. Die war normalerweise noch schwerer zu bekommen als ein Studienplatz an der philologischen Fakultät der Universität. Außerdem bestellte sie ihn vor Beginn des Studienjahres zu sich und erklärte, sie habe ihn in die Englischgruppe versetzt.

»In Französisch brauchen Sie keinen Grundkurs mehr. Sie können unsere Spezialkurse besuchen, wenn Sie möchten.«

Er wurde in die Englischgruppe aufgenommen, obwohl diese total überfüllt war.

Erst als alles gelaufen war, teilte er seiner Mutter mit, daß er die Hochschule gewechselt und eine Arbeitsstelle gefunden habe. Vera war verblüfft, aber auch erfreut.

»Also Schurik, das hätte ich nicht von dir gedacht! Du bist ja richtig verschlossen!«

Sie fuhr mit der Hand durch seine Locken, strubbelte

sie und war plötzlich ganz besorgt: »Hör mal, dir gehen ja die Haare aus! Hier oben, auf dem Scheitel. Dagegen muß etwas getan werden.«

Sogleich kramte sie auf Großmutters Regal herum, in dem sie alle möglichen medizinischen Volksweisheiten und Ausschnitte aus der Zeitschrift »Die Arbeiterin« aufbewahrte. Da stand, man müsse die Haare mit Schwarzbrot, rohem Eigelb und Klettenwurzeln waschen.

Am selben Tag überraschte Schurik sie mit einer männlichen Geste.

»Ich finde, du solltest in Rente gehen. Du warst lange genug in deiner Tretmühle. Wir haben Großmutters Reserve, und ich kann uns beide ernähren, glaub mir.«

Vera hatte einen Kloß in der Kehle – wie seit langem nicht mehr.

»Meinst du?« war alles, was sie sagen konnte.

»Ich bin ganz sicher«, sagte Schurik mit einer Stimme, daß Vera schniefen mußte.

Das war es, ihr spätes Glück: Sie hatte einen Mann an ihrer Seite, der sich für sie verantwortlich fühlte.

Auch Schurik war glücklich: Seine Mutter, die er in den zwei auf der Krankenhaustreppe verbrachten Tagen beinahe verloren hätte, genas von ihrer Krankheit, und die Chemie mußte fürderhin ohne ihn gedeihen.

Am Abend dieses denkwürdigen Tages rief Alja an und lud ihn ins Wohnheim ein.

»Lena hat Geburtstag. Ihr geht es hundsmiserabel, und alle sind weggefahren. Komm her, ich hab einen Kuchen gebacken. Lena tut mir so leid.«

Es war kurz nach sieben. Schurik erklärte seiner Mutter, er werde ins Wohnheim fahren zum Geburtstag von Lena Stowba. Er hatte zwar absolut keine Lust dazu, aber Lena tat auch ihm wirklich leid.

22

Lena Stowba wurde neunzehn, und dieser Geburtstag war – nach so vielen glücklichen – einfach schrecklich. Sie war die geliebte, hübsche Schwester zweier älterer Brüder. Wie für alle großen Natschalniks war für ihren Vater Gleichheit ein Fremdwort: Die einen kommandierte er herum, brüllte sie an und erniedrigte sie, vor anderen dagegen erniedrigte er sich – freiwillig und nahezu ekstatisch. Lena, obgleich sein eigenes Kind, gehörte für ihn zu den höheren Wesen. Er hatte sie auf eine so hohe Stufe gestellt, daß ihm allein der Gedanke an eine mögliche Heirat seiner Tochter unangenehm war. Nicht, daß er seine Tochter zur Nonne machen wollte, nein! Aber in den unerforschten Tiefen seiner Parteiseele schlummerte die aus dem Volksglauben oder womöglich aus der Lehre des Apostels Paulus entlehnte Vorstellung, daß höhere Menschen keine Kinder gebaren, sondern sich erhabeneren Dingen widmeten, in diesem konkreten Fall der Chemie.

Als seine Frau ihm schüchtern, nach langem Anlauf, mitteilte, daß seine Tochter heiraten wolle, war er enttäuscht. Daß ihr Auserwählter obendrein zu einer anderen Rasse gehörte, daß er nämlich schwarz war, traf ihn doppelt: Im Herzen jedes weißen Mannes, selbst wenn er nie mit Schwarzen in Berührung gekommen ist, lebt die heimliche Angst, jeder schwarze Mann besitze eine besondere wilde Manneskraft, die der eines Weißen haushoch überlegen sei. Es war eine subtile Eifersucht: unbewußt, unaussprechlich, stumm. Daß seine angebetete Lenotschka, so weiß und rein, von einem Schwarzen ... Eben, der Gebietssekretär fand kein Wort dafür, obgleich er natürlich nach Natschalnikmanier sämtliche saftigen Worte beherrschte, die den Nagel auf den Kopf trafen. Doch wie sollte er ein Wort finden, das seine Tochter und einen Schwarzen im intimen Raum der Ehe vereinte, wenn allein die Vorstellung, daß er sie auch nur anfaßte, ein schweres Dröhnen in seinen Schläfen auslöste!

Seine Frau, die ihn so behutsam über die bevorstehende Heirat informiert hatte, mußte ihm nach einiger Zeit auch noch das Ausfallen der Hochzeit beibringen. Und zugleich, daß ein Kind unterwegs war, das bald zur Welt kommen würde. Sie tat es. Der Effekt übertraf alle Erwartungen. Zuerst brüllte er wie ein Bär und zertrümmerte mit seiner mächtigen Faust den Eßtisch. Auch seine Hand bekam etwas ab – zwei Risse im Knochen – und mußte eingegipst werden. Doch zuvor befahl er seiner Familie, Lenas Namen nie wieder zu erwähnen, er wolle sie nicht sehen und nichts mehr von ihr hören. Seine Frau wußte, daß sich das mit der Zeit legen, daß er Lena verzeihen würde, aber sie war sich nicht sicher, ob Lena ihm verzeihen würde, daß er sich in diesem schweren Moment von ihr lossagte.

Kurz – der Geburtstag von Lena Stowba war richtig traurig. Auf einem wackligen Stuhl saß das Geburtstagskind, aufgedunsen und mit geschwollenen Beinen; der von Alja gebackene Apfelkuchen, die Wurst- und Käsescheiben und die Eier, gefüllt mit sich selbst und Mayonnaise, wirkten ärmlich.

Zwei Gäste waren da – Schurik und Shenja Rosenzweig, der extra von der Datscha in die Stadt gekommen war, um der einsamen Lena zu gratulieren. Er schenkte ihr einen Rotkäppchenkorb, den seine gutherzige jüdische Mama extra zusammengestellt hatte. Er enthielt eine Zweiliterflasche Landmilch, einen selbstgebackenen Kuchen mit Beeren und hausgemachte Bauernbutter vom Markt. Auf dem Boden lagen weißgrüne Äpfel vom einzigen tragenden Baum in Rosenzweigs Garten. Außerdem hatte Shenja eine scherzhafte Ode verfaßt, in der sich »neunzehn« avantgardistisch auf »Nation« reimte und das bevorstehende Ereignis, Resultat bedauerlicher Leichtfertigkeit der jungen Verliebten, unbesonnener Feurigkeit und Eile des Helden und schierer Unwissenheit der Heldin, nahezu als revolutionäre Umgestaltung der Welt interpretiert wurde.

Lena wurde trotz allem ein wenig fröhlicher. Sie war dankbar — Alja, die an ihren Geburtstag gedacht hatte, als Lena selbst ihre Geburt verfluchte, und Schurik, der mit einer Flasche Sekt, einer Flasche trockenem georgischem Rotwein und einer Schachtel Pralinen — die schon eine Weile in Mamas Schrank gelegen hatte und ein wenig nach Großmutters Parfüm roch — zum Gratulieren herbeigeeilt war.

Sie machten sich ans Essen und Trinken: Kuchen, Käse, Wurst und gefüllte Eier. Alle hatten einen Bärenhunger, im Nu war alles verzehrt, und die fixe Alja ging in die Gemeinschaftsküche und kochte Makkaroni. Alle fühlten sich wohl, selbst Lena dachte zum erstenmal seit Monaten, daß sie ohne ihr Unglück nie so gute, echte Freunde gefunden hätte, die ihr in schwerer Stunde beistanden. Der Gerechtigkeit halber muß gesagt werden, daß auch Enriques kubanische Freunde, der glatzköpfige Biologe und noch ein zweiter, José, sie nicht im Stich ließen; zu ihrem Geburtstag waren sie nur deshalb nicht erschienen, weil sie nichts davon wußten.

Jedenfalls leerten sie das letzte Glas Wein auf die Freunde, und als auch die Makkaroni aufgegessen waren, gingen sie von erhabenen Themen zu Näherliegendem über – ausgerechnet Shenja, der Unpraktischste von ihnen, lenkte das Gespräch darauf.

»Sag mal, hast du denn schon eine Bleibe?«

Das war ein wunder Punkt: Lena hatte sich bereits für ein Jahr beurlauben lassen, mußte also zum ersten September den Wohnheimplatz räumen, konnte aber keine Wohnung finden. Anfangs hatte Alja sie auf den Wohnungsschwarzmarkt in der Banny-Gasse begleitet, doch ihr asiatisches Äußeres war der Sache nur hinderlich gewesen – eine Vermieterin hatte es unumwunden ausgesprochen: Nichtrussen nehmen wir nicht.

Lena ging fast jeden Tag in die Banny-Gasse, aber an eine alleinstehende Schwangere wollte niemand vermieten. Nur eine einzige war dazu bereit: eine alte Trinkerin aus dem Vorort Lianosowo. Andere weigerten sich strikt – sie wollten keine mit Kind. Eine war schon beinahe einverstanden, ließ sich jedoch Lenas Ausweis zeigen und suchte darin lange nach dem Stempel, der die Eheschließung bestätigte – da sie keinen fand, lehnte sie schließlich ab.

Shenjas Frage holte Lena zurück zu ihren traurigen Lebensumständen, und sie weinte – zum erstenmal seit zwei Monaten.

»Mit so einem blöden Stempel im Ausweis könnte ich vielleicht sogar nach Hause. Ich würde hier mein Kind kriegen und dann nach Hause fahren – mein Vater würde sich schon dran gewöhnen. Aber so ist das für ihn eine Schande. In seiner Position.«

Schurik war voller Mitgefühl. Schurik riß seine ohnehin runden Augen noch weiter auf. Schurik suchte einen Ausweg. Und fand ihn.

»Lena, dann laß uns doch heiraten. Was ist schon dabei!«

Noch ehe Lena das großzügige Angebot recht erfaßt hatte, durchfuhr es Alja wie glühendes Eisen: Sie hatte

Schurik für sich vorgesehen, hätschelte ihn wie einen jungen Hammel für den eigenen Bedarf, er sollte sie heiraten, mit ihr aufs Standesamt gehen!

Inzwischen hatte Lena den Vorschlag verdaut – alles konnte noch gut ausgehen. Ja, ja, ja – tickte es in ihrem blonden Kopf.

»Aber was wird deine Mama dazu sagen, Schurik?«

»Sie muß davon nichts wissen, Lena. Wozu? Wir heiraten, mieten für dich ein Zimmer, du bekommst das Kind, und dann fährst du vielleicht nach Hause. Und wenn sich alles eingerenkt hat, lassen wir uns scheiden. Was ist schon dabei?«

Das ist ein Ding, dachte Lena, Gena Ryshow, unsterblich verliebt, ist vor lauter Schiß abgehauen, aber dieser Moskauer Bengel, dieser lausige Intellektuelle, dieses Muttersöhnchen bietet mir einfach so seine Hilfe an.

Lena warf einen neugierigen Blick zu Alja – die machte ein säuerliches Gesicht und schielte noch stärker als sonst. Lena mußte innerlich lachen: Von allen Anwesenden begriff nur sie, was in Alja vorging, und eine leichte Schadenfreude stieg in ihr auf – sie hatte nicht vorgehabt, mit dieser arbeitsamen, unbedarften Kasachin zu konkurrieren, es hatte sich ganz von selbst so ergeben: Sie hatte sie im Handumdrehen besiegt.

Lenas Tränen trockneten im Nu, ihr verpfuschtes Leben geriet wieder ins Geleis.

»Kommst du auch mit ein Zimmer suchen, Schurik?«

»Warum nicht? Klar, mach ich.«

Shenja schrie begeistert: »Klasse! Schurik, du bist ein echter Freund!«

Schurik fühlte sich tatsächlich als echter Freund und guter Junge. Sie verabredeten, am nächsten Tag beim Standesamt die Eheschließung zu beantragen – Trauzeugen sollten Shenja und Alja sein. Alja verfluchte sich für den Kuchen, für diese Geburtstagsfeier, die ihre Idee gewesen war, doch zur Rettung ihrer eigenen Zukunft fiel ihr vorerst nichts ein.

Tatsächlich gingen Lena und Schurik am nächsten Tag zum Standesamt – diesmal natürlich nicht in den Hochzeitspalast, sondern zu einer einfachen Bezirksstelle. Die Eheschließung wurde im Hinblick auf den beträchtlichen Bauch für die Woche darauf festgesetzt. Schurik hätte es beinahe vergessen, aber Lena rief ihn pünktlich nach einer Woche an und sagte, sie erwarte ihn in einer Stunde vorm Standesamt. Schurik rannte los und war rechtzeitig zur Stelle: Er heiratete Jelena Gennadijewna Stowba, rettete vorerst ihren guten Ruf, und nun konnte sie mit dem ehrenwerten Status einer verheirateten Frau getrost nach Hause fahren.

23

Matilda war mitsamt den Katzen bereits seit Anfang Mai auf dem Land. Ursprünglich hatte sie nur zwei, drei Wochen bleiben, das geerbte Haus verkaufen und spätestens Anfang Juni zurück sein wollen. Doch die Sache nahm eine für sie überraschende Wende: Das Haus erwies sich als lebendig und warm, und sie fühlte sich darin so wohl, daß sie beschloß, es nicht zu verkaufen, sondern es als Häuschen im Grünen selbst zu behalten. Es fehlte nur noch ein Atelier, und Matilda ging daran, eines einzurichten. Sie mußte dafür nicht einmal extra bauen: Es gab einen riesigen Hof und einen überdachten Stall, in dem längst kein Vieh mehr gehalten wurde – winterfest gemacht und mit Fenstern versehen wäre er ein idealer Raum für eine Bildhauerin. Dumm war nur eins: Die Männer im Dorf tranken rund um die Uhr, selbst für einfache Zimmermannsarbeiten ließen sich kaum geeignete Leute finden. Matilda dachte an Schurik – ihn könnte sie hier gut gebrauchen. Nicht als Zimmermann, aber für den Alltag. Sie lief sogar mehrmals die acht Kilometer zur Post, um in Moskau anzurufen, doch bei ihm zu Hause nahm nie jemand ab. Im Hochsommer ergab sich eine günstige Gelegenheit – ein Nachbar aus dem Dorf wollte mit dem Auto für zwei Tage nach Moskau und erbot sich, Matilda und die Katzen mitzunehmen.

In der Stadt hatte sich bestimmt eine Menge Unerledigtes angesammelt, aber durch die zwei Monate Abwesenheit schienen ihr die Moskauer Angelegenheiten irgendwie verblaßt, verblüht. Die aktuellen ländlichen Belange – Nägel kaufen, Medikamente für die Nachbarn, Blumensamen, Zucker (ruhig zehn Kilo) und so weiter und so weiter – nahmen in Matildas Kopf weit mehr Raum ein. Doch bereits unterwegs – die Fahrt dauerte fünf, sechs Stunden – veränderte sich das: Ihr fiel ein, daß sie die Miete für ihr Atelier noch nicht bezahlt hatte, daß die Tochter ihrer Freundin Nina inzwischen bestimmt schon entbunden und sie Nina nicht einmal angerufen hatte. Auch an Schurik dachte sie – wie immer mit einem Lächeln, aber auch ein wenig beklommen. Zu Hause griff sie sogleich zum Telefon und wählte Schuriks Nummer – seine Mutter ging ran, rief mit schwacher Stimme »Hallo«, doch Matilda meldete sich nicht. Das zweitemal rief sie am Abend nach zehn an, Schurik nahm ab, sie erklärte, sie sei in Moskau, er schwieg lange, dann sagte er: »Ach ... Das ist schön ...«

Matilda war sofort wütend auf sich, weil sie ihn angerufen hatte, und beendete geschickt das Gespräch. Sie legte auf und setzte sich in einen Sessel. Konstantin, der Stammvater der Katzen, legte sich zu ihren Füßen, Dussja und Morkowka machten es sich auf ihrem Schoß gemütlich. Selbstzerfleischung, wie Frauen sie so gern üben, lag Matilda nicht: Die leichte Verärgerung nach dem unsinnigen Anruf bei dem Jungen, mit dem sie eine zufällige Affäre gehabt und der ihr nun zu verstehen gegeben hatte, daß er sie eigentlich nicht brauchte, vertrieb sie mit Gedanken an die zahlreichen Dinge, die sie am nächsten Tag besorgen mußte.

Im Fernseher flimmerten bunte Bilder, der Ton war abgestellt und störte sie nicht beim Nachdenken: Sie hatte Moskau satt, und das Dorf bei Wyschni Wolotschok, die Heimat ihrer verstorbenen Mutter, die von Kindheit an vertrauten Wälder, Felder und Hügel – das alles paßte ihr wie angegossen, war bequem, schön und behaglich. Sie beobachtete das noch halbwegs intakte Dorfleben und spürte vielleicht zum erstenmal seit vielen Jahren, daß auch sie vom Lande stammte. Die alten Nachbarinnen, einstige Melkerinnen und Gemüsegärtnerinnen, waren ihr wesentlich lieber und vertrauter als ihre Moskauer Nachbarinnen, deren Hauptsorge der Kauf eines neuen Teppichs oder der Kampf um ein freiwerdendes Zimmer der Gemeinschaftswohnung war. Auch ihre verstorbene Tante sah sie nun in einem anderen Licht: Es erwies sich, daß ihr Nachbar sie lange bedrängt hatte, sie möge ihm das Haus verkaufen oder vererben – eines der besten Holzhäuser im Dorf, Ende des neunzehnten Jahrhunderts von Bauleuten aus Archangelsk errichtet. Aber die Tante, Matildas ungeliebte Tante, hatte sich strikt geweigert: Das Haus soll Matrjona bekommen, wenn ich es einem Fremden vermache, dann stirbt unser Geschlecht aus. Matrjona lebt in der Stadt, sie ist reich und nicht dumm, sie wird das Haus erhalten. Im Dorf wurde sie mit ihrem richtigen Namen angesprochen, für den sie sich von Kindheit an geniert und den sie mit dem Umzug in die Stadt abgelegt hatte, um fortan Matilda zu heißen.

Matrjona-Matilda lächelte bei dem Gedanken an ihre Tante, die ebenfalls nicht dumm gewesen war und alles richtig vorausgesehen hatte. Mehr als richtig – immerhin war Matilda dem Haus so zugetan, daß sie sich sogar anschickte, ihr ganzes Leben umzukrempeln.

Um halb zwölf, als der unangenehme Nachgeschmack von dem Gespräch mit Schurik endgültig verscheucht war und Matilda, umgeben von ihren Katzen, im Bett lag, klingelte es an der Tür.

Matilda hatte ihren jugendlichen Liebhaber keineswegs erwartet, er aber war wie immer zu ihr geeilt; keuchend, denn auch in den fünften Stock hinauf war er gerannt, stürzte er herein und brachte nur heraus: »Als du angerufen hast, konnte ich nicht reden, Mama saß neben dem Telefon.«

Da begriff Matilda, daß sie sich nach ihm gesehnt hatte – seinem Körper machte man nichts vor. Wohl zum erstenmal im Leben erlebte sie es, daß einer vom anderen nichts weiter wollte als Sinnlichkeit. Dies war eine wirklich reine Beziehung, ohne jeden Hintergedanken: Ich will nichts weiter von ihm, und er will nichts weiter von mir, nichts als die Freuden des Körpers, dachte Matilda, und die Freude übermannte sie mit aller Macht.

Schurik dachte an nichts: Er keuchte, war gerannt, hatte sein Ziel erreicht, rannte erneut, flog, schwebte, sank herab, stieg erneut auf. Und all dies Glück war undenkbar ohne dieses Naturwunder – die Frau mit ihren Augen, Lippen, Brüsten und dem engen Abgrund, in den man stürzte, um zu fliegen.

24

Mit dem Herbst begann ein völlig neues Leben: Schurik hatte seine erste Arbeitsstelle und studierte endlich an der richtigen Hochschule, Vera hatte gekündigt und lebte ebenfalls auf ganz neue Weise. Sie fühlte sich nach der Operation wesentlich besser, und obgleich die ständige Schwäche anhielt, lebte sie auf und machte eine Art innere Erneuerung durch, eine Rückkehr zu sich selbst, wie sie in ihrer Jugend gewesen war. Sie verfügte nun über viel Freizeit, las mit Genuß die alten Bücher wieder und entwickelte eine Leidenschaft für Memoiren. Bisweilen machte sie Spaziergänge bis zur nächsten Grünanlage oder setzte sich auf eine Bank im Hof, möglichst weit entfernt von den jungen Müttern und ihrem lärmenden Nachwuchs, in die Nähe der jungen Pappeln und silbrigen Olivenbäume, die man – ein erfolgreiches Experiment – um ihr Haus herum angepflanzt hatte. Außerdem machte sie ihre Gymnastik und führte lange Telefonate mit einer ihrer lebenslangen Freundinnen, Nila, der kinderlosen Witwe eines berühmten Malers, die stets zu langen Erörterungen der Briefe von Tschechow oder der Tagebücher von Tolstois Ehefrau Sofja Andrejewna aufgelegt war. Erstaunlich – jenes weit zurückliegende Leben kam ihr viel vertrauter und interessanter vor als das heutige. Mit Kira, ihrer anderen Freundin, konnte man nicht lange telefonieren, sie hatte ständig etwas auf dem Herd, das überzukochen drohte.

Zu ihrer Pensionierung brachte Schurik einen großen Fernseher angeschleppt. Vera war ein wenig erstaunt, lernte die Neuanschaffung aber bald schätzen: Es liefen oft Theaterstücke, meist alte Inszenierungen, und sie machte es sich, das Plumpe dieser Kunst gnädig in Kauf nehmend, rasch zur Gewohnheit, vor der »Kiste« zu sitzen.

Schurik hatte kaum Freizeit, seine Mutter sah ihn wesentlich seltener, als sie es sich gewünscht hätte: Sie stand spät auf, meist war er schon zur Arbeit gegangen, und in der Küche stand für sie ein in ein Handtuch gewickeltes Schälchen Porridge bereit, ein Gericht, das Großvater Korn, in jungen Jahren der Anglomanie verfallen, in den Speiseplan der Familie eingeführt hatte.

Sonntags aber frühstückten sie zusammen, nachmittags gab Schurik die beiden übriggebliebenen – wie Vera sagte – Französischstunden, und den Abend verbrachten sie wieder zu zweit. Sie gingen in Konzerte, ins Theater oder besuchten Veras Freundinnen Kira und Nila. Hatte Schurik Freude an dieser gesitteten Freizeitgestaltung? Oder hätte sich der junge Mann lieber anders vergnügt? Solche Fragen stellte Vera sich nicht. Ebensowenig wie Schurik. Sein Verhältnis zur Mutter war außer von Liebe, Sorge um sie und Anhänglichkeit auch von einer Art ungezwungenem biblischem Gehorsam geprägt.

Vera verlangte von ihm niemals Opfer – sie verstanden sich von selbst. Bereitwillig half Schurik seiner Mutter, Schuhe und Mantel an- und auszuziehen, reichte ihr beim Ein- und Aussteigen den Arm, dirigierte sie auf den bequemsten Platz. Mit schlichter, natürlicher Herzlichkeit.

Vera teilte ihm ihre neuen Gedanken und Beobachtungen mit, erzählte ihm von den Büchern, die sie gelesen hatte, informierte ihn über den körperlichen und seelischen Zustand ihrer Freundinnen. Sogar politische

Themen tauchten in ihren Gesprächen hin und wieder auf, obwohl Vera weit ängstlicher war als ihre verstorbene Mutter und heiklen Gesprächen eher auswich — mit der Bemerkung, sie interessiere sich nicht für Politik, ihre Interessen lägen ausschließlich auf dem Gebiet der Kultur. Deshalb begrüßte sie Schuriks Anstellung in der Bibliothek, wenngleich sie mutmaßte, daß dies keine sehr männliche Arbeit war.

Doch Schurik gefiel sie. Ihm gefiel alles hier: die Metrostation, das alte Gebäude der Leninbibliothek, der ehemaligen Rumjanzew-Bibliothek, die vielfältigen Gerüche der Bücher — die sich für die sensible Nase durch tausend Nuancen von Leder, Leinen, Kleister, Buchrücken und Druckerschwärze unterschieden — und die freundlichen Frauen von jener besonderen Art, wie man sie meist in Bibliotheken antrifft: still, höflich und — ob jung, ob alt — durchweg undefinierbaren, angenehm mittleren Alters. Wenn sie in der Mittagspause zusammen am großen Tisch saßen und Tee tranken, boten sie ihm von ihren Wurst- und Käsebroten an, die sich ebenfalls ähnelten.

Einzige Ausnahme war die Chefin, Valerija Adamowna Konezkaja. Sie hob sich auch von den anderen Chefs, den Abteilungsleitern, deutlich ab. Diese waren eher gesetzte Personen, darunter sogar ein paar Vertreter des männlichen Geschlechts. Sie war die Jüngste und Tatkräftigste, kleidete sich am besten von allen und trug sogar Brillantohrringe, die wie scharfe blaue Flämmchen in ihren Ohren blitzten, wenn diese bisweilen unter ihrem dichten Haar hervorschauten, das für mindestens drei Frauen gereicht hätte und das sie mal mit einem schwarzen Samtreif, mal mit einem breiten schwarzen Tuch im Nacken bändigte. Ihr Kommen kündigte sich stets mit einem intensiven Parfümduft und dem Klacken ihrer Krücke an. Die schöne Frau humpelte auf einem

Bein, und zwar stark – als tauche sie bei jedem Schritt ein Stück unter und dann wieder auf, wobei sie zugleich die blauen Wimpern hob. Da sie die allgemeine Gleichförmigkeit durchbrach, hätte sie eigentlich unbeliebt sein müssen. Aber die Kollegen mochten sie: wegen ihrer Schönheit, wegen ihres Gebrechens, das sie so beherzt überwand, sogar wegen ihres behindertengerechten kleinen Saporoshez, den sie selbst fuhr, wobei sie mit ihrer unberechenbaren Fahrweise andere Autofahrer und Fußgänger oft erschreckte, und wegen ihres heiteren Wesens; und sie verziehen ihr – oh, es gab eine Menge zu verzeihen! – ihren Hang, über fremde Angelegenheiten zu tratschen, und ihre ständigen Techtelmechtel mit Bibliotheksbenutzern.

Schurik lernte ihre Warmherzigkeit schätzen, als er mitten in einer Grippeepidemie – die Hälfte der Kollegen war krank, die andere Hälfte arbeitete doppelt so viel – zu ihr ging und sie um drei Tage unbezahlten Urlaub bat.

»Sie sind wohl verrückt geworden! Ich muß Sie schon für die Prüfungen freistellen, und nun wollen Sie auch noch unbezahlten Urlaub! Kommt gar nicht in Frage! Wer soll denn die Arbeit machen?«

»Valerija Adamowna!« flehte Schurik. »Die Umstände ... Ich müßte sonst kündigen!«

»Sie arbeiten gerade mal ein paar Wochen hier und wollen schon kündigen? Aber bitte, kündigen Sie! Die Bewerber stehen Schlange! Eine Stelle in der Leninbibliothek! Von uns geht keiner freiwillig weg! Nur in Rente!« tobte die Chefin aufgebracht.

»Ich muß für drei Tage nach Sibirien. Sonst würde ich eine Frau sehr enttäuschen.«

Unter Valerijas blauen Wimpern regte sich Interesse.

»Ach ja?«

»Verstehen Sie, sie steht kurz vor der Entbindung, und ich bin quasi ihr Ehemann.«

»Na, Sie sind gut! Sie werden Vater und sind quasi Ehemann?« äußerte Valerija übertriebenes Erstaunen.

Da erzählte ihr Schurik, auf der Stuhlkante sitzend, kurz und bündig die ganze Geschichte der armen Lena Stowba, eine Geschichte mit bislang offenem Ende, denn nach ihrer Eheschließung sei sie zu ihren Eltern nach Sibirien gefahren, nun aber rücke der Entbindungstermin heran, und sie habe angerufen und ihn gebeten, umgehend zu kommen: Wenn das Kind nur ein bißchen dunkelhäutig war, mehr braun, wäre es halb so schlimm. Sollte es aber ein richtiges Negerbaby sein, sei mit Sicherheit ein gewaltiger Familienkrach zu erwarten, denn ihr Vater, ein hartherziger hoher Parteiboß, würde sie auf jeden Fall rausschmeißen. Deshalb müsse er unbedingt fahren und den glücklichen Vater des kubanischen Kindes spielen.

»Schreiben Sie einen Urlaubsantrag«, sagte Valerija Adamowna und setzte ihre schöne, schwungvolle Unterschrift unter Schuriks zaghafte Zeilen.

25

Schurik traf Reisevorbereitungen. Lena hatte ihn gebeten, möglichst zwei Strickanzüge mitzubringen. Brav begab er sich ins Kinderkaufhaus, in dem einst Jelisaweta Iwanowna anläßlich seiner Geburt derartige Anzüge erworben hatte. Ebenso brav stand er Schlange und kaufte zwei Anzüge, einen in Gelb und einen in Rosa. Eine praktische ältere Frau, die vor ihm stand, riet ihm, einen für ein Jahr und einen für zwei Jahre zu nehmen. Wozu zwei in derselben Größe? Ein einleuchtendes Argument.

Die speziellen Nuckelflaschen bekam er nicht – sie waren an diesem Tag im Kinderkaufhaus nicht zu haben. Doch diesen raren Artikel tschechischer Herkunft besorgte Alja Togussowa. Noch nicht recht genesen von dem Beziehungstrauma, das Schurik ihr ahnungslos zugefügt hatte, tat sie weiterhin tapfer so, als hätten Schurik und sie eine Liebesaffäre. Dabei war er nach der Büchse Ölfarbe, die sie als Vorwand für ein intimes Zusammensein genutzt hatte, und mehreren angeblich zufälligen Besuchen ihrerseits in der Nowolesnaja-Straße nicht sonderlich um sie bemüht gewesen. Eigentlich überhaupt nicht. Nicht einmal angerufen hatte er, nicht ein einziges Mal.

Doch Alja nahm diesen traurigen Umstand lediglich als weiteres Hindernis im Leben: Alle übrigen hatte sie nach und nach überwunden. Sie wußte intuitiv, daß man auf die äußeren Umstände nur genügend einwirken mußte, um sie zu seinen Gunsten zu verändern.

Im Studium kam sie gut voran, alle schätzten sie, Kommilitonen wie Kollegen. Sie war zuverlässig, gab sich in allem Mühe, scheute keine Überstunden. Nur Freunde besaß sie keine. Sie wurde nie eingeladen. Sie hätte zwar sowieso nie Zeit gehabt, aber es kränkte sie trotzdem.

Irgendwie gelang es ihr nicht, sich mit den richtigen, nützlichen Leuten anzufreunden. Schuriks Zuhause war der einzige Moskauer Haushalt, in den sie je eingeladen wurde. Und die einzige Frau, die sie im stillen respektvoll als »Dame« bezeichnete, war Vera Alexandrowna. Alja beobachtete sie genau, und alles an ihr gefiel ihr: ihre Haltung, ihre schlichte, aber irgendwie besondere Sprache, ihre Art, sich eine Jacke um die Schultern zu hängen, ohne in die Ärmel zu schlüpfen, die rosarot lakkierten Fingernägel, und wie sie aß und trank – scheinbar achtlos, aber so bedächtig und elegant. Sie war ein gutes Vorbild – aber wie hätte Alja das mit den Ärmeln machen sollen? Sie konnte sie nicht einfach lose herumbaumeln lassen, das wäre hinderlich gewesen bei der Arbeit im Labor und im Dekanat.

Einiges aber übernahm sie, zum Beispiel Tee mit Milch. Englisch. Vera Alexandrowna goß den dünnen Milchstrahl nicht aus der Tüte, sondern aus einem silbernen Kännchen in die Teetasse und verrührte die milchigen Kringel, die sich dabei bildeten, in Uhrzeigerrichtung mit einem Löffelchen.

Als Vera Alexandrowna einmal Aljas aufmerksamen Blick bemerkte, sagte sie: »Als Schurik noch klein war, glaubte er, der Tee würde nicht vom Zucker süß, sondern vom Umrühren. Er dachte, je länger man umrührt, desto süßer würde er. Amüsant, nicht wahr?«

Dieses »nicht wahr?« war besonders faszinierend.

An jenem Abend vor Schuriks Abreise hatte Alja ihm nicht angekündigt, daß sie nach der Arbeit vorbeikommen wolle. Sie saß bei Vera Alexandrowna und trank mit ihr Tee auf englische Art. Sie mußte ziemlich lange auf Schurik warten.

»Ich habe eine Nuckelflasche für Lena mitgebracht«, sagte Alja und lächelte verschwörerisch. »Die kannst du doch mitnehmen, nicht wahr?«

»Warum nicht«, brummte Schurik und ignorierte die unpassende sprachliche Eleganz.

Vera stellte Krautwickel aus dem Feinkostladen zum Aufwärmen auf den Backrost.

»Alja, Sie essen doch mit uns?«

Alja verneinte. Sie hatte zwar Hunger, fürchtete aber, sich beim Essen mit Messer und Gabel ungeschickt anzustellen. In der Mensa aß sie solche Krautwickel problemlos mit dem Löffel, denn zur Mittagszeit waren sowieso nie genug Gabeln vorhanden.

Schurik aber aß wie seine Mutter, ohne Hast und akkurat. Alja staunte: Im Labor konnte er keine zwei Lösungen sauber in einem Reagenzglas zusammengießen und brachte nie ein präzises Auswiegen zustande.

Vera Alexandrowna ging in ihr Zimmer fernsehen – die Neuinszenierung von Arbusows »Tanja« durfte sie nicht verpassen.

»Du fährst also morgen zu deiner Frau, ja?« sagte Alja wie zum Scherz.

»Spinnst du, sei still! Mama weiß nichts davon«, sagte Schurik erschrocken.

»Sie weiß nicht, daß du fährst?« staunte Alja.

»Ich hab gesagt, es ist eine Dienstreise. Zufällig in die Stadt, wo Lena wohnt. Sie weiß nicht, daß ich sie geheiratet habe. Ich hab meinen Ausweis extra versteckt, damit er ihr nicht zufällig in die Hand fällt.«

»Hast du die Strickanzüge gekauft?«

Schurik nickte.

»Einen für ein Jahr und einen für zwei Jahre.«

»Zeig mal«, bat Alja strategisch.

Der vertrauensselige Schurik ging mit ihr in sein Zimmer, wo Großmutters »Koffer Nr. 1« – der kleinste ihrer Sammlung, der mit den Metallbeschlägen an den Ecken – schon fast fertig gepackt war.

Schurik hockte sich vor den Koffer, der neben dem Schreibtisch auf dem Boden stand. Alja umschlang von hinten seinen Hals. Er sah auf die Uhr – halb elf. Natürlich würde er sie noch nach Hause bringen, und morgen mußte er um sechs aufstehen – der Flug ging sehr früh.

»Aber schnell, ja«, mahnte Schurik.

Das waren nicht ganz die Worte, die Alja hören wollte. Doch es ging schließlich nicht um Worte, sondern um das Wesentliche. Alja war mit der Vorstellung aufgewachsen, daß Männer von Frauen immer nur das eine wollen. Dieser ihrer simplen Theorie folgte sie nun und hielt es dabei nicht für nötig zu fragen, ob Schurik das im Moment wirklich wünschte. Ihm wiederum wäre es nie in den Sinn gekommen, einem Mädchen diese Kleinigkeit zu verweigern. Mit dem Appetit, der bekanntlich beim Essen kommt, tat Schurik alles Nötige und bereitete Alja damit eine große Freude: Sie waren ein Liebespaar, schon zum fünften Mal seit Neujahr, es entwickelte sich also alles in die richtige Richtung, und wenn es Lena nicht plötzlich einfiel, ihn an sich binden zu wollen, dann würde sie, Alja, ihn bekommen, mit Geduld und Treue. Lena aber stellte im Augenblick wegen ihrer fortgeschrittenen Schwangerschaft keine Gefahr dar. Außerdem wußte jeder, wie verliebt sie in ihren Enrique war, und welcher Mann würde das schon vertragen?

Daß dieses Schema nicht immer und für jeden zutraf, unterschätzte Alja vorerst, aber sie hatte noch viel Zeit, dazuzulernen.

Schurik saß mit seinen Strickanzügen und Nuckeln fünf Stunden im Flugzeug, nachdem er zuvor vier Stunden auf dem Flughafen verbracht hatte, weil der Abflug immer wieder verschoben worden war. Außer Großmutters Koffer hatte er noch zwei alte Romane aus Großmutters Bibliothek dabei. Den einen, einen dicken französischen Wälzer, hatte er bereits vorm Start durchgelesen, den zweiten, ein zerfleddertes Taschenbuch, fing er im Flugzeug an. Es war spannend. Mittendrin stutzte er plötzlich und stellte fest, daß der Text nicht französisch war, sondern englisch. Er schaute auf den Umschlag — es war ein Roman von Agatha Christie. Das erste Buch, das er auf englisch las — aus Versehen.

Auf dem Flughafen holte ihn seine fiktive Schwiegermutter ab, die er zum erstenmal im Leben sah — ein weiblicher Schneemann mit Filzeimer auf dem Kopf und verkniffenen Lippen. Schurik war größer als sie, fühlte sich jedoch neben ihr wie ein kleiner Junge neben seiner erwachsenen, mißmutigen Erzieherin. Unvermittelt dachte er sogar: Warum bin ich überhaupt gekommen, ich hätte mich schließlich auch weigern können! Doch wohl kaum wegen der Babysachen!

»Faina Iwanowna« — die Schwiegermutter stieß ihm ihre dicke Hand entgegen, und Schurik entdeckte sofort eine Ähnlichkeit mit der anderen Faina Iwanowna, Mutters ehemaliger Chefin, und davon wurde ihm vollends mulmig zumute.

»Schurik«, antwortete er, als er ihre Hand drückte.

»Und mit Vatersnamen?« fragte die Schwiegermutter streng.

»Alexandrowitsch.«

»Alexander Alexandrowitsch also.« Seinen Familiennamen hatte sie schon gesehen, als sie Lenas Ausweis studierte. Korn, das klang verdächtig, aber Vor- und Vatersname waren in Ordnung.

Sie ging voran, er folgte ihr. Am Ausgang wartete ein schwarzer Dienstwolga. Vom Vater, vermutete Schurik. Als die Herrin sich näherte, sprang der Fahrer aus dem Wagen und wollte den Kofferraum öffnen, beschränkte sich aber beim Anblick von Schuriks bescheidenem Gepäck auf die Wagentür.

»Unser Schwiegersohn Alexander Alexandrowitsch«, stellte die Schwiegermutter ihn dem Chauffeur vor.

Der reichte ihm die Hand.

»Herzlich willkommen, Alexander Alexandrowitsch.« Er lächelte breit, wobei Metallzähne aufblinkten. »Ich heiße Wolodja.«

Schurik und die Schwiegermutter setzten sich auf die Rückbank.

»Wie geht es der Mama?« fragte Faina Iwanowna plötzlich freundlich.

»Danke, nach der Operation fühlt sie sich viel besser.« Er staunte, daß sie überhaupt etwas von seiner Mutter wußte.

»Ja, Lena hat erzählt, daß die Operation sehr schwer war. Na, Gott sei Dank, Gott sei Dank. War sie lange im Krankenhaus?«

»Drei Wochen«, antwortete Schurik.

»Gennadi Nikolajewitsch hat letztes Jahr auch drei Wochen bei euch gelegen, im Kremlkrankenhaus. Wegen einer Gallenoperation. Gute Ärzte«, lobte Faina Iwanowna. »Wenn einer von euch mal wieder ins Krankenhaus muß, dann sollte er auch lieber ins Kremlkrankenhaus gehen. Gennadi Nikolajewitsch arrangiert das für euch als Familienangehörige.«

Da begriff Schurik endlich, daß diese Unterhaltung für den Chauffeur gedacht war, und langsam dämmerte ihm, welche Rolle er spielen sollte.

»Lena erwartet dich schon sehnsüchtig. In ein paar Tagen ist es soweit.«

»Ja, ja«, reagierte Schurik unbestimmt, und die Schwiegermutter beschloß offenbar, lieber nichts mehr zu sagen – um Fehler zu vermeiden.

»Wolodja, bring den Wagen nicht in die Garage, nimm ihn mit nach Hause, falls was ist«, befahl Faina Iwanowna dem Chauffeur, als sie am Ziel waren.

Der Chauffeur nickte. »Versteht sich. Ich fahr ihn schon seit Tagen nicht mehr weg.« Dann sprang er aus dem Wagen und öffnete die Tür.

Das Haus war ein Nachkriegsbau, nichts Besonderes. Im Fahrstuhl stand ein obszönes Wort an der Wand. Auf der Etage, in der sie hielten, gab es nur eine einzige Wohnungstür, direkt in der Mitte. Sie stand sperrangelweit offen. Darin wartete breit lächelnd ein riesiger Mann mit dichtem grauem Haar.

»Hallo, Schwiegersohn, komm rein! Herzlich willkommen!«

Hinter ihm stand die kugelrunde Lena, die Haare zusammengebunden, ein weißes Wolltuch über dem dunkelroten weiten Kleid. Sie lächelte lieb und dankbar, und Schurik staunte, wie sehr sie sich verändert hatte.

Der Schwiegervater drückte Schurik die Hand, dann küßte er ihn dreimal. Er roch nach Wodka und Rasierwasser. Lena hielt ihm ihren blonden, in der Mitte gescheitelten Schopf hin. Schurik hatte noch nie eine Hochschwangere aus solcher Nähe gesehen und war nun ganz gerührt von dem Bauch und der eigentümlichen Unschuld ihres Gesichts. Früher hatte sie anders ausgesehen. Etwas in ihm erbebte, und er küßte sie erst aufs Haar, dann auf die Lippen. Ihr fleckiges Gesicht errötete. Sie war keine Schönheit mehr, aber dennoch anziehend.

»Donnerwetter, Lena, hast du einen Bauch! Man weiß ja gar nicht, wie man an dich rankommen soll.« Schurik lächelte.

Der Schwiegervater sah ihn aufmunternd an und lachte dröhnend.

»Keine Bange! Das bringen wir dir schon bei! Meine Faina Iwanowna war dreimal schwanger, und es hat ihr nicht geschadet!«

Der Flur verlief um zwei Ecken. Schurik vermutete, daß dies früher mehrere Wohnungen gewesen waren. Sie betraten ein großes Zimmer, wo eine bereits ein wenig geplünderte Tafel wartete.

Gennadi Nikolajewitsch knurrte etwas, und sogleich kamen durch drei Türen Leute herein – als hätten sie da gewartet. Schurik eingerechnet, waren sie am Tisch zu neunt: ein hochgewachsener magerer Greis und eine krumme Greisin – die Eltern von Gennadi Nikolajewitsch –, Faina Iwanownas Schwester, die ein merkwürdiges Gesicht hatte – sie war schwachsinnig, wie sich herausstellte –, Lenas Bruder Anatoli mit seiner Frau, Lenas Eltern und Lena selbst.

Das Essen erinnert an Theaterrequisiten, dachte Schurik: der riesige Fisch, der Schinken von einem gewaltigen Tier, die Piroggen, jede so groß wie ein Huhn, und die Salzgurken, die wie Zucchini aussehen. Ein eimergroßer Topf enthielt gekochte Kartoffeln, eine Salatschüssel Kaviar.

Lena, in ihrem Studienjahr das größte Mädchen, wirkte hier, im Kreise ihrer Hünenfamilie, trotz ihres Bauches ziemlich normal.

Es ging zu wie bei einer Versammlung. Gennadi führte den Vorsitz, seine Frau war die Sekretärin, die schwachsinnige Schwester holte eine Karaffe aus der Küche.

»Gießt ein! Anatoli, schenk Oma und Opa ein! Mascha, tu nicht so fremd! Erheb dein Glas!« kommandierte der Schwiegervater und goß allen ein, die in seiner Nähe saßen, also Faina Iwanowna, Lena und Schurik.

Endlich waren alle versorgt, und Gennadi Nikolajewitsch erhob sein Glas.

»Also, meine liebe Familie! Begrüßen wir unser neues Familienmitglied, Alexander Alexandrowitsch Korn. Der Anfang ist ein bißchen schiefgelaufen, wir haben die Hochzeit nicht richtig gefeiert, aber Schwamm drüber. Möge in Zukunft alles gut werden, wie es sich gehört. Auf die Gesundheit des jungen Paares!«

Alle stießen miteinander an. Schurik stand auf, um mit Großmutter und Großvater anzustoßen. Sie waren zwar schon uralt, tranken aber offenkundig gern einen Schluck. Sie kippten ihr Glas in einem Zug und griffen zum Imbiß.

Das große Fressen begann. Schurik war hungrig, aß aber ohne Hast, wie seine Großmutter es ihm beigebracht hatte. Alle anderen schmatzten laut und kräftig, ja irgendwie kriegerisch. Es wurde eifrig nachgeschenkt und nachgelegt. Der Schinken stammte von einem Bären, der Fisch aus der Gegend, der Wodka aus Moskau. Schurik trank viel davon. Dann war das Gelage überraschend schnell vorbei. Alle hatten gegessen und getrunken und verschwanden wieder hinter den drei Türen.

Lena zeigte Schurik den Weg: Der Flur machte erneut zwei Biegungen. Sie gingen in Lenas Zimmer, das noch vor kurzem ein richtiges Kinderzimmer gewesen war. Lena war so rasch erwachsen geworden, daß Teddys und Puppen, anders als normalerweise bei jungen Mädchen, noch nicht in der Versenkung verschwunden waren. An einer Wand wartete ein Kinderbett darauf, zusammengebaut zu werden. Als müsse das eine Kind, das inzwischen erwachsen war, dem neuen Platz machen. Außerdem stand im Zimmer eine schmale Liege mit zwei Kissen und zwei Decken.

»Bad und Toilette sind am Ende des Flurs rechts. Ich

hab dir ein grünes Handtuch hingehängt«, sagte Lena, ohne Schurik anzusehen.

Als er zurückkam, lag Lena bereits im Bett. Sie trug ein rosa Nachthemd, in dem der Bauch wie ein Berg aufragte. Schurik legte sich neben sie. Sie seufzte.

»Na, was gibt's denn da zu seufzen? Läuft doch alles gut«, sagte Schurik unsicher.

»Ich bin dir natürlich sehr dankbar, daß du gekommen bist. Vater wird dir alles hier zeigen – das Röhrenwalzwerk, den Jagdbetrieb, die Zementfabrik ... Vielleicht fährt er mit dir auch an die Suglejka, in die Banja.«

»Wozu das alles?« fragte Schurik erstaunt.

»Sag bloß, das hast du nicht kapiert? Damit die Leute dich sehen.« Sie schniefte und legte die Hand über der Decke auf ihren Bauch, und Schurik dünkte es, als bewege sich der Bauch. Er faßte nach ihrer Schulter.

»Lena, ich mache ja alles mit! Was ist schon dabei?«

Sie wandte sich ab und weinte leise und bitterlich.

»Was hast du denn? Warum heulst du? Soll ich dir ein Glas Wasser bringen? Nicht traurig sein, ja?« tröstete Schurik sie, doch sie weinte und weinte, dann sagte sie unter Tränen: »Enrique hat mir geschrieben. Sie haben ihm drei Jahre verpaßt, angeblich wegen einer Schlägerei, aber in Wirklichkeit wegen seinem Bruder. Er schreibt, er kommt her, wenn er noch am Leben ist. Wenn er nicht kommt, heißt das, sie haben ihn umgebracht. Und daß sein Leben jetzt nur noch einen Sinn hat: entlassen werden und herkommen.«

»Na, das ist doch gut«, freute sich Schurik.

»Ach, du hast ja keine Ahnung. Hier überlebe ich nicht. Du solltest meinen Vater kennen. Er ist ein schrecklicher Despot. Duldet keine Widerrede. Unser ganzes Gebiet hat Schiß vor ihm. Sogar du. Er wollte, daß du herkommst, und du hast gehorcht.«

»Was soll das, Lena, spinnst du? Ich bin gekommen,

weil du mich darum gebeten hast. Was hat dein Vater damit zu tun?«

»Er hat neben mir gestanden, die Faust auf dem Tisch ... Also hab ich dich gebeten ...«

Heißes Mitleid, wie vorhin im Flur, als er sie zum erstenmal mit der neuen Frisur und dem Bauch gesehen hatte, versengte Schurik geradezu. Er spürte sogar ein Brennen in den Augen. Und vor Mitleid wurde etwas in ihm hart. Er ahnte seit langem, daß dies das dominierende Gefühl des Mannes für die Frau war: Mitleid.

Er streichelte ihr Haar. Es war nicht mehr von der derben roten Spange zusammengehalten, sondern fiel dicht und weich herab. Er küßte sie auf den Kopf.

»Du Arme ...«

Sie drehte ihren schweren Leib zu ihm um, und er spürte durch die Decke hindurch ihre Brust und ihren Bauch. Er nahm ihre Hände und preßte sie an die Brust. Er streichelte sie sanft, und sie weinte, ohne Hast, mit Genuß. Auch ihr tat die große Blonde leid, die ihren geliebten Bräutigam verloren hatte und nun mit einem Kind dasaß, das womöglich seinen Vater niemals sehen würde.

»Weißt du, den Brief hat mir sein Freund mitgebracht. Er hat gesagt, es sieht schlecht aus für Enrique, Fidel ist teuflisch rachsüchtig, mit seinen Feinden rechnet er gnadenlos ab, findet sie überall.« Schurik begriff, daß sie von keinem Geringeren sprach als von Fidel Castro. »Und das alles wegen Enriques älterem Bruder. Er ist nach Miami abgehauen, mit einem Boot. Dabei ist er nur Enriques Halbbruder, von einem anderen Vater, seine Mutter hat ihn schon vor der Revolution bekommen. Jan heißt er. Fidel hat Enriques Vater verhaftet, weil sein Stiefsohn abgehauen ist. Und Enrique sitzt überhaupt für nichts und wieder nichts. Er muß noch viel absitzen, und das

Leben vergeht, wer weiß, ob er noch mal herkommen kann. Aber ich werde mein ganzes Leben auf ihn warten. Ich will niemanden sonst auf der Welt ...«

Das alles stammelte Lena unter Tränen, während ihrer beider Hände beschäftigt waren. Die traurigen Worte hinderten sie nicht an Wichtigerem: Sie streichelten einander – tröstend – Gesicht, Hals, Brust, sie waren ganz verrückt vor Mitleid: Schurik mit Lena, Lena mit sich selbst.

Eng aneinandergeschmiegt lagen sie unter Lenas Decke, die zweite Decke war längst auf den Fußboden gerutscht; der dünne Satin seiner Unterhose bildete das einzige Hindernis zwischen ihnen, doch Lena preßte den Gegenstand der Liebe und des Mitleids bereits in ihrer Hand.

»... weil ich niemanden sonst auf der Welt will ... Ach, genau wie bei Enrique, ganz genauso ... Ich werde ihn vielleicht nie wiedersehen ... Ach, Enrique, bitte ...«

Schurik lag nun auf dem Rücken und wagte kaum zu atmen. Er wußte, daß er nicht mehr lange an sich halten konnte, und ergoß schließlich im Namen Enriques, der an der heißen Küste Kubas im Kittchen schmachtete, eine volle Portion männlichen Mitleids in den schwarzen Satin.

»Oh«, sagte Schurik.

»Oh«, sagte Lena.

Alles, was dann geschah, tat Schurik ausschließlich im Namen Enriques – ganz behutsam, beinahe allegorisch. Ganz leicht und sanft. Eher in der Art der ersten Faina Iwanowna als in Matildas schlichter, geradliniger Manier.

Am nächsten Morgen übernahm Gennadi Nikolajewitsch das Kommando. Als erstes gaben sie das Flugtikket zurück. Dann lief alles genau nach dem Programm ab, das Lena vorausgesagt hatte – vom Röhrenwalzwerk bis zur Zementfabrik.

Noch zwei weitere Nächte trösteten sie einander. Lena weinte nun nicht mehr. Manchmal nannte sie Schurik Enrique. Aber das störte ihn nicht, im Gegenteil, es war ihm sogar angenehm – er erfüllte eine Art höherer Mannespflicht, handelte nicht persönlich und egoistisch, sondern im Namen und im Auftrag.

Schurik wurde von allen San Sanytsch genannt. So hatte sein Schwiegervater ihn vorgestellt in seinem Gebiet, das so groß war wie Belgien, Holland und noch ein paar weitere europäische Staaten zusammen.

In der dritten Nacht wurde Lena von Enriques zeitweiligem Stellvertreter getrennt und in die Entbindungsklinik gefahren. Rasch und ohne Komplikationen brachte sie ein goldbraunes Mädchen zur Welt. Wäre das medizinische Personal nicht auf die Geburt eines Negerbabies vorbereitet gewesen – schuld an der Verbreitung dieses Gerüchts war Faina Iwanowna, die besonders vertrauten Personen von der bevorstehenden Beinaheverwandtschaft mit Fidel Castro erzählt hatte – würde es die Beimischung einer anderen Rasse gar nicht bemerkt haben.

Gennadi Nikolajewitsch hatte darauf bestanden, daß der Ehemann seine Frau aus der Klinik abholte und erst dann nach Moskau zurückkehrte. Schurik war schrecklich nervös, rief täglich zu Hause und auf seiner Arbeitsstelle an und stammelte irgendwelche Ausreden. Schließlich geschah alles so, wie der Schwiegervater es wünschte: Schurik holte Lena und das rosa Bündel aus der Klinik ab, und am nächsten Tag brachte die Lokalzeitung ein Foto: die Tochter des Gebietsfürsten mit ihrem Mann und ihrer Tochter Maria vor der Tür der Entbindungsklinik.

26

In den zehn Tagen, die Schurik mit der Regelung seiner Angelegenheiten in Sibirien verbracht hatte, war in Moskau weit vor der Zeit die Kälte hereingebrochen. Es war kalt in der Wohnung, es zog von den Fenstern, und Vera, einen Schal von Jelisaweta Iwanowna über die Jacke geworfen, wartete voller Ungeduld auf Schurik: Die Fenster mußten abgedichtet werden. Das hatte Schurik noch nie gemacht, aber er wußte, daß in Großmutters Adreßbuch die Telefonnummer einer gewissen Fenja stand, der Hauswartsfrau aus der Kamergerski-Gasse, die sich darauf meisterhaft verstand. Seit ihrem Umzug kam sie zweimal im Jahr ins Haus – im Herbst zum Abdichten und im Frühjahr, um die mit einem Messer in die Ritzen gestopfte Watte wieder herauszupolken und die Fenster zu putzen. Noch bevor Schurik seinen Koffer und den Karton mit Lebensmitteln auspackte, die ihm der Chauffeur Wolodja auf dem Flughafen übergeben hatte – diesmal war seine Schwiegermutter nicht mitgekommen –, rief er Fenja an, aber die lag mit einer Lungenentzündung im Krankenhaus.

Vera war besorgt: Wer sollte nun die Fenster abdichten?

Schurik beruhigte seine Mutter, das schaffe er auch selbst, hieß sie in der Küche sitzen bleiben, damit sie sich nicht erkältete, und begann sogleich mit dem Fenster in ihrem Schlafzimmer. Er beschloß, erst einmal die Ritzen zu verstopfen, sich dann zu erkundigen, wie man Kleister kochte, und morgen die Papierstreifen darüberzukleben, um die kalte Luft am Eindringen zu hindern. Da er nicht recht bereit war, auf die Fragen seiner Mutter zu antworten, welche wichtigen Angelegenheiten ihn denn so lange in Sibirien festgehalten hatten, kam ihm die Erledigung einer nützlichen Hausarbeit gerade recht, denn so vermied er Lügen, von denen ihm immer ganz elend wurde.

Er stopfte sämtliche Watte, die im Haus war, in die Ritzen, und schließlich zog es kaum noch. Als er in die Küche kam, fand er dort einen Gast vor. Vera trank Tee mit einem Nachbarn aus dem vierten Stock, einem im ganzen Haus bekannten Mann, der sich unentwegt gesellschaftlich engagierte, ständig Geld sammelte für irgendwelche gemeinnützigen Zwecke und das Treppenhaus vollklebte mit albernen Appellen – das Haus sauberzuhalten, auf den Treppenabsätzen nicht zu rauchen und keinen »ausrangierten Hausrat« aus dem Fenster zu werfen. Alle diese Zettel waren mit uralter lila Tinte geschrieben, auf grobem, mit einem Messer unordentlich zurechtgeschnittenem Packpapier.

Schuriks ehemaliger Kommilitone Shenja nahm jedesmal, wenn er Schurik besuchte, die Zettel ab und besaß eine ganze Sammlung dieser Direktiven, die sämtlich das Wort »verboten« enthielten. Und nun trank Vera Tee mit diesem alten Idioten, und der, die großen Adleraugen weit aufgerissen, stocherte mit dem Finger in der Luft herum und empörte sich über die Zahlungsrückstände bei den Parteibeiträgen. Schurik goß sich schweigend Tee ein, und Vera warf ihrem Sohn einen gequälten Blick zu. Sie hatte mit den Parteibeiträgen nicht das geringste zu tun, der Nachbar aber war, wie sich im Laufe des Gesprächs herausstellte, Sekretär der Parteiorganisation im Haus. Er war auf einen nachbarschaftlichen Schwatz vorbeigekommen, mit der kaum verhüllten Absicht, Vera für die gesellschaftliche Arbeit zu gewinnen. Auf dem kleinen kahlen Kopf des Nachbarn saß eine speckige Tjubetejka, eine orientalische Trachtenkappe, die ursprünglich einmal rot gewesen war, und aus seinen Ohren und Nasenlöchern wucherten Haare.

Als Schurik auftauchte, unterbrach er seine schwungvolle Rede, schwieg einen Augenblick, stach dann erneut den Finger in die Luft, diesmal in Schuriks Richtung, und sagte streng: »Und Sie, junger Mann, klappen immer so laut mit der Fahrstuhltür.«

»Entschuldigung, ich tu's nie wieder«, entgegnete Schurik todernst, und Vera lächelte.

Der Alte erhob sich energisch, schwankte ein wenig und ließ seine hölzerne Hand vorschnellen.

»Alles Gute. Denken Sie über meinen Vorschlag nach, Vera Alexandrowna. Und Sie klappen bitte nicht mehr mit der Fahrstuhltür.«

»Gute Nacht, Michail Abramowitsch.« Vera stand auf und brachte ihn zur Tür.

Als die Tür zugefallen war, lachten sie beide laut los.

»Diese Haare in den Ohren! In den Ohren!« rief Vera, schluchzend vor Lachen.

»Und das Käppchen!« ergänzte Schurik.

»Mit der Fahrstuhltür ... Mit der Fahrstuhltür ...« Vera konnte sich nicht beruhigen. »Klappen Sie nicht so laut mit der Fahrstuhltür!«

Als sie genug gelacht hatten, dachten sie an Jelisaweta Iwanowna – sie hätte sich von Herzen amüsiert.

Dann fiel Schurik der Karton ein.

»Ach, ich hab doch ganz viel mitgebracht!«

Er öffnete den Karton und entnahm ihm allerlei Raritäten und Leckereien, die man im sibirischen Parteiladen für den Verwandten eines echten Parteichefs – von anderem Kaliber als dieser lächerliche Michail Abramowitsch — sorgfältig eingepackt hatte. Doch darüber verlor Schurik kein Wort, er sagte nur: »Eine Prämie für meine Arbeit.«

Über diesen Scherz konnte niemand lachen.

27

Valerija Adamowna war erzürnt: Ihre blau umschatteten Augen waren verengt und die vollen, rosa angemalten Lippen so fest zusammengepreßt, daß sich an ihrem Kinn zwei hübsche Fältchen bildeten.

»Was soll ich nur mit Ihnen machen, Alexander Alexandrowitsch?« Sie klopfte mit gebogenem kleinem Finger auf den Tisch.

Schurik stand in Ergebenheitspose vor ihr, den Kopf gesenkt, seine ganze Haltung drückte Schuldbewußtsein aus, doch tief im Innern war ihm sein weiteres Schicksal vollkommen gleichgültig. Er rechnete damit, wegen der Fehlzeit rausgeworfen zu werden, wußte aber auch, daß er weder ohne Arbeit noch ohne Verdienstmöglichkeit bleiben würde. Zudem hatte er absolut keine Angst vor Valerija, und obgleich er anderen nicht gern Unannehmlichkeiten bereitete und seiner Chefin gegenüber ein gewisses Unbehagen verspürte, weil er sein Wort gebrochen hatte, beabsichtigte er nicht, sich zu verteidigen. Darum sagte er demütig: »Was Sie für richtig halten, Valerija Adamowna.«

Entweder besänftigte sie diese Gefügigkeit, oder die Neugier obsiegte, jedenfalls dämpfte sie ihre Strenge, trommelte noch ein wenig auf dem Tisch herum und sagte dann friedlicher, nicht mehr im Ton der Chefin, sondern eher kameradschaftlich: »Schon gut, erzähl mal, was da bei dir los war.«

Schurik erzählte ehrlich, wie es gewesen war, wobei er die feuchten nächtlichen Umarmungen aussparte.

»Und, wie sieht das Kind aus?« erkundigte sich Valerija Adamowna neugierig.

»Ich hab's mir gar nicht richtig angesehen. Ich hab die beiden aus der Klinik abgeholt und bin dann gleich zum Flughafen gefahren. Aber das Mädchen ist jedenfalls nicht schwarz, es hat eine ganz normale Hautfarbe.«

»Und wie heißt es?« fragte Valerija lebhaft.

»Maria.«

»Maria Korn also«, sagte Valerija erfreut. »Das klingt gut. Nicht so plebejisch.«

Maria Korn. Er hörte den Namen zum erstenmal und war verblüfft: Wie – diese Stowba-Tochter, die Enkelin von Gennadi Nikolajewitsch, würde den Namen seines Großvaters und seiner Großmutter tragen? Ja, in irgendwelchen Dokumenten war sie bereits so registriert. Ihm wurde ein wenig mulmig und unbehaglich gegenüber seiner Großmutter. Das hatte er nicht bedacht. Irgendwie verantwortungslos ...

Die Verwirrung stand ihm deutlich ins Gesicht geschrieben und blieb nicht unbemerkt.

»Tja, Alexander Alexandrowitsch, es gibt zwar fiktive Ehen, aber keine fiktiven Kinder.« Valerija Adamowna lächelte.

Im selben Augenblick kam Schurik ein interessanter Gedanke: Laut Abmachung war seine Ehe fiktiv, das wußte er, das wußte Lena, und das wußte Faina Iwanowna. Aber hatten die zweieinhalb Nächte auf Lenas Liege, in denen er so erfolgreich für den verschwundenen Geliebten eingesprungen war, die vereinbarte Fiktivität nicht zunichte gemacht?

Auch Valerija Adamowna hatte in diesem Augenblick eine instinktive Erleuchtung: Dieser junge Mann hier, so rein, herzensgut und obendrein gutaussehend, konnte ihr geben, was sie weder in ihren beiden schrecklichen Ehen noch in zahlreichen Liebesabenteuern bekommen hatte.

Sie saß in ihrem winzigen Büro im Sessel, Schurik stand vor ihr. Ein Untergebener, ein attraktiver junger Mann, der nichts von ihr wollte, ein anständiger Junge aus gutem Hause, mit Fremdsprachenkenntnissen, dachte sie spöttisch – das alles stand ihm in großen Lettern auf der Stirn geschrieben. Sie demonstrierte ihr bedeutungsvollstes Lächeln, das stets unwiderstehlich wirkte und das von jedem erwachsenen Mann unfehlbar als Einladung verstanden wurde.

»Setz dich, Schurik«, sagte sie zwanglos und wies mit einem Kopfnicken auf einen Stuhl.

Schurik legte die Zeitschriften vom Stuhl auf die Schreibtischkante, setzte sich und wartete auf Anweisungen. Ihm war klar, daß er nicht gefeuert wurde.

»Tu so etwas nie wieder.« Wie gern wäre sie leichtfüßig aufgestanden und zu ihm gehuscht, um ihre Brust an ihn zu schmiegen! Aber das konnte sie nicht – das Aufstehen fiel ihr schwer, sie mußte sich dabei mit einer Hand auf ihre Krücke stützen, mit der anderen auf den Tisch. Vollkommen frei fühlte sie sich nur im Bett, wenn sie die verfluchte Krücke nicht brauchte, denn dort, das wußte sie, existierte ihre Behinderung nicht, da war sie eine vollwertige – oh, mehr als vollwertige! – Frau, da flog sie, da schwebte sie ...

»Tu so etwas nie wieder. Du weißt, wie sehr ich dich schätze, und ich werde dich natürlich nicht entlassen, aber es gibt Regeln, mein Lieber, an die man sich halten muß.« Ihre Stimme klang schnurrend, und überhaupt wirkte sie, wie sie so dasaß, wie eine große, bildschöne Katze, doch die Ähnlichkeit schwand in dem Augenblick, als sie aufstand und mit ihrem auf- und abtauchenden Gang loshumpelte. Ihr Ton entsprach in keiner

Weise dem, was sie sagte – Schurik spürte es und konnte es sich nicht erklären. »Nun geh an die Arbeit.«

Und er ging, zufrieden, daß er trotz allem seine Arbeit behalten hatte.

Valerija dachte wehmütig: Wenn ich zehn Jahre jünger wäre, würde ich ein Verhältnis mit ihm anfangen, ein Kind von einem solchen Jungen – mehr würde ich gar nicht wollen. Ich dumme alte Gans ...

28

Von jenem Winter, in dem Schurik Lilja jeden Sonntag vom alten Unigebäude in der Mochowaja zu ihrem Haus in der Tschisty-Gasse begleitet hatte – ein Fußweg von zehn Minuten, der sich bis Mitternacht ausdehnte, dann ausgiebiges Küssen in ihrem Hausflur, wodurch er die Metro verpaßte und zu Fuß bis zum Belorussischen Bahnhof laufen mußte – trennte beide ein zeitlich relativ kurzes, aber äußerst ereignisreiches Stück Leben. Schurik hatte sich zwar geographisch nicht wegbewegt, aber dennoch eine Grenze überschritten: diejenige zwischen der verantwortungsfreien Existenz des Kindes und dem Leben des Erwachsenen, der verantwortlich ist für das Funktionieren der Familie, was in seinem Fall neben dem Haushalt sogar die kulturelle Unterhaltung seiner Mutter einschloß.

Was Lilja anging, so hatten die ständigen Ortswechsel – zunächst Wien, dann die kleine Stadt Ostia bei Rom, wo sie über drei Monate verbrachte, weil der Vater auf den versprochenen Ruf an eine amerikanische Universität wartete, und schließlich Israel – die Erinnerungen verdrängt. Von allem, was sie zu Hause zurückgelassen hatte, existierte für sie sonderbarerweise nur noch Schurik. Sie schrieb ihm Briefe, wie man Tagebuch schreibt, um für sich selbst die Ereignisse festzuhalten und sie mit dem Stift in der Hand zu verarbeiten. Ohne diese Briefe drohten die rasch wechselnden Bilder zu einem Klumpen zu verschmelzen. Übrigens hörte sie irgendwann auf, die Briefe abzuschicken.

Von Schurik hatte sie in der ganzen Zeit nur einen einzigen, erstaunlich langweiligen Brief erhalten, und nur ein einziger Satz darin bezeugte, daß er keine reine Ausgeburt ihrer Phantasie war.

»Zwei Ereignisse haben mein Leben vollkommen verändert«, schrieb Schurik, »der Tod meiner Großmutter und deine Ausreise. Als ich deinen ersten Brief bekam, wurde mir klar, daß eine Weiche gestellt war und mein Zug nun in eine andere Richtung fuhr. Wäre Großmutter noch am Leben und ich noch ihr Enkel, hätte ich an der Universität studiert, meinen Doktor gemacht und mit dreißig als Assistent oder wissenschaftlicher Mitarbeiter am Lehrstuhl angefangen, und dort wäre ich geblieben bis an mein Lebensende. Wärst du noch hier, hätten wir geheiratet, und ich würde mein Leben so führen, wie du es für richtig hältst. Du kennst ja meinen Charakter, ich lasse mich im Grunde gern von anderen leiten. Aber weder das eine noch das andere ist eingetreten, und nun fühle ich mich wie ein Zug, den man an eine fremde Lokomotive gehängt hat und der mit rasender Geschwindigkeit dahinjagt, ohne sein Ziel zu kennen. Ich entscheide fast nichts, höchstens, was ich fürs Abendessen einkaufe, Beefsteaks oder panierte Schnitzel. Ich mache die ganze Zeit nur, was im Augenblick nötig ist, und habe keine Wahl ...«

Was für ein wunderbarer, sensibler Mensch, dachte Lilja und legte den Brief beiseite.

Sie ihrerseits mußte selbständige Entscheidungen treffen, und zwar fast täglich: Das intensive Gefühl, sich ein neues Leben aufzubauen, zwang sie dazu. Ihre Eltern hatten sich kurz nach der Ankunft in Israel scheiden lassen. Ihr Vater lebte vorerst in Rechowot, ging glücklich in seiner Wissenschaft auf und wollte noch immer nach

Amerika — seine neue Frau war Amerikanerin, und er selbst engagierte sich nun sehr für seine Karriere im Westen. Amüsant, wie er in anderthalb, zwei Jahren vom intellektuellen Phlegmatiker zum tatkräftigen Pragmatiker geworden war.

Ihre Mutter, durch die überraschende Scheidung völlig aus der Bahn geworfen — ihr ganzes gemeinsames Leben lang hatte sie ihren Mann sozusagen an der Hand geführt und war überzeugt gewesen, er würde ohne sie nicht frühstücken, sich nicht die Hose zuknöpfen und vergessen, zur Arbeit zu gehen —, befand sich in einem Zustand depressiver Verwirrung, was Lilja ärgerte. Lilja schlug sich noch eine Weile mit ihrer Mutter herum und begann schließlich nach dem Abschluß des Ulpans in Tel Aviv ein Studium an der Technion in Haifa. Auch das war ein starker Schritt: Sie verzichtete auf ihre ursprüngliche Absicht, an der philologischen Fakultät zu studieren, und entschied sich für Informatik, denn sie glaubte, mit diesem Beruf würde sie eher unabhängig sein. Eine ganze Lawine von Mathematik, zu der sie nie auch nur die geringste Neigung verspürt hatte, brach über sie herein, und mühsam erarbeitete sie sich nun dieses Fach, das das Denken diszipliniert.

Sie lebte im Wohnheim, teilte sich ein Zimmer mit einem Mädchen aus Ungarn, nebenan wohnten eine Rumänin und eine Marokkanerin. Sie alle waren selbstverständlich Jüdinnen, und ihre einzige gemeinsame Sprache war Hebräisch, das sie gerade erst lernten. Sie gingen ganz in ihrem Judentum auf und lernten verbissen: für sich, für ihre Eltern, für ihr Land.

Liljas Freund Arje — der sie ans Technion gelockt hatte — studierte ebenfalls dort, sechs Semester höher. Arje, ein erwachsener junger Mann, hatte seinen Armeedienst bereits hinter sich und war bis über beide Ohren verliebt in Lilja, vom ersten Augenblick an. Er half ihr viel beim

Studium, er war ein zuverlässiger, keine Zweifel kennender Sabre – ganz anders als die Juden, denen Lilja zuvor begegnet war. Ein untersetzter Bursche mit kräftigen Beinen und großen Fäusten, schwerfällig im Denken und dickköpfig, war er zugleich Romantiker und Zionist, ein Nachfahre von Erstsiedlern aus Rußland, die Anfang des zwanzigsten Jahrhunderts nach Palästina gegangen waren.

Lilja machte mit ihm, was sie wollte, und war sich ihrer Macht über ihn ebenso bewußt wie der Grenzen derselben. Im kommenden Jahr wollten sie zusammenziehen, was für Arje Heirat bedeutete. Lilja war ein wenig bange vor dieser Aussicht. Sie mochte ihn sehr, und alles, was mit Schurik damals nicht passiert war, funktionierte mit Arje bestens. Aber Schurik war eine verwandte Seele, Arje dagegen nicht. Andererseits: Wer sagt denn, daß man unbedingt eine verwandte Seele heiraten muß? Liljas Eltern zum Beispiel – verwandtere Seelen gab es kaum, sogar gedacht hatten sie stets das gleiche, trotzdem hatten sie sich getrennt.

Lilja machte keine langfristigen Pläne: Sie hatte mehr als genug kurzfristige. Trotzdem schrieb sie weiter an Schurik – aus einem zutiefst russischen, mit den Jahren allerdings nachlassenden Bedürfnis nach seelischem Austausch, der das Innerste aufwühlt.

29

Wieder nahte Silvester, wieder fühlten Schurik und Vera sich verwaist: Ohne Großmutter gab es kein richtiges Weihnachten. Beiden war bewußt, daß dieser Verlust unersetzlich war und das Fehlen von Jelisaweta Iwanowna fortan ein fester Bestandteil der Weihnachtsfeiertage bleiben würde. Vera wurde schwermütig. Schurik setzte sich abends jede freie Minute zu ihr. Zuweilen klappte sie das Klavier auf und spielte lustlos und traurig etwas von Schubert, der ihr immer schlechter von der Hand ging.

Doch Schurik hatte zu viele verschiedene Pflichten, zu viele Dinge zu erledigen, um sich der Schwermut zu ergeben. Wieder standen Semesterprüfungen vor der Tür. Sorgen machte ihm allerdings nur eine einzige Prüfung — Geschichte der KPdSU. Ein verworrenes, nicht zu bewältigendes Fach von infernalischer Öde. Hinzu kam ein weiterer erschwerender Umstand: Schurik war im ganzen Semester nur dreimal zu den Vorlesungen erschienen, der Dozent aber legte großen Wert auf den fleißigen Besuch derselben und blätterte, bevor der Prüfling auf seine Frage antwortete, lange im Anwesenheitsbuch. Schurik hätte die todlangweiligen Vorlesungen vielleicht sogar besucht, wären sie nicht ausgerechnet auf die letzte Doppelstunde am Montag gefallen. Montags verschwand er meist nach der ersten Vorlesung — englische Literatur, gelesen von Jelisaweta Iwanownas bester Freundin Anna Mefodijewna, einer äußerst unbritisch anmutenden Greisin, einer Anglophilen, ja Anglomanin, die Schurik beinahe von Geburt an kannte, ebenso wie ihre ungenießbaren Cakes und Puddings, die sie nach einem ihm gleichfalls von klein auf vertrauten alten englischen Kochbuch »Cooking By Gas« zubereitete.

Nach dieser Vorlesung jedenfalls eilte er zu Matilda. Womöglich hatte eine Art bedingter Reflex ihn auf diesen Wochentag fixiert: Es verging kaum ein Montag ohne einen Besuch bei Matilda. Er lief ins Jelissejew-Lebensmittelgeschäft, das nahezu als einziges so spät noch geöffnet hatte, und kaufte zwei Kilo Kabeljau für die Katzen. Dieser Kabeljau wurde zelebriert, als brauchte Matilda ihn wirklich, als sei der Rest nur Zugabe.

Anschließend eilte er nach Hause. Eingedenk des entsetzlichen Erlebnisses, als seine Mutter den Notarzt rufen mußte, während er sich unter Matildas Bettdecke labte, brach er nun stets Punkt ein Uhr von Matilda auf, als müsse er die letzte Metro schaffen, rannte über die Eisenbahnbrücke und öffnete sacht die Tür, um seine Mutter, falls sie schon schlief, nicht zu wecken. Matilda, das sei gesagt, mahnte ihn selbst zur Eile; sie respektierte die Familienethik.

30

Schurik ahnte nichts von dem geplanten Anschlag. Zumal Valerija Adamowna, die einen sehnsüchtigen Blick auf den Jungen geworfen hatte, noch nicht die richtige Strategie finden konnte, und je länger sie zögerte, desto heftiger entbrannte sie. Nachdem sie einmal den Gedanken zugelassen hatte, dieses süße rosa Kälbchen zu ihrem Liebhaber zu machen und, so Gott ihr gnädig war, ein Kind von ihm zu bekommen, war sie unversehens in einen Sog geraten – ihre leidenschaftliche Natur hatte sie ins altbekannte Dickicht der Gefühle gerissen, und nun träumte sie beim Einschlafen und beim Aufwachen von der Liebe und davon, wie sie alles aufs schönste einrichten wollte.

Außerdem betete Valerija. Es hatte sich in ihrem Leben so ergeben, daß Liebeserlebnisse ihre religiösen Gefühle stets intensivierten. Sie brachte es fertig, ihren katholischen Gott in alle ihre Affären einzubeziehen. Jeden neuen Liebhaber sah sie anfangs als vom Himmel gesandte Gabe, dankte dem Herrn inbrünstig für die unverhoffte Freude und stellte sich ihn, den Herrn, als Dritten in ihrem Liebesbund vor, nicht als Zeugen und Beobachter, sondern als wohlgesinnten Teilnehmer der erlebten Freude. Die Freude schlug bald in Leid um, dann wechselte Valerija die Vorzeichen und begriff, daß ihr keine Gabe zuteil geworden war, sondern eine Prüfung. Das Endstadium einer Affäre führte sie meist zu ihrem Beichtvater, einem alten Priester, der in der Nähe von Vilnius lebte, wo sie – auf polnisch! – ihr wundes Herz ausschüttete, weinte, bereute und mitleidige Belehrung und freundlichen Trost empfing, um anschließend versöhnt nach Moskau zurückzukehren – bis zum nächsten Abenteuer.

Da die stürmischen Affären stets nach einem feststehenden Muster abliefen – Valerija erschreckte die Männer bald durch unangemessene Großzügigkeit, die nach gleichwertigen Gegengaben verlangte, woraufhin sie rasch das Weite suchten –, wurde sie im Laufe der Jahre zurückhaltender mit der Äußerung ihrer Leidenschaft, auch ergaben sich Affären immer seltener.

Im vierten Lebensjahrzehnt hatte Valerija einen bitteren Humor und ein spöttisches Verhältnis zu sich selbst entwickelt, und da sie den himmlischen Beistand so sehr brauchte, meinte sie schließlich, der Herr habe ihr die Krankheit geschickt, um ihr wildes Wesen zu bändigen.

Sie war mit fünf Jahren an Kinderlähmung erkrankt, kurz nach dem Tod ihrer Mutter. Die Krankheit verlief zunächst so leicht, daß man ihr kaum Beachtung schenkte. Die Familie – ihr Vater hatte gerade Beata geheiratet, die Witwe seines Freundes, eine ehemalige Schauspielerin, ehemalige Schönheit und ehemalige Baronesse – befand sich mitten im Umzug nach Moskau, wo ihr Vater einen bedeutenden Posten in einem Ministerium bekommen hatte. Er war Spezialist für Holzverarbeitung, stammte aus der Familie eines polnisch-litauischen Holzhändlers und hatte in Schweden studiert. Im bürgerlichen Litauen war er bereits Professor an einem forstwirtschaftlichen Institut gewesen; er verstand sich sowohl auf Holzeinschlag und -verarbeitung wie auch auf Aufforstung und Waldbewirtschaftung.

Über die Wirren des Umzugs und die Einrichtung in

der neuen Stadt verlor man Valerija irgendwie aus den Augen. An ihrem Bein traten irreversible Verschlechterungen ein. Valerija wurde operiert, dann in ein Kindersanatorium geschickt und mußte lange einen Gips tragen. Sie humpelte immer stärker, und als sie zehn war, stand fest, daß sie niemals würde rennen und springen können, ja nicht einmal normal laufen.

Heftige Leidenschaften zehrten seit ihrer Kindheit an ihrer Seele. Denn sie war so auffallend schön, so sinnlich und so unglücklich.

Die Männer waren ihr gegenüber keineswegs gleichgültig, doch sie fürchtete jedesmal den Moment, da sie vom Tisch aufstehen mußte und der Mann, der eben noch lebhaftes Interesse für sie gezeigt hatte, sich mit Bedauern abwandte. Das geschah in der Tat mehrfach. Bereits in ihrer Jugend, als sie noch ohne Krücke auskam, legte sie sich ihren ersten Stock zu, schwarz, mit Bernsteingriff, sehr auffällig, und schleuderte ihn beim Laufen vor sich her wie ein Ausrufungszeichen. Sie versteckte ihren Gehfehler nicht, im Gegenteil, sie demonstrierte ihn bewußt und vorsätzlich.

Die unglücklichen Sowjetmenschen, von denen eine ganze Generation durch den Krieg verkrüppelt war – armlos, beinlos oder sonstwie körperlich versehrt –, lebten in einer Umgebung voller gipserner und bronzener Statuen von Arbeitern mit mächtigen Armen und Bäuerinnen mit kräftigen Beinen und verachteten jedes Gebrechen. Auch Valerija fand ihr Gebrechen anstößig. Sie haßte nicht nur die Behinderung, sondern auch die Behinderten.

Nachdem sie rund drei Jahre mit Unterbrechungen in Krankenhäusern und Sanatorien zugebracht hatte, entwickelte sie eine Theorie, derzufolge körperliche Invalidität nach und nach auch die Seele verkrüppelt. Sie beobachtete die unglücklichen, leidenden, verbitterten

195

Menschen, die ihre Umgebung terrorisierten und beneideten, und konnte diese Form seelischer Verkrüppelung nicht ertragen. So wollte sie nicht werden.

Nach dem Schulabschluß fuhr sie in eine entlegene sibirische Stadt, wo ein Chirurg mit Hilfe einer von ihm selbst konstruierten raffinierten Maschine die Knochen dehnte. Dort verbrachte sie ein schreckliches Jahr, ließ eine ganze Reihe von Operationen über sich ergehen, nach denen ihr der Apparat zur Dehnung des Knochengewebes angelegt wurde. Beata besuchte sie, saß in den schlimmsten Tagen nach der Operation bei ihr, reiste ab und kam wieder. Sie fand, daß Valerija sich umsonst solche Leiden aufbürdete. Es war in der Tat umsonst. Anderen mochte der Apparat geholfen haben, Valerija jedenfalls wurde nach einem Jahr mit einer rapiden Verschlechterung entlassen. Das Hüftgelenk hatte die Dehnung nicht ausgehalten, der Metallstift hatte es zerstört, und ihr Bein, vorher zwar sieben Zentimeter kürzer als das andere, aber lebendig, war jetzt nur noch eine traurige Attrappe. Statt ihres eleganten Stocks brauchte sie nun eine derbe Krücke.

Bald nach Valerijas Rückkehr nach Moskau starb ihr Vater, und sie war allein mit Beata, die ihre Schauspielkarriere bereits vor dem Krieg beendet und seitdem nicht mehr gearbeitet hatte. Ihre Lage änderte sich drastisch. Beata wollte nach Litauen zurückkehren, aber Valerija hielt sie zurück. Zu Beatas Überraschung begann Valerija, nun ihr Leben selbst zu regeln.

Sie unternahm keine Versuche mehr, ihre Situation mit Hilfe der Medizin zu verbessern. Sie beantragte einen Behindertenausweis, bekam ihr erstes behindertengerechtes Auto und fuhr mit dem lächerlichen, heftig schnaufenden Spielzeugvehikel herum, studierte und machte ihren Doktor. Für die Finanzierung sorgte Beata – durch An- und Verkäufe und diverse Beratungen. Sie besaß einen exzellenten Geschmack und das Gespür einer Geschäftsfrau. So etwas nannte man in jenen Jahren Schwarzhandel. Valerija unterstützte ihre Stiefmutter mit ihrer jungen Energie, ihrer unendlichen Güte und Dankbarkeit.

Mit den Jahren gewöhnte sich Valerija an ihr Unglück, lernte es zu ignorieren und freute sich am meisten, wenn sie jemandem helfen konnte. Dadurch fühlte sie sich als vollwertiger Mensch. Das war sie in der Tat. Ihre Wohnung, von der ihre Ehemänner später Teile beanspruchen würden, war stets voller junger Leute, und Beata staunte nur, wie die arme Valerija es schaffte, eine so laute, fröhliche Gesellschaft um sich zu scharen. Valerijas Freunde vergaßen ihr Gebrechen vollkommen. Wohlerzogene Fremde taten, als sei alles in Ordnung, schlichtere Gemüter bedauerten sie, und gerade die Kombination von Schönheit und körperlichem Gebrechen machte sie noch auffälliger.

Sie hatte auch schwere Minuten, Stunden, Tage. Aber sie verstand es, das, was man als schlechte Laune bezeichnet, zu bekämpfen. Als kleines Mädchen, monatelang auf dem Rücken liegend, vollkommen bewegungslos, mit ständigem quälendem Jucken unter dem Gipspanzer, hatte sie beten gelernt. Mit der Zeit wurde das Gebet ihr ständiger Begleiter – was sie auch tat, nie entfernte sie sich weit von der ununterbrochenen, gänzlich einseitigen Zwiesprache mit Gott über Dinge, die ihn vermutlich keineswegs interessierten. Darum setzte sie stets hinzu: Verzeih, daß ich mich mit diesem Blödsinn an Dich wende. Aber an wen soll ich mich wenden, wenn nicht an Dich?

Irgendwie half das.

Im zweiten Studienjahr heiratete sie einen Kommilitonen, einen jungen Mann aus der Provinz. Er studierte Grafik und war durch und durch Karrierist. Er machte sich in Valerijas schöner Wohnung ungeniert breit und zwang Beata, in die Datscha in Kratowo zu ziehen. Als er nach vier für Valerija glücklichen Jahren sein Studium abgeschlossen hatte, ließ er sich von ihr scheiden und klagte ein Drittel der Wohnung für sich ein. Valerijas Stiefmutter war außer sich, verkaufte die Datscha und entschädigte den ehemaligen Schwiegersohn mit einem Häuschen in Sagorsk. Ein teurer Sieg für Beata.

Das Sagorsker Leben bekam ihm gut, mit der Zeit brachte er es mit Darstellungen der orthodoxen Baudenkmäler von Sergijew Possad und Radonesh zu Ruhm und Ehren. Valerija verfolgte seine Karriere voller Ehrgeiz und versäumte keine Gelegenheit, ihren ersten Mann zu erwähnen.

Ihren zweiten Mann, ebenfalls einen Provinzler ohne Moskauer Wohnrecht, gabelte Valerija in einem Seminar für Bibliothekare auf, einige Jahre nach dem Scheitern ihrer ersten Ehe. Er stammte aus Ishewsk im Ural und war ein kräftiger Kerl, zum Bibliothekswesen desertiert aus einem Reifenwerk, wo er beinahe wegen eines – fremden, wie er behauptete – Diebstahls vor Gericht gestellt worden wäre. Dieser Nikolai erwies sich als nicht eben anständig: Er heiratete Valerija und meldete sich, ungeachtet des handfesten Familienkrachs aus diesem Anlaß, in der Wohnung an. Die nüchterne, weitsichtige Beata stellte sich quer und verweigerte ihre Einwilligung, um die Interessen ihrer dummen Stieftochter zu schützen. Trotz ihrer völlig gegensätzlichen Charaktere liebten sie einander – die Baronesse, die ihre Vergangenheit verbarg, und die humpelnde Schönheit, die für die Liebe alles gegeben hätte.

»Du wirst noch in der Gosse landen«, prophezeite die Stiefmutter. Valerija küßte sie auf die altersharte Wange und lachte.

Sie vereinbarten Gütertrennung. Valerija war nun Besitzerin zweier Zimmer von dreien und erneut eine verheiratete Frau.

Die zweite Ehe kostete sie ein weiteres Zimmer. Das Schlimmste an der Geschichte war, daß Nikolai nach genau einem Jahr seine frühere Frau samt Kind aus Ishewsk mitbrachte, angeblich, um das Kind in einer Moskauer Klinik behandeln zu lassen, und sie in der Wohnung einquartierte. Eine Zeitlang pendelte er zum namenlosen Erstaunen seiner rechtmäßigen Ehefrau Valerija, die bis zum beschämenden Ende nichts begriff, zwischen den Zimmern, und erklärte eines Tages schließlich, die frühere, alte Liebe habe doch gesiegt, zumal ja auch ein Kind da sei, das Valerija, so sehr sie sich auch darum bemühte, ihm nicht schenken konnte. Er ließ sich also von Valerija scheiden, um erneut seine »Verflossene« zu heiraten.

Ihre kluge Stiefmutter, die sich bei Valerijas zweiter Scheidung bereits auf einem Friedhof in Vilnius in der Nähe ihres ersten Mannes vom verhaßten Moskauer Leben ausruhte, konnte ihr nicht mehr helfen. In Beatas einstigem Zimmer lebten inzwischen Fremde – sie und Valerija hatten ja vor Valerijas zweiter Heirat Gütertrennung vereinbart.

Die Wohnung war nun eine Gemeinschaftswohnung. Valerijas Erbe von der Stiefmutter bestand in einer unscheinbaren Holzschatulle mit Brillanten.

Als Valerija Schurik kennenlernte, besaß sie also neben besagter Schatulle ein riesiges Zimmer in einer Gemeinschaftswohnung, vollgestellt mit antiken französischen Möbeln, die Beata teils aus Langeweile, teils aus praktischen Erwägungen erworben hatte: Nur in Zeiten von Revolution und Krieg waren solche Kostbarkeiten so spottbillig. Das Büfett war voller Porzellan, das Beata ihr Leben lang gekauft und verkauft hatte, wobei sie sich bis zum Schluß nicht entscheiden konnte, was sinnvoller war: russisches Porzellan oder deutsches. Das russische wurde aus irgendeinem Grund mehr geschätzt, aber Beatas Geschmack neigte mehr zum deutschen. Valerija bevorzugte russisches Porzellan.

Da saß sie nun an einem ovalen Intarsientischchen mit zwei fettleibigen, von Obst und Gemüse umrahmten Cupidos, das Kinn auf die von der Krücke schwieligen Hände gestützt. Vor ihr standen eine große Teetasse mit abgestoßenem Goldrand, eine Schale mit billigem Gebäck, ein Kerzenhalter mit einer Kerze und ein zerfleddertes kleines Buch, das ihrem Zwiegespräch diente. In der Wohnung war es heiß und feucht — im Bad trockneten die Nachbarn dauernd Wäsche. Von der Hitze war sogar Valerijas Kopfhaut feucht. Die blaue, bei einer Schwarzhändlerin erstandene Wimperntusche zerfloß.

»Na schön«, wandte sie sich an ihren wichtigsten Gesprächspartner, »ich gestehe, ich begehre ihn. Wie eine Katze. Aber bin ich denn schlechter als eine Katze? Eine Katze geht hinaus, schreit herum, und schon kommt ein Kerl angerannt, unverheiratet, Katzen sind immer unverheiratet, und es ist keine Sünde ... Bin ich etwa schlechter als eine Katze? Du selbst hast doch alles so eingerichtet, Du hast mir diesen Körper gegeben, der obendrein lahmt, und was soll ich nun damit anfangen? Möchtest Du, daß ich eine Heilige bin? Dann hättest Du mich zur Heiligen machen müssen! Aber ich würde wirklich gern ein Kind bekommen, ein kleines Mädchen, meinetwegen auch einen Jungen. Wenn Du mir das gewährst, dann tue ich es nie wieder. Das gelobe ich — nie wieder! Nun sag schon, warum hast Du alles so eingerichtet?«

Sie hatte schon oft Gelöbnisse abgelegt, sie werde nie wieder ... Hatte es weinend ihrem Beichtvater versprochen. Das letztemal im vorigen Jahr, nach einer mißlungenen Affäre mit einem älteren Professor, einem

Stammgast der Bibliothek. Das Ganze war sehr traurig geendet, irgend jemand hatte sie irgendwo zusammen gesehen und es der Frau des Professors mitgeteilt, daraufhin hatte ihn vor Angst der Schlag getroffen, und danach war Valerija ihm nur noch ein einziges Mal begegnet – da war er eine Ruine, ein menschliches Wrack. Doch diesmal war es ja etwas ganz anderes, daran konnte nichts schlecht sein.

»Ich will doch nichts Schlechtes. Nur ein Kind. Und nur ein einziges Mal«, versuchte Valerija zu verhandeln, bekam aber keine positive Antwort. Doch sie quengelte und bettelte weiter, bis es ihr selbst peinlich wurde. Dann trank sie ihren erkalteten Tee aus und beschloß, sich außer der Reihe die Haare zu waschen. Sie berührte ihr Haar – ja, das wäre gut. Sie ging ins Gemeinschaftsbad, wo Windeln und andere Kindersachen zum Trocknen hingen – ihr Exmann hatte mit seinem entsetzlichen Weib ein weiteres Kind bekommen, und in Vaters ehemaligem Zimmer lebte nun eine komplette Familie, die obendrein noch ein drittes Kind erwartete, um ganz sicherzugehen, daß man ihnen eine eigene Wohnung zuweisen würde. In der Wanne stand eine Schüssel, Valerija schob sie beiseite und stellte sich den Hocker bereit. Sie duschte seit langem nur noch, sie ekelte sich vor der Gemeinschaftswanne.

Für morgen war alles abgesprochen: Schurik wollte mit seiner Mutter ins Konservatorium, dann würde er sie mit einem Taxi nach Hause schicken und gegen zehn bei ihr sein. Er sollte ihr helfen, Bücher vom obersten Regal zu holen, sie bündeln und ins Auto tragen. Valerija Adamowna hatte schon lange vor, die Bücher in schwedischer Sprache, die ihrem Vater gehört hatten, in die Fremdsprachenabteilung der Bibliothek zu bringen.

31

Alles lief wunderbar. Das Konzert war großartig. Es war dasselbe Programm, mit dem einst Lewandowski aufgetreten war, und Vera fiel in einen höchst wohligen Zustand: Die Musik verknüpfte die Erinnerungen an den verstorbenen Geliebten mit dem neben ihr sitzenden Sohn, dem sie vor Beginn des Konzerts noch zugeflüstert hatte, sein Vater habe diese Sachen wundervoll gespielt, einfach einmalig.

»Wenn dein Vater noch lebte, wäre dieses Konzert heute für ihn ein Fest gewesen«, sagte Vera in der Garderobe, und Schurik war ein wenig erstaunt: Die Mutter erwähnte seinen Vater selten.

Wahrscheinlich spricht sie seit Großmutters Tod öfter von ihm, dachte Schurik.

Sie bekamen lange kein Taxi und liefen den Twerskoi-Boulevard hinunter. Vor dem Puschkintheater, dem früheren Kammertheater mit dem Taïrow-Studio, seufzte Vera, und Schurik wußte genau, was sie gleich sagen würde.

»Ein verfluchter Ort«, bemerkte Vera feierlich, und Schurik freute sich, daß er so gut Bescheid wußte. Alissa Koonen erwähnte sie diesmal allerdings nicht. Schurik hielt Veras Arm; Schurik war inzwischen genauso groß wie Lewandowski, mit dem sie hier oft entlanggegangen war, und er führte sie mit derselben Sicherheit wie einst sein Vater.

Welch ein Glück, dachte Vera.

Sie erreichten die Gorkistraße. An der Ecke, vor der Apotheke, stoppte Schurik ein Taxi. Es war Vera ganz recht, daß sie ohne ihn nach Hause fuhr – sie wollte allein sein mit ihren Gedanken.

»Kommst du auch nicht so spät?« fragte sie ihren Sohn, als sie bereits im Auto saß.

»Aber Verussja, natürlich wird es spät, es ist ja schon fast elf. Valerija Adamowna hat gesagt, es sind an die achtzig Bände, und die müssen alle vom Regal geholt, gebündelt und ins Auto getragen werden.«

Vera winkte ab. Sie wußte, was sie tun würde, wenn sie nach Hause kam. Sie würde sich Lewandowskis Briefe vornehmen und sie noch einmal lesen.

Valerija empfing Schurik in einem himmelblauen Kimono mit weißen Störchen, die über ihren üppigen Körper von Westen nach Osten flogen. Auch dies war ein Geschenk von Beata. Das frischgewaschene Haar – es war walnußfarben, eine seltene Farbe bei Slawen – fiel ihr auf die Schulter und wellte sich leicht aufwärts.

»Ach, mein Lieber, ich danke Ihnen!« freute sich Valerija, während er noch im Flur herumstand. »Nein, nein, legen Sie nicht hier ab! Kommen Sie ins Zimmer!«

Mit ihrer Krücke klackend, humpelte sie voran. Er folgte ihr. Im Zimmer zog er seine Jacke aus und schaute sich um. Möbel teilten den Raum in verschiedene Bereiche, genau wie einst bei ihnen in der Kamergerski-Gasse. Schränke voller Bücher. Ein Bronzekronleuchter mit blauem Glas.

»Beinahe wie unsere alte Wohnung in der Kamergerski-Gasse«, sagte Schurik. »Dort bin ich geboren.«

»Ich bin in Vilno geboren, in Vilnius, wie man heute sagt. Aber zur Schule gekommen bin ich hier in Moskau. Bis ich sieben war, konnte ich kein Wort Russisch. Meine Muttersprache ist Polnisch. Und Litauisch. Meine Stiefmutter sprach nämlich sehr schlecht Russisch, obwohl sie die letzten zwanzig Jahre hier lebte. Mit meinem Vater habe ich Polnisch gesprochen und mit Beata Litauisch. Russisch ist also meine dritte Sprache.«

»Ach ja?« Schurik staunte. »Mit mir hat meine Großmutter sehr früh Französisch gesprochen. Und dann hat sie mir Deutsch beigebracht.«

»Aha, alles klar. Sie sind also genau wie ich ein Relikt des Kapitalismus.«

»Wie?« fragte Schurik verwundert.

Valerija lachte.

»Na ja, das sagte man früher so. Tee, Kaffee?«

Der kleine ovale Tisch, der nur ein Bein hatte, wie der von Großmutter, war gedeckt. Schurik setzte sich und bemerkte, daß seine Schuhe nasse Spuren hinterließen.

»Oh, entschuldigen Sie ... Darf ich die Schuhe ausziehen?«

»Wie Sie möchten. Selbstverständlich.«

Er ging zur Tür, schnürte die Schuhe auf und zog sie aus. Dann nahm er ein Taschentuch aus der Jackentasche, schneuzte sich und fuhr sich mit der Hand durchs Haar.

Sie sagte mal »du«, mal »Sie« zu ihm, in der Bibliothek nannte sie ihn bisweilen betont Alexander Alexandrowitsch, dann wieder einfach Schurik. Nun war sie verwirrt, besonders, nachdem er die Schuhe ausgezogen hatte. Nein, sie mußte die Distanz verringern!

»Na, was machen deine Angelegenheiten in Sibirien? Was gibt's Neues von deiner Tochter?« wagte Valerija sich auf intimes Terrain vor.

»Ich weiß gar nicht«, antwortete Schurik naiv. »Sie hat seitdem nicht mehr angerufen.«

»Und du?« fragte Valerija lächelnd.

»So etwas war gar nicht ausgemacht. Ich hab ihr doch bloß aus der Patsche geholfen. Sonst nichts.«

So kam sie offenbar nicht weiter. Entweder ich bin verblödet, oder ich habe meine weiblichen Fähigkeiten verloren, dachte Valerija. Sie dürstete nach Schuriks männlichem Interesse, er aber blieb höflich, freundlich und vollkommen indifferent.

»Oh!« Valerija warf ihr Haar zurück. »Ich habe einen wunderbaren Kognak. Machen Sie bitte den kleinen Schrank dort auf ... Nein, den anderen, den bemalten. Ganz im Stil von Fragonard, nicht wahr? Meine Stiefmutter liebte das. Ja, den, und zwei Kognakschwenker. Wie schön, wenn man bedient wird. Ich hab mir alles so eingerichtet, daß ich möglichst wenig in die Küche muß.« Sie zeigte auf den kleinen Teekessel auf einem Spirituskocher. »Und nun gießen Sie ein, Schurik. Ich sehe, Sie lassen sich gern von anderen lenken, ja?«

»Ich glaube ja. Darüber habe ich auch schon nachgedacht.«

Schurik schenkte die Gläser beinahe randvoll.

»Das haben Sie sehr schön gemacht, aber falsch.« Valerija lachte. »Ich werde Sie ein wenig anleiten. Wissen Sie, ich kann Ihnen nämlich nicht nur im Bibliothekswesen einiges beibringen. Es gibt noch viele andere Dinge, in denen ich mich wahrscheinlich besser auskenne als Sie.« Sie machte eine Pause. Der letzte Satz war gut. »Zum Beispiel mit Kognak. Man gießt das Glas nur zu einem Drittel voll. Aber das gilt für offizielle Gelegenheiten. In unserem Fall ist randvoll genau richtig.«

Valerija hob ihr Glas und stieß es ganz sacht gegen das von Schurik. Sie nahm einen bedächtigen Schluck, Schurik dagegen kippte alles auf einmal hinunter.

»Ich kenne einen Georgier, einen Winzer. Er hat mir das beigebracht – wie man Wein trinkt und Kognak. Er sagt, Trinken ist etwas Sinnliches. Es erfordert geschärfte Sinne. Zuerst wärmt er das Kognakglas lange in seiner Hand. So.«

Sie umfaßte den birnenförmigen Boden des Glases mit beiden Händen, streichelte ihn und schwenkte das Glas ein wenig im Kreis, so daß der Kognak sanft gegen die Wand schwappte. Dann führte sie es langsam zum Mund und preßte das Glas an die Lippe.

»Das tut man ganz zärtlich, liebevoll.«

In Gedanken war sie nicht bei dem Glas in ihrer Hand, sondern überlegte, wie sie sich ihm nähern könnte. Das Sofa, auf dem sie saß, war ein Zweisitzer.

Komm, setz dich zu mir, befahl sie ihm in Gedanken. Bitte ...

Er tat es nicht. Doch im selben Augenblick begriff er, was von ihm erwartet wurde. Und daß sie verlegen war und ihn um Hilfe bat. Sie war so schön, so weiblich, so erwachsen, so klug. Und wollte so wenig von ihm ... Aber gern! Das ist doch nicht der Rede wert! Mein Gott, wie leid mir die Frauen tun, dachte Schurik. Alle.

Sie nahm noch einen winzigen Schluck und rutschte ans äußerste Ende der Couch. Schurik setzte sich neben sie. Sie stellte ihr Glas ab und legte ihre heiße Hand auf seine. Der Rest war einfach. Und ziemlich normal. Das einzige, was Schurik verblüffte, war die Temperatur. Im Inneren dieser Frau herrschte Hitze. Feuchte Hitze. Sie hatte eine schöne üppige Brust, sie roch wundervoll, und ihr Eingang war ganz glatt, perfekt: eine kleine Anstrengung – und er glitt hinein. Aber nicht abwärts, sondern aufwärts. So steil, daß ihm fast der Atem stockte. Es war herrlich. Sie zitterte wie im Fieber, und er hielt sie fest. Wo Matilda schon fertig war, da begann sie erst, stieg Stufe um Stufe höher und höher, und Schurik sah an ihrem Gesicht, daß sie immer weiter eilte und er sie nicht einholen würde. Außerdem bemerkte er, daß seine simplen, primitiven Bewegungen in ihrem kompliziert gebauten Inneren vielfältige Reaktionen auslösten, ein Pulsieren, Öffnen und Schließen, ein Ergießen und erneutes Trocknen. Sie hielt inne, preßte ihn an sich und ließ ihn wieder los, er paßte sich ihrem Rhythmus immer besser an und konnte ihre Höhenflüge bald nicht mehr mitzählen.

Um ein Uhr rief Schurik seine Mutter an und sagte, es würde sehr spät: Es gäbe viel zu tun. Tatsächlich waren sie erst um drei fertig.

Sie lagen im klitschnassen Bett. Valerija sah schlanker aus und sehr jung. Schurik wollte aufstehen, doch sie hielt ihn zurück: »Nein, nicht gleich.«

Er legte sich wieder hin. Küßte ihr Ohr, das vor seiner Nase lag.

Sie lachte.

»Davon werd ich ja taub. Das macht man so.«

Sie fuhr ihm mit ihrer langen Zunge ins Ohr, naß und kitzlig.

»So etwas habe ich noch nie erlebt«, flüsterte sie, als sie die Zunge aus seinem Ohr gezogen hatte.

»Ich auch nicht«, stimmte Schurik ihr zu. Er war neunzehn, und es gab tatsächlich viele Dinge, die ihm noch nie widerfahren waren.

32

Vera hatte Lewandowskis Briefe, die beiden Bündel von vor und nach dem Krieg, noch einmal gelesen. Sie kannte sie auswendig, ja sie erinnerte sich sogar, wann, wo und unter welchen Umständen sie jeden einzelnen erhalten hatte. Und an ihre damaligen Gefühle.

Darüber könnte man glatt einen Roman schreiben, dachte Vera. Sie faltete die Briefe wieder zusammen, wickelte ein Band darum und legte sie an ihren Platz zurück. Nach so vielen Jahren erschien ihre Jugend ihr bunt und bedeutend. Neben der Schachtel, in der sie die Briefe aufbewahrte, entdeckte Vera eine weitere, die ihrer Mutter gehört hatte. Ihre Mutter hatte eine wahre Leidenschaft für Schatullen, Schachteln und Büchsen gehabt und sie alle aufgehoben — Blechdosen aus der Zeit vor der Revolution, Tee- und Bonbonbüchsen, aus der Schweiz, aus Frankreich ...

Was ist wohl da drin?, dachte Vera, als sie die runde Hutschachtel beiseiteschob, um ihren Erinnerungskarton zurückzustellen.

Sie öffnete sie. Staunte. Lächelte. Es waren Staublappen, die Jelisaweta Iwanowna aus zerrissenen Florstrümpfen auf Vorrat genäht hatte. Vera fiel ein, daß ihre Mutter alte Strümpfe in gleichmäßige Stücke geschnitten, je vier Schichten übereinandergelegt und mit Kreuzstichen zusammengenäht hatte. Ebenso hatte sie Putzlappen für Schreibfedern gefertigt, allerdings aus

Tuch. Wie vieles heute aus dem Alltag verschwunden war: Duftsäckchen, kleine Schlafkissen, Serviettenringe, auch die Servietten selbst.

Vera nahm zwei rosa-fleischfarbene Läppchen – Strümpfe in dieser Farbe wurden heute gar nicht mehr hergestellt –, ging durchs Zimmer und wischte den Staub von den zahlreichen kleinen Dingen, die die unveränderte Kulisse ihres Lebens bildeten.

Den Spiegel hat Mama immer mit Salmiak abgerieben, erinnerte sich Vera, als sie hineinschaute. Niemand hält mich mehr für schön, lachte sie ihr freundliches Spiegelbild spöttisch an. Außer Schurik vielleicht.

Sie drehte den Kopf nach beiden Seiten. Ach was, ich sehe eigentlich noch gut aus. Nur das Kinn ist nicht mehr schön und der Hals ganz schlaff. Und wenn ich den Kragen runterklappe, sieht man die faltige rosa Narbe. Die Naht ist ordentlich, bei anderen sieht das derber aus, dicker. Ihr hatte man eine kosmetische Naht gemacht. Sie berührte das erschlaffte Kinn. Es gibt da so eine Übung – sie vollführte mit dem Kopf eine Kreisbewegung, dabei knackte es hinten im Hals. Aha, Salzablagerungen. Ich muß ein bißchen Gymnastik machen.

Seit dem Konzertbesuch mit Schurik waren bereits einige Tage vergangen. Gestern war sie, diesmal ohne Schurik, denn er mußte zur Vorlesung, im Skrjabin-Museum gewesen. Dort wurde das Poème de l'extase aufgeführt, das sie von der ersten bis zur letzten Note im Kopf hatte. Allerdings hatte sie nie versucht, es selbst zu spielen – zu kompliziert. Aber sie dachte voller Rührung an die choreographisch-gymnastischen Übungen, die sie als Studentin zu dieser kraftvollen, spröden Musik gemacht hatte. Und an die Pasternak-Verse, die dieser Musik und Pasternaks damaligem Idol Skrjabin gewidmet waren. Was für eine mächtige, was für eine moderne Kultur –

das alles war verschwunden, hatte sich aufgelöst, spurlos, wie es schien. Auch im Theater gab es außer den Klassikern nichts Vernünftiges zu sehen. Es hieß, Ljubimow sei etwas ... Aber das beruhte alles nur auf Brechtscher Energie. Biomechanik. Hohles Zeug. Richtig, es gab noch Efros – den mußte sie sich mal ansehen. Sie saß mit dem Staublappen in der Hand da und sann über Erhabenes nach, als es plötzlich an der Tür klingelte – ihr Nachbar Michail Abramowitsch.

»Ich komme grade von der Versammlung und hab gesehen, bei Ihnen brennt noch Licht«, erklärte er.

»Bitte treten Sie doch ein, ich wasche mir nur rasch die Hände.« Vera ging ins Bad und hielt ihre Hände unter den Wasserstrahl. Das Staubtuch ließ sie im Waschbecken liegen, um es später auszuspülen.

Der Nachbar stand auf dem Flurläufer und sah sehr geschäftig aus.

»Nun, Vera Alexandrowna, haben Sie über meinen Vorschlag nachgedacht? Der Keller steht leer!«

Sie hatte vollkommen vergessen, daß er sie schon zweimal damit genervt hatte, wie schön es wäre, einen Freizeitzirkel für Kinder zu organisieren.

»Nein, nein, ich war zwar tatsächlich einmal Schauspielerin, aber ich habe nie mit Kindern gearbeitet, das kommt gar nicht in Frage«, sträubte sie sich entschieden.

»Na schön, na schön. Aber vielleicht kommen Sie als Buchhalterin zu uns? Eine Buchhalterin brauchen wir in der Genossenschaft dringend. Die alte geht. Und Sie wären genau die Richtige für uns« – er überlegte kurz und ergänzte dann –, »andererseits, für wen wären Sie nicht genau die Richtige? Wie? Lehnen Sie nicht gleich ab, bitte. Denken Sie erst einmal darüber nach. Ich kann es einfach nicht ertragen, daß eine so junge, so schöne Frau, wenn Sie mir die Bemerkung gestatten, daß eine

Frau wie Sie sich so gar nicht gesellschaftlich engagiert.« Dann hatte er es plötzlich eilig und verzichtete auf den Tee, den Vera ihm liebenswürdig anbot.

Vera erzählte Schurik von ihren Gedanken hinsichtlich der Verarmung der Kultur und vom Besuch des Nachbarn und seinem Ansinnen, sie solle sich gesellschaftlich nützlich machen. Sie lachte. Schurik aber sagte überraschend: »Weißt du, Verussja, mit Kindern zu arbeiten, das könnte durchaus etwas für dich sein. So interessant, wie du über das Theater und über die Musik sprichst. Ich weiß nicht, ich weiß nicht, vielleicht wäre das gar nicht schlecht.«

Einige Tage später erschien Michail Abramowitsch mit einer Pappschachtel, auf der in häßlicher brauner Schrift stand: »Geleefrüchte in Schokolade«. Sie tranken Tee. Er umgarnte sie im Namen des Parteikomitees. Sie lächelte und redete sich scherzhaft heraus. Sie wußte seit langem, daß jüdische Männer etwas für sie übrig hatten. Dieser hier hatte irgendwie Ähnlichkeit mit jenem Einkäufer, der vor langer, langer Zeit einmal in sie verliebt gewesen war. Nein, ein solcher Verehrer – das ging denn doch zu weit. Von diesem Tag an hatte Michail Abramowitsch den Spitznamen »Geleefrucht« weg.

Vera lächelte, sie war in gehobener Stimmung – erstaunlich für Dezember. Sie schlug Schurik sogar vor, für seine Schüler anstelle der früheren Weihnachtsfeier wenigstens ein Teetrinken auszurichten.

»Und die Pfefferkuchen?«

»Ach, wir können doch welche kaufen und die Zettel dazulegen.«

Doch Schurik lehnte diesen Vorschlag als Verhöhnung der Familientradition kategorisch ab. Dennoch kaufte er rechtzeitig einen Baum, diesmal einen sehr schönen, und stellte ihn einstweilen auf den Balkon.

Nachdem Vera die Staubläppchen gefunden hatte, entdeckte sie plötzlich, daß die Wohnung seit dem Tod ihrer Mutter irgendwie an Glanz und Frische verloren hatte. Dabei war der Fußbodenpfleger schon dagewesen, hatte das Parkett mit zwei Bürsten gewienert und den altmodischen Geruch nach Bohnerwachs und ein edel glänzendes Parkett hinterlassen, und auch Vera selbst war mehrmals mit den Läppchen durch die Wohnung gegangen und hatte den Staub in deren rosa Bäuche gesammelt. Aber irgend etwas fehlte. Sie sprach in ihrer üblichen melancholischen Art mit Schurik darüber.

Es war Abend, sie hatten gegessen und saßen am Tisch – nicht in der Küche wie in der morgendlichen Hektik, sondern am ovalen Tisch in Großmutters Zimmer. Der Brahms ging zu Ende, und Schurik, der die Platte schon oft gehört hatte, wartete auf die Koda.

»Ich glaube, es liegt nicht an der Wohnung, Verussja. Es ist alles bestens, Großmutter wäre zufrieden. Es ist nur, verstehst du, ich habe nämlich auch schon darüber nachgedacht – du verbringst einfach zu viel Zeit zu Hause ...«

»Meinst du?« Vera war verblüfft ob dieses sonderbaren Verrats. Hatte nicht Schurik selbst darauf bestanden, daß sie in Rente ging? Und nun auf einmal so etwas! »Du meinst, ich sollte mir eine Arbeit suchen?«

»Nein, das meine ich ganz und gar nicht. Ich rede von etwas anderem. Nicht von Arbeit, sondern von Betätigung. Ich bin sicher, du könntest zum Beispiel Theater- oder Musikkritiken schreiben. Du kennst dich so gut aus. Oder du könntest unterrichten. Ich weiß nicht, was, aber du könntest es. Großmutter hat immer gesagt, du hättest dein Talent vertan, aber es ist ja noch nicht zu spät, etwas zu beginnen.«

Vera kniff die Lippen zusammen.

»Aber Schurik, was denn für ein Talent? Ich habe

wirkliche Schauspielerinnen gesehen, ich habe Alissa Koonen gekannt, die Babanowa ...«

Niemand hatte je solche Hochachtung vor ihr als Künstlerin gehabt wie Schurik. Das tat wohl.

33

Für Stimmungen, ob gut, schlecht oder traurig, hatte Alja absolut keine Zeit. Sie war viel zu beschäftigt. Kurz vor Silvester erhielt sie einen Brief aus ihrer Heimatstadt Akmolinsk, ein halboffizielles Schreiben aus ihrem Betrieb. Die Laborchefin wünschte ihr alles Gute zum bevorstehenden neuen Jahr und schrieb, sie hätte zwei neue Laboranten eingestellt, doch selbst zu zweit bewältigten sie die Arbeit nicht so gut wie Alja. Das war der angenehme Teil des Briefes. Weiter schrieb die Chefin, das ganze Labor warte darauf, daß Alja als ausgebildete Spezialistin zurückkehrte, und sie solle sich möglichst gründlich mit den Methoden der qualitativen und quantitativen Analyse von Erdölcrackprodukten befassen, denn das werde künftig ihr Hauptaufgabengebiet sein. Und noch eins: Für das Produktionspraktikum im Sommer werde der Betrieb eine Anforderung ans Institut schicken, daß sie dieses zu Hause absolvieren könne; die Kaderabteilung habe bereits zugesagt, die Reisekosten zu übernehmen, und auch das Praktikum würde man ihr bezahlen.

Daraufhin befiel Alja doch eine Stimmung. Eine üble. Eine sehr üble sogar. Sie hatte sich bereits an den Gedanken gewöhnt, nach dem Studium für immer in Moskau zu bleiben, und nun begriff sie, wie schwierig es sein würde, Akmolinsk zu entkommen, an das sie offenbar fürs ganze Leben gekettet war.

Der einzige Ausweg war eine Heirat, der einzige Kandidat dafür Schurik, und der war bereits gebunden, wenn auch nur fiktiv. Sie meinte, da er sogar Lena Stowba diesen Gefallen erwiesen hatte, obgleich er mit ihr nicht einmal besonders befreundet war, würde er sie, Alja, auf jeden Fall heiraten. Und zwar nicht fiktiv. Sie waren immerhin bereits sechs Mal ein Liebespaar gewesen. Das war schon etwas Ernstes. Allerdings zeigte Schurik keinerlei Interesse an ihr. Aber er hatte auch viel zu tun: Die kranke Mutter, das Studium, die Arbeit – die Zeit reichte eben nicht für alles, redete sie sich ein.

Sie gedachte keineswegs aufzugeben und nahm das bevorstehende Silvester als willkommenen Anlaß für einen weiteren Vorstoß.

Ab Mitte Dezember ließ sie sich mehrmals in der Nowolesnaja blicken, angeblich, weil sie zufällig in der Nähe war, traf Schurik jedoch nie zu Hause an. Vera Alexandrowna bot ihr Tee mit Milch an, war zerstreut freundlich, doch das führte zu nichts. Alja wollte zu Silvester eingeladen werden, wie im letzten Jahr – daß sie im letzten Jahr niemand eingeladen hatte, war ihrem Gedächtnis ganz entfallen.

Schließlich erreichte sie Schurik am Telefon und erklärte, sie müsse dringend etwas mit ihm besprechen. Schurik war zwar nicht im mindesten neugierig, eilte aber noch spät abends ins Mendelejew-Institut. Das Laufen machte ihm sogar Freude, ebenso wie der Anblick des Haupteingangs, des Vestibüls – er fühlte sich wie ein entlassener Häftling, der seinen einstigen Kerker als freier Mann besucht.

Alja empfing ihn auf der Treppe, in ihrer stets gleichen blauen Jacke, das Haar sorgfältig gekämmt und hochgesteckt. Sie nahm Schuriks Arm. Schurik schaute sich um – seltsam: Er entdeckte kein einziges bekanntes Gesicht, dabei hatte er ein ganzes Jahr hier studiert.

215

Sie gingen in die Raucherecke unter der Treppe. Alja nahm eine Schachtel Femina-Zigaretten aus der Tasche.

»Ach, du rauchst?«, fragte Schurik erstaunt.

»Nur ab und zu«, antwortete Alja und drehte die Zigarette mit dem Goldrand spielerisch in der Hand.

Schurik fühlte sich in ihrer Gegenwart immer ein wenig befangen.

»Nun, was gibt's?« fragte er.

»Ich wollte mich wegen Silvester mit dir beraten« — etwas Schlaueres war ihr nicht eingefallen, so angestrengt sie auch darüber nachgedacht hatte. »Soll ich vielleicht einen Kuchen backen oder einen Salat schnipseln?«

Er sah sie verständnislos an — er glaubte, sie wolle ihn ins Wohnheim einladen.

»Ich feiere zu Hause, mit meiner Mutter, wie immer. Ich gehe nirgendwohin.«

Das war die Wahrheit, wenngleich nicht die ganze. Nach eins, nach dem rituellen Glas Sekt mit seiner Mutter, wollte er zu seinem alten Freund Gija Kiknadse, der ein paar ehemalige Klassenkameraden eingeladen hatte.

»Na ja, ich will doch auch zu euch kommen, aber ich muß schließlich irgendwas mitbringen ...«

»Gut, ich frage meine Mutter«, sagte Schurik unbestimmt.

Alja blies mit offenem Mund Rauch aus. Sie hatte alles gesagt, glaubte aber noch irgend etwas hinzufügen zu müssen.

»Hast du mal wieder was von Lena gehört?«

»Nein.«

»Ich hab einen Brief gekriegt.«

»Und?«

»Nichts Besonderes. Sie schreibt, nach dem Babyjahr kommt sie zurück, die Tochter läßt sie wahrscheinlich bei den Eltern.«

»Richtig so«, lobte Schurik.

»Übrigens, hast du schon gehört: Die Kalinkina und Demtschenko heiraten.«

»Die Kalinkina, wer ist das?«

»Die aus Dnepropetrowsk, die Volleyballerin. Mit den kurzen Haaren.«

»Sagt mir nichts. Wie soll ich davon gehört haben, ich hab ja keinen Kontakt mehr zu Leuten aus der alten Seminargruppe, außer zu dir. Ab und zu telefoniere ich mal mit Shenja.«

»Shenja, der hat jetzt auch eine Freundin!« rief Alja beinahe verzweifelt. Weiter gab es wirklich nichts zu sagen. Schurik zeigte nicht das geringste Interesse für die Neuigkeiten ihres Jahrgangs.

»Ach, das hätt ich fast vergessen! Erinnerst du dich an Israilewitsch? Also, er hatte einen Herzanfall und mußte ins Krankenhaus gebracht werden. Er kann die Semesterprüfungen nicht abnehmen, und vielleicht geht er überhaupt in Rente!«

Schurik erinnerte sich sehr gut an den besessenen Mathematiker, der sich einmal sogar in seinen Traum eingeschlichen hatte. Seinetwegen war er aus dem Institut geflohen: Die bevorstehende Nachprüfung in Mathe hatte den Ausschlag gegeben.

»Geschieht ihm recht«, knurrte Schurik. »Was wolltest du mir eigentlich sagen? Was so dringend war?« kam Schurik auf den Anlaß ihres Treffens zurück.

»Na wegen Silvester, ich wollte mich mit dir absprechen«, sagte Alja verwirrt.

»Ah, verstehe«, sagte er unbestimmt. »Das war alles?«

»Na ja. Man muß doch rechtzeitig ...«

Schurik begleitete Alja galant bis zur Metro und lief nach Hause – und vergaß augenblicklich sowohl Alja selbst als auch ihre faden Neuigkeiten. Und zwar so gründlich, daß ihm dieses Gespräch erst am einunddreißigsten Dezember kurz nach elf wieder einfiel, als er mit Vera in Großmutters Zimmer saß, vor dem beleuchteten Baum, und alles genau so war, wie sie es im letzten Jahr hatten machen wollen: Großmutters Sessel mit ihrem Schal über der Lehne, anheimelndes Halbdunkel, Musik, Geschenke unterm Baum ...

»Wer könnte das sein?« Vera sah Schurik beunruhigt an, als es an der Tür klingelte.

»Oh Gott! Das ist Alja Togussowa!«

»Nein, nicht schon wieder«, seufzte Vera, neigte traurig den Kopf und fragte: »Warum hast du sie bloß eingeladen?«

»Aber Mama! Nicht im Traum habe ich das! Wie kommst du auf die Idee?«

Sie saßen schweigend am Tisch mit den drei Gedecken. Eins war für Großmutter. Zaghaft klingelte es erneut. Vera Alexandrowna klopfte mit ihren zarten Fingern auf den Tisch.

»Weißt du, was Großmutter in solchen Fällen immer sagte? Gast im Haus, Gott im Haus.«

Schurik stand auf und ging öffnen. Er war wütend – auf sich und auf Alja. Mit einem Salat und einem Kuchen stand sie vor der Tür. Und lächelte flehend und zugleich dreist. Da tat sie ihm entsetzlich leid.

Der Silvesterabend war verdorben, doch Schurik ahnte noch nicht, in welchem Maße.

Der Tisch war schön, aber karg gedeckt. Aljas Kuchen war oben zu trocken und innen noch halbroh. Schurik aß zwei Stücke, ohne das zu registrieren, und auch Vera merkte es nicht, denn sie probierte erst gar nicht. Das Klavier rührte Vera nicht an, und ihre Leidensmiene peinigte Schurik. Das Ärgernis im letzten Jahr – Faina Iwanowna und ihr lauter Auftritt – hatte wenigstens etwas Theatralisches gehabt. Auch Alja fühlte sich ein wenig unbehaglich: Sie hatte erreicht, was sie wollte, sie saß mit Schurik und seiner Mutter an der Silvestertafel, aber sie empfand keinerlei Triumph. Hier war ein Dritter eindeutig überflüssig. Um zwölf stießen sie an. Dann brachte Schurik den Tee und die vier Stück Kuchen, die er am Vormittag auf dem Arbat gekauft hatte. Nach einer Viertelstunde stand Vera auf, erklärte, sie habe Kopfschmerzen, und ging schlafen.

Schurik trug das Geschirr in die Küche und stapelte es in der Spüle. Die schweigsame Alja wusch es gleich ab. Und zwar so, als wären es chemische Behälter: gründliche Fettentfernung und mehrfaches Spülen, bis kein Wasser mehr abperlte.

»Ich bring dich zur Metro. Sie fährt noch«, schlug Schurik vor.

Sie sah ihn an wie ein Kind, das bestraft wird – voller Verzweiflung.

»Und das war's?«

Schurik wollte sie so schnell wie möglich los sein und zu Gija gehen.

»Was denn noch? Willst du vielleicht noch einen Tee?«

Sie trat in die Ecke hinter der Küchentür, schlug die Hände vors Gesicht und weinte bitterlich. Erst leise, dann stetig heftiger. Auch das Beben ihrer Schultern wurde immer stärker, dazu ertönte ein sich überschlagendes Schluchzen und ein seltsames Klopfen, das Schurik sehr erstaunte: Sie schlug mit dem Kopf wiederholt gegen den Türrahmen.

»Nicht doch, Alja, was hast du?« Er umfaßte ihre Schultern, wollte sie zu sich drehen, doch ihr Körper war stocksteif, sie stand da wie festgewachsen.

Sie röchelte heiser und rhythmisch.

Als ob man Luft in einen kaputten Schlauch pumpt, dachte Schurik.

Er schob den Arm zwischen sie und die Tür, doch sie

hörte nicht auf zu schwanken. Nur ihr Röcheln wurde lauter. Schurik fürchtete, seine Mutter könnte es hören. Er war überzeugt, daß sie nicht schlief, sondern mit einem Buch und einem Apfel in ihrem Zimmer lag. Mit einiger Anstrengung hob er Alja hoch, überrascht vom Widerstand ihres schmächtigen Körpers, trug sie in sein Zimmer und schlug mit dem Fuß die Tür zu. Er wollte sie auf die Liege betten, aber sie krallte sich mit ihren eiskalten Händen an ihm fest und zuckte noch immer mit Kopf und Schultern. Als er sie endlich hingelegt hatte, wich er entsetzt zurück: Von ihren Augen waren nur noch die Augäpfel zu sehen, ihr Mund war krampfhaft verzogen, ihre Arme zuckten, und sie war offensichtlich bewußtlos.

Den Notarzt, den Notarzt! Er rannte zum Telefon, erstarrte jedoch mit dem Hörer in der Hand: Verussja würde erschrecken. Er warf den Hörer hin, füllte eine Teetasse mit Wasser und kehrte zu Alja zurück. Sie zuckte noch immer mit den geballten Fäusten, gab aber keine zischenden Geräusche mehr von sich. Er hob ihren Kopf an und versuchte ihr Wasser einzuflößen, doch ihre Lippen waren fest zusammengepreßt. Er stellte die Tasse ab und setzte sich an ihr Fußende. Ihre Beine zuckten im selben Rhythmus wie die Fäuste. Der Rock war kläglich hochgerutscht, aus dem übergroßen rosa Schlüpfer sahen die dünnen Beine hervor. Schurik schloß die Tür ab, zog Alja den Schlüpfer aus und begann mit der Heilbehandlung. Ihm stand dafür nur ein Mittel zu Gebote, doch dieses einzige, das ihm geläufig war, half tatsächlich.

Nach einer halben Stunde kam Alja endgültig wieder zu sich. Sie erinnerte sich, daß sie das Geschirr gespült hatte und anschließend auf Schuriks Liege gelandet war – »das siebte Mal!«, dachte sie befriedigt. Dann knöpfte er sich die Hose zu und erkundigte sich höflich, wie sie sich fühle. Sie fühlte sich seltsam: Ihr Kopf dröhnte und war schwer. Sie schob es auf den Sekt.

Die Metro fuhr nicht mehr. Schurik brachte Alja mit dem Taxi ins Wohnheim, küßte sie auf die Wange und fuhr zu Gija, glücklich, daß alles gut ausgegangen und das unangenehme Abenteuer überstanden war.

Bei Gija war die Party in vollem Gang. Seine Eltern waren nach Tbilissi gefahren und hatten ihm die Wohnung und die ältere Schwester überlassen, eine kleine Dicke von mongoloidem Äußeren und mit unartikulierter Sprache. Normalerweise nahmen die Eltern sie immer mit, aber diesmal war sie erkältet, und eine Erkältung konnte für sie gefährliche Folgen haben. Außer ehemaligen Klassenkameraden hatte Gija noch ein paar Kommilitoninnen eingeladen, so daß die Mädchen, wie so oft, stark in der Überzahl waren und meist gruppenweise getanzt wurde. Schurik geriet sofort mitten in den Strudel, tanzte begeistert Rock 'n' Roll oder das, was er dafür hielt, und legte nur kurze Pausen ein für die Getränke, die in Strömen flossen. Er trank, tanzte und spürte, daß dies genau das war, was er brauchte, um das schaurige Gefühl loszuwerden, das tief in seinem Innern saß und von dem er bislang nichts geahnt hatte. Als habe er in seinem eigenen Haus, das ihm bis auf den letzten Stein vertraut war, plötzlich einen geheimen Keller entdeckt.

Der georgische Kognak, in Tanks aus Tbilissi nach Moskau gebracht, um hier abgefüllt zu werden, ging unter der Hand teilweise an Moskauer Georgier, Freunde des Direktors der Moskauer Kognakfabrik. Ein solcher geschenkter Zwanzigliterkanister stand in der Küche. Der Kognak war nicht schlecht, allerdings auch weit entfernt davon, gut zu sein, doch die Quantität übertraf die Qualität in solchem Maße, daß diese ohne jeden Belang war. Es war der gleiche Kognak, mit dem Valerija

Adamowna Schurik bewirtet hatte. Schurik trank ihn wassergläserweise, um möglichst rasch die aufdringliche Erinnerung auszulöschen – Alja mit verdrehten Augen und krampfhaft zuckenden verrenkten Gliedern.

Nach einer Stunde hatte er den Zenit der Trunkenheit erreicht und befand sich rund vierzig Minuten lang in dem glücklichen Zustand, um dessentwillen Menschen seit Tausenden von Jahren dem »Feuerwasser« zusprechen, das die an Mißerfolgen reiche Vergangenheit ebenso verbrennt wie die furchteinflößende Zukunft. Ein glücklicher, aber nur kurzer Zustand, von dem Schurik lediglich Gijas dicke Schwester mit dem strahlenden flachen Gesichtchen in Erinnerung blieb, die unbekümmert im Takt der Musik um ihn herumhüpfte, außerdem ein hochgewachsenes langhaariges Mädchen in Blau mit einem angebissenen Stück Kuchen, das sie Schurik in den Mund schob, seine in die Breite gegangene Klassenkameradin Natascha Ostrowskaja mit Ehering, den sie Schurik auffällig unter die Nase hielt, und wieder die kleine Dicke, die seine Hand nahm und ihn irgendwohin zog.

Dann erinnerte er sich noch, wie er in die Toilette gekotzt und sich dabei gefreut hatte, daß er genau die Mitte der Kloschüssel traf und kein bißchen daneben. Von da an erinnerte er sich an nichts mehr, bis zu dem Moment, als er in einem fremden Zimmer auf einem schmalen Bett erwachte. Im Kinderzimmer, den vielen Plüschtieren nach zu urteilen. Irgend etwas lag schwer auf seinen Beinen – Gijas schlafende Schwester mit einem großen Plüschteddy im Arm.

Vorsichtig zog er seine Beine unter dem rührenden Pärchen hervor. Das Dickerchen schlug die Augen auf, lächelte unbestimmt und schlief wieder ein. Ein vager Verdacht beschlich Schurik, doch er konnte ihn mühelos verscheuchen. Er stand auf. Ihm war schwindlig. Er hatte

Durst. Aus irgendeinem Grund taten ihm die Beine weh. Er ging in die Küche. Dort herrschte eine einzige Sauerei: Der Fußboden klebte, zerschlagenes Geschirr, Zigarettenkippen und Essensreste lagen herum. Auf dem Teppich im großen Zimmer schlief eine unbestimmte Anzahl Gäste, zugedeckt mit Mänteln und einer deplaziert wirkenden schneeweißen Bettdecke.

Schurik nahm seine Jacke, die praktischerweise mitten im Flur lag, und verschwand. Nur schnell nach Hause, zu Mama.

Bei Alja ließ Schurik sich lange nicht blicken. Sie rief ihn noch mehrmals an; einmal lud sie ihn ins Theater ein, ein andermal bat sie ihn, einen Kühlschrank ins Wohnheim zu transportieren – eine Kollegin vom Lehrstuhl hatte sich einen neuen gekauft und überließ ihr den alten. Schurik kam und half, lief aber anschließend eilig fort. Alja war besorgt: Die Liebesaffäre stockte. Die Semesterprüfungen hatten begonnen, sie wollte Schurik anrufen, fürchtete jedoch, damit alles endgültig zu verderben.

Dann bekam sie einen Job in der Aufnahmekommission. Nun nahm sie selbst die Papiere der Abiturienten entgegen, musterte sie mit erfahrenem Blick, schrieb Einweisungen fürs Wohnheim aus, erinnerte sich an sich selbst, wie sie mit ihrem scheußlichen Koffer und blutiggescheuerten Füßen vor zwei Jahren hier angekommen war, und war stolz, denn inzwischen war sie von damals himmelweit entfernt.

Die Institutsmensa war im Sommer geschlossen, deshalb kaufte Alja stets für die ganze Aufnahmekommission in der Bäckerei Brezeln. Eines Tages überquerte sie die Straße bei Rot und wurde angefahren. Wie das passiert war, wußte sie anschließend nicht mehr – als sie wieder zu sich kam, war sie von einer kleinen Menschenmenge umringt.

Ihre Knochen waren heil, aber die Seite tat ihr weh, und am linken Bein hatte sie Schürfwunden. Zwei Milizionäre setzten ein Protokoll auf. Alja war Opfer, zugleich aber auch Verursacherin des Unfalls. Sie bat darum, keinen Notarzt zu rufen, und versicherte, es sei nicht weiter schlimm. Einer der beiden Milizionäre, ein schmächtiger semmelblonder Bursche, beugte sich zu ihr hinunter und sagte leise: »Es ist besser für dich, wenn der Notarzt kommt.«

Aber Alja fürchtete, man könnte sie lange im Krankenhaus behalten, und sie würde ihren Job verlieren. Der semmelblonde Milizionär, er hieß Nikolai Krutikow, fuhr sie mit dem Milizauto ins Wohnheim. Er war ebenfalls ein Zugezogener, aber nur aus dem Moskauer Gebiet, und lebte im Milizwohnheim. Er war nach dem Armeedienst zur Miliz gegangen und schätzte sich glücklich. Er sollte bald ein eigenes Zimmer bekommen, wenn er verheiratet wäre, sogar eine Einzimmerwohnung.

Das geschah allerdings nicht so bald. Eine Wohnung erhielten sie erst nach zwei Jahren. Ein Jahr lang gingen sie miteinander ins Kino, doch Alja gestattete ihm nichts: Sie war nun klug. Aber als sie verheiratet waren, begann er sie wirklich zu lieben, wie einst Enrique Lena Stowba. Zunächst wohnten sie zur Untermiete ganz in der Nähe, dann zogen sie in eine Einzimmerwohnung am Sawjolower Bahnhof.

Besser hätte es für Alja gar nicht laufen können: Als sie nach Akmolinsk hätte zurückkehren müssen, war sie bereits verheiratet, schwanger, offiziell in Moskau gemeldet und Anwärterin auf eine Doktorandenstelle.

Nach Akmolinsk fuhr Alja nur noch ein einziges Mal – zur Beerdigung ihrer Mutter. An Schurik dachte sie nie – warum sollte sie sich an ihre Mißerfolge erinnern? Nur eines war von dieser Geschichte geblieben: Tee auf englische Art. Alja kaufte sich ein Milchkännchen und trank ihren Tee mit Milch, und das Gebäck legte sie stets in eine Schale. Und ihre Tochter – ein gutes Mädchen! – sollte, wenn sie groß genug war, eine Musikschule besuchen.

34

Die Sommersaison verlief für Vera sehr glücklich. Sie hatten sich wie immer bei Olga Iwanowna Wlassotschkina eingemietet, in derselben Datscha, in der sie bis auf eine kurze Unterbrechung sämtliche Sommer seit Schuriks Geburt verbracht hatten. Anstatt der beiden Vorderzimmer mit der großen Veranda bewohnten sie nun den bescheideneren hinteren Teil des Hauses – ein bequemes Zimmer mit kleiner Veranda und separater Küche. Schurik holte einige Möbel aus dem Schuppen, wo sie die Datschasachen aufbewahrten, vor allem Dinge, die sie in der Zeit ihrer großen Umsiedlung in die Nowolesnaja-Straße hier untergestellt hatten. Unbegreiflich, wie beim Umzug aus einem einzigen, in Verschläge geteilten Raum in eine Dreizimmerwohnung ein solcher Überschuß an Möbeln hatte entstehen können: mehrere Wiener Stühle, etliche Regale und ein Ausziehtisch, der seine gastfreundliche Wandelbarkeit eingebüßt hatte. Die evakuierte Habe, von der Eigentümerin der Datscha wohl verwahrt, wurde nun in das kleine Datschazimmer gestellt und erinnerte Schurik und Vera an Jelisaweta Iwanowna: Diese Dinge wußten noch nichts von ihrem Tod, ihr Stuhl mit den blauen Streublümchen auf der Rückenlehne schien auf sie zu warten. Doch nun, zwei Jahre nach ihrem Tod, war das Gefühl des Verlusts ein wenig verblaßt, genau wie die Streublümchen.

In dem Stuhl saß jetzt Irina Wladimirowna, eine langjährige Freundin und entfernte Verwandte von Vera. Die unverheiratete Irina, eine Kaufmannstochter aus Saratow, die ihre Herkunft ihr Leben lang geheimgehalten hatte, lebte in Malojaroslawez in der Nähe von Moskau, hatte wie Schurik in einer Bibliothek gearbeitet und nun, da sie inzwischen in Rente gegangen war, Veras Angebot, mit ihr auf die Datscha zu ziehen, freudig angenommen. Vera war seit ihrer Jugend am Theater für Irina ein höheres Wesen, und kein Mißerfolg in Veras Leben hatte die Freundin von ihrer tiefen, mit einem Hauch Selbsterniedrigung gemischten Hochachtung abbringen können.

Auch Schurik freute sich: Daß seine Mutter Gesellschaft hatte, war für ihn eine große Erleichterung – die täglichen Fahrten mit der vollen Vorortbahn kosteten eine Menge Zeit, und dank Irina Wladimirowna mußte er nun nicht mehr täglich herkommen. Er erschien jeden zweiten Tag, manchmal auch jeden dritten, und brachte Lebensmittel. Irina, die ihr ganzes Leben beinahe in Armut, zumindest in großer Sparsamkeit verbracht hatte, sorgte begeistert für üppige Mahlzeiten: Lebensmittel waren reichlich, ja überreichlich vorhanden, und sie buk, kochte und brutzelte in großem Stil, ganz wie einst Jelisaweta Iwanowna. Vera, die meist wenig und achtlos aß, konnte Irina kaum aus der Küche lotsen, um mit ihr zum See oder zum Birkenwäldchen zu gehen. Also unternahm sie meist einsame Spaziergänge, machte auf einer versteckten Lichtung Atemübungen und fühlte, wie die Gesundheit geradezu in sie strömte, besonders in ihren nach der Operation noch lädierten Hals. Irina raspelte, rührte und quirlte unterdes wie besessen. Wenn Schurik kam, deckte sie beizeiten den Tisch, unter zwei Handtüchern wartete ein warmer Kuchen, im Keller wurde Sülze auf Eis gekühlt, frischgekochtes Kompott ruhte unter einem fest schließenden Deckel.

Schurik kam in der Dämmerung, wusch sich am Wasserspender und holte sein altes Fahrrad aus dem Schuppen, das Großmutter ihm zum dreizehnten Geburtstag geschenkt hatte: Er wollte rasch zum See, baden. Er pumpte die Schläuche auf, rieb mit einem Putzlappen aus einem alten Kinderschlafanzug die matten Schutzbleche ab und freute sich auf das muntere Holpern über Baumwurzeln, auf das fröhliche Tempo, wenn der Pfad bergab führte, und auf den frischen Fahrtwind an der Stirn. Aber Irina bat ihn beinahe demütig, erst zu essen, sonst würde doch alles kalt, und er ließ sich überreden und setzte sich an den Tisch. Mit der Miene eines Huhnes, das ein Korn erspäht hat, verharrte Irina hinter ihm und reichte ihm energisch Suppe, Brot, Radieschen, saure Sahne, den Salzstreuer, Kartoffeln, ein Stück Kuchen nach dem anderen, und Schurik überfraß sich wie ein hungriger Kater und schlief beinahe am Tisch ein.

»Danke, Tante Ira«, murmelte Schurik und schob das Fahrrad, vor dem er sich schuldig fühlte, unausgeführt zurück in den Schuppen, küßte die alten Damen, sank auf das bucklige Sofa und schlief umgehend ein.

Irina füllte warmes Wasser in eine Schüssel und spülte umständlich das Geschirr, wobei sie mit schüchterner Geschwätzigkeit still vor sich hin murmelte.

Kaum hatte sie morgens die Augen aufgeschlagen, begann sie ihr Morgenlied: Schönes Wetter heute, wunderbare Milch, der Kaffee ist übergekocht, der Wischlappen ist weg, die Tasse ist nicht ordentlich abgespült, die Untertasse hat ein hübsches Muster... Gegen Abend, wenn sie müde war, wurde ihr Redefluß langsamer, versiegte jedoch nie ganz: Die Sonne ist untergegangen, es wird dunkel, vom Boden steigt Feuchtigkeit auf, wie der Tabak unterm Fenster duftet... Mitunter besann sie sich und fragte: »Nicht wahr, Verotschka?« Sie benötigte schon lange keinen Gesprächspartner mehr und verlangte keine Antwort.

Vera war mit ihrer Gesellschaft vollauf zufrieden. Obgleich Irina zwei Jahre jünger war als sie, lief im Haushalt alles auf die für Vera gewohnte Weise: Als hätte Jelisaweta Iwanowna ihr eine Stellvertreterin auf Zeit gesandt – die für Vera kochte, aufräumte, sich um sie kümmerte. Nur mit Schurik konnte sie kaum reden: Pappesatt schlief er augenblicklich ein, so daß es unmöglich war, mit ihm die zahlreichen kulturellen Neuigkeiten zu erörtern: Scott Fitzgerald war übersetzt worden, Robert Sturua hatte den »Kaukasischen Kreidekreis« inszeniert, ein berühmtes Puppentheater aus Mailand sollte nach Moskau kommen. Und Irina war zwar Bibliothekarin, angesichts des Nahrungsmittelüberflusses aber außerstande, Veras kulturelle Interessen zu teilen.

Morgens sprang Schurik mit dem Weckerklingeln auf, verzehrte das dreigängige Frühstück, das die unermüdliche Irina ihm vorsetzte, und rannte, ohne den Schlaf seiner Mutter zu stören, zur Bahn. Abends erwartete ihn Valerija mit den über Brust und Rücken fliegenden Störchen, und er erfüllte sein Versprechen – redlich, fleißig und gewissenhaft, wie seine Großmutter es ihn gelehrt hatte.

Valerija hatte ihm mittlerweile gestanden, sie hätte niemals eine Affäre mit einem so jungen Mann angefangen, würde sie sich nicht sehnlichst ein Kind wünschen. Schurik war verwirrt: Er hatte ja quasi schon ein Kind.

»Das ist meine letzte Chance. Du wirst mir doch nicht verweigern, wonach die Natur verlangt?« flüsterte Valerija hitzig. Und Schurik verweigerte nicht, wonach die Natur verlangte.

Den ganzen Sommer wirkte er unermüdlich zum Wohle der Natur, und Ende August verkündete Valerija, seine Bemühungen seien von Erfolg gekrönt — sie sei schwanger. Als die Ärztin ihr die sechswöchige Schwangerschaft bestätigte, erinnerte sich Valerija an ihr Gelöbnis und beschloß, diesmal Gott gegenüber Wort zu halten. Sie weinte eine Nacht hindurch: Aus Dankbarkeit, vor Kummer ob des endgültigen — wie sie damals glaubte — Verzichts auf männliche Liebe, erfüllt vom Traum von einem Mädchen und von Angst um das Kind, das auszutragen ihr ausnahmslos alle Ärzte verboten hatten. Sie sagten, bei ihrer Krankheit seien Schwangerschaft und Geburt absolut tabu. Dennoch dominierten in diesem Tränencocktail die Glückstränen.

Valerija eröffnete Schurik, daß sie sich fortan nicht mehr treffen würden, und schenkte ihm zur Erinnerung eine Radierung aus der Sammlung ihres Vaters — Dürers »Heimkehr des verlorenen Sohnes«. Schurik verstand die Anspielung nicht, nahm aber Trennung und Geschenk ergeben und ohne besondere Enttäuschung hin. Valerija lud ihn nicht mehr zu sich nach Hause ein.

In der Bibliothek sah er seine Chefin selten: Sie verbrachte die meiste Zeit in ihrem Büro, und Schurik arbeitete im Katalog. Wenn sie sich im Flur begegneten, strahlte Valerija ihn mit ihren blauen Augen vielsagend an und lächelte flüchtig, als wäre zwischen ihnen nie etwas gewesen. Er aber verspürte eine angenehme Wärme und Befriedigung, weil er seine Aufgabe gut erledigt hatte. Er wußte: Sie war ihm dankbar.

35

Die Moskauer Wohnung, verstaubt und verlassen, wirkte verwahrlost. Irina Wladimirowna, zusammen mit Vera von der Datscha zurückgekehrt, machte sich sofort ans gründliche Putzen. Drei volle Tage kroch sie mit einem Scheuerlappen herum und murmelte dabei unentwegt vor sich hin: Diese dicke Flocke hat sich in die äußerste Ecke verkrochen, na, die holen wir da gleich raus; schönes Parkett, Eiche, aber unter der Fußbodenleiste ist eine Ritze; ich muß den Lappen ausspülen, er ist ja ganz schwarz; woher kommt bloß all der Dreck ...

Vera ging mit einem Buch hinunter auf den Hof und setzte sich auf eine Bank. Doch sie mochte nicht lesen. Sie genoß die Sonne, den Hals mit einem Gazeschal vor den schädlichen Strahlen geschützt, die ihr die Ärzte streng verboten hatten.

Schade, daß wir so früh zurückgekommen sind, dachte sie dösend. Das hat Mama eingeführt – am letzten Augustsonntag wird die Datscha verlassen, rechtzeitig vor Beginn des neuen Schuljahres. Wir hätten bleiben sollen, solange das Wetter sich hält.

»Herzlich willkommen! Herzlich willkommen zu Hause, Vera Alexandrowna!« Vor ihr stand der forsche Michail Abramowitsch, die Hand naiv zum kameradschaftlichen Händedruck ausgestreckt. Vera tauchte aus ihrem Sonnenbad auf und erblickte den Nachbarn: Satinhosen, verwaschenes Ukrainerhemd mit Stehkragen und die unvermeidliche rote Kappe.

Wie eine Figur aus einer Vorkriegskomödie, dachte Vera.

»Erlauben Sie, daß ich mich zu Ihnen setze?« Mit der Behutsamkeit eines Hämorrhoidenkranken ließ er sich auf dem äußersten Rand der Bank nieder.

»Es ist alles geklärt!« teilte er ihr freudig mit. »Ein wunderbarer Raum! Warwara Danilowna aus der siebten Etage ist gestorben, und ihre Tochter hat der Hausverwaltung ein wunderbares Klavier übergeben. Es muß nur ein bißchen gestimmt werden, dann ist es tipptopp! Wir haben auch schon einen Zeitplan: Am Montag ist Vorstandssitzung, am Mittwoch tagt unsere Revisionskommission, am Freitag erteilt Doktor Bruk den Hausbewohnern kostenlose Rechtsauskünfte. Suchen Sie sich einen Tag aus, und er gehört Ihnen! Und dann halten Sie Ihren Zirkel ab – Theater oder Musik, ganz wie Sie wollen, für Kinder. Nun?«

Er schaute sie triumphierend an.

»Ich überlege es mir«, sagte Vera.

»Was gibt's da zu überlegen? Der Dienstag gehört Ihnen. Oder lieber Donnerstag oder Sonnabend?«

Er war voller Enthusiasmus, und der erfreuliche Anblick der jugendlichen, netten und so kultivierten Dame verstärkte den Diensteifer des Witwers noch. Eine Perle, eine echte Perle, dachte Michail Abramowitsch, wenn ich eine solche Frau in meiner Jugend getroffen hätte ...

Beim Abendessen erzählte Vera Schurik von der Begegnung mit Michail Abramowitsch. Daß der Alte für sie schwärmte, war ihr nicht entgangen, aber sie fand ihn einfach lächerlich – dieses Stehkragenhemd mit Blumenstickerei und diese Kappe, die in den vielen Jahren auf seinem kahlen Kopf ganz speckig geworden war.

Doch Schurik ging diesmal nicht auf den gewohnten

spöttischen Ton ein. Nachdenklich aß er die Bulette, die Irina Wladimirowna, wie es sich gehörte, aus drei Sorten Fleisch zubereitet hatte, wischte sich den Mund ab und sagte überraschend ernst: »Verussja, die Idee ist gar nicht so schlecht.«

Irina, die in den drei Monaten ihres Zusammenlebens niemals eine Meinung geäußert hatte, riß sich plötzlich von einem unsichtbaren Fleck auf dem Herd los, den sie konzentriert mit einem weißen Lappen bearbeitete.

»Und die Kinder, das wäre ein solches Glück für die Kinder! Verotschka! Bei deiner Bildung! Bei deinem Talent!« Ihre Wangen bedeckten sich mit roten Flecken. »Du könntest auch an einer Hochschule unterrichten, an der Akademie! Du weißt doch so viel über Kunst, über Musik, ganz zu schweigen vom Theater! Die verstorbene Jelisaweta Iwanowna war eine begnadete Pädagogin, sie hat so viele Menschen unterrichtet, und dein Talent liegt brach! Liegt brach und verkümmert! Es ist wahrhaftig eine Sünde, daß du nicht unterrichtest!«

Vera lachte – noch nie hatte sie Irina so hitzig erlebt.

»Aber Irina, was redest du denn da! Wie kannst du mich mit Mama vergleichen! Sie war eine echte Pädagogin, ich dagegen bin eine gescheiterte Schauspielerin. Eine abgebrochene Musikerin. Eine mittelmäßige Buchhalterin. Und außerdem Invalidenrentnerin!« schloß sie herausfordernd.

Irina hob entrüstet die Arme, wobei sie ihren Putzlappen fallenließ.

»Was? Ich habe in diesem Sommer von dir so viel Interessantes erfahren! Du bist eine wahre Fundgrube! Schurik, sag du doch mal was! Eine Fundgrube an Wissen! Wer weiß denn heute noch Bescheid über den Tanz in der Antike! Und du erzählst davon, als hättest du es mit eigenen Augen gesehen! Und von deiner philosophischen Tanzschule ...«

»Eurhythmie«, soufflierte Vera Alexandrowna.

»Genau! Und wie du mir von den rituellen Tänzen erzählt hast! Dein Kopf ist wahrhaftig eine richtige Bibliothek! Und von Isidora Duncan!«

Irina hob den Putzlappen vom Boden auf und beendete die Debatte: »Du mußt! Ich finde, es ist einfach deine Pflicht zu unterrichten!«

Am nächsten Tag hing unten im Hausflur ein Packpapierzettel, auf dem mit lila Tinte geschrieben stand: »Ab sofort findet jeden Dienstag um 7 Uhr abends im Raum der Hausverwaltung ein Theaterzirkel statt. Leitung: Vera Alexandrowna Korn. Teilnehmen können Kinder mittleren Schulalters. Teilnahme empfohlen!«

Den letzten Ausruf hatte Michail Abramowitsch sich nicht verkneifen können – er ersetzte sein geliebtes »verboten!«, wahrte jedoch den drohenden Unterton.

Mit diesem albernen Unterfangen – dem gewissermaßen im Untergrund, nämlich im Keller stattfindenden Theaterzirkel – begann für Vera ein weiteres Mal ein neues Leben. Der Zirkel, ausschließlich dem kommunistischen Eifer und der herzlichen Einfalt von Michail Abramowitsch zu verdanken, veranlaßte sie, zu den Interessen ihrer Jugend zurückzukehren, und das war wie eine Rückkehr in die vertraute Heimat.

Nach ihrer gemächlichen Morgengymnastik zu Musik und dem anschließenden geruhsamen Frühstück puderte sie sich nun die Nase, zog sich bedächtig an und fuhr in die Bibliothek. Allerdings nicht so früh wie Schurik, und nicht in die Leninbibliothek, sondern in die Theaterbibliothek, und auch nicht jeden Tag, sondern etwa dreimal in der Woche. Sie war dort seit langem Leserin und kannte viele der Bibliothekarinnen, doch jetzt hatte sie einen Stammplatz im Lesesaal, am zweiten Tisch vom Fenster, wo es garantiert nicht zog. Dieser behagliche Platz war ihr bald lieb und vertraut, und nur während der Semesterprüfungen fand sie ihn bisweilen besetzt vor. Deshalb nahm sich Vera in den drei, vier Wochen, in denen die Studenten der Schauspielschulen fieberhaft Fachliteratur studierten, Bücher mit nach Hause. Die alten Zeitschriften, die sie besonders interessierten, wurden nicht ausgeliehen, die bekam sie nur im Lesesaal.

Manchmal holte Schurik sie von der Bibliothek ab, dann gingen sie zusammen in den Jelissejew-Laden und kauften besondere Leckereien, die früher Jelisaweta Iwanowna immer mitgebracht hatte. Sie standen einträchtig zusammen Schlange und fuhren mit zwei Trolleybussen nach Hause. Die Metro ertrug Vera nicht – sie bekam Atembeschwerden und wurde nervös.

»Wenn ich in die Metro steige, spielt meine Schilddrüse sofort wieder verrückt«, erklärte sie Schurik. Aber er hatte nichts gegen lange Busfahrten. Mit seiner Mutter langweilte er sich nie. Sie erzählte ihm unterwegs von ihrer Lektüre zur Theatergeschichte, und er lauschte ihr mit dem Wohlwollen des Liebenden.

Vera machte sich in einem Heft Notizen, um sich auf den Unterricht mit ihren Mädchen vorzubereiten. Am Theaterzirkel beteiligten sich ausschließlich Mädchen. Die beiden Jungen, die zu unterschiedlichen Zeiten aufgetaucht waren, hatten sich in dieser Frauenwirtschaft nicht einleben können. Der einzige junge Mann, der den Unterricht besuchte, war Schurik. Zuerst kam er nur zur moralischen Unterstützung und zum Stühleaufstellen, dann wurde seine Anwesenheit zur festen Gewohnheit. Den Montagabend nach den Seminaren widmete er nach wie vor Matilda, der vorlesungsfreie Dienstag aber blieb bald dem Zirkel vorbehalten.

In der ersten Unterrichtsstunde des Zirkels verkündete Vera, das Theater sei die höchste Kunstform, denn es vereinige in sich alles: Literatur, Poesie, Musik, Tanz und bildende Kunst. Die Mädchen glaubten ihr aufs Wort. Entsprechend dieser Konzeption gestaltete sie den Unterricht: Sie machte mit den Mädchen gymnastische Übungen, vermittelte ihnen, wie man sich zu Musik bewegt, und lehrte sie Atem- und Sprechtechniken. Sie spielten pantomimische Szenen und bekamen lustige Improvisationsaufgaben gestellt: eine Begegnung nach langer Trennung, ein Streit, ein Essen, das nicht schmeckt ...

Das Spielen machte ihnen viel Spaß.

Die Schülerinnen liebten Vera Alexandrowna abgöttisch – und ihren Sohn Schurik gleich mit. Die düstere vierzehnjährige Katja Piskarjowa, ein häßliches Mädchen mit krummem Rücken, hervorquellenden Augen und schiefem Mund, die Tochter des Vorsitzenden der Mietergenossenschaft, verliebte sich ernsthaft in ihn, und selbst Vera Alexandrowna, deren ganze Konzentration dem Unterricht galt, bemerkte die schwermütigen Blicke, die Katja auf Schurik richtete. Zum Glück war sie so schüchtern, daß sie keine wirkliche Gefahr für Schurik darstellte.

Vera führte vielleicht zum erstenmal ein Leben, wie sie es sich immer gewünscht hatte: Sie hatte einen Mann an ihrer Seite, der ihr unendlich treu war, sie liebte und umsorgte; sie tat das, was ihr in der Jugend nicht vergönnt gewesen war und sich nun ohne jedes Zutun ihrerseits so wunderbar ergeben hatte, und ihre bislang so instabile Gesundheit besserte sich ausgerechnet in jenem Alter, da andere Frauen unter den Unannehmlichkeiten der hormonellen Umstellung leiden, durch die die Haare ausfallen an Stellen, wo sie eigentlich hingehören, und dafür am schlaffen Kinn wilde graue Stoppeln wachsen.

Zudem hatte sich die mütterliche Sorge um Schuriks

Ausbildung, die nach Jelisaweta Iwanownas Tod auf ihr gelastet hatte, von selbst erledigt: Ihr Sohn absolvierte ein Abendstudium, und zwar ohne die geringste Mühe, wurde als Ernährer seiner Mutter, die Invalidenrentnerin war, vom Armeedienst freigestellt, und alles war wunderbar. Zum erstenmal im Leben war alles rundum wunderbar.

36

Am schwierigsten war es mit den Schuhen. Kleidung konnte man kaufen, nähen, stricken, ändern, aber Schuhe waren immer ein großes Problem, besonders für Valerija. Ihr linkes Bein war kürzer, ihr linker Fuß zudem anderthalb Größen kleiner als der rechte und von den vielen Operationen verstümmelt. Am Unterschenkel trug Valerija eine komplizierte Vorrichtung aus steifem Leder, Metall und miteinander verschnürten Riemen. Das Bein war vom Fuß bis zur Hüfte mit Narben unterschiedlicher Dicke und verschiedenen Alters bedeckt – die Chronik ihrer Krankheit und ihres Kampfes dagegen. Das gesunde Bein war zwar nicht verstümmelt, aber da es das gesamte Gewicht des Körpers zu tragen hatte, war es voller Krampfadern und wesentlich schneller gealtert als ihr glatter, schneeweißer Körper. Jedenfalls, ihre Beine zeigte Valerija niemandem, unter keinen Umständen. Es sei denn, sie brauchte neue Schuhe. Seit ihrem Umzug nach Moskau wurden ihre Schuhe von dem berühmten Moskauer Schuhmacher Aram Kikojan angefertigt, den ihre Stiefmutter seinerzeit aufgetrieben hatte.

»Der Lehrer muß Deutscher sein, der Arzt Jude, der Koch Franzose, der Schuster Armenier und die Geliebte eine Polin«, hatte Valerijas Vater gern gescherzt und sich möglichst an diese Prinzipien gehalten, so weit die Umstände es erlaubten. Der armenische Schuster Aram interessierte sich normalerweise nicht für orthopädische Schuhe, er bediente meist berühmte Schauspielerinnen und die Frauen großer Natschalniks, doch für die kleine Valerija machte er eine Ausnahme. Er fertigte ihr aus bestem Material zwei Paar Schuhe im Jahr, entwarf jedes Paar so sorgfältig, als handelte es sich um ein Schiff, mit Skizzen und Zeichnungen, überarbeitete die Konstruktion immer wieder, paßte den Leisten neu an und war stets bemüht, die Schuhe oder wenigstens sich selbst zu vervollkommnen. Er versah den linken Schuh mit einer Plateausohle und polsterte ihn mit Leder – anderthalb Zentimeter innen, anderthalb Zentimeter unter der Sohle. Dazu kam eine spezielle Einlage. Echte Juwelierarbeit.

Er war ein eigenwilliger, ganz besonderer Mensch: Er hauste in einer Gemeinschaftswohnung, in einem Souterrainzimmer an der Kusnezki-Brücke, einem wahren Schweinestall, der nach Schusterleim und Leder roch. Er war reich, kleidete sich wie ein Bettler, aß jeden Tag im feinen Restaurant »Ararat«, gab nie Trinkgeld, machte aber bisweilen dem Empfangschef teure Geschenke. Er verlor viel Geld beim Kartenspiel, gewann jedoch auch manchmal. Er hatte nie geheiratet und unterstützte die Familien seiner beiden Schwestern in Jerewan, besuchte sie aber nie und ließ weder die Schwestern noch die Neffen je über seine Schwelle. Er war von lächerlichem Wuchs und sah nach nichts aus: ein dürrer armenischer Greis mit großer Nase und buschigen Brauen. Doch er schwärmte für slawische Frauen – blond, groß, blauäugig, und wenn sie einen Zopf um den Kopf gewunden hatten, dann verlor er geradezu den Verstand. Es hieß, er schlafe mit sämtlichen Kundinnen, und dabei fielen Namen, die im ganzen Land berühmt waren. Allerdings gab es dafür keine Beweise. Er empfing ungeniert junge Prostituierte, war mit ihnen befreundet, schenkte ihnen Geld, doch was tatsächlich auf dem abgewetzten Teppich geschah, der über seiner Liege lag, das wußte niemand. Alles Gerede, Gerede.

Valerija liebte er abgöttisch. Sie nannte ihn Onkel Aramtschik, er sie Adamowna. Sie gefiel ihm sehr, obgleich sie nicht blond war. Da er als Orientale die Jungfräulichkeit respektierte, bekundete er erst Interesse für sie, nachdem sie das erstemal geheiratet hatte.

Als er ihren geschundenen Füßen einmal neue Schuhe aus rotem Saffianleder anpaßte, bat er sie: »Adamowna, ich bin ein alter Mann, ich tu dir nichts, aber gönn mir doch mal was Gutes – zeig mir, was du da hast.«

Er meinte ihre Brust. Valerija war erstaunt, lachte, dann knöpfte sie ihre Bluse auf, langte auf ihren Rücken und nahm den BH ab.

»Ei, ei, ei, was für eine Schönheit!« rief der entzückte Aram, der damals noch nicht sehr alt war, vielleicht um die Fünfzig.

»Aber nicht anfassen. Ich bin kitzlig«, sagte Valerija und zog BH und Bluse wieder an.

Seitdem hatte er noch mehr Respekt vor ihr und bat sie um nichts dergleichen mehr. Als seine Nachbarin Katja ihn wieder einmal mit ihrer in diesem Fall vollkommen unbegründeten Eifersucht nervte – sie hatte seit langem ihre eigenen, wie sie meinte, durchaus gerechtfertigten Pläne mit ihm –, sagte er: »Es gibt nur ein Mädchen, das ich heiraten würde. Aber das ist lahm, und eine Lahme kann ich nicht zur Frau nehmen. Die Leute würden mit den Fingern auf mich zeigen und sagen: Da geht Aram mit seiner Lahmen. Und das verkrafte ich nicht, das läßt mein Stolz nicht zu.«

Am Ende des letzten Winters hatte Aram Valerija Winterstiefel angefertigt, braun, mit weichem Fell gefüttert, mit einer Schnalle auf dem Spann und einem dünnen Polster darunter, damit die Schnalle nicht drückte. Sie hatte die neuen Schuhe noch nicht getragen, obwohl bereits seit einer Weile Winter war – im dritten Schwangerschaftsmonat hatte sie ins Krankenhaus gemußt, damit sie das Kind nicht verlor, und dort redeten alle auf sie ein, sie dürfe das Kind nicht normal zur Welt bringen, es müsse unbedingt ein Kaiserschnitt gemacht werden. Und, schlimmer noch: Während der Schwangerschaft entziehe ihr das Kind eine Menge Kalzium, davon könnten ihre armen Knochen brüchig werden und die Hüftgelenke nachgeben, so daß sie am Ende womöglich nie mehr imstande wäre zu laufen. Und es sei noch sehr die Frage, ob es gelänge, das Kind zu halten.

Valerija lächelte nur und blieb stur: Sie vertraute auf ihre Abmachung mit Gott – sie hatte ihm versprochen, nicht mehr zu sündigen, sobald sie das Kind hätte, und sie hielt Wort, sie traf sich nicht mehr mit ihrem jungen Geliebten, und nun verließ sie sich auf Gottes Redlichkeit. Darum wollte sie von Abtreibung nichts hören, so sehr die Ärzte sie auch mit den eventuellen Folgen zu schrecken versuchten. Sie lächelte nur – manchmal strahlend, manchmal spöttisch, manchmal geradezu wie geistesgestört.

Zwei Monate verbrachte sie in der Klinik, dann wurde sie entlassen, doch auch zu Hause sollte sie liegen. Ihr Bauch wuchs sehr rasch. Im fünften Monat, in dem man bei manchen Frauen noch gar nichts sieht, setzte er bereits hügelartig direkt unter ihren Brüsten an. Sie hatte Lust auf einen Spaziergang. Sie rief ihre Freundin an, die sofort kam und sie begleitete. Es war grimmiger Winter, die neuen Stiefel ließen sich kaum über die geschwollenen Beine ziehen und drückten. Valerija rief Aram an, sagte, die Schuhe vom letzten Jahr seien ihr zu eng, ob er sie nicht weiten könne.

»Warum nicht? Für dich tue ich alles. Komm her!«

Sie fuhr mit der Freundin hin und bat sie, im Taxi zu warten. In einem weiten Pelzmantel betrat sie mit dem Bauch voran Arams Zimmer. Sie hatte den Mantel noch nicht ausgezogen, da bemerkte er es schon. Lachte und schwatzte auf sie ein. Wollte den Bauch anfassen.

»Ei, was bist du für ein Prachtmädel, Adamowna! Schon wieder verheiratet! Und wieder nicht mit mir!«

Valerija wollte Aram nicht enttäuschen – mochte er ruhig glauben, sie sei verheiratet.

Sie schnürte das Bündel mit den neuen Stiefeln auf und stellte sie auf den Tisch.

»Was zeigst du mir die Stiefel, meinst du, ich hab die noch nie gesehen, wie? Zeig mir deine Füße!«

Sie setzte sich auf die kleine Bank, Aram bückte sich, schnürte ihre alten Schuhe auf und befreite die geschwollenen Füße daraus. Preßte wie ein Arzt einen Finger in den geschwollenen Spann.

Dann betrachtete er die neuen Stiefel von allen Seiten – drückte darauf herum, dehnte sie und überlegte, wie er sie bequemer machen könnte.

»Adamowna! Ich werd sie dir weiten, und hier oben nehme ich ein bißchen Fell weg. Das ist noch warm genug, das wirst du gar nicht merken. Mit einem Kind im Bauch braucht man warme Schuhe. Und das bleiben sie auch. Ruf mich nächste Woche an und komm her. Komm, laß dich küssen.«

Sie trennten sich. Allerdings nicht für eine Woche, sondern für länger. Valerija bekam eine Angina, vielleicht war es auch keine richtige Angina, aber sie hatte Halsschmerzen und ging vorsichtshalber nicht aus dem Haus. Ihre Freundinnen waren ständig um sie herum und saßen abwechselnd an ihrem feudalen Bett. Schick angezogen und geschminkt wie für ein Fest lag Valerija auf den Kissen. Es war für sie auch ein Fest. Ihre Schwangerschaft ging bald in den siebten Monat, das Mädchen bewegte sich in ihrem Bauch, sie spürte, wie es lebte, wie sein Herz schlug, und das erfüllte sie mit einem solchen Glück und einer derartigen Dankbarkeit, daß sie nachts vor Freude erwachte, sich aufsetzte, die Kerze in Beatas prächtigem Elfenbeinleuchter anzündete und betete, bis sie müde war und wieder einschlief.

Kurz vor Silvester ließ der Frost nach, es herrschte schönstes Winterwetter: Es war klar und trocken, der Schnee glitzerte und knirschte, die Luft roch nach frischen grünen Gurken. Als Valerija eines Morgens aus dem Fenster sah, bekam sie Lust auf einen Spaziergang und erinnerte sich an die Stiefel. Sie rief Aram an. Er reagierte beleidigt: Längst fertig, warum läßt du dich nicht blicken?

»Ich komme sofort, Onkel Aram!«

»Nein, nicht jetzt. Komm um fünf, dann gehn wir zusammen ins ›Ararat‹. Ich lad dich ein, ja?«

Valerija verließ das Haus eigentlich nie ohne Begleitung, doch diesmal wollte sie allein gehen: Es wäre ihr peinlich gewesen, sich von einer Freundin zu ihrem Schuster bringen zu lassen und sie dann stehenzulassen und ins Restaurant zu gehen. Zudem hätte sie lang und breit erklären müssen, warum sie mit einem schäbigen alten Armenier in ein teures Restaurant ging. Das würde ohnehin niemand begreifen.

Sie zog die neue, fliederfarbene Jacke mit den silbernen Knöpfen an, die sie gerade erst fertiggestrickt hatte. Dazu wählte sie die Amethystohrringe – lila Tropfen in den rosa Ohren. Die hatte Beata ihr vor Ewigkeiten geschenkt. Sie schaute in den Spiegel: Und wenn es nun kein Mädchen wurde, sondern ein Junge? Es hieß, wenn es ein Mädchen wird, kriegt man Flecke im Gesicht. Ihr Gesicht war schneeweiß, beinahe zu weiß.

Na, dann wird's eben ein Junge. Ich werde ihn Schurik nennen, dachte sie.

Sie ließ sich Zeit beim Ankleiden, ging sehr behutsam mit sich um. Streichelte ihren Bauch.

Sie fuhr mit dem Fahrstuhl hinunter. Ein Taxi hielt ganz von selbst, sie mußte nicht einmal die Hand heben. Der Fahrer, ein älterer Mann, öffnete ihr die Wagentür. Er lächelte.

»Wohin soll's denn gehen, junge Mama?«

Aram empfing sie ohne Groll, als wäre nichts geschehen. Er war frisch rasiert und trug ein Jackett. So sah Valerija ihn zum erstenmal. Zu Hause lief er meist in einer speckigen ärmellosen Weste herum. Er half ihr aus dem Mantel, zog ihr die alten Schuhe aus und paßte ihr die neuen an.

»Na, und?«

Großartig. Sie saßen fest, wie Valerija es brauchte, drückten aber nicht.

»Ich hab neues Material reingekriegt, ganz schick! Beige! Ich leg dir was zurück für ein Paar Sommerschuhe.«

Sie gingen hinaus auf die Kusnezki-Brücke. Der Arbeitstag neigte sich, die Straße war belebt. Die anderen Passanten wichen ihnen achtsam aus, bedächtig bewegten sie sich zwischen den Hastenden, wie ein großes Schiff zwischen flinken kleinen Booten. Arams Mantel war alt und schäbig, seine Mütze aber neu, aus Biberpelz und bauschig wie ein Kissen. Valerija stützte sich auf ihre Krücke, die sie nun stärker benötigte als früher.

Sie amüsierte sich bei dem Gedanken, daß die Vorübergehenden sie vermutlich für die Frau des ausgedörrten alten Armeniers hielten und Aram selbst womöglich stolz darauf war, Arm in Arm mit einer solchen Schönheit, die obendrein schwanger war, gesehen und für deren Mann gehalten zu werden. Zudem wurde der Schuster immer wieder gegrüßt — er wohnte seit den zwanziger Jahren hier, hatte später ganz in der Nähe in einem

Atelier für Funktionäre gearbeitet und im Krieg, vom Militärdienst freigestellt, ausschließlich an der Arbeitsfront gekämpft, indem er Stiefel für NKWD-Leute und Pumps für deren Frauen fertigte.

Sie bogen um die Ecke und standen vor dem Restaurant Ararat.

»Na, drücken die Schuhe auch nicht?« fragte Aram zufrieden.

Valerija war heiter und fröhlich zumute. Sie stiegen die zwei Stufen hoch, Valerija nahm ihr weißes Wolltuch ab, die Amethyste blitzten auf, Aram bemerkte sie sofort und fragte wissend: »Die Ohrringe hast du von Beata geerbt, nicht? Schön!«

Valerija spielte mit ihrem Ohrläppchen, so daß die Brillantsplitter um die großen Steine herum glitzerten.

»Die hat sie mir geschenkt, meine liebe Stiefmutter — Friede ihrer Seele —, zum sechzehnten Geburtstag.«

»Wie alt warst du eigentlich, als du das erstemal bei mir warst?«

»Acht, Onkel Aramtschik, acht Jahre.« Valerija lächelte, ihre Oberlippe rutschte hoch und entblößte mattglänzende bläulichweiße Zähne, die in ihrer Makellosigkeit beinahe künstlich anmuteten.

Sie gingen durch die Tür, die der Portier respektvoll aufhielt, Aram blieb diskret zwei Schritte zurück, auch wegen der Krücke, auf die Valerija sich vor der Treppe mit ihrem ganzen Gewicht stützte. Sie »tauchte« wie immer kurz ab, tat einen Schritt vorwärts und krachte die Treppe hinunter.

Hab ich etwa keinen Gummi untergeklebt?, dachte Aram entsetzt.

Doch dann fiel ihm ein, daß er ein dünnes Gummiblatt auf die glatte Ledersohle geklebt hatte.

Der Portier und Aram rannten zu Valerija, um ihr aufzuhelfen, auch der Empfangschef kam aus dem Flur gelaufen. Sie war unglaublich schwer, und ihre Augen wirkten pechschwarz vor Entsetzen. Noch ehe die Männer sich anschickten, sie wieder aufzurichten, wußte sie, was geschehen war: Sie war gestürzt, weil das Bein gebrochen war, es war nicht durch den Fall gebrochen, sondern vorher, von selbst. Sie fühlte keinen Schmerz, denn das Gefühl von Weltuntergang war heftiger als jeder Schmerz.

Die Männer legten sie auf ein weinrotes Samtsofa, flößten ihr ein halbes Wasserglas Kognak ein und riefen den Notarzt. Erst als die Trage in den Krankenwagen geschoben wurde und sie in die Unfallklinik fuhren, begann sie zu schreien.

Das Röntgenbild zeigte einen Oberschenkelhalsbruch und starke Blutungen. Valerija bekam eine Spritze gegen die Schmerzen. Ein Haufen Ärzte kümmerte sich um sie – über mangelnde Aufmerksamkeit konnte sie sich nicht beklagen. Man erwartete einen gewissen Lifschiz, einen Gynäkologen, doch an seiner Stelle erschien ein Doktor Salnikow, der zusammen mit dem Chirurgen Rumjanzew entscheiden sollte, was in diesem komplizierten Fall zu tun war.

»Der Lehrer muß Deutscher sein, der Arzt Jude, der Koch Franzose, der Schuster Armenier...«, erinnerte sie sich beunruhigt an das Vermächtnis ihres verstorbenen Vaters. Aber ihre Lage war so ernst, daß hier auch ein Jude nichts hätte ausrichten können.

Der Gynäkologe bestand auf unverzüglicher Einleitung der Geburt, der Chirurg sah die Hüftoperation als vordringlich an. Die Blutung hörte nicht auf, Valerija erhielt eine Bluttransfusion. Es vergingen noch zwölf Stunden, bis sie auf dem OP-Tisch lag und zwei Teams – Unfallchirurgen und Gynäkologen – sich über die in Narkose schlafende Valerija beugten und sich, einem ungeschriebenen Gesetz folgend, zunächst um das Leben der Mutter bemühten und dann um das des Kindes.

Das kleine Mädchen konnte nicht gerettet werden. Beim Sturz hatte sich vermutlich die Plazenta gelöst, der Embryo hatte keinen Sauerstoff mehr bekommen und war erstickt. In den gebrochenen Oberschenkelhals wurde kein Metallstift eingesetzt – der Knochen war so brüchig, daß man den Eingriff nicht riskieren wollte.

Schurik feierte Silvester zu zweit mit seiner Mutter. Irina hatte kommen wollen, doch mit ihrer Verwandten machte Vera nicht solche Umstände wie mit Fremden – sie erklärte Irina kurzerhand, sie würde sich sehr über einen Besuch am ersten Januar freuen. Endlich begingen Mutter und Sohn das Fest so, wie sie es seit langem geplant hatten: zu zweit, mit drei Gedecken auf dem Tisch, Großmutters Schal auf der Rückenlehne ihres Sessels, selbstgespieltem Schubert und Törtchen aus dem Büfett des Theatervereins. Schurik schenkte seiner Mutter ein Orgelkonzert von Bach, gespielt von Harry Grodberg, das sie sich sogleich anhörten, und er bekam einen rotblauen Mohairschal, den er ein Jahrzehnt lang tragen würde.

Von dem Unglück erfuhr Schurik eine Woche später, als die Kollegen Geld sammelten für Valerija, die noch immer zwischen Leben und Tod schwebte.

Alles meinetwegen. Meinetwegen, dachte Schurik entsetzt. Diese Schuld war nicht neu, nein, es war die gleiche wie damals bei Großmutter und wie bei seiner Mutter. Er äußerte es nicht, aber tief im Innern wußte er: Sein Fehlverhalten wurde mit dem Tod bestraft. Nicht mit seinem, dem des Schuldigen, sondern mit dem Tod von Menschen, die er liebte.

Die arme Valerija! In der hintersten Kabine der Herrentoilette lehnte er die Wange an die kalte Fliesenwand und weinte. Ich bin ein Ungeheuer! Warum geht von mir so viel Schlechtes aus? Ich habe das doch alles nicht gewollt!

Er weinte lange – wegen Großmutters Tod, wegen Mamas Krankheit, wegen Valerijas Unglück, das nur seinetwegen passiert war, ja sogar um das Kind, das ihn nicht interessiert hatte; auch an diesem Tod, der dem Leben zuvorgekommen war, gab er sich die Schuld.

Zweimal wurde draußen an der Tür gerüttelt, aber er verließ die Kabine erst, als die Tränen versiegt waren. Dann wischte er sich mit dem rauhen Ärmel die Wangen ab und traf eine Entscheidung: Wenn Valerija am Leben blieb, würde er sie niemals im Stich lassen, er würde sie unterstützen, solange er lebte. Das Mitgefühl drohte sein ganzes Inneres zu sprengen, wie Luft die dünnen Wände eines Gummiballs.

Er fuhr nach Hause, fest entschlossen, seiner Mutter alles zu erzählen, doch je näher er seinem Zuhause kam, desto heftiger zweifelte er, ob er ihr, die doch so zart und sensibel war, einen weiteren Kummer zumuten durfte.

37

Im Frühjahr wurde Valerija mit einer Trage nach Hause gebracht, und Schurik besuchte sie wieder — jeden Mittwoch. Der Montagabend blieb weiterhin Matilda vorbehalten, der Dienstag dem Theaterzirkel, donnerstags und freitags hatte er abends Vorlesungen und Seminare. Die Samstag- und Sonntagabende gehörten Vera.

Er brachte Valerija Lebensmittel und Zeitschriften, doch am dringendsten benötigte sie ihn als Ablenkung von ihren traurigen Gedanken. Seit der Operation war Valerija Invalidenrentnerin und durfte nicht mehr arbeiten. Doch ohne Arbeit langweilte sie sich, und sie verschaffte sich rasch Übersetzungsaufträge für einen Referatedienst, die sie auf Schuriks Namen laufen ließ. Mit der Zeit schaltete er sich auch real in die Arbeit ein, und nun bedienten sie zu zweit diese sonderbare Edition für Wissenschaftler, die keine Fremdsprachen beherrschten. Valerija hatte auch über den Referatedienst hinaus viele Verbindungen und war stets reichlich mit Arbeit versorgt, obgleich sie nicht aus dem Haus ging. Sie übersetzte aus ihrem geliebten Polnischen und einem halben Dutzend anderer slawischer Sprachen, die sie sich je nach Erfordernis aneignete. Auch für Schurik blieb einiges zu tun — er übernahm die westeuropäischen Sprachen. Außerdem erledigte er Kurierdienste, brachte Valerija die Arbeit ins Haus und schickte die fertigen Übersetzungen ab. Valerija tippte blind und so schnell, daß die Schreibmaschine pausenlos ratterte.

Da ihr das Sitzen immer schwerer fiel, baute Schurik ihr diverse Vorrichtungen wie ein Tischchen auf kurzen Beinen, das mitsamt der Schreibmaschine aufs Bett gestellt wurde, so daß Valerija, drei Kissen im Rücken, halb im Liegen tippen konnte. Doch im Laufe der Jahre bekam sie, vielleicht von der ungewohnten Anstrengung, starke Schmerzen in den Handgelenken. Nach und nach übernahm Schurik das Abtippen.

Da Schurik bereits während seines Studiums dubiose Kurse zum Patentrecht absolviert hatte, übersetzte er nun auch Patente ins Französische, Englische und Deutsche — vollkommen aberwitzige Texte, die er selbst nicht kapierte und die, wie er vermutete, auch kein einziger potentieller Leser verstehen würde. Doch er erhielt pünktlich sein Honorar und hörte nie irgendwelche Klagen.

Eine Stelle als Fremdsprachenlehrer an einer Schule, die Perspektive der meisten Absolventen des kläglichen Abendstudiums, war in jeder Hinsicht ungünstiger als die besondere Lage, in der Schurik sich dank Valerija nun befand: Er hatte mehr Geld und mehr Freiheit. Freiheit, das bedeutete für Schurik, daß er jederzeit ungehindert auf den Markt laufen konnte, ein paar Möhren kaufen, die Mama für ihren Saft brauchte, oder ans andere Ende der Stadt fahren, um ein rares Medikament zu besorgen, von dem sie in ihrem Abreißkalender oder in der Zeitschrift »Gesundheit« gelesen hatte, daß er nicht früh um neun auf die Post, in die Redaktion oder in die Bibliothek ging, sondern am Nachmittag, und daß er sich nicht nach einem strengen Dienstplan an die Arbeit setzte, sondern erst gegen Mittag, nach einem späten Frühstück.

Das Gerede von einer anderen Art Freiheit, das er im

Hause seines Freundes Shenja Rosenzweig hörte und das einen gefährlichen, politischen Unterton hatte, erschien ihm als typische Eigenheit einer jüdischen Familie, in der man sich dauernd küßte, lärmend seine Freude äußerte, gefillte Fisch, süßsaures Fleisch und Strudel aß, zu laut sprach und einander ins Wort fiel – was seine Großmutter Jelisaweta Iwanowna niemals geduldet hatte.

Wichtig für seine kleine, zutiefst persönliche Freiheit war der Privatunterricht, der zwar wenig Geld brachte, ihn aber in eine kulturell sinnvolle Tätigkeit einband, ihm das vielleicht trügerische Gefühl gab, die Familientradition fortzusetzen, und ihm eine sentimentale nostalgische Befriedigung schenkte. Mit einem wohligen Gefühl berührte er die alten Lehrbücher und Kinderbücher der Jahrhundertwende, nach denen er weiterhin unterrichtete. Er mußte nicht einmal sonderlich kreativ sein: Der Unterricht lief nach dem von Jelisaweta Iwanowna eingeführten Kanon, der sich in Jahrzehnten bewährt hatte. Auch Schuriks Schüler lasen mühelos die langen französischen Passagen in »Krieg und Frieden«, eine moderne französische Zeitung hingegen würden sie nicht verstanden haben. Aber woher hätten sie die auch nehmen sollen?

Arbeit gab es für Schurik jedenfalls genug, allerdings war sie unregelmäßig verteilt, es gab saisonbedingte Schübe: Im November-Dezember war er überlastet, im Januar lief es schlechter, im Frühjahr kam erneut ein Aufschwung, und im Sommer war meist totale Flaute.

Der Sommer neunzehnhundertachtzig war ein Glücksfall: Die Olympiade brachte Schurik eine völlig neue Aufgabe – Dolmetschen. Diese Arbeit, die gut bezahlt wurde, aber persönlichen Kontakt mit Ausländern erforderte, bekamen in der Regel Leute, die auf die eine oder andere Weise mit dem KGB verbandelt waren. Doch zur Olympiade reiste eine solche Menge Ausländer an, daß die bewährten Dolmetscher nicht ausreichten und das Intourist-Büro Leute von außen mit heranzog. Schurik wurde mündlich instruiert und verpflichtet, schriftlich über das Verhalten der Franzosen zu berichten, die er betreuen sollte. Jeder Gast galt als potentieller Spion, und Schurik beobachtete neugierig die Touristengruppe, mit der er den ganzen Tag von früh bis spät verbrachte, und überlegte, wer von ihnen tatsächlich ein Geheimagent sein könnte.

Schuriks stärkster Eindruck von diesem ersten Kontakt mit leibhaftigen Franzosen war das Bewußtsein, daß sein Französisch rund fünfzig Jahre hinter der modernen Sprache zurückgeblieben war, und er beschloß, dieses Manko zu beheben. So wurde die anstrengende Arbeit des Reiseleiters für ihn zum Weiterbildungslehrgang. Es fand sich sogar wie bei Gribojedow ein »Franzose aus Bordeaux« – in diesem Fall die bezaubernde Slawistikstudentin Joel, die tatsächlich aus Bordeaux stammte und Schurik als erste darauf hinwies, daß er eine Sprache sprach, die beinahe genauso tot war wie Latein. Die heutigen Franzosen sprachen anders, nicht nur die Lexik hatte sich verändert, auch die Phonetik. Das »R« zum Beispiel sprachen sie aus, wie es laut Jelisaweta Iwanowna nur die Pariser Unterschicht tat. Offenbar hatte auch die unfehlbare Großmutter manchmal geirrt.

Das war für Schurik eine unangenehme Entdeckung, und er bemühte sich, so viel wie möglich an der Auffrischung seines Französisch zu arbeiten. Den einzigen freien Abend in der Woche verbrachte er nun mit Joel, und beunruhigt war er nur, weil er eine ganze Woche lang kein einziges Mal auf die Datscha fahren konnte.

Obgleich dort alles bestens eingerichtet war, machte Schurik sich Sorgen: Irina Wladimirowna war zwar eine treue Helferin, aber doch ziemlich linkisch – wenn nun etwas Unvorhergesehenes geschah?

38

Endlich hatte Schurik inmitten der endlosen Hektik ein paar freie Stunden, die er für dringende Erledigungen nutzen wollte: Er mußte mehrere bereits im letzten Monat übersetzte Artikel abschicken und einen Brief aus Amerika für Valerija abholen, der seit langem bei einer Frau in der Worowski-Straße lag. Den Brief hatte er Valerija eigentlich ins Sanatorium schicken sollen, doch das lohnte sich nicht mehr, denn Valerija kam nächste Woche zurück.

Schurik nutzte die ausgedehnte Mittagspause – das für französische Begriffe ungewohnt frühe Essen, nämlich um zwei statt um sieben, dauerte stets sehr lange, anschließend ruhten sich die Gäste noch zwei Stunden aus, um am Abend mit frischen Kräften »Schwanensee« im Bolschoi-Theater zu verdauen. Er rannte los, um den Brief abzuholen und die Übersetzungen abzuschicken.

Aus einer Telefonzelle rief er zunächst in der Worowski-Straße an. Die Frau, die den Brief bereits vergessen hatte, suchte eine ganze Weile danach und sagte dann, er könne kommen. Sie erklärte ihm genau, wo er klingeln müsse und wie oft. Als Schurik endlich vor dem beschriebenen Klingelknopf stand, wurde ihm lange nicht geöffnet, dann reichte eine dicke Hand einen länglichen weißen Umschlag durch den schmalen, mit einer Kette gesicherten Türspalt.

»Entschuldigen Sie, können Sie mir vielleicht sagen,

wo hier in der Nähe eine Post ist?« fragte Schurik in den dunklen Spalt hinein.

»Direkt in unserem Haus, unten«, antwortete eine tiefe Frauenstimme, begleitet von Hundegebell. Eine weiße Bologneserschnauze tauchte aus dem Dunkel auf, und nach einem häßlichen Kläffen wurde die Tür zugeschlagen.

Im Erdgeschoß war tatsächlich eine Post, und Schurik wunderte sich, daß er sie vorhin nicht bemerkt hatte. Es war nur ein Schalter geöffnet, und die einzige Kundin, ein magerer Rücken mit langen Haaren, stritt mit der Angestellten, die herumzankte, weil das Mädchen das Paket so lange nicht abgeholt hatte, trotz der drei Mahnungen. Der magere Rücken wehrte sich schluchzend gegen die Angriffe. Schurik wartete geduldig auf das Ende der Szene. Endlich sagte die Angestellte zänkisch: »Gehen Sie rein und holen Sie's sich. Ich bin nicht dazu da, Ihr Zeug zu schleppen.«

Der Rücken verschwand hinter der Diensttür, wo der Streit sich fortsetzte, aber Schurik hörte nicht hin. Er wartete mit seinem Päckchen in der Hand. Endlich erschien die Magere – statt des Rückens erblickte Schurik nun die wenig anziehende Vorderfront eines Mädchens mit langem, weißem Gesicht – mit ihrer Last, die sie kaum tragen konnte. Die Handtasche unter die Achsel geklemmt, hielt sie mit beiden Händen eine nicht besonders große Holzkiste und mühte sich, ihr Gepäck bequemer zu fassen.

Die Angestelle erschien wieder hinter ihrem Schalter und übertrug ihre gewohnheitsmäßige Gereiztheit auf den nächsten Kunden.

»Man hat keine Ruhe, keine Ruhe«, knurrte sie, während das Mädchen hinter Schurik noch immer mit der Kiste kämpfte.

Schurik reichte das Päckchen und das Geld hin und

nahm die Quittung in Empfang. Das Mädchen mit der Kiste wirkte kindlich verzweifelt. Sie war nun nicht mehr blaß, sondern rosafleckig und drohte gleich loszuheulen.

»Kommen Sie, ich helfe Ihnen«, erbot sich Schurik.

Sie sah ihn mißtrauisch an. Dann hatte sie eine Idee: »Ich bezahle Sie auch.«

Schurik lachte.

»Nicht doch, ich will kein Geld. Wohin müssen Sie?«

Er nahm die Kiste – für ihre bescheidene Größe war sie überraschend schwer.

»In den Nachbaraufgang«, sagte das Mädchen schnippisch und ging mit äußerst unzufriedener Miene voran.

Schurik fuhr mit ihr in den zweiten Stock hinauf. Sie stocherte mit dem Schlüssel im Schloß herum. Sie betraten einen großen Flur mit vielen Türen. Aus der nächstgelegenen rief eine Männerstimme laut: »Swetlana, bist du's?«

Das Mädchen antwortete nicht. Sie ging voraus, Schurik folgte ihr. Hinter ihm quietschte eine Tür: Der Nachbar wollte sehen, wer da gekommen war.

Das Mädchen Swetlana ging weiter, vorbei an dem Telefon an der Wand, und öffnete die letzte Tür vor der Flurbiegung. Mit zwei Schlüsseln und je zwei Umdrehungen.

»Kommen Sie rein«, sagte sie streng. Schurik trug die Kiste hinein und blieb stehen. Im Zimmer roch es angenehm nach Kleister. Das Mädchen zog die Schuhe aus und stellte sie auf eine kleine Polsterbank.

»Ziehen Sie die Schuhe aus«, befahl sie. Schurik stellte die Kiste hinter der Tür ab.

»Nein, nein, ich gehe gleich.«

»Ich bitte Sie, öffnen Sie mir die Kiste. Sie ist doch zugenagelt.«

»Na schön«, willigte Schurik ein.

Swetlana war irgendwie seltsam. Schurik zog seine Sandalen aus. Stellte sie neben die Schuhe der Hausherrin auf die Bank.

»Nein, nein«, sagte sie erschrocken. »Stellen Sie sie auf den Fußboden.«

»Und wohin mit dem Paket?«

Sie überlegte. Der für das Zimmer viel zu große Tisch war voll mit Buntpapier und Stoffetzen. Schurik wollte die Kiste auf den Boden stellen, aber Swetlana brachte einen Hocker.

»Ich habe einen total verrückten Verwandten auf der Krim. Der Cousin meines Großvaters. Er schickt mir manchmal Obst. Bestimmt ist es verdorben. Wie sie mich angekeift hat, diese Zicke auf der Post. Schrecklich.«

Sie holte einen kleinen Holzkasten unterm Bett hervor, kramte darin herum und reichte Schurik einen offenbar uralten Hammer mit einem Nageleisen am Griff.

»Hier, bitte.«

Schurik zog mühelos die Nägel heraus und nahm den Deckel ab. Von Obst, schon gar von verfaultem, war in dem Paket keine Spur. Es enthielt etwas Monolithisches, in Papier eingewickelt.

»Nun holen Sie es schon raus«, trieb das Mädchen ihn an.

Schurik ergriff den Monolith und wickelte ihn aus. Es war ein Stein oder etwas vor langer Zeit Versteinertes, von ziemlich regelmäßiger Form und mit welliger Oberfläche.

»Ist kein Brief dabei?« Sie zeigte auf die Kiste.

Schurik wühlte in der Kiste und fischte einen Zettel heraus. Das Mädchen nahm ihn, las ihn lange, drehte ihn um, betrachtete das Papier von allen Seiten. Dann kicherte sie und reichte den Zettel Schurik.

»Liebe Swetotschka! Tante Larissa und ich gratulieren dir zum Geburtstag und schicken dir eine paläontologische Rarität – einen Mammutzahn. Er lag früher in unserem Heimatkundemuseum, aber das ist nun geschlossen, und alle Exponate sollen nach Kertsch, aber dort haben sie selber genug. Wir wünschen dir, daß du so gesund bleibst wie dieses Mammut, und warten auf deinen Besuch. Onkel Mischa.«

Während Schurik las, nahm sie die paläontologische Rarität vom Tisch, drehte sie ungeschickt herum und ließ sie fallen. Direkt auf Schuriks Fuß. Schurik heulte auf und hüpfte auf einem Bein. Sämtliche Schmerzen, die er bis zu diesem Augenblick je erlebt hatte – Ohrenschmerzen, Zahnschmerzen, Wunden von Jungenprügeleien, der furchtbare Abszeß an der Stelle, wo er sich einen rostigen Nagel eingerammt hatte, der Angelhaken, der in den Daumen eingedrungen war – sie alle waren nicht zu vergleichen mit diesem dumpfen Aufprall auf den Ansatz des Zehennagels. Grelles Licht flammte vor seinen Augen auf und erlosch. Sein Atem stockte. Im nächsten Moment flossen Tränen – ganz von selbst. Er sank auf den Rand der Liege. Es fühlte sich an, als hätte man ihm die Zehen abgehackt.

Swetlana schrie auf, stürzte zu einem geschnitzten Apothekenschränkchen, zerrte den gesamten Inhalt heraus und verteilte ihn mit zitternden Händen auf dem Tisch. Vergebens versuchte sie ein Fläschchen Salmiakgeist zu öffnen. Als sie schließlich den dünnen Metalldeckel abriß, verschüttete sie die Hälfte. Der Geruch war intensiv und tröstlich. Schurik sog ihn tief ein. Dann träufelte sie einige aromatische Beruhigungstropfen in ein Gläschen und leerte es in einem Zug.

»Regen Sie sich bitte nicht auf, bitte nicht aufregen. Es ist der reinste Alptraum – kaum kommt jemand nur in meine Nähe, passiert etwas«, murmelte sie. »Das ist alles meine Schuld, alles meine Schuld. Dieses verfluchte Mammut! Diese dumme Tante Larissa ...«

Sie hockte sich vor Schurik und zog ihm die Socke aus. Er saß da wie versteinert. Der Schmerz durchflutete den ganzen Körper und hallte im Kopf wider. Die Zehe wechselte zusehends die Farbe: von rosa zu blaurot.

»Bitte nicht anfassen«, mahnte Schurik, noch immer in eine Schmerzwolke gehüllt.

»Vielleicht ein bißchen Jod?« fragte das Mädchen schüchtern.

»Nein, nein«, entgegnete Schurik.

»Ich weiß: Röntgen, das muß geröntgt werden«, sagte das Mädchen.

»Machen Sie sich keine Sorgen, ich bleib noch ein bißchen sitzen, dann gehe ich«, beruhigte Schurik sie.

»Eis! Eis!« rief das Mädchen und rannte zu dem kleinen Kühlschrank neben der Tür. Sie schabte und klapperte eine Weile herum, dann legte sie einen Eiswürfel auf Schuriks geschundenen Zeh. Der Schmerz flammte mit erneuter Kraft auf.

Swetlana setzte sich zu Schuriks Füßen auf den Boden und weinte leise.

»Warum nur, warum?« jammerte sie. »Was ist das für ein Unglück? Kaum nähert sich mir ein Mann, schon passiert etwas Schlimmes.«

Sie umarmte sein gesundes Bein und schmiegte ihr Gesicht an die mit grobem Wollstoff umhüllte Wade. Der Schmerz war heftig, aber nicht mehr so intensiv. Swetlanas blondes Haar kitzelte und stand zu Berge, und Schurik strich mitleidig über den dünnen Flaum. Swetlanas Schultern bebten.

»Verzeihen Sie mir um Himmels willen«, schluchzte sie, und Schurik überkamen Traurigkeit und namenloses Mitleid angesichts dieses dürftigen Haars und der bebenden schmalen Schultern, die knochig unter der weißen Bluse hervorstachen.

Wie ein versengter Spatz, dachte Schurik, obwohl sie

eher an einen linkischen Reiher erinnerte als an einen flinken, akkuraten Spatz.

»Warum nur, warum ist das jedesmal so?« Sie hob ihr verweintes Gesicht und schniefte. Schuriks Mitleid sank tiefer, erfuhr eine subtile, allmähliche Veränderung, bis es zu eindeutigem Begehren wurde, angefacht von den durchsichtigen Tränen, der trockenen Berührung der flaumigen Haare und den Schmerzen im Zeh. Regungslos versuchte Schurik diesen eigenartigen, unzweifelhaften Zusammenhang zwischen heftigem Schmerz und ebenso heftigem Begehren zu ergründen.

»Ich bringe Unglück! Ich bringe allen Unglück!« heulte Swetlana und schüttelte hysterisch die gefalteten Hände.

»Ganz ruhig, bitte, ganz ruhig«, bat Schurik, aber nun zitterte ihr Kopf heftig, in einem anderen Takt als die Hände, und er begriff, daß sie einen hysterischen Anfall hatte. Er drückte sie an sich. Wie ein kleiner Vogel zuckte sie in seinen Armen. Genau wie Alja Togussowa, dachte Schurik.

»Warum bloß? Warum ist das bei mir immer so?« Sie weinte, beruhigte sich jedoch allmählich und schmiegte sich enger an ihn. Sie fühlte sich in seinen Armen getröstet, aber sie ahnte, was weiter geschehen würde, und war bereit, ihn abzuwehren, denn sie wußte genau, daß die Aufgabe ihrer Position schreckliche Folgen hätte. So war es in ihrem Leben immer gewesen. Schon dreimal. Doch er streichelte nur ihren Kopf, er bedauerte sie, er sah, daß sie wirklich krank war, und erlaubte sich keinerlei Frechheiten. Mehr noch – als sie nicht mehr bebte, rückte er ein wenig ab. Sie erwartete, wieder einmal vergewaltigt zu werden. Sie würde sich wehren, leise, damit die Nachbarn es nicht hörten, würde schreien und die Knie zusammenpressen.

»Soll ich Ihnen Wasser holen?« fragte der vom Mammut verwundete junge Mann, und erschrocken, weil gleich alles vorbei sein würde, schüttelte sie den Kopf, entledigte sich ihrer zerknitterten weißen Bluse und des armseligen Baumwollrocks und rüstete sich, im letzten Moment »Nein!« zu sagen. Doch er erlaubte sich noch immer keine Frechheiten, er saß da wie ein Holzklotz, und sie mußte nicht ihr stolzes »Nein« sagen, sondern im Gegenteil das Ganze selbst in die Hand nehmen.

Natürlich hätte der Fuß geröntgt werden müssen, vielleicht sogar eingegipst. Er tat irrsinnig weh, aber simples Analgin reduzierte den Schmerz auf ein erträgliches Maß. Schurik humpelte ziemlich stark, so daß Vera, als er sie endlich auf der Datscha besuchte, es sofort bemerkte.

Er erzählte seiner Mutter die halbe Geschichte – alles, was den Mammutzahn betraf –, sie lachten und kamen nicht mehr auf das Thema zurück.

Er verzehrte das üppige Mahl, das Irina vor einer Woche zubereitet und extra für ihn im Kühlschrank aufgehoben hatte, schlief ein, sobald sein Kopf das Kissen berührt hatte, und eilte am nächsten Morgen zurück nach Moskau.

Die Olympiade ging zu Ende, er hatte nur noch einige anstrengende Arbeitstage vor sich. Der letzte fiel mit Valerijas Rückkehr aus dem Sanatorium zusammen. Es sollte ein hektischer Tag werden, an dem sich lauter Unaufschiebbares und Unvorhergesehenes häufte und Schurik umherhasten mußte, um Geplantes wie Außerplanmäßiges zu bewältigen. Um Valerija abholen zu können, vereinbarte er mit dem Intourist-Büro, daß ein anderer Französisch sprechender Betreuer seine Gruppe am nächsten Morgen um neun Uhr dreißig auf die Stadtrundfahrt durch Moskau begleiten würde, er wollte ihn um halb zwei im Restaurant ablösen. Diese Gruppe war besonders launisch. Kulturell waren sie nicht mäklig, bewunderten brav das Panorama der Schlacht von Borodino und die Leninberge, aber im Restaurant scheuchten sie die Kellner und Schurik auf allerschlimmste Weise: Sie änderten laufend ihre Bestellungen, ließen den Wein zurückgehen und verlangten Käsesorten und Früchte, von denen in Moskau niemand je gehört hatte.

Am Abend vor Valerijas Ankunft war Schurik erst um zehn mit seinen Touristen fertig, mußte aber noch etwas erledigen: dem kranken Michail Abramowitsch Lebensmittel vorbeibringen.

Michail Abramowitsch hatte Krebs und wollte zu Hause sterben; er weigerte sich, ins Krankenhaus zu gehen. Als altem Bolschewiken stand ihm eine besondere medizinische Versorgung zu, aber er hatte vor langer Zeit ein für allemal auf jegliche Parteiprivilegien verzichtet, weil er sie eines Kommunisten unwürdig fand. Nun verbrachte dieses dürre Mammut, vermutlich das letzte Exemplar seiner Art, die ihm noch verbliebenen Tage oder Monate mit einem Band Lenin in der Hand in seiner von Uringeruch durchtränkten Wohnung.

Offene Regale mit verstaubten Büchern in zwei Reihen, grob verschnürte Papphefter, Stapel vollgeschriebenen zerknitterten Papiers. Vollständige Werkausgaben von Marx-Engels-Lenin-Stalin plus Mao Tse-tung. Die Behausung eines Asketen und Irren.

Schurik hatte sich seit langem damit abgefunden, dem Alten regelmäßig Medikamente und Lebensmittel bringen zu müssen, aber die politischen Aufklärungsgespräche, das eigentliche Brot dieses untergehenden Lebens, empfand er als unerträglich. Der Alte haßte und verachtete Breshnew. Er schrieb Briefe an ihn – mit Klassikerzitaten gespickte Analysen der Wirtschaftspolitik –, doch er war in dieser Welt eine derart nichtige Größe, daß er nicht einmal einer Antwort gewürdigt wurde, von Repressalien ganz zu schweigen. Das kränkte ihn, er klagte unentwegt und prophezeite eine neue Revolution.

Schurik packte Lebensmittel aus der Kantine für Olympiade-Betreuer auf den Tisch: ausländischen Schmelzkäse, kunstvoll geformte Brötchen, Saft in Tüten und eine Schachtel Geleefrüchte. Mißmutig beäugte der Alte das alles.

»Warum gibst du unnötig Geld aus, ich mag es am liebsten ganz einfach.«

»Michail Abramowitsch, das hab ich ehrlich gesagt alles aus der Kantine. Ich komme einfach nicht dazu, woanders einzukaufen.«

»Schon gut, schon gut«, verzieh ihm Michail Abramowitsch. »Wenn du das nächstemal kommst und ich bin nicht mehr da, dann bin ich entweder tot, oder ich hab kapituliert und bin im Krankenhaus. Ich hab beschlossen, ins Kreiskrankenhaus zu gehen, wie alle normalen Sowjetbürger. Und einen herzlichen Gruß an Vera Alexandrowna. Ehrlich gesagt, ich vermisse sie sehr.«

Der an Schlaflosigkeit leidende Alte hielt Schurik noch lange fest, erst um halb zwei sank Schurik endlich auf seine Liege.

39

Alles war wohldurchdacht und geplant, doch dann klingelte in der Nacht das Telefon: Matilda aus Wyschni Wolotschok. Sie hatte ein dringendes Anliegen. Sie wohnte nun regelmäßig das halbe Jahr im Dorf. Das Landleben faszinierte sie, Gemüsebeete und Garten interessierten sie mehr als ihre frühere künstlerische Arbeit. Immer öfter betrachtete sie einen alten Birnbaum oder einen Gesteinsbrocken am Dorfrand mit einer Art Schuldgefühl: Warum, mit welchem Recht hatte sie so viel Holz und so viel schöne Steine für ihre bildhauerischen Übungen verschwendet? Jetzt erfreute sie sich an der einfachen ländlichen Schönheit, weshalb sie Malven pflanzte und Hühner hielt. Neidisch betrachtete sie die Ziege der Nachbarn, die rosagrau war und rauchgraue Hörner hatte. Eine wunderschöne Ziege – vielleicht sollte sie ein Zicklein von ihr nehmen? Sie engagierte Männer, die ihr den alten Brunnen wieder herrichteten.

Sie lief in einem alten langen Rock herum, obendrein barfuß, was die Frauen im Dorf längst nicht mehr taten. Sie lachten über sie: He, Matrjona, wieso läufst du rum wie eine Bettlerin?

In diesem Jahr führte der Kolchos einen Prozeß gegen Matilda: Sie hatte zwar das Haus rechtmäßig geerbt, doch der Boden, auf dem es stand, gehörte dem Kolchos, und den wollte man ihr nun wegnehmen. Kluge Leute erklärten ihr, sie könne das Land für Erholungszwecke erwerben. Deshalb brauchte sie nun dringend eine Bescheinigung, daß sie Mitglied des Künstlerverbandes war, was ihr mehr Rechte zum Erwerb eines Grundstücks zubilligte als normalen Bürgern. Das Ganze war natürlich Blödsinn, aber staatlich sanktionierter, allgemein üblicher Blödsinn, dem man nur mit ebensolchem Blödsinn begegnen konnte, wie eben mit dieser Bescheinigung. Matilda rief im Moskauer Künstlerverband an, man versprach ihr das Papier, doch die Sekretärin, bei der es lag, ging in den Urlaub, und Matilda verbrachte die ganze Nacht auf dem Telegrafenamt, wartete, bis die kaputte Leitung endlich wieder repariert war und sie eine weitere Verbindung mit Moskau bekam, und nun bat sie Schurik, sofort, spätestens heute Abend, zu der Sekretärin ins Büro oder nach Hause zu fahren und die Bescheinigung abzuholen. Der Gerichtstermin war übermorgen, die Bescheinigung mußte also morgen irgendwie nach Wyschni Wolotschok gelangen.

»Ich kümmere mich drum, Matilda, mach dir keine Sorgen!« versprach Schurik.

Matilda machte sich auch keine Sorgen mehr: Sie hatte ihn erreicht, und er war ein echter Freund, er ließ sie nie im Stich. Matilda erkundigte sich nach seiner Mutter, nach Valerija, aber für höfliches Geplänkel war die Verbindung zu schlecht.

»Komm doch her, Schurik! Für länger!« schrie sie in den Hörer. »Jetzt nach dem Regen wachsen hier die Pilze wie verrückt! Ach ja! Noch eins! Denk an meine Medikamente!«

»Ich komme! Ich komme! Ich denke dran!« versprach Schurik.

Er machte sich nichts aus Pilzen. Die Medikamente, die Matilda gegen ihren hohen Blutdruck brauchte, hatte er schon gekauft. Die beiden Packungen lagen im

Kühlschrank. Er überprüfte noch einmal den Wecker, um Valerijas Ankunft nicht zu verschlafen.

Der Zug kam um zehn Uhr vierzig an, aber Schurik mußte vorher noch Valerijas Saporoshez aus der Garage holen — er besaß eine Vollmacht dafür und fuhr ihn seit langem — und ihren Rollstuhl einladen.

Vom frühen Morgen an lief alles schief: Erst sprangen von seinem letzten sauberen Hemd zwei Knöpfe ab, und er mußte sie annähen, dann fiel Großmutters Tasse von der Spüle und ging kaputt, anschließend klingelte es an der Tür — Michail Abramowitsch, eine nasse Flasche in der Hand, bat ihn, diese noch ins Labor zu bringen. Er war so mager, so gelb und so unglücklich, daß Schurik nickte und die Flasche wortlos in Zeitungspapier einwickelte.

Zum Glück stand im Labor keine Schlange, so daß er nach zehn Minuten Valerijas Hof erreichte und die Garage aufschloß. Das Auto, das dreihundertsechzig Tage im Jahr in der Garage vor sich hin rostete, sprang nicht an. Schurik ging hinauf in die Wohnung, bat den neuen Nachbarn, der seit dem Auszug von Valerijas Exmann hier wohnte, um Hilfe, und der kam knurrend mit hinunter. Er hatte geschickte Hände, dieser ältere Milizionär, mochte Valerija und hegte eine leise Verachtung für Schurik.

Der Nachbar öffnete die Kühlerhaube, und nach ein paar geheimnisvollen Handgriffen sprang der Motor an. Schurik fuhr los, hatte aber vor lauter Freude den Rollstuhl vergessen. Er mußte auf halbem Wege umkehren, und die Zeit, die anfangs mehr als reichlich gewesen war, wurde nun knapp. Entgegen den sonstigen Gewohnheiten der Eisenbahn kam der Zug nicht zu spät, sondern zehn Minuten zu früh, und Valerija stand auf zwei Krücken gestützt einsam auf dem Bahnsteig, verstört und hilflos: Mit Koffer und Tasche konnte sie keinen einzigen Schritt laufen.

Schurik rannte mit dem Rollstuhl den Bahnsteig entlang, ebenso aufgeregt wie seine Freundin.

Nach Hause gelangten sie ohne weitere Abenteuer. In drei Anläufen verstaute er Valerija samt Koffer und Rollstuhl im Lift, brachte sie in ihr Zimmer und rannte zu seinen »Touris«. Pünktlich um halb zwei betrat er das Restaurant, in dem die Franzosen bereits vollzählig versammelt herumstanden, unfähig, selbständig ihre Plätze einzunehmen. Dann folgte die Abfütterung, an der Schurik nicht teilnehmen durfte. Nach dem Restaurant begleitete Schurik Interessierte ins Kaufhaus GUM, wo die letzten Souvenirs erstanden wurden. Anschließend wünschte ein alter Arzt aus Lyon eine Apotheke zu sehen, und eine dicke Matrone aus Marseille wollte ins Planetarium. Doch der obligatorische »Schwanensee« drängte, und das Planetarium fiel aus. Während die Ballerinen über den staubigen Boden schwebten, lief Schurik rasch in den Jelissejew-Laden: Valerija hatte keine Krume zu essen im Haus. Die Bescheinigung für Matilda abzuholen schaffte er auf keinen Fall. Er rief die Sekretärin an und verabredete sich mit ihr für den nächsten Morgen – sie wollte um halb neun aus dem Haus gehen, allerdings nicht zur Arbeit, sondern in die Poliklinik.

Nach der Vorstellung fand ein Abschiedsessen statt. Am nächsten Morgen flogen die Franzosen zurück nach Paris. Schurik stellte die Tasche mit den Lebensmitteln für ein Dankeschön an der Rezeption ab. Hungrig übersetzte er den Franzosen die Speisekarte. Auch das Abendessen stand ihm nicht zu, und er wäre gern für einen Augenblick entwischt, um sich ein Stück von der Wurst in der Tasche unterm Tresen abzubrechen. Dann erschien ein Vertreter von Intourist mit einer nuttig wirkenden Kollegin, und Schurik mußte albernes Geschwafel zum

Thema olympische Freundschaft dolmetschen. Anschließend schleppte der betrunkene Doktor aus Lyon zwei Prostituierte an und erwartete von Schurik offenkundig Hilfe bei den Verhandlungen mit ihnen, doch als die Mädchen die offiziellen Intouristleute gewahrten, machten sie sich verlegen aus dem Staub.

Es war fast zwei, als Schurik endlich bei Valerija ankam. Sie saß im Sessel, sah rosig aus und hatte zugenommen. Ihr Haar war vorn zu einem jugendlichen Pony frisiert, die restliche üppige Pracht fiel ihr gleichmäßig auf die Schultern, keck nach außen gewellt. Auch ihr Kimono war neu und zeigte statt der ausgeblichenen Störche sparsame Chrysanthemen auf Melonenrot. Der Tisch war gedeckt, russisches Porzellan wetteiferte mit deutschem. In der Mitte, unter einer Wärmehaube in Form eines Huhnes, stand ein Topf mit Buchweizengrütze. Außer Buchweizen und Makkaroni hatte Valerija nichts Eßbares gefunden. Sie saß mit einem Buch in der Hand im Sessel und erwartete Schurik zum Abendessen.

Er stellte die Tasche an der Tür ab, trat zu Valerija, küßte sie auf die Stirn und ließ sich auf einen Stuhl fallen.

»Ein Irrsinnstag! Ich esse rasch einen Happen, dann haue ich ab.«

Das wirst du nicht, dachte Valerija.

Er sprang auf, holte die Päckchen aus der Tasche und legte sie vor Valerija auf den Serviertisch. Sie hatte sich alles so bequem eingerichtet, daß sie nicht aus ihrem Sessel aufzustehen brauchte. Sie wickelte hastig die Päckchen aus, roch daran und lächelte. Ihre Lippen glänzten vom rosa Lippenstift, die rote Seide warf einen Widerschein auf ihr Gesicht – Schurik sah, wie schön sie war, und wußte, daß sie ihm gefallen wollte, daß sie sich seinetwegen die Haare mit dicken Lockenwicklern eingedreht und die Fingernägel lackiert hatte – der feuchtglänzende dunkelrosa Lack bildete einen gewissen Kontrast zu den schwieligen Händen mit den geschwollenen blauen Adern.

»Das Essen dort war ganz anständig, wirklich. Aber so langweilig. Schön, daß du Stör mitgebracht hast. Tu dir Grütze auf ...«

Sie schnitt auf einem Porzellanbrettchen den Käse auf, arrangierte den Fisch auf einem Teller, drehte sich in ihrem Sessel um, öffnete die Tür eines wackligen Schränkchens und nahm einen Vorlegelöffel und eine flache Gabel für den Fisch heraus.

»Ich geh mir rasch die Hände waschen«, besann sich Schurik und ging hinaus.

Ich laß dich nicht weg, entschied Valerija, korrigierte sich jedoch sogleich und bat die Allerhöchste Instanz demütig: »Er soll hierbleiben, ja? Es ist doch nicht viel, worum ich bitte.«

Seit ihr Kind verloren, gestorben war und ihre Beine endgültig den Dienst versagt hatten, fuhr sie nicht mehr nach Litauen zu dem alten Priester, sie führte ihre Unterhandlungen nun selbst, ohne Vermittler. Sie schrieb ihrem Seelsorger nur hin und wieder einen Brief. Wenn ihr Gutes widerfuhr, dankte sie Gott. Wenn sie sündigte, bereute sie, weinte und bat um Vergebung. Das Gelübde, das sie um des Kindes willen vor dem Herrn abgelegt hatte, hob sie eigenmächtig wieder auf. Wenn Er sein Wort nicht hielt – was erwartete Er da von ihr, einer schwachen Frau? Also winkte sie, sobald sie sich halbwegs von der schrecklichen Geschichte erholt hatte, Schurik zu sich, und er – was blieb ihm übrig? – kehrte in ihr Bett zurück.

Nun wurden sie wirkliche Freunde. Alle anderen Männer in ihrem Leben hatten sie, sobald sie Mitleid mit ihr bekamen, vor Schreck sofort verlassen. Schurik aber war anders: Valerija ahnte schon lange, daß bei ihm Mitleid und männliches Begehren an derselben Stelle saßen.

Aus Instinkt und weiblicher Gewohnheit bemühte sie sich, stets schön zu sein und gut gelaunt, fröhlich und unbekümmert; sie lachte klangvoll, ließ ihre Grübchen spielen, und Schurik sprang wie gewohnt meist um halb eins auf und eilte zu seiner Mutter, die nicht einschlief, bevor er kam. Doch wenn Valerija heftige Schmerzen, einen Anfall von schlechter Stimmung oder Selbstmitleid nicht selbst bewältigte, ließ er sie nicht allein. Er rief seine Mutter an, fragte, wie es ihr gehe und ob er heute woanders übernachten könne. Dann blieb er und hatte solche Freude an Valerija, daß sie sich nicht schonte und stolz war auf ihre Schönheit und ihre Weiblichkeit, und ihn, den so kindlichen, so rührenden und so männlichen Schurik bedauerte. Weshalb eigentlich, wußte sie selbst nicht.

»Mach den Wein auf.« Valerija reichte ihm den Korkenzieher. »Die Nachbarn sind alle weg. Allein fühle ich mich in der Wohnung so unbehaglich.«

Das war natürlich gelogen. Allein in der Wohnung fühlte sie sich wunderbar.

»Valerija, ich kann heute nicht bleiben. Ich muß morgen früh nach Wyschni Wolotschok. Matilda braucht dringend eine Bescheinigung, sie hat eine Gerichtsverhandlung.«

»Natürlich fährst du hin.« Valerija lächelte. Schuriks Freundschaft mit Matilda war ihr sogar irgendwie sympathisch: Matilda war eine alte Frau, an die zehn Jahre älter als Valerija.

»Aber ich muß vorher noch die Bescheinigung abholen...«

Er wollte ihr schon ausführlich alles erzählen, auch

von den Medikamenten, die im Kühlschrank lagen, und von den Franzosen, die er morgen früh zum Flughafen bringen mußte. Doch Valerija hörte gar nicht zu. Sie hatte den Blick abgewandt, ihre Mundwinkel hingen herab. Gleich würde sie anfangen zu weinen.

Schurik hob sie aus dem Sessel und bettete sie auf die Liege. Die Grütze, unter dem wärmenden Stoffhuhn hervorgeholt, erkaltete auf dem Teller.

Es flossen keine Tränen. Schurik tröstete die Freundin – ein wenig hastig, aber voller Herzlichkeit.

Dann verzehrte er die kalte Grütze und ging. Um halb sechs war er zu Hause, schnappte sich die Medikamente, fuhr ins entlegene Tschertanowo wegen Matildas Bescheinigung, von dort ins Hotel »National«, dann nach Scheremetjewo und von Scheremetjewo zum Leningrader Bahnhof. Er erreichte pünktlich den Zug, erstand glücklich eine Fahrkarte von jemandem, der sie nicht benötigte, und erreichte Wyschni Wolotschok. Der letzte Bus war schon weg, aber er fand ein Schwarztaxi, das ihn ins Dorf brachte, so daß er sogar vor dem Linienbus eintraf. Und ehe Matilda sich Sorgen machen konnte, daß Schurik sie diesmal womöglich im Stich ließ.

Grauhaarig, braungebrannt und stark abgemagert, empfing sie ihn mit einer Flasche Wodka und einem gedeckten Tisch. Sie küßten sich. Als erstes legte Schurik die Bescheinigung und die Medikamente auf den Tisch. Als Matilda mit einer Pfanne Bratkartoffeln aus der Diele zurückkam, wo ihr Petroleumkocher stand, schlief er, den Lockenkopf auf die Arme gebettet, die er wie in der Schule übereinandergelegt hatte.

Ein guter Junge ...

40

Kurz vor Silvester – neunzehnhundertachtzig – klingelte das Telefon. Die Telefonistin schrie mehrmals: »Ein Ferngespräch aus Rostow am Don!«, aber die Verbindung klappte nicht recht, die wütende Telefonstimme brach ab, und während Schurik noch erklärte, daß es sich vermutlich um einen Irrtum gehandelt habe, klingelte das Telefon erneut, diesmal hielt die Verbindung, und Schurik vernahm eine ruhige, angenehm schleppende Frauenstimme.

»Hallo, Schurik! Hier ist Lena Stowba. Ich hab was Dringendes zu erledigen und würde dich gern treffen. Ich bin Ende Dezember in Moskau. Könnten wir uns da vielleicht sehen?«

Während Schurik verwundert ziemlich unsinnige Fragen stellte, machte Lena lange Pausen, schließlich sagte sie geschäftig: »Ein Hotelzimmer lasse ich buchen, du brauchst dich also um nichts zu kümmern. Ich will jetzt nicht über Einzelheiten reden, aber ich denke, du weißt schon, was ich will. Es geht um eine gewisse Formalität.«

»Ja, ja, natürlich.« Schurik verstand und wollte keine überflüssigen Worte machen. Vera stand neben ihm. »Klar, komm her. Ich würd mich freuen. Und wie geht's dir sonst so?«

»Das erzähl ich dir, wenn ich komme. Fahrkarten habe ich noch nicht. Sobald ich da bin, rufe ich dich an. Also dann, bis bald. Grüß deine Mama, wenn sie sich noch an mich erinnert.« Lena lachte unbestimmt.

An seine fiktive Familie hatte Schurik kaum gedacht, seit Lena Stowba ihm vor dem Objektiv des Fotoreporters einer sibirischen Zeitung die neugeborene Maria in den Arm gelegt hatte.

Vera sah ihren Sohn fragend an. Schurik wog im stillen die Lage ab: Vera wußte nichts von seiner Ehe, und nun, da Lena offenbar vorhatte, sich scheiden zu lassen, wäre es unsinnig, ihr davon zu erzählen.

»Was ist los?« Vera bemerkte Schuriks Verwirrung.

»Das war Lena Stowba, erinnerst du dich, aus dem Mendelejew-Institut?«

»Ich erinnere mich, so eine kräftige Blondine, sie kam öfter zum Lernen her. Sie hatte was mit einem Kubaner, glaube ich, da gab es irgendwie einen Skandal. Wie war das noch – wurde sie aus dem Institut geworfen? Alja, die Kasachin, ein nettes Mädchen, hat mir damals davon erzählt. Ich erinnere mich nur nicht, wie das Ganze geendet hat«, sagte Vera lebhaft. »Komisch, deine Episode mit dem Mendelejew-Institut ist vollkommen aus meinen Gedächtnis verschwunden, als hätte sie nie stattgefunden. Das war ein seltsamer Schritt von dir. Ein schrecklicher Sommer war das, schrecklich.« Vera wurde ganz traurig, als sie an Jelisaweta Iwanownas Tod dachte.

Schurik legte den Arm um die schmalen Schultern seiner Mutter und küßte sie auf die Schläfe.

»Nicht doch, Mama, bitte. Also, folgendes: Lena kommt Ende Dezember nach Moskau und will sich mit mir treffen.«

»Wunderbar, soll sie herkommen. Sag mal, sie hat doch diesen Kubaner schließlich doch nicht geheiratet, oder? Wie ist die Geschichte ausgegangen?«

Da begriff Schurik, daß er eine Dummheit begangen

hatte. Nun konnte er sich mit Lena nicht einfach in der Stadt treffen, mit ihr in ein Café gehen und in Ruhe alles besprechen.

»Natürlich kommt sie her, Verussja. Und das Ende ihrer Geschichte mit dem Kubaner ist wohl noch immer offen. Sie hat eine Tochter geboren und in Sibirien gelebt, und jetzt wohnt sie offenbar in Rostow am Don. Ich hab all die Jahre nichts von ihr gehört.«

»Wie nett von ihr, daß sie dich angerufen hat.«

Schurik nickte.

Lena kam einige Tage nach dem Anruf – mit einem Strauß Teerosen für Vera Alexandrowna und einem Kind, das einen Pelzmantel trug und darüber ein großes Bauerntuch. Als das Tuch abgewickelt und der Pelzmantel ausgezogen war, kam ein kleines Mächen von fremdländischer Schönheit zum Vorschein. Gesicht und Haar waren von der gleichen honiggoldenen Farbe, und ihre Haut leuchtete von innen wie die Schale einer reifen Birne. Ihre länglichen, pfirsichkernförmigen Augen, deren Lider in den Augenwinkeln kaum merklich gebogen waren, glänzten in spiegelblankem Braun.

»Mein Gott, was für ein Wunder!« rief Vera.

Das Wunder zog die Filzstiefel aus. Auf einen strengen Blick der Mutter hin sagte das Mädchen brav »Guten Tag!« und rief dann: »Ich muß euch was erzählen! Hier liegt ganz viel Schnee, und draußen auf der Straße stehen Tannenbäume, richtig mit Schmuck behängt! Und im Zug, da gab's Teeglashalter! Ganz goldene!«

Das Mädchen strahlte, es strömte Freude aus wie ein Ofen Wärme, und seinem Lächeln fehlten die oberen beiden Schneidezähne. An ihrer Stelle schimmerten im Oberkiefer zwei weiße Streifen.

Wie neu sie noch ist, wie diese beiden durchbrechenden Zähne, dachte Vera hingerissen. Und wie von einem anderen Stern ...

Sie beugte sich zu dem Mädchen hinunter. »Na, dann wollen wir uns mal bekanntmachen. Ich heiße Vera Alexandrowna, und wie heißt du?«

»Maria, aber nennen Sie mich nicht Mascha, das kann ich nicht leiden.«

»Das verstehe ich sehr gut. Maria ist ein wunderschöner Name.«

»Ich würde lieber Gloria heißen. Wenn ich groß bin, werde ich Gloria«, verkündete das Mädchen.

Schurik starrte Lena an. Sie war nicht wiederzuerkennen. Sie hatte etwas von einem Filmstar an sich. Seit der Geburt ihrer Tochter hatte sie sich mehr als verändert – von der früheren mollig-schlaffen Schönheit war keine Spur mehr. Sie war schlank, schroff und agil. Das schwere blonde Haar, das einst Enriques Liebesleid entzündet hatte, trug sie nun kurzgeschnitten. Sie kniff auch nicht mehr die Augen ein – sie trug jetzt eine Brille.

»Na, wiedererkannt?« fragte Lena leise und blickte hinüber zu ihrer Tochter. Schurik zuckte zusammen und bedeutete ihr: kein Wort. Lena begriff und korrigierte sich sofort: »Ich dachte, du erkennst mich nicht.«

Aber Vera beachtete ihre flüchtigen Worte gar nicht. Das kleine Mädchen, seine ganze Erscheinung – schmetterlingshaft, definierte Vera es bei sich – die lebhafte Mimik, die Anmut eines edlen Tieres rührten an jene Saite in ihrem Inneren, die für ihr ausgeprägtes Schönheitsempfinden zuständig war.

»Laßt uns Tee trinken, ich habe eine Torte gekauft«, schlug Schurik vor und öffnete die Küchentür. Der Tisch war in der Küche gedeckt, ganz familiär.

Sie tranken englischen Tee, aßen dazu Vanillezwieback und Torte – ein echter Fünf-Uhr-Tee. Maria aß selbstvergessen, half mit den Fingern nach und schüttelte sich vor Behagen. Sie leckte die Schokoladenmuster ab, fuhr sich mit einer katzenhaften Bewegung über den Mund, drehte anmutig den Kopf auf dem langen Hals, wobei sie in der Mitte eine Pause einlegte und wie zu einem Schlußakkord das Kinn leicht anhob, und sagte dann traurig zu Vera: »So was gibt es bei uns nicht. Das schmeckt toll. Schade, nun kann ich nicht mehr.« Sie schüttelte gramvoll den Kopf.

Vera wiederholte automatisch ihre Bewegung, ertappte sich dabei und lächelte – was für eine ansteckende physische Ausdruckskraft!

»Na komm, ich zeig dir den Tannenbaum«, schlug Vera vor und ging mit Maria ins große Zimmer.

Schurik und Lena, nun allein in der Küche, rauchten. Femina-Zigaretten gab es nicht mehr, dafür bot Schurik seiner offiziellen Ehefrau eine Lord an. Zwischen tiefen Zügen erzählte Lena, sie lebe schon lange in Rostow am Don und habe eine gute Arbeitsstelle, alles sei bestens. Aber nun brauche sie schnell die Scheidung, denn es gebe eine Möglichkeit, mit Enrique zusammenzukommen: Er habe einen Amerikaner gefunden, der nach Rostow kommen wolle und bereit sei, sie zu heiraten und rauszubringen.

»Ein Amerikaner – nach Kuba?« Das kam Schurik bei all seiner politischen Unwissenheit doch zweifelhaft vor.

Lena bedachte ihn mit dem typischen Funktionärsblick ihres Vaters: reglos und düster.

»Ach ja. Ich hab dir ja das Wichtigste nicht erzählt. Also, Enrique ist raus aus dem Gefängnis. Sein Vater nicht, es heißt, der ist in der Zelle an einem Herzschlag gestorben. Ja, und anschließend ist Enrique von Kuba abgehauen. Mit einem Boot, genau wie sein Bruder. Kannst du folgen? Er ist schon seit einem Jahr in Miami. Wir haben selten Kontakt. Enrique ist Flüchtling, aber sie haben ihm eine Greencard versprochen. Bis er sie hat, kann er natürlich nicht ausreisen. Er arbeitet wie besessen und legt außerdem lauter Examen an der Uni ab, damit sein medizinischer Abschluß anerkannt wird. Und nun hat er einen Amerikaner gefunden, der versprochen hat, das Ganze zu regeln – durch eine Heirat. Darum ist das mit der Scheidung so eilig, verstehst du? Ansonsten wäre mir der Stempel egal, mir ist davon nicht warm und nicht kalt.«

Wieder kam Schurik sich vor wie im Kino – in einem Abenteuerfilm.

Lena hatte sich nicht nur äußerlich verändert, sie redete auch anders – nicht mehr träge und hochmütig wie früher, sondern eher geschäftig.

»Kein Problem. Aber denk dran, Lena, Mama weiß nicht, daß wir verheiratet sind, und ich möchte nicht, daß sie es erfährt.«

»Klar doch, klar, war bloß ein blöder Scherz vorhin.« Sie wechselte das Thema. »Erinnerst du dich, wie häßlich Maria aussah, als sie zur Welt kam? Und nun ist sie so schön.«

Lena war sichtlich stolz.

»Ja, die Kleine ist unglaublich schön, und wie sie damals aussah, weiß ich gar nicht – ich erinnere mich nur an irgendwas Gelbes, Zerknittertes.«

»Sie kommt nach Enriques Mutter, aber sie ist noch schöner.« Lena seufzte.

Während die beiden sich in der Küche besprachen, betrachtete Maria den Tannenbaumschmuck und zeigte alle Schattierungen kindlicher Freude – hitzig, stürmisch, verblüfft, leise, unbewußt und fromm. Vera bestaunte diesen emotionalen Regenbogen voller Ehrfurcht: Was für ein Reichtum! Was für ein seelischer Reichtum!

Vera nahm die gläserne Libelle vom Baum, das schönste Stück, das von Großmutters Baumschmuck noch erhalten war, und wickelte ihn in Pergamentpapier. Maria stand vor ihr, die Hände gefaltet und die langen Wimpern gesenkt. Vera legte das kleine Päckchen in eine der japanischen Schachteln, die von dem berühmten Orden übriggeblieben waren, und Maria nahm die Schachtel in beide Hände und preßte sie an die Brust.

»Oh«, stöhnte das Mädchen. »Ist das für mich?«

»Ja, das ist für dich.«

Das Mädchen schlug die Hände mit der Schachtel vors Gesicht und wiegte sich rhythmisch. Vera erschrak. Maria nahm die Hände vom Gesicht und sagte in tragischem Tonfall: »Ich könnte sie zerbrechen.«

Vera strich ihr übers Haar – es fühlte sich angenehm geschmeidig an.

»Jeder zerbricht mal etwas.«

»Mir passiert das oft.« Sie seufzte.

»Mir passiert das auch«, beruhigte Vera sie. »Komm, soll ich dir was vorspielen?«

Als sie vorhin ins Zimmer gekommen waren, hatte der Baum sofort die ganze Aufmerksamkeit des Mädchens in Anspruch genommen, erst jetzt entdeckte sie das Klavier.

»Das Klavier ist ja ganz nackt, da ist gar keine Decke drauf«, sagte das Mädchen und strich über das lackierte Holz.

»Wie meinst du das?« fragte Vera erstaunt.

»Bei meiner Lehrerin Marina Nikolajewna liegt immer eine Spitzendecke drauf«, erklärte Maria.

Vera plazierte Maria in Jelisaweta Iwanownas Sessel und begann zu spielen. Schubert. Erst hörte das Mädchen sehr aufmerksam zu, doch dann sprang es auf und hieb mit der Faust auf die Tasten. Die Bässe brüllten. Maria drehte sich wie ein Kreisel und kreischte: »Hör auf! Du sollst nicht so spielen! Hör auf!«

Vera war verblüfft.

»Was ist denn, mein Kind? Was ist los?«

Maria sprang in den Sessel, rollte sich darin zusammen und erstarrte. Vera berührte sanft ihre Schulter. Ein paar Minuten lang streichelte sie den schmalen Rücken. Dann hob das Mädchen den Kopf und tauchte aus seinem verknäulten Körper auf wie eine Schlange. Seine Augen waren feucht, riesengroß und schwarz, als bestünden sie nur aus Pupillen.

»Entschuldige. Ich bin so wütend geworden, weil das bei mir nie klappt. Aber bei dir klappt es.«

»Was klappt nicht, mein Kind?« fragte Vera erstaunt.

»Das Spielen klappt bei mir nicht.«

Vera nahm ihre Hand, setzte sich in den Sessel und das Mädchen neben sich — in Jelisaweta Iwanownas geräumigem Sessel war Platz genug für sie beide.

Was für ein schwieriges Los die beiden haben, die Mutter und das Mädchen! Was für eine Emotionalität, Sensibilität, welch anmutige Grazie, und diese edle Hautfarbe — das hat etwas von einer Romanze aus der Kolonialzeit! Das alles empfand Vera mehr, als sie es dachte. Ein außergewöhnliches, ein ganz besonderes Kind!

»Bei mir klappt auch vieles nicht. Was meinst du, wie viel ich üben mußte, damit das klappt«, tröstete Vera das Mädchen.

»Aber ich gehe schon ein ganzes Jahr zu Marina Nikolajewna, und trotzdem klappt es nicht.«

»Komm, such dir noch etwas vom Baumschmuck aus!« schlug Vera vor.

Maria sprang vom Sessel, hüpfte und wirbelte herum, als hätten ihre Arme und Beine sich verdoppelt, und Vera war erneut entzückt von der geballten Ladung an Emotionen in diesem kleinen Körper.

Schurik und Lena kamen herein.

»Mach dich fertig, Maria«, sagte Lena zu ihrer Tochter. Und setzte hinzu: »Unser Hotel ist in Wladykino, das ist ein weiter Weg.«

Vera bot den beiden sofort an, über Nacht zu bleiben: Warum das Kind durch die ganze Stadt in ein scheußliches Hotel schleppen, wenn sie wunderbar in Jelisaweta Iwanownas Zimmer übernachten konnten?

»In dem mit dem Baum?« freute sich Maria.

»Ja, wir machen euch hier das Bett.«

Am nächsten Morgen fuhr Lena auf Veras Vorschlag hin ins Hotel, holte ihre Sachen ab und klapperte bis zum Ende der Woche diverse Behörden ab – außer den Scheidungsangelegenheiten hatte sie auch Dienstliches zu erledigen.

Vera kümmerte sich um Maria, führte sie ins Museum orientalischer Kulturen und zeigte ihr den Roten Platz. Vera genoß diese Unternehmungen: Sie freute sich mit Maria und sah die Stadt, die, solange sie denken konnte, immer häßlicher wurde, nun mit den begierigen Augen des begeisterten Kindes.

Schurik und Lena suchten inzwischen das Standesamt auf. Dort stellte sich heraus, daß für die Scheidung ein Papier fehlte – Marias Geburtsurkunde. Die hatte Lena zu Hause gelassen, als sie mit ihrer vier Monate alten Tochter von den Eltern weggelaufen war. Um sie zu bekommen, mußte sie entweder ihrer Großmutter schreiben, mit der sie einen heimlichen Briefwechsel unterhielt, oder eine offizielle Anfrage an das sibirische Standesamt schicken. In jedem Fall brauchte das Zeit, und Lena wollte nach Hause fahren und warten, bis das nötige Dokument da war.

Vera schlug vor, sie sollten doch wenigstens bis Neujahr bleiben, aber Lena reiste trotz der verzweifelten Tränen ihrer Tochter am einunddreißigsten Dezember vormittags ab.

Vera war enttäuscht: Sie hatte sich schon ausgemalt, was für ein schönes Fest sie für das wunderbare Mädchen ausgerichtet hätten.

41

Schuriks Zehennagel, der anfangs so höllisch weh getan hatte, wurde blau und schwoll an, dann hörten die Schmerzen auf, und nach einer Weile ragte aus dem Halbmond ein millimetergroßer neuer Nagel, der allmählich heranwuchs und in der Mitte eine seltsame Einkerbung hatte. Alles verheilte ohne Komplikationen von allein. Schurik dachte nicht mehr an den dummen Zwischenfall.

Womöglich hätte auch die Besitzerin der paläontologischen Rarität ihn mit der Zeit vergessen, aber ein zufälliges Stück Papier – die Postquittung mit der schwer zu entziffernden Adresse des Absenders und dem nicht ausgeschriebenen Namen »Kor« – Kornilow? Kornejew? – erinnerte sie ständig daran. Mit einer Lupe bewaffnet untersuchte Swetlana die Adresse – die Straße hieß eindeutig Nowolesnaja, die Sieben sah aus wie eine Eins, der Haken konnte eine Zwei sein oder eine Fünf... Diese Ungewißheit hatte etwas prickelnd Aufregendes: Schließlich hatte er die Quittung mit seiner Adresse nicht zufällig bei ihr liegengelassen, oder? Und wenn doch – war es dann nicht ein Wink des Schicksals, ein Fingerzeig der Vorsehung?

Einige Tage verbrachte Swetlana im Vorgefühl des Glücks. Ihr schien, er müsse wiederkommen – wenn nicht heute, dann morgen –, und sie probte diese Begegnung im stillen immer wieder: ihr Erstaunen, seine Verlegenheit, was er sagen würde, was sie ... Aber er kam und kam nicht: Er konnte sich wohl nicht entschließen, oder er genierte sich oder wurde durch irgendwelche Umstände gehindert.

Nach einer Woche fürchtete sie, er könne ganz und gar ausbleiben. Je geringer die Chance wurde, daß er noch auftauchte, um so beleidigter war sie. Sie redete in Gedanken mit ihm, diese Zwiesprache wurde immer gereizter und hielt, was das Schlimmste war, unaufhörlich an.

Spätabends nahm Swetlana ein leichtes Schlafmittel und schlief für zwanzig Minuten ein, doch der Dialog mit Schurik drang auch in ihren Traum. Im Medikamentenschlummer redete sie lange mit ihm – mal bat er sie um Verzeihung, mal stritten und versöhnten sie sich. Sie konnte diese Begegnungen teilweise steuern: Sie dachte sich ein Sujet aus, und es entwickelte sich in der vorgegebenen Richtung. Gequält verließ sie schließlich ihr Bett.

Ihr Schlaf, von Natur aus leicht und schreckhaft, war nun endgültig gestört, sie stand nachts auf, trank heißes Wasser mit Zitrone, setzte sich an den Tisch und flocht weiße und rote Seidenblumen für eine Genossenschaft, die Grabkränze fertigte. Sie war die beste Blumenflechterin, verdiente aber nie wirklich gut, denn sie arbeitete sehr langsam. Dafür strahlten die Rosen, die sie fertigte, indem sie dünne Seide über einem runden Löffel zu länglichen Blütenblättern rollte und zusammenklebte, eine besondere Traurigkeit aus, die ihre Kolleginnen nie zustande brachten.

Bis zum Morgen saß sie in einem Zustand, als wäre sie aus Glas, vor der glatten Seide, dann schlief sie zwanzig Minuten und setzte sich erneut an den Tisch. Aus dem Haus ging sie fast nie: aus Angst, Schurik zu verpassen.

Ihr war schon klar, daß sie vollkommen aus dem halbmedikamentösen Gleichgewicht geraten war, für das seit fast einem Jahr der wunderbare Doktor Shutschilin sorgte, der dick und sanft war wie ein greiser kastrierter Kater.

Einen Monat hielt sie durch, dann ging sie zu Shutschilin. Er wohnte ganz in der Nähe, in der Malaja-Bronnaja-Straße, und sie suchte ihn seit langem nicht im Krankenhaus auf, sondern zu Hause.

Shutschilin gehörte zum Schlage der edelmütigen Masochisten – ein nachdenklicher, mitfühlender Arzt – und hatte sich viele seiner Patienten freiwillig zur lebenslangen Bürde gemacht. Geld genierte ihn, er suchte es zu meiden und nahm Dankesbezeugungen lieber in Form von Büchern oder Kognak. Swetlana nähte für seine Tochter kleine Seidenpuppen in roten und blauen Kleidern und mit weißen Gesichtern, die sie auf den Stoff malte.

Seit seiner Studienzeit interessierte er sich für Selbstmord als einen unbegreiflichen, faszinierenden Drang einer besonderen Art von Menschen, und seine Entscheidung für die Psychiatrie war eher humanitär denn medizinisch motiviert gewesen. Swetlana gehörte zu jenem Menschenschlag, der einen Hang zum Selbstmord in sich trägt, und er hatte sie nach ihrem dritten, glücklicherweise mißglückten Suizidversuch kennengelernt.

Shutschilin wußte, daß laut Statistik der dritte Suizidversuch meist der effektivste ist. Wenn er von seinen ziemlich vagen Überlegungen ausging, die auf dem Wege waren, sich zur Theorie zu mausern, mußte in Swetlanas Fall das Risiko mit der Zeit abnehmen, und bei richtiger Behandlung sollte ihr in Zukunft nichts weiter drohen als die üblichen altersbedingten Malaisen. Sie würde die Risikozone überwinden. Swetlana gehörte daher zu den Patienten, die ihn im Augenblick am meisten interessierten.

Mit diesen Patienten unterhielt er sich stundenlang. Es war ihm wichtig, in die Tiefe zu dringen, bis zu dem Punkt im Inneren, an dem die Selbstmordidee wurzelte. Da ihm die Freudsche Psychoanalyse nicht fremd war, arbeitete er sich kühn in die fremde Seele vor, in der Hoffnung, die Defekte ertasten und beheben zu können.

Shutschilins Frau Nina Iwanowna war schlafen gegangen, er saß mit Swetlana in der Küche, und sie analysierten die krankhaften Auswüchse ihrer Gedanken und Gefühle. Von der Begegnung mit Schurik erzählte sie auszugsweise, genau den Teil, den Schurik seiner Mutter gegenüber ausgespart hatte. Die Geschichte mit dem Mammutzahn blieb damit ganz und gar Vera vorbehalten, die Liebesepisode aber, die in Swetlanas Wiedergabe aus dem Nichts heraus entstanden war, also ohne den Mammutzahn, dem Doktor. Ohne seinen eigentlichen Auslöser wurde der Vorfall zu einer grausamen Verführung mit einem Touch von Vergewaltigung. Shutschilin stellte zwar provokative Fragen, um von Swetlana ein glaubwürdigeres Bild zu erhalten, doch das gelang ihm nicht. Wunsch nach Vergewaltigung — so definierte er für sich die Situation.

Er trank seinen starken Tee, goß noch etwas heißes Wasser in Swetlanas Tasse mit verdünnter Konfitüre, an der sie ab und zu nippte, und überlegte, daß ein Kranker sich von einem Gesunden im Grunde nur dadurch unterscheidet, daß er den Splitter, der in seine Seele eingedrungen ist, nicht unter Kontrolle hat. Als Arzt konnte er einen solchen Splitter einkapseln, einen Schutzwall errichten, verhindern, daß sich die seelische Entzündung ausbreitete, entfernen aber konnte er den Splitter nicht. Er hörte sich Swetlanas armselige Liebesphantasien an und registrierte die Widersprüchlichkeit ihrer Wünsche: Sie lechzte nach freier, glücklicher Liebe, wurde jedoch stets das Opfer schlechter Menschen oder Umstände und, was im vorliegenden Fall besonders wichtig war — ihres Helden selbst. Ungerecht verletzt zu werden, und zwar so ungeheuerlich und grauenvoll wie niemand sonst, war ihr ein tiefes Bedürfnis.

Doktor Shutschilin wußte auch, daß er Swetlana dies nicht sagen durfte, ohne zu riskieren, ihr damit eine weitere Verletzung zuzufügen und das Vertrauen zu zerstören, ohne das er sie nicht in den Grenzen relativer Gesundheit halten konnte.

Die meisten seiner Kollegen hätten ihren Zustand als Äußerung einer manischen Psychose gewertet und sie auf starke Psychopharmaka gesetzt, die alles in ihr dämpfen würden, darunter auch ihre Fähigkeit zu grenzenlosem Leiden.

»Meine liebe Swetlana!« sagte Shutschilin kurz nach zwei Uhr nachts. »Gehen wir mal davon aus, daß wir in der Lage sind, die Ereignisse richtig einzuschätzen und adäquat darauf zu reagieren. Stimmt doch, oder?«

Diese Einleitung wirkte auf Swetlana belebend. Genau, sie wollte, daß alles adäquat war. Ihr eigenes Verhalten erschien ihr vollkommen adäquat, aber was war mit Schurik? Er verhielt sich nicht adäquat — er kam nicht, obwohl Swetlana sich das so sehr wünschte.

Sie nickte. Sie war schrecklich müde, aber sie wußte, sie würde ohnehin nicht einschlafen können, und zögerte darum den Abschied hinaus.

»Sie dürfen sich nicht in eine ausweglose Situation hineinmanövrieren. Das Verhalten des jungen Mannes lassen wir mal beiseite, wir werden es nicht einmal analysieren. Ist er ein billiger Verführer, oder ist er einfach in eine für ihn selbst überraschende Situation geraten — erinnern Sie sich an Bunins »Sonnenstich«? Ein überraschender, unvorhersehbarer Gefühlsausbruch? Also, nehmen wir an, es war ein solcher Sonnenstich, und ein Mann, der normalerweise von Natur aus keineswegs zu

Gewalt neigt, verübt sie plötzlich ... Er ist verschwunden. Selbst wenn wir ihn suchen und eine Erklärung für dieses ungeheuerliche Verhalten verlangen wollten – es ist einfach unmöglich. In Moskau leben neun Millionen Menschen, darunter bestimmt an die hunderttausend Schuriks! Das ist vollkommen aussichtslos! Wir werden nie herausfinden, warum er die Tat begangen hat, aber gegen Ihre Schlafstörungen müssen wir etwas tun. Und das steht in unserer Macht. Ich finde, ein Kuraufenthalt wäre nicht schlecht. Darum könnten wir uns kümmern. Sie haben abgenommen. Gewichtsverlust ist in Ihrer Lage äußerst ungünstig. Ich glaube, wir sollten die Schilddrüse noch einmal untersuchen lassen. Ich stelle in den nächsten Tagen für Sie einen neuen Zeitplan auf, und danach werden wir dann leben. Das Problem scheint mir nicht sehr ernst zu sein, ich denke, gemeinsam werden wir damit fertig.«

Shutschilin dachte nichts dergleichen – die Lage erschien ihm sehr ernst, aber er wollte einen letzten Versuch unternehmen, Swetlana mit geringem Aufwand aus der drohenden Krise zu retten.

Swetlana ihrerseits hatte ebenfalls eine Entscheidung getroffen: In ihrer Handtasche lag die Quittung, von der sie dem Arzt kein Wort gesagt hatte, und nach allem, was sie eben durchgekaut hatten, war sie bereit, die auf der Quittung stehende Adresse aufzusuchen. Das Wort »Sonnenstich« inspirierte sie sehr.

Beide – Arzt wie Patientin – waren mit sich zufrieden: Jeder hatte den anderen erfolgreich hinters Licht geführt.

In dieser Nacht legte Swetlana sich gar nicht schlafen. Gegen Morgen, als alle Nachbarn in der Gemeinschaftswohnung noch schliefen, zu Hause angelangt, ging sie ins Bad, scheuerte die Wanne ausgiebig mit einer scharfen, ätzenden Reinigungspaste, dann ließ sie Wasser ein und legte sich hinein. Normalerweise ekelte sie sich vor der Gemeinschaftswanne, deren Oberfläche rissig war wie Elefantenhaut, doch nun dachte sie daran, daß dies eigentlich ihre Wanne war, ihre Großmutter hatte seit neunzehnhundertelf in dieser Wohnung gelebt, ebenso ihr Großvater, hier war ihr Vater geboren, die ganze Wohnung stand ihr also von Geburt an zu, und all die jetzigen Nachbarn, diese fremden Eindringlinge, diese zugereisten Dörfler, ahnten nicht, daß sie hier die eigentliche Hausherrin war – und ein bittersüßer Kummer, ihr Lieblingskummer, überwältigte Swetlana.

Alles, was sie anzog, war schneeweiß – Slip, BH und Bluse. Die bucklige Perle hing an einer Silberkette – die Goldkette hatte sie längst verkauft. Die Perle war nicht ganz weiß, eher gräulich, aber antik und echt, wenngleich tot. Swetlana glaubte, nun etwas essen zu können, und kochte sich ein Ei. Verzehrte die Hälfte. Kochte sich einen Kaffee. Trank eine halbe Tasse. Sie spürte, daß heute ein verantwortungsvoller Tag sein würde.

Wir werden adäquat auf die Ereignisse reagieren, rief sie sich in Erinnerung und verließ um halb acht das Haus. Sie lief bis zur Metro Krasnopresnenskaja, fuhr bis zur Belorusskaja und suchte dann lange nach der Nowolesnaja-Straße und noch länger nach dem richtigen Haus. Die Sieben war wohl doch eine Eins, denn in der Straße gab es nicht so viele Häuser, die Numerierung reichte nicht bis Siebzig. Um Viertel neun saß sie auf einer Bank, den Blick auf den Eingang des neuen Ziegelbaus gerichtet.

Drei Stunden verharrte sie so. Sie war zutiefst überzeugt, daß sie sich nicht irrte, daß der junge Mann genau in diesem Haus wohnte. Gegen Ende der dritten Stunde betrat sie das Gebäude und betrachtete die Briefkästen, die zwischen Erdgeschoß und erstem Stock hingen. Auf einigen klebten Zettel mit dem Namen der Mieter, auf anderen war der Name mit Bleistift direkt auf das grüne Blech geschrieben. Auf manchen stand nur die Wohnungsnummer. Sie suchte nach Kornilow oder Kornejew. Unter der Nummer 52 klebte ein Zettel, auf dem in wunderschöner altertümlicher Schrift »Korn« stand. Das war sogar noch besser als Kornilow.

Tief befriedigt fuhr Swetlana wieder nach Hause. Der junge Mann konnte ihr nicht mehr entwischen.

Swetlana handelte ohne eine bestimmte Strategie. Bis Anfang September kam sie jeden zweiten Tag gegen acht zu dem bewußten Haus, saß genau drei Stunden auf der Bank davor und ging um elf wieder. Sie war überzeugt, daß Schurik früher oder später auftauchen würde, und wie ein geduldiger Jäger lag sie konzentriert und reglos auf der Lauer und registrierte jeden, der das Haus verließ. Einige Bewohner erkannte sie nach einer Weile schon. Manche gefielen ihr, andere haßte sie bereits inbrünstig. Am sympathischsten war ihr ein Brillenträger mit Aktentasche und lauter Zeitungen, die er gerade aus dem Briefkasten genommen hatte und von denen er unweigerlich eine vor dem Hauseingang fallenließ; ihren besonderen Abscheu erregte ein fettes Mädchen mit säulenartigen Beinen, das manchmal von einem Auto abgeholt wurde.

Nach einem solchen Wachdienst an einem Regentag wurde Swetlana krank. Sie bekam eine starke Angina, wie sie sie lange nicht gehabt hatte. Die Krankheit kam ihr ganz gelegen, sie ermöglichte ihr eine Atempause in der anstrengenden Jagd, und Swetlana kurierte sich eifrig. Sie gurgelte mit diversen Lösungen, pinselte ihren entzündeten Rachen mit Jodtinktur ein und schluckte harmlose Tabletten – Antibiotika lehnte sie ab, dokterte aber ansonsten gern an sich herum. Die Angina dauerte fast zwei Wochen und endete zusammen mit dem schönen Wetter.

Eines Tages erklärte sie sich als genesen, packte die während ihrer Krankheit erblühten Blumen in zwei Schachteln und brachte sie in die elend weit entfernte Genossenschaft am Koptewski-Markt. Sie bekam ihren Lohn für den vergangenen Monat ausgezahlt und entschied, daß sie sich einen Übergangsmantel kaufen mußte – in dem alten hellblauen konnte sie zu keinem Rendezvous gehen.

Der Mantelkauf war in jeder Hinsicht ein schwieriges Unterfangen. Wie eigentlich jeder Kauf. Swetlana gehörte zu den Menschen, die immer genau wissen, was sie haben wollen. Nach dem Mantel, der in ihrer Phantasie entstanden war – beige, mit Kapuze, schrägen Eingrifftaschen und obendrein mit Hornknöpfen – konnte sie vermutlich bis ans Ende ihrer Tage suchen.

Nun fuhr Swetlana statt zur Metrostation Belorusskaja jeden Morgen zu verschiedenen Geschäften. Sie war gründlich und zielstrebig, und am Ende der zweiten Woche wußte sie, daß sie sich den Mantel ihrer Träume nur selbst nähen konnte. Also entschied sie: Der Mantel wird genäht. Das verlagerte ihre Suche auf ein anderes Gebiet: Nun mußte sie die Stoffgeschäfte abgrasen. Gleich im ersten, quasi um die Ecke, hatte sie Glück und erstand einen wunderschönen Mantelstoff aus der Tschechoslowakei. Doch das Mantelproblem wuchs an wie eine Lawine: Und das Futter? Und die Knöpfe? Und das Saumband? Alle diese Schwierigkeiten waren ihr willkommen, je mühsamer, desto besser – auf diese Weise rückte Schurik in den Hintergrund, schmorte auf kleiner Flamme. Ihr Hauptaugenmerk galt nun dem Mantel.

Shutschilin rief mehrmals besorgt an. Nach seiner Theorie mußte Swetlana ihn jetzt besonders brauchen und sich, wie stets in kritischen Momenten, an ihn klammern. Doch das geschah seltsamerweise nicht. Sie behandelte ihn am Telefon beinahe achtlos. Sie erklärte, sie sei im Moment sehr damit beschäftigt, sich einen Mantel zu nähen. Und ihr Schlaf sei wieder in Ordnung.

Kleider sind doch ein starkes therapeutisches Stimulans für eine Frau – darüber muß ich mal nachdenken, sagte sich Shutschilin. Er hatte eine Menge Ideen, und eine davon betraf den gravierenden Unterschied in den Erscheinungsformen ein und derselben psychischen Störung bei Männern und bei Frauen. Er überlegte kurz und entschied, daß ein Suizidversuch in nächster Zeit wenig wahrscheinlich sei.

Bis Swetlana alle Hindernisse auf dem Weg zu ihrem Mantel, einem Nachkommen des berühmten Gogolschen Vorbilds, überwunden hatte, war Winter. Fix und fertig hing der neue Übergangsmantel auf einem Holzbügel im Schrank, in ein altes Laken gehüllt. Draußen lag Schnee, doch an einen neuen Wintermantel war nicht zu denken – sämtliche Finanzreserven waren erschöpft. Das Problem Schurik stand erneut in voller Größe vor Swetlana.

Sie fuhr zu ihrer Tante zum Preobrashenskaja-Platz. Die Tante hatte ihr vor zwei Jahren einen alten Persianermantel angeboten, den Swetlana damals abgelehnt hatte: Ein schöner Pelz, aber es hätte einiges ausgebessert werden müssen. Seitdem schmollte die Tante mit ihr, also kaufte Swetlana eine teure Torte und wählte aus mehreren selbstgefertigten Hutgestecken das mit dem meisten Rosa aus – eine Anspielung auf die Leidenschaft der greisen Tante für alles Jugendliche.

Sie versöhnte sich mit der Tante und schmeichelte ihr ein wenig. Dann klagte sie über die Kälte und erwähnte den Persianer. Die Tante schüttelte den Kopf.

»Du hättest ihn gleich nehmen sollen, nun hab ich ihn Vitjas Frau geschenkt.«

Doch im selben Augenblick blitzte es in ihrem langnasigen Gesicht geheimnisvoll auf. Noch ehe Swetlana enttäuscht sein konnte, wußte sie, die Tante würde ihr etwas anderes anbieten. Und das tat sie auch. Bei Gott! Das war etwas! Ein riesiges Rentierfell. In traumhaftem Nußbraun. Und mit einem aufregenden Tiergeruch. Swetlana schrie überrascht auf und küßte die Tante.

»Den hat mir jemand aus dem Norden mitgebracht. Nimm ihn nur, aber freu dich nicht zu sehr. Es ist ein Sommerfell, siehst du, es haart. Lange wirst du es nicht tragen können. Ich wollte es auf die Couch legen, aber sobald man sich draufsetzt, hat man den Hintern voller Haare. Nimm nur, für dich geb ich es gern her.«

Um Schurik nicht endgültig aus den Augen zu verlieren, unternahm Swetlana mehrere Kundschaftergänge. Eines Tages hatte sie endlich Glück und sah Schurik in Begleitung einer kleinen Dame mit grauer Baskenmütze aus dem Haus kommen. Sie gingen nicht den Hauptweg entlang, sondern ums Haus herum und verschwanden hinter der kleinen Kellertür. Schurik begleitete seine Mutter zum Theaterzirkel.

Ein andermal beobachtete sie, wie der Hof von seinem Kommissar Abschied nahm: Michail Abramowitsch war gestorben, und alle Hausbewohner kamen heraus zum Kleinbus, der den bleichen Ritter des Marxismus ins Krematorium am Donskoi-Kloster bringen sollte. Schurik trug zusammen mit dem Hauswart und zwei Parteiaktivisten den Sarg von der Haustür zum Bus. Dann geleitete er die nette Dame von neulich, die diesmal eine schwarze Baskenmütze trug und einen Strauß weißer Chrysanthemen in der Hand hielt, half ihr überaus zuvorkommend in den Bus und hievte anschließend die übrigen Greise und Greisinnen hinein, die den Sarg begleiteten. Zum Schluß stieg er selbst ein.

An diesem Tag ließ sich Swetlana von der Liftfrau die Telefonnummer der Hausverwaltung geben. Sie rief dort an, gab sich als Postangestellte aus und fragte nach der Telefonnummer der Wohnung zweiundfünfzig.

Erst beim dritten Versuch konnte Swetlana Schurik verfolgen. Eines Abends — sie verzichtete nun auf die morgendlichen Wachdienste — kam er aus dem Haus gerannt, allein, eine Mappe unterm Arm, und eilte zur O-Bushaltestelle. Doch der Bus war gerade weg. Er verharrte noch eine Weile an der Haltestelle, so daß Swetlana ihre Erregung zügeln und sich konzentrieren konnte, dann marschierte er zu Fuß zur Metro. Sie folgte ihm, aber er bemerkte sie nicht.

Es war eigentlich eine günstige Gelegenheit, ihn anzusprechen, doch Swetlana erschrak bei diesem Gedanken derartig, daß ihr der Schweiß ausbrach, und sie begriff, daß sie noch nicht so weit war. Außerdem wurde ihr klar, daß ihr das Schwierigste noch bevorstand: Schurik anzusprechen, ohne dabei ihren weiblichen Stolz einzubüßen — sie war keine, die einem Mann hinterherlief! Bisher hatte sie noch nicht darüber nachgedacht, was sie zu ihm sagen würde, wenn sie ihn endlich wiedersah. Sie probierte verschiedene nichtssagende Worte, fand aber nichts Geeignetes.

Sie blieb ein Stück zurück, behielt Schurik jedoch im Auge. Sie ging hinunter in die Metro, nahm denselben Wagen wie er, stieg mit ihm an der Puschkinskaja aus und verlor ihn auch im Gedränge der vollen Station nicht.

Selbst erfahrene Profis beschatten ihre Zielobjekte nicht immer so perfekt, wie Swetlana es auf Anhieb schaffte. Sie folgte Schurik bis zum Ende seiner Route — dem Eingang des monumentalen Stalinbaus am Nikita-Tor, wo sie im Stoffgeschäft ihren tollen Mantelstoff erstanden hatte. Wer hätte das gedacht! Sie war so aufgeregt, daß sie nicht wartete, bis er wieder herauskam, sondern nach Hause eilte. Es war ja nicht weit, höchstens zehn Minuten.

Zu Hause trank sie einen heißen Tee, wärmte sich auf und nahm sich den Pelzmantel vor. Sie konnte schließlich nicht in ihrem alten Wintermantel vor Schurik treten. Die Arbeit ging schleppend voran. Das Leder war dick und schlecht verarbeitet. Swetlana hatte das Fell nach einem Schnittmuster zurechtgeschnitten und verband die einzelnen Teile nun mit festen Stoffstreifen. Das war mühselige Handarbeit, zudem ziemlich schwer. Aber sie bot wie jede Handarbeit viel Zeit zum Nachdenken. Swetlana eilte in Gedanken weit voraus und baute Luftschlösser aus Mädchenträumen. Der Mantel bändigte ihre Ungeduld und auch ihre heimliche Furcht: Wenn es nun nichts wird?

An dem Abend, als der Mantel fertig war, beschloß sie, Schurik anzurufen. Das war schließlich leichter, als ihn auf der Straße anzusprechen. Sie ging im Kopf verschiedene Varianten durch, auch die schlimmste: daß er sich überhaupt nicht an sie erinnerte. Sie wog alles ab, rechnete mit allem. Um zehn rief sie an. Eine Frau nahm ab. Bestimmt die nette Dame – seine Mutter. Swetlana legte auf und entschied, fortan jeden Tag um diese Zeit anzurufen.

Nach einigen Tagen hatte sie Schurik am Telefon, und sie sagte in heiterem, unbeschwertem Ton, als sei sie gar nicht sie selbst, sondern eine ganz andere: »Hallo, Schurik! Einen schönen Gruß von dem Mammut, dessen Zahn Ihnen solche Scherereien gemacht hat!«

Schurik erinnerte sich sofort wieder an den Mammutzahn – der Nagel am großen Zeh hatte drei Monate gebraucht, bis er verheilt war, so etwas vergaß man nicht. Er lachte und fragte nicht einmal, woher sie seine Nummer hatte. Er freute sich, lächelte in den Hörer.

»Ach ja! Das Mammut, ich erinnere mich!«

»Es hat Sie auch nicht vergessen! Neulich hat es mich an Sie erinnert. Als ich auf dem Klavier Staub gewischt hab. Es lädt Sie ein, uns zu besuchen!«

Wahrhaftig ein Wunder, wie zwanglos und heiter das Gespräch lief! Swetlana hatte ihn zu sich eingeladen, ohne ihren Stolz einzubüßen, und er hatte sofort zugestimmt. Allerdings brauchte er lange, um den richtigen Tag auszuwählen – Sonnabend ging nicht, Sonntag nicht, Montag auch nicht. »Am Mittwoch, ja? Aber geben Sie mir noch mal die Adresse, ich weiß nur noch, daß es gleich bei der Post ist, aber die Wohnungsnummer hab ich vergessen.«

Das war in der Nähe von Valerija – zu ihr wollte er ohnehin am Mittwoch, ihr die Aufträge bringen, die er am Dienstag in der Redaktion abholen sollte.

Um sieben war er wie verabredet bei Swetlana. Mitten auf dem Tisch stand der Mammutzahn, mit künstlichen Blumen dekoriert, und diverse kalte Speisen mit viel Essig, den Schurik nicht mochte. Swetlana dagegen übergoß damit alles, was sie aß, ohne Essig schmeckte ihr nichts. Außerdem stand eine Flasche Wodka auf dem Tisch, den Swetlana nicht mochte, Schurik dagegen schon. Sie schwatzten fröhlich, als wären sie seit langem und vollkommen unschuldig miteinander bekannt, als wäre zwischen ihnen nichts vorgefallen, keine Hysterie, kein stürmischer Sex auf dem schmalen Sofa. Swetlana in ihrer weißen Bluse und mit den blauen Äderchen an den Schläfen und am langen Hals kam ihm vor wie eine alte Schulfreundin, nur daß sie ziemlich erhaben redete – von Schicksal und ähnlichen Dingen, ein bißchen zu erhaben, aber andererseits war ihm das vertraut: Auch Vera liebte erhabene Themen.

Um halb zehn sah Schurik auf die Uhr, seufzte und hatte es eilig.

»Ich muß noch zu einer Bekannten. Ganz in der Nähe. Ihr Arbeit bringen.«

Er brach rasch auf. Swetlana sank aufs Sofa und heulte los – das war die überstandene Anspannung. Alles war gut gelaufen. Es war ganz richtig, daß sie ihn nicht auf der Straße angesprochen hatte – was hätte sie sagen sollen? Alles war sehr, sehr gut. Nur ein Liebesrendezvous war es nicht geworden. Einerseits war das gut, er behandelte sie mit Respekt, andererseits war es irgendwie kränkend. Und was nun weiter? Er hatte nicht einmal nach ihrer Telefonnummer gefragt.

Als sie sich ausgeheult hatte, schmiedete sie bereits neue Pläne: Sie könnte zum Beispiel Karten fürs Konservatorium kaufen oder ihn ins Theater einladen – nein, das wäre verkehrt. Einladen muß der Mann. Richtig wäre es, ihn um etwas zu bitten. Irgendeine Männerarbeit – etwas reparieren oder so. Aber wenn er dafür kein Geschick hatte und ablehnte? Es mußte etwas Einfaches sein, das er schwer abschlagen konnte. Erfreut dachte sie daran, daß sie über ihn mehr wußte, als er ahnte: Sie kannte seine Adresse, sein Haus, seine Mama, sogar das Haus, in das er die Arbeit brachte.

Der Rentiermantel war längst fertig. Doch plötzlich erwies sich, daß damit nichts entschieden war. Swetlana überlegte eine Weile und hatte eine Idee. Sie trennte ihre hellblaue Mütze auf und strickte aus der Wolle einen kleinen Schal, der ihr gut zu Gesicht stand. Die ganze Woche räumte sie ihr Zimmer auf, wechselte die Vorhänge – sie brachte wieder die alten an, die schon zu Großmutters Zeiten am Fenster gehangen hatten, die mochte sie irgendwie lieber. Dann wusch sie in kaltem Wasser ein uraltes asiatisches Stück Stoff, das Großmutter mit dem verspielt klingenden Wort »Suzani« bezeichnet hatte, und hängte es als Portiere vor die Tür – gegen die neugierigen Blicke der Nachbarn. Als alles schön hergerichtet war, legte sie sich ins Bett und sagte sich: Morgen kriege ich wieder eine Angina. Und die Angina kam.

Am Morgen wusch sie sich, zog einen weißen Pulli an und wickelte sich den neuen hellblauen Schal um den Hals. Dann rief sie Schurik an und fragte ihn matt, ob er ihr nicht helfen könne, sie habe eine Angina und niemanden, der für sie Medikamente holen könne. Anschließend legte sie sich ins Bett.

Etwas Besseres hätte ihr nicht einfallen können: Medikamente kaufen war Ehrensache. Medikamente für Mama, Medikamente für Matilda, Medikamente für Valerija ... Die Bitte erschien Schurik so natürlich, daß er nur rasch frühstückte und sofort zu Swetlana fuhr, um den Auftrag auszuführen. Halstabletten kaufte er gleich unterwegs.

Swetlana sah so rührend aus, so kläglich! Im Zimmer roch es nach armseligem Parfüm, Jasmin vielleicht, und schwach nach Essig, und Schurik bekam hellblaue Wollfusseln in den Mund, als Swetlana seinen noch immer lockigen, oben allerdings schon ein wenig kahlen Kopf an ihre schwache Brust preßte. Er spürte mit seinem ganzen Körper, daß sie nur aus dünnen, krummen Knöchelchen bestand, wie Hühnerknochen, und das Mitleid, das mächtige Mitleid der starken Kreatur mit der schwachen wirkte wie das beste Stimulans. Zumal er sofort begriff, was für eine Medizin sie brauchte. Aus dem Pulli, dem Schal und ihren Hemdchen geschält, rührend busenlos, war sie noch kläglicher, mit ihrer bläulichen Gänsehaut und dem weißen Hühnerflaum zwischen den Beinen.

Die Tabletten legte er dennoch brav auf den Tisch. Nach der Heilprozedur ging er noch einmal in die Apotheke, kaufte etwas zum Gurgeln und obendrein drei Zitronen im ausgezeichneten Lebensmittelgeschäft am nahegelegenen Platz. Im selben Laden erstand er für seine Mutter ein wenig Leberpastete. Die mochte sie sehr. Außerdem erfuhr er an diesem Vormittag, daß Swetlana die Zitrone mit Schale aß, gut aufgebrühten Ceylontee mochte und nie Antibiotika nahm.

Er ist ganz anders, er ist kein Schwein wie Serjosha Gnesdowski und kein Verräter wie Aslamasjan, niemals würde er mich so behandeln. Er ist anders, dachte sie und flüsterte: »Anders, anders ...«

Am Abend kam Shutschilin vorbei — ein freundschaftlicher Besuch bei einer Patientin. Sie kochte ihm einen starken Ceylontee — den sie in Wirklichkeit nie trank —, stellte ein Schälchen mit Konfitüre, Gebäck und Zitronenscheiben auf den Tisch. Um den Hals hatte sie einen Schal gewickelt.

»Die zweite Angina kurz hintereinander«, klagte Swetlana. Sie war gelöst, kein bißchen angespannt. Ihre Augen strahlten.

»Na, was macht der Schlaf?« fragte der Doktor.

»Ist vollkommen in Ordnung«, antwortete Swetlana.

Die gewaltige Kraft des Placebo, freute sich Shutschilin. Er hatte Swetlana das letztemal anstelle eines Schlafmittels Kalziumgluconat gegeben. Doch Swetlana hatte die Tabletten ohnehin nicht genommen.

Aber vielleicht hatten auch die Anginen eine Rolle gespielt? Das war amüsant. Es war beinahe ein Gesetz: Somatische Erkrankungen entlasteten in gewisser Weise die Psyche. Er erinnerte sich an einen weiteren Fall, als kürzlich einer seiner Patienten an einer schweren Grippe erkrankte und dadurch eine tiefe Depression überwand.

An diesem Abend waren alle mit sich zufrieden: Swetlana, die, wie sie glaubte, einen Mann gefunden hatte, der sich vorteilhaft unterschied von all den Schurken, die ihr zuvor begegnet waren, Doktor Shutschilin, der überzeugt war, seine Patientin wieder einmal aus einer gefährlichen Situation herausgeführt zu haben, und Schurik, der seine Mutter mit Leberpastete überraschen konnte. Außerdem hatte er Swetlana Medikamente gebracht und ihr den sexuellen Respekt erwiesen, um den sie so rührend gebeten hatte.

Schurik war unfähig, über den jeweiligen Abend hinaus zu planen. Vorahnungen und Prognosen waren ausschließlich Veras Sache; Großmutter, die weitsichtigste von ihnen, lebte schon lange nicht mehr, und der arme Schurik konnte sich nicht vorstellen, welche Bürde er sich auflud, indem er dem unscheinbaren nervösen Mädchen seinen simplen Trost zukommen ließ.

42

Als Schurik Swetlanas Haus verließ, hatte er das kleine Abenteuer schon vergessen. Ein Beweis für die traurige Asymmetrie menschlicher Beziehungen: Während Swetlana Schuriks Besuch von der ersten bis zur letzten Minute unzählige Male abspulte, als wolle sie sich jede seiner Bewegungen für immer einprägen, jedem Wort vielfältige Bedeutungen zumessen, diese Begegnung auf ewig festhalten, lebte Schurik weiterhin in einer Welt, in der Swetlana gar nicht vorkam.

Swetlana ging vier Tage lang nicht aus dem Haus – sie wartete auf einen Anruf von Schurik. Dabei wußte sie genau, daß er sich ihre Telefonnummer nicht hatte geben lassen. Am fünften Tag verließ sie das Haus: Aus Angst, seinen Anruf zu verpassen, eilte sie im Laufschritt einkaufen und zur Apotheke.

»Hat jemand für mich angerufen?« fragte sie den dicken Nachbarn, und das alte Schwein antwortete sarkastisch: »Na klar, und ob. Das Telefon stand gar nicht still.«

Nach Ablauf einer Woche wurde die Überzeugung, Schurik müsse heute unbedingt anrufen, abgelöst von der ebenso inbrünstigen Überzeugung, daß er niemals anrufen würde. Im Schrank hingen der mustergültige Übergangsmantel mit Kapuze und kariertem Futter und der neue Rentierpelz, der eher eine lange Jacke war. Swetlana war also bestens gerüstet, sie hatte auch das erste Wort richtig gewählt, sogar zum Liebesakt war es gekommen – der erste, im Zeichen des Mammutzahns, zählte für sie nicht. Doch nun war das alles ebenso nichtig und nutzlos wie die schönen Sachen im Schrank.

Nach genau einer Woche rief sie Schurik an. Die alte Dame hob ab, und Swetlana legte auf. Am nächsten Tag ging Schurik ran. Swetlana stockte der Atem, und sie sagte kein Wort. Was sollte sie auch sagen? Sie schlief zwei Tage nicht, aß nicht, bastelte nachts ihre Seidenblumen. Ihr war klar, daß sie zu Shutschilin gehen sollte, verschob den Besuch aber immer wieder.

Am dritten Tag, gegen Abend, zog sie ihren Pelzmantel an und brach auf zu Shutschilin, befand sich jedoch plötzlich an der Metrostation Belorusskaja. Sie lief zu Schuriks Haus. Stand eine Weile davor. Sie wartete nicht auf Schurik, sie stand nur da. Dann ging sie nach Hause. Jeden Tag machte sie sich auf den Weg zu Shutschilin und gelangte statt dessen zu Schuriks Haus. Schließlich sah sie ihn aus der Tür kommen. Sie folgte ihm. Geschickt beschattete sie ihn bis zum Krasnyje-Tor und fuhr dann erschöpft nach Hause. Zwei Tage später begleitete sie ihn heimlich bis zur Metrostation Sokol. Dort stieg er aus und bog in die Baltijskie-Gasse ein.

Zwei Wochen lang beobachtete sie seinen Tagesablauf: Er verließ das Haus nie vor vier. Einmal folgte sie ihm zum Theater, wohin er seine Mutter begleitete. Sie kannte nun viele seiner Routen – Sokol, Katschalow-Straße –, wußte, in welchen Bibliotheken er arbeitete. Sie fand die Nummer der Wohnung in der Katschalow-Straße heraus, wo er in diesen zwei Wochen zweimal bis spätabends blieb, so daß sie nicht wartete, bis er wieder herauskam.

Schurik entdeckte sie nie. In Swetlana erwachte die Leidenschaft des Detektivs, sie kannte fast alle seine Treffs, bis auf Matilda, denn die befand sich in Wyschni

Wolotschok. Sie legte ein Heft an, in das sie Schuriks Routen eintrug.

Shutschilin suchte sie noch immer nicht auf, obgleich ihr im Grunde bewußt war, daß es höchste Zeit wäre. Dann traf sie auf der Straße zufällig seine Frau. Nina Iwanowna schleppte sie mit nach Hause. Shutschilin redete fünf Minuten mit Swetlana und schlug ihr einen sofortigen Klinikaufenthalt vor. Überraschend willigte sie ein, erschöpft von ihrer Schnüfflertätigkeit.

Shutschilin hatte auf seiner Station ein Sechsbettzimmer, in dem er nach Möglichkeit seine Lieblingspatientinnen unterbrachte. Meist war dort ein kultiviertes Völkchen versammelt, manisch depressiv, nicht im schlimmsten Zustand. Mitunter hielt Shutschilin mit ihnen Gruppentherapiesitzungen ab. In diesem Zimmer hatte Swetlana bei ihrem letzten Klinikaufenthalt gelegen, und auch diesmal brachte Shutschilin sie bei seinen Auserwählten unter. Hier lernte Swetlana die vierzigjährige Orientalistin Slawa kennen, eine erfahrene Selbstmörderin mit acht aus ärztlicher Sicht glücklich verlaufenen Suizidversuchen.

Die beiden freundeten sich an. Slawa las Swetlana ihre Übersetzungen persischer Dichter vor, Swetlana stickte auf ein streichholzschachtelgroßes Stück Stoff einen Fliederstrauß, so plastisch, daß der winzige Flieder beinahe aus dem Stoff zu wachsen schien, und bewunderte die Gedichte.

»Fehlt nicht viel, und er duftet sogar«, bestaunte Slawa ihrerseits das Handarbeitstalent der neuen Freundin.

In der zweiten Woche begannen die gegenseitigen Beichten, und Slawa erkannte in dem Helden von Swetlanas Romanze den Sohn einer alten Freundin ihrer Mutter. Sie freuten sich beide über diesen erstaunlichen Zufall.

Slawa kannte Schurik seit ihrer Kindheit, sie erinnerte sich an seine einmalige Großmutter, bei der sie als kleines Mädchen Französisch gelernt hatte, und erzählte Swetlana alles, was sie über diese wunderbare Familie wußte. Slawas Mutter Kira bedeutete Vera viel, denn sie war die einzige, die sich an Schuriks Vater erinnerte, den legendären Lewandowski.

Shutschilin behielt Swetlana sechs Wochen auf seiner Station und führte sie aus der Krise heraus. Slawa wurde eine Woche früher entlassen – die scheußlichen Stimmen, die sie verfolgten und zum Selbstmord anstifteten, waren verstummt.

Die beiden Patientinnen von Doktor Shutschilin, die nun fast miteinander verwandt waren, trafen sich hin und wieder im Café Praga, auf ein Stück Schokoladentorte und einen Kaffee. Swetlana schenkte Slawa ihren Fliederstrauß, den sie gerahmt hatte, Slawa ihr einen Band persischer Lyrik, der vier von ihr übertragene Gedichte enthielt. Das zweite Geschenk, das Slawa ihrer neuen Freundin machte, war absolut märchenhaft: Slawa lud sie zum Geburtstag ihrer Mutter ein. Es wurden nicht viele Gäste erwartet: der Bruder der Mutter, ein pensionierter Offizier, mit Frau, ihre Nichte und zwei Freundinnen. Eine davon war Vera Korn, die normalerweise von Schurik begleitet wurde. Eine solche Begegnung war genau das, wovon Swetlana träumte: nicht auf der Straße, scheinbar zufällig, sondern bei einer Abendrunde, ganz unverhofft. Schurik einfach anzurufen verbot ihr der weibliche Stolz. Doch wenn sie ihn auf diese Weise traf, konnte sie einen passenden Köder auswerfen.

Sie überlegte Dutzende von Varianten, bis sie etwas Geeignetes gefunden hatte: Sie besorgte sich über eine Bekannte, die in einer Apotheke arbeitete, den Beipackzettel eines französischen Medikaments. Jetzt hatte sie einen Anlaß, Schurik zu sich einzuladen – um den Beipackzettel zu übersetzen.

Schurik erkannte Swetlana sofort, obwohl ihr Rendezvous mit Angina ein halbes Jahr zurücklag. Er stellte sie seiner Mutter vor, erwähnte den Mammutzahn, den die liebe Swetlana ihm auf den Fuß geworfen habe. Sie saßen nebeneinander, und Schurik kümmerte sich um beide Frauen – schenkte Wein ein, reichte ihnen die Schüssel mit dem Fisch ...

Ihre frühere Bekanntschaft, ausgelöst durch den verdammten Mammutzahn, war verkehrt gewesen, wie ein Absprung mit dem falschen Bein. Idiotisch, zufällig, eine simple Straßenbekanntschaft. Das Anginarendezvous war aus unerklärlichen Gründen in der Luft hängengeblieben. Nun wurde ihre Bekanntschaft quasi neu geschrieben: in einem respektablen Haus, in Gegenwart seiner Mutter – deshalb würde nun alles ganz anders laufen. Swetlana gehörte zu ihrem Kreis: Sie war mit der Tochter der Freundin seiner Mutter befreundet. Ihre Großmutter hatte übrigens gleichfalls das Gymnasium besucht, genau wie Schuriks Großmutter. In Kiew. Ebenso ihr Großvater. Und ihre Mutter war auf kulturellem Gebiet tätig, sie leitete einen Klub. Ihr Vater war Offizier gewesen.

Swetlana haßte ihre Mutter: Sie war mit dem Vorgesetzten ihres Mannes durchgebrannt, hatte Swetlanas jüngeren Bruder mitgenommen und sie beim Vater gelassen. Nach einigen Jahren erschoß sich ihr Vater, und Swetlana lebte fortan bei ihrer Großmutter, mit der sie nicht gut auskam: Sie waren sich gegenseitig im Wege, zugleich aber aufeinander angewiesen. Doch jetzt empfand Swetlana Dankbarkeit für die Großmutter, eine bösartige, geizige Alte, denn sie diente ihr nun sozusagen als Eintrittskarte in einen kultivierten Kreis. Swetlana fand, daß sie einen guten Eindruck machte, und lächelte alle freundlich an. Zu Schurik sagte sie: »Ich war ziemlich lange krank und konnte Sie deshalb nicht anrufen und mich für die Medikamente bedanken. Doch nun habe ich wieder ein Anliegen an Sie. Wissen Sie, ich habe aus Frankreich ein Medikament geschickt bekommen, aber der Beipackzettel ist auf Französisch. Wenn Sie mir den vielleicht übersetzen könnten?«

»Aber selbstverständlich. Pharmakologische Texte habe ich schon öfter übersetzt. Ich hoffe, das schaffe ich.«

Daraufhin holte Swetlana den vorbereiteten Zettel mit ihrer Telefonnummer aus der Tasche.

»Rufen Sie mich an, dann machen wir was aus.«

Die Medikamentenstrategie funktionierte auch diesmal prima. Schurik rief an. Kam. Übersetzte. Trank einen Tee. Und wieder mußte sie ihn ein wenig anschubsen.

Das liegt nur daran, daß er so furchtbar schüchtern ist, entschied Swetlana. Diese Erkenntnis erleichterte ihr die Sache: Sie rief ihn nun selbst an, lud ihn ein, und er kam. Nur selten lehnte er ab, und stets aus akzeptablem Grund: eine dringende Arbeit, oder seiner Mutter ging es nicht gut. Und Vera Alexandrowna ließ Swetlana jedesmal grüßen.

43

Der Winter einundachtzig war für Vera dominiert durch die Schmerzen des Ballens, der an ihrem Fuß gewachsen war, und den rührenden Briefwechsel mit Maria. Das Mädchen schrieb in ziemlich kleinen Druckbuchstaben und machte erstaunlich wenig Fehler. Noch erstaunlicher war der philosophische Inhalt der kindlichen Briefe.

»Guten Tag Vera Alexandrowna warum ich frage und du antwortest aber sonst antwortet nie jemand warum ist es im Winter kalt und das Eigelb im Ei gelb ich liebe dich und schurik alle anderen menschen sind ganz anders sag mir bin ich dumm oder klug?«

Mit dem Vatersnamen hatte Maria einige Schwierigkeiten, sie ließ Buchstaben aus oder schob welche ein, bis das Wort schließlich richtig dastand. Die Worte »dumm oder klug« waren größer geschrieben als der Rest, Satzzeichen fehlten gänzlich, bis auf das große, scharf gebogene Fragezeichen am Ende, das mit Buntstiften ausgemalt war.

Vera dachte über jeden Brief lange nach und schrieb ihre Antworten auf die Rückseiten von Postkarten mit Reproduktionen berühmter Gemälde großer Meister. Außerdem stellte sie Pakete mit Spielzeug und Büchern zusammen, die Schurik zur Post bringen und abschicken mußte.

Den ganzen Winter über begleitete Schurik seine

Mutter zur Physiotherapie, wo ihr stetig wachsender Ballen behandelt wurde; abends rieb er ihr den Fuß mit homöopathischem Opodeldok und einer weiteren Salbe ein, die er extra bei einem berühmten Kräuterkenner aus Großmutters Notizbuch beschaffte.

Übrigens war der schmerzende Ballen kein Hindernis für Veras Theaterzirkel — krank war sie ausschließlich abends und nachts. Manchmal wachte sie von den Schmerzen auf — sie waren nicht sehr stark, aber hartnäckig und vertrieben den Schlaf. Doch insgesamt änderte sich das Leben für Vera — anders als für die meisten älteren Menschen, die meinen, es ginge nur noch abwärts, und freudlos aus reiner Trägheit weiterexistieren — in überraschend entgegengesetzter Richtung. Dank der törichten Idee von Michail Abramowitsch hatte Veras kreative Energie, die in ihr zuvor nur bei der Berührung mit fremder Kunst aufgelebt war, als Echo begrabener Möglichkeiten, nun ein wirkliches Betätigungsfeld gefunden. Es erwies sich, daß auch in Vera die pädagogische Begabung ihrer Mutter geschlummert hatte, jahrzehntelang unterdrückt von der Vielzahl mächtiger fremder Talente in ihrer Umgebung, so daß ihre geringen Fähigkeiten erst gegen Ende ihres Lebens erwachten, vor einer Handvoll unverständiger kleiner Mädchen, die unter ihrer Anleitung brav Atemübungen machten.

Nachts, wenn die Schmerzen sie nicht schlafen ließen, träumte sie vom Sommer, davon, daß Lena Stowba dann Maria zu ihnen bringen und sie zusammen auf der Datscha wohnen würden. Sie durfte nicht vergessen, Schurik daran zu erinnern, daß er Anfang März zu ihrer Vermieterin Olga Iwanowna fahren mußte, und diesmal sollte er ihre früheren Zimmer reservieren lassen, die sie zu Jelisaweta Iwanownas Lebzeiten belegt hatten. Dann nahmen ihre Gedanken eine für sie ganz ungewohnte hauswirtschaftliche Richtung: Es wäre schön, wenn sie diesen Sommer Vorräte für den Winter anlegten, wie Mama früher — Walderdbeerenkonfitüre, eingezuckerte Heidelbeeren, Aprikosenkonfitüre. Sie mußte Irina fragen, ob sie Aprikosenkonfitüre mit Kernen kochen konnte, wie Mama früher. Außerdem überlegte sie, wie sie Lena Stowba von einem Vorschlag, den sie ihr unterbreiten wollte, überzeugen konnte. Selbstverständlich brauchte sie dafür Schuriks Unterstützung. Aber an Schurik zweifelte sie nicht — ihr Sohn spielte in ihren Plänen eine wichtige Rolle.

Mit Schurik besprach Vera oft Marias Briefe. Mit der Zeit entwickelte sich zwischen dem sechsjährigen Mädchen und der älteren Dame eine ganz eigene Beziehung, nahezu unabhängig von Schurik und Lena. Bei Lena lief indessen keineswegs alles glänzend — was Vera Alexandrowna natürlich nicht wissen konnte. Als Lena endlich die für die Scheidung benötigte Geburtsurkunde in der Hand hielt, war deren Dringlichkeit hinfällig: Sie hatte eine Nachricht erhalten, daß die fiktive Heirat ausfiel, weil der Amerikaner gemeinerweise verschwunden war, nachdem Enrique ihm die vereinbarte Summe gezahlt hatte. Die Scheidung eilte nun also nicht mehr. Lena wollte Schurik die nötigen Unterlagen zuschicken, er sollte die Scheidung allein einreichen, und sie würde dann zum festgesetzten Termin nach Moskau kommen.

Gut vorbereitet auf das wichtige Gespräch, sich aber andererseits der Unterstützung ihres Sohnes gewiß, eröffnete Vera Schurik, sie wolle Maria für den Sommer auf die Datscha einladen. Schurik reagierte ziemlich gleichgültig, und Vera war ein wenig gekränkt, daß der eventuelle Besuch des wunderbaren Mädchens ihn derart unberührt ließ.

»Verussja, ich habe nichts dagegen, ich fürchte nur, das wird zu anstrengend für dich. Aber wie du willst. Ich werde dieses Jahr nicht oft rauskommen können, und für dich wäre es doch eine zusätzliche Belastung ...«

Vera schrieb an Lena und erhielt eine vage Zusage.

Lena wollte wegen der Scheidung sowieso nach Moskau kommen – die Sache war zwar nun nicht mehr dringend, aber früher oder später mußte sie diese sinnlose Ehe ohnehin auflösen. Sie hatte sich noch nie von ihrer Tochter getrennt und fand den Vorschlag seltsam, doch Maria zeigte überraschende Freude. Es war ihr letzter Sommer vor der Einschulung, und Rostow lag zwar im Süden und an einem großen Fluß, war aber eine Industriestadt und sehr staubig. Urlaub bekam Lena im Sommer nie, deshalb entschloß sie sich, die Einladung für die Tochter anzunehmen. Allerdings nicht für den ganzen Sommer, sondern für einen Monat.

Ende Mai, als Schurik fast fertig war mit den Vorbereitungen für den Umzug auf die Datscha, das heißt, als er nach der langen, von Jelisaweta Iwanowna einst eigenhändig verfaßten Liste die nötigen Vorräte und sonstigen Dinge in Kisten verstaut hatte – vom Puderzucker bis zum Nachttopf – brachte Lena Maria. Irina Wladimirowna reiste an, und Schurik begleitete alle feierlich auf die Datscha. Die Scheidung war eingereicht, der Termin für Ende August festgesetzt. Lena hatte das Gefühl, Enrique wieder einen Schritt nähergekommen zu sein.

Lena verbrachte zwei Tage mit ihrer Tochter auf der Datscha. Ihr gefiel es dort sehr: die Natur, die Ruhe und die unglaubliche Wohlerzogenheit der Familie, in die sie geraten war.

Ein richtiges Adelsnest, dachte sie wehmütig.

Auch Maria gefiel es auf der Datscha, obendrein hing sie die ganze Zeit an Vera Alexandrowna, und Lena, die ihr Kind ohne Hilfe und fremde Beteiligung großzog, war ein wenig gekränkt, daß Maria sich so eng an Vera

Alexandrowna anschloß, erklärte es sich aber damit, daß das Kind keine richtige Großmutter hatte. Lena selbst war ebenso wie Schurik von ihrer Großmutter erzogen worden und liebte sie mehr als jeden anderen in ihrer Familie.

Sie reiste mit gemischten Gefühlen ab: Ihr schien, daß Maria sie allzuleicht ziehen ließ. In einem Monat wollte Lena wiederkommen und dann zusammen mit Vera Alexandrowna entscheiden, ob Maria wieder mit nach Rostow zurückkehren oder bis zum Ende des Sommers auf der Datscha bleiben sollte. Lena, die ihre Tochter noch nie länger als ein paar Stunden in fremder Obhut gelassen hatte und sich nun für so lange Zeit von ihr trennen würde, war ein wenig besorgt, empfand aber zugleich eine Art Befreiung durch diesen zeitweiligen Urlaub vom Muttersein nach fast sieben Jahren ununterbrochener, alleiniger Verantwortung für ihr Kind. Ein Gefühl von unrechtmäßiger Freiheit ...

Als Schurik drei Tage nach dem Umzug mit zwei prallen Taschen voller Lebensmittel auf die Datscha kam, stellte er fest, daß seine Mutter und das Mädchen füreinander nun Verussja und Mursik waren.

Maria empfing Schurik mit lebhafter Freude, sprang ungeduldig um ihn herum, hüpfte hoch wie ein Ball, um seinen Hals zu umklammern. Er stellte die Taschen ab, drehte sich plötzlich um, packte Maria um die Taille und warf sie aufs Sofa. Sie kreischte glücklich und schnellte federnd wieder auf. Ein fröhliches Handgemenge begann. Schurik hängte sich das Kind um den Hals, es strampelte mit Armen und Beinen, und er wirbelte es herum – mit dem seltsamen Gefühl, so etwas schon einmal erlebt zu haben. Lilja! Lilja hatte er so herumgewirbelt und in die Luft geworfen, sie hatte gern so an seinem Hals gehangen und mit ihren Füßen in den spitzen Schuhen gestrampelt.

»Ach, du kleines Mursikbiest!« rief Schurik und warf sie aufs Sofa.

Das Mädchen sprang auf den Fußboden, rannte zu den beiden Taschen und leerte sie in Windeseile. Sie entdeckte ein kleines Päckchen Saft, das Valerija über irgendwelche geheimnisvollen Sonderverkaufsstellen besorgt hatte. Schurik löste den Strohhalm von der Schachtel und steckte ihn hinein.

»Hier, trink!«

Maria sog den synthetischen finnischen Saft durch den Strohhalm, und als er nach einem letzten Schnorcheln alle war, verdrehte sie die Augen zur Decke und sagte träumerisch: »Wenn ich groß bin, trinke ich nie wieder etwas anderes, das schwöre ich!«

Sie studierte aufmerksam die Packung, um sie künftig mit keiner anderen zu verwechseln.

Dann brach Schurik mit dem Mädchen auf zum Teich. Überraschend schloß Vera sich an. Sie saß am Ufer, während die beiden im kalten Wasser herumtollten. Den ganzen Heimweg saß Maria rittlings auf Schuriks Rücken und trieb ihn ständig an: »Hüh, mein Pferdchen! Schneller! Schneller!«

Und Schurik galoppierte. Hinter ihnen lief Vera und genoß die neue Konstellation: Sie waren nun nicht mehr zu zweit, sondern zu dritt. Zu Hause sagte Vera: »Kinder, geht euch die Hände waschen!«

Vera verbrachte zwei Wochen mit Mursik. Irina Wladimirowna wuselte in gebührendem Abstand um sie herum – sie durfte lediglich die Sachen des Kindes waschen. Alles andere – Essen, Spaziergänge, ins Bett bringen – übernahm Vera. Das war genau der Anteil, der in Schuriks Kindheit Jelisaweta Iwanowna oder einer Kinderfrau zugefallen war.

Vera entdeckte mit einiger Verspätung Freuden des Mutterseins, die ihr bislang entgangen waren: das süße

311

Gähnen am Morgen, wenn das Kind noch nicht ganz wach ist, den Ausbruch von Energie in dem Moment, in dem die schmalen, nackten Füße den Boden berühren, den Milchbart nach dem Frühstück, den Maria mit der Faust abwischte, und ihre wilden Sprünge und Umarmungen nach einer viertelstündigen Trennung. Schurik war mit sechs ein gutmütiges, eher träges Bärchen gewesen, dieses dunkelhäutige Vögelchen aber zwitscherte, hüpfte und freute sich unentwegt, und Vera lief ständig hinter ihr her, um ja kein Lächeln, kein Wort, keine Kopfbewegung zu verpassen.

Vera bereitete Maria auf die Schule vor, übte mit ihr Lesen und Schreiben und machte mit ihr Gymnastik – Spagat, Rhythmik und all die kleinen Dinge, die sie im Studio gelernt hatte. Oder sie saßen mit Irina zusammen und entsteinten Kirschen: Irina polkte die Kerne mit einer Haarnadel heraus, Mursik mit einem speziellen Entkerner, Vera mit einer kleinen Gabel. Mursik war rundum mit Küchenhandtüchern behängt, trotzdem spritzte ihr der Kirschsaft aufs Kleid, auf die Wange oder gar ins Auge, dann sprang sie auf, schüttelte heftig den Kopf, und Irina holte abgekochtes Wasser, um das Auge gründlich auszuspülen.

Einmal stellte Vera eine Vase mit gelben Dotterblumen auf den Tisch, und sie und Maria setzten sich hin und malten. Maria gelang das Bild nicht recht, sie ärgerte sich und fauchte, Vera half ihr ein bißchen, das Bild wurde besser, und zum Schluß nahm Maria einen Rotstift und schrieb in großen Buchstaben darunter: Maria Korn.

Vera war verwirrt: Wie war das zu verstehen? Nach kurzem Zögern griff sie zu dem Heft mit Marias Schreibübungen und bat sie, ihren Namen darunterzuschreiben.

Wieder schrieb sie: Maria Korn. Vera stellte dem Kind

keine Fragen. Mit großer Ungeduld wartete sie auf Schurik. Ein alberner Verdacht keimte in ihr auf: Vielleicht? Gegen jeden gesunden Menschenverstand suchte sie nach Ähnlichkeiten zwischen ihrem Sohn und Mursik – und fand eine Menge! Die aufgeflammte Liebe suchte nach Gründen für einen Ursprung, und tief im Innern war Vera überzeugt, daß das Mädchen ihren Namen nicht zufällig trug.

Schurik rechnete seit langem mit einer Entlarvung, er wußte, daß er die alberne Heirat längst hätte beichten müssen, fand aber nie die Kraft, davon anzufangen. Außerdem hoffte er auf die baldige Scheidung, dann würde Lena das Kind wieder mit nach Rostow nehmen oder nach Kuba oder wohin auch immer, und die Geschichte wäre vorbei, ohne daß er Vera damit beunruhigen mußte.

Schurik kam und vollführte den rituellen Tanz mit Maria auf den Schultern, doch als er das vergnügt kreischende Mädchen aufs Sofa warf, spürte er, daß Vera etwas auf dem Herzen hatte. Er schwieg und wartete.

Sie brachten Maria ins Bett, schickten Irina Wladimirowna schlafen und setzten sich zu zweit unter die Lampe auf der Veranda. Vera stellte ihre Frage ungewohnt direkt: »Sag mal, Schurik, warum trägt Maria unseren Namen? Ist sie deine Tochter?«

Schurik fühlte sich ertappt, ihm brach der Schweiß aus. Krebsrot im Gesicht saß er da wie bei einer Chemieprüfung, wenn er absolut nichts wußte, und fragte sich verständnislos: Wie kommt sie auf die Idee? Wir haben ihr doch erzählt, wer der Vater des Mädchens ist!

»Entschuldige, Verussja, ich hätte es dir längst erzählen sollen ...«

So eröffnete Schurik seiner Mutter verspätet das Geheimnis seiner fiktiven Ehe und erzählte ihr von der Reise nach Sibirien zu Marias Geburt.

Vera war erstaunt. Betrübt. Und noch mehr gerührt. Auch sie selbst war eine alleinstehende Mutter, doch die energische, kluge Jelisaweta Iwanowna hatte diesen sozialen Makel in hohem Maße kompensiert.

Obgleich Vera im Grunde nichts Neues über Lena Stowba erfahren hatte, empfand sie nun, da sie wußte, wie edel Schurik gehandelt hatte, noch mehr Mitgefühl für sie, und sie wünschte sich tatsächlich sehr, Maria wäre ihre Tochter, das heißt, ihre Enkelin oder was auch immer – Hauptsache, sie blieb bei ihr. Zum erstenmal im Leben bedauerte sie, daß sie keine Tochter geboren hatte, sondern einen Sohn. Aber Schurik war wundervoll. So großherzig. Er hatte ein Mädchen geheiratet, weil es in Not war, hatte ihrem Kind seinen Namen gegeben und nicht einmal ihr, Vera, davon erzählt, um sie nicht zu beunruhigen. Das sah ihm ähnlich!

Schurik, bemüht, dem Ganzen einen humoristischen Anstrich zu verleihen, erzählte von der labyrinthischen riesigen Wohnung, in der er nachts auf der Suche nach der Toilette herumgeirrt war, von den beiden gebrechlichen Alten, der Großmutter und dem Großvater, die munter dem Wodka zusprachen und dazu gewaltige Piroggen verzehrten.

»Lena ist gar nicht so naiv, Schurik. Ich hatte sie mir nach Aljas Erzählungen irgendwie anders vorgestellt«, bemerkte Vera.

»Stimmt, Lena weiß genau, was sie will. Aber du hättest erst ihren Vater sehen sollen!« Er erzählte, wie er zu den riesigen sibirischen Betrieben kutschiert worden war, aber nicht, um diese zu besichtigen, sondern um den jeweiligen Werkdirektoren vorgeführt zu werden, als lebendiger Beweis dafür, daß in der Familie des ersten Mannes im Gebiet alles wohlanständig zuging.

»Nein, dieser Vater – unglaublich! Du kannst dir nicht vorstellen, was für Sitten dort herrschen. Sie hätten die schwangere Lena nicht über ihre Schwelle gelassen, wenn ich sie nicht geheiratet hätte.«

»Ja, ja.« Vera nickte. »Das arme Mädchen.«

Es blieb unklar, wen sie damit meinte – Lena oder deren Tochter. Dennoch änderte Schuriks Mitteilung für Vera etwas. Sie sah die Vision einer Familie vor sich: Mutter, Vater, Kind. Das heißt Lena, Schurik, Maria. Überflüssig war nur der unsichtbare Vater. Aber der existierte ohnehin nicht recht.

»Sag mal, Schurik, was weiß Maria eigentlich über ihren Vater?« fragte Vera, ihren unbewußten emotionalen Regungen folgend.

»Das weiß ich nicht«, antwortete Schurik offen. »Da mußt du Lena fragen, was sie ihr erzählt hat.«

Es war Schurik vollkommen gleichgültig, was Maria über ihren Vater dachte.

Kurz bevor Lena eintraf, eröffnete Maria selbst Vera ihr großes Geheimnis: Ihr Vater sei ein echter Kubaner, ein schöner und guter Mensch, aber das dürfe keiner wissen. Maria kramte in der runden Blechdose, in der sie ihre Mädchenschätze aufbewahrte, und holte das Foto eines bildschönen Mannes von schwarzer Hautfarbe hervor. Er trug ein weißes Hemd mit offenem Kragen, sein Kopf saß auf dem langen, aber keineswegs schlanken Hals wie ein Topf auf einem Zaunpfahl – es schien, als könne er ihn in jede beliebige Richtung drehen, einmal rund um seine Achse; der Mund war weit vorgewölbt, ohne dabei gierig zu wirken.

Diese Geste bekundete Marias engste Vertrautheit mit Vera. Ihre Mama hatte ihr schon vor langer Zeit von ihrem Vater erzählt, doch bis jetzt hatte das Mädchen niemandem ein Sterbenswörtchen davon gesagt und auch das Foto noch keinem gezeigt.

Ende Juni kam Lena. Schurik begleitete sie auf die Datscha. Der Empfang war unvorstellbar stürmisch. Maria lief im Kreis um ihre Mutter herum, kletterte an ihr hoch wie ein Äffchen, wich ihr nicht von der Seite und weigerte sich schließlich, ohne ihre Mutter ins Bett zu gehen – sie schlief an Lenas Seite ein.

Vera beobachtete diesen Gefühlsausbruch nicht direkt mißbilligend, fand jedoch, man sollte ihn ein wenig dämpfen oder zumindest nicht noch anfachen. Darum verhielt sie selbst sich zurückhaltend, sprach noch leiser als sonst, und gegen Abend war sie unpäßlich und ging früher als gewohnt schlafen. Maria stürmte zum Gutenachtkuß in ihr Zimmer. Sie küßte Vera auf die Wange und fragte eifrig: »Kommst du morgen mit uns an den Teich?«

Das Pronomen verletzte Vera ein wenig: Mit uns – mit ihnen, ich gehöre schon nicht mehr dazu.

»Mal sehen, Mursik. Wir haben ja noch etwas vor – wir müssen doch Mama zeigen, wie gut du jetzt lesen und schreiben kannst.«

Das Mädchen sprang auf.

»Das hab ich ja ganz vergessen! Das zeige ich ihr gleich!«

Schurik fuhr am nächsten Morgen nach Hause zu seiner Übersetzung, Lena aber verbrachte zwei Tage auf der Datscha. Vera fragte nicht, ob Maria länger bleiben dürfe. Sie konnte sich nicht entschließen. Sie fürchtete, ein falsches Wort, und Lena würde ihre Tochter mit nach Hause nehmen. Also schwieg sie. Am dritten Tag sagte Lena beim Frühstück: »Es ist toll hier bei Ihnen auf der Datscha, Vera Alexandrowna. Schöner als im Kaukasus, Ehrenwort. Ich möchte am liebsten gar nicht weg. Ich danke Ihnen sehr. Maria und ich fahren morgen nach Hause. Vielleicht kommen wir mal wieder, wenn Sie uns einladen natürlich.« Sie lachte verlegen.

Noch bevor Vera den Satz sagen konnte, den sie sich zurechtgelegt hatte, brach Maria in lautes Geheul aus.

»Mamotschka! Nur noch ein bißchen! Bitte, wir wollen noch ein bißchen bleiben. Verussja, nun sag schon, daß wir noch ein bißchen bleiben sollen!«

Sie sprang von ihrer Mutter zu Vera, von Vera zu ihrer Mutter, zerrte an ihren Händen, bettelte. Mit dieser Unterstützung hatte Vera gar nicht gerechnet. Sie wartete einen Moment, dann bat sie Irina, noch ein halbes Kännchen Kaffee zu kochen, und brachte ihre Frisur wieder in Ordnung. Lena saß vollkommen verwirrt da. Maria rutschte auf ihrem Schoß herum und flüsterte ihr ins Ohr: »Bitte, bitte!«

»Meine Lieben! Ihr wißt doch, ich würde mich sehr freuen. Vielleicht bleiben Sie wirklich noch eine Weile, Lenotschka? Das wäre wundervoll. Unsere Nachbarn sind sehr nett, sie kommen nur zum Wochenende, und ich bin sicher, sie würden Ihnen die Woche über eines ihrer Zimmer oder zumindest die Veranda überlassen.«

Doch Lena mußte abreisen. Sie war eigentlich fest entschlossen, Maria mitzunehmen. Man hatte ihr einen Platz in einem sehr guten Ferienlager in Alupka für Maria versprochen. Aber vielleicht sollte sie Maria doch lieber noch einen Monat hierlassen?

»Mamotschka! Bitte laß uns bleiben! Für immer!«

Vera Alexandrowna blickte in Lenas verwirrtes Gesicht und begriff, daß ihre Chancen stiegen.

»Na gut, na gut«, kapitulierte Lena. »Aber du weißt doch, Maria, ich muß arbeiten. Deshalb muß ich nach Hause. Und Sie, liebe Vera Alexandrowna, Sie sind bestimmt schon ganz erschöpft von Maria und müssen sich erst mal von ihr erholen.«

»Ach was, Lena, wenn Sie alle beide bleiben könnten, würde ich mich sehr freuen. Aber wenn Sie Maria bei uns lassen, wird es ihr hier bestimmt gut gehen. Wir haben das Mädchen wirklich sehr gern.«

Maria kletterte vom Schoß ihrer Mutter zu Vera und

wieder zurück, dann wieder zu Vera. Schließlich war die Sache entschieden – Maria durfte bis zum Ende des Sommers bleiben.

Es war ein schöner Sommer, wie auf Bestellung: ein sanfter Juni, ein starker Juli mit Hitze und nachmittäglichen Regengüssen, ein träger, sich nur widerwillig von der Wärme trennender August. Vera ertappte sich bei dem Gedanken, daß sie ihrer verstorbenen Mutter immer ähnlicher wurde. Natürlich nicht äußerlich – Jelisaweta Iwanowna war eine kräftige, große Frau mit ausdrucksvollem, aber eher unschönem Gesicht gewesen, Vera hingegen war von zartem Äußeren, das mit zunehmendem Alter immer edler wurde –, sondern innerlich, durch jenen Zustand verhaltener Freude, der Jelisaweta Iwanowna stets ausgezeichnet hatte.

Vera haderte nicht mehr mit ihrem Los, vielleicht, weil sie ihre Glücklosigkeit überwunden hatte, jedenfalls erstarrte sie immer öfter von einem ihr früher unbekannten Glücksgefühl, das urplötzlich aufkam, ausgelöst durch Kleinigkeiten: einen vorbeifliegenden Vogel, den Anblick üppig blühender Walderdbeeren, Mursiks Geraschel beim Frühstück, wenn sie heimlich Brot zerkrümelte, um es den Küken zu bringen – Irina Wladimirowna erlaubte das nicht, die Küken durften nicht mit Brot gefüttert werden, nur mit Körnern. Vera lächelte versonnen, erstaunt über ihre ständige gute Laune.

Das ist Mursiks Einfluß, dachte sie und spann den Gedanken weiter: Erst jetzt begreife ich, warum Mama so gern mit Kindern gearbeitet hat – sie vermitteln eine so lebendige Freude. In Vera reifte seit langem ein ernsthafter Plan, das heißt, er war im Grunde fix und fertig, sie mußte nur noch Schurik auf ihre Seite ziehen.

Sie saßen auf der Veranda. Maria schlief schon. Die schwache Glühbirne unter dem selbstgebastelten Lampenschirm hing dicht überm Tisch. Trotz der Hitze am Tag war es abends kühl, und Vera hatte sich eine Jacke um die Schultern gelegt. Im Haus herrschte eine besondere Atmosphäre – der kindliche Schlaf schien die ohnehin dichte Luft noch mehr zu komprimieren, er erfüllte die gesamte Umgebung mit einer unsichtbaren Strahlung und erzeugte tiefe Ruhe.

Schurik war von Natur aus eher unaufmerksam, er hatte kein Auge für Einzelheiten und Nuancen, soweit sie nicht seine Mutter betrafen. In Bezug auf seine Mutter aber hatte er es zu großer Perfektion gebracht: Er spürte den geringsten Stimmungswechsel, registrierte kleinste Details ihrer Kleidung, ihre Gesichtsfarbe, jede Geste und jeden unausgesprochenen Wunsch. Jetzt fühlte er, daß sie ihm etwas Wichtiges sagen wollte.

»Na, wie steht's mit deiner Arbeit?« fragte Vera, doch das war offenkundig nicht das, was sie beschäftigte.

Schurik merkte ihrer Frage das Fehlen wirklichen Interesses an seinen konkreten Lebensumständen an und antwortete flüchtig: »Gut, Mama. Allerdings ist die Übersetzung schwerer, als ich dachte.«

Anfang Mai hatte Schurik im Hinblick auf die bevorstehende Sommerflaute die Übersetzung eines Lehrbuchs für Biochemie übernommen, die ein anderer begonnen und katastrophal verhauen hatte.

Veras Haltung – sie hatte die Hände symmetrisch vor sich auf den Tisch gelegt und saß betont aufrecht – signalisierte eine Feierlichkeit, die ein wichtiges Gespräch verhieß.

»Wir müssen etwas besprechen.« Sie sah ihren Sohn geheimnisvoll an.

»Ja?« fragte Schurik, nun ein wenig neugierig.

»Wie findest du Mursik?« Veras Frage klang irgendwie herausfordernd.

»Ein tolles Mädchen«, erwiderte Schurik träge.

Vera korrigierte ihn: »Sie ist einzigartig! Das Mädchen ist einzigartig, Schurik! Wir müssen für dieses Kind alles tun, was in unseren Kräften steht.«

»Was denn, Verussja? Du lernst mit ihr, bereitest sie auf die Schule vor, was kannst du denn noch für sie tun?«

Vera lächelte ihr sanftes Lächeln und tätschelte Schuriks Hand. Dann erklärte sie ihm, nun, da sie so viel Zeit mit dem Kind verbracht habe, sei sie vollkommen überzeugt, daß es in Moskau leben, in eine Moskauer Schule gehen müsse, denn nur hier könne man ihr helfen, ihr unzweifelhaftes Talent zu entfalten.

Schurik verstand nicht, was vorging. Ihm mißfiel die Idee eindeutig, doch er hatte sich noch nie gegen seine Mutter aufgelehnt. Darum klammerte er sich an ein äußeres Argument.

»Mama, damit ist Lena nie im Leben einverstanden. Hast du schon mit ihr gesprochen, oder ist das nur deine Idee?«

»Ich habe ein besonderes Argument!« sagte Vera und machte ein geheimnisvolles Gesicht. Schurik war nicht gewohnt, ihr zu widersprechen, fragte aber dennoch, welches unschlagbare Argument sie denn Lena entgegenhalten wolle.

Vera lachte feierlich.

»Sprachen, Schurik! Mursik braucht Sprachen! Wer kann ihr denn dort in Rostow eine wirkliche Bildung bieten? Lena ist doch nicht dumm! Du wirst Mursik in Englisch und Spanisch unterrichten!«

»Aber Mama! Was soll das? Ich unterrichte nur Französisch. Spanisch kann ich überhaupt nicht. Eine Übersetzung für den Referatedienst ist das eine, aber eine Sprache unterrichten ist etwas ganz anderes. Ich habe nie Spanisch gelernt!«

»Um so besser! Dann hast du einen Anreiz! Ich kenne

doch deine Fähigkeiten!« sagte Vera stolz und zugleich ein wenig schmeichelnd.

»Ich hab ja nichts dagegen, aber ich glaube, Lena ist damit niemals einverstanden!«

Vera war enttäuscht — sie hatte auf Schuriks Begeisterung gehofft, und seine Gleichgültigkeit verletzte sie.

Ende August, am Scheidungstag, kam Lena düster gestimmt direkt zum Termin. Binnen fünf Minuten waren sie geschieden. Sie wollten gleich auf die Datscha fahren, aber zur Feier des Ereignisses kaufte Lena eine Flasche Sekt, die sie in der Moskauer Wohnung leerten. Anschließend öffnete Schurik noch eine Flasche georgischen Kognak aus Gijas Beständen.

Lena war aufgekratzt — sie war eigentlich weder geschwätzig noch sonderlich freimütig, doch der Kognak löste ihr die Zunge: Die Sache mit Enriques amerikanischen Papieren verzögerte sich, aber nun war sein älterer Bruder Jan aufgetaucht, der Halbpole, und hatte einen schlauen Plan ausgeheckt: Er fährt nach Polen, Lena per Einladung ebenfalls, sie heiraten, Lena kann als Jans Frau in die USA einreisen, und dann werden sie weitersehen. Das Ganze sollte im November über die Bühne gehen. Allerdings sei noch fraglich, ob die zuständige Paßbehörde ihr eine Reise in dieses Scheißpolen genehmigen würde.

»So sieht's aus. Verstehst du, wieder verzögert und verschiebt sich alles«, sagte Lena schroff. »So kann man sein ganzes Leben warten!«

»Vielleicht ist es ja besser so«, versuchte Schurik sie zu trösten.

»Was ist besser so?« Lena sah ihn drohend an. »Was? Ich muß für einen ganzen Monat nach Polen, aber mit Maria lassen sie mich auf keinen Fall raus, verstehst du das Problem, ja?«

Schurik verteilte den restlichen Kognak auf ihre Gläser – sie hatten unversehens alles ausgetrunken und waren nicht einmal sehr berauscht.

»Übrigens, Mama wollte sowieso mit dir reden ... Jedenfalls, das mit Maria ist kein Problem. Mama möchte, daß Maria in Moskau eingeschult wird, damit sie Sprachen lernen kann. Du solltest sie bei uns lassen, sie könnte das erste Halbjahr bei uns wohnen, hier zur Schule gehen, und dann holst du sie zu dir. Du weißt doch, Mama liebt sie abgöttisch. Ich finde ... Ja?«

Lena wandte sich ab, und er hatte keine Ahnung, welchen Gesichtsausdruck sie der Wand zeigte.

Warum tue ich das alles, durchfuhr es Schurik, Vera wird sich übernehmen. Er verstummte, erstaunt über den chaotischen Wust aus Mitgefühl für Lena, aus Angst um seine Mutter und vor der Verantwortung, die er da auf sich nahm, aus Sorge und dem unsinnigen Wunsch, Probleme zu lösen, die ihn absolut nichts angingen.

Plötzlich stürzte Lena sich auf ihn, riß dabei fast das noch halbvolle Kognakglas herunter, umschlang seinen Hals und preßte ihre harte Brille gegen sein Schlüsselbein. Ihr stachliges Haar kitzelte sein Kinn. Lena weinte. Schurik war verwirrt: Normalerweise wußte er, wie er in solchen Fällen reagieren mußte. Nun aber war er unsicher. Zwar war vor sieben Jahren bei Lena zu Hause schon einmal Unerwartetes geschehen – doch schließlich handelte es sich hier um eine romantische Liebesgeschichte.

»Ich bin verrückt, stimmt's? Du denkst, ich bin verrückt, ja? Ich bin eine Idiotin! Sieben Jahre, das ist doch Wahnsinn, aber ich kann einfach nicht anders!«

»Aber das denke ich doch gar nicht, Lena«, stammelte er.

Sie ließ sich auf Schuriks Junggesellenliege fallen und lachte trunken und geheimnisvoll.

»Man sollte sowieso nicht so viel denken, Schurik. Wir feiern unsere Scheidung! Irgendwelche Einwände?«

Er hatte keine nennenswerten Einwände. Diesmal tat Lena nicht so, als wäre ihr romantischer Geliebter bei ihr, alles ging glatt und unkompliziert vor sich, zudem war sie diesmal nicht schwanger, was die Sache sehr erleichterte.

Am nächsten Morgen fuhren sie auf die Datscha. Der Umzug mußte vorbereitet werden. Der gewohnte Jahresrhythmus, wie Ebbe und Flut: Umzug zurück in die Stadt, Neujahr, Großmutters Weihnachtsfest, Umzug auf die Datscha ...

Ein paar Tage später, am dreißigsten August, ging Vera in Schuriks einstige Schule und meldete Maria für die erste Klasse an. Mit eben jener Geburtsurkunde, die damals für die Scheidung gefehlt hatte.

Irina Wladimirowna nähte in der Nacht zum ersten September eine Schuluniform, denn das braune Schulkleid hing in Rostow am Don im Schrank, und zu kaufen gab es einen Tag vor der Einschulung selbstredend keins mehr. Aber eine Mappe und alle sonstigen Schulutensilien hatte Vera im Schrank liegen. In dem Fach, in dem Jelisaweta Iwanowna stets Geschenke für alle Gelegenheiten gelagert hatte.

Unbeschreiblich, wie glücklich Maria war, als sie zwischen den anderen Mädchen mit weißer Schürze, weißen Söckchen, Schleife im Haar und Blumenstrauß auf dem Schulhof stand. Vor Ungeduld scharrte sie mit den schmalen Füßen, die Schleife auf ihrem honigfarbenen Kopf zitterte, hin und wieder biß sie ein Blatt von den lockigen rosa Asternköpfen ab.

Lena hielt ihre Hand, und Vera, eine Hand auf ihrer Schulter, war fast ebenso glücklich wie Maria. Schurik stand mit leicht geneigtem Kopf und unbestimmtem Lächeln hinter ihnen und machte das Bild komplett.

Die Direktorin nahm sich trotz der Bedeutsamkeit des Tages einen Augenblick Zeit für sie. Sie begrüßte Schurik, strich Maria über den Kopf und sagte: »Na, du kleine Exotin! Ich wußte ja gar nicht, daß Schurik so eine hübsche Tochter hat. Ein ganz besonderes Mädchen!«

Maria lächelte die Direktorin an, und die staunte über die verblüffende Unbefangenheit dieses Lächelns: Es war nicht das Lächeln eines Kindes für einen Erwachsenen, es signalisierte ein Gefühl von Gleichheit, von gleichberechtigter Teilnahme an diesem Fest.

Ein verwöhntes Kind, dachte die erfahrene Direktorin flüchtig.

Ein plötzliches Gespür ließ Vera zusammenzucken: Wie würden die Klassenkameraden und die Lehrer die kleine Mulattin aufnehmen? Besorgt musterte sie die Anwesenden. Niemand beachtete Maria sonderlich. Jeder kümmerte sich um sein eigenes Kind, seinen Erstklässler mit Schultasche, der ebenso aufgeregt war wie Maria. Aber Maria war anders, sie hatte, wie Vera glaubte, etwas an sich, das sie irgendwie über die anderen Kinder erhob.

Eine neue Rasse, durchfuhr es Vera, sie steht für eine neue Rasse mit gemischtem Blut, wie sie in utopischen Romanen beschrieben wird, eine Rasse, die den früheren Menschen in allem überlegen ist – an Schönheit und an Talent. Einfach deshalb, weil sie als letzte entstanden ist; alle früheren Völker haben ihre Gene bereits ausgeschöpft und sind gealtert, sie aber hat von allen das Beste übernommen. Angereichert mit Kultur ist das die absolute Perfektion. Ja, ja, Maria ist hier so etwas wie Aèlita*, eine Art Marsmensch ...

* Titelgestalt eines utopischen Romans des frühsowjetischen Autors Alexej Tolstoi

Nach dem Abendessen eilte Schurik aus dem Haus, etwas erledigen. Maria, total erschöpft von den Aufregungen des ersten Schultages, schlief beim Zubettgehen auf dem Weg vom Bad ins Zimmer ein.

Vera und Lena saßen noch lange in der Küche. Anfangs hielt sich Lena steif wie auf einer Versammlung und trommelte mit ihren harten Fingernägeln sacht auf dem Tisch herum. An ihrem Gesicht war nicht abzulesen, was sie dachte.

»Machen Sie sich keine Sorgen, Lenotschka. Mursik wird es gut haben bei uns. Die erste Schule, die erste Lehrerin, das ist für ein Kind sehr wichtig.«

Lena trommelte noch immer auf dem Tisch herum. Dann nahm sie die Brille ab, schlug die Hände vors Gesicht und erstarrte wortlos. Schließlich rannen große Tränen langsam unter ihren Händen hervor. Sie wischte sich mit einem Taschentuch die Wangen ab.

»Ich bin ein schlechter Mensch, Vera Alexandrowna. Und unter schlechten Menschen aufgewachsen. Aber ich bin nicht dumm. Das könnte ich mir gar nicht leisten, so wie mein Leben aussieht. Ich weiß nicht, wie es weitergehen wird. Vielleicht reisen Maria und ich in drei Monaten aus. Vielleicht zieht sich das Ganze aber auch noch drei Jahre hin. Menschen wie Sie sind mir einfach noch nie begegnet. Schurik hat mir in einem schweren Moment geholfen, dabei hatte ich ihn für einen Dummkopf gehalten. Erst mit den Jahren habe ich begriffen, daß Sie anders sind, Sie sind einfach hochherzige Menschen.«

Vera war erstaunt: Schurik – ein Dummkopf? Aber sie sagte nichts. Lena schneuzte sich. Ihre Miene war nun streng.

»Ich wußte einfach nicht, daß es solche Menschen gibt. Meine Familie ist furchtbar. Mein Vater, und auch meine Mutter. Nur meine Großmutter ist ein Mensch.

Sie haben mich mit einem vier Monate alten Kind rausgeschmissen. Mein eigener Vater. Sie sind Ungeheuer. Und ohne die Geschichte mit Maria wäre ich heute auch ein Ungeheuer. Ich führe ein schreckliches Leben. Ich arbeite – wie soll ich Ihnen das erklären? In einer Abteilung, die in die eigene Tasche wirtschaftet. Ich bin dort die Buchhalterin. Wenn das Ganze auffliegt, lande ich womöglich im Gefängnis. Aber anders hätte ich nicht überlebt. Die Miete, das Kindermädchen für Maria all die Jahre.«

Oh Gott! Doppelte Buchführung! Lena macht die gleichen krummen Sachen, in denen unsere frühere Chefin so geschickt war, dachte Vera erschrocken.

»Lenotschka, Sie müssen dringend da weg! Ziehen Sie nach Moskau, eine Stelle als Buchhalterin kann ich Ihnen auf jeden Fall besorgen!« schlug sie sofort vor.

Lena winkte ab.

»Wo denken Sie hin! Kommt gar nicht in Frage! Ich hänge da so tief drin, da komme ich nur raus, wenn ich ans andere Ende der Welt fliehe.«

Lena seufzte.

»Nein, ich muß Ihnen die ganze Wahrheit erzählen. Das ist nämlich noch nicht alles. Sie sollen nicht zu gut von mir denken. Ich schlafe außerdem mit meinem Chef. Allerdings nicht oft. Ich kann ihn nicht abweisen. Ich bin zu sehr von ihm abhängig. Er ist ein furchtbarer Mensch. Aber unheimlich klug und gerissen. So, das war jetzt alles.«

Warum erzählt sie mir das, dachte Vera. Und im nächsten Moment begriff sie: Lena Stowba war auf ihre Weise grundehrlich. Das arme Mädchen!

Vera stand auf und streichelte Lenas helles Haar.

»Alles wird gut, Lenotschka. Du wirst sehen.«

Lena preßte ihr Gesicht gegen Veras Hüfte, Vera streichelte weiter ihren Kopf, und Lena weinte und weinte.

Sie trennten sich als enge Vertraute: Nun besaßen sie ein gemeinsames Geheimnis. Vera wußte von Lena etwas, das niemand sonst wußte, nicht einmal Schurik, und fühlte sich dadurch nun ein wenig wie Jelisaweta Iwanowna.

Sie war nun sicher, daß Lena ihr ihre Tochter für unbestimmte Zeit überließ und nicht zwischen ihnen stehen würde. Und noch eins: Auch Jelisaweta Iwanowna würde nicht zwischen ihr und Mursik stehen. So konnte Vera jetzt die Mutterschaft, die ihre Mutter ihr zum Teil weggenommen hatte, von neuem und diesmal ungehindert ausleben. Alles hatte sich gefügt. Alles war verheilt und vergessen.

44

Die Novemberfeiertage brachten Shenja Rosenzweigs Hochzeit — die Frucht seines erfolgreichen Sommerurlaubs in Gursuf mit Alla Kuschak, einer Studentin des dritten Studienjahres am Mendelejew-Institut. Schurik hatte Shenjas Braut kurz vor der Urlaubsreise kennengelernt, die unverhofft zu einer Verlobungsreise geworden war, und fand sie sehr sympathisch. Sie sah aus wie ein Notenschlüssel: Ein aufrechter Nofretete-Kopf mit hochgestecktem rotem, wergähnlichem Haar, ein langer Hals und eine langgestreckte Taille, und dieses ganze schlanke Gebilde ruhte auf einem großen runden Po, unter dem zwei krumme Beinchen hervorragten. Genau so beschrieb Schurik Shenjas Braut seiner Mutter, und die lächelte über den witzigen Vergleich.

Der Umstand selbst — eine echte Heirat! — rührte Schurik zutiefst. Alles war echt, erwachsen und glich in nichts seiner eigenen, fiktiven Hochzeit mit Lena. Shenja strahlte geradezu überirdisch und erzählte Schurik quasi gleich nach der Rückkehr aus Gursuf, daß Alla schwanger sei.

Warum freuen sie sich bloß so, wunderte sich Schurik und dachte an Valerija, die über ihre heißersehnte Schwangerschaft so glücklich gewesen war, und an die unglückliche Lena, die es gleich bei Enriques erster Berührung erwischt hatte.

Schurik ging die Rosenzweigs mehrmals besuchen —

Alla war bereits zu Shenja gezogen, und Schurik wurde Zeuge eines freudigen jüdischen Reigens um die schwangere Braut. Besonders tat sich Shenjas Großmutter hervor: Sie kam alle zwei Minuten ins Zimmer und bot Alla Pflaumen, süße Sahne oder ein Stück Kuchen an. Alla lehnte stets ab, und die Großmutter verschwand beleidigt, kam aber sogleich mit dem nächsten Angebot wieder herein.

»Mir ist die ganze Zeit übel, ich mag nur Apfelsinen«, klagte Alla mit dünner Kinderstimme, und Shenja rannte in die Küche, erkunden, ob Apfelsinen im Haus seien. Es waren keine da. Dann kam Shenjas Vater von der Arbeit und brachte zwei Apfelsinen mit.

Shenjas Mama richtete ihre Energie auf die medizinische Seite und schleppte Alla dauernd zu diversen Labortests und zu irgendwelchen medizinischen Leuchten, um die brandneue Schwangerschaft zu überwachen und zu unterstützen.

Zur Hochzeit war ein gigantisches Gelage geplant. Eine Kantine an der Metrostation Semjonowskaja wurde gemietet und die Lebensmittelbeschaffung beizeiten und in großem Stil organisiert. Selbst Schurik beteiligte sich nach Kräften: Valerija überließ ihm aus ihrer Sonderzuteilung für Invaliden zwei Döschen roten Kaviar. Auch ein Hochzeitsgeschenk kaufte Schurik: einen großen Plüschteddy mit einer Schleife um den Hals.

»Du bist wohl verrückt! Ein geschmackloses Geschenk!« tadelte Vera, und das geschmacklose Geschenk ging an Mursik. Schurik kaufte ein neues, geschmackvolles: einen prächtigen Rembrandt-Bildband. Mit dem dicken Buch unterm Arm traf er bei der jüdischen Hochzeit ein. Es wimmelte von Menschen. Eingeladen waren laut Liste hundert Personen, doch offenbar hatte jeder zweite noch einen Verwandten oder Bekannten mitgebracht. Die Stühle reichten nicht. Ebensowenig wie das

Geschirr. Dafür gab es ein Orchester und einen Animateur, der sich hochtrabend als Tamada bezeichnete – eine Beleidigung für die kaukasischen Meister der Tafelzeremonie.

Das Essen hätte für ein ganzes Regiment gereicht. Die angemietete Kantine hatte das Beste aus ihrem Speiseplan bereitgestellt: Rote-Bete-Salat, Kartoffelauflauf mit Pilzen, Äpfel im Schlafrock und seltsamerweise die eigentlich eher beim Leichenschmaus üblichen Plinsen. Die jüdische Küche präsentierte ebenfalls ihre besten Erzeugnisse: gefillte Fisch, Heringshäckerle, Geflügelgerichte wie Pastete, gefüllte Hühnerhälse und mit Knoblauch gespickte Hähnchenviertel – nicht zu vergessen Strudel und Mohnkuchen. Kartoffelsalat, Stör und Räucherwurst aus Schweinefleisch bildeten den sowjetischen Teil des Hochzeitsmahls. Der Rest des Geldes, das Familie Rosenzweig seit langem für einen Moskwitsch* gespart hatte, ging für Wodka drauf. Wein war so spottbillig, daß diese Ausgabe nicht ins Gewicht fiel.

Schurik war eine solche Menge von Speisen nicht gewöhnt. Das Essen bei ihnen zu Hause war, wenn es nicht von Irina Wladimirowna zubereitet wurde, recht bescheiden. Angesichts des sagenhaften Überflusses überkam ihn ein gewaltiger Appetit, und er aß, von kurzen Pausen zum Trinken abgesehen, drei Stunden lang. Der Tamada redete unglaublichen Stuß, aber ihn hörte sowieso niemand, denn nicht einmal dieser auf große Feste geeichte, mit allen Wassern gewaschene Alleinunterhalter konnte den hundertstimmigen Lärm übertönen. Auch das Orchester war trotz aller Bemühungen außerstande, das Hochzeitsgetöse zu bezwingen. Am Ende der dritten Stunde spürte Schurik, daß er sich ein wenig überfressen hatte. Zum Tanzen sah er sich außer-

---

* russ. Automarke

stande. Aber er mußte. Alla, wunderschön in ihrem langen Kleid, das die noch immer außerordentlich schlanke Taille betonte und den kleinen Kugelbauch und den enormen Po vollständig kaschierte, trat zu Schurik, an der Hand ein kleines Mädchen, ihre Cousine Shanna, die sich als erwachsene Liliputanerin entpuppte, bildhübsch und, wenn man genau hinsah, nicht mehr ganz jung.

»Shanna tanzt so gern, aber sie geniert sich«, stellte Alla ihre außergewöhnliche Verwandte freimütig vor. Schurik erhob sich ergeben.

Die ganze Shanna reichte ihm knapp bis zum Hosenbund. Sie war eindeutig kleiner als die recht große Erstkläßlerin Maria. Aber sie tanzte sehr verwegen. Schurik konnte kaum mithalten, und als er aus dem Takt kam, schwenkte er sie auf den Armen herum, und sie lachte mit heller Kinderstimme.

Die Hochzeitsfeier verebbte allmählich. Die von zu Hause mitgebrachten Schüsseln und Schälchen wurden bereits abgeräumt. Shanna hüpfte wie aufgezogen um Schurik herum, doch er mußte dringend mal raus. Er wollte sich heimlich davonschleichen, ohne sich von den Frischvermählten zu verabschieden – er mußte zur Toilette. Sein Magen revoltierte.

Jetzt ab in die Garderobe, befahl er sich. Doch vor der Toilette wartete Shanna auf ihn – im Pelzmantel und mit einer Puppenmütze auf dem Kopf.

»Wollen Sie zur Metro?« fragte sie.

»Ja«, antwortete Schurik wahrheitsgemäß.

»Ich auch. Ich muß zur Belorusskaja.«

Schurik freute sich verfrüht: Das lag auf seinem Weg.

An der Station Belorusskaja stellte sich heraus, daß Shanna mit der Vorortbahn nach Nemtschinowka mußte.

»Meine Eltern wohnen in Moskau, aber ich bleibe lieber das ganze Jahr über auf der Datscha. Sie machen sich immer Sorgen, wie ich spätabends nach Hause komme. Aber Sie begleiten mich doch, oder?«

Seit Maria im Haus war, sorgte Vera sich weniger um Schurik. Dennoch hätte er sie anrufen müssen, um ihr Bescheid zu sagen.

»Bis Nemtschinowka sind es nur zwanzig Minuten«, sagte Shanna klagend, als sie sein Zögern spürte.

Die ganze Fahrt über schnatterte sie hektisch und mit dünner Stimme. Sie redete über Musik, und Schurik begriff, daß sie Musikerin war.

»Welches Instrument spielen Sie denn?« bekundete er endlich Interesse an ihrem Geschnatter.

»Jedes!« Sie lachte, und ihr Lachen klang herausfordernd und zweideutig.

Sie stiegen aus. Es war kalt, die Erde war steinhart gefroren, aber noch nicht mit Schnee bedeckt, obgleich nadelfeine Graupelkörner vom Himmel fielen. Das Haus befand sich ganz in der Nähe des Bahnhofs. Schurik blieb an der Gartenpforte stehen, wollte sich verabschieden und gleich zurückfahren. Shanna lachte verschmitzt.

«Die nächste Bahn geht erst um halb sechs. Sie müssen bei mir übernachten.«

Schurik schwieg düster.

»Sie werden es nicht bereuen«, versprach die Liliputanerin vielsagend.

Schurik hatte heftige Bauchschmerzen und mußte dringend zur Toilette. Er schwieg noch immer. Er bedauerte nur eines: daß er nicht zu Hause ...

Shanna schob ihre Hand im Fäustling unter den ziemlich tief angebrachten Haken, lief zum Haus und wollte aufschließen. Metall knirschte. Der Schlüssel drehte sich im Schloß, erfaßte jedoch den Riegel nicht; als Shanna ihn wieder herausziehen wollte, blieb er stecken. Schurik griff danach, der Schlüssel drehte sich mit spöttischem Knirschen nur im Schloß herum. Schurik riß daran und zog den verbogenen Halm heraus – der Bart steckte im Schloß.

»Na prima«, sagte er bitter.

»Sie müssen die Fensterscheibe auf der Veranda rausnehmen. Das ist kein Problem«, sagte Shanna und zog ihn nach links.

»Entschuldigung, Shanna, wo ist hier bei Ihnen die Toilette?« fragte der wohlerzogene Schurik resigniert.

Shanna wies auf eine kleine Bretterbude.

»Entschuldigung, nur einen Augenblick …«

Im Häuschen war es stockfinster, Schurik schaffte es gerade noch auf den hölzernen Sitz. Der Hochzeitsschmaus brach aus ihm heraus. Schurik ertastete ein Bündel Zeitungspapier an einem Nagel. Ihm war ein wenig leichter, aber in seinem Bauch rumorte und grummelte es noch immer.

Mein Gott, ist mir schlecht, dachte er. Wie gut haben es jetzt Shenja und Alla.

»Die Scheibe hier kann man rausnehmen, man muß nur die Nägel umbiegen.«

Schurik machte sich wortlos an die Arbeit. Als alle Nägel gebogen waren, ließ die Scheibe sich dennoch nicht lösen. Schurik drückte kräftiger dagegen. Glas splitterte, er hatte mit der Rechten die Scheibe zerbrochen. Ein scharfer Splitter hatte ihm die Hand zwischen Daumen und Zeigefinger aufgeschlitzt. Es blutete stark.

»Ach!« rief Shanna und holte ein kleines weißes Taschentuch aus ihrem Spielzeugtäschchen. Schurik zog sich mit der Linken seinen Mohairschal vom Hals und wickelte ihn um die Hand. Shanna nahm geschickt die Fensterscheibe heraus.

»Halb so schlimm, ich hab drinnen eine Notapotheke!« tröstete sie Schurik. »Heben Sie mich erst mal rein.«

Sie zog ihren Pelzmantel aus und kletterte durchs Fenster.

»Ich mache Ihnen die Hintertür auf, die ist nicht abgeschlossen, nur zugehakt. Gehen Sie links um das Haus herum«, rief sie von drinnen. »Aber reichen Sie mir erst den Mantel rein.«

Schurik reichte ihr den Mantel und lief um das Haus herum. Sie öffnete ihm die Hintertür. Die Rechte fest zusammengepreßt, trat er ein. Sie machte Licht, und Schurik sah, daß der ganze Schal bereits blutgetränkt war.

»Das haben wir gleich!« plapperte Shanna geschäftig. Sie wirkte kein bißchen verlegen. »Ein kleines Malheur! Das kommt vor! Wir kümmern uns erst mal um die Hand, dann um den Ofen, und dann wird es ganz wunderbar.«

Sie verschwand und kam mit einem Haufen Binden und einem Handtuch wieder. Sie breitete das Handtuch über die Wachstuchdecke des Eßtischs. Schurik mußte sich an den Tisch setzen, und sie wickelte den Schal ab. Mit ihren winzigen Händen agierte sie sehr rasch und geschickt, und dabei schnatterte sie ununterbrochen weiter. Sie band den Daumen fest an die Hand, legte einen Wattetampon dazwischen, wickelte eine Binde darum und hob seine Hand hoch.

»Halten Sie sie eine Weile so, bis es aufhört zu bluten. In meinem Zimmer steht ein Kachelofen, der wird ganz schnell warm, in einer Stunde ist es kuschlig. Ich war einen Monat nicht hier, es ist alles ausgekühlt.«

Sie hatte sich verraten, doch das bemerkte Schurik nicht. Sie wohnte nämlich gar nicht auf der Datscha, sondern bei ihren Eltern in der Stadt, auf die Datscha fuhr sie nur mit ihren Liebhabern. Ihr ständiger Verehrer, ein Artist aus derselben Zirkustruppe, zu der auch sie gehörte, war eifersüchtig und empfindlich. Er hatte ihr schon vor langer Zeit einen Heiratsantrag gemacht, aber sie wollte nicht recht. Die Natur ist sehr ungerecht zu den Liliputanern: Sie benachteiligt sie nicht nur hinsichtlich der Körpergröße, sie bringt auch mehr Männer hervor als Frauen, so daß die Heiratskonkurrenz groß ist. Shanna war begehrt, sie hatte sogar Bewerber aus dem Ausland. Doch sie hoffte noch immer, sich mit einem normalgroßen Mann zu verheiraten. Sie gefiel vielen, manche waren regelrecht verrückt nach ihr. Aber mit dem Heiraten klappte es irgendwie nie.

Während sie im Nebenzimmer mit dem Brennholz hantierte, lief Schurik noch einmal auf den Hof. Er wünschte sich nur eines: Er wollte so schnell wie möglich nach Hause.

Als Shanna wieder auftauchte, fragte Schurik sie, ob sie in ihrer Hausapotheke etwas gegen Magenverstimmung habe. Sie brachte ihm sofort eine Tablette. Er schluckte sie und wartete auf die Wirkung. Shanna bot ihm an, sich nebenan hinzulegen. Dort war es genauso kalt wie draußen, und Schurik sah wieder einmal die altbekannte Tatsache bestätigt, daß man im Spätherbst bei minus drei Grad mehr friert als im Winder bei minus dreißig.

Ohne seine Jacke auszuziehen, streckte er sich auf der niedrigen Liege aus. Shanna warf eine Steppdecke über ihn, die mit Kälte vollgesogen schien. Der Ofen rumorte, sein Bauch rumorte, und die Kälte drang bis in seine kranken Eingeweide. Er war todmüde.

Jetzt ein heißes Bad, dachte Schurik und mußte erneut hinauslaufen.

Irgendwann war er für einige Minuten eingedöst und erwachte, weil sich neben ihm etwas Warmes regte. Shanna, nun ohne Pelzmantel, preßte sich an seinen Bauch wie eine Wärmflasche. Das war angenehm. Sie knöpfte seine Jacke auf, drückte sich enger an ihn, und er spürte ihren heißen Atem.

Wie ein kleines Kätzchen, dachte Schurik. In ihm regte sich Mitleid. Allerdings nur schwach. Doch heiße

Katzenpfoten waren bereits dabei, sein schwaches Mitleid zu beleben. Er langte nach unten und hielt einen winzigen Frauenfuß in der Hand, nackt und warm. Da siegte das Mitleid.

Früh um fünf verließ er die schlafende Shanna und lief aus dem Haus. Kurz darauf stand er bereits auf dem Bahnsteig und wartete auf die erste Bahn. Sein Bauch und seine Hand taten weh. Zum erstenmal im Leben empfand er Mitleid mit sich selbst.

Keine Stunde später lag er in der heißen Wanne, die rechte Hand mit der dicken rostroten Binde aus dem Wasser gestreckt, und genoß die Wärme, die schlummernde Wohnung und die Freiheit.

Heute kriegt mich keiner aus dem Haus, entschied er und schlief in der Wanne ein.

Als das Wasser abgekühlt war, erwachte er, ließ neues Wasser nach und schlief erneut ein. Beim zweitenmal weckte ihn ein Klopfen an der Tür. Vera und Mursik waren aufgestanden und wollten ins Bad. Schurik zog seinen Bademantel an und wollte die durchgeweichte Binde abwickeln, doch sie war festgeklebt, also legte er ein Handtuch darüber, damit seine Mutter die Blessur nicht entdeckte, und ging in sein Zimmer.

»Wie war die Hochzeit? Wie war die Braut?« fragte Vera, die Shenja Rosenzweig noch aus der Zeit kannte, da er Schurik Nachhilfe in Mathematik gegeben hatte.

»Die Hochzeit war prima, Mama, aber ich hab mich überfressen wie eine Riesenschlange und mir offenbar den Magen verdorben.«

»Mein Gott, was ist denn mit deiner Hand?« fragte Vera plötzlich, nun doch aufmerksam geworden.

Er hatte nicht die Kraft zu schwindeln.

»Mama, ich bin todmüde. Ich erzähl dir alles später. Jetzt muß ich erst mal schlafen. Wenn jemand anruft, ruf mich bitte nicht.«

Er gab Maria, die schon neben ihm herumwuselte, einen Klaps auf den Hinterkopf. Dann drückte er sie an sich. Sie reichte ihm fast bis zur Brust. Sie war tatsächlich größer als Shanna.

Was für ein Blödsinn, die arme Shanna, dachte Schurik, als er sich die Decke über den Kopf zog. Glücklicher Shenja! Alla ist so süß! Sie hat so etwas Liebes, Vertrautes. Ja, genau, sie hat Ähnlichkeit mit Lilja Laskina. Natürlich, sogar äußerlich ist sie ihr ähnlich, aber vor allem durch ihre Fröhlichkeit und ihre Aufrichtigkeit. Wie komme ich auf Aufrichtigkeit? Wieso Aufrichtigkeit? Ja, genau, eine Aufrichtigkeit der Gesten, der Bewegungen. Ich werde Lilja einen Brief schreiben. Liebe Lilja! Meine liebe ... Mitten in seinem Brief dämmerte er ein, und er schlief so tief, daß er, als er aufwachte, Lilja und den Brief vergessen hatte.

45

Das Telefon klingelte tatsächlich alle fünfzehn Minuten. Es war schließlich Feiertag – der achte November. Frühere Arbeitskolleginnen von Vera meldeten sich. Sogar ihre ehemalige Chefin wünschte ihr alles Gute und fragte nach Schurik – ob er inzwischen geheiratet habe.

Wie nett von ihr, daß sie mich nicht vergißt. Sie macht zwar krumme Geschäfte, aber sie hat doch etwas Menschliches, dachte Vera großmütig.

Der Sohn des verstorbenen Michail Abramowitsch rief an – Engelmark Michailowitsch. Erstaunlich: Dieser wenig sympathische Mann, der seinen Vater zu Lebzeiten vollkommen vernachlässigt hatte, zeigte nach dessen Tod plötzlich einiges Interesse für ihn. Er hatte den Genossenschaftsanteil seines Vaters geerbt, die Schränke mit dessen Büchern und dem Parteiarchiv abgeholt und erkundigte sich nun hin und wieder bei Vera, ob sie diesen oder jenen, den Michail Abramowitsch in seinen Aufzeichnungen erwähnte, vielleicht kenne. Sie erklärte ihm jedesmal, daß sie Michail Abramowitsch nur oberflächlich und erst in seinem letzten Lebensjahr gekannt habe, doch Engelmark Michailowitsch war überzeugt, Vera Alexandrowna sei durch Freundschafts- oder gar Liebesbande mit seinem Vater verbunden gewesen und in alle seine Parteigeheimnisse eingeweiht, weshalb er sie immer wieder mit Fragen löcherte, sie bisweilen sogar besuchte.

Nach lauter unwichtigen Anrufen gab es auch einen angenehmen: von Veras Freundin Kira. Sie sprachen lange über die Kinder: Kira über Slawa, Vera über Mursik.

Ab zwölf kamen dauernd Anrufe für Schurik – einige der Damen kannte Vera dem Namen nach, andere blieben anonym.

Keiner kann mehr richtig telefonieren, dachte Vera enttäuscht. Sie stellen sich nicht vor, begrüßen einen nicht. Matilda zum Beispiel tat das nie. Ausschließlich aus Verlegenheit. Trotz ihrer langjährigen, vielfältigen Beziehung zu Schurik mochte sie sich keineswegs seiner Mutter vorstellen.

Auch Swetlana rief an. Aus Angst vor Schuriks Mutter, der gestrengen Dame, versagte ihr fast die Stimme. Außerdem hatte ihre unglückliche Erfahrung mit Männern sie in dem Gedanken bestätigt, daß die Mutter des Ehemannes stets eine Feindin war. Zwar hatte sie nie einen Ehemann besessen, doch diejenigen, die als solche in Frage gekommen wären, hatten schreckliche Mütter gehabt. Auch in Vera Alexandrowna, die so sympathisch und wohlerzogen wirkte, witterte sie eine Feindin.

Nur Valerija plauderte nett und freundlich mit Vera, wie es sich für kultivierte Menschen gehörte. Valerija war wirklich ein Glücksfall für Schurik. Sie hatte ihn eingestellt und viel für ihn getan. Doch Schurik zeigte sich dafür auch erkenntlich. Vera erzählte Valerija ausführlich von Schuriks gestrigem Abenteuer und daß er völlig übermüdet sei.

»Na, dann lassen Sie ihn ruhig schlafen. Wenn er aufwacht, möchte er mich bitte anrufen. Ich habe eine Frage wegen einer Übersetzung. Vielen Dank, Vera Alexandrowna.«

Schurik erwachte um fünf, erneut von Bauchschmerzen. Er ging zur Toilette und wurde augenblicklich von seiner Mutter ans Telefon gerufen. Matilda war dran. Sie weinte fast. Sie war mit ihrem geliebten und ältesten Kater Konstantin aus Wyschni Wolotschok gekommen – das Tier war halbtot.

»Dem Kater geht es schlecht, er ißt und trinkt nicht mehr, und mit seinen Hinterpfoten stimmt auch was nicht, sie sind wie gelähmt. Ich flehe dich an, Schurik, hol den Tierarzt. Du hast ihn schon ein paarmal hergebracht, er heißt Iwan Petrowitsch, er wohnt am Preobrashenskaja-Platz. Ich hab ihn schon angerufen.«

Was blieb ihm übrig?

»Ich muß für zwei Stunden weg, Mama.«

»Und die heilige Stunde?« krähte Maria.

Die heilige Stunde, das war der abendliche Sprachunterricht: einen Tag Englisch, einen Tag Spanisch.

»Heute Abend, Mursik, ja? In Ordnung?«

»Gestern ist auch schon ausgefallen.«

Maria liebte diese abendlichen Stunden, wenn Schurik mit ihr lernte, und auch Vera achtete darauf, daß sie regelmäßig stattfanden. Aber gut, heute war immerhin Feiertag.

Vera gab Schurik eine Tablette für den Magen und einen heißen Tee, wickelte um die häßliche Binde eine neue, weiße Schicht, und bat ihn, möglichst rasch wiederzukommen.

»Jedenfalls, ich gehe mit Mursik ins Ballett, du brauchst uns aber nicht abzuholen, wir kommen auch allein zurück«, schloß sie unwillig.

Bei kulturellen Unternehmungen trat Mursik immer häufiger an Schuriks Stelle. Überhaupt fand Vera, daß sich Schuriks Leben nur noch zwischen Haushaltsangelegenheiten und seinen zahlreichen Aufträgen abspielte, und äußerte hin und wieder ihr Bedauern darüber, daß er das intensive und interessante Kulturleben der Hauptstadt größtenteils versäumte.

46

Schurik mußte lange auf ein Taxi warten, dafür ging die Fahrt ziemlich schnell. Die Stadt war feiertäglich leer, und er brauchte von zu Hause bis zum Preobrashenskaja-Platz und von dort zu Matilda nur eine gute Stunde. Iwan Petrowitsch war ein alter Hunde-und-Katzendoktor, ein bißchen verrückt, wie alle, die sich dem Dienst an den Tieren verschrieben haben. Sein Haus war immer voller versehrter Kreaturen – ein alter Hund war auf einem selbstgebastelten Wägelchen festgebunden und bewegte sich vorwärts, indem er die Vorderpfoten auf den Boden setzte.

Der Doktor behandelte Matildas Katzen seit langem, er nahm kein Geld, mußte aber zu Hause abgeholt und wieder heimgebracht werden. Öffentliche Verkehrsmittel verschmähte er grundsätzlich – er ging zu Fuß oder fuhr Taxi. Er lebte allein und mochte die Menschen nicht, er duldete allenfalls ebenso leidenschaftliche Tiernarren, wie er selbst einer war.

Als sie bei Matilda eintrafen, lag der Kater in den letzten Zügen. Sein Atem ging heiser, seine Schnauze war mit dünnem Speichel bedeckt. Iwan Petrowitsch hockte sich neben das unglückliche Tier, legte seine Hand auf den nassen schwarzen Kopf und ächzte. Er berührte den Bauch des Katers, ließ sich dessen Schlafmatte zeigen und betrachtete mißmutig die schwarzbraunen Flecke darauf.

»Gehen wir raus«, sagte er mürrisch zu Matilda und ging mit ihr in die Küche.

»Tja, Matilda, nehmen Sie Abschied von Ihrem Kater. Er stirbt. Ich kann ihm eine Spritze geben, damit er sich nicht quält. Aber es dauert auch so nicht mehr lange.«

Schurik stand an der Küchentür und war entzückt von dem Alten: Er hatte das Zimmer verlassen – um den Patienten mit dem furchtbaren Urteil nicht zu erschrecken!

»Ach, ich dachte mir schon, daß ich ihn zu spät geholt habe«, klagte Matilda tonlos.

»Nein, das ist nun mal der natürliche Lauf der Dinge. Auch wenn du früher gekommen wärst, hätte ich ihm nicht helfen können. Er ist doch schon über zehn Jahre alt, nicht?«

»Im Januar wird er zwölf.«

»Na siehst du, meine Liebe, er ist ein achtzigjähriger Greis. Wie ich. Was will man da erwarten? Also, soll ich ihm eine Spritze geben?«

»Ja, ist wohl besser. Damit er sich nicht quält.«

Iwan Petrowitsch öffnete sein Köfferchen, breitete eine weiße Serviette aus und legte Spritze, Nadel und zwei Ampullen darauf. Dann ging er zum Kater und schüttelte den Kopf.

»Es ist aus, Matilda. Er braucht keine Spritze mehr. Der Kater ist tot.«

Matilda deckte ein weißes Handtuch über den Kater, weinte und griff nach Schuriks Schulter.

»Er hat niemanden geliebt. Nur mich. Und dich hat er akzeptiert. Trinken Sie einen Schluck mit uns, Iwan Petrowitsch. Hol den Wodka raus, Schurik.«

»Meinetwegen...«

Schurik nahm eine Flasche Wodka aus dem Kühlschrank. Wegen der verbundenen Hand hätte er sie beinahe fallengelassen. Endlich bemerkte Matilda den dikken Verband.

»Was ist denn mit deiner Hand, Schurik?«

Schurik winkte ab. Der Tierdoktor zeigte keinerlei Interesse. Sie setzten sich an den Tisch. Iwan Petrowitsch räumte seine Instrumente weg.

Matilda weinte nicht mehr, doch die letzten Tränen rannen ihr noch über die Wangen.

»Ich wußte ja schon seit einem halben Jahr, daß er krank ist. Und er hat es auch gewußt. Er hat seitdem allein geschlafen. Wenn ich ihn zu mir gerufen habe, dann kam er, hat sich streicheln lassen, seinen Kopf an mich geschmiegt, und dann ist er wieder zurück auf sein Kissen. Ich hab ihm das Kissen auf die Fußbank gelegt, er konnte nicht mehr aufs Bett springen. Ja, so ist das.«

Sie tranken. Dazu aßen sie Fisch aus der Dose – etwas anderes war nicht im Haus. Nicht einmal Brot.

»Er war ja nur ein Tier, nicht? Aber man möchte ihn beweinen wie einen Menschen«, sagte Matilda leise.

Iwan Petrowitsch wurde lebhaft.

»Aber Matilda! Was reden Sie da? Sie kommen noch vor uns ins Himmelreich! Ein berühmter russischer Philosoph, er ist natürlich verboten, Nikolai Berdjajew, wissen Sie, was der gesagt hat, als sein Kater starb? Was soll mir, sagte er, das Himmelreich, wenn mein Kater Murr nicht dort ist? Na sehen Sie! Und der Mann war bestimmt klüger als wir! Seien Sie also unbesorgt, unsere Katzen werden uns dort empfangen! Ach, mein Marsik, das war ein Kater, neunundreißig ist er gestorben! Der beste aller Kater! Ein schönes Tier, und so klug! Ich fühle mich ihm gegenüber schuldig, er hatte sich eine Infektion eingefangen. Damals gab es keine Antibiotika ...«

Er erzählte von seinem Kater Marsik und seiner Katze Xanthippe, Matilda sprach von allen ihren früheren Katzen, dann tranken sie noch mehr Wodka, aßen Dosenfisch dazu und waren ein wenig getröstet. Als Iwan Petrowitsch aufbrechen wollte und Schurik sich schon erhob, um ein Taxi zu besorgen, klingelte es an der Tür – der Sohn der Nachbarin. Er war vorbeigekommen, um seiner Mutter irgendwelche Schlüssel zu bringen, hatte sie aber nicht angetroffen und wollte die Schlüssel nun bei Matilda lassen. Ein glücklicher Zufall, denn er wohnte am Preobrashenskaja-Platz, quasi im Nachbarhaus von Iwan Petrowitsch – er nahm den angetrunkenen Alten mit und versprach, ihn bis zur Wohnungstür zu begleiten.

Der arme Konstantin, in ein weißes Handtuch gewickelt, fuhr ebenfalls mit dem Tierarzt fort. Der wußte einen geheimen Platz im Sokolniki-Park, wo er seine Lieblinge beerdigte.

Schurik aber blieb. Er konnte die traurige Matilda, die von ihm nichts verlangte als Freundschaft, nicht ungetröstet verlassen.

Wie zu seinen Schulzeiten sprang er um Punkt ein Uhr nachts auf und rannte nach Hause – über die Eisenbahnbrücke in die Nowolesnaja. Zwanzig Minuten später betrat er seine Wohnung. Im selben Augenblick fiel ihm ein: Er hatte nicht mit Maria gelernt, hatte Valerija nicht angerufen, und vor allem hatte er den Kräuterkundigen vergessen, der die Salbe für Veras Fuß angefertigt hatte. Und bestimmt hatte Swetlana angerufen. Sie wollte auch irgendwas von ihm. Er fühlte sich schuldig.

47

Vera konnte sich nicht genug an Maria freuen. Schurik war ein wunderbares, folgsames Kind gewesen, aber in seiner Kindheit hatte sie eine der Hauptfreuden des Mutterseins nie erlebt: wie wirksam Erziehung sein kann. Jelisaweta Iwanowna war immer stolz gewesen, wenn ihre Schüler und besonders ihr Enkel Schurik genau jene Eigenschaften offenbarten, die sie bei ihnen zu fördern suchte: Aufmerksamkeit gegenüber anderen, Freundlichkeit, Großzügigkeit und vor allem Pflichtgefühl. In jenen Jahren, da Vera, wenngleich längst erwachsen, in ihrer Familie doch irgendwie Kind geblieben war, hatte sie nie darüber nachgedacht, woher Schurik all die Vorzüge hatte, die bei ihm schon so früh zutage getreten waren. Wenn Nachbarn oder Lehrer ihn lobten, wehrte sie scherzhaft ab: Er hat eben gute Erbanlagen. Aber war es tatsächlich das? Jelisaweta Iwanowna, Materialistin und erhabene Seele, zugleich aber ein unabhängig denkender Mensch, hatte, wenn von Erbanlagen die Rede war, immer gesagt: «Kain und Abel hatten dieselben Eltern. Warum war der eine gut und sanftmütig und der andere ein Mörder? Jeder Mensch ist die Frucht seiner Erziehung, doch der wichtigste Erzieher jedes Menschen ist er selbst! Der Pädagoge muß nur die richtigen Ventile der Persönlichkeit öffnen und die unnötigen schließen.»

So die simple Maxime der wunderbaren Pädagogin, die stets eigenmächtig entschied, welche Ventile nötig waren und welche nicht. Diese Theorie mochte anfechtbar erscheinen, doch die unbestreitbare erfolgreiche Praxis gab ihr Recht.

Nun, da Vera Maria hatte, folgte sie der Theorie ihrer Mutter. Vera, ein kreativer, aber eher schwacher Mensch, sah, daß Maria ein enormes Temperament besaß. Sie war voller übersprudelnder Energie, konnte nicht stillstehen und hielt nur mit Mühe die fünfundvierzig Minuten einer Unterrichtsstunde durch. Um ihr das Verharren an einem Platz zu erleichtern, brachte Vera ihr kleine Bewegungsübungen bei, ließ sie zum Beispiel eine Münze in der Hand drehen, wozu sie ihr eine alte Fünfzig-Kopeken-Silbermünze schenkte. Als Maria diese »Drehmünze« nach einer Weile verlor, gab es viele Tränen.

Außerdem zeigte Vera ihr ein paar kleine, unauffällige Finger- und Zehenübungen, und wenn das lange Stillsitzen in der Schulbank für Maria unerträglich wurde, spielte sie diese Hand- und Fußpartituren durch. Von der ersten Klasse an brachte Vera Maria ins Haus der Pioniere zu Gymnastik- und Akrobatikstunden und unterrichtete sie in Musik. In den allgemeinbildenden Fächern verließ sie sich vollkommen auf Marias natürliche Anlagen. Im Lesen gehörte Maria zu den Besten der Klasse, auch mit dem Rechnen hatte sie keinerlei Schwierigkeiten.

Die Begabung für die exakten Wissenschaften hat sie von ihrer Mutter, entschied Vera. Jedenfalls nicht von Schurik.

Das war wie ein seltsamer Defekt in ihrem Kopf: Sie wußte genau, daß Marias Vater ein dubioser schwarzer Kubaner war, betrachtete sie aber dennoch irgendwie als Schuriks Tochter.

Vera leitete weiterhin ihren Theaterzirkel, paßte den Unterricht aber unwillkürlich Marias Interessen an. In Marias erstem Moskauer Jahr gab Vera ihren Schülerinnen keine Etüden und Rezitationsübungen mehr auf, sondern machte mit ihnen nur noch Bewegungstraining.

Ihre Schilddrüse benahm sich gut, doch hin und wieder hatte Vera heftige Schmerzen in den Füßen, der Ballen wuchs immer weiter, ihre üblichen schmalen Pumps wurden zu eng, und sie stand vor einem neuen Problem: Schuhe.

Valerija hängte sich ans Telefon, rief Bekannte in der Sonderabteilung des Kaufhauses GUM und im Valutaladen »Berjoska« an, und Schurik fuhr mit seiner Mutter Schuhe aussuchen. Schließlich erstanden sie ein Paar Stiefel von Salamander und ein Paar schwarze österreichische Dorndorf-Schuhe. Das war eine sichtliche Erhöhung der Lebensqualität.

Die Ausgaben der Familie stiegen, aber Schurik arbeitete viel und bewältigte die wachsenden familiären Anforderungen durchaus. Außerdem besaßen sie noch eine Reserve: den Rest von Jelisaweta Iwanownas Erbe.

Kurz vor Silvester kam Lena Stowba. Maria war überglücklich, obgleich man nicht sagen konnte, daß sie die Mutter sehr vermißt hatte. Aber als Lena kam, sprang Maria ihr um den Hals und ließ sie nicht mehr los. Lena hatte für alle Geschenke mitgebracht, war aber finsterer Stimmung, rauchte und schwieg. Sie redete nicht einmal mit Schurik. Als Schurik sie fragte, ob sie in Polen alles hatte erledigen können, fauchte sie nur wütend und mied das Thema.

Bestimmt ist wieder was schiefgegangen, mutmaßte Schurik. Diesmal wurde seine freundschaftliche Unterstützung nicht benötigt. Vermutlich, weil Lena seiner Mutter ihr Herz ausschüttete.

Schurik kaufte wie immer einen Tannenbaum, und Vera beschloß auf einmal, das Krippenspiel, das sie nach Jelisaweta Iwanownas Tod nicht fortgeführt hatten, wieder aufleben zu lassen. Für Mursik. Schurik war dagegen:

Er hatte nur drei Schüler, und die Vorbereitungszeit war zu kurz.

Aber Vera, inspiriert von ihrer Idee, schlug vor, ein Puppenspiel aufzuführen, nicht auf französisch, sondern auf russisch. Also wurden Puppen genäht. Aus Stoffresten, Bändern und Watte. Maria bekam die einfachste und verantwortungsvollste Aufgabe zugeteilt: Sie nähte die Decke, in die der kleine Plastiknackedei eingewickelt werden sollte, der Jesus darstellte. Vera nähte die Jungfrau Maria, und Lena bastelte aus gestärkten Mullfetzen Engel. Schurik war außer für den Tannenbaum für die Herstellung einer Puppenbühne zuständig.

Ganz beschäftigt mit diesen Vorbereitungen, begingen sie Silvester ziemlich schlicht. Es gab kein Festessen, und auch die Geschenke, abgesehen von denen, die Lena mitgebracht und schon vorher verteilt hatte, waren nicht eben aufregend: Schurik schenkte seiner Mutter ein Paar unscheinbare Slipper für zu Hause, Vera ihm eine Flasche Eau de Cologne, die er nie öffnete, und eine Krawatte, die er nie trug. Lena bekam ein Seidentuch aus Jelisaweta Iwanownas Vorräten und einen Band mit Achmatowa-Gedichten, den sie nicht zu schätzen wußte. Dafür wurde Maria mit einem Haufen Spielzeug und Büchern bedacht und freute sich so stürmisch, daß alle an ihrer Geschenkfreude teilhatten.

Doch auf die große Freude folgte bald großer Kummer. Kurz vor Weihnachten, als alles für die Aufführung bereit war, alle Puppen genäht und alle Rollen gelernt waren, wurde Lena dringend nach Rostow gerufen: Eine Inventur stand bevor, und als Buchhalterin mußte sie anwesend sein. Dabei hatte Maria so gehofft, ihre Mutter würde bis zum Ende der Ferien bleiben. Sie weinte den ganzen Abend und klammerte sich noch im Einschlafen an ihre Mutter. Am nächsten Morgen, als Lena zum Flughafen fuhr, heulte sie weiter.

Vera beruhigte sie, so gut sie konnte. Schließlich brachte sie ihr die selbstgenähten Puppen ans Bett. Maria reagierte überraschend: Sie zerriß eine Puppe, warf mit den Fetzen um sich und heulte dabei wie ein Tier. Ihr brauner Teint nahm einen unschönen Grauton an, sie bekam einen Schluckauf und Zuckungen, wurde von Krämpfen geschüttelt. Vera rief einen Arzt an. Der Kinderarzt, der schon Schurik betreut hatte, konnte nicht kommen, ließ sich aber die Symptome genau schildern und riet zu Baldrian.

Ein wenig beruhigte sich Maria, als Schurik vom Flughafen zurückkam und sie auf den Arm nahm. Schurik lief mit seiner ziemlich schweren Last durchs Zimmer, wiegte sie und sang dabei »My fair Lady« von Marias Lieblingsplatte. Maria lachte – sie hörte, daß er falsch sang, und glaubte, das tue er absichtlich, zum Spaß. Als er sie ins Bett legen wollte, fing sie wieder an zu weinen. Er trug sie noch eine Weile herum, bis er merkte, daß sie Fieber hatte. Sie maßen die Temperatur – über neununddreißig.

Vera war total verwirrt – für Kinderkrankheiten war Jelisaweta Iwanowna zuständig gewesen. Schurik rief den Notarzt.

Die Ärztin untersuchte Maria gründlich. Schließlich fand sie einen kleinen Fleck hinterm Ohr und erklärte, das Kind habe vermutlich die Windpocken und würde wohl bald am ganzen Körper Ausschlag bekommen. Wie sich herausstellte, grassierte in der Stadt gerade eine Art Epidemie. Die Ärztin verschrieb ein Fiebermittel, sagte, das Kind müsse viel trinken, die Pusteln sollten mit Brillantgrün eingepinselt und dürften auf keinen Fall aufgekratzt werden.

Vera, völlig aus dem Konzept gebracht und unfähig, die Krankenpflege zu übernehmen, griff zu einem Kochbuch und ging in die Küche, Moosbeerensaft kochen.

Ein paar Stunden später war Maria tatsächlich am ganzen Körper mit großen roten Pusteln übersät. Sie weinte unaufhörlich, mal leise, mal laut aufheulend wie ein kleines Tier.

Schurik trug Maria fast vierundzwanzig Stunden lang auf dem Arm herum. Wenn sie einschlief und er versuchte, sie hinzulegen, wimmerte sie, ohne aufzuwachen. Schließlich streckte er sich neben ihr aus. Sie umklammerte seine Schulter und beruhigte sich.

Gegen Morgen ging es ihr wieder schlechter, die Pusteln juckten heftig, und Schurik nahm Maria erneut auf den Arm und verwehrte ihren Händen, die Pusteln aufzukratzen.

Einige Wirkung zeigte auch Veras strenge Bemerkung: »Wenn du kratzt, bleiben fürs ganze Leben Spuren zurück. Dann läufst du für immer mit Blatternarben rum.«

»Blatternarben – was ist das?« fragte Maria, für einen Augenblick von ihrem Leiden abgelenkt.

»So heißen die Narben, die du dann überall im Gesicht hast«, erläuterte Vera schonungslos.

Maria heulte mit neuer Kraft auf. Dann verstummte sie plötzlich und sagte zu Schurik: »Es juckt so schrecklich. Weißt du was, kratz du, aber ganz vorsichtig, damit keine Narben bleiben.«

Sie zeigte mit dem Finger, wo es am meisten juckte, und Schurik kratzte ihr sanft Ohr, Schulter, Rücken ...

»Und hier, und hier, und hier«, bat Maria und führte seine Hand, die sie mit ihren heißen Fingern umklammert hielt, zu weiteren juckenden Stellen. Nun hörte sie endlich auf zu jammern. Sie schluchzte nur: Weiter, weiter ...

Schurik stockte vor Scham und Angst: Begriff sie, wohin sie ihn da einlud, die Ärmste? Er nahm die Hand weg, Maria begann wieder zu winseln, und er kratzte sie erneut hinterm Ohr und auf dem Rücken, doch sie zog seine Hand unter ihr mit Brillantgrün bekleckertes Kattunhemd, damit er die kindliche Falte berührte.

Das Mädchen tat ihm schrecklich leid, und das verfluchte Mitleid war indifferent, unmoralisch. Nein, nein, nur das nicht, nur das nicht! War etwa auch sie, so klein sie war, im Grunde noch ein richtiges Kind, bereits Frau und erwartete von ihm den wohlfeilsten Trost?

Er war furchtbar erschöpft von diesen Tagen ununterbrochener Beschäftigung mit Maria, und die Müdigkeit verzerrte die Wirklichkeit ein wenig, er entschwebte an einen Ort, wo Gedanken und Gefühle sich transformierten, und plötzlich wurde ihm deutlich bewußt, wie armselig sein Leben war: Er tat unweigerlich alles, was von ihm erwartet wurde. Aber warum wollten alle Frauen von ihm nur das eine – ständige sexuelle Bedienung? Auch er hätte sich gern einmal in ein Mädchen wie Alla verliebt. Oder wie Lilja Laskina. Warum konnte Schenja Rosenzweig, der dünnhalsige, schmächtige Schenja, ein Mädchen wie Alla wählen? Warum mußte er, Schurik, ohne selbst zu wählen, mit den Muskeln seines Körpers auf jede hartnäckige Bitte reagieren, ob sie nun von der verrückten Swetlana kam, von der winzigen Shanna oder selbst von der kleinen Maria?

Vielleicht will ich das gar nicht? Unsinn, das ist ja das Schlimme – ich will. Was will ich? Sie alle trösten? Nur trösten? Aber warum?

Er sah sie vor sich, sie umringten ihn, ein wenig verzerrt, wie in einem Vexierspiegel: Alja Togussowa mit dem verrutschten fettigen Haarknoten, die traurige Matilda mit dem toten Kater auf dem Arm, Valerija mit ihren geschundenen Beinen und ihrem großartigen Mut, die dürre Swetlana mit ihren künstlichen Blumen, die winzige Shanna mit der Puppenmütze, Lena mit ihrem strengen Gesicht und die goldbraune Maria, die noch nicht erwachsen war, aber bereits ihren Platz in der Reihe einnahm. Und hinter ihnen allen die Löwin Faina Iwanowna in gänzlich animalischer Gestalt, aber gekränkt und winselnd, und ihn überkam ein derartiges Mitleid, daß er schier darin versank. In der Ferne drängten sich weitere Gestalten, Unbekannte, verweint, unfroh, ja, todunglücklich, allesamt unglücklich. Mit ihren armen untröstlichen Becken. Arme Frauen. Schrecklich arme Frauen. Da mußte er selbst weinen.

Natürlich waren das die Windpocken, er hatte hohes Fieber. Vera bat Irina um Hilfe, die auch sofort anreiste, trotz Frost und ungeachtet der Gefahr, daß ihre Heizung einfrieren könnte.

Zwei Tage später war Schurik mit Pusteln übersät. Maria hatte inzwischen aufgehört zu jammern. Nun pinselte sie Schurik die Pusteln mit Brillantgrün ein; ihr so früh erwachter weiblicher Instinkt lenkte sie auf den edlen Pfad der Sorge um ihren Nächsten.

Vera nahm die doppelten Windpocken sehr schwer. Bei Maria war diese Kinderkrankheit trotz aller Schwere etwas Normales, Schuriks Windpocken dagegen erschütterten sie zutiefst: Es war seine erste Krankheit in all den Jahren seit dem Tod der Großmutter. Krank war normalerweise Vera, und irgendwie betrachtete sie Schuriks Windpocken, die noch dazu eine Kinderkrankheit waren, als eine Art Ungerechtigkeit, eine Verletzung ihres persönlichen, unumstrittenen Rechts auf Kranksein.

Irina reiste an, machte sich sofort an ihren geliebten feuchten Hausputz und kochte einen großen Topf Hühnerbrühe, und dann versorgten sie vierhändig die beiden Kranken. Vera erteilte Irina sanfte Anweisungen, und nun lief alles glatt und richtig, ganz wie zu Jelisaweta Iwanownas Zeiten.

48

Schuriks einziger Schulfreund Gija Kiknadse und sein einziger Studienfreund Shenja Rosenzweig kannten sich von Schuriks Geburtstagen, zu denen beide stets eingeladen wurden, mochten sich aber nicht recht. Shenja witterte in Gija einen Feind: Unter solchen breitbrüstigen Jungs mit kräftigen Waden, primitivem Humor und einer latenten Bereitschaft zur Gewalt hatte er als Kind viel gelitten. Er kannte diese Sorte genau, verachtete sie ein wenig, fürchtete sich aber auch vor ihnen, und tief im Herzen beneidete er sie – weniger um ihre körperliche Kraft als vielmehr um die hundertprozentige Zufriedenheit mit sich und dem Leben, die sie ausstrahlten.

Doch in Gija irrte er sich – Gija war weder grob noch gewalttätig, er besaß sogar eine gewisse kaukasische Grazie und den Charme eines Menschen, dem alles gelingt. Daher rührte auch sein unerschütterlicher Glaube an sich selbst.

Gija mochte Shenja ebenfalls nicht: Shenja lachte nie über Gijas anzügliche Witze und wirkte hochmütig, als wisse er etwas, das anderen verborgen war. Und noch eines begründete ihre totale Gegensätzlichkeit: Shenja war der geborene Pechvogel, Gija dagegen ein Glückskind. Wenn Shenja stürzte, dann unweigerlich in eine Pfütze, wenn Gija hinfiel, fand er dabei eine volle Brieftasche.

Jeder der beiden wunderte sich, warum Schurik mit einem so unpassenden Kerl befreundet war. Schurik aber mochte sie beide, wobei er sich in keiner Weise verstellen oder anpassen mußte. Er schätzte an beiden die guten Eigenschaften und nahm ihre Fehler gar nicht wahr.

Er ging sehr gern zu den Rosenzweigs, wo es immer interessante Gespräche über Politik und Geschichte gab: über die Atombombe, über Avantgardemusik oder über Untergrundmaler. Hier hörte er zum erstenmal von Solschenizyn und bekam zum heimlichen, raschen Lesen die »Krebsstation« ausgeliehen, die ihn im übrigen nicht sonderlich beeindruckte. Er war mit französischer Literatur aufgewachsen und zog Flaubert vor.

Bei den Rosenzweigs meinte er den Geist und die Lebensart seiner Großmutter zu spüren: Hier herrschte derselbe Kult der »Anständigkeit« – eine Art atheistischer Religion, die jede Mystik ablehnte und sich auf einen Haufen langweiliger, schwer zu bestimmender moralischer Eigenschaften gründete. Bei den Rosenzweigs allerdings wurde das alles hitzig, temperamentvoll und äußerst kategorisch verfochten, während Jelisaweta Iwanowna getreu ihrer guten Erziehung ihre Wertvorstellungen nie lautstark vertreten hatte.

Ebenso wie Jelisaweta Iwanowna beurteilten die Rosenzweigs einen Menschen nicht nach Nationalität oder sozialer Herkunft, nicht einmal nach seinem Bildungsstand, sondern nach eben dieser vagen »Anständigkeit«. Doch während die Rosenzweigs bekümmert waren ob der Schlechtigkeit der Welt, besonders in deren sowjetischem Teil, hatte Jelisaweta Iwanowna keinerlei Illusionen hinsichtlich der möglichen besseren Beschaffenheit des Lebens in anderen Teilen der Welt gehegt: Sie hatte in ihrer Jugend die Blütezeit der sozialistischen Ideen unter fortschrittlichen, gebildeten Schichten in der Schweiz und in Frankreich erlebt und sich davon überzeugt, daß Ungerechtigkeit eine Grundeigenschaft des Lebens generell war und man nichts weiter tun konnte, als nach Kräften im eigenen Umkreis für Gerechtigkeit zu sorgen. Für diese schlichte Idee waren die Rosenzweigs noch nicht reif.

Als Schurik einmal versuchte, Gija zu erklären, was ihn zu Shenja und dessen Clan hinzog, verzog Gija das Gesicht, winkte ab und sagte mit übertriebenem kaukasischem Akzent: »He, Alter, quatsch nicht so klug daher, kuck mal, die hübsche Puppe da! Was meinst du, würde die mich ranlassen, wie?«

Schurik lachte.

»Dich läßt doch jede ran, Gija!«

Gija setzte eine konzentrierte Miene auf, die angestrengtes Nachdenken darstellen sollte.

»Hast recht, Alter! Das sehe ich auch so.«

Dann kugelten sie sich vor Lachen. So herzhaft lachen wie Gija konnte Shenja nicht.

Gija war ein genialer Meister der Unterhaltung, und mit den Jahren hatte er diese seltene Begabung zu seinem Beruf und seinem Lebensstil gemacht. Gleich nach der Schule war er an eine höchst mittelmäßige technische Hochschule gegangen, deren einziger Vorzug eine erstklassige Tischtennisplatte war. An dieser Platte verbrachte Gija die gesamte Vorlesungszeit und wurde rasch zum unumstrittenen Institutsmeister. Er fuhr zu Hochschulwettkämpfen und errang im Laufe eines Jahres den Titel »Meister des Sports«.

Damals sagte er zu Schurik: »Du weißt doch, wir Georgier sind alle entweder Fürsten oder große Sportler. Da mein Großvater in Westgeorgien Weinstöcke beschneidet, kann ich mich schlecht als Fürst ausgeben, also muß ich Sportler werden.«

Mit dem Abzeichen des Meistertitels am dunkelblauen Jackett wechselte er zur Sporthochschule. Das war ein radikaler Entschluß, zumal er nicht das geringste Interesse an einer Sportlerkarriere hegte – er liebte das Vergnügen, nicht die öde, eintönige Anstrengung für Zentimeter, Kilos und Sekunden. Er paßte nicht in die asketische Welt der Sportler, die nicht zu leben verstanden.

Mit Ach und Krach machte er seinen Abschluß und bekam mittels Beziehungen, genauer gesagt, mittels Bestechung in Form von zehn Flaschen Kognak, einen Job als Trainer im Kreispionierhaus, wo er gleich drei Sektionen leitete: Tischtennis, Volleyball und Basketball.

Seine Freizeit widmete er den eher unsportlichen Spielen – Trinken, Tanzen, Musik und natürlich der Liebe, denn Frauen nahmen in seiner Spielpraxis großen Raum ein. In keinem dieser Fächer war er Dilettant. Beispielsweise hätten alkoholische Getränke quer durch das ganze Alphabet, von Arrak bis Zitronenlikör, besonders aber Weine, durchaus seinen Beruf bestimmen können – wenn er zum Beispiel in Frankreich geboren worden wäre, wo ein feiner Geruchs- und Geschmackssinn, die Gabe, Nuancen von Säure und Süße zu erkennen, sowie eine feine Nase beinahe mehr gelten als ein musikalisches Talent. Ein gemeinsames Trinkerlebnis mit Gija war für Schurik stets ein großes Vergnügen. Selbst wenn sie nur in ein Bierlokal gingen.

Gija machte aus einer Bierverkostung eine regelrechte Show, er scheuchte mit wichtiger Miene die Kellner herum und spielte dabei noch ganz nebenbei den Sohn eines Prominenten. Gija konnte aus einem Restaurantbesuch eine Unmenge Vergnügen schöpfen – dazu gehörten ein Gespräch mit dem Empfangschef, das Verlangen, den Koch zu sprechen, und das Kunststück mit einem angeblich in einer Hähnchenfrikadelle gefundenen gut durchgebratenen Rubelschein. Einmal befestigte Gija, während sie auf ihren Stör warteten, an einem staubigen Zitronenbaum, der ebenso unfruchtbar war wie der legendäre biblische Feigenbaum, eine hübsche kleine Zitrone, die er eigens zu diesem Zweck von zu Hause mitgebracht hatte. Er machte den Kellner auf das Wunder aufmerksam, und sämtliche Angestellte des Restaurants, von der Putzfrau bis zum Direktor, umringten die Wunderzitrone und bestaunten die Frucht, die zuvor niemand bemerkt hatte. Als sie aufbrachen, nahm Gija sie wieder ab und steckte sie in die Tasche, obwohl Schurik ihn bat, sie am Baum zu lassen.

»Ich kann sie nicht dranlassen, Schurik. Sie kostet immerhin dreißig Kopeken, und außerdem brauchen wir sie noch für unseren Tee.«

Nie schlug Schurik Gijas eigenwillige Vorschläge und Einladungen aus, egal, wohin er ihn schleppte, ob in ein Naturschutzgebiet, zu einer Ausstellung oder zum Pferderennen.

Eines Samstagabends, Schurik hatte gerade die Spanischstunde mit Maria beendet, rief Gija an.

»Schurik, wasch dir Hals und Ohren und komm schnell her. Ich hab ein paar Mädchen hier, solche siehst du sonst nur im Kino. Kapiert?«

Schurik kapierte. Er zog die neuen Jeans an, die er ebenfalls dank Gijas Vermittlung erworben hatte, dazu seinen besten Rollkragenpulli, und fuhr los. Unterwegs erstand er im Jelissejew-Laden zwei Flaschen Sekt – hübsche Mädchen tranken immer Sekt.

Die hübschen Mädchen waren zu viert. Drei saßen nebeneinander auf dem Sofa, die vierte, Gijas Freundin Rita, die Schurik bereits kannte, ein Mannequin aus dem Kaufhaus GUM, stolzierte im Zimmer auf und ab und wackelte dabei mit sämtlichen Körperteilen.

Gija stellte seinen Freund vor: »Das ist Schurik, auf den ersten Blick ein bescheidener Bursche, nicht? Ist aber ein berühmter Übersetzer, kann alle Sprachen. Französisch, Deutsch, Englisch – was ihr wollt. Nur Georgisch nicht. Keine Lust, der Mistkerl. Aber er könnte, wenn er wollte.«

Was die Mädchen nach Moskau verschlagen hatte, erfuhren weder Gija noch Schurik – vielleicht ein Erfahrungsaustausch, ein Branchentreffen oder eine Modenschau sämtlicher Sowjetrepubliken, jedenfalls bildeten die Mädchen ein multinationales Quartett: die Usbekin Anja, die sich später als Dshamila entpuppte, die Litauerin Egle und die Moldawierin Anshelika.

»Such dir eine aus«, flüsterte Gija ihm zu, »alles bewährte Genossinnen, politisch gebildet und moralisch gefestigt.«

»Können Sie etwa auch Litauisch?« fragte die blasse Blondine, wobei sie ihre unglaublichen Lider aufschlug, und Schuriks Wahl fiel auf sie.

Obwohl – im Grunde konnte er sich nicht entscheiden: Alle vier waren groß, trugen obendrein hochhackige Schuhe, hatten eine schlanke Taille, lange Haare und waren gleich geschminkt. Die Jugend aller Nationen saß vereint und gleichen Muts auf dem Sofa, das rechte Bein über das linke geschlagen, eine Zigarette in der Linken, und blies im gleichen Takt den Rauch aus – eine Art Sitzballett. Auch gekleidet waren sie mehr oder weniger gleich. Die Litauerin war, wenn man genau hinsah, weniger hübsch als ihre Kolleginnen. Sie hatte ein langes Gesicht und eine Höckernase, der Lippenstift war ziemlich willkürlich aufgetragen, keineswegs deckungsgleich mit den schmalen Lippen, aber irgend etwas verlieh ihr dennoch eine besondere Anziehungskraft – vielleicht ihre Manieriertheit.

Auf dem Tisch standen jede Menge Wein und Obst, nichts Handfestes zu essen. Schurik stellte seinen Sekt dazu, und die Mädchen lebten auf. Gija öffnete den Sekt und flüsterte Schurik zu: »Echte Prostituierte lieben Sekt.«

Schurik musterte die Mädchen neugierig: Was? Diese hübschen Mädchen waren Prostituierte? Er hatte bisher gedacht, Prostituierte, das seien nur die verbrauchten betrunkenen Mädchen am Belorussischen Bahnhof. Diese dagegen ... Das änderte die Sache.

Sie tranken Sekt und hörten Musik. Die Usbekin tanzte mit Gija, Rita ging in den Flur, telefonieren. Schurik forderte nach kurzem Zögern Egle auf. Der Name klang wie aus einem Märchenbuch. Er legte den Arm um sie – ihr Rücken fühlte sich an, als wäre er aus Schmiedeeisen. An ihrem weißen Hals funkelte Bernstein. Wegen der hohen Absätze überragte sie Schurik ein wenig, und auch das war ungewohnt – er maß einen Meter achtzig und hatte noch nie neben einem so großen Mädchen gestanden. Ihm stockte der Atem vor Entzücken.

»Sie sind wahrhaftig eine Königin, eine richtige Schneekönigin«, flüsterte Schurik ihr in das mit einem polierten Bernstein geschmückte Ohr.

Egle lächelte geheimnisvoll. Die Musik verstummte, und Gija verteilte den Rest Sekt an die Mädchen. Die Moldawierin wollte Kognak. Rita kam herein und sagte ziemlich laut zu der Usbekin: »Dshamila, dein Raschid sucht dich in ganz Moskau.«

Dshamila-Anja zuckte die Achseln.

»Was geht mich das an? Er sucht mich schon über ein Jahr. Hat anscheinend sonst nichts zu tun.«

Die Moldawierin schenkte sich Kognak nach und kippte ihn hinunter, den Kopf unschön in den Nacken geworfen. Es klingelte.

»Deine Eltern?« fragte Schurik erstaunt.

»Nein, die sind im Theater. Sie kommen erst gegen elf. Das ist Wadim.«

Wadim kam herein, groß und stattlich. Diese Verstärkung auf der männlichen Seite veränderte das Gesamtarrangement schlagartig. Dshamila und die Moldawierin setzten sich in Positur, doch Wadim entschied sich sofort für die Moldawierin.

»Anshelika, dein Auftritt«, kommandierte Gija, und die Moldawierin hängte sich an Wadim, ohne dabei ihr Glas loszulassen.

Um halb elf brachen sie auf. Wadim fuhr mit der total betrunkenen Anshelika weg.

»Die Mädchen haben eine Bude«, flüsterte Gija Schurik zu. »Hab ich ihnen besorgt, auf dem Prospekt Mira. Ich lad dich ein. Nimm dir ein Taxi, am besten auf der anderen Straßenseite.«

Schurik nickte. Was meinte er mit einladen? Etwa ...? Dshamila war eindeutig überzählig, aber das schien niemanden zu beunruhigen.

Schurik hielt ein Taxi an und ließ die beiden Mädchen hinten einsteigen. Der Taxifahrer, ein älterer Mann, sah ihn respektvoll an. Schurik setzte sich neben ihn.

»Gibst du mir eine ab?« fragte der Fahrer.

»Wie bitte?« fragte Schurik verständnislos zurück.

Der Mann lachte spöttisch.

»Wohin?«

Am Prospekt Mira stiegen sie vor einem respektablen Stalinbau aus. Sie liefen hinauf in den ersten Stock. Egle kramte lange nach dem Schlüssel und öffnete die Tür. Sie führte Schurik in ein Zimmer und ging wieder hinaus. Er sah sich um. Ein karger ehelicher Schlafraum – ein Doppelbett und ein Schrank. An der halboffenen Schranktür hingen Bügel mit Kleidungsstücken. Neben der Tür standen ordentlich aufgereiht fünf Paar hohe Absatzschuhe.

Irgendwo in der Wohnung rauschte Wasser. Dann hörte Schurik Frauenstimmen: Dshamila schien sich über irgend etwas zu beschweren, Egle antwortete ihr einsilbig. Dann kam sie in einem durchsichtigen hellblauen Gewand ins Zimmer, einen Haufen Kleidungsstücke überm Arm. Sie hängte ihr Kostüm auf Bügel – erst den Rock, dann das Jackett. Todernst, ohne ein Lächeln.

Was mache ich hier, fragte sich Schurik entsetzt, doch da sagte Egle: »Bad und Toilette sind am Ende des Flurs. Nimm das gestreifte Handtuch.«

Schurik lächelte. Vera sagte abends immer zu Maria: Schnell ab ins Bad, waschen und ins Bett. Sofort bekam das Ganze etwas Komisches.

Er tat, wie ihm geheißen, und trocknete sich mit dem gestreiften Handtuch ab. In der Küche hantierte Dshamila mit einem Teekessel. Als er zurückkam ins Schlafzimmer, war Egle, die statt der Absatzschuhe nun Pantoffeln mit Bommeln trug, gerade dabei, ernsten Gesichts die schmalen Schuhe mit Zeitungspapier auszustopfen. Irgend etwas an ihrem Gesicht hatte sich verändert. Schurik sah genauer hin – die herrlichen Wimpern waren weg. Das Make-up abgewaschen. Immerhin waren die Brauen zum Teil noch da.

Egle schlug ihr Negligé auf.

»Hilfst du mir beim Ausziehen?« fragte sie ohne die geringste Verspieltheit, und Schurik fühlte absolut nichts. Weder Erregung noch Mitleid. Er erschrak ein wenig. Er entfernte ihre Nylonhülle. Sie war in eine Korsage geschnürt, und Schurik begriff, daß die Bitte, ihr beim Ausziehen zu helfen, nicht kokett gemeint war. Die stählerne Härte ihres Leibes kam von diesem Wäschestück, das hinten mit kleinen Haken verschlossen war. Da brauchte man wirklich eine Zofe. Er löste die Haken, schälte Egle aus der Gummihaut, und zum Vorschein kam ein schmaler Rücken voller roter Druckstellen von den Haken und Nähten. Ein zarter, armer Rücken. Augenblicklich erfaßte ihn Mitleid, und die Angst verflüchtigte sich.

Egle fuhr mit ihren spitzen Fingernägeln über Schuriks Körper, ihr offenes Haar umschmeichelte seine Brustwarzen, ihre festen Lippen berührten ihn. Eine Tischlampe brannte, doch das Licht störte sie nicht im geringsten. Im Gegenteil, sie musterte Schurik mit einem Interesse, das sie den ganzen Abend nicht offenbart hatte. Wenn dieses Besichtigen und Betasten andauerte, spürte er, würde das Mitleid mit ihrem armen geschundenen Rücken schwinden, und er könnte die Kost, die Gija ihm so großzügig spendierte, nicht genießen.

Er unterband die kühlen Raffinessen und schritt zur simplen Tat. Sie war reichlich betrunken und total frigide. Nach einer Weile bemerkte Schurik, daß sie eingeschlafen war. Er lächelte – das Mitleid war verflogen. Er drehte sie auf die Seite, bettete ihren Kopf bequemer aufs Kissen und schlief friedlich neben ihr ein, nach einem letzten kurzen Lächeln über ihr dünnes Schnaufen, das sich mit den Jahren zum vollwertigen Schnarchen mausern würde.

Er erwachte kurz nach neun. Egle schlief, in derselben Haltung, wie sie am Abend eingeschlafen war: die Hand unter der Wange, die schlanken Beine angewinkelt. Er entdeckte, daß ihre Zehen ungewöhnlich lang waren. Richtig, ein Märchen, das er Mursik einmal vorgelesen hatte, hieß »Egle, die Natternkönigin«.

Er zog sich leise an und ging hinaus.

Danke für die Schöne, Gija, dachte Schurik lächelnd und mußte an Valerija denken, die sich aus ganzem Herzen an der Liebe erfreute und auf jede Berührung mit beschleunigtem Herzschlag und reichlichem Nektar reagierte.

Noch immer lächelnd, ging er auf den Torbogen zu, als ein hochgewachsener Asiate in Lederjacke ihn anhielt.

»Kennst du Dshamila?«

Schurik hörte auf zu lächeln und antwortete höflich, aber zerstreut: »Dhamila? Ja, ich glaube.«

»Schön.« Der Mann bleckte die Zähne, und Schurik fand, sein Gesicht sehe aus, als stamme es aus einem Bildband von Hokussai – ein hochmütiges Samuraigesicht mit platter, aber höckriger Nase. »Und jetzt lernst du Raschid kennen.«

Schurik vernahm ein häßliches Knochenknirschen und flog durch die Luft. Der sogleich folgende zweite Hieb verrutschte ein wenig und traf die Nase. Raschid war Linkshänder und hatte Schurik mit dem ersten, wohlgezielten Schlag den rechten Unterkiefer gebrochen. Aber das erfuhr Schurik erst später, in der Unfallklinik, in die er bewußtlos eingeliefert wurde. Außer dem gebrochenen Unterkiefer und der eingeschlagenen Nase stellten die Ärzte noch eine mittelschwere Gehirnerschütterung fest.

49

Hätte Raschid, zufrieden mit der erfolgten Rache, kehrtgemacht, den besiegten Schurik auf dem Asphalt liegengelassen und sich rasch entfernt, wäre von dieser Geschichte nur eine runde Knochenbeule am Kiefer des völlig unschuldigen Helden zurückgeblieben. Doch Raschid stürzte ins Haus, das Schurik soeben in gehobener Stimmung verlassen hatte, rannte hinauf in den ersten Stock und klingelte an allen vier Wohnungstüren. Raschids Informantin, ein Mannequin, hatte Dshamila hier besucht, sich aber die Wohnungsnummer nicht gemerkt, doch das war kein Problem, denn in einer Wohnung machte überhaupt niemand auf, in der zweiten fragte eine Greisenstimme, wer da sei und zu wem er wolle, und die dritte Tür wurde von Dshamila selbst geöffnet. Die irren Augen ihres Exliebhabers verhießen nichts Gutes, und sie wollte die Tür zuschlagen, doch Raschid hatte bereits einen Fuß auf die Schwelle gesetzt.

Sie fürchtete, er würde sie töten, und schrie, so laut sie konnte: »Hilfe! Mörder!« Raschid hatte sie bereits kräftig vermöbelt, als die Milizstreife, die zufällige Passanten zu dem reglos am Boden liegenden Schurik geholt hatten, auf die Schreie der beiden Frauen hin – Egle war inzwischen aufgewacht, aus ihrem Zimmer gekommen und zwecks stimmlicher Unterstützung zum Fenster gerannt – eintraf und den tobenden Raschid fesselte.

Schurik war mit dem Krankenwagen fortgebracht

worden. Unterwegs war er zu sich gekommen und hatte, obwohl er kaum die Zunge bewegen konnte, gebeten, man solle seine Mutter anrufen und ihr sagen, daß mit ihm alles in Ordnung sei. Der neben ihm sitzende Arzt war von dieser Sohnesfürsorge so gerührt, daß er, nachdem er Schurik bei der Notaufnahme abgeliefert hatte, Vera Alexandrowna sofort anrief und ihr berichtete, was passiert war.

Der Anruf aus der Unfallklinik kam kurz nach Mittag. Schurik habe eine Gesichtsverletzung und werde gerade wegen eines Kieferbruchs operiert, ihn heute zu besuchen habe keinen Sinn, morgen früh könne Vera bei der Auskunft alles erfragen.

Vera versuchte zu erklären, das müsse ein Irrtum sein, ihr Sohn sei zu Hause und schlafe friedlich. Doch Maria, die das Gespräch mit halbem Ohr gehört hatte, stieß die Tür zu Schuriks Zimmer auf und rief: »Verussja! Schurik ist nicht da! Er liegt nicht im Bett!«

Natürlich hatte Schurik schon öfter woanders übernachtet. Allerdings rief er normalerweise an und sagte Bescheid, nur ein paarmal war er ohne Vorwarnung über Nacht ausgeblieben. An diesem Morgen hatte Vera seine Abwesenheit noch gar nicht bemerkt.

Sie saß neben dem Telefon und verdaute die Mitteilung. Maria zerrte an ihrem Ärmel.

»Verussja! Was ist denn passiert? Wo ist Schurik?«

»Er liegt im Krankenhaus und wird am Kiefer operiert.« Vera griff sich mit zwei Fingern ans Kinn und spürte, wie die Stelle taub wurde.

»Wir müssen hin«, erklärte Maria entschieden.

»Sie haben gesagt, erst morgen.«

»Können wir ihn morgen nach Hause holen? Muß er getragen werden, oder kann er laufen? Müssen wir ihn füttern? Darf ich ihn füttern? Kochen wir ihm Saft?« plapperte Maria.

Wie kann man so hinfallen, daß man sich den Kiefer bricht?, überlegte Vera. Ein Bein oder einen Arm, das ja, aber den Kiefer? Obwohl, sie haben gar nicht gesagt, daß er hingefallen ist! Ob er sich etwa geprügelt hat? Ja, natürlich, er hat sich geprügelt! Sie malte sich aus, wie Schurik von Rowdies verprügelt wurde, selbstredend, weil er eine Frau verteidigte oder zumindest einen Schwächeren.

Vera drückte Maria an sich – das Mädchen sprudelte noch immer Fragen hervor, aber Vera hatte sich ein wenig beruhigt. Die unangenehme Taubheit stieg vom Kinn hinauf in den Oberkiefer. Vera rieb sich die Wange. Sie mußte mit Mursik ein Stück spazierengehen, dann ihre Hausaufgaben beaufsichtigen und irgendwie die Zeit bis zum Abend durchstehen.

»Morgen bringe ich dich in die Schule und fahre gleich anschließend ins Krankenhaus. Und heute abend kochen wir Saft.« Vera küßte Maria auf den Kopf, doch die riß sich los und boxte Vera schmerzhaft gegen das Kinn.

»Was denn, ohne mich? Du willst ohne mich ins Krankenhaus?« heulte Maria, und Vera lächelte und rieb sich die schmerzende Stelle.

»Schon gut, schon gut, wir fahren beide!« willigte sie ein.

Vera verbrachte eine schlaflose Nacht. Der Schmerz breitete sich über das ganze Gesicht aus: vom Kinn über den Wangenknochen bis in die Schläfe.

Wahrscheinlich von Mursiks Boxhieb, vermutete Vera. Sie suchte lange nach Analgin, denn in der Hausapotheke war noch immer alles nach Großmutters altem System geordnet, das nun Schurik fortführte. Das lange Wühlen machte Vera noch verzagter. Sie dachte flüchtig: Ich muß Schurik in die Apotheke schicken. Und hätte beinahe angefangen zu weinen: Schurik lag im

Krankenhaus, es ging ihm schlecht, und sie war vollständig demoralisiert, fand nicht die Kraft, sich aufrecht zu halten und den Umständen zu trotzen. Vera begriff, daß nun der Augenblick gekommen war, da die ganze Verantwortung für Schurik und Mursik auf ihr ruhte. Sie mußte sich zusammennehmen, ihre Kräfte mobilisieren, sich aufrecht halten und den Umständen trotzen – das war einer von Jelisaweta Iwanownas Leitsprüchen gewesen. Nun weinte sie wirklich – die gesamte Gesichtshälfte tat heftig weh, sie hatte sogar Sehstörungen.

Endlich fand sie das Analgin, schluckte gleich zwei Tabletten und schlief ein.

Am Morgen packten sie umständlich und unsinnig Sachen zusammen: Zahnbürste und Zahnpasta, Äpfel, Taschentücher und Konfekt – alles Dinge, die Schurik in den nächsten Wochen todsicher nicht brauchen würde. Sein Kiefer war mit einer Metallklammer fixiert und völlig bewegungslos. Schurik konnte den Mund nur einen Spalt breit öffnen, gerade weit genug für einen Schlauch mit Flüssignahrung. Den Saft, den sie am Abend zuvor gekocht hatten, vergaßen sie, ebenso die Hausschuhe. Aber Schurik hatte krankenhauseigene bekommen.

Maria packte noch einen Plüschhasen ein.

In der Krankenhausauskunft sagte man ihnen, Schurik sei operiert worden und liege auf der Unfallstation, im Wachzimmer. Der Zutritt zur Station wurde Vera verweigert, und der behandelnde Arzt kam nicht heraus, um mit ihr zu sprechen. Immerhin nahm man das Päckchen für Schurik entgegen. Auf eine Reaktion von Schurik mußten sie ziemlich lange warten. Schließlich brachte man sie ihnen. Er bat um Verzeihung für die dumme Sache, in die er reingerasselt war, so daß er ihnen nun so viel Schereieien machte, und scherzte, zur

Strafe für seine Dummheit müsse er nun eine ganze Weile fasten und schweigen wie ein Mönch. Er bat um zwei französische Bücher, die auf seinem Schreibtisch lagen, um eine Mappe mit Papieren, Schreibpapier und mehrere Kugelschreiber.

Erst gegen Abend waren sie wieder zu Hause, total erschöpft. Maria hatte nasse Füße, Vera tat erneut die Wange weh. Zum Abendbrot erschien Maria ganz verweint und erklärte, sie habe Sehnsucht nach ihrer Mama. Auch Vera hätte am liebsten losgeheult, weil plötzlich alles aus den Fugen geriet. Zusammennehmen, die Kräfte mobilisieren, sich aufrecht halten und den Umständen trotzen, sagte sie sich immer wieder.

Um zehn rief Swetlana an. Statt des üblichen kurzen »Ist nicht da« schilderte Vera ihr ausführlich die Ereignisse des heutigen Tages, angefangen vom morgendlichen Anruf.

»Sie hätten mich gleich anrufen sollen«, reagierte Swetlana lebhaft. »Ich hab Bekannte in der Klinik, ich fahre gleich morgen hin und kümmere mich.«

»Ja, das wäre wunderbar«, freute sich Vera. »Aber er wollte noch ein paar Bücher haben und Papiere.«

»Ich komme vorbei und hole sie ab, machen Sie sich darum keine Sorgen.«

Vera diktierte Swetlana ihre Adresse und erklärte ihr ausführlich und verworren den Weg zu ihrem Haus. Swetlana lächelte nur.

Sie blühte förmlich auf: Nun war der Moment gekommen, da sie Schurik und seiner stolzen Mama endlich einmal zeigen konnte, wozu sie fähig war.

Sie hatte wirklich Glück. Zwar kannte sie niemanden in der Unfallklinik – wozu auch, die Operation war ja bereits gelaufen –, aber am nächsten Morgen gab sie sich dort als Angehörige aus und sprach mit Schuriks Chirurgen, der ihr eine Röntgenaufnahme zeigte und ihr erklärte, was genau bei der Operation gemacht worden war und wie die Dinge standen.

»Mit dieser Verletzung könnten wir ihn eigentlich bald entlassen, bis zur zweiten, unkomplizierten Operation in sechs bis acht Wochen. Aber er hat außerdem eine Gehirnerschütterung, darum behalten wir ihn lieber noch eine Weile hier«, sagte der Arzt.

Swetlana betrat das Krankenzimmer, in dem sie Schurik zwischen den eingegipsten und in Verbände gehüllten Männern kaum erkannte. Er lag auf dem Rücken, mit Schläuchen gespickt: Einer steckte im Mund, zwei in der Nase. Unter den Augen hatte er blaue Flecke. Zur Krönung stand auf seiner Decke eine Ente.

»Mein Gott! Wer hat dich denn so zugerichtet?« fragte Swetlana rhetorisch.

Doch sprechen konnte Schurik nicht, er bewegte die Finger, und sie holte Notizblock und Stift hervor.

Die weitere Unterhaltung verlief schriftlich. Schurik dankte ihr herzlich, daß sie gekommen war. Er bat sie, den Besuch seiner Mutter möglichst hinauszuzögern. Er schrieb, ein verrückter Kasache oder Mongole habe ihn mit jemandem verwechselt und ihn beinahe umgebracht.

Swetlana trug die Ente zur Toilette, richtete Schuriks Bett, machte die diensthabende Schwester ausfindig und drückte ihr Geld in die Hand, genau die richtige Summe, nicht zu viel und nicht zu wenig – damit sie hin und wieder nach Schurik schaute, ob alles in Ordnung war. Dann ging sie einkaufen, Kefir, zwei Tüten süße Sahne und Mineralwasser, und brachte das alles Schurik. Als sie aufbrechen wollte, kam ein Milizionär mit einem weißen Kittel über der Uniform herein. Wegen des gestrigen Überfalls. Der Milizionär stellte Schurik interessante Fragen: ob er Dshamila Chalilowa kenne und in welchem Verhältnis er zu ihr stehe.

Schurik schrieb seine Antworten auf, und Swetlana konnte sie nicht lesen, da der Milizionär die Zettel sofort an sich nahm. Doch allein aus den Fragen erfuhr sie genug, um sich ein Bild zu machen, das ungefähr dem glich, das sich Raschid in seiner Phantasie ausgemalt hatte. Nach Egle fragte der Milizionär nicht, und Schurik hielt es nicht für nötig, ihren Namen zu erwähnen.

Ihre eigenen Ermittlungen beschloß Swetlana aufzuschieben – auch sie hatte einige Fragen an Schurik. Der Milizionär kam übrigens nicht wieder, das Verfahren gegen Raschid wurde am nächsten Tag eingestellt, als dessen Vater anreiste, der oberste KGB-Mann seiner Sowjetrepublik, und nun mußten die Moskauer Milizionäre vor allem zusehen, daß sie ihren eigenen Hals retteten, denn sie hatten Raschid auf dem Revier kräftig vermöbelt.

Am dritten Tag kam Gija in Schuriks Zimmer gestürmt.

»Schurik! Ich hab's gerade erst erfahren. So ein Pech aber auch, Alter! So was ist mir auch mal passiert.«

Und Gija erzählte etliche Geschichten von eigenen Abenteuern, bei denen er verprügelt worden war. Das war ein schwacher Trost. Dann holte er eine in Zeitungspapier eingewickelte Flasche Kognak aus seiner Aktentasche, öffnete sie und steckte das Ende von Schuriks Nahrungsschlauch in den Flaschenhals.

»Gute Idee, oder?« Er nahm einen weiteren Schlauch vom Nachtschränkchen, steckte ihn in die Flasche und sog daran. »Eine glänzende Idee, würde ich sagen. Und dazu kriegst du – nein, nicht Kefir, lieber Sahne.«

Bei diesem angenehmen Treiben überraschte Swetlana die beiden Freunde. Nur mit Mühe unterdrückte sie ihren Ärger.

»Was machen Sie hier?«

Gija ließ sich nicht beleidigen, nicht einmal von einer Frau.

»Wir trinken ein bißchen. Ist bei Gehirnerschütterung sehr gesund. Und was machen Sie hier?«
Schurik murmelte etwas Unverständliches.
»Verstehe«, spottete Gija. »Sie hat ein gutes Herz. Sieht man ihr gleich an. Aber wenn Männer trinken, halten Frauen den Mund, klar?«
Swetlana kochte vor Wut ob dieser Behandlung, blieb aber unbeirrt sitzen. Also ging Gija und ließ die Flasche unter Schuriks Decke und die äußerst verärgerte Swetlana zurück.

Schurik zögerte Veras Besuch hinaus, so gut er konnte. Vera ging es ohnehin nicht gut: Die Schmerzen, die mit dem Anruf aus dem Krankenhaus eingesetzt hatten, kamen immer wieder, mal stärker, mal schwächer. Sie rief einen Arzt aus der Privatpoliklinik zu sich, der untersuchte sie ausführlich und vermutete eine Entzündung des Trigeminusnervs. Er verordnete Ruhe, Wärme und ein starkes Medikament.

Drei Wochen lang ging Swetlana in die Unfallklinik wie zur Arbeit und erstattete Vera täglich Bericht über Schuriks Gesundheitszustand.

Mehr noch: Zweimal fuhr Swetlana auf Schuriks Bitte hin zu Valerija. Er druckste ein bißchen herum, bevor er sie darum bat, aber der Auftrag eilte, und er hatte keine Schreibmaschine zur Verfügung, nur Valerija konnte die Übersetzung abtippen. Beim zweitenmal holte Swetlana den verschlossenen Umschlag bei Valerija ab und brachte ihn zur Post.

Valerija lobte Swetlanas Mantel. Swetlana erzählte ihr, sie habe ihn selbst genäht und den Stoff dafür in eben diesem Haus gekauft. Swetlana lobte Valerijas antike Möbel und erklärte, sie könne moderne Möbel nicht ausstehen. Valerija fand Swetlana nett, aber sehr unscheinbar. Swetlana ihrerseits empfand Mitleid mit der dicken, übermäßig geschminkten Invalidin. Und wie viele unnütze Sorgen hatten ihr Schuriks Besuche hier beschert!

Bei Tageslicht sieht sie bestimmt aus wie eine Matrjoschka, die Ärmste, dachte Swetlana.

Keine witterte in der anderen eine Rivalin.

Vera fuhr nicht ins Krankenhaus. Es fielen kalte Frühlingsregen, für Winterstiefel war es schon zu warm, für leichte Schuhe noch zu früh. Vera besaß kein passendes Schuhwerk für dieses Wetter. Wenn Schurik wieder zu Hause war, würden sie sich darum kümmern müssen. Am besten etwas mit Kautschuksohlen, aber nicht flach, sondern mit leichtem Keilabsatz.

Vera schrieb Schurik wundervolle lange Briefe. Schurik hob sie alle auf, ordentlich zusammengelegt und nach Datum geordnet. Auch Maria schrieb Briefe und malte ihm Bilder. Ihr Lieblingssujet war sie selbst mit Schurik am Meer.

Swetlana holte die Briefe ab, auch mal ein Wörterbuch, einen Rasierer oder einen Übersetzungsauftrag.

Vera lernte Swetlana schätzen: Sie war ein wahrer Freund, zwar nicht hübsch, aber gepflegt und wohlerzogen. Und – eine besondere Seltenheit – sehr geschickt in Handarbeiten. Sie hätte Jelisaweta Iwanowna bestimmt gefallen.

Swetlana war sehr aufmerksam zu Vera. Jedesmal, bevor sie kam, rief sie an, erkundigte sich, was sie aus der Stadt mitbringen solle, und erstand im Feinkostladen des Restaurants Prag eine Menge Delikatessen, so daß Vera Schurik nicht einmal fragte, wo er immer ihre geliebten Kartoffelpuffer kaufte.

Dann wurde Schurik entlassen. Vera war entsetzt: Er sah schlimm aus. Ganz abgemagert. In seiner Wange steckten Metallteile. Er konnte kaum sprechen und nichts essen, nur über ein Röhrchen Flüssiges zu sich nehmen. Dafür schrieb er ihnen wundervolle witzige, mit Zeichnungen versehene Zettel. Maria verlangte sofort, daß die »heiligen Stunden« nicht mehr ausfallen dürften, und verkündete ihm sogar, wie viele Stunden er ihr wegen seiner Krankheit noch schuldig war. Sie hatte es genau ausgerechnet. Er versprach, alles nachzuholen.

Erstaunlich: Kaum war Schurik wieder zu Hause, war Veras Entzündung des Trigeminusnervs wie weggeblasen.

Nach einer Weile wurde Schurik die Klammer abgenommen, und zu Ehren dieses Feiertags führte er sie alle, einschließlich Swetlana, ins Restaurant aus.

Für Swetlana war dies der größte Tag ihres Lebens: Es war ein Essen ganz in Familie, die Leute an den Nachbartischen hielten Schurik garantiert für ihren Ehemann und Vera Alexandrowna für ihre Schwiegermutter, unklar war nur, zu wem die Kleine gehörte. Sie war überflüssig. Maria ihrerseits war von dem Essen ebenfalls begeistert, fand aber auch, daß hier jemand überflüssig war – Swetlana.

Nur eines berührte Swetlana unangenehm: Schurik mochte sie nach wie vor nicht besuchen, zeigte generell keinerlei männliches Interesse. Geduldig wartete sie auf ein Liebesrendezvous. Die orientalische Dshamila wollte sie vorerst nicht erwähnen. Vielleicht später einmal.

Swetlana rief nun jeden Tag an und redete lange mit Vera, über das Leben allgemein und über Schurik im besonderen. Am Ende bat sie immer, Schurik ans Telefon zu holen, und wenn er nicht zu Hause war, berichtete ihr Vera stets ausführlich, wo er gerade war. Wenn sie sagte, er sei in der Bibliothek, scheute sich Swetlana nicht, hinzufahren und das zu überprüfen. Insgesamt gewann sie den Eindruck, daß Schurik keine andere Frau hatte. Bisweilen sagte Vera, diese Nacht käme er nicht nach Hause, er sei mit einer schwierigen Übersetzung zu Va-

373

lerija gefahren und würde wahrscheinlich dort übernachten.

Indessen war es erneut Frühling geworden, und eines Tages erwähnte Schurik beiläufig den bevorstehenden Umzug auf die Datscha.

Das ist eine Katastrophe, begriff Swetlana. Vera und Maria würden auf die Datscha ziehen, und er würde wieder nicht anrufen und endgültig verschwinden. Und das jetzt, nach allem, was sie für ihn getan hatte! Wieder fiel ihr diese Dshamila ein, deretwegen er beinahe umgebracht worden war. Vielleicht traf er sich ja doch mit einer anderen?

Swetlana erhöhte ihre Wachsamkeit. Erneut bezog sie Posten vor Schuriks Haus, verfolgte ihn mit geringem, genau bemessenem Abstand – ohne Ergebnis: keine Dshamila, überhaupt keine andere Frau. Unruhe und Ratlosigkeit peinigten sie, wieder konnte sie nachts nicht schlafen, bastelte ihre Seidenblumen und drapierte sie in Gedanken um ihren Kopf. Nein, er liebte sie nicht, aber er schätzte und achtete sie, war ihr dankbar. Wie brachte man einen Mann dazu, einen zu lieben? Mußte man etwa sterben, um geschätzt zu werden? Ach, könnte man sich doch beerdigen lassen, genießen, wie alle einen beweinen, und dann erst wirklich sterben. Im Sarg liegen wie Ophelia, in einer blumengeschmückten Gruft, und der Geliebte steht kummervoll davor, zieht sein Schwert und bringt sich um ... Und du siehst das alles, findest seine ewige, treue Liebe bestätigt und kannst ruhig und mit Freuden sterben. Nein, dazu war Schurik, dieses Muttersöhnchen, nicht fähig. Höchstens für seine Mama. Bei diesem Gedanken lächelte sie, denn der Wahn hatte noch nicht so stark von ihr Besitz ergriffen, daß er ihren Humor getilgt hätte.

Sie rief Schurik an und bat ihn, sofort zu kommen. Damit hatte er schon lange gerechnet. Er wußte, wozu er gerufen wurde. Wie ein Verurteilter machte er sich auf den Weg, voller Groll, den er jedoch ausschließlich gegen sich selbst hegte.

Bloß nicht auf Erklärungen einlassen, entschied Schurik.

Sobald sie die uralte Portiere vor ihrer Zimmertür aufzog, umarmte er Swetlana, senkte seine Hände in ihren kläglichen Haarflaum, und sie klagte schwach und freudig über ihre zerstörte Frisur und die zerknitterte Bluse. Sie sah so glücklich aus, daß Schurik seinen Ärger vergaß und mit der für einen gesunden jungen Mann normalen Energie das Seine leistete. Swetlana aber war auf dem Gipfel der Glückseligkeit und stammelte ihre Beschwörung »Liebst du mich?« die gesamten zwanzig Minuten hindurch, während derer Schurik an ihr arbeitete.

Anschließend zog Schurik sich rasch an und lief fort: Er habe heute noch entsetzlich viel zu erledigen. Swetlana hatte auf ihre direkt gestellte Frage zwar keine klare verbale Antwort erhalten, doch die Tatsache körperlicher Nähe ließ sich durchaus als Bejahung werten.

Schurik lief mit gutem Gewissen die Treppe hinunter: Er hatte es hinter sich, und nun eilte er einen neuen Packen Übersetzungsaufträge abholen, dann in den Buchladen für internationale Literatur, ein neues Spanischlehrbuch für Maria kaufen, anschließend in die Apotheke wegen eines Medikaments für Matilda. Und so weiter und so weiter. Froh, die erste der für heute vorgesehenen Aufgaben erledigt zu haben, löschte er sie aus seinem Gedächtnis.

Swetlana lag nackt und vollkommen befriedet unter dem Plaid ihrer Großmutter auf der Liege und dachte an nichts – endlich wurde auch ihr die Seligkeit der Ruhe zuteil. Sie strich sich über Bauch und Brust, stolz und voller Dankbarkeit gegen sich selbst.

Sie war restlos glücklich, ja sogar gesund, und der unüberwindliche Abgrund zwischen der Frau, für die die Liebe einziger Zweck und Inhalt des Lebens ist, und dem Mann, für den die Liebe in diesem Sinne überhaupt nicht existiert, für den sie nur eine von vielen Komponenten des Lebens darstellt, hatte sich für ein paar Minuten mit einer dünnen Haut geschlossen.

50

Die Telefonnummer des Reiseleiters, der die französische Gruppe bei Joels erster Rußlandreise während der Olympiade durch Moskau begleitet hatte, stand noch in ihrem Notizbuch. Sie war inzwischen noch zweimal in Rußland gewesen, allerdings beide Male in Leningrad. Das letztemal hatte sie dort drei Monate verbracht, bereits als Praktikantin. Nun war sie für ein halbes Jahr nach Moskau gekommen – um ihre Doktorarbeit zu beenden. Erst nach zwei Wochen entschloß sie sich, Schurik anzurufen. Der nette große Junge mit der kindlichen Wangenröte, den die ganze französische Gruppe damals einhellig sehr russisch – très russe – gefunden hatte, war ihr vor allem wegen seines Französisch in Erinnerung geblieben. Er sprach das makellose Französisch des beginnenden zwanzigsten Jahrhunderts, ein Französisch, das schon lange niemand mehr benutzte, höchstens ein paar neunzigjährige Provinznotare.

Joel hatte bereits vor ihrer ersten Rußlandreise für russische Literatur geschwärmt und sogar versucht, selbständig Russisch zu lernen. Das leibhaftige Rußland hatte sie dann endgültig bezaubert, und Joel, einzige Tochter eines reichen Winzers, der mehrere große Weingüter bei Bordeaux besaß, ging zum großen Mißfallen ihres Vaters an die Sorbonne und zog sich gänzlich aus dem Familienunternehmen zurück. Statt Buchhaltung oder den Umgang mit Kunden zu erlernen, analysierte sie Texte von Tolstoi. Tolstois Französisch in »Krieg und Frieden«, die langen Dialoge der russischen Aristokraten, die wie selbstverständlich im russischen Text standen, erinnerte sie an das Französisch ihres Reiseleiters Schurik. Später fand sie eine Vielzahl französischer Texte in Puschkins Nachlaß. Dieses Phänomen interessierte die angehende Philologin, und sie beschloß, ihre Doktorarbeit der vergleichenden Analyse der französischen Sprache bei Puschkin und Tolstoi zu widmen. Sie schlug das Thema ihrem Professor vor, der es sehr spannend fand und bestätigte. So wurde Schurik, ohne es zu ahnen, Pate ihres Forschungsthemas.

Joel rief ihren ehemaligen Reiseleiter an. Schurik war seit damals nicht mehr als Reiseleiter engagiert worden – er hatte den Intouristchefs mißfallen. Er erinnerte sich sofort an die Französin aus Bordeaux, die ihm die Augen geöffnet hatte, wie hoffnungslos veraltet sein Französisch war. Sie verabredeten sich vor dem Puschkindenkmal, sehr symbolisch.

Sie küßten sich zweimal, nach französischer Sitte, doch Schurik setzte noch ein drittes Mal an, nach russischer Sitte. Sie lachten – wie alte Freunde. Hand in Hand spazierten sie durch die Stadt. Sie liefen zum alten Unigebäude, dann zum Moskwa-Ufer hinunter, und wie zufällig, einer alten Gewohnheit folgend, führte Schurik Joel zu Liljas Haus in der Tschisty-Gasse, dort schlugen sie einen Bogen und kamen an der Elias-Kirche in der Obydenski-Gasse heraus. Nach kurzem Zögern gingen sie hinein, hörten sich das Ende der Abendmesse an, dann kehrten sie zurück zur Uferstraße, überquerten die alte Kamenny-Brücke und schlenderten lange durch die Straßen auf der anderen Seite der Moskwa. Schurik zeigte Joel das Haus in der Pjatnizkaja-Straße, in dem Tolstoi eine Weile gewohnt hatte, und Joel verliebte sich immer mehr in die Stadt, die ihr nun beinahe vertraut vorkam.

In jenen Jahren traf man häufig sonderbare Ausländer wie sie, die bezaubert waren von Rußland, von dessen besonderem Geist der Offenheit und Vertraulichkeit, und Schurik erschien ihr wie ein Tolstoischer Held – wie der erwachsen gewordene Petja Rostow oder der junge Pierre Besuchow.

Auch Schurik fühlte sich, während er mit ihr durch die Gassen schlenderte, die er einst mit Lilja Laskina durchstreift hatte, nicht wie der Schurik von heute, sondern wie der Abiturient von damals, wie der Junge kurz vor der Aufnahmeprüfung für die Uni; er ertappte sich sogar dabei, daß er bedauerte, nicht zu dieser dummen Deutschprüfung gegangen zu sein – er hätte sie zweifellos bestanden, und alles wäre anders gelaufen, besser als jetzt. Und vielleicht hätte auch Großmutter länger gelebt.

Sie schwatzten über Gott und die Welt, sprangen von einem Thema zum anderen, unterbrachen einander, lachten über ihre sprachlichen Fehler: Sie wechselten dauernd von einer Sprache in die andere, denn Joel wollte unbedingt Russisch sprechen, doch ihr Wortschatz reichte nicht aus. Dann begann es zu regnen, sie verkrochen sich in einem halbverfallenen Pavillon im verlassenen Hof einer Kirche und küßten sich, bis der Regen aufhörte. Schurik hatte das sonderbare Gefühl, das alles schon einmal erlebt zu haben – tatsächlich hatte er vor rund zehn Jahren auch auf dieser Bank gesessen, mit Lilja.

Als der Regen vorbei war, erschienen mehrere Hundebesitzer mit ihren Lieblingen, und jemand ließ einen großen deutschen Schäferhund von der Leine. Joel hatte seit ihrer Kindheit panische Angst vor Hunden und brachte es nicht fertig, den Pavillon zu verlassen. Also warteten sie, bis der Schäferhund verschwand. Und wieder lachten sie. Und wieder küßten sie sich.

Inzwischen fuhr die Metro nicht mehr; Schurik hielt ein Taxi an, um Joel nach Hause zu bringen – sie wohnte im Doktorandenwohnheim in den Leninbergen.

»Da sitzt eine ganz gemeine Pförtnerin«, klagte sie, bevor sie ins Wohnheim ging.

»Hast du Angst vor ihr, wie vor dem Schäferhund?« fragte Schurik.

»Ehrlich gesagt noch mehr.«

»Wir können auch zu mir fahren«, schlug Schurik vor.

Vera und Maria waren auf der Datscha. Joel willigte sofort ein, sie stiegen wieder in das Taxi und fuhren durchs Stadtzentrum, am Puschkindenkmal vorbei, zur Belorusskaja.

»Das ist ein ganz besonderer Ort«, sagte Joel, als sie aus dem Fenster schaute. »Egal, wohin man in Moskau fährt, immer sieht man das Puschkindenkmal.«

So war es tatsächlich. Dies war das Herz der Stadt. Nicht der historische Kreml, nicht der Rote Platz, nicht die Universität, sondern dieses Denkmal. Im Winter lag auf den Schultern des Dichters ein Schneeumhang, im Sommer eine Schicht Taubendreck.

Von diesem Tag an trafen sich Joel und Schurik fast täglich hier – außer, wenn er auf die Datscha fuhr.

Sie war wie ein Vögelchen: Sie konnte jederzeit rasch und geräuschvoll aufflattern, war immer hungrig, wurde schnell satt und zupfte Schurik alle halbe Stunde am Ärmel: »Schurik, ich muß mal pour la petite.« Dann hielten sie Ausschau nach einer öffentlichen Toilette, von denen es in Moskau nur wenige gab, oder gingen auf einen Hof, suchten ein stilles Plätzchen, und Schurik schirmte sie ab, während sie im Gebüsch raschelte. Wenn sie wieder herauskam, erkundigte sie sich sogleich, ob er hier in der Nähe nichts wisse, wo man etwas trinken könne – und sie lachten vergnügt.

Sie lachte, wenn sie sich auszog, lachte, wenn sie aus

dem Bett stieg, und obgleich nichts dem Sex so abträglich ist wie Lachen, lachte sie sogar in Schuriks Armen. Wenn sie lachte, sah sie ziemlich häßlich aus: Der Mund zog sich extrem in die Breite, die Nasenspitze fiel herab, die Augen waren zugekniffen. Weil sie das wußte, barg sie beim Lachen das Gesicht in den Händen. Dafür war ihr Lachen äußerst ansteckend. Schurik meinte, sie könnte sich glatt bei mißglückten Komödien als Animateurin engagieren lassen. Sie müßte nur ihre Lachtiraden loslassen, und alle Zuschauer würden mitlachen.

Nach zwei Wochen erwischte Swetlana die beiden. Natürlich auf dem Puschkinplatz. Schurik stand etwa zehn Minuten vor dem Denkmal, einen Strauß blauer Blumen in der Hand. Von der anderen Seite des Platzes konnte Swetlana nicht ausmachen, was für Blumen es waren, obwohl ihr auch das wichtig war. Dann kam eine kleine Frau. Trotz der Entfernung sah Swetlana sofort, daß sie Ausländerin war: Die fremdartige, gesträhnte Frisur, der Schirm, den sie geschultert trug wie ein Gewehr, die karierte Schultertasche, und überhaupt – man roch das Fremde zehn Meilen gegen den Wind. Die beiden küßten sich, faßten sich bei den Händen und liefen lachend den Twerskoi-Boulevard entlang. Das Lachen kränkte Swetlana besonders – als lachten sie über sie.
Swetlana wollte ihnen folgen, merkte aber nach fünf Minuten, daß sie gleich umfallen würde. Sie setzte sich auf eine Bank und wartete, bis das Pärchen verschwunden war. Eine halbe Stunde blieb sie sitzen. Dann trottete sie mühsam nach Hause. Sie rief Slawa an und erzählte ihr, sie habe Schurik mit einer Frau gesehen, rein zufällig, und noch einen Verrat würde sie nicht überleben.
»Ich komme gleich zu dir«, bot Slawa an.

Swetlana schwieg einen Augenblick und lehnte ab: »Nein, Slawa, danke. Ich muß eine Weile allein sein.«

Slawa war eine erfahrene Selbstmörderin, mindestens ebenso erfahren wie Swetlana. Sie fuhr gleich am nächsten Morgen zu ihr und rief einen Schlosser. Sie brachen die Tür auf. Swetlana lag im tiefen Medikamentenschlaf – die Tabletten hatte sie seit langem bereitgehalten. Der Notarzt spülte ihr den Magen aus und nahm sie mit.

Als Swetlana zwei Tage später zu sich kam und auf Doktor Shutschilins Station verlegt wurde, rief Slawa Schurik an und teilte ihm mit, was geschehen war.

»Danke, daß Sie mich angerufen haben«, sagte Schurik.

Slawa war empört.

»Aber bitte! Wohl bekomm's! Sag mal, kapierst du denn nicht, daß das deine Schuld ist? Ihr seid doch alle Unmenschen! Ist das wirklich alles, was du dazu zu sagen hast? Du Schwein! Du bist wirklich das Letzte! Scheißkerl!«

Schurik hörte sich das alles an und sagte: »Du hast recht, Slawa.«

Und legte auf. Wie sollte er der Wahnsinnigen entkommen, wohin?

Joel deckte den Tisch. Die Gabel links, das Messer rechts. Ein Wasserglas. Ein Weinglas.

»Sag mal, Joel, würdest du mich heiraten?« fragte Schurik.

Joel lachte und schlug die Hände vors Gesicht.

»Ach, Schurik! Du hast mich nie danach gefragt, aber ich bin verheiratet. Ich habe auch einen Sohn. Er ist fünf und lebt bei meinen Eltern in der Nähe von Bordeaux. Ich liebe dich sehr, das weißt du. Ich bin noch fünf Wochen hier! Dich heiraten! Und dann soll ich dich adoptieren, ja?«

Sie lachte fröhlich. Schurik fühlte sich elend. Er würde am nächsten Morgen brav an den äußersten Stadtrand hetzen, Swetlana besuchen, dann zu Valerija eilen, denn Nadja, die sie seit vielen Jahren versorgte, war für einen ganzen Monat zu ihrer Schwester nach Taganrog gefahren, und allein konnte Valerija nicht einmal ihren Nachttopf rausbringen, und am Abend mußte er auf die Datscha, zu Maria, der er versprochen hatte, einen Korb mitzubringen, Wolle und noch irgend etwas – er hatte es sich aufgeschrieben.

51

Die Brüche in Veras Schicksalslinie waren auf wahrlich erstaunliche Weise verheilt – die dreißig Jahre lästiger Buchhalterfron waren wie vom Erdboden getilgt, Vera war nun keine pensionierte Buchhalterin, sondern eine ehemalige Schauspielerin. Der Theaterzirkel im Keller der Hausverwaltung hatte sie zurückversetzt in ihre Zeit am Taïrow-Studio, und da ihre eigenen künstlerischen Ambitionen längst versiegt waren, machte es sie glücklich, den Nachbarskindern die Anfangsgründe des Schauspielerberufs vermitteln zu können.

Seit Maria bei ihr lebte, wußte Vera, zu welchem geheimen Zweck das Schicksal ihr den aufdringlichen Michail Abramowitsch gesandt hatte – damit sie etwas in sich aktivierte, das sie selbst längst vergessen zu haben glaubte. Ohne das wöchentliche Training durch den Unterricht mit ihren Schülerinnen wäre sie kaum fit genug gewesen, den quirligen Schatz, den ihr wohl die Vorsehung großzügig anvertraut hatte, aufzunehmen und zu erziehen. Daß in ihrem Haus eine künftige Berühmtheit heranwuchs, stand für Vera außer Zweifel.

In den zwei Jahren, in denen Maria die normale Schule im Wohnbezirk besuchte, hatte sich zwischen Vera und Lena Stowba eine eigene Beziehung entwickelt. Die frühere familiäre Konstellation, simpel und niederschmetternd klar – Mutter und Sohn, zu einem Ganzen verschmolzen – hatte sich zu etwas Komplizierterem,

Flexiblem gewandelt. Wenn sie zu dritt waren – Vera, Schurik und Maria – wurden abwechselnd verschiedene Kombinationen durchgespielt. Manchmal, wenn sie sonntags vormittags ins Museum oder in eine Ausstellung gingen, Schurik Vera unterhakte und Maria sich mal an Schurik klammerte, mal vorauslief, mal an Veras Rockzipfel hing, stellte Vera sich vor, sie sei Marias Mutter und Schurik deren Vater. Schurik sah in Maria eher eine jüngere Schwester, die ihm Vera sanft aufgezwungen hatte. Maria selbst machte sich darüber keine Gedanken: Verussja und Schurik waren ihre Familie.

Wenn Lena zu Besuch kam, war sie für Maria die Hauptperson – ein paar Tage lang.

Vera bastelte im stillen an diesem Familienkonstrukt, indem sie zum Beispiel Lena und Schurik einander zuordnete, als Paar. Aber das war nur zum Teil richtig, denn so blieb ein Element ohne Bindung – sie selbst. Dann wieder sah sie Lena als unabhängige, außerfamiliäre Größe mit ihren eigenen rastlosen Bewegungen, irrwitzigen Absichten und vollkommen losgelöst von der Realität, doch dabei hing ein anderer, wesentlicher Faden in der Luft – Maria. Zu wem gehörte sie? Immerhin befand sich Maria nur dank Lenas manischer Besessenheit von der Idee einer Wiedervereinigung mit einem Mann, den sie im Grunde kaum kannte, zeitweilig in der Obhut von Vera und Schurik – zum Wohle beider Seiten.

Lena berichtete nun nicht mehr Schurik, sondern Vera von ihren Fortschritten auf dem Weg zu Enrique, zum Beispiel vom Ende der unseligen Geschichte in Polen. Die Begegnung mit Enriques Bruder Jan hatte in Warschau stattgefunden. Sie waren beide zum erstenmal in der Stadt, doch Jan besaß dort einen Haufen Verwandter, die er noch nie gesehen hatte, Lena dagegen absolut niemanden. Die ganze erste Woche verbrachte Jan trinkend mit seiner neugewonnenen Verwandtschaft. Lena saß von morgens bis abends in ihrem scheußlichen Hotel und wartete darauf, daß Jan von seinen endlosen Besäufnissen auftauchen, sie abholen und mit ihr in die amerikanische Botschaft fahren würde – zum Heiraten.

Beide waren sicher, daß es nur eine simple Formalität zu erledigen galt. So wäre es auch gewesen, wäre Lena polnische Staatsbürgerin gewesen. Man erklärte Jan, er müsse ein russisches Visum beantragen und die Ehe mit der Bürgerin der Sowjetunion nach sowjetischen Gesetzen schließen. Das bedeutete eine erneute Verzögerung, aber immerhin keine Ablehnung. Lena reiste ab, Jan blieb in Warschau, um auf das sowjetische Visum zu warten. Anderthalb Monate lang. Enrique schickte ihm zweimal Geld und suchte in Miami bereits nach einer größeren Wohnung. Jan verlor in diesen sechs Wochen keine Zeit – er verliebte sich unsterblich in eine schöne Polin, und als das sowjetische Visum eintraf, war er bereits katholisch getraut und hatte in der amerikanischen Botschaft offiziell geheiratet, allerdings eine ganz andere als die auf ihn wartende Lena Stowba. Enrique entzweite sich für den Rest des Lebens mit seinem Bruder, aber das änderte nichts.

Vera hörte mit stockendem Herzen zu – das alles war außergewöhnlich, riskant, ergreifend. Sie vergoß sogar Tränen. Liebe als Langspielplatte des Schicksals – genau so war es ihr auch ergangen. Lange Jahre, mit Warten vergeudet. Das arme Mädchen! Arme Mursik!

Vera zog Parallelen zwischen ihrem eigenen unglücklichen Schicksal und dem von Lena und versuchte, Lena subtil klarzumachen, wie verhängnisvoll mangelnde Flexibilität sei, daß einer jungen Frau mit ihrem Aussehen und ihrem Charakter auch andere Möglichkeiten offenstünden, daß es vielleicht einen anderen Mann gebe, der ihr jenen ersetzen könnte. Und so weiter.

Lenas Gesicht wurde böse, ihre Augen teilnahmslos – sie ahnte, worauf Vera hinauswollte, doch sie zog ihr romantisches Unglück jeder anderen Variante vor. Genau wie einst Vera. Nein, es gab keinen anderen Mann in ihrem Leben!

Auch den hypothetischen anderen Mann, auf den sie anspielte, wies Vera bisweilen auf die ungewisse Lage hin; sie werde immer älter und würde ihn gern verheiratet sehen, und man müsse schließlich auch an das Kind denken. Der folgsame Schurik, dem bei solchen Reden sämtliche Haare zu Berge standen, wehrte stets scherzhaft ab: »Verussja, ich hab's doch schon mal versucht, und dann mußte ich mich wieder scheiden lassen.«

Vera stockte – sie war zu weit gegangen.

Wirklich wichtig war etwas ganz anderes: Lena sprach bisweilen davon, daß sie Maria nach Rostow holen wolle. Das durfte nicht geschehen, und Vera kümmerte sich eifrig um die Weichenstellung für Marias große Zukunft.

Niemand konnte auch nur ahnen, wieviel Mühe es die ehemalige bescheidene Buchhalterin, die im Theater zum niederen Hilfspersonal gehört hatte, kostete, einen hilfreichen Anruf in der Ballettschule zu arrangieren, bei der Direktorin Golowkina persönlich.

Endlich kam der Tag, an dem Vera beim abendlichen Tee, der einzigen Mahlzeit ohne Maria, Schurik feierlich verkündete: »Ich hab dir bisher noch nichts davon gesagt, weil ich es für verfrüht hielt ... Jedenfalls, Mursik wird die Ballettschule des Bolschoi-Theaters besuchen.«

Vera machte eine Pause und wartete auf Schuriks Begeisterung, doch er reagierte keineswegs angemessen.

»Die Direktorin Golowkina wurde durch einen Anruf auf Maria aufmerksam gemacht ... Verstehst du?«

»Ja, schon.« Schurik nickte.

»Nein, du verstehst nichts!« Vera wurde fast wütend. »Das ist die beste Ballettschule der Welt. Hundert Bewerberinnen auf einen Platz! Ich war mit Mursik zweimal zum Vortanzen, und sie ist sehr gut angekommen.«

»Aber Verussja, das ist doch kein Wunder, du hast so viel mit ihr gearbeitet!«

»Richtig, Schurik. Ich kann durchaus behaupten, daß ich in den letzten Jahren eine erfahrene Pädagogin geworden bin. Ich hatte bestimmt an die hundert Schülerinnen!« Vera übertrieb ein wenig – ihren Zirkel besuchten immer acht bis zehn Mädchen, insgesamt waren es in all den Jahren höchstens fünfzig. »Keine war so begabt wie Maria. Wie rasch sie sich alles aneignet! Im Flug, buchstäblich im Flug! Aber was kann ich schon vermitteln – die Grundlagen von Rhythmik und Ausdruck, das ABC des Theaters. Die Mädchen in der Ballettschule sind ganz anders vorbereitet. Sie kommen meist schon aus einem Ballettstudio, einige haben schon an der Stange gearbeitet. Oft sind ihre Eltern beim Ballett. Aber Mursik hat eine angeborene Begabung. Eine wunderbare Gelenkigkeit und enorme Sprungkraft, ein ausgezeichnetes musikalisches Gehör. Und natürlich eine erstaunliche physische Ausdruckskraft. Das ist für mich unbestritten. Nur einen Mangel haben sie ihr bescheinigt – ihre Größe. Sie ist ein bißchen zu groß für eine Ballerina. Obwohl – Lawrowski zum Beispiel mochte große Frauen. Aber erstens ist ja gar nicht raus, wann sie aufhört zu wachsen, das kann ziemlich früh geschehen. Und zweitens hemmen die Belastungen, denen die Elevinnen einer Ballettschule ausgesetzt sind, das Wachstum ohnehin. Das ist bekannt. Ballerinen sind unter anderem deshalb so klein, weil sie von Kindheit an viel trainieren und sich mit dem Essen einschränken.«

»Mursik hat einen ausgezeichneten Appetit«, bemerkte Schurik.

Vera wurde ärgerlich.

»Sie hat einen starken Charakter. Genau wie Lena. Wenn sie etwas von ihr geerbt hat, dann die Zielstrebigkeit. Jedenfalls – sie ist angenommen. Dieses Jahr muß sie erst mal jeden Tag hingebracht werden, dann werden wir weitersehen. Sie haben ein Wohnheim für Mädchen von außerhalb. Aber ich weiß nicht, ich würde das Kind ungern in ein Internat geben. Die Schule ist an der Frunsenskaja. Das ist natürlich nicht um die Ecke. Aber auch nicht übermäßig weit. Wir haben für den Weg eine Stunde gebraucht. Und schließlich« – Veras Stimme bekam einen drohenden Unterton – »kann ich sie auch selbst hinbringen.«

Schurik hatte seinen Arbeitstag seit langem auf den Abend verlagert. Er stand ziemlich spät auf, erledigte Haushaltsdinge – Markt, Lebensmittelladen, Wäscherei – und ging erst nachmittags an seine Arbeit, an der er meist bis früh um fünf saß. Natürlich würde es ihm zufallen, Maria zur Schule zu bringen, und das bedeutete eine gewaltige Umstellung.

»Und Lena? Hast du ihr das schon mitgeteilt?«

Veras Miene verfinsterte sich.

»Aber Schurik, du glaubst doch nicht, sie würde ihrem Kind Steine in den Weg legen? Das ist doch wie ein Millionengewinn im Lotto!«

»Nein, nein, ich meine nur, vielleicht reist sie ja bald aus, wozu dann diese Schule? Alles umsonst!«

»Mursik kann ein echter Star werden. Wie die Ulanowa. Die Plissezkaja. Alicia Alonso. Glaub mir.«

Schurik seufzte und glaubte ihr – was blieb ihm auch übrig?

Ende August kam Lena, und die überglückliche Maria erzählte ihrer Mutter brühwarm, daß man sie in die Ballettschule des Bolschoi-Theaters aufgenommen habe.

Vera hatte Lena erst behutsam darauf vorbereiten wollen, aber Lena erhob keine Einwände, sie freute sich sogar.

Maria kam sofort in die erste Klasse, ohne Vorbereitungsjahr, und wurde gleich an die Ballettstange gestellt. Die ersten Wochen war sie total schockiert – sie schwieg, sagte kein Wort, weder zu Schurik noch zu Verussja. Ballettunterricht hatte sie sich ganz anders vorgestellt.

Maria hatte im Jahr zuvor mit Vera das gesamte Spitzenrepertoire gesehen: »Schwanensee«, »Roter Mohn«, »Aschenputtel«. Und in Gedanken die Solorollen anprobiert. Ja, ja, das war etwas für sie! Sie sah sich bereits im weißen Ballettröckchen auf der Bühne des Bolschoi-Theaters tanzen. Und nun stand sie mit dem Gesicht zur Wand, beide Hände auf der Ballettstange, und mußte anderthalb Stunden lang ohne Pause Beine und Füße strecken und ihre Wirbelsäule trainieren.

Nur das, nichts weiter. Kein freies Herumwirbeln zur Musik, keine Bewegungsimprovisationen wie bei Vera.

Erst nach einem halben Jahr durfte sie sich zur Seite drehen, nach rechts, nach links. Und wieder dasselbe – Beine strecken, Füße strecken ... Schultern runter, Kinn hoch! Gerade Linie! Gerade Linie!

Die Klassenleiterin war eine füllige Exballerina mit dem Gesicht einer alten Bulldogge. Außerdem gab es noch eine Erzieherin, die sogenannte Instrukteurin. Sie brachte die Mädchen zum Unterricht und betreute sie. Sie hieß Vera Alexandrowna, was Maria sehr mißfiel, ja beleidigte: Von wegen Vera Alexandrowna, so hieß schließlich ihre geliebte Verussja! Diese hier war jung, doch ihr Gesicht war voller Falten, sie lief wie eine Ballerina, immer in Grundposition, die Füße abgewinkelt, auch den Kopf warf sie wie eine Ballerina in den Nacken. Dabei tanzte sie gar nicht! Die Mädchen erzählten, sie habe nach einem Unfall das Ballett aufgegeben, darum sei sie auch so böse. Klar – das Ballett zu verlieren war das schlimmste Unglück auf der Welt.

Die falsche Vera Alexandrowna begleitete sie überallhin, selbst in den Speisesaal, und trieb sie beim An- und Ausziehen zur Eile. Sie hatte eine hohe, kreischende Stimme. Sie konnte die Mädchen allesamt nicht leiden, Maria aber – so schien es dem Mädchen – am allerwenigsten. Maria wurde von ihr häufiger getadelt als die anderen: daß sie herumzappelte, daß sie zu schnell esse, daß sie den obligaten Knicks vernachlässige, die letzte Regel aus der Zarenzeit – die Lehrer mußten mit einem federnden Knicks gegrüßt werden.

Maria ermüdete sehr. Und langweilte sich. Aber sie schwieg – zu Vera kein Wort. Auch nicht zu Schurik. Sie verließen das Haus um halb acht, und unterwegs wurde sie langsam wach. Erst kurz vor der Schule sprang sie hoch, umschlang Schuriks Schultern, küßte ihn auf die unrasierte Wange und lief davon. Und Schurik trottete nach Hause, weiterschlafen.

In der Schule fand Maria keine Freundinnen. Die Mädchen hatten bereits ein Jahr lang zusammen die Vorbereitungsklasse besucht und sich angefreundet. Sie war die Neue, größer als alle anderen, und sie konnte ihr Bein höher heben als alle anderen. Rasch wurde sie an die mittlere Ballettstange gestellt, wo die Besten trainierten. Sie wußte noch nicht, daß die Besten nicht geliebt wurden. Zudem waren die meisten Mädchen älter als sie, viele wohnten im Internat und hatten sich bereits in Grüppchen zusammengefunden, zu denen Maria der Zutritt verwehrt war.

Am Ende des ersten Jahres durften sie auf Zehenspitzen stehen. Und wieder hieß es: battement, tendu, plié. Und wieder war Maria die Beste. Aber sie selbst war unzufrieden mit sich. Alle Mädchen der Klasse waren klein und allesamt, als wären sie extra ausgesucht worden, blond und weißhäutig, und Maria litt darunter, daß sie anders war als die anderen, ganz besonders litt sie unter ihrer Schuhgröße – siebenunddreißig. Einmal spotteten die anderen im Umkleideraum lange über ihre riesigen Ballettschuhe und spielten damit Fußball. Am nächsten Tag weigerte sich Maria, in die Schule zu gehen.

»Ich will nicht mehr zum Ballett. Ich will in eine normale Schule, ohne Ballett.«

Vera behielt sie zu Hause. Sie frühstückten zu zweit, Schurik schickten sie wieder ins Bett. Sie deckten den Frühstückstisch nicht wie sonst in der Küche, sondern in Großmutters Zimmer. Vera holte schönes Geschirr aus dem Schrank, die Tasse mit dem breitesten Goldrand stellte sie Maria hin.

Eine Woche zuvor waren Vera und Schurik auf einer Elternversammlung gewesen. Vera hatte Schurik nicht nur als Begleitperson mitgenommen, sondern sozusagen als Elternteil. Volle zwei Stunden, während der ganzen Versammlung, schwelgte sie in dem vagen Gefühl, Maria sei ihre und Schuriks Tochter.

Die Ballettlehrerin lobte Maria sehr, auch die Lehrer der allgemeinbildenden Fächer waren mit ihr zufrieden, nur die Instrukteurin äußerte sich unfreundlich über Maria: Sie sei verschlossen, schroff und habe kaum Kontakt zu ihren Klassenkameradinnen.

Sie beneiden sie, jawohl, hieß Veras Diagnose sofort. Sie kannte die Theaterwelt. Also fragte sie das Kind nicht, was in der Schule passiert sei, warum sie nicht mehr hingehen wolle. Statt dessen sprach sie beim feierlichen Frühstück in Großmutters Zimmer wichtige, wenn auch nicht ganz wahrheitsgetreue Worte.

»Meine liebe Mursik! Als ich noch ein Mädchen war, ein bißchen älter als du, besuchte ich ein Theaterstudio. Und obwohl mir der Unterricht sehr gefiel, ging ich von dort weg. Weil ich schlecht behandelt wurde. Heute weiß ich, daß die anderen Mädchen mich beneideten. Das ist eine sehr schlechte Eigenschaft. Aber so ist das oft. Wenn du Ballerina werden willst, mußt du das aushalten. Eines Tages wirst du verstehen, daß man sich das nicht zu Herzen nehmen darf. Denn die meisten Mädchen, die böse zu dir sind, werden nie Ballerinen, sie werden die Schule nicht einmal beenden können. Dich aber wird man nicht ausschließen, denn du bist sehr begabt. Du wirst Solopartien tanzen, sie dagegen höchstens im Corps de ballett. Also ruh dich ein paar Tage aus, wenn du willst, gehen wir auf die Eisbahn oder ins Museum – wohin du willst! Und dann gehst du wieder zur Schule. Man darf nämlich wegen solcher Lappalien nicht aufgeben. Verstehst du das?«

Da kletterte Maria wie ein kleines Kind auf Veras Schoß und weinte; sie weinte sich aus und erzählte, wie die Mädchen mit ihren rosa Schläppchen Fußball gespielt hatten und daß die nun ganz schmutzig seien. Und daß sie Schuhgröße siebenunddreißig habe und die anderen Mädchen Größe dreiunddreißig.

Drei Tage lang vergnügten sie sich. Sie besuchten das Durow-Museum, sahen sich den sprechenden Raben an, danach eine Probe in dem Theater, in dem Vera früher gearbeitet hatte, und kauften im Laden des Theaterverbandes neue Ballettschläppchen, ausländische, aus elastischem Stoff und von einem unglaublich strahlenden Rosarot.

Dann brachte Schurik Maria wieder in die Schule. Sie war gesammelt, bereit, sich zu wehren, und hielt das Kinn nicht nur an der Ballettstange stolz erhoben. Sie war gegen Angriffe gewappnet. Ihr leuchtend rotes Haarband und ihr Gesicht, das mitten im Winter die Farbe frischer südlicher Sonnenbräune hatte, wirkten betont herausfordernd.

Einige Tage später gab es unter den Mädchen eine Prügelei. Die Instrukteurin kam hereingestürmt, als mitten im Umkleideraum zwischen den Spinden ein Knäuel aus dünnen Armen und Beinen wuselte, über dem ein ohrenbetäubendes Kreischen hing. Die Instrukteurin kreischte noch ohrenbetäubender, das Knäuel fiel auseinander, als letzte stand Maria auf, graubraun und im zerrissenen Gymnastikanzug. Außer Marias Gymnastikanzug hatten eine Nase und ein Arm gelitten: Die Nase war blutig geschlagen, der Arm gebissen worden. Von Maria, wie alle bezeugten.

Die Mädchen erklärten einhellig, quasi im Chor, Maria habe sich auf sie gestürzt wie eine Wahnsinnige, sie wüßten nicht einmal, warum. Daß die Mädchen ihr die neuen Schuhe weggenommen und sie durch den Umkleideraum gekickt hatten, sagte Maria nicht. Die Instrukteurin bestellte Vera in die Schule und rügte sie, als habe sie sich im Umkleideraum mit den Mädchen geprügelt. Vera hörte sich geduldig alles an, dann bemerkte sie ihrerseits, die anderen Mädchen drangsalierten Maria, und das betrachte sie als ein Zeichen von Rassismus, der sich für einen Sowjetmenschen nicht zieme.

»Ich würde sagen, das ist ein pädagogisches Versäumnis«, schloß Großmutter Vera Alexandrowna schüchtern.

Die Instrukteurin erschrak über diese Bemerkung. Eine so scharfe Auslegung des Konflikts war ihr nicht in den Sinn gekommen.

Rassismus, das hat mir gerade noch gefehlt, dachte sie und lächelte friedfertig und ein wenig hinterhältig.

»Nicht doch, wo denken Sie hin! Wenn Sie wüßten, wer alles schon unsere Schule besucht hat! Die Tochter von Sucarno, die Tochter des Botschafters von Guinea, ein Mädchen aus Algier, die Tochter eines Millionärs – also, da können Sie unbesorgt sein, Rassismus gibt es bei uns nicht. Aber ich werde mit den Mädchen reden.«

Dabei überlegte sie: In den Unterlagen steht nichts weiter, aber wer weiß, vielleicht ist sie ja die Enkelin von irgendeinem Lumumba oder Mobuto?

Die Instrukteurin hatte keinen besonders guten Stand bei der Schulleitung, dafür aber bei der Golowkina persönlich, darum war das Pädagogenkollektiv gespalten – die einen waren für, die anderen gegen sie. Da sie nicht der einzige Pechvogel unter ihnen war, es gab an der Schule einige Dutzend gescheiterte Ballerinen mit einem Makel im Lebenslauf – mit untreuen Ehemännern und noch untreueren Liebhabern –, war die Atmosphäre höchst angespannt, und nur die Angst vor der großen Chefin und vor dem Verlust der Stelle an der renommierten Schule hielt die brodelnden Leidenschaften in Schach. Hier wurde nichts und niemandem verziehen.

Weiter ging alles ganz nach Veras Vorstellungen. Der Vorfall wurde nicht an die Obrigkeit weitergemeldet, sondern im kleinen Kreis geregelt. Maria bekam einen Rüffel, aber die anderen Mädchen auch.

Schurik wurde natürlich ebenfalls einbezogen in das Auf und Nieder des Ballettlebens, das in ihrer Familie inzwischen einen zentralen Platz einnahm.

Wenn Lena nun aus Rostow zu Besuch kam, überließ Schurik ihr sein Zimmer und zog in Großmutters Stube, für Maria wurde bei Vera ein Klappbett aufgestellt, das jedoch meist leer blieb – Maria legte sich neben ihre Mutter und genoß deren Nähe. Abends besuchte Lena mit Maria Ballettaufführungen und lebte sich in die Rolle der Mutter einer Ballerina ein. Als sie sich »Don Quichotte« anschauten, saß Maria mit gefalteten Händen wie gebannt da und sagte anschließend zu ihrer Mutter: »Meine Kitri wird besser, das wirst du sehen.«

Die Rolle der Kitri war ihr größter Traum.

Lena bekannte im stillen: In Veras Obhut wurde ihre Tochter tatsächlich eine Ballerina.

Zeitweilig drohte Lena zu verzweifeln: Enriques Pläne scheiterten einer nach dem anderen. Er hatte inzwischen die amerikanische Staatsbürgerschaft erhalten und bat Lena, sich mit ihm in irgendeinem sozialistischen Land zu treffen, das man von Rußland aus als Tourist bereisen konnte, aber Lena befürchtete, wenn das herauskäme, dürfte sie Rußland nie mehr verlassen. Enrique wollte selbst nach Rußland kommen, doch davor hatte Lena noch mehr Angst, sie war überzeugt, man würde ihn einsperren: Er hatte eine üble Vorgeschichte, und nun war er obendrein auch noch Amerikaner.

Hin und wieder tauschten sie auf komplizierten Wegen Briefe und Fotos aus. Enrique betrachtete die Fotos seiner Tochter und war entzückt, wie sehr sie seiner verstorbenen Mutter ähnelte. Enrique selbst war dick geworden, Lena dagegen hatte abgenommen und erinnerte nur noch entfernt an die blonde Matrjoschka, in die sich Enrique vor zehn Jahren unsterblich verliebt hatte. Doch im Wesen hatten die beiden etwas gemeinsames, und das hatte sie wohl einst zusammengeführt. Ohne die Fotos hätten sie einander nie wiedererkannt, wären sie sich zufällig auf der Straße begegnet, aber die Hindernisse steigerten ihre Leidenschaft bis zum Wahnsinn.

Bei einem ihrer Besuche erzählte Lena Schurik von einer weiteren Ausreisemöglichkeit, einer äußerst komplizierten Variante, die zudem mit jahrelangem Warten und gemeinem Betrug verknüpft war. Von ebendiesem gemeinen Betrug erzählte sie ihm eines Nachts in der Küche, als Maria und Vera bereits fest schliefen.

Am Landwirtschaftsinstitut in Rostow am Don studierte in der Fachrichtung Weinbau im sechsten Semester ein prokommunistischer Spanier, den ein ungünstiger Wind zu den Donkosaken geweht hatte. Seine Eltern gehörten zu jenen spanischen Kindern, die in der Sowjetunion aufgewachsen waren, und er war, wie die meisten zweifach entwurzelten Menschen, vollkommen orientierungslos. Dieser Alvarez war bereits mit zwölf aus Moskau nach Spanien zurückgekehrt und nun erneut in die einstige Heimat gekommen, um eine Ausbildung zu erhalten, die in Spanien jedem Bauernjungen zuteil wird, ohne daß er dafür das Weingut verlassen muß. Er war fünfundzwanzig, also etwas jünger als Lena, stockhäßlich und so in Lena verliebt, daß er davon Durchfall bekam. Und zwar ganz im Ernst: Jedesmal, wenn sie sich in der Wohnung von Lenas Freundin trafen, packte ihn eine heftige Darmschwäche.

»Also«, sagte Lena melancholisch und nahm die letzte Zigarette aus der Schachtel, »ich brauche nur mit der Wimper zu zucken, und wir heiraten. In zwei Jahren ist er mit dem Studium fertig, in zweieinhalb Jahren gehe ich mit ihm nach Spanien, und von da – hopp! – wohin ich will. Darum kümmert sich dann Enrique.«

»Und wenn er dich umbringt? Oder die beiden sich gegenseitig?« erkundigte Schurik sich nüchtern.

»Ach was. Enrique und ich sind keine Romantiker, wir sind Besessene. Wir müssen uns einfach sehen. Wenn wir erst mal verheiratet sind, lassen wir uns vielleicht nach drei Tagen wieder scheiden. Ich weiß überhaupt nichts mehr.« Sie sah böse aus, ihre Augen wurden ganz dunkel.

»Und der andere, dieser Alvarez?« bohrte Schurik, fasziniert von der spannenden Geschichte.

»Ich sag doch, der ist mir scheißegal. Ich weiß selber, daß das nicht schön ist. Eine Art Betrug. Aber nicht ganz – immerhin würde ich ja mit ihm schlafen. Darauf ist er nämlich ganz scharf, wie gesagt, er ist total verknallt in mich. Und wenn ich Enrique nicht haben kann, ist mir ganz egal, mit wem. Wenn du willst, schlaf ich auch mit dir. Willst du?«

»Ach, es ist schon spät, ich muß bald aufstehen, Mursik zur Schule bringen«, erwiderte Schurik aufrichtig, und Lena wurde wütend.

»Na und, was ist schon dabei! Ich kann sie auch selber hinbringen.«

Das ist wohl mein Schicksal, dachte Schurik. In seinem Zimmer schlief Maria. Großmutters Zimmer, in dem sein Bett stand, lag neben dem von Vera.

Lena warf die Kippen in den Mülleimer, öffnete das Fenster, wischte den sauberen Tisch ab und ging ins Bad. Sie drehte sich noch einmal um, und Schurik begriff, daß das eine Einladung war.

Lena tat schon lange nicht mehr so, als verwechsle sie ihn. Sie drehte den Wasserhahn auf, und während das Wasser einlief, entkleidete sie sich schamlos: mit langsamen, gedehnten Bewegungen und mit einem ganz fremden Lächeln. Ansonsten war alles prima, aber nicht weiter aufregend. Das Wasser war übrigens unsinnig, denn wenn sie sich hinlegten, schwappte es über, und wenn sie standen, drängte es sie doch, sich hinzulegen.

Maria wurde natürlich wie üblich von Schurik in die Schule gebracht, denn Lena schlief tief und fest, und er mochte sie nicht wecken.

Wenn Lenas neuer Plan gelang, würde Schurik noch drei volle Jahre lang, die Winter-, Frühjahrs- und Sommerferien ausgenommen, Maria in die Schule bringen und abholen. Ach nein, das Abholen übernahm manchmal Vera.

Die Anforderungen stiegen für Maria von Jahr zu Jahr: Proben, Auftritte und die jährlichen Prüfungen, für deren Vorbereitung die Kräfte der ganzen Familie aufgeboten wurden. Marias lebhaftes Temperament, gepaart mit harter Körperdressur, hatten ihren Charakter gestählt. Vera wußte: Selbst wenn Maria keine Ballerina werden sollte, würde sie unter Tausenden Gleichaltrigen nicht untergehen, sie würde im Leben alles erreichen, was sie wollte. In der Schule gab Maria Anlaß zu großen Hoffnungen, die Golowkina persönlich kannte sie und nickte gnädig, wenn das Mädchen im Flur knicksend vor ihr erstarrte.

Einen Knicks machte Maria jeden Morgen auch vor Vera, bevor sie sie auf die Wange küßte. Vera war jedesmal ganz gerührt.

Nein, ihre Mutter hatte unrecht gehabt: Jungen waren das eine, aber Mädchen waren etwas ganz anderes – so rechtfertigte Vera sich vor ihrer toten Mutter dafür, daß sie ihren eigenen Sohn Schurik in seiner Kindheit weniger geliebt hatte, als sie nun die fremde Maria liebte.

52

Je mehr Macht die Hilflosigkeit über Valerijas stetig plumper werdenden Körper gewann, desto heftiger widersetzte sie sich, desto stärker wuchs ihr Kampfgeist. Seit Jahren verließ sie das Haus nicht mehr, selbst in ihren fünfundzwanzig Quadratmetern — ein großes, wunderschönes Zimmer! — konnte sie sich immer weniger bewegen. Die Beine hatten längst vollkommen den Dienst versagt, aber solange die Arme sie noch trugen, schaffte sie es bis zu dem mit einem Wandschirm abgeteilten selbstgebastelten Toilettenstuhl — mit Loch im Sitz und einem Eimer darunter. Daneben standen ein Waschkrug aus Steingut und eine Waschschüssel mit rissigen blauen Blumen — Valerija achtete sehr darauf, ihre Wohnung sauber und ordentlich zu halten.

Seit ihrer Operation beschäftigte Valerija zwei Pflegerinnen. Morgens kam die einstige Hauswartsfrau Nadja, eine ältere Frau, die ihr Lebensmittel brachte und ihr bei der Toilette half, abends die Krankenschwester Margarita Alexejewna, die nur bei Bedarf gerufen wurde. Dank Valerijas geschickten Arrangements war Schurik keiner der beiden je begegnet — Valerija legte Wert darauf, daß er sie für selbständig hielt. Andererseits wollte sie aber auch, daß er sich für sie verantwortlich fühlte, daß er wußte, wie sehr sie von ihm abhängig war.

In Wirklichkeit war sie gar nicht sonderlich von ihm abhängig. Ihre Selbständigkeit, das wußte Valerija, hing einzig und allein von dem Geld ab, das sie verdiente, und sie arbeitete viel, schnell und gern. Während Schurik sein Betätigungsfeld erweiterte, indem er seine Fähigkeiten auf technische Übersetzungen ausdehnte, besaß Valerija, die per Telefon wahre Wunder an Kommunikation mit den unterschiedlichsten Menschen vollbrachte – vom Leiter eines Lebensmittelgeschäfts bis zur Redaktionssekretärin –, inzwischen bei sämtlichen Frauenzeitschriften beinahe ein Monopol für Polnischübersetzungen über Mode, Kosmetik und andere schöne Dinge des Lebens.

Von Natur aus eigentlich großzügig und sorglos, hatte sie, nachdem ihr Familienerbe fast vollständig verloren war, ihr Verhältnis zum Geld radikal geändert. Früher hatte sie es als Äquivalent für Freuden gesehen, die sie sich davon leisten konnte, nun war Geld für sie die Garantie ihrer Unabhängigkeit. In erster Linie von Schurik. Er nahm in ihrem Leben großen Raum ein, das heißt, er ersetzte ihr im Grunde jenen idealen Mann aus ihrer Phantasie, den sie verdiente, der ihr im Leben jedoch nie begegnet war.

Die Begabung fürs Übersetzen, die intuitive Fähigkeit, das präzise Wort zu finden und es an die richtige Stelle zu setzen, war nur ein Teil von Valerijas eigentlichem Talent – der Gabe, alle Elemente des Lebens, Menschen wie Dinge, mit untrüglichem Instinkt perfekt um sich zu arrangieren.

Laufen im eigentlichen Sinne konnte sie schon lange nicht mehr, doch gestützt auf die Rückenlehne eines Stuhls und auf ihre Krücken, bewegte sie sich eine Zeitlang mit ihren kräftigen Armen vorwärts, die gefühllosen Beine hinter sich herschleifend, und bewältigte so die wenigen Meter bis zur Toilette. Als die Arme eines Tages zu schwach geworden waren und sie ihren schweren Körper nicht mehr aus dem Bett heben konnte, mußte sie ihre Welt erneut umgestalten. Sie nahm einen radikalen Umbau vor. Natürlich mit Schuriks Hilfe.

Nun war sie von drei Tischen umgeben: Rechts stand ein Toilettentisch mit Cremes, Nagellack, Kosmetikpads. und Medikamenten, links, dicht neben dem Bett, der Schreibtisch mit Schreibmaschine, Übersetzungsarbeiten und Wörterbüchern, aber auch mit Strickzeug, Patiencekarten und Telefon, und auf dem Bett, über ihrem Bauch, ein leichter kleiner Klapptisch, den sie selbst entworfen und von einem versierten Tischler hatte anfertigen lassen. Neben dem Toilettentisch stand ein vom selben Tischler gebautes Regal mit Türen im unteren Teil, hinter denen die erniedrigenden Dinge des täglichen Bedarfs untergebracht waren.

In ihrer hermetischen Zimmerexistenz war die Zeit fließend und amorph, leicht wurde der Tag zur Nacht, das Frühstück zum Abendbrot, und Valerija bemühte sich, die formlose Zeit möglichst zu gliedern: durch einen strengen Tagesplan, durch Anrufe zu bestimmten Zeiten, durch Rundfunknachrichten und Fernsehsendungen – alles hatte seinen festen Platz, seine Stunde, seinen Wochentag. Auch ihre Freundinnen hatten jeweils ihren festen Tag. Nur für Schurik machte sie eine Ausnahme: Er allein durfte außer dienstags auch zu jeder anderen Tages- und Nachtzeit vorbeikommen.

Während ihrer langjährigen Krankheit hatte sie keine ihrer Freundinnen verloren, sondern im Gegenteil noch einige dazugewonnen. Wie, woher? Die halbwüchsige Tochter einer Freundin ließ sich von Valerija regelmäßig Artikel aus polnischen Zeitschriften über den in Rußland unbekannten Salvador Dalí oder über modische Kleiderschnitte übersetzen, eine vom Leben gebeutelte Kosmetikerin wurde nach einigen Hausbesuchen bei Valerija zu deren Freundin und Verehrerin. Valerijas Freundschaft suchten ehemalige Mitschülerinnen und

Kolleginnen, einstige Bettnachbarinnen ihrer zahlreichen Krankenhausaufenthalte, zufällige Gefährtinnen aus der Zeit, da sie noch hatte reisen können, ihre früheren Ärzte, längst verflossene Liebhaber ...

Valerijas Zuwendung war echt, aufrichtig und ungekünstelt, enthielt jedoch auch eine Prise Eigennutz, die allerdings schwer herauszufiltern war. Sie hatte es von klein auf verstanden, Menschen zu erobern, sie wollte von allen geliebt werden. Mit den Jahren begriff sie, daß das bedeutete, gebraucht zu werden. Also bemühte sie sich darum, hörte sich Beichten an, ermunterte, tröstete, sprach Mut zu. Und machte anderen ständig Geschenke. Was für viele Menschen ein quälendes Geheimnis war, hatte Valerija für sich längst herausgefunden: Man muß jedem etwas bieten, etwas schenken oder versprechen: Schokolode, ein Paar warme Handschuhe, ein Lächeln, ein Kompliment, eine Haarspange, eine freundschaftliche Berührung.

Tief im Herzen fühlte sie sich ihren Freundinnen überlegen: Sie waren fast alle einsam, ob alleinerziehende Mütter oder verheiratete Frauen mit schwierigen, freudlosen Ehen. Valerija aber besaß einen geheimen Trumpf, den sie nie offensiv ausspielte, den sie nur hin und wieder aufdeckte – beiläufig, andeutungsweise: Schurik.

Wenn er sein Kommen ankündigte, wurden andere Besuche abgesagt. Im Halbdunkel des Zimmers schaute ihm von der Liege eine geschminkte, ein wenig aufgedunsene Frau mit blauen Augen, blauen Lidschatten und dichtem, stets gut frisiertem Haar entgegen, in ihren neuesten Kimono gehüllt, ein tabakfarbenes Gewand mit rosa und lila Chrysanthemen. Es roch intensiv nach Parfüm. Sie lag lächelnd auf ihren Kissen und hielt ihm die Wange hin. Ließ ihn auf der Liege Platz nehmen. Kochte sehr starken Tee. Legte die Übersetzungen, die Schurik mitgebracht hatte, beiseite, auf den Schreibtisch. Wickelte den geräucherten Stör aus, den die Verkäuferin des Jelissejew-Ladens mit geschickter Hand in hauchdünne Scheiben geschnitten hatte, und roch daran.

»Mmm, ganz frisch!«
»Ich hab dir noch was mitgebracht. Rate mal!«
»Süß oder salzig?« fragte sie.
»Salzig.«
»Anfangsbuchstabe?«
»O«.
»Omelett?«
Er schüttelte den Kopf.
»Oliven?«
Er holte eine weitere Pergamenttüte aus seiner Aktentasche.

Valerija war in allem sehr diszipliniert, nur die Lust auf gutes Essen konnte sie nicht unterdrücken. Wofür sie vor Gott auch Reue bekundete. Wegen Schurik dagegen bekundete sie nie Reue. Sie freute sich, daß er da war. Und stets voll einsatzbereit. Sie brauchte nur das kleine Kissen neben ihr großes zu legen und die Decke ein Stück anzuheben.

Sie war schon immer sehr reinlich gewesen, sie liebte nicht nur die Sauberkeit selbst, sondern auch die entsprechenden Prozeduren: Duschen, Wäschewaschen, Putzen. Und natürlich die Pflege ihres Körpers. Mit Freuden reinigte sie ihre Fingernägel, zupfte sich Härchen aus, bedeckte ihr Gesicht mit Gurken- oder Milchmasken. Man kann sich also vorstellen, wie gründlich sie sich vor Schuriks Besuchen wusch. Dennoch ging ein leichter, kaum wahrnehmbarer Geruch nach Krankheit, eher kläglich als widerwärtig, von ihrer mit Narben bedeckten unteren Körperhälfte aus, die stets in Spitzenunterröcke gehüllt war, seit sie bettlägerig war. Bei diesem Geruch krampfte sich in Schurik etwas zusammen, vermutlich an der Stelle, wo das Mitleid saß, das sein Inneres überflutete, ihn gänzlich ausfüllte, und während er sich in den Unterröcken verhedderte, die ihre kalten, bewegungslosen Beine verbargen, tastete Valerija geschickt nach dem Lichtschalter an der Wand und knipste die gläserne Tulpe über ihrem Kopf aus.

Der Rest lief immer gleich ab. Schurik blieb nie bis zum Morgen, meist brach er mitten in der Nacht auf, eilte nach Hause zu seiner Mutter. Zuvor setzte er in einer letzten Aufwallung von Mitleid und Zärtlichkeit Valerija auf den Schieber, wusch sie wie eine geübte Pflegerin mit dem Wasser aus der geblümten Kanne, rieb sie mit einem weichen alten Handtuch ab und ging.

Valerija löste das Samtband, die zerknitterte Schleife oder die Spange, kämmte sich das offene Haar, nahm den Handspiegel vom Toilettentisch, wischte sich das ohnehin verwischte Make-up und die Wimperntusche aus dem Gesicht und cremte sich ein. In dieser Toilettenstunde sank ihre Stimmung von höchstem Glücksgefühl auf den absoluten Tiefpunkt. Sie legte den Spiegel auf den Toilettentisch zurück und griff, ohne hinzusehen, nach dem elfenbeinernen Kruzifix, das sie als Kind von Beata geschenkt bekommen hatte. Sie preßte es an den Mund, an die Stirn und schloß die Augen, die Hand auf den dünnen, von einem Nagel durchbohrten Puppenbeinen.

Das muß ein großer Nagel gewesen sein, wenn er durch beide Füße ging. Mindestens so lang wie der Stift, den man ihr in die Hüfte getrieben hatte, wodurch ihr Hüftgelenk endgültig zerstört wurde.

»Hast Du ein Glück gehabt!« sagte sie zum tausendstenmal zu Ihm. »Du hast nur drei Stunden mit dem Nagel gelebt! Mehr nicht. Stell dir vor, Du hättest Wundbrand bekommen oder wärst gelähmt gewesen oder amputiert worden und hättest noch dreißig Jahre auf faulen Lumpen liegen müssen. Meinst Du, das ist besser? Und mein Mädchen habe ich auch nicht bekommen. Verzeih mir. Ich habe Dir doch auch verziehen. Laß mir Schurik, bis ich sterbe. Ja? Bitte!«

Sie streichelte die elfenbeinernen Füße des Erlösers und schlief mit dem Kruzifix in der Hand ein.

53

Während Maria in der Ballettkunst Fortschritte machte, in der Schule als künftiger Star galt und Vera bei den Aufführungen der Elevinnen im Laufe des Schuljahres und zu dessen Abschluß neben Schurik saß, dessen Hand preßte und ihren einst begrabenen und nun neu erwachten Ehrgeiz mit Hoffnungen nährte, kämpften die Eltern des Mädchens um ihre Wiedervereinigung. Nach einem weiteren mißglückten Versuch Enriques, Lena einen fiktiven Bräutigam zu schicken, unternahm Lena einen entschiedenen Schritt. Sie heiratete den Spanier Alvarez, den sie zwei Jahre lang hatte zappeln lassen. Vor Maria wurde die Heirat der Mutter einstweilen geheimgehalten. Doch eines Tages war das Studium des spanischen Ehemannes zu Ende, und Lena Stowba rüstete zur Ausreise, was Vera sehr bekümmerte. Sie wollte Lena überreden, Maria bei ihr zu lassen, bis die Dinge endgültig geregelt waren.

»Warum willst du das Kind aus allem herausreißen? Wer weiß, wie lange es dauert, bis du mit Enrique zusammenkommst, außerdem weißt du doch gar nicht, wie die Bedingungen da sind, wo du mit Maria hinfährst. Ob sie dort tanzen kann. Richte dich erst mal ein, und wenn alles geregelt ist, kommst du deine Tochter abholen.«

Aber diesmal blieb Lena hart wie Granit. Schurik, der offizielle Kindesvater, erteilte seine Einwilligung für die Ausreise. Alvarez fuhr voraus, Lena wartete noch auf die letzten Papiere. Sie buchte einen Flug nach Madrid über Paris. Enrique wollte sie am Flughafen abholen. Lena teilte Alvarez mit, daß sie die Tickets habe, nannte ihm aber ein falsches Datum – eine Woche später. In dieser Woche sollte sich alles entscheiden, der Rest hing nicht mehr von ihr ab, sondern von Enrique.

Maria erfuhr von der geplanten Abreise erst zwei Tage vorher und heulte beide Tage ununterbrochen. Sie war knapp zwölf Jahre alt und äußerlich bereits ein junges Mädchen, ihren Klassenkameradinnen nicht nur um einige Zentimeter voraus, sondern um einen ganzen Lebensabschnitt: Sie hatte bereits ihre Regel und eine kleine Brust bekommen.

Vor ihr lag eine Karriere, die nun zu zerbrechen drohte. Sie wollte sich nicht vom Ballett trennen. Sie wollte sich nicht von Verussja trennen. Sie wollte sich nicht von Schurik trennen. Außerdem sagte ihr niemand, wohin sie eigentlich fuhren.

»Wir fahren zu Papa«, sagte Lena.

Maria nickte und weinte weiter. Am Tag vor der Abreise zeigte sie alle Anzeichen einer beginnenden Krankheit: Sie wimmerte, saß zusammengekrümmt auf einem Stuhl und rieb sich die geröteten Augen. Vera schickte sie ins Bett. Vorm Einschlafen rief Maria Schurik zu sich.

»Bring mir was Süßes«, bat sie.

Das war seit zwei Jahren ihrer beider Geheimnis. Maria neigte von Natur aus zur Fülle, und trotz der enormen Belastungen durch den Ballettunterricht war sie ständig auf Diät, hungerte sogar ein wenig. Brot und Zucker waren ihr untersagt, und Vera achtete streng auf ihre Ernährung. Aber hin und wieder bat Maria Schurik um einen »Ausrutscher«, dann gingen sie ins Café »Schokoladenmädchen«, und Schurik spendierte ihr soviel Süßes, wie sie vertilgen konnte. Kuchen mit Creme, Schlagsahne mit Schokoladenpulver und heiße Schokolade, süß und dick wie Glyzerin. Sie vertilgte die Leckereien, kratzte den Dessertteller aus, leckte Löffel oder Gabel ab und gab Schurik mit klebrigen Lippen einen Kuß. Dann stiegen sie am Oktjabrskaja-Platz in die Metro, und Maria, vom plötzlichen Zuckerschub überwältigt, schlief an Schuriks Schulter tief und fest, bis er sie an der Station Belorusskaja weckte.

»Bring mir was Süßes«, bat Maria, und er freute sich, daß in seinem Schreibtisch eine ganz besondere Tafel Schokolade lag, die ihm die Mutter eines Schülers zu irgendeinem Feiertag geschenkt hatte.

Er brachte Maria die Schokolade, riß sie auf und brach ein Stück ab.

»Füttere mich«, bat Maria, und er legte ihr das Schokoladenquadrat in den weit geöffneten Mund. Ihre Lippen, außen ganz dunkel, waren innen grellrot. Sie biß Schurik leicht in den Finger, verzog das Gesicht und weinte.

»Bitte nicht heulen«, bat er.

»Gib mir einen Kuß.« Maria setzte sich auf und umschlang seinen Hals.

Er küßte sie auf den Kopf.

»Ich hasse dich«, sagte Maria, schnappte nach der Tafel Schokolade und verschlang sie.

Wie gut, daß sie wegfahren, sonst wäre ich eines Tages in ihre Fänge geraten, dachte Schurik. Er wußte seit langem, daß Maria zu den Frauen gehörte, die von ihm ihren Anteil Liebe verlangten. Er hatte viele Stunden mit ihr verbracht, sie Sprachen gelehrt und zur Schule begleitet, und er liebte das Mädchen, aber tief im Innern wußte er, daß sie, wenn sie herangewachsen war, ihre weiblichen Rechte geltend machen würde, und deshalb bedeutete ihre Abreise für ihn weniger den Verlust eines lieben, geliebten Wesens als die Befreiung von einem drohenden Problem.

Vera schluckte die Tränen hinunter und packte vier Paar Ballettschuhe Größe neununddreißig, vier Gymnastikanzüge, einen Chiton und ein in den Werkstätten des Bolschoi-Theaters genähtes Tutu in einen kleinen Koffer.

Was für eine starke Frau, sie hat erreicht, was sie wollte, dachte Vera. Das hätte ich nie gekonnt.

In ihre Bewunderung mischten sich Ärger und Bitterkeit: Sie ist nicht bereit, um Marias willen etwas zu opfern. Wie ich seinerzeit für Schurik alles geopfert habe.

Sie lebte seit langem in der Vorstellung, daß sie ihre Schauspielkarriere für ihren Sohn aufgegeben hatte; den beschämenden Rausschmiß aus dem Taïrow-Studio hatte sie als unerheblich verdrängt. Nun verdroß es sie, daß sie Lena nicht überzeugen konnte, ihr Maria noch für ein paar Jahre zu überlassen, bis ihre Begabung sich gefestigt hatte und sie eine neue Ulanowa geworden war.

Die schlimme Ahnung, daß sie Mursik nie wiedersehen würde, daß der glückliche Abschnitt ihres Lebens vorbei war, daß ihr ein langweiliges, unkreatives Alter bevorstand, raubte ihr den Schlaf. Außerdem kränkte es sie ein wenig, daß Schurik, ihr treuer Schurik, anscheinend nicht verstand, was für ein Verlust das für sie war – sie hatte so viel Kraft, so viel Hoffnung und Mühe in das Kind investiert, und das alles war nun womöglich für immer verloren! Wer weiß wo, mit wem, in welchem Land Maria leben und wieviel Zeit vergehen würde, bis sie wieder an der Ballettstange stand! Eine Katastrophe! Eine totale Katastrophe! Und Schurik tat, als wäre nichts geschehen!

Vera wälzte sich lange von einer Seite auf die andere, dann stand sie auf und ging zur schlafenden Maria. Das Mädchen lag zusammengerollt da, die geballten Fäuste wie ein Boxer vor Kinn und Mund. Maria schlief in Jelisaweta Iwanownas Bett, für Lena stand ein Klappbett daneben. Lena war nicht da.

Sie wird doch nicht? dachte Vera erstaunt. Vielleicht ist sie bloß noch nicht schlafen gegangen?

Vera zog sich einen Bademantel über und ging in die Küche – dort brannte Licht, aber es war niemand da. Auch im Bad und in der Toilette war niemand, obgleich dort ebenfalls Licht brannte.

Sie sitzen bei Schurik und rauchen, dachte Vera, knipste mechanisch das Licht aus, trat ans Küchenfenster und erstarrte: Natur und Wetter waren aus der Stadt schon lange verschwunden, nur auf der Datscha gab es noch Regen, Wind, den täglichen Wechsel von Licht und Schatten, doch in diesem Augenblick begriff sie, daß das alles auch hier stattfand. Vor ihrem Fenster spielte sich ein regelrechtes Drama ab – es war März, Tauwetter, ein heftiger Wind trieb schnelle, durchsichtige Wolken vorbei, sie eilten von einem Ende des Himmels zum anderen, was im Licht des hellen, beinahe vollen Mondes besonders gut zu sehen war, und Vera fühlte sich wie im Theater bei einer grandiosen Aufführung, gefesselt von der spannenden Handlung und der wunderschönen Inszenierung. Die kahlen Zweige der Bäume tanzten synchron mal zur einen, mal zur anderen Seite, denn von unten blies der Wind wechselnd und böig, oben dagegen raste er in einem Strom dahin, von links nach rechts, während der Mond langsam in die entgegengesetzte Richtung schwamm; einziger Halt und Ruhepunkt in diesem bewegten, tosenden Bild war das Dach des Nachbarhauses mit den beiden toten Schornsteinen.

Mein Gott, was für ein grandioses Schauspiel, dachte Vera und überließ sich ganz ihren Empfindungen. Zugleich bewunderte sie auch ein wenig sich selbst, weil sie zu derart erhabenen Gefühlen fähig war.

Eine Tür quietschte. Vera wandte sich um. Im dunklen Flur blinkte ein schlanker weißer Rücken auf. Lena huschte ins Bad.

Wie ... Wie ist das möglich? Erschüttert lehnte sich Vera gegen das Fensterbrett. Ich muß hier sofort weg, damit sie nicht merken, daß ich gesehen habe, daß ... daß ...

Wasser rauschte. Vera stahl sich über den Flur in ihr Zimmer und legte sich im Bademantel ins Bett. Sie zitterte.

Mein Gott, wie häßlich! Schurik und sie haben also immer etwas miteinander gehabt? Aber warum, warum bleibt sie dann nicht bei uns, um Marias willen? Was ist das? Elterlicher Egoismus? Völlige Unfähigkeit, Opfer zu bringen? So viele Jahre von der Wiederbegegnung mit dem Geliebten zu träumen und dabei so ... Sie bemühte sich zu verstehen, vermochte es aber nicht. Liebe war ein tragisches, erhabenes Gefühl, und dieses Huschen über den Flur ... Und Schurik, Schurik? Wieso war die Ehe fiktiv, wenn ... Sie konnte keinen Gedanken zu Ende denken; in ihr tobten Empörung, Kränkung, Ekel, Verlustangst und Kummer und verflochten sich zu einem wilden Knäuel. Sie weinte nicht sofort – erst, als sie die Kraft dazu hatte. Dann weinte sie bis zum Morgen.

Nach Scheremetjewo fuhr Vera nicht mit. Sie verabschiedete sich von Maria vor dem Fahrstuhl. Maria flüsterte ihr noch hitzig ins Ohr: »Ich hab dir das Wichtigste noch nicht gesagt: Wenn ich groß bin, komme ich wieder, und du paß auf, daß Schurik bis dahin nicht heiratet, ich werd ihn selber heiraten.«

Schurik war froh, daß seine Mutter nicht mitkam zum Flughafen.

»Natürlich, Verussja, bleib du lieber zu Hause. Für Maria wäre ein weiterer Abschied nur eine zusätzliche Aufregung.«

In Wirklichkeit wollte er seiner Mutter die Aufregung ersparen. Was sich als durchaus richtig erwies: Auf dem Weg nach Scheremetjewo hatte ihr Taxi eine Panne, und der Fahrer wühlte lange in den eisernen Eingeweiden des Autos. Lena verfluchte ihr ewiges Pech, stieg aus und hob die Hand, um ein Auto zu stoppen. Doch der Strom raste ungerührt vorbei, kein Aas hielt an. Alles war verloren. Der seit Jahrzehnten gehegte Plan platzte wegen eines blöden Blechteils. Auch Maria sprang aus dem Auto und rief heftig gestikulierend: »Dann fahren wir eben nicht! Wir bleiben hier!«

Lena wurde weiß im Gesicht und um die Augen, hieb Maria die Mütze vom Kopf und versetzte ihr eine heftige Ohrfeige. Schurik löste sich aus seiner Erstarrung und zog Maria zum Auto. Lena rannte hinterher. Nun richtete sich ihre Wut gegen Schurik. Sie packte ihn am Kragen, schüttelte ihn und schrie: »Du Nichtsnutz! Du Waschlappen! Muttersöhnchen! Nun tu doch irgendwas!«

An seinem rechten Arm hing Maria, mit dem Linken wehrte er matt den Angriff ab.

Wenn dieser Irrsinn doch bloß schon vorbei wäre, das ist ja wie in einem schlechten Film, dachte Schurik. Ein Glück, daß Mama nicht mitgekommen ist! Ein schreckliches Weib. Eine wahre Furie. Unsere arme Mursik!

Eine alte Klapperkiste hielt an. Der Taxichauffeur wechselte ein paar Worte mit dem Fahrer. Lena begriff, daß das Schicksal sich ihrer erbarmt hatte und sie ihren Flug nicht verpassen würden. Der Fahrer lud die Koffer um, Schurik wischte Maria die blutende Nase.

Bis zum Flughafen fuhren sie noch zwanzig Minuten. Ohne ein einziges Wort. Schurik wuchtete Lenas Koffer aus dem Auto. Maria trug ihr von Vera gepacktes Köfferchen selbst. Hin und wieder wischte Schurik Maria die Nase ab. Lena ging mit einer großen Sporttasche voraus, ohne sich umzusehen. Wie schön, daß er sie nie mehr würde trösten müssen!

Schurik schleppte den riesigen Koffer, seine andere Hand hielt Maria umklammert. Die Abfertigung war bereits im Gange, sie blieben vor dem Schalter stehen. Lena öffnete die fest aufeinandergepreßten Lippen.

»Entschuldige. Ich hab die Nerven verloren. Danke für alles.«

»Schon gut.« Schurik winkte ab.

Maria flüsterte Schurik ins Ohr: »Sag Verussja, daß ich wiederkomme. Und warte auf mich. Ja?«

Sie gingen durch die Sperre, Maria schaute lange zurück und winkte.

Dann fuhr Schurik mit dem Bus bis in die Stadt. Er war miserabler Stimmung und wollte so schnell wie möglich nach Hause, zu seiner Mutter. Voller Freude dachte er daran, daß sie nun wieder allein waren, daß er nicht mehr um sieben aufstehen und sich mit der verschlafenen Maria in Bus und Metro zwängen mußte. Er fühlte sich erschöpft und unausgeschlafen.

Ich muß Verussja in Urlaub schicken, dachte er und döste auf dem hinteren Sitz des überfüllten Busses ein.

Maria und Lena Stowba flogen nach Paris. Den ganzen Flug über hielten sie sich in den Armen.

Den Wintermantel ließ Maria sich von Lena ausziehen, die Mütze aber behielt sie auf. Von dem Wintermantel und der Mütze aus Ziegenfell, beides im Kinderkaufhaus erstanden, sollte Maria sich erst fünf Jahre später trennen. Zur selben Zeit würde sie auch den letzten Brief nach Moskau schreiben, in dem sie mitteilte, daß sie ein Engagement in einer New Yorker Balletttruppe bekommen habe. Dann würde sich die Spur von Maria und ihren Eltern endgültig verlieren.

54

Marias Abreise hatte einen stereoskopischen Effekt: Sie ließ die Abwesenheit von Jelisaweta Iwanowna erneut deutlich zutage treten. Wie Vera damals, vor zehn Jahren immer wieder auf verwaiste Dinge ihrer Mutter gestoßen war, fand sie nun in verborgenen Ecken eine Haarspange, ein Haarband oder eine alte Socke von Maria und bemerkte zugleich, daß Mamas Schreibgarnitur aus grauem Schichtmarmor mit den schwarz angelaufenen Bronzebeschlägen (die eigentlich von Alexander Korn stammte, von Veras Vater) noch immer auf dem Schreibtisch stand, hinter dem früher die imposante Gestalt der Mutter gethront hatte, die in Veras Erinnerung immer mehr Ähnlichkeit mit Katharina der Großen bekam, und daß der Sessel, der oft Marias Puppennest gewesen war, früher den mächtigen Leib von Jelisaweta Iwanowna beherbergt hatte. Nun gab es in der Wohnung bereits zwei Geister. Traurig und niedergeschlagen saß Vera vor dem ausgeschalteten Fernseher im Sessel und stierte mit erschreckend leerem Blick auf den Bildschirm.

Schurik hatte zwar geahnt, daß seine Mutter unter Marias Abreise leiden würde, jedoch nicht mit einer derart katastrophalen Reaktion gerechnet. Auch ihr Verhältnis zu Schurik hatte sich sehr verändert: Sie entzog sich dem gemeinsamen abendlichen Teetrinken und verwickelte ihn nicht mehr in Gespräche über Michail

Tschechow* oder Gordon Craig**. Sie stellte ihm keine Fragen und erteilte ihm keine Aufträge mehr. Schließlich hatte Schurik den Verdacht, daß diese Veränderung nicht nur mit dem Verlust Marias zu tun hatte, daß es noch einen anderen Grund für diese eigenartige Abkühlung zwischen ihnen beiden gab.

Den gab es tatsächlich: Vera konnte die Erschütterung ob der zufällig beobachteten nächtlichen Episode nicht verwinden. Sie bemühte sich, eine Erklärung für dieses ungeheuer schamlose Verhalten zu finden, geriet aber immer mehr in Verwirrung: Wenn Schurik Lena liebte, warum war sie dann weggefahren? Wenn Schurik sie nicht liebte, warum war sie dann in seinem Zimmer gewesen, splitternackt? Und wenn sie ihn nicht liebte, warum hatte sie dann, am Abend vor der Abreise zu ihrem Geliebten ...? Und wenn sie ihn trotz allem liebte, warum hatten sie sich dann scheiden lassen und Maria einer großen Zukunft beraubt?

Schurik, nach fünfjähriger Schulfron zu seinem gewohnten Arbeitsrhythmus zurückgekehrt, stand nun etwa zu der Zeit auf, zu der er früher Maria aus der Schule abholen mußte.

Er kochte sich gerade Haferbrei – fünf Minuten köcheln lassen, nach Großmutters Rezept –, als seine Mutter hereinkam und sich auf ihren Platz setzte. Sie legte die Hände vor sich auf den Tisch und sagte leise, kaum hörbar: »Du mußt mir das alles einmal erklären.«

Schurik verstand nicht gleich, was für eine Erklärung Vera von ihm erwartete. Als er es begriffen hatte, er-

* Michail Tschechow: russ. Schauspieler (1891-1955), Neffe von Anton Tschechow. Entwickelte auf der Grundlage von Stanislawskis Schauspielmethode eine eigene Schauspiellehre. Emigrierte 1928.
 ** Gordon Craig: engl. Schauspieler und Bühnenbildner (1872-1966). Beeinflußte mit seinem Programm des antiillusionistischen Theaters die moderne Regiekunst.

starrte er mit leicht hervorquellenden Augen vor seinem Breitopf. Das hatte er aus seiner Kindheit beibehalten – wenn er nicht weiterwußte, machte er große, runde Augen.

»Was soll ich dir erklären?«

»Ich verstehe deine Beziehung zu Lena nicht. Ich würde diese Frage nicht stellen, wenn Maria nicht wäre. Sag mir, hast du Lena geliebt?« Vera schaute ihn streng und erwartungsvoll an, und er mußte an Lenas Funktionärsfamilie denken. Er krümmte sich zusammen – schwierig, das seiner Mutter zu erklären. Er hätte es sich selbst nicht erklären können.

»Was für eine Beziehung, Verussja? Wir hatten keine besondere Beziehung. Du hast Maria aufgenommen, und sie, ich meine Lena, kam ihretwegen her. Das hatte nichts mit mir zu tun«, stammelte Schurik.

»Nein, nein, Schurik. Tu nicht so, als würdest du mich nicht verstehen. So alt bin ich noch nicht, und auch ich habe einiges erlebt. Du weißt, mit deinem Vater verbanden mich zwanzig Jahre ...« Sie stockte, suchte nach dem richtigen Wort und fand es, das einzig richtige, wenn auch simple Wort: »Zwanzig Jahre Liebe.«

»Aber Mama, wie kannst du das vergleichen? Zwischen mir und Lena gab es nichts dergleichen. Du kennst doch unsere Geschichte. Alja Togussowa hat mich damals um Hilfe gebeten, Lena war schwanger, und dieser Enrique ... Ich hatte nichts mit ihr!«

In diesem Augenblick schämte sich Vera für ihren Sohn: Er belog sie. Sie senkte den Blick und sagte mürrisch: »Das ist nicht wahr, Schurik. Ich weiß, daß ihr ein Verhältnis hattet.«

»Aber Mama! Wovon redest du? Was für ein Verhältnis? Das war nur so, einfach so, das hat absolut nichts zu bedeuten.«

Welch ein Abgrund von Unverständnis! Was für eine

bittere Enttäuschung! Schurik, ihr lieber Junge, der ihr so vertraut war, so nahe, so sensibel! War das wirklich er? Vera war entrüstet.

»Was? Was redest du da, Schurik? Das höchste Mysterium der Liebe hat nichts zu bedeuten?«

»Aber Verussja, davon rede ich doch nicht, ich rede von etwas ganz anderem«, stammelte Schurik und spürte, daß er das Gesicht verlor. Diese verdammte Lena! Als ob er es geahnt hatte, er hatte sich so gesträubt ... Aber sie hatte so gezittert, war so verzagt gewesen vor der Abreise, wie hätte er sie sonst beruhigen sollen?

»Das ist furchtbar zynisch, Schurik. Furchtbar zynisch.« Vera blickte über Schurik hinweg, weit hinweg über die grobe reale Welt, und ihr Gesicht war so durchgeistigt, so schön, daß es Schurik fast die Kehle abschnürte. Wie hatte er sie so unbedacht kränken können? Dabei hatte er doch immer peinlich darauf geachtet, daß in ihrer Wohnung, in Veras Nähe, nie derartiges geschah! Was für eine unverzeihliche Dummheit!

»Körperliche Beziehungen sind nur durch eine geistige Beziehung gerechtfertigt, sonst unterscheidet sich der Mensch in nichts vom Tier. Sag bloß, das verstehst du nicht, Schurik?« Sie stützte ihren Ellbogen auf den Tisch und umfaßte ihr Kinn mit der Hand.

»Natürlich verstehe ich das, Mama«, versicherte er hastig. »Aber versteh du doch bitte auch – eine geistige Beziehung, Liebe und all das, das ist sehr selten, das widerfährt nicht jedem, bei normalen Menschen ist alles ganz pragmatisch ... Das ist kein Zynismus, das ist das simple Leben. Du bist ein außergewöhnlicher Mensch, Großmutter war das auch, aber die meisten Menschen leben ganz pragmatisch und haben keine Ahnung von dem, wovon du sprichst ...«

»Ach, was für ein dummes Geschwätz«, sagte Vera enttäuscht, aber das Dramatische war verraucht, das Gespräch nahm eine befriedigende Richtung. Die Kränkung war nicht mehr ganz so schlimm, das gewohnte Gleichgewicht war wiederhergestellt. Tief im Innern hielt Vera sich durchaus für außergewöhnlich, und Schurik hatte sie darin erneut bestärkt. Aber auch Schurik war schließlich nicht ganz durchschnittlich, darum machte sie ihm Hoffnung: »Eines Tages wirst du das verstehen. Wenn dir die wahre Liebe begegnet, wirst du es verstehen.«

Der Konflikt war so gut wie beigelegt, in Vera blieb nur ein Schatten der Enttäuschung über Schurik zurück, aber andererseits weckten seine Schwächen in ihr Nachsicht mit ihm und seiner armen Generation, der erhabene Dinge fremd waren. Schurik hingegen bemühte sich besonders eifrig, seiner Mutter das Leben zu verschönen: Er kaufte einen neuen Fernseher, einen wunderbaren neuen Plattenspieler und einen Föhn. Er spürte, daß mit Marias Abreise eine besondere Energie versiegt war, die die kleine Mulattin ausgestrahlt hatte, daß Vera in Melancholie versank und ihr Interesse am Leben erlahmte: Immer häufiger versäumte sie Premieren, auch ihren Theaterzirkel ließ sie schleifen. Die Inspiration hatte sie verlassen, und von Marias Abreise bis zur Sommerpause konnte sie sich nur ein paarmal überwinden, zu den Zirkelstunden in den Keller zu gehen. Im nächsten Schuljahr wurde der Unterricht nicht mehr aufgenommen, und damit verkümmerte das letzte gemeinnützige Werk des verstorbenen Michail Abramowitsch.

55

Die wahre Liebe, die Vera Schurik prophezeit hatte, pfiff dicht an ihm vorbei und traf nicht ihn, sondern seinen Freund Shenja. Obwohl sie ihm doch schon einmal begegnet war, in Gestalt seiner Alla. Doch in diesen Dingen kann man weder auf einen höheren Sinn noch auf Logik oder gar Gerechtigkeit zählen. Schurik hatte schon seit langem bemerkt, daß die Atmosphäre in der winzigen Zweizimmerwohnung von Shenja und Alla, die sie den vereinten Anstrengungen ihrer beiden Familien zu verdanken hatten, irgendwie ungemütlich geworden war, allzu schweigsam und angespannt. Shenja hatte seine Dissertation verteidigt und blieb lange auf seiner Arbeitsstelle bei seinen Zentrifugen und Berechnungen, kam spät nach Hause und ging sofort schlafen, wobei er nicht nur Frau und Tochter ignorierte, sondern auch das bereitstehende Abendbrot. Die junge Familie wohnte in dem entlegenen Bezirk Otradnoje und hatte kein Telefon, und immer öfter traf Schurik, wenn er sie am Sonnabend- oder Sonntagabend besuchte, nur die traurige Alla und die fröhliche kleine Katja an.

Eines Tages sorgte Shenja für Klarheit: Er rief Schurik an, sie verabredeten sich im Stadtzentrum, und am Tisch eines schäbigen Cafés auf der Sretenka berichtete Shenja ihm von der wahren Liebe, die ihn an seinem Arbeitsplatz ereilt habe. Mit etwas anderen Worten als Vera legte er Schurik ungefähr dieselbe Idee dar, die seine

Mutter ihm gepredigt hatte: Von einem erhabenen Gefühl, das auf geistiger Nähe und gemeinsamen Interessen beruhte. Geistige Nähe läßt sich kaum erklären, was jedoch die gemeinsamen Interessen betraf, so lagen diese in Shenjas Fall auf dem Gebiet der Lack- und Farbenproduktion: Seine Auserwählte war Leiterin des Labors und zugleich die Betreuerin seiner Doktorarbeit. Eine neue Technologie zur Herstellung von Acrylfarbstoffen war der überzeugende Beweis dafür, daß seine erste wahre Liebe zu Alla doch nicht ganz das Wahre gewesen war.

Schurik hörte seinem Freund teilnahmsvoll zu und begriff nicht ganz, worin das Drama bestand: Warum mußte eine Liebe die andere behindern? Alla war so lieb, so fürsorglich, und die kleine Katja war ganz entzückend. Na schön, nun hatte Shenja diese Chemikerin kennengelernt, also mußte er alles so arrangieren, daß das eine dem anderen nicht im Wege stand. Was sollte die blöde Heulerei?

»Versteh doch, Schurik, sie ist nicht mal mein Typ«, führte Shenja seinen Gedanken weiter aus.

»Wer?« fragte Schurik verständnislos. »Was für ein Typ?«

»Na Alla, sie ist überhaupt nicht mein Typ. Ich mochte immer große, sportliche Mädchen. Wie Lena Stowba zum Beispiel, und Alla mit ihrem dicken Hintern und ihren Riesentitten ...«

»Was redest du da?« Schurik war erstaunt. »Was heißt hier nicht dein Typ?«

»Na ja, weißt du, jeder Mensch hat einen bestimmten Sextyp, auf den er steht. Der eine mag eben mollige Blondinen, der andere lieber dünne Brünette. Ein Mann bei uns im Labor, der war erst mit einer Burjatin verheiratet, dann mit einer Koreanerin. Er steht auf Asiatinnen«, erläuterte Shenja seine simple Theorie.

Der sanftmütige Schurik wurde plötzlich wütend.

»Sag mal, spinnst du? Was du da erzählst, ist doch kompletter Schwachsinn. Als du dich in Alla verliebt hast, da wußtest du noch nichts von Sextypen, oder? Du hast dich verliebt und geheiratet, dann habt ihr ein Kind bekommen. Und auf einmal, hoppla, hast du deinen Sextyp gefunden! Schön, du hast eine andere, okay, schlaf mit ihr, aber was kann Alla dafür? Meine Güte, als ob das Wunder was wäre, mal mit einer anderen zu schlafen. Aber Alla tut mir leid, sie leidet darunter. Was kann sie dafür, daß du plötzlich deinen Sextyp gefunden hast?«

Shenja verzog das Gesicht und schüttelte enttäuscht den Kopf.

»Ach, Schurik, du hast überhaupt keine Ahnung. Ich kann nicht mal mehr mit ihr reden, geschweige denn mit ihr schlafen. Was sie auch sagt, es ist alles so dumm. Absolut hohl. Ich liebe sie nun mal nicht. Ich liebe eine andere. Ich werde mich so oder so von Alla scheiden lassen. Ich kann nicht mehr mit ihr zusammenleben. Ich mach dich mit Inna Wassiljewna bekannt, dann wirst du mich verstehen.«

Shenja schenkte den Rest Wein ein und trank. Auch Schurik leerte sein Glas.

»Wollen wir noch was bestellen?« fragte Shenja.

»Klar«, stimmte Schurik zu.

Der alte Kellner brachte ihnen mit säuerlicher Miene eine weitere Flasche Rotwein.

»Du hast es gut, Schurik – du hast ein Dutzend Geliebte, und keine davon liebst du. Dir ist alles egal. Aber ich kann das einfach nicht«, erklärte Shenja seine interessante Eigenheit.

Schurik erwiderte traurig: »Meine Mutter sagt auch, ich sei zynisch. Wahrscheinlich bin ich das wirklich. Aber mir tut eben deine Alla leid.«

»Ja, ja, bedaure sie nur«, sagte Shenja gereizt. »Das

will sie doch bloß — bedauert werden. Sie läuft dauernd mit Weltschmerzmiene rum, fängt bei jedem bißchen an zu heulen ... Verstehst du, Schurik, Inna Wassiljewna ist ganz anders, sie würde sich niemals bedauern lassen. Inna bedauert selber jeden.«

Schurik sah Shenja an: Er war dünn und blaß. Die rötlichen Locken über seiner Stirn lichteten sich bereits und wichen einer flaumbedeckten Glatze. Auf seinem Kinn prangte eine Schar Pubertätspickel, meist an Stellen, wo er sich beim Rasieren geschnitten hatte. Jackett und Krawatte, die er neuerdings trug, ließen ihn aussehen wie einen kleinen Provinzbeamten auf Dienstreise in der Hauptstadt. Obendrein breitete sich auf seiner hellblauen Krawatte ein bräunlicher Rotweinfleck aus. Schurik hätte ihn am liebsten gefragt: Bedauert sie dich auch? Beherrschte sich aber. Shenja tat ihm auch leid.

Das nächstemal trafen sie sich zwei Monate später, bei Katjas fünftem Geburtstag. Shenja war inzwischen von Alla zu seinem Sextyp gezogen, die Scheidung lief bereits. Am ausgezogenen Tisch saßen Katjas sämtliche Großmütter und Großväter, vereint durch den gemeinsamen Kummer der bevorstehenden Scheidung; zwei Freundinnen von Alla und Schurik. Alla lief zwischen Tisch und Küche hin und her, Shenja saß nur zehn Minuten bei den Gästen, dann stand er auf und kramte in seinen Büchern.

Die Heldin des Tages war überwältigt von dem Berg Geschenke, mit denen sie überhäuft worden war, und mühte sich, sie alle gleichzeitig in den Händen zu halten. Schließlich zog Schurik das Sofakissen ab, stopfte das ganze Spielzeug in den Bezug, drückte ihn Katja in die Hand und hob sie auf seine Schultern. Das Mädchen kreischte vergnügt, zappelte mit den Beinen und wollte auf keinen Fall wieder runter. Also blieb sie bis zum Schlafengehen da sitzen. Dann verlangte sie heulend,

423

Schurik solle sie ins Bett bringen, und er setzte sich im kleinen Zimmer zu ihr.

Shenja ging als erster, einen weiteren Packen Bücher unterm Arm. Nach und nach brachen auch die übrigen Verwandten auf. Ein paarmal glaubte Schurik, Katja sei eingeschlafen, doch sobald er aufstehen und gehen wollte, schlug sie die Augen auf und sagte bestimmt: »Nicht weggehen!«

Zweimal schaute Alla herein. Sie hatte inzwischen auch ihre Freundinnen verabschiedet, das Geschirr gespült und sich umgezogen – statt der Absatzschuhe und des rosa Pullis trug sie nun Hauspantoffeln und ein hellblaues T-Shirt. Als Katja endlich eingeschlafen war und Schurik aus ihrem Zimmer kam, lief er direkt der auf ihn wartenden Alla in die Arme. Das heißt, zuerst gab es keine Umarmung, nur bittere Klagen und inbrünstige Bitten, er möge ihr erklären, wie diese Katastrophe passieren konnte und was sie nun tun solle. Schurik schwieg teilnahmsvoll, aber mehr wurde von ihm offenbar auch nicht verlangt. Auf die Bitten folgten Klagen, in Allas Augen traten Tränen, trockneten wieder und flossen erneut. Es ging bereits auf eins zu, er würde also vor dem Morgen nicht aus dieser entlegenen Gegend wegkommen, denn die Busse fuhren nicht mehr, und die Chance, hier ein Taxi zu finden, war ebenso groß wie die, zwischen den Neubaublocks den Feuervogel zu fangen.

Alla weinte indessen immer bitterlicher und rückte immer näher, bis sie in Schuriks freundschaftlichen Armen lag. Dabei dauerte ihr Monolog an, und Schurik wußte nicht recht, was genau die weinende Frau von ihm erwartete. Eile hatte ohnehin keinen Sinn mehr, also streichelte er keusch ihr federndes hochtoupiertes Haar und überließ es Alla, ihren Willen klar zu offenbaren. Sie jammerte noch zwanzig Minuten weiter, aber immer verworrener, bis sie schließlich den zweitobersten Knopf seines Hemdes löste. Sie hatte heiße kleine Hände, die ihn intensiv berührten, einen großen Mund voll süßen Speichels und eine Taille, die so schmal war wie der Hals einer Karaffe. Schurik wußte seit langem, daß jede Frau ihre Eigenheiten hat. Alla besaß zudem eine weitere: Sie unterbrach keinen Augenblick lang ihren klagenden Monolog. Das ging Schurik durch den Kopf, als er am frühen Morgen Allas Haus verließ.

Ein liebes Mädchen, dachte er, während er auf den Bus wartete. Shenja hätte sie nicht verlassen sollen. Und Katja ist so süß. Ich werde sie wenigstens ab und zu besuchen müssen.

56

Valerija besaß, genau wie seinerzeit Jelisaweta Iwanowna, ein Notizbuch, in dem alle wichtigen Menschen für jede Lebenslage versammelt waren. Das Büchlein klappte oft von selbst auf, und zwar beim Buchstaben Ä – Ärzte. Diese Rubrik füllte mehrere Seiten. Am wichtigsten war seit einiger Zeit der Kardiologe Gennadi Iwanowitsch Trofimow, den Valerija vor zwanzig Jahren aufgegabelt hatte, als ihr Herz noch einwandfrei funktionierte. Gennadi Iwanowitsch kam sie ein-, zweimal im Jahr besuchen, zu Valerijas Hauptfeiertagen – dem katholischen Weihnachtsfest mit einer riesigen Pute, die nach der Größe des Backofens ausgewählt wurde, und zu Valerijas Geburtstag, den sie ausschließlich mit Süßem beging – selbstgebackenen Torten mit Creme und frischem Obst. Solange sie noch laufen konnte.

Auf die Pute verzichtete sie auch jetzt nicht – Schurik füllte den Vogel unter ihrer Anleitung mit gewürztem Hackfleisch und lief sechs Stunden lang immer wieder in die Küche, um bestimmte Körperteile der Pute anzustechen, zu- oder aufzudecken. Die Torten hingegen bestellte Valerija nun in Restaurants. Nach langen Verhandlungen mit Geschäftsführern und Köchen wurde ihr am Ende ein wahres Meisterwerk geliefert, und ihre Gäste staunten jedesmal, wie sie, ohne aus dem Haus zu gehen, derart umwerfende Dinge erreichte.

Gennadi Iwanowitsch allerdings gehörte nicht zu den

Liebhabern der Restauranterzeugnisse, und obgleich er ein Leckermaul war und die ihm angebotenen Kostproben jedesmal restlos verputzte, erwähnte er stets Valerijas unvergessene selbstgebackene Torten.

An Valerijas letztem Geburtstag kam Gennadi Iwanowitsch sehr spät, kostete nicht einmal von den Torten, wartete, bis alle Gäste gegangen waren, dann bat er Valerija, sich auszuziehen, und hörte sie gründlich ab. Er betastete ihre Arme und Beine und runzelte die Stirn. Nach zwei Tagen erschien er mit einem tragbaren Kardiographen, betrachtete lange die bläulichen Streifen, die die Maschine ausspuckte, und sagte zu Valerija, er werde sie für drei Wochen auf seine Station legen, denn ihr Herz sei besonderen Belastungen ausgesetzt und müsse ein wenig gestärkt werden.

Valerija, die ihre halbe Kindheit in Krankenhäusern verbracht hatte und durch die letzte Operation schwer traumatisiert war, weigerte sich strikt. Doch Gennadi Iwanowitsch bestand darauf. Das Krankenhaus, in dem er arbeitete, war nicht nur alt, es war geradezu antik: pompöse Treppen, hohe Räume, Krankenzimmer mit zwanzig Betten. Gennadi Iwanowitsch versprach, Valerija in einem Einzelzimmer unterzubringen und für eine individuelle Betreuung zu sorgen.

»In diesem Zimmer haben Swjatoslaw Richter und Arkadi Raikin gelegen, und du stellst dich so an!«

Valerija willigte ein. Das Angebot war luxuriös, und sie liebte Luxus. Außerdem waren Richter und Raikin schließlich nicht dumm, sie würden kaum in ein schlechtes Krankenhaus gehen.

Drei volle Tage packte Valerija ihre Sachen, wie früher vor einer Urlaubsreise. Die Haushälterin Nadja brachte den Kimono zur Schnellreinigung, bleichte die Wollsocken, wusch und trocknete den hauchdünnen Wollschal. In eine Pappschachtel packte Valerija Kosmetik, in eine andere ihre Medikamente. Die Bücher schnürte Schurik entsprechend der von Valerija sorgfältig zusammengestellten Liste zu Bündeln. Er mußte sogar extra in die Bibliothek für ausländische Literatur fahren und dort amerikanische Krimis in polnischer Sprache ausleihen und polnische Vorkriegslyrik, die Valerija seit ihrer Jugend gern übersetzen wollte.

Zugleich engagierte Schurik einen Fachmann, um Valerijas Saporoshez zu reparieren, der seit zwei Jahren auf dem Hof still vor sich hin rostete, doch das Ergebnis war unbefriedigend: Das Auto sprang an und fauchte, rührte sich jedoch nicht von der Stelle.

An einem Montag trug Schurik zunächst die beiden Pappkartons mit den für Komfort und Luxus unentbehrlichen Dingen in ein Taxi, dann Valerija. In der Aufnahme wurde Valerija bereits erwartet, in einen Rollstuhl gesetzt und auf die Station gebracht, und Schurik schlurfte in Krankenhauspantoffeln, aus denen er ständig herausrutschte, mit den beiden Kartons hinterher. Das war so offenkundig, ja geradezu demonstrativ gegen alle Regeln, daß die Schwestern sich flüsternd fragten: Wer ist das? Die Frau oder Mutter von einer Berühmtheit? Niemand wußte darauf eine Antwort, lediglich, daß Trofimow persönlich angerufen und gebeten hatte, alles ohne Formalitäten zu erledigen.

Valerija richtete sich auf dem hohen Bett ein und ließ es so stellen, daß sie mit dem Gesicht zum Fenster lag: Draußen erwachte ein großer Gutshausgarten aus dem Winterschlaf.

»Sieh nur, Schurik, was für ein herrlicher Ausblick. Ich werde von hier gar nicht mehr wegwollen.«

Schurik rückte das Nachtschränkchen rechts neben Valerijas Bett und stellte die beiden Schachteln darauf, damit sie ihre Fläschchen und Döschen in Reichweite hatte, küßte sie auf die Wange und versprach, am Abend wiederzukommen. Man hatte ihm sofort eine ständige Besuchserlaubnis erteilt – der Name Trofimow öffnete alle Türen.

»Und bring bitte nichts mit, solange ich nicht um etwas bitte«, rief Valerija Schurik nach.

Er drehte sich um.

»Aber vielleicht Saft oder Mineralwasser?«

»Na schön, Mineralwasser«, willigte Valerija ein.

Montags wurde auf der Station immer eine Besprechung abgehalten, und die anschließende Visite dauerte mindestens anderthalb Stunden, so daß erst kurz nach zwölf die Tür aufging und eine Unzahl weißer Kittel ins Zimmer strömte. Ein Teil der Ärzte blieb im Flur stehen.

»Also, liebe Kollegen, das ist Valerija Adamowna, eine uralte Freundin. Valerija Adamowna, das ist meine Kollegin Tatjana Jewgenjewna Kolobowa, wir arbeiten seit fünfundzwanzig Jahren zusammen. Sie ist Ihre Stationsärztin. Also, die üblichen Labortests, gründliche Untersuchung, allgemeiner Check-up – danach werden wir entscheiden, wie wir helfen können.« Gennadi Iwanowitsch sprach sehr gewichtig, zum Schluß aber beugte er sich zu Valerija hinunter und zwinkerte ihr zu. Sofort war die Wehmut, die sie bei diesen medizinischen Gemeinplätzen überkommen hatte, verflogen, und Tatjana Jewgenjewna, die ihr auf den ersten Blick wie ein Hamster erschienen war, wirkte nun ganz nett.

Die Ärzte standen im Flur zusammen, doch einstweilen gab es nichts zu besprechen. Tatjana Jewgenjewa notierte, daß die Patientin einen Tropf bekommen sollte. Gennadi Iwanowitsch winkte, und der Pulk folgte ihm ins nächste Zimmer.

Sogleich setzte um Valerija rege Krankenhausbetriebsamkeit ein: Ein Mädchen aus dem Labor nahm ihr Blut aus dem Finger und aus der Vene ab und gab ihr ein

Fläschchen für die Urinprobe. Dann wurde Valerija im Rollstuhl zum Röntgen gefahren, wo Aufnahmen ihrer Hüftgelenke gemacht und sämtliche erreichbaren Organe durchleuchtet wurden, und Valerija empfand diese ärztliche Aufmerksamkeit als sehr wohltuend. Aus einem Kosmetiktäschchen, das sie in der Hand hielt, verteilte sie ausländische Schokoladentafeln und Kosmetikartikel an Ärzte und Schwestern, die sich aufrichtig freuten und lächelten, und sie lobte sich selbst, daß sie sich mit einem ganzen Haufen kleiner Geschenke eingedeckt hatte und nun nicht mit leeren Händen dastand. Überdies erlebte sie noch eine angenehme Überraschung: An einem Behandlungsraum stand: I. M. Mironaite, und tatsächlich stammte die Ärztin aus Vilnius, war sogar entfernt verwandt mit der verstorbenen Beata, und Valerija und sie verabredeten sogleich, daß Inga Michailowna Mironaite sie in ihrem Zimmer besuchen würde, um mit ihr Erinnerungen an längst vergangene Jahre auszutauschen. Der Krankenhausaufenthalt ließ sich wunderbar an, alle waren aufmerksam und freundlich.

Das Abendessen wurde ins Zimmer gebracht: Gebratener Fisch und Kartoffelpüree. Den Fisch aß sie, das Püree nicht. Der Tee taugte nichts, und sie entschied, auf Schurik zu warten, er würde ihr Wasser heißmachen und einen anständigen Tee kochen, aus der Büchse mit den Elefanten.

Bald erschien die Krankenschwester Nonna, ein ebenfalls nettes Mädchen mit sehr hübsch frisiertem Haar, und Valerija beschloß, ihr eine wunderschöne französische Haarspange zu schenken. Nonna brachte ein Stativ für den Tropf. Sie war eine erfahrene Schwester, traf problemlos die Vene, öffnete das Ventil und entfernte sich mit den Worten, sie werde bald wiederkommen. Die Tropfen fielen langsam, anfangs zählte Valerija sie, dann schlief sie ein. Schurik wollte um acht kommen, er müßte gleich auftauchen. Doch das Mineralwasser hielt ihn auf – Valerija trank nur Borshomi, das gab es in den Läden an der Belorusskaja nicht, so daß er ins Zentrum fahren mußte. Um viertel neun lief er, mehrere Stufen auf einmal nehmend, mit zwei Flaschen Borshomi die große Freitreppe hinauf. Er rannte zum Krankenzimmer.

In diesem Augenblick erwachte Valerija aus ihrem angenehmen Halbschlaf, schlug die Augen auf und sagte verwundert: »Oh, ich schwebe ...«

Schurik öffnete die Tür und glaubte, Valerija rede mit ihm.

»Hallo, Valerija!« begrüßte er sie munter, aber Valerija antwortete nicht. Sie blickte mit weit geöffneten Augen in seine Richtung, ihre purpurroten Lippen formten ein kleines »O«. Er sollte nie erfahren, ob sie in ihrem letzten Augenblick ihn gesehen hatte oder etwas anderes, weit Erstaunlicheres.

57

Plötzlich tauchten drei Litauer auf – zwei alterslose Frauen mit bäuerlichen roten Wangen und ein dünnhäutiger, rosiger kleiner Greis mit Plastikgebiß.

Sie kamen, als Schurik zwei Tage nach Valerijas Tod allein in ihrem Zimmer saß, stumpfsinnig auf den Tisch mit den diversen Nagellackfläschchen und Cremetuben neben ihrem Bett stierte und auf Valerijas Freundin Sonja mit dem Spitznamen Tschingis Chan wartete, um ein Dokument zu suchen, ohne das die Beerdigung noch problematischer werden würde: ein Papier der Friedhofsverwaltung über den Besitz der Grabstelle, in der Valerijas Vater lag.

Und nun erschienen statt der erwarteten Sonja diese drei Unbekannten, beinahe Ausländer, denn Russisch sprach nur der Alte, der ganz leise und undeutlich erst seinen Namen nannte und dann auf die beiden Frauen zeigte: »Das sind Filomena und Johanna.«

»Sie sind ein Freund von Valerija, sie hat mir von Ihnen erzählt«, sagte der Alte und sog dabei schmatzend an seinem schlechtsitzenden Gebiß. Da dämmerte es Schurik: Dieser Greis war der katholische Priester, den Valerija früher in Litauen besucht hatte, in der entlegenen, waldreichen Gegend, wo er sich nach zehn Jahren Lagerhaft niedergelassen hatte.

Domenik, erinnerte sich Schurik. Er war als litauischer Nationalist eingesperrt worden. Außerdem hatte

Valerija erzählt, er sei ein hochgebildeter Mann, habe im Vatikan studiert, später als Missionar irgendwo in Asien gearbeitet, in Indochina oder so, er spreche Chinesisch oder Malayisch und sei kurz vor dem Krieg nach Litauen zurückgekehrt.

»Bitte, kommen Sie herein. Wie haben Sie es erfahren?«

Er lächelte.

»Das Schwierigste waren die letzten zwölf Kilometer, zu Fuß bis zu unserem Vorwerk. Ein Anruf aus Moskau nach Vilnius dauert nur drei Minuten. Eine Litauerin hat jemanden angerufen, der hat in Šiauliai Bescheid gesagt und so weiter.«

Er sprach langsam, nach Worten suchend. Inzwischen hatte er Bauernjoppe und Strickjacke ausgezogen und seinen Begleiterinnen beim Ablegen geholfen; nun öffnete er seine Reisetasche und entnahm ihr etwas Weißes in einer Zellophantüte. Seine Bewegungen waren präzise und zielstrebig, Schuriks dagegen schleppend und unsicher.

»Wir sind hergekommen, um Abschied zu nehmen. Diese Tür kann man doch abschließen, ja? Wir werden hier eine Totenmesse für Valerija feiern. Einverstanden?«

»Geht denn das, einfach so zu Hause?« fragte Schurik erstaunt.

»Das geht überall. Im Gefängnis, in der Zelle, beim Holzfällen. Einmal ging es sogar in der Roten Ecke mit Lenin an der Wand.« Er lachte, hob die Hände empor und blickte zur Decke. »Wer sollte uns daran hindern?«

Erneut schrillte die Klingel, die Schurik direkt ins Zimmer gelegt hatte.

»Das ist Valerijas Freundin«, sagte Schurik und ging öffnen.

Die Litauerinnen, die bisher geschwiegen hatten, flüsterten mit dem Pater, verstummten aber auf eine Geste von ihm. Schurik und Sonja kamen herein.

»Das ist Sonja, Valerijas Freundin. Domenik ...« Schurik stockte. «Wie sagt man richtig – Pater Domenik?«

»Besser Bruder. Bruder Domenik.« Er lächelte herzlich, freundschaftlich.

»Sie sind also Valerijas Bruder?« fragte Sonja erfreut.

»In gewissem Sinne schon.«

Die Litauerinnen hatten den Blick fest auf den Boden geheftet, und wenn sie doch einmal aufsahen, dann schauten sie nur einander an. Schurik fühlte, daß die drei wie ein einziger Organismus waren, daß sie einander verstanden wie ein Bein das andere beim Laufen oder Springen.

»Valerija war unsere Schwester, sozusagen, und wir sind hier, um von ihr Abschied zu nehmen, mit einer Totenmesse. Erschreckt Sie das? Sie müssen nicht hierbleiben, können es aber. Wie Sie wollen. Ich bitte Sie nur, niemandem davon zu erzählen.«

»Darf ich bleiben? Wenn es Ihnen nichts ausmacht? Aber ich bin keine Katholikin, ich bin Russin.« Sonja brach vor Aufregung der Schweiß aus.

»Ich sehe keinen Hinderungsgrund.« Der Pater nickte und griff erneut in seine Tasche.

»Lassen Sie mich erst einen Tee machen. Es ist auch was zu essen da. Valerijas Kühlschrank ist immer voll«, schlug Schurik vor.

»Essen werden wir hinterher. Erst die Messe.« Der Pater packte einen weißen Kittel mit Kapuze aus, umgürtete sich mit einem dünnen Strick und band sich ein schmales goldfarbenes Tuch um den Hals. Die Ordenstracht der Dominikaner. Die Frauen setzten Kappen mit weißen Umschlägen auf. In einem einzigen Augenblick wurden die einfachen, bäuerlich aussehenden Menschen zu etwas Besonderem, Bedeutendem, und ihr Akzent verwies nun nicht mehr auf ihre Herkunft aus dem provinziellen Litauen, sondern auf ihre Zugehörigkeit zu einer himmlischen Welt, und Russisch sprachen sie nur, um sich zur irdischen Armseligkeit herabzulassen.

»Wir brauchen dieses Tischchen hier. Nehmen Sie alles runter.« Schurik räumte schnell Valerijas Spielzeug aufs Fensterbrett. Nach einem kurzen Blick zog der Pater hinter einem Haufen Flakons das elfenbeinerne Kruzifix hervor und trat damit ans Fenster. Das Kruzifix schimmerte seltsam rosig, besonders die Beine des Erlösers. Vom Lippenstift, doch das konnte der Pater nicht ahnen.

Sie zogen die Vorhänge zu, schlossen die Tür ab und zündeten Kerzen an. Auf dem Tisch lag das Kruzifix, davor standen eine Schale und ein kleiner Glasteller.

»Salvator mundi, salva nos!« begann Bruder Domenik. Das war kein Litauisch, das seit zehn Jahren offiziell für den katholischen Gottesdienst zugelassen war, es war Latein – Schurik erkannte einzelne Wortstämme, die auch im Französischen fortlebten, doch während er sich noch darüber freute und das Gefühl hatte, wenn er sich nur ein wenig anstrengte, würde er jedes Wort verstehen, ertönte leiser Gesang, nicht von Frauen- oder Männerstimmen, nein – es war der Gesang von Engeln. Die häßlichen rotwangigen alten Frauen, unter deren langen Röcken dicke Beine in groben Schuhen hervorsahen, sangen: »Libera me, Domine, de morte aeterna ...«

Er verstand die Worte tatsächlich – der Herr befreite vom Tod. Wie genau, blieb unklar, aber Schurik begriff ganz deutlich, daß der Tod nur für die Lebenden existiert, für die Toten dagegen, die diese Schwelle bereits überschritten haben, gibt es ihn nicht mehr. Ebensowenig wie Leiden, Krankheit und Wunden. Wo immer Valerijas Wesen – froh und leicht – jetzt weilte, es bewegte sich ohne Krücken fort, ja tanzte vielleicht auf schlanken Beinen — ohne Narben, ohne Schwellungen, vielleicht flog und schwebte es sogar — wie schön, wenn es so wäre. Schurik hatte sich eigentlich noch nie Gedanken darüber gemacht, was danach geschah, nach dem Tod, doch der leise Gesang der beiden Litauerinnen und der schwache Bariton des rotwangigen Alten mit dem schlechtsitzenden Gebiß, die lateinischen Worte mit ihrem undeutbaren Sinn, überzeugten Schurik, daß Valerija nun tatsächlich frei war von ihren Krücken, von den Eisennägeln in ihren Knochen, den groben Narben und von ihrem ganzen schweren, schlaffen Körper, dessen sie sich die letzten Jahre so geschämt hatte.

In der Ecke zwischen Sofa und Schrank vergoß Valerijas Freundin Sonja stille Tränen.

Am nächsten Tag war die Beerdigung. Das Abschiednehmen fand in der Leichenhalle des Jausa-Krankenhauses statt. Es kamen mindestens hundert Leute, allerdings vor allem Frauen. Es gab eine Unmenge Blumen — erste Frühlingsblumen, weiße und lila Primeln, einen ganzen Korb Hyazinthen. Schurik trat an den Sarg — hinter einem lockigen Blumenberg lag die Tote. Eine Freundin hatte sich um die Schönheit ihres toten Gesichts gekümmert, es war sorgfältig geschminkt: lange blaue Wimpern und hellblaue Lidschatten, wie Valerija es gemocht hatte, auf den Lippen glänzte kalt, weil nicht von lebendigem Atem erwärmt, eine dicke Schicht Lippenstift. Das kleine »O«, das im letzten Augenblick auf ihren Lippen gelegen hatte, war verschwunden, und das, was im Sarg lag, war, abgesehen von dem lebendig glänzenden Haar auf der Stirn, eine kunstvolle Puppe, die zwar große Ähnlichkeit mit Valerija besaß, aber mehr nicht. Schurik stand eine Weile davor, dann berührte er den Pony und spürte durch das lebendige Haar hindurch die Kälte jenes entseelten Materials, zu dem Valerija in dieser kurzen Zeitspanne zwischen Leben und Tod geworden war.

Gut, daß Bruder Domenik gekommen war, denn der eigentliche Abschied war die Totenmesse gewesen, nicht die tränenreichen, gefühlvollen Worte der Frauen über dem Haufen Blumen, der den Sarg bedeckte.

Die Beerdigung lag nicht in Schuriks Hand. Im Krankenhaus hatte der betrübte Gennadi Iwanowitsch alles veranlaßt – eine humane Obduktion ohne Schädeltrepanation, lediglich zur Vergewisserung, daß der Tod durch eine Lungenembolie eingetreten war. Daran trug niemand Schuld, höchstens Gott, der über Valerijas Leben sichtlich besser Bescheid wußte als sie selbst.

Valerijas Freundinnen durften in die Leichenhalle; sie zogen ihr eine weiße Bluse an, nie getragene maßgefertigte beigefarbene Schuhe, die sie am Spann aufschnitten, sie schminkten Valerija und legten ihr einen weißen Seidenschal um den Kopf. Valerijas Hände, groß und gelblich, lagen auf weißer Seide, die Fingernägel waren makellos lackiert.

Die Freundinnen hatten auch Autos und Kleinbusse bestellt, auf dem Friedhof Wagankowo dafür gesorgt, daß Valerija in der Grabstelle ihres Vaters beigesetzt wurde, sie hatten sogar ein provisorisches Kreuz anfertigen lassen, alles für das Totenmahl eingekauft und reichlich zu essen vorbereitet.

Schurik kannte zwar einige von Valerijas Freundinnen, hielt sich aber an Bruder Domenik und die Schwestern, die bei Tageslicht noch bäuerlicher aussahen und Schurik noch mehr beeindruckten als zuvor: Er wußte nun, daß sie Sendboten und Zeugen einer anderen Welt waren, und es mutete geradezu lächerlich an, daß diese andere Welt ausgerechnet mit einem verlassenen Vorwerk im verlassenen litauischen Wald zusammenhing.

Die Waldbewohner blickten nicht die ganze Zeit zu Boden, ein paarmal schauten sie zu Schurik, und Domenik flüsterte ihm zu: »Johanna sagt, du kannst uns besuchen kommen, wenn du möchtest.«

Schurik begriff, daß ihm damit eine Ehre erwiesen wurde und daß die Einladung in Wahrheit nicht von Johanna kam, sondern von Bruder Domenik, aber Moskau zu verlassen war ausgeschlossen.

»Danke. Aber ich verreise im Moment nicht. Früher konnte ich Valerija nicht alleinlassen, jetzt muß ich auf meine Mutter aufpasssen.«

»Das ist gut, sehr gut.« Der Alte lächelte, obwohl eigentlich nichts Gutes daran war, daß Schurik nun schon seit vielen Jahren wie angekettet lebte.

Vom Friedhofstor wurde der Sarg getragen – die dafür nötigen sechs Männer waren gerade so zusammengekommen: Schurik, Valerijas Nachbar, der Milizionär, die nichtsnutzigen Ehemänner zweier Freundinnen und zwei Liebhaber aus alten Zeiten. Bruder Domenik und ein ehemaliger Kollege wurden wegen ihres hohen Alters abgelehnt. Abgewiesen wurden auch die ortsansässigen Trinker, die eilfertig nach dem Sarg greifen wollten.

Das Grab war bereits ausgehoben, alles war bereit, sogar der Weg war mit Sand bestreut. Der Nieselregen, der seit dem Vorabend nicht aufgehört hatte, wurde plötzlich von der Sonne angestrahlt, die durch den Schleier brach und ihn rasch vertrieb. Die Regentropfen auf den welken Blumen glitzerten. Der Sarg wurde in die Grube gesenkt, jeder warf eine Handvoll Erde darauf. Die Totengräber schwangen die Schippen, schaufelten das Grab mit gelbem Sand zu, häuften einen kleinen Hügel an und gruben das provisorische Kreuz ein, auf dem bereits stand: Valerija Konezkaja. Augenblicklich umringten die Freundinnen das Grab und arrangierten die Blumen zu einem Teppich, rasch und schön, selbst Valerija hätte es nicht besser gemacht. Das Grab verwandelte sich in ein rundliches Blumenbeet, und alles, was das Auge erblickte, war rundlich: die Gestalten der Frauen, die gebeugten Rücken, die weich hängenden Brüste, die in Tränen schwimmenden Augen, die Köpfe mit Tüchern, Baskenmützen oder herabrutschenden Schals. Selbst der Strauch mit den kleinen, gerade erst sprießenden Blättern an den sanft gebogenen Zweigen wirkte weiblich.

Schurik sah deutlich das kleine »O«, das wie ein Stempel des letzten Atemzugs auf Valerijas Lippen gelegen hatte, vor sich und fand, daß der Tod etwas Weibliches hatte; das Wort selbst – »Smertj« – war im Russischen weiblichen Geschlechts, ebenso wie im Französischen. Und auf Latein? Da mußte er nachsehen. Im Deutschen allerdings war »der Tod« männlich, das war seltsam – nein, gar nicht, bei den Deutschen ist der Tod kriegerisch, er kommt im Kampf – Speere, Pfeile, rohe Wunden, zerstückeltes Fleisch ... Walhalla. Aber eigentlich richtig war er so – weich und sanft. Valerija ... Arme Valerija ...

Sobald die Grabgestaltung vollendet war, begann es erneut zu regnen, alle spannten die Schirme auf, und leise Wassermusik setzte ein – Regentropfen, die auf Schirmseide fielen, auf Haare, Schultern und Blätter. Das ganze Bild bekam etwas Irreales, und Bruder Domenik, neben dem Schurik sich hielt, flüsterte ihm ins Ohr, wobei er sich ein wenig auf Zehenspitzen erhob: »Da kann man nichts machen, es ist nun einmal so: Die Frau hat ihren Platz in der Nähe des Todes. Ein weiblicher Platz ...«

Genau, stimmte Schurik ihm im stillen zu. Und ein wenig zweideutig, nein, vieldeutig ...

Die Litauer hatten es bereits eilig, ihren Zug zu erreichen, und Schurik begleitete sie zum Belorussischen

Bahnhof. Er setzte sie in den Zug und schaute rasch zu Hause vorbei, um mit Vera Tee zu trinken. Sie hatte am Morgen mitkommen wollen zur Beerdigung. Sie kannte Valerija zwar nicht persönlich, hatte aber bisweilen mit ihr telefoniert.

Doch Schurik hatte sie sehr bestimmt zurückgehalten.

»Nein, Verussja, tu das nicht. Es würde dich bedrükken.«

Sie schien ein wenig beleidigt. Oder nicht?

Schurik trank mit ihr Tee, dann ging er hinunter in die Bäckerei und kaufte eine Packung orientalisches Gebäck, auf das Vera gerade Lust bekommen hatte, brachte es nach Hause und traf schließlich bei der Totenfeier ein, als der traurige Teil bereits fast vorüber war und die Frauen, die bereits die ersten Gläschen geleert hatten, einander ins Wort fallend ihre Geschichten über Valerija erzählten — über ihre Hilfsbereitschaft und Fröhlichkeit, ihre Zuverlässigkeit und ihren Leichtsinn. Die Plätze reichten nicht für alle: Sämtliche Stühle, Sessel, Liegen und Sitzkissen waren besetzt, ein Dutzend Frauen standen an der Tür, im Durchgang zwischen dem großen ausgezogenen Tisch und dem Schrank. Auf dem Kosmetiktischchen, das Bruder Domenik am Vorabend hatte abräumen lassen und auf dem er den Wein und die durchsichtigen katholischen Hostien gesegnet hatte, standen ein kleiner Teller mit Vergißmeinnicht und ein Glas Wodka, mit einem Stück Brot abgedeckt.

Noch vor kurzem hatten viele von ihnen hier Valerijas Fünfzigsten gefeiert, und ein riesiger Rosenstrauß, sachkundig kopfunter hängend im Dunkeln getrocknet, damit die Farbe nicht ausbleiche, stand wie frisch in einer gesprungenen Vase, die nur noch für Trockenblumen taugte. Auch Schurik stand im Durchgang, und direkt an der Tür entdeckte er den Nachbarn, den Milizionär, der ihm Zeichen machte, die Schurik nicht verstand – vielleicht wollte er was trinken oder rauchen. Ein Teller mit kalten Speisen wurde hereingebracht, von fremder Hand bereitetes Essen, unelegant aufgeschnitten, zu fett und zu salzig. Schurik trank etwas, dann noch etwas ... Mehrfach sprachen ihn Frauen an – einige kannte er ein wenig, die meisten aber sah er zum erstenmal –, eine Träne im Auge, sanftmütig vom Alkohol und der allgemeinen Zärtlichkeit, um mit ihm auf Valerijas Andenken zu trinken, und jede von ihnen gab ihm zu verstehen, daß sie um seine geheime Rolle in Valerijas Leben wußte, einige überschritten bei ihren Beleidsbekundungen sogar die Grenzen des Anstands. Besonders Sonja-Tschingis Chan. Sie war stark, geradezu herausfordernd betrunken, und bei einem weiteren Gedenkglas mit Schurik flüsterte sie ihm zu: »Trotzdem bist du an allem schuld. Wenn du nicht wärst, würde Valerija noch immer munter rumflattern.«

Schurik sah Sonja aufmerksam an: über der Nasenwurzel zusammengewachsene orientalische Brauen, eine kleine Stupsnase. Was wußte sie über Valerija und ihn?

Sie beugte sich zu Schurik, strich ihm über die Wange, wischte ihm einen Kuß über die Stirn und sagte mitleidig: »Du Armer, Armer ...«

All diese unterschiedlichen Frauen kannten Schurik, trotz seines Schattendaseins in diesem Haus, und er konnte nur mutmaßen, was genau sie über ihn wußten. Er ertappte sie dabei, wie sie ihn musterten, und wenn sie miteinander redeten, glaubte er: über ihn. Er fühlte sich mehr als unbehaglich und wollte sich unauffällig zum Ausgang schleichen. Auf halbem Wege zog ihn der Nachbar am Ärmel.

»Ich rufe und rufe ... Hör mal, morgen früh wird hier versiegelt.«

Schurik begriff nicht. »Was wird versiegelt?«

»Was, was! Na, alles! Das Zimmer fällt an den Staat, kapiert? Es gibt keine Erben, also wird alles versiegelt, kapiert? Ich sag dir aus alter Freundschaft: Wenn du was von dem Kram haben willst, nimm's heute mit.«

Er lachte – dabei stülpte er die Lippen ein wenig auswärts und entblößte sein rosa Zahnfleisch und sein lückenhaftes Gebiß.

Die Wörterbücher, dachte Schurik. Hier steht noch ein Haufen Wörterbücher von mir, und die ganzen slawischen ... Und die Bibliothek ...

Da fiel ihm ein, daß sie bei der Suche nach dem Dokument über die Grabstelle auch ein Testament gefunden hatten, in dem Valerija auf fünf Seiten verfügt hatte, wer von ihren Freundinnen was bekommen sollte – vom silbernen Teekännchen bis zu Stricksocken.

»Sie hat ein Testament hinterlassen. Über alles. Sie vermacht alles ihren Freundinnen ...«

»Mann, bist du blöd, echt, total bescheuert! Das Zimmer hier, das krieg ich persönlich, das hat man mir bei der Miliz schon versprochen. Ich melde meine Mutter bei mir an, dann krieg ich es, und ihr Kram, der interessiert doch keinen. Kapierst du denn nicht? Wird alles abgeschrieben. Kannst du höchstens per Gericht einklagen. Und morgen kommen sie versiegeln.«

Schurik warf einen Blick auf die Bücherregale. Eine wunderbare Bibliothek ausländischer Literatur – zwei Minuten von hier, in der Katschalow-Straße, war das nahezu einzige Antiquariat für ausländische Bücher, und Valerija hatte dort viele Jahre lang jedesmal, wenn sie daran vorbeikam, für ein paar Groschen wundervolle Bücher über Naturkunde, Geographie und Medizin mit einzigartigen Kupferstichen gekauft.

Schurik blieb, um die Wörterbücher einzusammeln, sobald alle Gäste gegangen waren.

Gegen zehn waren alle weg – bis auf die Haushälterin Nadja und die auf der Liege schlafende betrunkene Sonja. Während Nadja das Porzellan- und Kristallgeschirr abwusch, holte Schurik seine Bücher aus dem Regal. Er beschloß, auch sämtliche slawischen Wörterbücher einzupacken – wer brauchte die schon? Die meisten waren ohnehin polnisch-deutsch und zudem veraltet, denn sie stammten noch aus dem Besitz von Valerijas Vater. Außerdem nahm er eine Naturgeschichte mit kolorierten Stichen aus dem achtzehnten Jahrhundert: bizarre Pottwale und Lemuren, Ameisenbären und Pythons, gezeichnet von einem Künstler, der diese exotischen Tiere kaum je gesehen haben dürfte. Für ihn waren sie so gut wie Einhörner oder Cherubime gewesen. Schurik bedauerte, so viele wertvolle Bücher hierlassen zu müssen.

Nun, da Valerija nicht mehr in diesem Zimmer lebte, bemerkte Schurik plötzlich, wie viele Dinge hier einen Touch von bürgerlicher Geschmacklosigkeit hatten: Rosen, Amorstatuetten, Katzen, nachgemachte Terrakottafiguren. Das war Beatas Stil gewesen, und irgendwie hatte er zu Valerija gepaßt, aber nun, da sie nicht mehr da war, fand Schurik dieses mit Möbeln und einem Haufen unnötiger Dinge vollgestopfte Zimmer unbehaglich, er wollte so schnell wie möglich an die Luft, raus aus diesem Staub und diesem Kitsch. Schade nur, daß die Bücher verloren waren.

Es ist trotzdem gut, daß ich nie mehr herkommen muß, dachte Schurik und stockte: Wie konnte er so etwas denken! Die arme Valerija ... Die liebe Valerija ... Die mutige Valerija ...

Ich bin schuld, warf Schurik sich vor. Damals, am Tag bevor sie ins Krankenhaus ging, wollte sie, daß ich bleibe, aber ich konnte nicht. Mama hatte ihre Freundinnen eingeladen und mich gebeten, etwas einzukaufen und früher zu Hause zu sein. Also habe ich mich nicht unter die aufgeschlagene Decke gelegt, und sie war enttäuscht, obwohl sie nichts gesagt hat. Trotzdem habe ich es gesehen. Aber ich hatte keine Zeit. Wie ein Schatten hing das Schuldgefühl über ihm. Ich bin schuld, ich bin schuld!

Die Haushälterin Nadja verließ die Wohnung, beladen mit Geschirr und den Katzen. Valerijas Freundlichkeit für sie hatte sich in Porzellan materialisiert.

»Ich hab sie schließlich so viele Jahre versorgt.« Mühsam riß sie die Tasche vom Boden und schleppte sie zur Tür – Kopenhagener Porzellanfiguren und russische Imitationen, Vasen von Gallé und aus der Manufaktur Dulewo, Wandteller aus Biskuit-Porzellan und einen jungen Pionier mit deutschem Schäferhund. Die letzten Reste dieser Güter sollte zwanzig Jahre später ihr heroinsüchtiger Neffe verkaufen und am Erlös der letzten Stücke sterben.

Nun mußte Schurik nur noch die schlafende Sonja wachrütteln, aus dem Zimmer bringen und die Tür abschließen – wer sonst noch Schlüssel besaß, wußte er nicht.

Sonja lag auf der Seite, die Hände vorm Gesicht, und stöhnte im Schlaf. Schurik sprach sie an – sie reagierte nicht. Eine Viertelstunde lang schüttelte er sie, versuchte sie aufzurichten, auf die Beine zu stellen, aber sie konnte nicht stehen, sie hing schlaff an Schurik, schimpfte, ohne ihren Schlaf zu unterbrechen, und wehrte sich. Schurik war müde und wollte endlich nach Hause. Er rief Vera an, sagte, er sei in einer schwierigen Lage, hier schlafe eine betrunkene Frau, und er könne sie nicht alleinlassen. Er ging durchs Zimmer und bemerkte, daß alles ein bißchen verändert war, nicht mehr am gewohnten Platz stand. Er stellte einen Stuhl um, ein Schränkchen, doch dann gab er das alberne Vorhaben auf: Der Mensch, für den diese Ordnung die gewohnte war, lebte nicht mehr. Außerdem würde das Zimmer morgen versiegelt werden und dann einen Monat oder wer weiß wie lange verschlossen bleiben, und das Testament, von dem alle Freundinnen wußten ... Wie sollten sie nun zu ihrem Recht kommen? Das hätte heute erledigt werden müssen, aber sie hatten doch unmöglich gleich nach der Beerdigung den ganzen Haushalt auflösen können!

Er hätte Nadja nicht erlauben sollen mitzunehmen, was sie wollte. Bestimmt waren ein paar der Vasen, die Nadja fortgetragen hatte, jemand anderem zugedacht gewesen.

Plötzlich sprang Sonja, die er vergebens zu wecken versucht hatte, von allein auf und schrie: »Hilfe! Hilfe! Sie wollen uns anstreichen!«

Ein Hirngespinst aus ihrem alkoholisierten Traum, aber Schurik freute sich, daß sie nun auf den Beinen war, brachte ihren Mantel und sagte: »Schnell weg hier! Sonst streichen sie uns wirklich an!«

Er zog ihr den Mantel an, brachte sie zum Fahrstuhl und ging zurück, um die beiden Taschen voller Bücher zu holen. Nun mußte er ein Taxi nehmen und Sonja nach Hause bringen.

»Wo wohnst du?« fragte Schurik.

»Warum willst du das wissen?« Sonja kniff mißtrauisch die Augen zusammen. Sie hatte ihre Mimik nicht in der Gewalt, ihr Gesichtsausdruck wechselte ständig, unkontrolliert und unsinnig, wie bei einem Neugeborenen: Ihr Mund verzog sich zugleich in die Breite und rutschte schief herab, die Augen wurden rund, die Stirn legte sich in Falten.

»Ich bring dich nach Hause«, erklärte Schurik.

»Na gut«, willigte sie ein. »Aber sag ihnen nichts davon.«

Sie lachte, die Hand vorm Mund, stellte sich auf Zehenspitzen und flüsterte: »Sazepa-Straße elf, Haus drei.«

Zwei Taschen und eine betrunkene Frau, die sich kaum auf den Beinen halten konnte, waren eine komplizierte Last, zumal Sonja dauernd weglaufen wollte, nach zwei Schritten jedoch unweigerlich auf die Taschen fiel, so daß er sie aufheben mußte. Schurik entschied, sich nicht von der Stelle zu rühren und zu warten, bis ein Taxi vorbeikam. Nach zehn Minuten hielt ein Wagen, nach weiteren zwanzig Minuten irrten sie auf der Suche nach Haus drei durch die Höfe der Sazepa-Straße. Sonja schlief inzwischen wieder und war nicht wachzukriegen. Nach einer Viertelstunde Kreuz-und-quer-Fahren zwischen Baustellen und Ödflächen setzte der Fahrer Schurik und Sonja ab und fuhr davon. Es ging auf Mitternacht. Schurik führte Sonja zu einer Bank, sie kippte sofort auf die Seite und zog ein Bein an. Schurik stellte die Taschen neben sie und ging Haus drei suchen. Ihm entgegen kam ein rettender Engel, ein alter Mann mit einem großen zerzausten Hund.

»Ja, ja, hier gab es mal ein Haus drei, eine Baracke aus der Vorkriegszeit, sie wurde vor acht Jahren abgerissen. Sie stand genau hier, wo jetzt die Grünanlage ist.«

Das Bild wurde klarer, aber leichter wurde Schurik davon nicht.

»Sonja, Sonja!« Er rüttelte die Schlafende. »Wo seid ihr aus der Sazepa-Straße hingezogen? Hast du's vergessen? Wohin seid ihr umgezogen?«

Ohne aufzuwachen antwortete sie mit tonloser, dünner Stimme: »Nach Beljajewo, das weißt du doch.«

Schurik bettete Sonja ordentlich, so daß beide Beine auf der Bank lagen, setzte sich daneben und rückte ihren abgerutschten Schuh zurecht. Sie hatte die Hand unter die Wange gelegt und sah rührend aus wie ein kleines Kind.

Er hatte zwei Möglichkeiten: Sonja zurückbringen zu Valerija oder sie mit zu sich nach Hause nehmen. Aber in

Valerijas Wohnung konnte er sie ohnehin nicht alleinlassen, außerdem wurde das Zimmer am nächsten Morgen versiegelt, das hatte der »nette« Milizionär ja angekündigt. Also mußten sie zu ihm fahren.

Von Herzen fluchend schleppte er seine unbequeme Last über den Hof zur Straße – die beiden Taschen, bei einer war inzwischen ein Henkel abgerissen, und Sonja, die sich kaum von den Taschen unterschied.

Als das Taxi kurz nach zwei vor Schuriks Haus hielt, war er beinahe glücklich. Mit einer letzten Anstrengung schubste er Sonja in den Flur und lehnte sie an die Wand. In diesem Moment kam Vera heraus und sagte: »O Gott!«

Sonja sank zu Boden und glitt weich vor die Tür.

»Sie ist ja total betrunken!« rief Vera.

»Entschuldige, Verussja! Aber hätte ich sie auf der Straße liegenlassen sollen?«

Dann erbrach Sonja, lag eine Weile in der Wanne, weinte, schlief mehrmals ein und sprang wieder auf und wurde mit Tee, Kaffee und Baldrian traktiert. Schließlich bat sie um einen Schluck Wodka, und Schurik reichte ihr ein Glas. Sie leerte es und schlief ein. Vera bedauerte Schurik, der in eine so unmögliche Lage geraten war, und schlug vor, einen Arzt zu rufen, doch dazu konnte Schurik sich nicht entschließen: Womöglich würden sie Sonja einfach in die Ausnüchterungszelle sperren?

Als Sonja erwachte, weinte sie erneut um Valerija und bat erneut um etwas Wodka. Dann umschlang sie Schuriks Hals, küßte seine Hand und bat ihn, sich neben sie zu legen. Zwei volle Tage dauerte dieser Affentanz, erst am dritten Tag konnte Schurik die noch immer nicht ganz nüchterne, aber des Trinkens überdrüssige Sonja zu ihrer Familie nach Beljajewo bringen.

Eine schöne ältere Frau im Seidenkleid empfing ihn äußerst reserviert. Aus der Tiefe der großen Wohnung erschien ein finsterer junger Mann mit den gleichen zusammengewachsenen Brauen wie Sonja, offenkundig ihr Bruder, und zerrte sie grob mit sich. Sie quiekte protestierend. Die Frau nickte Schurik kühl zu und dankte ihm auf sehr originelle Weise: »Was stehen Sie noch hier rum? Sie haben das Ihre doch bekommen, also verschwinden Sie.«

Schurik ging hinaus, drückte auf den Fahrstuhlknopf, und während er wartete, vernahm er hinter der Wohnungstür Kreischen, Poltern und die laute Stimme der Frau: »Daß du sie ja nicht schlägst! Wag nicht, sie zu schlagen!«

Schrecklich! Ob er sie wirklich verprügelt, durchfuhr es Schurik, und er klingelte. Die Tür wurde rasch aufgerissen; der Mann mit den zusammengewachsenen Brauen ging mit geballten Fäusten auf Schurik los.

»Was willst du? Ihr habt sie betrunken gemacht und gevögelt, was willst du noch? Hau ab!«

Schurik ging die Treppe hinunter – nicht, weil er erschrocken war, sondern weil er sich schuldig fühlte.

Er rannte aus dem Haus und zur Bushaltestelle – der Bus bog gerade um die Ecke. Er sprang in den leeren Bus, der bereits angefahren war, und ließ sich auf einen Sitz fallen – ihm war übel.

Gut, daß das alles keine Fortsetzung haben wird, beruhigte er sich.

Doch da irrte er. Als Sonja nach zwei Monaten aus der Heilanstalt entlassen wurde, in der ihr Bruder sie untergebracht hatte, rief sie Schurik an. Sie dankte ihm für alles, was er für sie getan habe, weinte, erwähnte Valerija und bat ihn um ein Treffen. Er wußte genau, daß er das nicht tun sollte, aber Sonja bestand darauf. Sie trafen sich.

Sonja war aus irgendeinem Grund überzeugt, Valerija habe ihr Schurik vererbt. Außer den zusammengewachsenen Brauen und dem Alkoholismus, gegen den sie mit wechselndem Erfolg kämpfte, besaß sie zupackende kleine Hände, ein leidenschaftliches Wesen und einen kleinen Sohn aus erster Ehe. Und sie brauchte Schurik sehr. Zum Überleben, wie sie meinte.

58

Kurz vor seinem Dreißigsten machte Schurik eine unangenehme Entdeckung: Eines Morgens, als er beim Rasieren in den Spiegel schaute, um sich zu vergewissern, daß nirgends Stoppeln übriggeblieben waren, entdeckte er einen unbekannten Mann, der ihn ansah – nicht mehr ganz jung, mit ziemlich feistem Gesicht, beginnendem Doppelkinn und schlaffen Tränensäcken. Einen schrecklichen Augenblick lang erkannte er sich nicht, fühlte sich seiner gewohnten Existenz entfremdet und hatte das unsinnige Empfinden, der Mann im Spiegel sei ein eigenständiges Wesen und er, Schurik, sein Abbild. Er schüttelte dieses Trugbild ab, fand jedoch nicht wieder zu sich selbst, zu seinem früheren Ich zurück.

Diese Entdeckung seines neuen Äußeren machte ihm arg zu schaffen, beinahe wie einer Frau. Dreißig – und was hatte er vorzuweisen? Eine Routinearbeit, stets ein und dasselbe, wissenschaftlich-technische Übersetzungen, die Sorge um seine Mutter und dazu einen Haufen anderer Verpflichtungen, die er nicht direkt übernommen hatte, die ihm eher irgendwie auferlegt worden waren: Matilda, Swetlana, Valerija, Maria, Sonja ... Nun, Maria war fort, Valerija gestorben. Und sie fehlten ihm, wenn er ehrlich war. Aber er verspürte die öde Gewißheit, daß andere auftauchen und von ihm abhängig sein würden, daß er nie ein eigenes Leben führen würde wie Shenja oder Gija.

Aber was war überhaupt ein »eigenes Leben«? Nach etwas streben, etwas erreichen. Er hatte rein gar nichts erreicht. Aber habe ich denn nach etwas gestrebt?, fragte sich Schurik streng. Nein, das habe ich nicht. Shenja Rosenzweig hatte nach etwas gestrebt – er hatte seine Dissertation verteidigt, geheiratet, sich scheiden lassen, erneut geheiratet. Zwei Kinder in die Welt gesetzt. Im übrigen sah es für ihn auch nicht so rosig aus: die unglückliche Alla, das Anstehen jeden Morgen um sechs nach Milch für das Baby, der tägliche Job von acht bis fünf – irgendwas mit Acrylfarben und Lacken –, die ganze Woche unter dem Kommando von Inna Wassiljewna, sonntags Besuch bei Katja, unter den feurig leidenden Blicken der verlassenen Alla. Nein, so schön war das wirklich nicht.

Gija dagegen ging es prächtig! Er war als Trainer beinahe weltberühmt, bereiste die ganze Sowjetunion zu Jugendwettkämpfen, war sogar schon in Ungarn gewesen. Ständig umschwärmten ihn Scharen schöner Mädchen. Gija führte ein lustiges Leben. Aber auch er war dick geworden und trank viel, obwohl er Trainer war. Sein Leben war ziemlich hektisch. Schurik fiel auf einmal ein, daß er Gija lange nicht gesehen hatte, ebenso wie Shenja, und neue Freunde besaß er keine. Dafür eine Menge weibliche Bekannte – in sämtlichen Redaktionen.

Nun stand also sein Geburtstag vor der Tür, der dreißigste, und seine Mutter fragte, wie sie ihn feiern wollten. Er konnte Shenja und Gija einladen, aber dann würde Swetlana auftauchen – schrecklicher Gedanke. Womöglich käme auch noch Sonja – Swetlana würde ihr die Augen auskratzen und aus dem Fenster springen, und Sonja sich betrinken und wieder rückfällig werden, wie nach Valerijas Beerdigung.

Am besten, er lud nur Männer ein. Nicht nach Hause,

sondern in ein Restaurant. Sonja wußte ohnehin nicht, wann er Geburtstag hatte. Aber wie sollte er Swetlana entkommen?

Swetlana war die Pest seines Lebens. Ihr blieb nichts verborgen. Sie drang in jede Ritze ein, fand alles heraus, beobachtete jeden seiner Schritte – und drohte ständig mit Selbstmord. Seit sie sich kannten, hatte sie drei Suizidversuche unternommen, abgesehen von mehreren kleinen, eher dekorativen Bewegungen in Richtung Fensterbrett – damit Schurik in Form blieb und sich nicht allzusehr entspannte.

Ich sag einfach, ich mache eine Männerfeier, entschied Schurik und stellte sich sogleich vor, wie er das Restaurant verließ und die schlanke Swetlana auf dem Bürgersteig an ihm vorbeilief. Sie würde nicht näherkommen, würde ihn und seine Freunde nur durchdringend ansehen, sich wegdrehen und vorübergehen.

Unterdessen arbeitete Vera lange an einem Geschenk für Schurik, das elegant und einmalig sein sollte. In einem Antiquitätenladen fand sie ein wunderschönes ledernes Album mit Metallschloß. Dunkelblau. Aber es fehlte noch etwas. Nach einigem Überlegen gab Vera bei einer Schneiderin des Theaterateliers ein dunkelblaues Kleid in Auftrag. Ein ganz schlichtes Kleid, nichts Besonderes, aber an den Ärmelaufschlägen und am Kragen mit einer schmalen Borte aus dunkelblauem Leder abgesetzt! Genau in der Farbe des Albums. Der eigentliche Clou war das perfekte Zusammenspiel. Von dem Album sagte Vera Schurik natürlich nichts – die Fotos von seiner Geburt bis zum heutigen Tag suchte sie ausschließlich während seiner Abwesenheit heraus –, doch mit dem Kleid hatte er einiges zu tun: Dreimal begleitete er Vera zur Anprobe und zweimal ins Theater an der Taganka, wo man ihr ein Stück blaues Leder versprochen hatte.

Nach diesen Vorbereitungen war Schurik klar, daß er seinen Geburtstag zunächst zu Hause feiern mußte – für Vera. Er mußte also Irina Wladimirowna bitten, sich um das Essen zu kümmern, die beiden Freundinnen der Mutter einladen, die immer zu ihren Geburtstagen kamen, und das ältere armenische Ehepaar, das die Wohnung des verstorbenen Michail Abramowitsch gekauft und die alte Freundschaft durch eine neue ersetzt hatte; natürlich würden auch ein paar ehemalige Mädchen aus dem Theaterzirkel vorbeikommen, die Vera noch immer besuchten. Der Vollständigkeit halber könnte man auch Swetlana dazuladen. Sonja würde bestimmt nicht auftauchen. Und am nächsten Tag konnte er mit den Jungs ins Restaurant gehen.

Wie immer seit einigen Jahren verbrachte Irina Wladimirowna den September bei ihnen in Moskau, reanimierte den Haushalt in der Stadtwohnung und fuhr erst zu sich nach Hause, wenn es kalt wurde – ihr Haus besaß eine Warmwasserheizung, und sie, die zahlreiche Entbehrungen und Schicksalsschläge erlebt hatte, fürchtete ein Einfrieren der Rohre mehr als das Jüngste Gericht.

Die Woche vor Schuriks Jubiläum verbrachte Irina in glücklicher Aufregung: Ihre angeborene Großzügigkeit, die zeitlebens durch Armut unterdrückt worden war, blühte nun voll auf. Schurik, der das Geld verwaltete, gab Irina zum Einkaufen je nach Bedarf, wieviel sie brauchte, ohne Einschränkungen. Und der Bedarf dieser Frau, die ihr Leben lang jede Kopeke zweimal umgedreht hatte, wuchs ins Unermeßliche: Sie ging frühmorgens aus dem Haus und kehrte mit vollen Taschen erst zurück, wenn die Läden schlossen. Es waren keine Jahre des Überflusses, die Waren wurden sporadisch in die Läden »geworfen«, man mußte Schlange stehen, doch mit einer gewissen Jagderfahrung konnte man sich ganz gut versorgen. Nach Valerijas Tod war Schuriks Hauptquelle der Lebensmittelbeschaffung versiegt. Aber offenbar besaß auch Irina Jagdtalente. Vera betrachtete all den Überfluß und fragte schüchtern, wozu denn soviel.

»Dreißig – das ist doch ein Jubiläum!« Irina ruckte stolz den Kopf, und niemand stritt mit ihr. Schurik wechselte einen Blick mit seiner Mutter – sie begriffen beide, daß dieses Fest für Irina Wladimirowna eine eigene Bedeutung hatte und sie sich dabei eine wichtige Rolle zumaß.

Die ursprünglich geplante stille, bescheidene Feier zu Hause drohte in ein grandioses Festmahl auszuarten. Irina bereitete ihre Sternstunde vor. Vera fühlte sich nicht besonders, ihr Blutdruck war gestiegen, und am Tag vor dem Fest legte sie sich in ihr Zimmer und schloß die Tür. Im großen Zimmer stellte Schurik Tische zusammen, und Irina holte Geschirr aus den Schränken, das seit Jelisaweta Iwanownas Tod nicht mehr benutzt worden war: stapelweise Teller in drei Größen, Salatschüsseln, Schalen, Senf- und Meerrettichnäpfchen und einen gewaltigen Servierteller, der augenscheinlich für ein Wildschwein gedacht war.

Wir hätten sie in ihr Jaroslawl zurückschicken sollen, dachte Schurik mit verspäteter Reue ob seiner Willensschwäche und seiner Unfähigkeit, die häuslichen Ereignisse zu steuern. Nun gab es kein Entrinnen mehr. Schurik rüstete sich für diese Prüfung.

Es kamen mehr Gäste als erwartet. Überraschend erschienen Alla und Katja. Alla hegte wohl insgeheim den Hintergedanken, hier zufällig Shenja anzutreffen: Sie hoffte noch immer darauf, daß er zurückkommen würde. Was sie im übrigen nicht hinderte, sich hin und wieder Schuriks vielfältiger Unterstützung zu bedienen.

Die plumpe, dickliche Katja mit den hervorstehenden Vorderzähnen erinnerte Vera an Maria. Vera setzte das

Mädchen neben sich. Die Kleine war lieb, hielt aber dem Vergleich mit Maria nicht stand: Sie strahlte weder solch lebhafte Freude aus wie Maria, noch besaß sie deren ausgeprägten Liebreiz – sie war nur ein molliger Wonneproppen. An Veras anderer Seite saß Schurik, neben ihm Swetlana in einer weißen Bluse, mit friedlich-raubtierhafter Miene.

Vera trug sich seit langem, seit Lena und Maria abgereist waren, mit dem Gedanken, Schurik zu verheiraten. Sie hatte nichts gegen Swetlana – das Mädchen war natürlich etwas eigenartig, aber zurückhaltend, wohlerzogen und geschickt in Handarbeiten. Zudem liebte sie Schurik.

Sie könnten ein Mädchen bekommen. Natürlich konnte kein Kind Maria ersetzen, aber es wäre doch ein liebes Geschöpf im Haus. Komisch – jedesmal, wenn Vera mit Schurik darüber sprach, umarmte er sie, küßte sie auf die Stirn und flüsterte ihr ins Ohr: »Verussja! Daran darfst du nicht einmal denken! Heiraten würde ich nur dich. Aber keine ist so wie du!«

Die Tafel hatte etwas Hypnotisierendes. Die Speisen glänzten wie lackiert und wirkten ein wenig wie Attrappen. In einer langen Schale lag mit drohend erhobenem Haupt ein kleiner Stör. Metallisch schillerten die Wachteln aus dem Laden »Gaben der Natur«. Zwischen blühenden Salatbeeten starrten Kaviarschälchen – zwei mit rotem, zwei mit schwarzem – wie vier reglose Augen die Gäste an. Und so weiter, und so weiter.

Alle nahmen schweigend Platz und saßen reglos da. Nur Irina Wladimirowna fuhrwerkte hektisch am Tisch, um noch dies und das umzustellen, ihr Werk zu vollenden. Schließlich hielt auch sie inne. Da stand der Nachbar Arik, der mit dem unfehlbaren Gespür des Kaukasiers die lange Pause bemerkte, mit einem Glas in der Hand auf und rief: »Füllen wir nun unsere Gläser!«

An der Tafel saßen zwei Männer – Arik und das Geburtstagskind.

»Sekt! Sekt!« rief Irina Wladimirowna, denn ihr schien, jemand habe nach der falschen Flasche gegriffen. Der Sekt wurde in hohe Kelche gefüllt. Schüchtern wurden die perfekten runden Flanken der Salate mit Löffeln zerstört.

Arik, weich wie ein Plüschteddy und quadratisch wie ein Bulldozer, hielt ein winziges Schnapsglas in der bis zu den Fingern dicht behaarten Hand.

»Liebe Freunde!« dröhnte er mit mächtiger Diakonstimme. »Erheben wir unser Glas auf unseren lieben Schurik, der heute sein dreißigstes Lebensjahr vollendet hat ...«

Schurik wechselte einen Blick mit seiner Mutter – eine stumme Zwiesprache: Da müssen wir nun durch. Ist ja nicht unsere Schuld. Die alte Geschichte, so ist es bei uns immer. Wie schön wäre es gewesen, den Abend zu zweit zu verbringen! Entschuldige, Mamotschka, ich bin ein Idiot und hab mich von Irina Wladimirowna einwickeln lassen. Nicht doch, mein Lieber, es ist meine Schuld, ich hätte das Ganze unterbinden müssen. Nichts mehr zu machen, nun müssen wir es ertragen. Und wer hat nur diesen Arik eingeladen? Reiner Zufall, absoluter Zufall. Entschuldige bitte.

Arik redete lange und wirr, begann bei Schurik und endete beim Aufbau der lichten Zukunft. Auf seiner Wohnung mußte ein Fluch liegen: Nach dem jüdischen Bolschewiken, dem kühnen Michail Abramowitsch, wohnte nun ein armenischer Bolschewik darin.

Endlich stießen alle an, setzten sich und machten sich über das Essen her.

Alle gaben sich Mühe: Katja, sich anständig zu benehmen, nichts runterzuwerfen und nicht mit der Gabel zu klappern, Schurik, es allen angenehm zu machen und die Teller nicht leer werden zu lassen, Swetlana, ihren Platz an Schuriks Seite so vielsagend einzunehmen, daß ihre enge Beziehung für jeden offenkundig war. Auch die weiße Bluse war kein Zufall: Weiß wirkte frisch und war zugleich eine Anspielung. Vera legte sich eine Serviette auf den Schoß und bemühte sich, ihr neues Kleid nicht zu bekleckern. Doch sie aß ohnehin nichts.

»Kann ich dir etwas auftun?« fragte Schurik leise, zu seiner Mutter gebeugt.

»Um Himmels willen. Allein vom Anblick dieses Essens wird mir übel.« Vera lächelte sanft.

»Na, das ist aber übertrieben. Es schmeckt eigentlich alles sehr gut. Vielleicht ein wenig Salat?« Schurik langte nach einer Schüssel.

»Auf keinen Fall«, flüsterte Vera und lächelte ihr bühnenreifstes Lächeln: gesenktes Kinn und Augenaufschlag.

Irina Wladimirowna war restlos glücklich: Zum erstenmal im Leben hatte sie sich gänzlich verwirklichen können. Sie hatte alles gekocht, gebacken und gebraten, was sie konnte, und alles, wovon sie in ihren hungrigen und halbhungrigen Jahren geträumt hatte: eine mit Kohl gefüllte Gans – ein Rezept ihrer Großmutter –, einen großen Kuchen und Fischpasteten. Und alles war wohlgelungen. Außerdem wollte sie heute zum erstenmal ein Brot mit schwarzem Kaviar essen – als Kind hatte sie ihn nicht probieren können, weil sie noch zu klein gewesen war, und in späteren Jahren hatte sie diese märchenhafte Speise nie zu sehen bekommen.

Die Gäste hingegen fühlten sich nicht sonderlich glücklich, im Gegenteil, sie waren aus mannigfaltigen Gründen unzufrieden – besonders Kira und Nila, Veras lebenslange Freundinnen. Sie waren frisch zerstritten, und jede der beiden war überzeugt gewesen, die andere auf diesem Fest nicht anzutreffen. Aber nicht genug, daß

Vera, die über ihr Zerwürfnis bestens Bescheid wußte, sie alle beide eingeladen hatte, sie war sogar taktlos genug gewesen, sie nebeneinander zu plazieren, und nun saßen sie da, starrten in verschiedene Richtungen und hatten sowohl die Sprache als auch den Appetit verloren.

Arik und Sira, die armenischen Nachbarn, hatten sich ebenfalls gestritten, und zwar kurz bevor sie ihre Wohnung verließen: Sira hatte ihr schönstes Kleid angezogen, und Arik hatte seine Frau kritisch gemustert und gesagt, in einem solchen Kleid gehöre sie auf den Jerewaner Basar. Sira weinte, zog das Kleid aus und wollte zu Hause bleiben. Arik mußte sie lange überreden und trösten, und nun würde er für seine unvorsichtige Bemerkung noch lange büßen müssen. Alla war enttäuscht, weil Shenja nicht da war. Von Veras drei »Studiomädchen« war die eine seit der fünften Klasse in Schurik verliebt – inzwischen studierte sie bereits. Sie saß Schurik gegenüber und litt frisch an ihrer unerwiderten Liebe. Die zweite war kein bißchen verliebt in Schurik, sie war verliebt in Vera Alexandrowna und auf alle um sie herum eifersüchtig. Die dritte, eine von Veras frühen Schülerinnen, machte sich Sorgen um das Ausbleiben ihrer obligaten monatlichen Unpäßlichkeit und dessen entsetzliche mögliche Folgen. Ihr war übel und nicht nach Essen zumute.

Irina Wladimirowna, die im Eifer der Vorbereitungen ganz beflügelt gewesen war, zog sich, da sie das Mißverhältnis zwischen der Speisenmenge und den Möglichkeiten der Esser erkannte, in die Küche zurück und heulte. Schurik und Vera suchten sie abwechselnd dort auf und mühten sich, ihr hemmungsloses Schluchzen zu stoppen.

Indessen kam Arik immer mehr in Fahrt, erhob sein Glas und brachte Trinksprüche aus: auf die Mutter, auf den verstorbenen Vater, auf die Großmutter und sämtliche Vorfahren, auf Himmel und Erde, auf die Völkerfreundschaft und noch einmal auf die lichte Zukunft. Veras Freundinnen glucksten vor Lachen und versöhnten sich auf dieser Basis.

Dann wurden die Vorspeisen von warmen Gerichten abgelöst. Hier mußte Swetlana einspringen, denn Irina Wladimirowna war nicht mehr zu gebrauchen, sie erholte sich erst zum Dessert, als die schlaffen Gäste nur noch mit Mühe Zunge und Glieder rühren konnten, wie in einem in Zeitlupe ablaufenden Stummfilm. Die Gäste hatten den Kuchen verzehrt und Tee getrunken und brachen allmählich auf, sich die Bäuche haltend. Da bemerkte Swetlana, daß jemand fehlte: Schurik war weg. Er begleitete Alla und Katja, was er aber nur seiner Mutter ins Ohr geflüstert hatte. Swetlana hatte er nichts davon gesagt – teils, weil er die beiden nur in ein Taxi setzen und gleich zurückkommen wollte, teils aus Nachlässigkeit und mangelnder Wachsamkeit – in den Jahren seiner Bekanntschaft mit Swetlana hatte er doch eigentlich erfahren, wie gefährlich es war, ihr Anlaß zu irgendwelchen Befürchtungen zu geben.

Katja schlief ein, und Schurik trug sie. Als er ein Taxi erwischt hatte, schlief sie fest, doch als er sie in die Arme ihrer Mutter legen wollte, umklammerte sie seinen Hals und jammerte: »Du verläßt uns doch nicht, nein? Mama, er verläßt uns auch! Nicht weggehen, Schurik!«

Schurik stieg ins Taxi. Katja schmiegte sich an seine Schulter und schlief augenblicklich ein.

»Siehst du, was für ein Trauma das für das Kind ist?« flüsterte Alla und legte ihre Hand auf Schuriks andere Schulter.

Schurik sah es. Er sah auch, daß er hier nicht nur ein Trauma vor sich hatte, sondern zwei. Er schaute zur Uhr – erst viertel elf, er konnte also durchaus wieder zu

Hause sein, ehe die Gäste aufbrachen. Vor allem mußte er gleich seine Mutter anrufen.

Sobald er das einstige eheliche Nest von Shenja Rosenzweig betreten und Katja ihrer Mutter in den Arm gelegt hatte, griff er zum Hörer.

»Mamotschka, ich mußte Alla und Katja nach Hause bringen. Ich bin bald wieder da.«

Vera äußerte Unmut. Sie flüsterte, er solle schnell kommen, denn Irina sei total hysterisch, weil so viel Essen übriggeblieben sei.

»Ich flehe dich an, komm schnell zurück, ich halte das nicht aus!« Veras Flüstern klang dramatisch.

Alla kam herein, mit offenem Haar und in etwas Rosafarbenes, Durchsichtiges gehüllt. Katja lag im Bett und schlief. Alla demonstrierte Bereitschaft, sich trösten zu lassen. Sie trat zu Schurik, legte ihm die Hände auf die Schultern und sah ihn fragend an.

»Was meinst du, liebt er mich überhaupt nicht mehr?«

Schurik streichelte ihr welliges Haar. Dabei empfand er nichts als leichte Gereiztheit: Sie wollte ihm ihr Herz ausschütten. Er wollte schnell nach Hause. Er stand auf. Alla fing an zu weinen. Er drehte sich zu ihr um.

»Ich habe Gäste zu Hause.«

»Warum bin ich nur so unglücklich?« Sie schniefte.

Er öffnete einen Knopf ... Wortlos tat er das Seine, Alla stammelte weiter: »Warum nur? Warum ist das so? Du bist als Mann hundertmal besser, und Katja mag dich auch. Warum will ich nur Shenja? Warum?«

Eine Frage, die keine Antwort verlangte.

Schurik bedauerte Alla: Armes Dummchen – ihr wollt alle nur das eine.

Die Gäste waren gegangen und hatten nicht einmal die Hälfte der Speisen verzehrt. Swetlana hatte eine Schürze umgebunden und spülte mit stiller Würde Geschirr. Irina Wladimirowna heulte in Veras Zimmer, und die tröstete sie kraftlos und wartete, daß Schurik endlich käme und das Elend auf sich nähme.

»Irina, ich verstehe nicht, warum du so traurig bist. Das Essen war großartig ...«

»Und die Ausgaben? Weißt du, was das alles gekostet hat? Schrecklich! Hier, ich hab es ausgerechnet.« Irina tastete mit zitternden Händen in ihren Schürzentaschen. »Hier!«

Sie hielt Vera einen Zettel hin, auf dem sich eine Kolonne aus schiefen Zahlen reihte.

»Das ist viermal soviel wie meine Rente! Und es ist soviel übriggeblieben! Ich hab mich total verschätzt! Ich konnte nie rechnen! Mehr als die Hälfte ist übriggeblieben!«

»Das ist doch prima! Da haben wir die ganze Woche zu essen!«

»Ich ersetze die Auslagen!« jammerte Irina. »Ich werde es abzahlen!«

»Beruhige dich doch, Irina, ich bitte dich. Was spielt denn das für eine Rolle? Es war Schuriks Dreißigster, und in keinem Restaurant wären wir so gut bewirtet worden wie von dir.«

Ein Türklingeln unterbrach die stürmische Szene. Irina Wladimirowna wischte sich mit dem Schürzenzipfel das Gesicht ab und ging öffnen. Vor der Tür stand eine junge Frau mit einem großen Blumenstrauß. Es war Sonja.

»Guten Tag, ich möchte zu Schurik.«

»Vera! Besuch für Schurik!« rief Irina Wladimirowna, sichtlich auflebend angesichts der Eingetroffenen, die womöglich einen Teil des übriggebliebenen Essens vertilgen würde. »Kommen Sie doch herein! Er ist bald wieder da!«

Sie ging in die Küche, um einen Imbiß zusammenzustellen.

»Swetlana! Es ist noch ein verspäteter Gast gekommen, geben Sie mir einen Teller! Bitte sehr, Pastete, Kuchen, Salat ... Es ist noch so viel übrig!«

Swetlana sah die Hereingekommene an und war schlagartig im Bilde: Jawohl, Schurik hatte eine Frau, die sie übersehen hatte, und sie war genau so, wie sie immer befürchtet hatte: rotwangig, mit schwarzen Brauen, großer Brust und unerträglich vulgär.

Irina Wladimirowna lief zu Vera, um ihr von dem neuen Gast zu berichten. Swetlana sah Sonja mit durchsichtigen Augen an, saugte die groben Farben ihres Gesichts förmlich auf — weiß, rosa, schwarz. Und das scheußliche lila Kleid.

Verdammt, als ob sie mich fotografiert. Miese kleine Laus, dachte Sonja und lächelte dreist und spöttisch.

Swetlana zog bedächtig die Schürze aus, trocknete sich die schmalen Hände an einem Küchenhandtuch ab und verließ die Wohnung, ohne sich zu verabschieden. Schluß, aus. Das war das Ende von allem.

Schurik kam um halb eins. Sonja war inzwischen auch gegangen. Sie hatte ganze fünfzehn Minuten in Schuriks Wohnung verbracht, ein wenig im Salat herumgestochert und Wein abgelehnt. Nicht genug, daß Schurik nicht zu Hause war, Sonja mußte obendrein feststellen, daß seine Mutter sie kannte. Sie erriet, wann und unter welchen Umständen diese sie gesehen hatte: Nach Valerijas Beerdigung, als sie einen Absturz hatte. Sonja selbst erinnerte sich natürlich weder an die Wohnung noch an Vera. Doch die hagere grauhaarige Dame im dunkelblauen Kleid sprach Sonja gleich mit ihrem Namen an. Sie hätte nicht herkommen sollen. Diese Überraschung war gründlich mißlungen.

Als Schurik zurück war, tröstete er Irina Wladimirowna ein wenig, dann bekam sie ein Beruhigungsmittel und wurde ins Bett gebracht.

Anschließend saßen Mutter und Sohn noch eine Weile in der Küche. Sie waren zufrieden miteinander und fühlten sich wohl, weil sie einander vollkommen verstanden. Anfangs tadelte Vera ihn kurz, weil er seine Gäste im Stich gelassen hatte, und erzählte ihm von Sonjas Besuch, dann griff sie mit ihren zarten Fingern in Schuriks sich lichtende Locken und seufzte.

»Mein lieber Junge! Kaum zu fassen, nun bist du schon dreißig! Ich kann mich kaum an die Zeit erinnern, als es dich noch nicht gab. Ich denke schon lange darüber nach, daß du allmählich heiraten solltest. Ich wäre doch eine gute Großmutter, oder?« fragte sie kokett. »Ich gehe zwar bald ins achte Jahrzehnt, aber ... Ich würde gern noch meine Enkelin sehen. Oder einen Enkel. Swetlana ist zuverlässig, anständig ... Und überhaupt – es gibt doch genug Mädchen, oder?«

Schurik zuckte zusammen. Vera wußte wirklich absolut nichts von seinem Leben. Großmutter hätte längst begriffen, mit was für einem irrsinnigen Geschöpf er sich da seit Jahren plagte. Vera aber war eine Heilige, sie nahm nichts wahr außer Kunst, Theater und Musik. Erfüllt von der gewohnten Rührung, küßte er ihr die Hand und strich ihr über die Schläfe.

»Na, geh jetzt schlafen. Ich leg mich auch gleich hin.« Sie gab ihm den üblichen Gute-Nacht-Kuß. Schurik ging in sein Zimmer und setzte sich an die Schreibmaschine. Er mußte am nächsten Tag drei kurze Übersetzungen abliefern.

Das Telefonklingeln riß ihn aus seiner Arbeit.

Bestimmt Swetlana. Ein Kontrollanruf, dachte er mechanisch, ohne die geringste Gereiztheit. Aber eine andere Stimme – hell und klar, rief durch Rauschen und gedämpfte fremde Stimmen hindurch: »Hallo, Schurik!«

Er erkannte die Stimme sofort. Die Ohren erkannten sie schneller als der Kopf, auch das Herz erkannte sie, und er errötete vor Freude.

»Lilja! Du? Du erinnerst dich? Du erinnerst dich an mich?«

Sie lachte – auch ihr Lachen war noch das alte, unverwechselbare: krampfartig wie Weinen, mit einem Schluchzer in der Mitte, erstarb es am Ende aus Atemnot.

»Ob ich mich erinnere? Ach, Schurik, ich habe alles vergessen, absolut alles, alles, außer dir. Ehrenwort, ich denke nie an früher, an nichts, aber dich hab ich vor mir, als wärst du lebendig.«

»Ich bin ja auch lebendig!«

Eine erneute Lachsalve. »Das höre ich doch, daß du lebendig bist, war eine dumme Bemerkung von mir. Weißt du, warum ich anrufe?«

»Um mir zum Geburtstag zu gratulieren?«

»Ach was, das wußte ich ja gar nicht! Herzlichen Glückwunsch! Dreißig? Dumme Frage, natürlich dreißig! Ich bin morgen in Moskau! Stell dir vor!«

»Mach keine Witze! Morgen?«

»Ja! Für einen Tag. Ich fliege von Paris nach Tokio – über Moskau! Ich hab dich nicht früher angerufen, weil ich dachte, ich kriege kein Visum und muß im Transithotel sitzen, aber ich hab das Visum! Also – hol mich morgen ab.«

»Morgen oder heute?« fragte Schurik fassungslos.

»Morgen, morgen!«

Sie diktierte ihm Flugnummer und Ankunftszeit, wiederholte, er solle sie abholen, und legte auf.

59

Die beleidigte Swetlana hatte Schuriks Haus mit der Absicht verlassen, unverzüglich nach Hause zu fahren, ein Bad zu nehmen und die vierzig bereitliegenden Tabletten zu schlucken. Doch sie überlegte es sich anders: Erst mußte sie herausfinden, wer die Dame mit den wilden Brauen war. Swetlana suchte sich einen bequemen Standort im Hauseingang gegenüber. Sie mußte nicht lange warten. Sonja kam ziemlich bald heraus, ging zu einer Telefonzelle, telefonierte etwa eine Minute, verließ die Zelle und ging in Richtung Belorussischer Bahnhof. Sie stieg nicht in die Metro, sondern tauchte in irgendwelche Gassen, wohin die unsichtbare Swetlana ihr folgte, bis zur Elektritscheski-Gasse elf. Dann klappte eine Tür im ersten Stock, und Swetlana fuhr nach Hause, denn sie wußte, daß man sich vor einer wichtigen Tat ein wenig ausruhen muß.

In ihrem Zimmer angelangt, setzte Swetlana sich an den Tisch, tastete nach der kleinen Lampe und schaltete sie ein. Unter der Tischplatte befand sich ein Geheimfach, eine verriegelbare kleine Schublade. Darin hatte Großmutter früher Lebensmittelkarten und alte Quittungen jahrelang aufbewahrt. Swetlana entnahm ihm ein litauisches Büchlein in buntem Ledereinband, das weniger ein übliches Tagebuch mit lyrischen Bemerkungen war, sondern eher ein zutiefst sachliches Beobachtungsjournal: Datum, genaue Uhrzeit, Ereignis. Die Seiten waren in winziger Schrift vollgekritzelt mit ihrem eigenen naiven Geheimcode: Liebesbegegnungen waren mit roten Kreisen vermerkt (im letzten Jahr waren es vier), Schuriks dienstliche Treffen mit blauen Kreisen, verdächtige Begegnungen mit einem doppelten schwarzen Kreis. Die Besuche bei Valerija hatte sie – aus einer Eingebung heraus – mit einem doppelten schwarzblauen Kreis versehen.

Seit fast acht Jahren führte sie dieses Buch, aber es war ihr bislang nie in den Sinn gekommen, darin zu blättern, über die Eintragungen nachzudenken.

Das Büchlein wäre für ihren behandelnden Arzt von großem Interesse gewesen: Phasen der aktiven Beschattung, in denen Swetlana diesem heiklen Geschäft viele Stunden am Tag widmete, wechselten mit relativer Untätigkeit. Das Buch enthielt weiße Flecke, als habe Swetlana Schurik wochenlang vollkommen vergessen. Meist folgten diese unmittelbar auf einen roten Kreis. Der letzte rote Kreis war vor über zwei Monaten eingetragen.

Nun studierte Swetlana die alten Aufzeichnungen. Sie rechnete nach, verglich: Sie stellte fest, daß es im Laufe der Jahre vier Aufwallungen ihrer Beziehung gegeben hatte, in denen Schurik sie einmal in der Woche besuchte, und diese Phasen hatten jeweils drei oder vier Monate angedauert. Plötzlich überkam es sie siedendheiß: In ihrem Büchlein waren nur Ereignisse festgehalten, die Schurik betrafen, die vier Selbstmordversuche, die sie in diesen Jahren unternommen hatte, fehlten. Doch wenn sie die einfügte – sie malte vier fette Bleistiftkreuze –, war zu erkennen, daß er sie immer nach diesen mißglückten Suizidversuchen regelmäßig besucht hatte.

Mein Gott! Daß sie darauf nicht schon früher gekommen war! Er war schlimmer als der Mistkerl Gnesdowski und der Verräter Aslamasjan, denn er wußte genau, daß ihre Gesundheit, ja ihr Leben von ihm abhing! Warum also besuchte er sie nur dann, wenn sie versucht hatte, sich das Leben zu nehmen? Was für eine Grausamkeit! Aber vielleicht war er einfach verrückt und brauchte, um sie zu lieben, das Gefühl, daß ihr Leben in Gefahr war?

Nein, nun wußte sie Bescheid, die schwarzen Bleistiftkreuze erklärten alles. Sie würde nicht mehr zulassen, daß er über ihr Leben verfügte. Sie warf das Büchlein beiseite, stand auf, ging zum Fenster, zog den schweren Vorhang auf, und weißes, quecksilbernes Licht erhellte das Zimmer. Der Vollmond schien direkt ins Fenster, als habe er darauf gewartet, daß jemand den Vorhang aufzog. Metallgegenstände, die im schwachen Schein der Lampe nicht zu sehen gewesen waren, blitzten auf: der Silberlöffel zum Einrollen der Blütenblätter, ein kleiner Eisenblock, ein gebogenes Messer und ihr Lieblingsmesser mit der dreieckig geschliffenen scharfen Klinge zum Schneiden gestärkter Stoffe.

Natürlich, das ist es, das Zeichen, sagte sich Swetlana und steckte das Messer in ihre Handtasche. Es paßte auf den Zentimeter genau hinein, wie in eine Scheide. Das Büchlein blieb auf dem Tisch liegen.

Schurik wußte nichts von dem Buch, doch eine Art Mechanismus in ihm reagierte auf Nuancen in Swetlanas Stimme, auf Eigenheiten ihrer Rede, die sich plötzlich verlangsamte und in der Luft hängenblieb – dann roch es nach einem weiteren Selbstmordversuch. Dieser Mechanismus verriet ihm stets, daß es an der Zeit war, Swetlana zu besuchen. Er schob es eine Weile auf, zögerte es hinaus, schließlich bat sie ihn um irgendeine Hilfe im Haushalt, und ihre Stimme klang bittend, drohend und warnend, woraufhin er losstürzte und unverzagt seine simple männliche Pflicht tat. Aber diesmal hatte er anderes vor.

Am Morgen des nächsten Tages stand Swetlana auf ihrem Beobachtungsposten.

Schurik verließ um halb eins das Haus und ging in Richtung Bushaltestelle, wartete jedoch nicht auf den Bus, sondern hielt ein Auto an und stieg ein.

Ohne Aktentasche, registrierte Swetlana. Wahrscheinlich Arbeit holen. Wenn er etwas abliefert, hat er eine Aktentasche dabei. Also kommt er bald wieder.

Sie besaß keinen detaillierten Plan. Einzig eine bloße, grandiose Absicht.

Schurik fuhr nach Scheremetjewo. Anderthalb Stunden lief er durch die riesige Halle und schaute auf die große Tafel, auf der die Namen von Städten auftauchten und wieder verschwanden, und konnte kaum glauben, daß diese wirklich existierten: Kairo, London, Genf. Endlich erschien Paris – ein ebensolches Phantasiebild wie alle anderen, aber immerhin wußte er, daß seine Großmutter einmal dort gelebt hatte. Die Stadt existierte also wirklich. Und nun sollte Lilja von dort kommen. Ausgerechnet aus Paris. Warum eigentlich aus Paris? Ein schemenhafter Faden knüpfte eine Verbindung, aber Schurik zog nicht daran – er war zu aufgeregt und übervoll von unbestimmten Erwartungen. Dann wurde mitgeteilt, die Maschine aus Paris sei gelandet, kurz darauf, an welchem Ausgang die Passagiere zu erwarten seien, und er ging dorthin, wo französische Touristen aus einer Glastür strömten. Sie wurden von Intourist-Reiseleitern empfangen, im Gang herrschte Gedränge, laute französische Ausrufe ertönten, und Schurik fürchtete, er würde Lilja in diesem Durcheinander nicht finden. Oder nicht erkennen. Während er angestrengt Ausschau hielt und den Kopf nach allen Seiten drehte, zupfte ihn jemand am Ärmel. Er wandte sich um. Vor ihm stand eine fremde kleine Frau, tiefgebräunt, mit langem, üppigem, beinahe afrikanischem Haar. Sie lächelte ein Äffchenlächeln, und wie ein Schmetterling aus einer Puppe schlüpfte Lilja aus der Fremden, die augenblicklich verschwand.

Lilja sprang an Schurik hoch und umschlang seinen Hals – ein federleichtes Frauengewicht, die vertrauten zierlichen Knochen, die kleinen Hände. Die Berührung versetzte ihn schlagartig zurück in die Zeit, ja an den Tag, da sie sich hier in Scheremetjewo für immer und ewig verabschiedet hatten.

»Himmel, mein Gott! Ich hätte dich nie im Leben erkannt!«

»Ich hätte dich unter einer Million erkannt«, murmelte Schurik.

Sie sagten Worte, die nichts zu tun hatten mit dem, was vorging, die jedoch die Luft um sie herum füllten, sie veränderten und eine vokale Wolke lebendiger Erinnerung schufen.

Taxifahrer belagerten sie und boten ihre Dienste an, aber sie hörten nichts, sie fuhren fort, verbindende Worte zu sagen und sich aneinander zu freuen.

Dann griff Schurik nach dem Koffer und einem unbequemen Karton mit notdürftig angeklebten Henkeln, den Lilja seitlich unterfaßte, wobei sie munter plapperte: Ihre verrückte Nachbarin Tuska habe sie gezwungen, diesen albernen Karton von Jerusalem nach Paris zu schleppen und von Paris nach Moskau, Gott sei Dank müsse sie ihn wenigstens nicht nach Tokio befördern, eine Dummheit, daß sie sich darauf eingelassen habe, aber der Sohn der Nachbarin sei bei der Armee gefallen, ihr einziger Sohn, und nun sei sie ein wenig verrückt, sitze da, stricke und trenne wie Penelope das Gestrickte wieder auf, ein trauriger Anblick, und die Henkel seien gleich auf dem Ben-Gurion-Flughafen in Lod gerissen, sie habe mit dem Karton schon dort ihre liebe Not gehabt.

Sie stiegen in ein Auto – Lilja setzte sich mit dem Karton auf den Rücksitz, Schurik neben den Fahrer, und die ganze Fahrt über saß er zu Lilja gewandt und schaute sie an, und irgend etwas an ihr störte ihn, aber er wußte nicht, was es war. Irgend etwas war falsch, anders.

Unterwegs beschlossen sie, nicht gleich ins Hotel »Zentralnaja« zu fahren, wo für Lilja ein Zimmer reserviert war, sondern zuerst zu Schurik. Vera hatte den Wunsch geäußert, Lilja Laskina zu sehen.

Lilja nickte.

»Ja, gut, aber nur kurz. Ich möchte zu unserem Haus, auf unseren Hof, ich will im Zentrum spazierengehen, und außerdem habe ich versprochen, diesen verfluchten Karton zu Tuskas Mutter zu bringen.«

Vor Schuriks Haus angelangt, entschieden sie, das Taxi warten zu lassen, um nicht sämtliche Sachen hochschleppen zu müssen. Sie sprangen aus dem Wagen und rannten Hand in Hand zum Haus. Schurik hatte das seltsame Gefühl, sie müßten sich beeilen, um an dem einen gemeinsamen Tag alles nachzuholen, was sie in zwölf Jahren versäumt hatten.

Vom dritten Stock des gegenüberliegenden Hauses aus beobachtete Swetlana, wie Schurik und ein Mädchen im langen Rock und mit Afrofrisur zur Haustür eilten. Das Mädchen lief mit kleinen Ballettsprüngen, und Swetlana dachte zunächst, Maria sei wieder da, registrierte jedoch sofort, daß Maria größer war als diese spillrige Person. Also hatte er wieder eine Neue. Noch eine Frau.

Das war der Untergang, ein Desaster, die absolute Katastrophe. Nicht wegen gestern, wegen der vulgären Person mit den angemalten schwarzen Brauen, nein, er führte einfach ein Doppelleben, und all ihre Anstrengungen, die jahrelangen Bemühungen, die sie seinetwegen aufgewandt hatte, waren vergebens, wie ihr ganzes

Leben vergebens war – wie dumm von ihr, sich an dieses Trugbild von Mann zu klammern!

Aber Swetlana gab nie auf halbem Wege auf. Sie lief die Treppe hinunter und ging ohne Hast zu dem Taxi, das noch immer vor Schuriks Haus stand.

»Könnten Sie mich ...«

Der Taxifahrer brummte, ohne von seiner Zeitung aufzusehen: »Nein, ich bin besetzt. Ich muß von hier noch zum Hotel ›Zentralnaja‹.«

Swetlana wunderte sich nicht einmal, daß der Fahrer ihr eine Frage beantwortete, die sie gar nicht gestellt hatte. Nach kurzem Zögern fuhr sie zum Hotel »Zentralnaja«.

60

Sie liefen die Gorkistraße hinunter bis zur Manege, kamen an der Universität vorbei, gingen jedoch nicht hinein, sondern standen nur eine Weile auf dem Innenhof herum, im Schatten der Pappeln und des Lomonossow-Denkmals, unter lauter Studenten. Lilja hob den Kopf, schaute zum Himmel und sagte: »Mein Gott, was für ein herrliches Wetter! Den Winter habe ich nie vermißt, aber ich hatte ganz vergessen, wie schön der Herbst hier ist. Diese angenehme Wärme, wie Körpertemperatur, ja wie frischgemolkene Milch, unaufdringlich und genau richtig. Bei uns ist es mal heiß, mal kalt, eine so wunderbare Temperatur gibt es überhaupt nicht.«

Sie gingen an der Bibliothek vorbei, und Lilja blieb erstaunt stehen.

»Die Apotheke! Sie haben die Apotheke abgerissen! Ja, alles haben sie abgerissen! Hier hat meine Lehrerin gewohnt, in einem einstöckigen Haus genau an dieser Stelle.«

Ein Teil des Viertels, unterhalb des Büros von Kalinin, war nun Grünanlage. Die Straße von der Kamenny-Brücke in Richtung Manege war verbreitert worden. Lilja hätte weinen mögen – weniger um die abgerissenen Häuser als um den schmerzhaften Verlust, den ihr eigenes Gedächtnis erlitt. Was bislang als vollendetes, vollkommenes Bild in ihrem Gedächtnis geruht hatte, mußte nun korrigiert, mit der neuen Wirklichkeit in

Übereinstimmung gebracht und als neues Bild festgehalten werden.

Vom Puschkinmuseum bis zur Metrostation Kropotkinskaja war alles noch wie früher, die unauffälligen, gemütlichen kleinen Häuschen zwischen Kropotkinskaja und Metrostrojewskaja jedoch waren abgerissen worden, an ihrer Stelle stand nun, völlig fehl am Platz, ein eiserner Held.

»Wer ist das denn?« fragte sie.

»Engels«, antwortete Schurik.

»Komisch. Wenn es wenigstens Kropotkin wäre ...«

Hand in Hand liefen sie die Kropotkinskaja entlang, vorbei am Haus der Wissenschaftler, in dem Lilja der Reihe nach sämtliche Freizeitangebote für Kinder, einschließlich Theaterzirkel, besucht hatte, an der Feuerwache und am Haus von Denis Dawydow. Sie lächelte schwach und verwirrt – je näher sie ihrem Haus kamen, desto besser war alles erhalten. Sie erreichten das Eckhaus, wo die Tschisty-Gasse in die Kropotkinskaja mündete. Gegenüber von Liljas Haus blieben sie stehen, und sie blickte zu den Fenstern, die einmal ihre gewesen waren.

»In unserer Wohnung hat eine wunderbare alte Frau gewohnt, Nina Nikolajewna. In einem winzigen Zimmer neben der Küche. Die Wohnung hat einmal ihr gehört, ihre Familie war vor der Revolution sehr reich. Industrielle oder Unternehmer, sie besaßen wohl irgendwas Großes im Ural, einen Betrieb oder so ... Ich hab mal gesehen, wie der Patriarch ihretwegen angehalten hat, er fuhr immer mit zwei Wolgas rum, einer war grün, einer schwarz, in einem saß wahrscheinlich die Leibwache. Der schwarze Wagen hielt an, der Patriarch stieg aus, sie ging ihm entgegen, küßte ihm die Hand, und er segnete sie, legte ihr seine riesige Pranke auf den Hut. Und fuhr weiter. Seine Residenz ist gleich hier um die

Ecke. Ich kam gerade mit meiner Mappe aus der Schule, ich war ziemlich keß, ich bin zu ihr gerannt und hab gefragt: Woher kennen Sie den denn, Nina Nikolajewna? Und sie darauf: Als der Patriarch ein junger Priester war, hat er in unserer Hauskapelle Gottesdienste abgehalten. Und das war nicht gelogen. Kuck mal, die Vorhänge, die Vorhänge in ihrem Zimmer sind noch dieselben. Ob sie etwa noch lebt?«

Sie gingen ins Haus – es roch genau wie früher. Lilja lehnte sich neben der Heizung an die Wand. An dieser Stelle hatten sie sich immer geküßt, bevor sie in den ersten Stock hinaufgelaufen war. Schurik legte seine Hände um ihren Kopf, hob das dichte, sich ein wenig filzig anfühlende Haar und berührte Liljas abstehende Ohren. Die Haare waren überflüssig.

»Deine Ohren«, murmelte er. »Warum versteckst du deine Ohren? Warum hast du dir die Haare wachsen lassen?«

Ihre Ohrmuscheln waren zart, kaum gewunden, und dahinter befand sich eine Einkerbung, eine schmale Rille. Er fuhr mit dem Finger darüber, erschüttert ob der völlig unveränderten Empfindung. Lilja kicherte und zuckte mit der Schulter.

»Schurik, das kitzelt!«

Sie hob die Hand und zauste sein Haar – zärtlich und mütterlich.

»Als ich mit meinem Sohn schwanger war, war ich irgendwie überzeugt, er würde dir ähneln, er würde dieselben Haare haben wie du und dieselben Augen. Aber er ist rothaarig.«

»Du hast einen Sohn?« fragte Schurik erstaunt.

»Er ist vier. David. Im Moment lebt er bei meiner Mutter. Ich hab ja das Praktikum in Japan. Da arbeite ich rund um die Uhr. Deshalb hab ich ihn bei ihr gelassen. Na komm, gehen wir.«

»In die Wohnung?« fragte Schurik.

»Nein. Das wäre zuviel. Unsere Nachbarn waren ziemlich eklig, die einzige Nette war Nina Nikolajewna. Und überhaupt – das wäre zu herzzerreißend. Laß uns einfach spazierengehen. Das finde ich wunderbar. Ich hab sowieso nicht so viel Zeit, ich muß ja auch noch diesen verdammten Karton abliefern. Komm, gehen wir ins Samoskworetschje-Viertel!«

Sie verließen das Haus – auf der gegenüberliegenden Straßenseite stand Swetlana, das Gesicht konzentriert und blaß. Sie hatte die beiden vom Hotel, wo sie noch vor ihnen eingetroffen war, bis hierher in sicherem Abstand verfolgt.

Schurik begegnete ihrem Blick. Sie drehte sich zur Wand und stand da wie ein bestraftes Kind. Was für eine schreckliche, grausame Demütigung! Sie war ertappt!

Schurik erstarrte. Er wußte seit langem, daß sie ihn beschattete, hatte allerdings stets getan, als bemerke er sie nicht, um Swetlana nicht bloßzustellen. Nun wurde er plötzlich wütend: Widerlich, dieses Nachspionieren! Doch er wandte sich sofort wieder ab, als sei nichts geschehen, und zog Lilja am Arm.

»Taxi! Taxi! Nach Samoskworetschje!«

Als Swetlana sich umdrehte, waren Schurik und das spillrige Mädchen weg.

61

Inzwischen war es dunkel. Schurik war mehrere Stunden mit Lilja durch Höfe und Hinterhöfe gelaufen, vorbei an vernagelten Häusern mit Brandspuren – neueren Datums oder von 1812 –; in einem Hinterhof zwischen düsteren Häuserquadern hatten sie sogar getanzt: Aus einem offenen Fenster dröhnte Musik, und Lilja sprang auf, zerrte Schurik am Arm und wirbelte ihn zwischen Kletten und Glassplittern herum.

Die Nacht war prallgefüllt mit dichtem, buntem Leben: In einem Hof vor einer Kirchenwand versuchten drei zottelhaarige Jugendliche, sie ein bißchen auszurauben, doch Lilja lachte sie so fröhlich und spöttisch aus, daß sie lieber Freundschaft schließen wollten und eine Flasche Wodka hervorholten, die sie dann gemeinsam in ebendiesem Hof leerten. Dann beobachteten sie eine Liebesszene in einem Pavillon. Das heißt, eigentlich keine Liebesszene, sondern einen Geschlechtsakt, bei dem die Frau unentwegt monoton schrie: »Mach Dampf, Serjoga, mach Dampf!«

Lilja lachte noch immer – glucksend, atemlos, mit hohen Kieksern – als sie sahen, wie drei Milizionäre einen betrunkenen jungen Burschen brutal zusammenschlugen; da verstummte sie, und sie entfernten sich von den Milizionären, die den Jungen fortschleiften. Sie kamen an der Golikowski-Gasse heraus und entdeckten ein wunderschönes einstöckiges Haus aus den dreißiger

Jahren des neunzehnten Jahrhunderts mit dreieckigem Giebel und winzigem Vorgarten. Der dichte Schatten zweier großer Bäume, die vermutlich gepflanzt worden waren, als das Haus fertig war, fiel auf das Dach und ließ den brennenden barocken Kronleuchter im ersten Stock um so festlicher wirken. Während sie das Haus bewunderten, kam ein rundlicher bärtiger Mann mit krummen Beinen und einem riesigen Schäferhund heraus. Der Schäferhund stürzte bellend auf Lilja und Schurik zu, und der Mann bat sie sehr höflich, weiterzugehen, denn der Hund sei sehr jung und gehorche noch nicht recht, und er selbst sei so betrunken, daß er ihn kaum würde halten können, sollte er sie in Stücke reißen wollen.

Er sprach mit trunkener Schwerfälligkeit, der Hund gierte nach Kampf, und der Mann hing an der Leine wie ein Luftballon.

Schurik und Lilja wichen zurück, indessen kam eine blonde Schönheit aus dem Haus und sagte leise: »Pamir, bei Fuß!« Der wilde Hund vergaß umgehend seine Wächterpflichten, kroch beinahe bäuchlings und süß winselnd zu ihr, und der Bärtige sagte sichtlich gekränkt: »Soika, ich bin doch dein Mann, nicht Pamir, warum fliegen die Kerle so auf dich? Was findest du bloß an ihr, Pamir – sie hat auch bloß zwei Augen, zwei Ohren, eine Fotze und einen Arsch! Ein Weib wie jedes andere!«

»Goscha, laß endlich die Leine los! Na komm schon, komm her!«

Gebieterisch führte sie ihre beiden Rüden fort, und Lilja kugelte sich erneut vor Lachen.

»Ach, Schurik! Das ist ja das reinste Kino hier, Fellini ist gar nichts dagegen. Hör mal, war das schon immer so, oder hat das jetzt erst angefangen?«

»Was?« fragte Schurik verständnislos.

»Dieses absurde Theater.«

Das hab ich schon mal erlebt. So ähnlich jedenfalls, dachte Schurik, kam aber nicht auf die Französin Joel.

Wieder gingen sie durch Höfe, bis sie an einen eigenartigen Ort gelangten. Hier war vor kurzem ein Haus abgerissen worden, und durch die entstandene Lücke sah man das Moskwa-Ufer, die Kremlkirchen und Iwan den Großen, den Glockenturm. Wieder saßen sie auf einer Parkbank, vor einem Brettertisch, dem Stammplatz der Dominospieler, und Schurik hielt Lilja in den Armen, erfüllt von ungeheurer Zärtlichkeit, die zusammengesetzt war aus der, die er für Vera empfand, und der, die Maria in ihm ausgelöst hatte, als sie sich fiebernd an ihn gepreßt und um etwas gebettelt hatte, von dem sie noch nichts wissen konnte. Lilja hatte ihre goldfarbenen Schuhe abgeworfen, und er wärmte in der linken Hand ihre kleinen Füße, während seine Rechte durch das schwarze T-Shirt hindurch ihre kleine Brust streichelte, die nicht in ein albernes Ding mit Haken und Knöpfen gezwängt war, sondern frei atmen konnte.

»Du bist immer im Minirock rumgelaufen, und mir gefiel so sehr, wie du gehst, du hast irgendwie einen ganz besonderen Gang.«

»Miniröcke? Die hab ich seit damals nicht mehr getragen! Bei meinen Beinen! Bloß in Japan hat mir das nichts ausgemacht, die Japanerinnen sind die krummbeinigsten Frauen der Welt. Aber die allerschönsten. Magst du Japanerinnen?«

»Aber Lilja, ich habe in meinem ganzen Leben noch keine einzige leibhaftige Japanerin gesehen.«

»Ach so, natürlich«, sagte Lilja schläfrig.

In diesem Augenblick regte sich etwas in der Luft, ein Wind erhob sich und blies die Dunkelheit fort, es wurde ein wenig heller, die schwarzen Bäume ringsum waren nun dunkelgrün und nicht mehr monolithisch, sondern körnig, auch der Kreml veränderte sich, wurde lebendig und farbig. Das Licht kam von links, und mit dem Licht entstanden auch Schatten, alles Flache erhielt Tiefe, und Schurik, der dieses Schauspiel beobachtete, begriff auf einmal, daß es nicht die Morgenröte war, die allen Dingen Tiefe verlieh, sondern Lilja.

»Mein Gott, ist das schön«, sagte Lilja.

Sie schlief in seinen Armen ein. Es wurde immer heller. Die Blätter raschelten, einige kleine gelbe fielen neben ihm auf die Bank. Auch sie waren dreidimensional, wie im Stereokino. Und alles Schwarzweiße, Graue wurde plötzlich farbig, als habe jemand den Film gewechselt. Schurik saß auf der Bank, und Lilja hatte sich in seine Arme gekuschelt.

Eine Halluzination, dachte er.

Noch nie hatte er etwas Ähnliches erlebt. Alles wirkte vergrößert, jede Minute war wie ein großer Apfel — schwer und reif.

Nein, das war keine Halluzination. Alles zuvor war mangelhaft, falsch, vergänglich gewesen. Die törichte alltägliche Hetzerei von der Apotheke zum Markt, von der Wäscherei zur Redaktion, törichte Übersetzungen, törichte Dienste für einsame Frauen. Er durfte Lilja nicht mehr loslassen, mußte sie immer so in den Armen halten, denn nichts auf der Welt war besser und klüger, nichts war richtiger.

»Oh!« Lilja richtete sich ruckartig auf. »Wir haben ganz vergessen, den Karton abzuliefern! Schurik! Wie spät ist es?«

»Egal. Ich kümmere mich um deinen Karton, laß mir nur die Adresse da.«

»Aber ich hab Tuska versprochen, ihre Mutter zu besuchen. Verdammt! Ich muß um zwölf auf dem Flughafen sein.«

Schurik mochte sich nicht beeilen. Er hatte sich so lange beeilt, jahrelang, unaufhörlich, und nun hatte er nur noch wenige Stunden, wenige ganz besondere Minuten mit Lilja. Er strich ein Blatt von ihrer Schulter und sagte: »Wir gehen jetzt zum Markt, in eine tatarische Imbißstube, die hat Gija mir mal gezeigt. Sie machen schon im Morgengrauen auf. Dort gibt es wunderbare Tschebureki*. Und einen guten Kaffee kriegen wir da auch. Oder Tee.«

»Ein tatarischer Markt? Toll! Ich wußte gar nicht, daß es in Moskau so was gibt. Er ist bestimmt so ähnlich wie unser arabischer Basar, nicht?« Lilja sprang auf und streifte die Goldslipper über die nackten Füße – bereit zu neuen Abenteuern.

* mit Hammelfleisch gefüllte gebratene Nudelteigtaschen

62

Es war einer der seltenen gesegneten Septembermorgen, wenn durch einen zarten Dunstschleier ein himmlisches Leuchten bricht. Sie gingen von der Ordynka in die Pjatnizkaja, machten einen Bogen um die Metrostation und standen vorm Markt. Dort gab es sogar Pferdefleisch, Pferdewurst und diverse tatarische Süßigkeiten aus klebrigem Teig zu kaufen. Der Imbiß hatte bereits geöffnet. Zwei Tataren mit Tjubetejkas* tranken an einem sauberen Tisch Tee und unterhielten sich in ihrer Sprache. Es roch nach heißem Fett und Gewürzen. Hinter der Theke stand ein kahlgeschorener älterer Mann von majestätischer Würde.

»Nehmen Sie Platz, der Tee kommt gleich, die Tschebureki dauern noch ein bißchen. Sie sind bald fertig.«

Lilja saß am Tisch, drehte ihren Kopf hin und her und erzählte Schurik, sie habe sich daran gewöhnt, na ja, fast daran gewöhnt, daß die Welt sich alle halbe Stunde verändere, na ja, nicht alle halbe Stunde, aber alle halbe Jahre! Und zwar radikal, in allem, so daß nichts beim alten blieb und alles neu war. Sie zerschnitt mit den Fingern die Luft, und in alle Richtungen schienen die Fetzen zu fliegen – aber an das, was bleibe, daran könne man unbesehen glauben.

»Nimm bloß mal Japan. Man versteht absolut nichts –

* runde oder viereckige, oft bunt bestickte Kappe

von den Umgangsformen, vom Essen, von ihrer Denkweise. Man hat dauernd Angst, einen furchtbaren Fehler zu begehen. Na, zum Beispiel, bei uns wäscht man sich vorm Essen die Hände, dort danach. Bei uns ist es peinlich, auf die Toilette zu gehen, wir bemühen uns, möglichst unbemerkt hinauszuschlüpfen, bei ihnen ist es unanständig nicht zu lächeln, wenn man angesprochen wird. Oder als ich Arabisch gelernt habe, da hatten wir einen wunderbaren Professor, einen Palästinenser, der war hochgebildet, hat an der Sorbonne studiert. Also, den durfte man nicht ansehen, geschweige denn anlächeln. Und er hat uns auch nicht angesehen. Wir waren acht in der Gruppe, sechs davon Frauen. Wenn er uns lachen hörte, wurde er ganz blaß – andere Regeln eben ...«

Die Tschebureki wurden gebracht. Sie waren goldgelb mit braunen Pusteln und dampften; der Geruch nach gebratenem Hammelfleisch war so intensiv, daß man ihn beinahe zu sehen glaubte. Lilja griff nach einem Tscheburek, doch Schurik mahnte: »Sie sind sehr heiß, paß auf.«

Sie lachte und pustete auf ihren Teller. Aus der Hintertür kam ein etwa dreijähriges Mädchen mit Ohrringen, trat zu Lilja und starrte deren Schuhe an wie ein Wunder. Lilja wippte mit dem Fuß. Das Mädchen griff nach dem Schuh. Der kahlgeschorene Wirt rief etwas auf Tatarisch, eine Sechsjährige kam angelaufen, packte die Kleine an der Hand, und die fing an zu weinen. Lilja öffnete ihre an einem langen Riemen baumelnde Handtasche, nahm zwei Haarspangen mit rosa Schmetterlingen heraus und reichte sie den Mädchen.

Die Ältere klappte mit den Lidern wie ein Schmetterling mit den Flügeln, sagte leise »danke«, und die beiden verschwanden, die kostbaren Geschenke umklammernd. Lilja biß in den Tscheburek. Ein fettiger Strahl traf Schuriks Gesicht. Er wischte sich das Gesicht ab und lachte. Lilja lachte ihr glucksendes Mädchenlachen. Die Tschebureki waren köstlich und Schurik und Lilja furchtbar hungrig. Sie aßen jeder zwei Tschebureki und tranken dazu zwei Gläser Tee. Anschließend brachte der Wirt ihnen ein Tellerchen mit zwei kleinen Pachlawa-Würfeln.

»Oh, complements!« Lilja lachte, schob sich den süßen Würfel in den Mund, und beim Hinausgehen winkte sie dem Wirt zu und sagte zu ihm etwas in einer Sprache, die Schurik nicht verstand. Der Wirt stutzte, dann antwortete er ohne das geringste Lächeln, überhaupt ohne die geringste Gemütsregung.

»Was hast du zu ihm gesagt?« fragte Schurik.

»Ich habe auf arabisch einen sehr schönen Satz zu ihm gesagt, etwa: Möge Ihre Güte zu Ihnen zurückkehren.«

Sie liefen in Richtung Hotel, erneut zu Fuß und ohne Eile. Schurik hatte die zweite Nacht nicht geschlafen. Er fühlte sich sonderbar, alles ringsum war ein wenig vage und fragiler als sonst. Wie eine Attrappe. Auch sein Körper war ungewohnt leicht, wie im Wasser.

»Spürst du diese unglaubliche Leichtigkeit?« fragte er Lilja.

»Und ob! Aber vergiß bloß nicht, den Karton abzuliefern«, erinnerte sie ihn.

Auf langen Umwegen erreichten sie schließlich das Hotel. Schurik hatte keinen Ausweis dabei, darum durfte er nicht mit in Liljas Zimmer. Sie ging hinauf, und er wartete in der Halle ziemlich lange auf sie. Als sie herunterkam, war sie umgezogen: Ein rotes T-Shirt statt des schwarzen, die Lippen rot geschminkt. Sie sah aus wie ein kleines Mädchen, das sich an Mamas Kosmetik vergriffen hat. Ein Träger brachte den Koffer und den Karton. Das Taxi fuhr vor. Lilja gab dem Träger ein Trinkgeld. Noch ehe Schurik nach ihrem Koffer greifen konnte, winkte Lilja diskret dem Taxifahrer, und der lud Koffer und Karton in den Gepäckraum.

»Den Karton bringen wir zu dir, hörst du. Die Adresse hab ich draufgeschrieben.«

Sie setzten sich nebeneinander auf die Rückbank. Liljas Haar roch nach Seife oder Shampoo, und dieser Geruch enthielt eine Spur von dem Parfüm, das Schuriks Großmutter immer benutzt hatte. Französisches Parfüm natürlich. Er atmete den Duft ein, wollte seine Lungen damit ganz ausfüllen und ihn nie mehr herauslassen; er dachte daran – und verbot sich diesen Gedanken zugleich –, daß gleich alles zu Ende war.

Sie hielten vor seinem Haus. Lilja fragte, ob sie mitkommen solle, um sich von Vera zu verabschieden. Schurik schüttelte den Kopf und brachte den Karton hinauf.

Zum zweitenmal in ihrem Leben verabschiedeten sie sich in Scheremetjewo. Bevor Lilja hinter der Grenze verschwand, stellte sie sich auf Zehenspitzen, er beugte sich hinab, und sie küßten sich. Es war ein langer, richtiger Kuß, ein Kuß, nach dem man endlos zu zweit durch die Straßen schlendert und nicht wagt, den Kleidersaum des anderen oder seine Fingerspitzen zu berühren. Dieser Kuß, zuerst voller Andacht, dann ein Trichter, durch den einer in den anderen floß, war nicht die Verheißung von etwas Weiterem, Größerem, sondern Vollendung, Auflösung und Schlußpunkt. Schurik fuhr mit der Zunge über Liljas Zähne, spürte gleichsam deren strahlendes Weiß und ihre Glätte und begriff plötzlich, daß die Schneidezähne, die ein wenig vorgestanden und Lilja den Charme eines Äffchens verliehen hatten, nun korrigiert waren. Äffchen hat Polinkowski sie damals genannt, dachte er.

Sie schauten sich an, erneut für immer Abschied nehmend.

»Die Zähne hast du dir umsonst richten lassen«, sagte Schurik zum Schluß.

»Du hast es gemerkt, also war es nicht umsonst«, sagte Lilja und lachte.

63

Das Gefühl eines völlig neuen Lebens hielt an. Als Schurik nach Hause kam, saß Vera am Klavier und übte eine Chopin-Etüde. Sie gehörte zu Lewandowskis Repertoire, und Vera hatte plötzlich Lust verspürt, sie ebenfalls zu spielen. Ihre Finger gehorchten schlecht, doch sie wiederholte geduldig immer wieder ein und dieselbe Passage. Sie war so vertieft darin, daß sie das Schließen der Wohnungstür nicht hörte. Schurik kam herein, küßte sie auf den kleinen Greisinnenkopf und dachte an den Geruch von Liljas Haar.

»Es geht so schwer«, klagte Vera.

»Du schaffst das schon. Du schaffst doch alles«, erwiderte Schurik und verließ das Zimmer, und Vera meinte in seiner Stimme eine Spur Herablassung wahrzunehmen – als spreche er mit einem Kind.

Schurik ging ins Bad und stellte sich unter die Dusche. Ein Anruf holte ihn wieder heraus. Es war Swetlana.

»Schurik! Du mußt unbedingt sofort herkommen.«

Schurik stand im Flur, in ein Badetuch gewickelt, und verspürte nicht den geringsten Wunsch, zu Swetlana zu fahren. Er mußte den Karton wegbringen.

»Ich kann nicht, Swetlana. Ich habe heute zu tun.«

»Aber Schurik, versteh doch, wenn ich dich um etwas bitte, ist es wirklich wichtig«, sagte Swetlana bestimmt.

Schurik wollte fragen, was denn so dringend sei,

merkte aber plötzlich, daß ihn das überhaupt nicht interessierte.

»Sobald ich frei bin, melde ich mich. In Ordnung?«

Swetlana verlor den Boden unter den Füßen – so hatte er noch nie reagiert.

»Du hast mich wohl nicht verstanden, Schurik? Es ist sehr wichtig. Wenn du nicht kommst, wird es dir leid tun«, sagte Swetlana leise und mit dem Hauch einer Drohung.

»Du hast mich wohl nicht verstanden, Swetlana? Ich habe zu tun und rufe dich an, sobald ich kann.« Schurik legte auf.

Was für eine Verantwortung – Sinn und Zentrum eines fremden Lebens zu sein. Er hatte immer geglaubt, sie sei von ihm abhängig. Heute begriff er, daß auch er von ihr abhängig war. In genau demselben Maße.

Swetlana öffnete ihre Handtasche, nahm das Messer heraus und warf es auf den Tisch. Dann schlug sie ihr Büchlein auf und machte darin eine kurze Notiz. Sie holte das Fläschchen mit den Tabletten aus dem Nachtschrank und zählte sechzig Stück ab. Zwanzig legte sie beiseite. Sie hatte ihre eigenen Überlegungen: Sechzig hatte sie neunzehnhundertneununddsiebzig genommen, und es hatte nicht geklappt, die Dosis war zu hoch gewesen, sie hatte sich übergeben müssen. Vierzig waren besser. Allerdings hatte sie einundachtzig schon mal vierzig genommen – aber da war der Arzt zu schnell eingetroffen.

Nein. Anders. Sie schüttete die Tabletten sorgfältig zurück ins Fläschchen.

Mit einer schwungvollen Bewegung fegte sie einen Haufen fertiger und halbfertiger Beerdigungsblumen vom Eichentisch am Fenster. Metall klirrte. Sie rückte den Tisch in die Mitte, stellte einen Stuhl darauf und stieg hinauf. An der Decke hing ein Haken. Statt eines

Kronleuchters baumelte daran eine kleine Lampe mit gewelltem Glasschirm. Swetlana zog an dem Haken. Er war staubig, saß aber ziemlich fest in der Decke.

Niemand braucht mich. Aber ich brauche auch niemanden. Sie lächelte, und ihr von Kompromissen gemarterter weiblicher Stolz breitete seine seidigen Flügel aus. Schade nur, daß ich dein Gesicht nicht sehen kann, wenn du herkommst, nachdem du alle deine Angelegenheiten erledigt hast!

Doktor Shutschilin, der die rotblauen Kreise in Swetlanas Tagebuch zu den Daten der Eintragungen, den schwarzen Bleistiftkreuzen und seinen Verordnungen in Bezug setzte, dachte über die Macht der Biochemie nach, die auf irgendeiner Stufe durcheinandergeraten war und in das Gehirn dieses armen Mädchens geheimnisvolle Stoffe ausgeschüttet hatte, die sie veranlaßten, den Tod zu suchen.

Ich hab sie so viele Jahre betreut und sie am Ende doch nicht zurückhalten können, dachte Shutschilin bekümmert.

64

Die Adresse stand mit schwarzem Filzstift auf dem Karton – Schokalski-Straße, Hausnummer, Wohnung und Name der Empfängerin: Zilja Solomonowna Schmuk. Schurik hatte in den letzten Tagen sein Geld fast bis auf die letzte Kopeke ausgegeben, für ein Taxi reichte es auf keinen Fall mehr, doch Vera um Geld zu bitten kam nicht in Frage. Der Karton paßte in keine Tasche, also wickelte Schurik eine Schnur darum und machte sich mit öffentlichen Verkehrsmitteln auf den Weg, mit zwei Metro- und zwei Buslinien. Von der Bushaltestelle mußte er noch ein erhebliches Stück laufen. Der Karton war leicht, aber die Schnur so schwach, daß sie riß, als er in den Bus einstieg, und die letzten hundert Meter trug er den Karton auf dem Rücken, zum Vergnügen sämtlicher Jungen, die ihm begegneten.

Er stieg hinauf in den vierten Stock und klingelte. Eine Stimme fragte, wer da sei. Er erwiderte, ein Paket aus Jerusalem. Nach langem Hantieren und Kettenklirren ging die Tür auf, und eine bucklige kleine Greisin schaute heraus.

»Kommen Sie bitte herein, Tuska hat mir geschrieben, ihre Freundin Lilja würde kommen, und statt dessen sind Sie hier. Konnte sie mich denn nicht selber besuchen?«

»Sie ist schon nach Tokio geflogen«, erklärte Schurik, den Karton an die Brust gepreßt.

»Eben, das meine ich: Konnte sie mich denn nicht besuchen, bevor sie nach Tokio fliegt? Aber warum stehen Sie da herum, kommen Sie herein und machen Sie den Karton auf.«

Die Alte sah zwar freundlich aus, doch ihr Ton war zänkisch. Schurik stellte den Karton auf einen Hocker. Zilja Solomonowna reichte ihm ein Messer.

»Was stehen Sie noch herum? Machen Sie ihn auf!«

Schurik schnitt den zugeklebten Deckel auf, und die Alte stürzte sich auf den Inhalt des Kartons. Schurik traute seinen Augen nicht: verschiedenfarbige Wolle, zu Knäueln zusammengerollt, wie seine Großmutter es vor Urzeiten gemacht hatte, wenn sie aus zwei alten Pullovern einen neuen strickte. Der farbenfrohe Reichtum der Armen. Die Alte packte die Knäuel mit sichtlichem Vergnügen aus.

»Ach«, ächzte sie, »was für Farben sie dort haben! Sehen Sie nur, allein das Rot! Und das Gelb!«

Schließlich hatte sie den Karton geleert – auf dem Boden lagen nur noch winzige Knäuel und Fadenreste.

»Und wo ist das Dings?« fragte sie Schurik streng.

»Was?«

»Na, das Dings, die Liste. In einem Paket liegt doch immer eine Inhaltsliste, nicht?«

Schurik begriff nicht und machte runde Augen.

»Was schauen Sie mich so an? Eine Inhaltsliste, eine genaue Beschreibung, wo alles draufsteht. Bezeichnung der Ware, Anzahl, Preis. Ich sehe, Sie haben noch nie ein Pakt aus dem Ausland empfangen.«

»Nein«, bestätigte Schurik. »Aber das hier ist ja nicht mit der Post gekommen. Lilja Laskina hat es mitgebracht. Sie ist von Jerusalem nach Paris geflogen, dann nach Moskau und von Moskau weiter nach Tokio.«

»Und was ist sie für ein Mensch, diese Lilja Laskina? Wieso soll ich ihr trauen ohne Liste? Sie sehe ich, Sie sind ein anständiger Mensch – Jude, ja? Aber diese Laskina habe ich noch nie gesehen, vielleicht hat sie die Hälfte selber behalten? Tuska versteht nämlich nichts von Menschen, sie wird von allen betrogen. Ach, nebbich, ich sehe schon, Sie verstehen auch nichts.«

Die Alte wühlte in ihrem Handarbeitskasten, kramte ein Schlüsselbund hervor, schloß die Seitentür eines großen antiken Schranks auf, tauchte hinein und förderte einen in Mull gewickelten Gegenstand zutage, der aussah wie drei übereinandergestapelte Tortenschachteln.

»Hier«, sagte sie feierlich und wickelte das Mullpäckchen auf.

Es enthielt drei Wollpullover, alle nagelneu, alle gestreift.

»Wann fährt denn diese Lilja wieder zurück?«

»Ich weiß nicht. Sie arbeitet eine Weile in Japan. Und ich glaube nicht, daß sie auf dem Rückweg wieder in Moskau Station macht.«

Die Alte war erstaunt.

»Was soll das heißen? Die Wolle hat sie hergebracht, aber die Pullover nimmt sie nicht mit zurück?«

Schurik schüttelte den Kopf.

»Junger Mann! Habe ich Sie richtig verstanden? Das heißt, sie hat die Wolle gebracht, zwar ohne Liste, aber sie hat sie hergebracht, aber die Pullover wird sie nicht mitnehmen zurück? Was soll ich dann mit der Wolle? Dann will ich sie nicht haben! Nehmen Sie Ihre Wolle wieder mit!«

»Nein, Zilja Solomonowna, ich kann Ihre Wolle nicht nehmen«, sagte Schurik entschieden.

»Nehmen Sie sie mit!« schrie die Alte und wurde dabei krebsrot.

Schurik mußte plötzlich lachen.

»Gut, ich nehme sie mit! Und werfe sie in die nächste Mülltonne. Ich brauche Ihre Wolle nicht!«

Da fing die Alte an zu weinen. Sie setzte sich auf ein kleines Sofa und weinte bittere Tränen. Schurik holte ihr ein Glas Wasser, aber sie trank nicht, sie sagte nur schluchzend: »Sie können sich nicht versetzen in unsere Lage. Niemand kann sich versetzen in unsere Lage. Niemand kann sich versetzen in die Lage eines anderen!«

Dann hörte sie abrupt auf zu weinen, ohne jeden Übergang, und stellte umgehend eine sachliche Frage: »Sagen Sie, sind Sie manchmal auf dem Arbat?«

»Ja.«

»Kennen Sie den Handarbeitsladen dort?«

»Ehrlich gesagt nein«, bekannte Schurik.

»Es gibt aber einen. Gehen Sie hin und besorgen Sie mir eine Häkelnadel. Ich zeige Ihnen, was für eine. Sehen Sie, meine ist zerbrochen. Größe vierundzwanzig. Zweiundzwanzig nützt mir nichts. Haben Sie mich verstanden? Größe vierundzwanzig, kein Stück kleiner! Die bringen Sie mir her. Ich gehe nie aus dem Haus, Sie können also jederzeit kommen.«

Schurik ging zwischen dünnen Bäumen, deren Blätter sich gelb färbten, zur Bushaltestelle und lächelte. Lilja war fort und würde wahrscheinlich nie wiederkommen. Aber es ging ihm gut, so gut wie in der Kindheit. Er fühlte sich glücklich und frei.

65

Das Flugzeug startete ruhig und kraftvoll. Lilja schloß die Augen und döste sofort ein. Dann brachte die Stewardeß Getränke. Lilja nahm ihr Notizbuch aus der Handtasche. Schlug es auf. Alle Aufzeichnungen darin waren in Hebräisch. Sie zog den dünnen Kugelschreiber aus der Schlaufe und schrieb auf russisch:

»Die Idee, in Moskau Halt zu machen, war genial! Die Stadt ist ein Wunder! Vollkommen vertraut. Schurik ist unglaublich rührend und liebt mich noch immer, was erst recht erstaunlich ist. Wahrscheinlich hat mich niemand je so geliebt und wird mich niemand je so lieben. Er ist unheimlich zärtlich, aber vollkommen unsexy. Irgendwie altmodisch. Und er sieht furchtbar aus – gealtert, dick; kaum zu glauben, daß er erst dreißig ist. Er lebt mit seiner Mutter zusammen, alles bei ihnen ist alt und verstaubt. Sie ist für ihr Alter noch gut beisammen, sogar elegant. Das Essen war umwerfend, auch irre altmodisch. Erstaunlich – in den Läden herrscht gähnende Leere, aber der Tisch ist brechend voll. Ob Schurik wohl ein Liebesleben hat? Sieht nicht so aus. Kann ich mir schwer vorstellen. Aber er hat etwas Besonderes an sich – er ist irgendwie fast ein Heiliger. Aber ein Volltrottel. Mein Gott, und ich war so verliebt in ihn! Seinetwegen wäre ich beinahe geblieben. Was für ein Glück, daß ich damals weggegangen bin. Ich hätte ihn beinahe geheiratet! Armer Schurik.

Ich freue mich auf meine Arbeit. Wahrscheinlich verlängern sie mir das Praktikum um ein weiteres Jahr. Sie hoffen darauf, daß ich ihnen jedes Jahr ein goldenes Ei lege. Aber ich denke, der Industriespionage-Skandal in England wird letztlich auch für uns Folgen haben. Schließlich sind sie keine Idioten.«

Lilja schlug ihr Büchlein zu, steckte den Stift wieder in die Schlaufe und das Buch zurück in die Handtasche. Dann stellte sie ihren Sitz bequemer, legte sich ein Kissen unter den Kopf, deckte sich mit einem Plaid zu und schlief ein. Es war ein langer Flug, und am nächsten Tag mußte sie gleich arbeiten, also wollte sie sich erst einmal ausschlafen.

2004

Ljudmila Ulitzkaja im Carl Hanser Verlag

Die Lügen der Frauen
Aus dem Russischen
von Ganna-Maria Braungardt
2003. 168 Seiten

»Das Buch hat eine glückselig machende Lebenskraft.«
Viola Roggenkamp, Die Welt

»Von den bitteren Wahrheiten und den Lügen der Frauen erzählt Ljudmila Ulitzkaja mit ihrer unverwechselbaren Mischung aus Ironie und Herzenswärme. Ihr Blick ist unbestechlich. Und weil sie weiß, daß auch die tragischen Dinge im Leben ihre komischen Seiten haben, weht eine heitere Leichtigkeit durch ihre Geschichten.«
Brigitte van Kann, Spiegel Special Bücher

»Mit Witz und Lakonie erzählt Ulitzkaja von kleinen Fluchten aus der Realität, denn manchmal ist Wirklichkeit nur eine Frage der Perspektive.« *Brigitte*

»Diese Schriftstellerin ist wunderbar. Das Buch ist durchaus auch komisch und doch durchsetzt von einer so milden, schönen Traurigkeit, wie es nur die Russen können. Ich habe Ulitzkaja schon lange geliebt und gelesen.«
Elke Heidenreich, Lesen!

»Worin besteht das Geheimnis dieser wunderbaren, warmherzigen und so ungewöhnlichen Prosa? Meines Erachtens ist es die Selbstverständlichkeit, mit der die Autorin über das Allerschwerste erzählt – die Gefühle.«
Nikolai Modestow, Moskau